9787545715184

钟道新文集

第六卷

中篇小说

超导　权力场

信息:困扰与欣喜　经济场

股票市场的迷走神经　聚会

单身贵族

二〇一七年

作家出版社
三晋出版社

一九七二年二月,钟道新和老友唐虔在新林院二号平台上下棋

一九七二年五月，钟道新与唐虞在家里聊天

二十世纪七十年代,钟道新与"单身贵族"艾民、钟声广、高悦生在北京

目　录

超导 …………………………………………………… 1

权力场 ………………………………………………… 119

信息：困扰与欣喜 …………………………………… 216

经济场 ………………………………………………… 265

股票市场的迷走神经 ………………………………… 334

聚会 …………………………………………………… 412

单身贵族 ……………………………………………… 479

超　导

超导,一种物理性能。倘能达此境,电流便可以无损耗地在物体中永远循环传输。

愿民族的血脉能呈超导状。

第一章

公元一九八四年。北京车站。

人,全是人。如将一张报纸对折二十次,厚度将超过一百米。可有人偏偏不信,于是产生了十亿人。数学规律是无情的。

林亚眠教授提着很旧的牛皮西装包,站在第四候车室内。

拥挤,时代的特征。在铁路的原始设计量中,根本不含农民与学生,可现在他们都出动了,而且比谁都要理直气壮,比谁都占地方。人有了钱,就像分子获得了热能,就要增大活动半径,拓宽生存空间,世界因之丧失了等级与秩序。

空位,大脑的指令尚未到达执行机构,它已被充填。人老了,就丧失了竞争力。林亚眠有点儿黯然：自己年轻时，人一生幸福与否，完全取决于老人的"临终嘱咐"，现在全变了。

贝小知个子很高，硕大的头颅微微前探，仿佛一只偶然栖息在岩石上的鹰。他吹着颇有几分黑管音响效果的口哨，堂而皇之地坐到空位上。当一个更舒适的位置出现时，他又迅速挪过去。

空位在运动，人在运动，一切都在运动。贝小知把一个空烟盒投入三米开外的果皮箱内。

上溯到插队时，贝小知就对自然科学产生了浓厚的兴趣。他轻松地自修完高中课程，又轻松地考上大学，并轻松地读完它。一切都如同呼吸般自然。

毕业后，他被分回陕西电力试验所，这次赶回去是为了评职称。如同汽车是官员的脸，行头是演员的脸一样，职称是知识分子的脸，是闯与创的资本，缺了可不行。但如果你不在场，一准没戏唱。他记得上次评工资时，老程出去小便一回，就让十大罪状给干掉了。倘若大便，意见保证倍增。它们之间是标准的正比函数。

"要烟吗？"一个穿魔术师长袍般大工作衣的人悄悄地问。

"多少钱？"贝小知惊讶此人艺术家般的观察力。

"五块。"他出示样品。

"牌价才两块四。"

"可按牌价您不是买不着吗？"

"您说的是真理。"贝小知笑着掏钱换回盒"三五"烟。

在单一计划经济笼罩下，有着不知多少股经济暗流。它们电网般的复杂，永远不知疲倦地运动着。没有人能判断出它们的流向，计算出它们的雷诺值。贝小知扫视着大厅，这里最少有十分之一是采购人员，仅此一点，就能证明单靠计划的失败——即令计划者全是廉洁且知识丰富的理想人，也无法洞悉人们的多样需要，更何况他们全是社会人、经济人。

双腿支撑身体已达六十三年之久,早已不堪重负,此刻它极想推卸责任,可林亚眠属于那种永远不会坐到地上去的族类。

如果他坚持打网球的话,现在也许会更健康。如果他选择比较实际的研究课题,不恃才傲物,现在也会有地方打网球:凡学部委员一级的学者,均有资格进入那个高级俱乐部。可他却只能在H大学的球场上打。那儿实行的是全中国最完善的淘汰制,排半小时队,只能挥十分钟拍子——对手全是青年人。

后背开始痛。心绞痛的折射。只有电影里的人,才会捂着前心。深刻的胃痛。不管它,一个人不会得两样致命的疾病。林亚眠从"急救盒"里取出一颗瑞士产的"心痛宁"。

瑞士是个以精确著称的民族,出口产品首推药,究其根本,曰之纯与准。可他们却没有想到:在没有水的口腔中,药片如何溶化?

中国缺水,北京尤缺,北京站中根本没有!林亚眠的腿在抖,手亦在抖。

离林亚眠不远的贝小知注意到他苍白的脸色和身体的摇晃,赶紧请他坐到自己的提包上,并附赠一杯水。

药是最唯物的。它迅速弥漫全胸,使心脏宽松起来。中国还有知识分子。林亚眠感激之情油然而生。

"您去哪儿?"

"西安。"

"同路。您是大学还是研究机关的?"贝小知能从一千人中准确地识别出知识分子,尤其是老知识分子。

"物理研究所的。"

"几级研究员?"

"三级。"

"吓,够高的。可依您岁数论,也不算高。"

是不高。林亚眠揉着前胸。通货膨胀迅速瓦解了他的工资优势,如今月薪二百四十元,已离"想买即买"的境界相去甚远了。

"考察去?"

"不。闲逛。"如果是考察的话,就犯不上受这么大的罪了。现今几乎所有的高级科技人才,临退时都弄到手一两个虚衔,其中首推"某政府顾问"。在北京研究员、教授俯拾皆是,不值什么钱,一出门却大放异彩,旅行一事也就不在话下了。可他无法将自己推销出去。学习吧,眼下已是"弥留"之际,犯不上了。

"您早年在哪留学?"贝小知知道,没有留过学的人,一般不能进入高级序列。父亲曾对他说,在四十年代,爬也要爬到美国去。只有镀上那层金,方能跻身高知行列。

"美国。耶鲁大学物理系。"这是林亚眠经历的峰巅,回答因而很畅快。"你呢?"

"北京大学物理系。"

"同路同行。可你怎么到了陕西电力部门?"

"插队去的,并从此成了土特产。被分配回去后,省里没有合适单位,就到了电力部门。那里的熟人多,好办事。不过眼下我正打通各种关节往北京调。"贝小知的说话欲望极强,"要知道,老插向往北京,就和犹太人向往耶路撒冷一样。实在不行,我就辞职。"

"那工作不就丢了?"

"丢就丢呗。再说近来有些民办科研机构崛起。"

"搞基础物理不行。设备太贵,费用太高。"对于复杂的人际关系,林亚眠有种深深的恐惧感,可对专业却极熟。

"我有着雄厚的数理基础,搞什么都错不了。再说设备可租,费用可筹。不是吹,如果我对某项研究有兴趣的话,弄十万块钱不在话下。"

林亚眠羡慕地看着贝小知。即令科学界的大人物,说起十万块钱,也要肃然起敬。他可能是在吹牛。

播音员用甜美而机械的声音请旅客排队上车。

林亚眠站起来

"还有几分钟呢。"贝小知安详地说。

"我从理论上也知道,可不由自主地就站起来了。"林亚眠坐在空位上。

"我也几乎站起来。"贝小知笑着说,"咱们都是被号令惯的人。"

"我比你高级,已进入条件反射阶段。"

东京。

高桥浩驾驶着一辆通体放射着光芒的深色奔驰轿车,在车流中艰难地跋涉着。他今年三十岁,京都大学低温物理研究教授。

他用脚踏住离合器,然后又拼命增大油门。精良空载的奔驰发动机顿时怒吼起来。既然法律规定不许在市区鸣喇叭,这就是驱逐行人的最好办法。他稍抬左脚,动力立刻传到轴上,车猛地向前一越,楔入另一行列中。

高桥早在上小学的时候,就表现出过人的创造力,一年级时,老师布置把二十个标准圆填画成物品,并限定二十分钟完成。可他只用了三分钟,在圆外画了个吹肥皂泡的小男孩。结果,老师毫不留情地大笔一挥:不及格。

结论:在一个崇尚传统的民族里,没有人会喜欢有独创力的孩子。推论:如果这孩子长大成人之后,仍继续保持独创力的话,必将遭到更大的不幸。

高桥凭借着不懈的努力、精深的专业知识,还是在低温物理界立住了脚。

超导是他的研究目标。直觉频频地告诉他,低温物理界正酝酿着重大的突破。可当他把选题告诉主任时,这位剑桥回来的博士一本正经地回答:为超导我曾经贡献过两年精力,结果一无所获——然后就走了。

权威的关键是"权"。他不批准,经费将无来源。一位资深的朋友告诉高桥:到经济省去寻找支持。

他高速将车开进王子饭店的停车场,然后猛地刹住。过了好一阵儿,才带上车门,朝铺着地毯的台阶走去。

高桥向门卫出示印有"经济省政务次官石川根进宜申酒会"字样的请帖,走向宴会厅。自从三木武夫内阁在一九七五年修改了《政治资金限制法》后,企业无论资金有多雄厚,政治捐款也不得超过一亿日元。可有约束力就有约束反力,这种政治筹资酒会出现了:政治家将请帖转化成股票形式,向企业推销。有求于他们的企业,一购就是几十张。此例一开,学界也只得效法。

标准的"金权政治"。高桥环视着喧闹的会场,把价值两万日元的请帖揉成一团,迈着沉重的腿,走向经济省科学基金分配局局长。

"有件事求您帮忙。"高桥递上名片。

局长站定。

高桥赶快把自己的想法告诉了对方。

局长不动声色地听完后说:"我会请大学科研处的乃木先生过问此事的。"然后象征性地举举酒杯,扭身走了。

虽然高桥已从局长的眼神中看出他基本没有听懂,也只得无可奈何目送他远去。

"您在这等我。"贝小知取过林亚眠的工作证,去列车办公席登记卧铺。

林亚眠觉得一股股人体的蒸汽扑面而来,分贝数甚高的噪音在头颅内往返激荡,心脏重又悸动。

沉重的提箱重创他的左胸。"靠边,老头。"箱后是雄壮的伴奏。

与人讲理的欲望,林亚眠最少丧失二十年了。他听话地闪进卫生间,谁叫他站在"喉缩处"呢。在人流一定的情况下,截面窄处流速最高,在动荡的人林中,他只不过是株枯树,能否生存,完全取决于别人。刚才一撞,只需再多二十牛顿,他这个试图寻找人生方程式的老头,就能求得唯一的解。

"跟我来。"贝小知从人海中浮现出来。

软卧,旅行沙漠中的绿洲。林亚眠情不自禁地摸摸墙壁:"怎么弄来的票?"

"您要知道,在列车办公席前,新闻记者、退休高干、铁路官员,各色人等都在要求自己的优先权,可惟我的派头最足——把您的工作证夹着钱扔到列车长面前,并辅之以理论:研究员就是学部委员,学部委员就相当于部长。软卧不给部长给谁?"贝小知踢开皮鞋,换上拖鞋。

"由一个错误的前提推导出来的杂烩定理。只有在苏联,院士才能享受部长的待遇。"林亚眠也换上拖鞋。

"美国不行吗?"

"美国唯一的待遇就是钱。"

"一种优先权,才是真正的优先权。钱是人际交往的量纲,有了它之后,世界才有了标准。"贝小知的口吻很带有先知性。

林亚眠取出一百元递过去。

"您把我的理论宣讲当成暗示了。"贝小知退回五十元来。

"经验告诉我,你不能报销软卧,而你是因为我才坐的。"林亚眠不肯接。

"不,人总是趋向舒适的。本人的格言是:吾与豪华同在。"

"用你那个'钱为人际交往量纲'的理论计算,你最少应该收取三十元的劳务费。"

"牛顿认为自己的定理能够涵盖一切,到了爱因斯坦,事情就变成相对的了。再往后就有了'测不准原理','模糊数学'。您看我,竟给老前辈讲起物理哲学来了。"

"三人行,必有吾师。"林亚眠知道再推下去也没用。"这儿就咱们两个?"

"还有一对外交人员夫妇。"贝小知语音方落,一对年近四十、衣着很讲究的夫妇就出现在门口。

两人风度很好,寒暄简短而得体。

"你们在哪国使馆工作?"贝小知问。

"中国驻美使馆。"男的从西装口袋内取出一个很讲究的黄铜名片夹。

"方宗伦。中华人民共和国驻美利坚合众国大使馆一等秘书。电学博士。"贝小知念完后说,"可惜,我只能口头介绍。"

两人握手。这是正式的结识。

"插过队？"

"陕西。"

"我俩在延长县。"

"我在延安县。"

"哈哈,小同乡。"方宗伦在脱掉西装上衣的同时,把外交家风度一并脱去。"刚才我还骂你抢了我俩的优先权呢。"

"主要是你和车长纠缠的时间太长了。"

"他一准以为我俩打算姘居,幸亏太太有护照。"

"陈敏,一等秘书方宗伦夫人。中国驻美使馆医生。"贝小知接过方夫人的护照。

"莫非我有哪点像流氓？"方宗伦问。

"高级流氓都以外交风度为楷模,世界上最好学的就是'风度'。"

方宗伦笑了。

"在国内任何一家旅馆,迎接你的第一句话总是:不得奸宿。这够多不礼貌？"方夫人说。

"什么人才有红护照？"贝小知把护照还回去。

"按照国际惯例,只有外交官才有,可中国例外。解放初期,老干部们都说,'咱革命这么多年,连本红护照也弄不上,太不近情理。'于是规定:凡部长以上的官员,出国均持红护照。他们把外交豁免权当成待遇了。"

"这次是衣锦还乡？"

方宗伦甩脱皮鞋,双手抱膝,作田间休息状。"不。西安想与美国费城结为友好城市,外办邀我去了解情况,顺便回去看看。"

"如果不是为了回延长的话,你恐怕也不会揽这个差事。人总是把最重要的事情放在'顺便'的位置上。"

方宗伦不置可否地笑笑。

"这事难办吗？"

"让我办就不难。我先找到美国的一位国会议员,他答应帮忙,关键要看西安方面能否把自己推销出去了。"

连城市都要推销自己。林亚眠说道:"我觉得最复杂的事就是出国访问了。我曾有过三次参加国际学术会议的机会,全被科委计划处卡下来了。"

"为什么?"

"他们强调计划,可计划要在年初报,而学术会议总在召开的半年前才通知,等你将论文提交他们审阅后归来,已是开会前三个月。"林亚眠很奇怪自己为什么会向素不相识的人诉苦,可能正因为素不相识。

"您是哪方面的专家?"方宗伦把腿放下来。

"低温物理方面的。"

"贵姓?"

"林亚眠。"

"我知道您。您的某些论文写得很不错。"方宗伦用大师级的口吻说。

他能读懂?!插过队的人,大体都是江湖客。

"以后有这等事,提前与我打招呼,我跟计划处的何处长、国际交流处的孔处长都熟。"方宗伦又把腿提了上去。

"虽说胡处长是我在教书时的学生,但我决不会为个人的事去求人。"林亚眠认为有必要解释一下。

"那您就一准去不了。改革的关键是观念的改革。这不是自己的事,而是公事。"贝小知说。

"这位胡处长去美国三次,见了我一次比一次乖。"方宗伦点上一支烟。

"其实你这官顶多是个处长。"贝小知刺了他一句。

"判定一个人,不能光从职务出发,关键要看他能掌握多少人、财、物、信息。没有我,他连街也上不了。"

"我记得胡项在上学时英文是很好的。"林亚眠说。

"六五年参加北京市中学生运动会,我一下子跳出了沙坑,弄得裁判长都来向我道歉。"方宗伦拍拍有些凸的肚子。"可现在我恐怕连坑也跳不进去了。"

高桥找了张空桌坐下，背衬着东京乏味的夜景，遥望密谈着、欢乐着的人群。物理距离就是心理距离。

"可以吗？"一位女士端着酒杯过来问。

"随便。"高桥的英语水平并不比日语差。

"我好像在什么地方见过你？"

"是吗？"高桥开始用不太礼貌的目光打量这个外国女人。她大约有三十岁，不会更小。西洋女人与日本女人有很大的不同，所有的女性部位都很夸张。你看她那对乳房，被烘托得如同待升空的航天飞机。"高桥浩，京都大学物理系教授。"他懒得掏出名片来。

"卡特琳娜，美国《世界科学报》记者。"女人伸出手来。

高桥轻轻一握，即觉出这只手很性感，充满渴望。

"你好像是研究低温物理的。"

"对。在这个超低温的物理世界里，研究低温物理，实在是件美妙不过的事。"高桥猛喝一大口酒。

"超导方面的专家？"

"对。一个没有研究经费、没有助手的专家。"

卡特琳娜若有所思地注视着高桥。"能给我讲讲日本的科学吗？"

"日本无科学。"

卡特琳娜睁大眼睛。

"日本不产生思想。一个盛产武士的国度一般来说不会有大科学家。"

"可日本却极其发达。"

"你是实习记者吧？"高桥很唐突的问。刚才的冷遇他耿耿于怀，此刻任何称赞日本的说法他都不能接受。

"不。我是高级记者，而且还有一个学位。"

"家政学吧？"高桥一脸戏谑的微笑。

"哈佛大学是没有这个专业的。我是科学学博士。"

"呵,美利坚。一个幸福的国度。"高桥举举酒杯,"如果在日本,这种纯粹空谈的学问是绝对存在不了的。"

"我在上小学时一直以为日本是中国的一个省份呢。"卡特琳娜注视着高桥细长而优美的手。

"那你的地理一定不及格。"

"可稍稍成年就知道日本男人是很不错的。"

"不对。日本男人阴险、狡诈、矮个子、罗圈腿、傲慢且自卑。对女人极其残酷。"

"可依我观察,你不是这样的人。"

"你不觉得我们在这里待得太久了吗？"高桥突然涌上一股难以克制的欲望。

"刚到美国时,为了勤工俭学,我就挑了家'世界餐馆'。它平时供应法式菜、俄式菜,只有周末供应一顿中餐。应征者十余个,只有我得中。"方宗伦洋洋得意。

"为啥？"

"我号称会做'满汉全席'。"

"我想你一定不会。"

"是不会,以前连厨房都没下过,君子远庖厨嘛。可我连伯克利学院那套深奥已极的教程都能学会,莫说区区几道菜了。"

"中国的菜肴系统并不比物理系统简单。同样一道菜,是气候、环境、餐具、材料产地、客人成分、甚至是政治的函数。"

"可我却将其认定为一个常数。我又无志成为饮食专家,不过是糊弄老外几个钱花花罢了。不过等将来罢了官,也可以在北京开家西餐馆。"

"这倒使我想起一位建筑专家:到欧洲就谈宋代建筑,回国则讲希腊建筑。可谓左右逢源。"贝小知把身体调整到一个舒适的角度。

"人就得学会在夹缝中讨生活。给我讲讲国内的事吧。一别六年,一切都觉隔膜了。"

"现在人人都不满意自己在社会中所处的位置,而改革使社会产生了两极,于是一个动力场形成了。所有在场内的单元,都开始运动,或者有运动的趋势。我的话你不觉得深奥吧?"

"对于一个耶鲁大学的博士来说,世界上根本不存在深奥。接着往下讲。"

一场失败的做爱。

"你的攻击太猛烈了。"高桥喃喃地说。

"自从人类站起来之后,就给了女人以主动的权利。"卡特琳娜的声音很大,"不要文过饰非。"

高桥没有说话。眼泪夺眶而出,渐渐地蜕变成哭。自成年之后,他不记得自己哭过。

卡特琳娜先是惊讶地看着他,然后伸出手轻轻地抚摸着他的身体。

"托尔斯泰说过,与战争、地震之类相比,最大的不幸是床笫之间的不幸。我完了!完了!"高桥翻过身来,双手握住青铜床栏,用力将其拉弯。

红日被时间托上车窗。林亚眠从烟蒂量上判断:两人昨夜一定聊得很晚。

高质量的双重鼾声衬托着单调的寂静。

人过花甲,最宝贵的就是回忆。作为物理学家,林亚眠知道自己无疑是杰出的。书两本,文章百篇。可仍然没能达到理想境界。他的创造之火没有熄灭,可研究生涯却要中止了:已内定他退休。这意味着完全的隐退,将再不会得到经费和编制。超导呵,超导!今生无缘了。

一本书从贝小知的床头掉下。

《围棋的宏大构思》。日本,武宫正树。

"你能读日文?"林拾书间,贝小知醒了。

"如果他写的事情是我所熟悉的,就凑合能读。"

"凑合读?!"林亚眠不认为有什么事是能够凑合的,学问尤不能。

"我跟您不一样,没赶上正经读书时代,不过是跟电视学了几天,然后厚着脸皮跟会说的人硬说,于是只能是凑合而已。"贝小知以手指代梳,调理着热带雨林般的头发。"不过反正我敢读。我再透露个小秘密给您:我每次上路之前,总要挑些能镇住人的书带上。这东西就像公子的折扇、武侠的佩剑、绅士的手杖、时髦妇女的手提袋。"

"西安手谈几局如何?"

"可如果您知道我在围棋俱乐部中有'贝国手'的冠冕,还有勇气下吗?"贝小知的语气煞是耸人听闻,"我们俱乐部另有棋圣、熊十段、王天元等数名成员,个个棋如武宫般宏大、加藤般凶狠、聂卫平般老辣。"

"我能参加你们俱乐部吗?"用围棋打发掉余生也不错。

"欢迎您参加。"贝小知很正式地伸手,"昨晚老方一说,我就记起您来了。您的几篇论文我也读过。他记目录与姓名比我熟,我更看重内容。"贝小知三下五除二把被褥叠成沙发状。

"你对超导也感兴趣?"林亚眠有些不相信。超导是低温物理学中很窄的一支,属冷门。

"我在北大的毕业论文就是这个题目。"

"我在耶鲁的博士论文也是这个题目。"

一座人际桥梁开通了。

"从一九一一年荷兰人发现在 4K 时出现超导现象起,七十年过去了,温度只提高了 19K。要想实现室温超导可能是梦想。"联系到自己的实践境遇,林亚眠不禁黯然神伤。

"生活就是这么个东西:有人往里塞,有人往外找。塞进去的是梦想,找出来的就是科学。"

"如果能将其提高到30K,我今生愿了。"

"该把他提高到300K。"贝小知语气很肯定。

"300K?"林亚眠仿佛信徒看见了佛光。

"对,300K。"贝小知甚是轻描淡写,"欢迎你参加我们的'低温俱乐部'。"他又伸出手来。

林亚眠不由自主地与他握了一下,又问:"你读过研究生吗?"

"我毕业时,老K教授破天荒地提议我考。可本人三十则不惑,决不让那套专为庸才编制的训练程序,毁掉原本就很可怜的一点点创造力。再说三年硕士、三年博士。足以报废六个我这样的人。"

"那你读过多少文献?"林亚眠微一皱眉。

贝小知报出一串论文题目。

"我很奇怪你从哪里找来这么多文献?又哪里找来这么多时间?"文献由三种文字组成,而且专业性极强。

"您千万不要把我当成天才,我不过是把别人喝咖啡的时间用来读书罢了。"贝小知一本正经地说,然后又补充道,"咖啡我也喝,不过是边读书边喝。"

"你的研究伙伴都有谁?"

贝小知报出几个名。

"你们的经费从哪里来?"林亚眠从未听说过超导界有这几位,将消的疑云又漫上心际。

"关键是革命性的思想。有了它,别的都好说。"

"实验产生思想。"林亚眠失望了。他一生都希望能有个随心所欲做实验的地方,可总没找到。

"我们俱乐部的方针就是:先思想,后实验。"

"仅是狂想而已。"

"在我睡梦的尾部,一直被一些高技术的信号骚扰,睁眼方知噪音源就在这间包厢里。"方宗伦翻身坐起,伸了懒腰后抑扬顿挫背起一首诗:"铁马将军夜渡关,朝臣待漏五更寒。山寺日高僧未起,算来名利不如闲。"他穿衣下床。"你们怎么议论起我的专业来了?"

贝小知相讥道:"你不过是个电学博士而已,焉知超导?"

"普天之下,莫非王土;率土之滨,莫非王臣。我自认为是指导科学潮流的人,要目光普照。"方宗伦一下子就将领带打好,"我每天读的科技文献,报出来非吓你们一跳。"

"你只不过读摘要而已。"

"大学者都是读摘要,至多不过读引导与结论。我请客。"方宗伦披上外衣。

"我从来没听说过请早饭的。要请最好请到西安的晚饭。"贝小知也站了起来。

银座最高级的餐馆。

"你用什么名字在这订的座?"

"床上超人。"高桥笑着回答。

"这是很补的中国药酒。"卡特琳娜读完说明后给他斟上。

"其实最可怕的是思想上的阳痿。"高桥的心事又被勾起,"我的思想得不到验证,只能以理论形式发表,这又跟早泄差不多了。"

"到美国去吧,在那里我认识一些企业的科研部头头。"

"受雇于企业?!"

"我伤着京都大学物理教授的自尊心了?"卡特琳娜讥讽地一笑,"美国的企业与日本企业有很大的不同,他们对纯粹理论问题亦有浓厚的兴趣。"

高桥沉吟不语。他是一个敏感的人,只要一离开自家熟悉的书斋,几乎就无法思维和写作。

"我到过一些国家,在那里人们受到的压力极大,思想成了固体。日本要好一些,思想可以流动,算是液体吧。可到了美国,压力,起码是文化压力几乎等于零,于是思想就成了无固定形态、自由自在的气体了。这一点诺贝尔获奖者的名单就能说明。"

"我考虑一下回答你。"

"我明天就回美国去了。"卡特琳娜将杯中的酒喝干。"希望能在美国见到你。"她站起来,"如果你不去的话,希望你能将我们这次邂逅作为美好的记忆保存在你的大脑皮层里。"

"你就这么走了?"

"对。"她伸出手来,"告别最简单的方式就是走。"

西安最高级的国营餐馆。

"威士忌统治着大西洋地区,而太平洋地区则是法国白兰地的天下。"方宗伦取出瓶"人头马",很夸张地说。

"这里的菜配你这瓶法国酒是否有些高攀?"林亚眠审视着被删除涂改的菜单。他是老资格的美酒鉴赏家,老伴对此不满已达四十年之久。"干脆回北京后再喝吧。"

"我还有一些。"方宗伦的口气听上去仿佛"有一窖"似的。

"我曾经主持过许许多多的宴会,规矩只有一条:出席者必须是正式夫妇。"贝小知率先举起酒杯,"你们是吗?"

"好像是吧?"方宗伦转向妻子。

"可惜并未履行法律手续。"方夫人俨然大家闺秀,极少插言。

"对,你不说我倒忘了。"方宗伦与大家碰杯:一九七六年我俩在汉中军工厂工作,结婚时去所在地公社登记,那位秘书大人无疑是想揩我点油,接连两次都说结婚证书没了。可他越是如此,我就越不想给他烟糖。后来又去了几次都没领上。普天之下权力终归是权力,最后她的肚子都老大了,只得作罢。"

"现在还没有?"林亚眠问。现在年轻人总把隆重严肃的事办得轻浮草率。他想起自己在教堂里的婚礼,在米兰的蜜月。

"她后来没提要求,我也就算了。结婚证制度原是法律专门为了保护妇女而建立的。"

"人一旦做了官,头一件事就是学会推卸责任。"方夫人举起杯,"耶鲁让他去参加授学位典礼,可他却偏要去参加一个高能物理方面的会议,结果半年后证书才邮来。"

"我跟学问早就同居上了,成为'事实婚姻'。一张扎绸带的羊皮纸卷,一顶方帽又算得了啥?"方宗伦突然转向林亚眠,"我听说美国的几位科学家,对超导研究很感兴趣。"

"谁?"

"我是偶然听 IBM 的人说的,好像是他们研究所的。"

"噢。"林亚眠放下心来。他头脑中的美国,仍保持着五十年代初他离开时的模样。那时一流的学者全都在一流的大学里。

"如果有重要信息,请通报一声。"贝小知说。

"毫无问题。"

"为友谊干杯!"

林亚眠虽然参加了碰杯的行列,但他并不认为这种旅途中的友谊有什么意义。

高桥浩决定去美国了。

第二章

"断线的风筝又飞回了。"见到林亚眠,贝小知赶快从床底下取出一瓶西凤酒。"中国待客的最高礼仪就是请他喝一杯。吃在汉语中的使用频率极高。"坐定之后他又大发议论,"中国人特别讲究吃,语言中'吃'字比比皆是:'恨不得吃了你'、'吃得开'、'吃不开'、'革命不是请客吃饭',见面头句寒暄为'你吃了没有?'究其实质,这是灾荒年代的产物——吃饭原本是天经地义的事儿,该吃的当然吃过——他还偏偏要给你斟酒,曰之:喝好。以前只有在年三十才有酒喝,所谓喝好不就是喝醉吗?现在天天有酒喝,总醉有谁受得了?!"

贝小知的宿舍看上去很乱,但稍坐片刻,林亚眠却品出一种内在的秩序来:地上的书刊虽开本不一,但经过仔细分类;墙上的饰物色彩和谐,位置准确;很大的写字台上只有一盏多角度台灯和一块镶黄铜底座的透明度很低的有机玻璃。它被蚀刻得奇形怪状,中间夹着一块集成电路块和一段磁带。

"我的作品!黄铜代表力量,硬件和软件代表思维。整个儿现代派雕塑。"

"我的领悟力实在低下,欣赏不了它的美。"林亚眠反复看罢后说。

"只要您坚持看,总有一天能体会到。"

"我盼望这一天的来临。"

"给您一个立时能欣赏的东西看看。"贝小知从皮包中取出一个硬皮笔记本。

"《低温俱乐部狂想曲》。"林亚眠很有些不以为然。艺术是艺术,科学是科学,两样不能随便往一块掺。"你们都是搞超导的?"他看着下面的署名。

"我们几个经常在北京聚会,酒酣耳热之际,总不免异想天开。有时谈哲学,有时谈物理,而超导这方面的设想,由我执笔记录。"

林亚眠开始翻阅笔记本。

所谓超导,是导电体的一个特性:当温度和磁场达到某一临界值时,导体的电阻突然全部消失,电流在内中流动,将不会遭受任何损失。从本世纪初这个特性被发现以来,各国科学家都表现出极大的兴趣。因为如能将临界温度从$-250℃$提高到正常温度,其工业意义是无比巨大的。可惜多人多年来的努力,收效甚微。眼下除发达国家外,几乎无人问津了。

这是份纲领性的文件,只有必不可少的文字与图表,但林亚眠一读就懂。他隐隐之中觉出有一股巨大的活力在其中流动,渐渐地流到自己身上。

"思想很新,很独特。"半小时后,他将本子读完。"它使我感到震惊兴奋。我就从来没有过这样的思想,它不受一点约束,并蔑视一切既成的东西。与它们相比,我只能算是一个实证主义者。可惜缺少必要的实数记录。"

"这正是我下一步要做的。"

"这样的笔记你有几本?"

"一本莫非还少吗?"

"不少,绝对不少。"林亚眠双手捧住笔记本,"中国的科学家单兵作战能力极强,但缺乏合作精神。只要能不与人合作,就决不让第二者参加。因为参加人数与麻烦成正比关系。即使勉强把他们捏合在一起,其效果也很差,可你们是例外。"

"思想不碰撞就不会产生火花。"贝小知点上一支烟,"古时大儒,总是面壁苦思多年,然后一书惊人。以后的科学家,不由自主地沿用了这种模式。"

"对,对。"林亚眠连声说。好不容易找到一支同盟军,且又都是肯合作的年轻人,千万不能错过这个机会。"能让我参加吗?"

"您怎么像要参加英国皇家学院似地申请个没完?我不早就同意让您加入

我们那个松散的组织了吗？"

两人碰杯敲定。

"如果你同意的话，我将在这只沙发上睡一晚。"

"我批准。"

"能有双宽松的拖鞋，是很有助于思想的。"林亚眠的起居非常讲究。

"有的。"贝小知扔过一双来。

"最好再有一套柔软的睡衣。"林亚眠有生以来还没有这样不拘礼节过。

"再待一会儿，您该把我挤出这间原本属于我的房间了。"

"咱们就超导问题谈一小会儿如何？"林亚眠领会了对方的幽默。

"聊呗，我这人坚持性极强。插队时打麻将，只要有对手就绝不说不打，因此人称：坐塌炕。"

"插队生活苦吧？"

"人家故意让你受苦，又焉能不苦?！其实让人受苦是件很没道理的事。如果不是十六岁去插队的话，超导问题很可能已经被解决了。"

"很可能。"

美国可以说好客，也可说不好客。它既不欢迎人来，也不反对人来。

高桥浩连去好几所大学，都被婉拒了。无奈他只得去找卡特琳娜。

按了半天门铃之后，门才打开一条缝。卡特琳娜露出的脸上，并无东方人旧友重逢时的欣喜。

"有事吗？"她穿一件宽松的绸睡袍。

"想和你谈谈。"高桥很积攒了一些与人谈话的欲望。

"现在不行。"

"你答应过帮助我，也是你劝我来美国的。"

"劝说的是我，决定的是你。很抱歉，现在我要工作。下次来时请先通个电话。再见。"卡特琳娜关上门。

"我永远不会再来！"高桥趁门未关严,把愤怒发泄出去。

高桥独自在酒吧间喝了一瓶酒后,就去了"日本旅美同志会",在那里直喝到半夜。

"这是我花两天时间搞出来的研究计划。"林亚眠把薄薄四页纸递给贝。

贝小知用五分钟看完之后,很认真地在计划草案上签了一个"贝"字,并注上日期。

"你从哪里学来的这套官僚主义做法？"

"没啥比官僚主义更好学的了。"贝小知冲上两杯咖啡,"有次我托一位朋友给一位王姓主任写封介绍信,办件急事。好不容易才在宾馆找到姓王的,他看罢信后思索半天,才告诉我要研究研究。我气得回家后用3B铅笔在王主任三字上画了个圈,然后引出一个箭头,模仿其字批道:请科委苏副主任办。事情于是就真办了。"

"你的胆子可真够大的！"

"这用不着多大胆。王某人一生中不知批过多少东西,记也记不住。而苏某即使怀疑,也不敢找上司去问。我就利用他们之间信息渠道的堵塞。"贝小知话锋一转,"我提议由您负责找个名义提供设备,由我筹集经费。您看如何？"

"可以。"林亚眠思索一下,"凭我的面子,在所里找间房子不很难。"

"关键是找一个名义与一个账号。没有银行账号,钱就没个呆处。"贝小知特地强调。

"你怎么知道我的电话？"高桥浩宿醉未醒。

"该知道的我全知道。"话筒里传来卡特琳娜爽朗的笑声。

"我放下电话了。"高桥浩涌上一股报复欲。

"你放吧。"卡特琳娜仿佛洞悉他的内心。

高桥一放下电话就后悔了。

电话铃立刻又响了。

"我投降了。八点整我在第五大街的中餐馆等你。"

"您回到北京后,千万把账户先落实了,然后给我来个电报。"送林亚眠上火车前,贝小知再三嘱咐。

"知道了。"林亚眠用御批式的口气回答。

刚见面卡特琳娜即取出份请帖。"明天下午四点IBM将在希尔顿饭店举办一次'科学与技术发展'讨论会。"

"IBM,"高桥的嘴角一撇,"跟我的关系并不大。我要的是资金、设备、伙伴,不要空谈。"

"天才总是很让人伤脑筋的。无论他是床上的天才,还是科学上的天才。"卡特琳娜转动着手中的杯子,"IBM的兴趣广博得很。它对世界上一切新生事物都感兴趣,而且它的资金极其雄厚。我建议你还是去一下,带上你的脑袋、学说,争取把自己卖出去。"

高桥接过请帖。

省电力厅蔡厅长的办公室在二楼,套间。依照惯例,他提前十五分钟就来了。因为只要一过八点,外面那间接待室里就会像医院的候诊室一样挤满携带形形色色问题的人,根本无法思考一天的工作安排。

"今天的文件。"秘书小阎捧来最少够十万字的文件。

"十一点来取。"蔡厅长度出了工作量。他把横放的一摞放在桌中央,这是必读的。

"八点四十分,徐副部长电话。十一点五十分,省外办宴请捷克电力代表团。"小阎又递给一张卡片。

蔡厅长点头。依惯例,局长一级干部是不设专职秘书的。他上任之初也没有,后来被一个丈夫因公死亡的家属纠缠达两天之久后,才下决心调一个来。原意不过是在外面挡挡驾,把可见可不见的人剔除掉。可小阎极有能力,很快就将大量的文牍工作接过去,他因此很喜欢这个小伙子。可前些时候,一位曾在电力部做过副部长的政协委员,把这事当成了官僚主义典型。"连我都没有!"他当面开训,而且在大小会议上反复宣讲。

人与人可不一样。蔡是主管,并且面对基层,每天要处理的事起码是他的三倍。但这话蔡不会讲,得罪这些退居二线的老同志,是很不明智的。

第一个进来的是李总会计师。财务、人事、供应、发电四个处,属蔡厅长直接分管。

"省计委要建幼儿园,想要五万块钱。电力部要在咱们这儿开思想工作研讨会,要三万块钱。"李总会计师的声音如同阿拉伯数字般规范。

"你说怎么办?"

"建幼儿园咱们出些机械、材料;会挪到东郊电厂去开。"李总的门径很熟,"这样账面上就看不出来了。"

蔡厅长点头。

"还有部反映电力生产的电视剧,要求赞助三万块。"

"咱们就像路边的树,甭管什么动物都有权来蹭痒。"蔡厅长左右五度转动着椅子,"什么时候有部《企业法》就好了。"

李总会计师没有搭腔。他的分寸感极好。

"不给。"

"这是直接反映937电站建设的,柳副部长有信来。"

"你看着办吧。"蔡厅长知道五十年代初,柳曾经在陕主持这个项目的建设。

"两万块?"

"给够算了。反正得给,不如送他个满意。"

等到这句明确的话后,李总退下了。

接着是省局组织部的老干部处处长,然后是两个电话。

"这稿费单你拿走。"当小阎再次进来时,蔡厅长对他说。凡是由小阎执笔的讲话、文章,稿费均给他。

小阎拿起稿费单,"扑哧"一下笑出声来。

"你笑什么?"

"昨天晚上,办公厅的王主任非要我学习您在全电会议上的讲话。"

蔡厅长也笑了。全电会讲话就是小阎写的,自己学习自己的讲话,闻所未闻。

"有个人要见你。他说他是贝之祺教授的儿子。"

"贝之祺教授。"蔡厅长立刻想起这位身材不高、但天庭极阔的教授。此公是麻省理工学院的博士,不但课讲得极好,而且著述甚多。自己就曾在他指导下,完成了交流模拟计算台的工作。可惜他英年早逝,于一九六七年故去了。

"见吗?"

"见。"

贝小知规矩而不失风度坐到蔡厅长宽大的写字台对面。

"你颇像你的父亲。"蔡厅长端详着他,"令尊的课讲得极好,我至今犹记其风采。令堂大人还好吗?"

"前年去世了。"

"才华横溢的一代学人。"蔡厅长感叹道。贝的母亲是外语副教授,一口标准的"牛津腔"。

贝小知也陪着沉默了一阵。

"你在什么地方工作?"

"陕西省电力试验所。"

"我怎么没见过你?"

"我从大学分配来时,您已做厅长去了。"

"你是哪个大学毕业的?"

"北大物理系。"

"那你为何到工业部门来了？"

"这得问管分配的那个人。"

"这世上阴差阳错的事情实在是太多了。"蔡来回踱了两步，"有事吗？"

"自然。"贝小知从口袋里抽出份文件。

"你先口头说说。"蔡自以为不出房子、工资、调动三大项。但只要不过分，他就决定同意。

"您知道超导吗？"

"当然。"

"我们几个搞了个研究超导计划，想跟您汇报一下。"

蔡有些糊涂了。

贝小知很简略地把计划讲完。

"这事要找科学院。"蔡一下子就明白贝小知是在寻找赞助。

"超导若搞成功，头一个受益的就是电力部门。"

"那首先要成功才行。电力科学院曾有个研究超导的小组，后来撤销了。而且根据惯例，工业部门一般不搞基础研究。"

"改革就是打破惯例。工业与科学相联系已成大势所趋。"

"仅仅是在实用技术方面的联系。"

"可实用技术要理论的支持。"

"搞基础理论研究是很费钱的。"蔡翻动着案上的文件，"现在企业的留利水平相当低。如能达到百分之三十，我将大力赞助科学。"

"我的要求并不高。"

"多少？"

"两万。"这是计划资金的一半。

"可我也不能单凭你一句话就给钱呵！"

"这是一份相当详尽的可行性报告。"贝小知递上文件，"请批示。"

"下午告诉你结果。"蔡看表，已是十一点十分。

"五分钟就能看完。"贝小知不相信"下午"这词儿。对日理万机的人来说,下午干什么,自己无法预测。

蔡厅长看了贝小知一眼,取出眼镜。这是一份用计算机打印出来的文件,清晰的楷书,读起来挺省力。"我承认,这是一个很诱人的计划。"当上厅长以后,他基本上成了个事务主义者,很少有机会读文件以外的东西,但对科学技术的爱好仍保持着,临睡前总要读些科学杂志,试图及时了解科学动态。

"有了两万块钱,它就很可能变成现实。"

蔡厅长抽出笔批道:李、石酌办。

"他们会给钱吗?"

"这要看你能否像说服我一样说服他们了。还有什么要求吗?"

"没了。"

蔡厅长笑了。以上两段对话全部为英文。搞科研的人必须懂外文,否则即为冒牌货。"作为令尊的门生,我希望钱到你手后,要好自为之。"

"谢谢关照。"

"有事还可以来找我。"

"您对科学的了解不算少,英文也相当好。"

"虽然两样都不如你,但也略知一二。以其昏昏,想使人昭昭是不行的。"

李总会在计划书眉上批道:请科研处在年内经费中拨两万至电力试验所。

科研处的办公室在顶楼,它原来与技术处是一个部门,后来为了将岭东电厂的石厂长换下来,才因人设事,将其一分为二。

石处长此刻正在看画报。从厂长位置上下来后,为保护身体计,他就决定不看书。

"下午来吧。"他接过贝小知的文件。

"蔡厅长让马上办。"贝小知知道对付官僚的办法就是找个更大的来压他。

石处长并不看文件正本,只读批示。"请在年内经费中解决。"他反复念着这句话,"我们的经费是很紧张的。"他说的是实话。科研费是"万能费",干什么都行。今年的预算是八十万,其中十万,已调给东郊电厂买汽车了,这辆车他随叫随到。另外二十万,电力知青商店借去做流动资金了。除此之外还有日常开销,不能算富裕。但蔡批的事是一定要办的,他这人看上去软,实际很硬。

"我给你一万八千块。"石处长用独特的笔法批道。

"您不读文件的正文?"贝小知希望他能认识到超导的意义。

"我是管科学的。"石处长把批件退回。

贝小知立刻明白他的潜台词。跟这种人多说没有用。他小心翼翼地将批件收好。

IBM(美国国际商用机器公司)的聚谈会极其豪华,若干张小桌被大量的精制食品和陈年法国酒压得发出呻吟。

高桥找了个僻静角落站定。他厌恶人群,尤其厌恶这种闹哄哄、毫无纪律性可言的人群。人体的精力是个常数,因此只有不善于行动的人才会有杰出的思想。

"费米博士是超导方面的专家,你们一定能够找到共同语言。"卡特琳娜把一个人领到高桥面前后重入人海。

高桥浩认真打量着眼前这位五十余岁的矮个子。他的模样像个学生,衣服皱巴巴的,上面还有些许食物残痕,衬衫的领子也很脏,钢笔错误地别在西装的外口袋上。"您的主要著作是什么?"这是日本学界同仁见面时通行的问候。

"《有限核战争的后果》。"费米立即回答。

"什么?"

费米兴致勃勃地讲了起来。

尽管高桥对"最低威慑"、"超杀"之类的政治术语颇感陌生,但大体还是听懂了。"我仿佛记得您是物理学家?"

"一点不错。"

"可听起来却像是裁军专家。"

"人类所关心的,我无不关心。"费米点燃一支粗大的雪茄,"知识分子必须有强烈的政治参与意识,对现实有批判责任,对未来发展提供多条思路。"

"可我只对物理感兴趣。"高桥固执地强调,"咱们还是谈物理吧。"

"今天似乎不是谈物理的气候。"费米指指欢乐的人群,"这是我的名片。"

"美国国际冲突协会理事;IBM研究中心高级研究员;普林斯顿大学教授。"高桥念完后说,"这顺序似乎应该倒过来才是。"

"英文总是从下往上念的。"费米很幽默地鞠了一躬,然后汇入人潮。

"你好。"一个身材不高、风度翩翩的中年人来到高桥面前。他生就一副典型的东方人面孔。

"日本人?"高桥问。

"请继续猜。"他的英语相当流利,标准的波士顿腔。

"中国人。"

"对。你是日本人?"

"对。"

"我以为你是中国人,才找上门来聊天。"

"我以为你是日本人,因此才接待了你。"高桥觉得对方那副笑眯眯的模样很讨人喜欢。

"方宗伦。"

"高桥浩。"

"超导专家?"

"你怎么知道?"

"我读过你的文章。"

"你对超导有兴趣?"

"凡是人所喜爱的我无不喜爱。"方宗伦的格言与费米的实质是一样的。

第三章

"我有个请求。"林亚眠对所长说。

"请讲。"所长绅士派头十足,没人知道他是从哪里学来的。

"我有几个研究伙伴,想搞超导方面的研究。"

"用所里的设备可以,但目前的经费很困难。"所长以干练著称,立刻明白林的意思。林退休的报告已上报批准,超导又不是有效益——经济与政治双方面——的研究,这套程序已在他的脑内生根。

"钱我们有一些。"林亚眠头一次觉得自己的腰板硬起来。多少年来自己都是在低头求人,要经费、要编制、要时间。

"有多少?"

"两三万块吧。问题的关键是我们想用一下所里的账户,并在名义上附属于物理所。"尽管钱是自己募来的,但没有一个单位收,就无法从西安方面转来。

"可以,完全可以。"所长翻动笔记本,"但所里要酌情收一些管理费。"从这种途径来的钱,与国家拨款的概念截然不同,可完全纳入所长基金内。

"你这酌情是多少?"林亚眠的脸放了下来。

"百分之十。"

林亚眠瞪着所长:"从有物理所那天起,我就在这服务,这条件未免过于苛刻了吧?"

"百分之五。"所长通情达理地笑笑,"或者由您来提个百分比。"

"百分之零。"林亚眠自觉上来就被人无缘无故刮去两千块钱,回去无法向小同道们交代。

所长的笑容收敛了,"不给管理费可以,但动用所里的设备要付钱。"他并没有忘记自己两分钟前的许诺,可对大人物来说,言不必信,行不必果。

"可以,但要按照国家规定收。"

"当然。"所长笑了。他笑己之聪明,笑林之愚蠢。国家并无出租科研设备的明确规定,但无疑要大大高于百分之十。而百川归海,全要进入所长基金。

"低温俱乐部"确实惊人的松散。成员除贝小知外,就是田夫与熊无忌了。

田夫是个快乐的小伙子,一九六四年出生,生就一副永远闪烁孩童式微笑的娃娃脸。他的反应特别灵敏,外语也很好。据贝小知介绍是"无与伦比的实验专家"。他的口袋里伸出一根细细的同轴电缆,一副高保真耳机犹如贵妇的耳环永远附在脑侧。

"你听的是什么?"林亚眠忍不住问。

"托马斯的学术报告,已经是第五遍了。"田夫一本正经地回答。托氏是国际著名的低温物理学家。

"你使我想起年轻时代。"林亚眠二十岁时以公费生资格留学美国,在图书馆与实验室里销蚀掉百分之九十五的青春,并认定这是有志青年的标准模式。

"很荣幸。"田夫鞠了个躬,就脱衣与贝小知打球去了。

林亚眠与托马斯在日内瓦国际会议上有一面之交,出于好奇,他拿起耳机一听,发现竟是评书《东周列国》。或许是为了调剂大脑。他按下快进键。《圣经》讲座。相声。流行歌曲。现代钢琴曲。一盘真正的杂烩。他无可奈何地摇摇头。

虽说如此,林亚眠仍然喜欢田夫:他像一汪清水,顶多有些孩子式的淘气罢了。

而熊无忌则不同了,他是个在内蒙古生长的非蒙族人。若就其五官每一局部而论,都还规范标准,但组合到一起,却构成一副阴险之极的图案,不禁使林亚眠想起"文革"中那位折磨人方法极多并乐此不疲的工宣队副队长。

熊无忌操着一口经大手术矫正过的普通话,每每给林亚眠以三叉神经受挫的感觉。他认为凡是普通话说不好的人,就是残疾人。虽然他的普通话是江浙基础,但江浙音是文化的标志,清朝有一半状元出在江浙。

"跟你认识很高兴。"初见面时,他握住熊无忌的手说,"希望咱们能长时间共事。"

"我很快就要到美国去了。"熊无忌只是轻轻一握,但林亚眠已经感到巨大的能量传递。

"他是吴健雄物理奖的获得者,P大学物理系讲师。"贝小知介绍道。

"准确地说,我是一九八三年度吴健雄物理奖的获得者。"熊无忌很重、很散漫地坐到床上。

林亚眠隐隐有些不快,但没吭声。教养就像熟悉而得体的衣服,他即使感到束缚,也难完全脱去。

卡特琳娜的书房是全套住宅中最宽敞的一间。地上铺着厚厚的波斯地毯,写字台是钢木结构的,一只抽屉也没有。

高桥坐到附有液压装置的转椅上,伸手打开桌上的微机。

"别动。"卡特琳娜把微机关上。

"怎么?"

"我的秘密全在里面。"

"你的秘密不就是我的秘密吗?"

"不,我的秘密仅仅属于我个人。Privacy(独处)。你明白吗?"

高桥摇摇头。

"它是一种环境,一种不容别人插手的环境。必须保持这样一种环境,否则心灵和身体都会生病。"卡特琳娜解释道。

"我不太适应你们的文化环境。"高桥说。

"会适应的。"卡特琳娜把一条光洁圆润的手臂搭在他的肩头,"其实日本的文化环境你又何尝适应?杰出的科学家大都是这个样子。"

"你怎么知道我是杰出的?对近代物理你能知道多少?"高桥把谈话引入自己熟悉的领域。只有在这里面,他才自觉是安全的。

"物理懂得一些,对物理学家懂得的就更多了。"卡特琳娜声音中尽是暖意。

"今天咱们举行'低温俱乐部'第三次全会。"林亚眠是个很喜欢"正式"的人,以前两次讨论会,一次是在田夫宿舍、P大学博士楼里举行的,中间三次被同宿舍的人打断,临到快结束时,田夫干脆被一个很漂亮的女孩子叫走了。另一次是在中关村一个廉价酒馆内举行的,其噪音分贝,等于王府井;其烟尘浓度,远胜伦敦大雾。因此他硬着头皮再次找到所长,好赖弄来一间房子。

房子虽只有十平方,但林亚眠把它布置得井井有条。他想慢慢地把资料、藏书全部移到这来。将来或许有一天,这门外会镶上一块纪念铜板,起码可以这样写:一位老科学家曾在此度过有意义的余生。

"请问执行主席先生,今天的议题是什么?"田夫笨拙地摆弄一支香烟。

"回顾超导研究的历史,从而确定研究方向,然后制定一个详尽的计划。"林亚眠笔直地坐到硬椅上。

"计划就是如何找到新型的超导材料,历史根本就无须回顾。"熊无忌很坦然地坐在全屋唯一的软椅上,"我们最好还是保护一下自己的科学想象力。"

"起码要有一个大纲性的计划,这样工作起来才能有所遵循。至于历史嘛,能简略地回顾一下也好。"贝小知是这个集团中最出色的黏合剂。他曾经不止一次地宣布:甭管你们谁是达尔文,我都是赫胥黎。

林亚眠从提包内取出精心准备好的计划书。

"一九一一年,荷兰物理学家卡麦林·翁纳斯首次发现自温度降到4K时,也就是$-269℃$时,电阻突然全部消失了,这就是超导效应。"林亚眠很快就进入角色,仿佛又回到了大学的讲坛上。以往中国科技大学每年都要来科学院邀请一些科学家去讲课,有些人醉心于研究,能推则推,而他则相当积极。"你身上有种好为人师的素质",妻子如此断言。可好为人师是学者最重要的素质,先人教导后人,知识才能累积传递,人类才能前进。

"打断一下。"熊无忌眯起眼睛,"有个小故事:一位反应很快、理解力很强的官员,每当下属给他汇报工作时,他听几句就说:试着从半中腰说起,看我能不能听懂。"他骤然打住。

"赫胥黎某次要给一些素养很高的听众讲演,他问老师:什么是假定对方已知的东西。"林亚眠费了很大劲,才将声音中的颤抖滤掉。

"老师告之曰:他们一无所知。"田夫笑着接了过去。

"我可不是热情的听众,我是专家。"熊无忌傲气十足地说,"前提错了,一切将丧失意义。"

"既是专家,该懂得让人把话讲完。"贝小知向林亚眠点头致歉。

"从一九一一至一九八三,七十年的努力,才把温度提高到23K,平均每年0.25K。至于理论方面的解释,只有美国科学家巴尔、库柏、施里弗算是经典的。他们认为:临界温度上不了40K。我基本上同意他们的观点:从23K至40K这17K,是攻关的方向。"

"从哲学的角度讲:武断地规定上限是不妥当的。BCS理论,是对局部工作的总结,并不能涵盖一切。"贝小知的语气很和缓。

"哲学与科学并不是一回事。"

"我个人体会,物理研究愈到高级处,就愈接近哲学。"贝小知善意地笑笑。

"这并非高级体验。"林亚眠有些恼火。每当事情不顺手时,他总是这样。"事实并不根据你的个人体验而定。"

"我小时候,闻到晒后的被子禁不住对父亲说:太阳绕被子转了一圈,使它充满好闻的太阳味。父亲教导我:是被子绕太阳一周,而太阳光是无味的。"田夫摘下耳机,"可我至今认为太阳光是有味的。有些事情完全取决于你怎么看,一种看法导致一种结果。"

33

"唯心论。幼稚园的物理。"林亚眠说。

"搞科研必得有点唯心主义。"熊无忌插了进来,"得有些天马行空、独往独来的精神。世界有时候会因为一个人的看法改变模样。"

"你们之所以多时没有搞出名堂来,这恐怕是原因之一。要站在前人的肩膀上。"林亚眠慢条斯理地说。

"你一直被前人阴影所笼罩,这恐怕是四十年不出成果的重要原因。"熊无忌笑了起来,"我在读任何一个理论之前,都下决心推翻它。我是唯心主义者的同时,还是个怀疑论者。"

"可您推翻了多少?"林亚眠对不喜欢的人,才以"您"相称。

"我已经觉出松动来,终究有一天会崩溃的。"熊无忌跷起二郎腿。

"到那时再宣传你的唯心怀疑论也不迟。"贝小知切入,"咱们这群流浪汉,今天终于有了块根据地,这应该感谢林教授。"

"用不着谢。咱们还该有健全的组织、有力的领导和明确的制度。"林亚眠说。

"全有了之后,俱乐部也就完蛋了,半点活力也不存在了。我之所以到这来搞业余研究,就是忍受不了机关里的官僚味儿。"熊无忌比划个莫名其妙的手势,"机关,多形象的词儿,典出《三侠五义》,让外人搞不清楚功用结构者曰机关。"

"科研机关是仿照政府、工业、军队的形式建造的,宝塔形,最压制人才不过。"

林亚眠很奇怪田夫如何能够边听评书边发言。

"名义上的主席也该有一个。"贝小知说,"我建议让林老当主席吧。"

"一股很不好闻的统治味儿。"熊无忌耸动鼻子。

"有点统治也好。"田夫说,"太天马了也不行。"

"就怕不够天马!"熊无忌不以为然。

"既同意,就这么定了。"贝小知决断地说。

"我只有一条建议:每星期聚会两次。"林亚眠知道时间保证是最重要的。

"少了点。"田夫精力极充沛。

"多了点。"熊无忌道。

"这证明我选的是最优值。"林亚眠愉快地笑道。他明白对这几个人,有多少强制就有多少反弹力,唯有说服才是正途。

"听说你近来的兴趣从核裁军回归到物理来了?"高桥浩给费米打电话。

"对。一个时期在一条战线上作战。"

"找你谈谈行吗?"

"可以。"

"你从哪里找来这么个老头?"熊无忌推着辆自行车,在黄叶飘零的道路上走着。"好像咱们这辈子被人领导得还不够似地。"

"老头子有老头子的用处。没他那块牌子,老蔡处的两万块钱还不准要得来。两万块,顶你小子一辈子的工资。"

"我情愿少挣钱,也不想要个婆婆。"

"概念的偷换:你就是不挣钱,也不等于咱们有研究经费。他并不是婆婆,顶多有些婆婆气罢了。他也属于被压迫的一层人。"

"奴才要当了老爷,比老爷可老爷多了。我在监狱时,最怕犯人头。"

"他有着辉煌的学历,对超导有全面的了解。一个研究群体最佳结构中,非有个老头不可。哥本哈根学派就是极佳例子:在玻尔的领导下,十年出了十位诺贝尔奖奖金得主儿。"

"概念的偷换:他不是玻尔,而是个四十年一无所成的带学阀气的老学究。"

"别如此刻薄。他的文章蛮有分量,他的机遇也不大好。"

"我的机遇也不好。"熊无忌的浑身肌肉立刻绷紧。

"不好不足以形容你的经历之万一。"贝小知并未回头去看他。

熊无忌是上海一位中学教师的儿子。老头子在一九五八年被打成右派。中学教员当右派比名流要惨得多,他被判处五年徒刑。刑满后在内蒙劳改农场就地安排工作,熊无忌就在那种环境中长大。一九七三年,他与劳改农场保卫科长儿子械斗,被判三年徒刑。出狱后,他确实是脱胎换骨,终日默默,发愤读书,于是方有后来之经历。

"你知道我这辈子最大的心愿是什么?"

贝小知摇头。

"破坏权威与秩序。"熊无忌恶狠狠地说。

贝小知把手搭在他的肩上:"人都有报复心与破坏心,但更多的该是理解与信赖。"

"你总是先肯定我的说法,然后再把它推翻掉。"熊无忌声调软了下去,"当你把手搭在我肩上的时候,我总觉着有股真力传过来,在这个到处掺假的世界上,你是真的。"

"还有很多真,你要善于去寻找。"

"我尽力试试吧。"

林亚眠做了首席秘书之后,确实很尽责,每次例会,都提前半小时来。先煮一壶咖啡,然后给熊无忌沏上一杯浓浓的花茶——这是他在内蒙养成的习惯,上次林亚眠观察出来的。

这些小姿态,能使人际距离大大缩短。

林亚眠放松地坐在舒适的软椅上,环顾四周,思绪转到几个伙伴身上。

熊无忌太阴沉,这点林亚眠并不欣赏,但他的想象力极丰富,如果走"正道",大概能成"家"。田夫讨人喜欢,可性情过于不安分,涉猎太广,不专则难以成事。贝小知色彩斑斓,难以概括,大体上是那种活动型,想象力和多方面的活动能量都不可小觑。记得贝小知曾戏言,如果由拿破仑、罗斯福、斯大林组成一个小组,他也敢领导。小组里真少不了这种角色。

此刻正是星期日上午九点整,几抹纯白色的阳光洒在屋正中的桌上,靠墙摆放的资料书籍辐射出神秘的光泽。

林亚眠静静地体味着这种令人感动又难以言说的美,仿佛进入了古人所谓物我相忘的境界。

"早。"贝小知的招呼永远很简单。

"你很准时。"林亚眠让他在记录簿上签到。

贝小知好像想说什么,可又忍了回去。

田夫是用脚开门的,"北海公园已经结冰了,你听说了吧?"

"作为一个科学家,用不着听说,看看温度计,就知道全北京所有静止的、露天的水,全都结了冰。"

"你什么时候成的科学家?"田夫笑着问。

"入会那天即是。江湖人称'超导侯'。"贝小知一本正经。

"真他妈的有你的。"田夫把尚很烫的咖啡尽数倒入嘴中。

"慢慢地品,方能觉出香味。"林亚眠忍不住教导道。

"人体是个开放系统,香味进去会出来。"田夫大吐一口气,"复辟的香味更好闻。"

熊无忌过了半小时才来。

"此次议题仍是如何制造更纯的导体,从而提高临界温度。"这个问题已经困扰了林亚眠四十年,人类七十年。

"提纯导体的方法不外乎那么几种,人们早已试过无数次了。"

"问题在于他们的导体不够纯净,他们的试验也可能在某个环节上出了问题。仪器污染是实验的大敌。"林亚眠说。

"绝对的纯净是没有的,把研究方向全押在提纯上是不妥当的。"贝小知的高明处是把否定的话用肯定的口吻说出来。

"那方向该定在什么坐标上?"林亚眠对这种"无权威碰撞"仍不习惯。

"如果您非问,我只好告诉您:我也不知道。"

"关键是你的哲学观。"熊无忌对任何人均不以"您"相称,"当经典电学建立之后,克希荷夫面对辉煌的物理大厦说:今后的全部任务就是提高小数点后的精确度。他错了,大错特错。"他的眼睛中尽是血丝,"该找一个前人没有想到过的方法来试试。"

"这种方法是什么?"林亚眠问。

"我也不知道。"

"那你就把知道的讲一讲。"

"此刻我不想说。"熊无忌把脸转向窗外。

林亚眠沉默了。一时间气氛温度达绝对零度。

"对咱们这个小团体来说,需要的是向心力与凝聚力。"只剩下他俩时,贝小知对林亚眠说。

"向谁凝聚?圆心又是谁?作为学者,我在国内即使不是一流的,也是高层次的,从未受过如此奚落。"在仿照官场模式建立起来的科学界中,林亚眠已生存三十余年了。

"一切都为了超导,她是圆心。您无疑是一流的科学家,熊慢慢会承认这一点的。"

"因为你,我才留在这个俱乐部。"

"我明白。"

"你不明白!"林亚眠站了起来,"对于你们来说,出不出成果无所谓,你们年轻,你们是业余的。可对我来说,今生今世的一切,全都押在这上面了。"贝小知深知此刻林亚眠要的只是个听众,而且知道他无论发多大的火,也不会甩手走的。一个人可以舍弃 A,也可以舍弃 B,但不会舍弃一切。

"他是否理解我,我并不在乎。但他应该理解我,我是未来,他是过去。"熊无忌的宿舍相当整洁,一个玻璃书柜里有不多的书籍。门上贴着:借书给人者傻瓜,还书给人者亦傻瓜。

"我对你做番精神分析。"

"没人能分析我的精神。"

"如果一个人总是一味地吹牛,一味地妄自尊大,那么所隐藏的一定是种深刻的自卑。"贝小知斜靠在床上。

"你有时也吹牛。"

"你这种自卑,源自童年的不幸记忆,源自监狱的非人生活。你总有种怕被人看不起的感觉,所以用蛮横无理来显示力量。"

"你胡说!"

"其实你是个很有文化的人,你的科学经历辉煌地证明了这一点,根本就用不着怕被人看不起。"

熊无忌不再反驳。

"咱们是个很好的班子,千万不要为内应力过大而影响其运转。"贝小知很诚恳,"为了保证你们能释放才华,我将全力做好后勤工作。"

"你也有才华。"

"在物理方面只有一点。在别的方面就难估了。"贝小知顺手从枕底抽出一册画报,脱口道,"《花花公子》?你从哪里弄来的?"

"你管得着吗?"

贝小知耸耸肩,抬头看看墙上挂着的写着"欢腾"两字的条幅。

一个很鲜艳的青年女子用钥匙开门进来,见屋内有人,毫不在乎地一点头,就走进帷幕里面去了。

熊无忌送贝小知出去。

"怎么又换人了?你那些姑娘,让我记也记不清。总有一天,她们会让你头疼的。与许多人恋爱,而且超过精神领域,预后不良。"

"很复杂的物理问题,我都能处理,何况小事乎?"熊无忌掩饰道,"人是多偶的,或者是极其多偶的。不是吗?"

"即使是灵长目动物,在性生活方面也是有所禁忌的。"

"你应该尊重别人的隐私。"

"我只希望能保持一种良好的心态,这对科学是很重要的。"

"谢谢。"熊无忌没再反驳。五年前,他与贝小知同住一间宿舍。有一次他拿了贝小知五十元钱,在监狱里这本是天经地义的事,可在著名学府内却引起轩然大波,连开三次班务会。最后贝小知宣布是场虚惊。风潮完全平息后很久,贝小知才拍着他的肩膀说:"你有才,运气也开始转好,能成为一个好科学家的。"他哭了。多少年来,贝小知是唯一能窥见他内心的人。"我的心就像是座很黑、很深的地牢。"他喃喃地说。"地牢的门已经打开了,走出来吧,外面是阳光灿烂的世界。"贝小知说完就走了。

从严格意义上讲,那一天是转折点,他默默目送着贝小知的背影远去。

费米的书房充满科学与艺术的气氛:大量的曲线图表中混杂着大量的油画和素描。

这使高桥感到很奇怪,这些混杂在一起能和谐吗?

"和谐是你们东方哲学的基础。你们认为,只有和谐才是美的,我看不一定。"

每当物理学家操哲学口吻说话时,高桥总很厌恶。在他看来,世界上的事物只能分成两类:一类为科学,它是种切切实实地经验,比方水,它就是 H_2O,不信就分解给你看看。一类是艺术,它纯粹是想象。真正的艺术,总是根本就没有的东西。只是有了特定的艺术家,才有此特定产物。而哲学实质上是种想象,可哲学家们却偏偏操着科学语言说话,把它冒充成经验,很有些滑稽。

"其实科学家来到这个世界上,就是为了破坏原有的秩序,也就是破坏和谐。"费米穿着一件质地很好但千疮百孔的吸烟服,手中拿着一个树根烟斗,教鞭般地点划着。

"从而达到更高级的秩序与和谐。"高桥忍不住说。

"世界不存在和谐,它是矛盾的,和谐只是暂态。探索是没有止境的。"

"我最不喜欢哲学。"高桥把自己的意见阐述了一遍。

"哲学是种抽象。无论艺术还是科学,旨在探索事物的根本面目。你对它的本质认识愈深,则概括力愈强,就愈接近哲学。"费米把两个手指对在一起,"它们殊途同归。"

高桥沉默不语。

"我们在谈物理之前,先来上一杯如何?"

"不。喝酒是很消耗脑力的。"

"生命就是为消耗而存在的。"费米自斟一杯。

"可总应有个理由。"

"你赤条条被掷到这个世界上来,没有任何理由,因此思想与身体都是绝对自由的。消耗它们也无须任何理论帮衬。"费米将杯中酒一饮而尽。

第四章

在理论方面的探索很顺利的展开，例会相当繁忙，每周三次。这也是极限：思想需要沉淀。

"有辆卡车歪在路边开不上来。司机把货卸下来，摩擦仍不足以使它上攀。此时一位中学生过来对他说，你把车胎内的气放掉一些。接触面积大了。摩擦力不就大了。司机恍然大悟，因此上了正道。"贝小知绘声绘色，"作为一个一辈子只知道往胎内充气的职业司机，他的思想很难达到这一点。"

"反向思维。"熊无忌重重地一拍桌子，"咱们的计划就是错了。不能总在导体方面盘旋。"

"超导体首先得是导体，莫非还到绝缘体中寻找不成？"林亚眠反问。

"超导体与导体是两个截然不同的概念，其区别有如导体与绝缘体。你的话提醒了我。"熊无忌站了起来。

"整个自然界应该是这样一条直线。"被人摆在"提醒"的位置上，林亚眠感到很不好受。他在小黑板上徒手画出条笔直而光滑的线段，"从电学角度可分为以下序列：绝缘体、导体、超导体。"线条被等分掉。

"不对，根本不对。"熊无忌把直线的首尾连接在一起，然后又画了几条乱七八糟的小线段，"它们应该是这样的。"

"它有什么方程来描绘？"

"没有。数学不及其百万分之一。"

"规律秩序安在？"林亚眠反问。

"作为理论物理学家，爱因斯坦希望世界上存在完整的规律与秩序。他晚年致力于'大统一场'的研究，可客观不是他所想象的。"贝小知插言道，"请记住：上帝是在掷骰子。"

"你的意思是：搞科学是在碰运气？"林亚眠说。

"对头！"熊无忌打了个榧子。

"那么科学安在？"

"所谓科学就是比较会碰运气。"贝小知点上支烟，"要相信灵机一动，要相信直觉。"

"真正荒诞不经！"

"科学在被证明之前，总被称为荒诞。"熊无忌说，"荒诞是思想自由度的参数。"

"证实不了的荒诞永远是荒诞！"

"兵分两路：林教授在导体内找，熊在绝缘体里找。"贝小知说。

"你们那一路研究的全部功用就在于用错误来证明我的正确。"熊无忌满脸得意。

"别把政治斗争中故意贬低对手那套，移植到科学研究中来。"贝小知厉声说。

熊无忌出人意料地往外吐吐舌头。

"我已拟定了一个详尽的计划，希望你们小组也能在近期内提供一份，以便通过预算。"林亚眠一板一眼地说。

一周内熊无忌两次提出计划，都被林亚眠否了。他认为过于草率。

"他是故意压制我的想法。"熊无忌愤愤不平，"一个好念头千金难买，再说经费又不是他弄来的。"

"要相信科学家的良知。"贝小知说，"你的计划的确应该推敲一下才是。"

"我已经开始推敲成果报告了。"熊无忌用很夸张的口吻说，"在平凡的日子里,一道智慧的闪电击中了我……"

费米博士的别墅。

"我并不是超导方面的专家,更准确地说,是个门外汉。我之所以出名,一是因为我在核裁军方面的贡献,另外也得力于我在电气材料亚原子方面的研究。"费米博士开始往烟斗里填装烟丝。他最喜欢的烟丝是云南烤烟丝,虽说这是从弗吉尼亚传过去的变种,但也许正因为如此,有种特殊的香味,他命名为:东南亚热带雨林香型。"奇怪的是,我近来竟对这些方面很感兴趣,这显然是因为你的缘故。"

"没有人能预测智力的流向。"高桥浩聆听远处传来的涛声,"虽然大型计算机已在测绘全球大气方程。"

"去年底,我去西雅图参加低温物理年会,遇见托马斯教授。你知道他吗?"

"基督徒都知道耶稣。"高桥微眯着眼睛。

"他告诉我,如今医学家面对肿瘤、精神分裂,经济学家面对通货膨胀、失业,法学家面对各种犯罪,计算机专家对人的智能,都感到束手无策。这是场全面的危机,其根源在于旧的方法、旧的体系出了毛病。"

高桥的思想此刻还是被动的。

"我们过去的物理概念、数学语言、实验方法要大大地改变,否则物理学就不会有突破。"

高桥将自己的注意力凝聚起来。

"人们总在结构松散中寻找容易穿透的。绝缘体虽然内部组织很紧密,但只要往里面掺些什么,也许会变得松散起来。"

"你的思想,还是托马斯的?"

"分不清了。你在建立自己的概念,可用的却是别人的语言。我讲个小故事给你听:某少年欲与邻居 A 太太的女儿结婚,他父亲知道后阻止道,A 太太的女儿其实是我的女儿。他沉闷许久后又去问其母。去结婚吧,你根本不是你父亲的儿子。"费米边说边笑。

"你刚才说得太好了。"高桥的思想还停在物理上,"值得干一杯。"

"不喝了。人是个需要控制的体系,无论是性欲、食欲,还是烟量、酒量,否则就会崩溃。咱们还是到海滨转一遭,那儿准能激励思想。"

"提纯派"与"掺杂派"的研究齐头并进。

跟林亚眠在一起搞研究,贝小知觉得学到了不少东西。

"您一站就是五个小时,从来不去上厕所,这是为什么?"

"因为我在进行重大实验时从不吃喝。"

"为什么不吃喝?"

"因为不排泄。"

"我们陷入了一个'怪圈'。"贝小知笑了,"您似乎有个无限容量的胃和膀胱。"

"你出去吃顿饭的功夫,很可能误过一个伟大的发现。"

"没事我就回去了?"一个吴姓中年实验员进来询问。

"谢谢你了。"林亚眠友好地说。

"不谢,不谢。"实验员是个标准的老北京。

"我发现他们跟您特别好,最好的设备总是给您用,而且都又在不得不收钱的时候,才收些象征性的费用。尽管所长有明确的指示。"

"再高级的官员,也有两种人不能得罪:秘书和司机。因为你不管干什么事,这两种人都知道,开罪他们,对官场生涯是种潜在的威胁。作为一个科学家,我也有两种人不敢得罪:助手与实验员。"

贝小知倒了杯浓浓的咖啡递过去。

"有个小典故,"林亚眠放松身体,很惬意地呷了口喷香的咖啡,"我有个研究生物学的朋友,他有想法也有才,就是特别傲慢。这可能是他剑桥大学得博士时弄来的副产品。不管到哪里住宿,他都要写:某某博士和他的助手。活脱一副英国绅士派头。某次他进行'牛乳对家兔生长的影响'的实验,设置了两个对照组:A组每天每只一磅牛奶,B组只喂青草,历时八个月,搞出一篇大文章,很有反响。可就在他得意之际,那位从河北农村来的实验员在'五反'会上宣布:一口牛奶也没给A组兔子喝,都让他本人享用了。弄得老兄好下不来台。"

贝小知笑得连咖啡都喷了出来。

"我因之得出教训:要善待他们,让他们好好为你做事。"

"平等也是因素之一。"贝小知并不同意他的结论。"发津贴了。"他见人都来齐后宣布道。

熊无忌一张张地数,连毛票都不放过。

"你是故意摆出这副爱钱的样子,"贝小知说,"我成全你,批准你请一次客。"

"咱们还是讨论吧。"林亚眠不愿为吃喝玩乐浪费一个晚上。

"不。老熊请咱们去跳舞。"连续两个月都是在紧张的实验中度过的,贝小知自己也感到很疲劳。

"你会跳舞吗?"熊无忌问林亚眠。

"用你们学校梁方教授的话讲:我跳得极绅士、极古典、极宫廷。他怎么样?"林亚眠安稳地坐在椅子上。

"死了。"

"什么时候死的?"林亚眠一愣。

"已经有七、八年了吧。"熊无忌漫不经心地回答。

"胡说。我去年春节还跟他下了盘围棋。"

"作为围棋手,作为生物人,作为科学花瓶,他还存在。可作为一个物理学家,他却死了七八年了。"文革"结束以来,他一篇文章也没有发表过。"

"你这玩笑太残酷了。"林亚眠仍然觉得心悸。

"不是玩笑,而是种形象的说法。"

可对老年人来说是相当冷酷的。林亚眠瞅着熊无忌在旋转灯光下不断变幻的脸。

"您跳吗？"

"不跳。以前只有美国水兵才跳这种舞。"林亚眠最不喜欢的就是迪斯科。

"您受的标准美国教育，可却一脑袋英国贵族思想。看来无论什么东西，一传入中国都要变样。"

林亚眠不想在这种场合与人论争，"你为什么不跳？"

"这年头找个伴不容易，得嘴上说好听的，手上使暗劲儿才行。不过，我仍打算去试试。但位子您帮我留着，一会儿也许灰溜溜地回来了。"熊无忌脱下肮脏的西装，沿舞场的边儿走了。

林亚眠微微闭上眼睛，过好一会儿，才问刚过来的贝小知："密度如此之大，转速如此之快，他们不撞到一起去，真有些奇怪。"

"在超载的公路上，千百个司机出于对安全的渴望，互相调节礼让，才得以行走。在舞场上，你观察我，我观察你，取回信息后，通知执行机构，然后再带动传动机构，构成一个复杂的系统。这个系统的动力就是人们对美的追求。"贝小知侃侃而谈。

"能在舞场上进行哲学沉思，研究控制论的人是很不简单的。"

一曲终了。

"我把她借给你了。"熊无忌把一位身材修长、面目清秀的少女介绍给林亚眠。

林亚眠只得接过来。幸好是他熟悉的华尔兹。

他庆幸自己的腰板还足够硬，腿脚还足够灵活。舞伴很快就接受了他的通信方式，顺从地跟着他旋转。

他觉得一股青春的气息迎面扑来。有生以来，自己还是头一次跟不是太太的女士跳舞。他将注意力转回自身，调整步伐，在舞曲结束之际，恰好回到出发点。"完璧归赵。"他和善地对熊无忌说。

"您的舞跳得太圆满了，因此不够美。"熊无忌说。

"可你却跳得太实际了。"少女微微一笑,扭身走了。

"她这话是什么意思?"

"你把他搂得太紧了。"贝小知作注解。

海浪的声音。月亮升起来了。

"一轮神秘的月亮。"高桥浩用块毛毯盖住身体。

"在你们日本人看来,任何东西都是神秘的。"卡特琳娜说。她是费米刚用电话邀来的。"月亮并不神秘,它已被人经验过。"

"每个海浪的密度、形状、冲击力都是不确定的,不能确定的东西就是神秘的。"

"亿万个不能确定的海浪却构成一个可以确定的海。"费米脸冲上躺着,"经验过的不神秘,没有经验过的也不神秘。"

"超导是神秘的。"

"也许并不神秘。"卡特琳娜的一只手伸了过来。

是的,它终究会有一天变得不神秘。一个精彩的念头涌上来。高桥霍地翻身坐起:"我得回去一趟。"

第二天他们去打网球。

"你花多少钱,才能让他们在这个时间给咱们专找一块场地?"林亚眠问。

"我认识他们。"贝小知说。

"你究竟认识多少人?"上个月,林亚眠去广州开会,贝小知一个电话,就给他弄来了次日的飞机票。

"我认识体委的场地处处长。一个网络,你只要能控制它的中心,这个网络就能为你服务。"贝小知笑了。

林亚眠穿着一套讲究的运动衣,带去了五只拍子。能舒舒服服地打场网球,是他多年的心愿。

贝小知的球打得很潇洒:倘若击中,蔚为壮观;倘若失败,美中不足。与他对垒,林亚眠觉得很舒服。

熊无忌则不同了,他用一块坚硬的球拍,把子被削过,缠着胶皮。他反应灵敏,肌肉的调节能力也很好。打反手球时双手握拍,力量极大。

他的素质不错,可不懂战术。林亚眠高高将球抛起发出,然后一近一远,调动着熊无忌。

熊无忌一开始不适应,总把球打到后场,而林亚眠扣杀穿透力很强。第一局熊以三比六败阵。

他很快调整了战术,专打近网,连赢两局。

"你什么时候学的打球?"

"没有专门学过。书读累了,就到球场上随便找人挥两拍。"熊无忌一点汗都不出。"我打球的指导思想是:斤斤计较,怎么让对方难受就怎么干。"

"你这个人总要把应该是心里想的说出来。"贝小知披上衣服。

"这是优点。"

"铜原子与氧原子形成电子对,在陶瓷内部运动,什么也不能阻碍它们。钇与钡形成晶格,能使电子振荡成对。"当费米与卡特琳娜进屋时,高桥浩挥动着一张纸,没头没脑地说。

"一个漂亮的设想。"费米立刻反应过来。

"这是优点。"

第三天他们去野游。

"这风景可真阔气。"田夫把照相机对准那段残破的长城。"废墟正摆出挑战的架势。"

"无名的长城要比八达岭那段耐看得多。它给长期生活在城市中的人以巨大的反差。"林亚眠也被感染了。

"你用我的胶卷就像个大导演在拍电影,废片比一定低不了。"熊无忌夺过照相机。

"你看把你小气的。"田夫不满地说,"待会儿我请你们吃饭不就得了。"他又把相机夺回,"咔、咔"就是好几张。

在下山途中遇一小庙,众人为求吉利都上前拜了几拜。

"别看这佛龛的物理空间不大,可心理空间却是无限的:能盛下整个人类的希望。"贝小知突然发现田夫一人斜靠在门上,"你为什么不拜?"田夫很散漫地回答,"世界上没有什么值得我拜的东西。"

"包括你的父母吗?"贝小知知道田夫是独生子。

"是的。"田夫非常坦然,"父母就像我的朋友,干吗行大礼?"

山下那家颇具情调的饭店老板是田夫的同学。他热情地招待了他们。

"你每月的收入有多少?"林亚眠注视着小老板抽的"三五"香烟。

"两千块、三千块、四千块,有时还要多一些。"

"吓,可真够多的了!"贝小知脱口叹道,"比教授一年赚的还要多。"

"想平均一下不是?"小老板淡淡一笑,"赚钱多必有赚钱多的道理。你们有地位、有保障,可我却穷得光剩下钱了!"他招呼服务员取过一瓶法国酒。"虽说做买卖的关键是东西该多少钱就多少钱,就是对亲爹也不能例外,可这瓶酒我还是按半价卖给你们。谁叫老同学来了呢!"

"他在我们班上数理化都数第一,可他却高瞻远瞩,不肯上大学搞物理受穷。"田夫俨然主人给大伙斟酒。"其实我要做买卖也一准能挣大钱。"

"你做过买卖吗?"

"当然。"田夫眉飞色舞地叙述起来,"去年我们系里的头儿带我去巴黎开会,在那一个月里,我每天早晨第一件事就是看《晨报》。如果法郎的比价高,就抛它换美元;如果美元的比价高,就抛美元换法郎。后来就干脆玩起三角、四角套汇来了。如此下来出去时发的五十美元零用钱,回来时成了小一百。可惜本小,否则一准能发了。"

"你和贝小知一起,组成了一个灿烂的吹牛星座。"熊无忌今天的情绪极佳,"你无论哪次读法文文献,十有八九要请教我,焉能读报?"

"正经论文读不了,读读金融版上的行情分析还是有富裕的。是不是林教授?"

"是的。"林亚眠笑着点点头。他一九四八年底从美国回来时,正好赶上巨幅通货膨胀。手头一点点美金,今天取一张,明天取一张,都与邻居柳教授换了买米吃。最后连几件家传的字画也卖掉了,可怎么也没敢动存在纽约花旗银行中的三千美金。时局若此,谁能不为自己留点退路?后来解放了,这笔钱就一直没有动。到了一九六〇年国家困难时期,政府号召把外汇拿出来。他毫不犹豫地按牌价把钱兑换给中国银行,并将一起附来的布票、油票、粮票捐赠给幼稚园的孩子。去年儿子要考"托福"需用三十美金,自己竟一个也拿不出来。只得听任他去黑市上买。

"不管赚多赚少,我反正体会到资本主义精神。"喝下两口酒后,田夫谈兴甚高。"你们这一带我考察过了,"他对小老板说,"等将来我想发财了,就来这搞畜牧业。"

"你打算养什么?"

"养羊呗。养上一百只羊,每年繁殖五十只小羊,这样就可以……"田夫开始启动他精确的数学大脑。

"为什么是五十只小羊呢?"熊无忌问。

"一百只羊中,公母各五十。以一年一胎计,就是五十只羔羊。"田夫回答。

熊无忌先笑了,接着是贝小知、林亚眠、小老板。众人愈笑愈烈。

"你们笑什么?"田夫不解地问。

"我宣布将你开除出吹牛星座。"贝小知止住笑,"你真是一个五星级的傻瓜,将人类社会的模式搬到羊群中来了。它们又不实行一夫一妻制,至多有十只左右的公羊就够了。"

田夫不好意思地捋捋卷曲的头发。"可如果我养的话,就养公母各五十只。

培养培养它们的道德观念。"

熊无忌正待攻击,被贝小知制止住了。"我有个小故事,供大伙下酒。某甲说姜是长在树上的,某乙则说是长在地上的,两人争执不休,最后以个人骑的座驴为注,请丙来评价。丙说:姜当然是长在地上的。于是乙趾高气扬地牵着驴走了。甲气愤不过,追上去对乙说:驴你尽管牵走,可姜还是长在树上!"

众人一笑后各进一杯。

小老板执意只收本钱。"我其实完全可以不收一分钱。可既入买卖行中,就得遵守它的规矩,否则会倒霉的。"他把众人送出门。

走出不远,熊无忌突然站定。"古柏电子对在锶系原料中运动时,应该产生超导效应。"他衬着月光下格外苍劲的长城,以不容置疑地语气说,"这绝对是个好想法。"

"做完实验再肯定不迟。"林亚眠思索了一阵后说。这确实是个绝妙的想法,只有年轻人才有的想法。他觉出嫉妒在心中涌动。

第五章

"关键是建设性的想法,其余都是技术问题。"熊无忌说。

"关键是钱。"贝小知面呈忧色。两万块钱的经费,被左扣右扣,实验刚进入第二阶段,便完了。实验员的脸色渐渐地不那么好看,仪器也变为最次级的了。"如果咱们的实验仪器是牛奶的话,早让他们喝完了。"他想起那个典故。

"他们不该这样对您。您到底是研究员呵!"田夫打抱不平。

"他们在这里接待过全国物理界的所有权威,早已司空见惯,我能算什么。他们对付研究员的方法古怪刁钻,有些是世代相传的。"林亚眠说。

"某绅士极爱看侦探剧。有次他恰遇一出叫《花园里的谋杀案》的戏,他一进包厢,大幕便拉开了。服务员问他要咖啡不要,他曰否。又问要可可不要,又曰否。服务员又报出若干服务项目,他均不耐烦地曰否。服务员没挣上小费,默然退下,待剧情进入高潮,各线索纷至沓来时,他悄然又上,伏在绅士耳边说:'您知道凶手是谁吗? 就是那个园丁。'"贝小知讲得有声有色。

五秒钟后,众人会心地笑起来。

"我此刻极希望有人能告诉我结局。"林亚眠说。

"可我却像那位绅士,生怕知道结局,失去参与创造的欢乐。"熊无忌细心地掸去茄克衫上的灰。

"我跟你们不一样呵!"林亚眠走到窗户旁边,望着仅离西山一线的落日。他知道,一旦触上,很快就会沉没,因为有了参照物。

"要是能给实验室的工作人员发些加班费就好了。如今的社会,钱之所至,金石为开。"田夫说。

"这才是个正常的社会。"熊无忌说。

"可你却无法弄来钱,以维持正常的运转。"田夫抢白了他一句。

"电报。"狭长脸的门房扔进一封电报来。

"限三日内回所,否则按自动辞职论处。"贝小知默诵完后,把电报迭起,放入口袋。

"你别小看人,我也能弄来钱。"熊无忌十分敏感。

"你能估计出我们的研究要多少经费吗?"卡特琳娜问。

"我们的研究?!"高桥浩浅笑一下。

"别小看人。我是研究小组的公共关系顾问。没有我,你们将一筹莫展!"卡特琳娜的眼睛瞪圆。

"该去找劳伦斯博士。"费米说罢拿起电话。

劳伦斯是 IBM 主管科学研究与发展的副总经理。

"劳伦斯,听名字是个好兆头。"高桥喃喃地说。

"劳伦斯先生正在度假。"电话里传来一位女士优雅的声音。

"在什么地方度假?"

"无可奉告。"

"他留过电话号码吗?"费米追问。

"无可奉告。"

"我是他的高级顾问。"高桥拿过话筒。他急于显示一下自己也精通公共关系。

"你就是美利坚合众国的总统也不行。"卡特琳娜按下电话,"对方不是人,而是台电脑。"

"一个机器的时代!异化了的时代。"高桥掷下听筒。

"我来查一下。"卡特琳娜要通电脑中心。荧光屏上飞快掠过一块字幕。

"他大概在长岛一带。"卡特琳娜说。

"什么地方写着。"高桥凑了过去。

"如果写着,还要我这个公关专家干什么?!是分析出来的。"卡特琳娜关上电脑。

"只要有个大概方向就行。这跟搞研究一样。我们上路。"费米一挥手。

熊无忌在"化缘"。他找到一位读研究生时的葛姓同学,此公现任电子技术开发公司的经理。公司号称有七千万资产。

同学是中国人际关系中很重要的组成部分。老葛很热情地接待了他。

"你们在学洋派。"熊无忌看着在一间大厅中办公的人群。

"不是学洋派儿,而是为了省出几个钱放在有用的地方。"老葛的办公室是用玻璃隔出来的一小间。

熊无忌开门见山地提出了要求。

"搞基础研究,即难得利,又难出名。"老葛很认真地听完之后说,"我仿佛记得你是个成名欲很强的人。"

"成名欲不是坏事!"

"我没说这是坏事。我这儿既有名,又有利,来这工作吧。"老葛的声音极富诱惑力,"我一心要把这儿办成中国的 IBM。"

"计算机我并不很懂。"

"你对我公司的理解太狭义了,只要是技术人才我全要,而且我的话就是终审判决。"

"我还有几位朋友。"熊无忌把情况介绍了一番。

"我全要。"

"来这还能搞超导研究吗?"熊无忌问。

"超导研究很可能像直尺圆规等分三角形一样,足以吞噬若干个牛顿般的头脑。"老葛深通说"不"的艺术。

"但也可能像欧式几何第五公式的论证,从而开辟一个新领域。"

"我从技术角度看问题,未免带功利色彩,你从科学角度看问题,牺牲味儿十足。"

"它们俩一结合,将会冒出璀璨的火花。"熊无忌竭力把话说得动听。

"现在我不会给你钱,但将继续关注你的研究生涯,必要时会援助你的。"

熊无忌知道这是逐客令,就站起身:"一个光知道挣钱的公司绝不是好公司。学学王安。哈佛校友为找他募捐,着实准备了一番演说词,可他只听了一句,就掏出支票簿,写下个七位数。"

"你这个故事不足以说动我的原因有三:我无王安般的气魄与财力;你们无哈佛般的名气;我正处在资本的原始积累阶段,必须残酷一点。"老葛站了起来,"据悉王安先生今年一季度的销售额六亿七千万,可损失却有七千九百万,能否称为第一流的公司,很值得研究。还是老话,"他伸出手,"必要时会援助你的。"

"我从来不跟铁公鸡握手。"

"还是握一下的好。只要有适当条件,空话也会转化为钱。"

"要是有适当条件,老子办家大公司,把你这假IBM一口吞下去!"熊无忌说罢扭头走了。

"吃别人或者被吃,这是竞争中的不易法则。"老葛的声音从背后传来。

所长很客气地招呼过林亚眠,然后坐回硕大无比的办公桌后面。

坐在对面的林亚眠又一次觉出浑身不自在:他的沙发比较矮,所长的桌子却很高,仿佛是居高临下。可当他把一口气憋入丹田后,还是提出了要求。

"中央不断地压缩科研经费,科委要求课题组与企业挂钩。"所长取过一份文件,"我每天都在为钱伤脑筋。"

"与企业挂钩,科研成果就比较容易转换成生产力。"林亚眠接着所长的话茬,思路伸展开去。

"对于计算机所、冶金所这些比较接近工业的部门来说,这是好消息。可对咱们来说,却是灾难。"所长双手一摊,"难为无米之炊呵!"

林亚眠知道自己再说也没有什么用,就起身告辞。

"所里最近从美国请来位客座研究员,一直找不到房子。"

"你可千万不能再把那间小屋弄走,"林亚眠急了,"除此之外,我是一无所有了。"

所长盯住他看了一阵后才说:"我另想办法吧。"

"太谢谢你了。"林亚眠主动地伸出手去。

"顺便告诉你一个消息:胡项最近调到青年科学基金会去了,常务副主席。你组里不是有几个青年学者吗?到那去试试。"所长又送了件小礼物给林亚眠。

"你认识劳伦斯博士吗?"费米问一个正在海边捉螃蟹的七岁左右的小孩。这是一个很著名的度假村。

"他长得什么样?"

"高高的个子,宽宽的肩膀,老穿一套英国西装。"

"多高?多宽?什么岁数?"

费米耸耸肩。

"想不到一位以精确著称的科学家竟会忽略了这方面的数据。"卡特琳娜插入,"他大约高一米八十,肩宽约五十公分,体重八十公斤,五十二岁。"

孩子想了一阵后说:"这里所有的人都跟你说的差不多。"

"对了,他有一辆罗尔斯—罗伊斯牌轿车。"卡特琳娜灵机一动。

"哪年产的?"

"一九八一年。"

"他就住在 A 区 405 号。"小孩子背过手挺认真地回答,"这里所有的罗尔斯—罗伊斯我都认识。"

"听他的口气,这里似乎不止一辆罗尔斯—罗伊斯。"高桥浩提着一大一小

57

两只螃蟹过来。

"先生请等一下。小孩从后面追了过来。

"他很可能想要点小费。"高桥说。

"你这只螃蟹是母的,眼下正是产卵期,法律规定不能捉。"孩子又仔细地看着那只小的,"这尺寸小于州法律规定也不能捉。你要是硬拿走,会被罚款的。"

高桥一下愣住了。

"谢谢法律顾问的指导,我们该付多少咨询费呢?"费米很喜欢孩子,尤其是聪明的男孩子。

"不用付,以后注意保护生态就是了。"孩子说罢跑向海边。

"跟我去趟青年科学基金会。"林亚眠对众人说。"带上所有能证明你们科学成绩的文件。"

"干啥去?"

"讨点钱来。"

"不是去讨,而是去往回要咱们该得的那份儿。"熊无忌更正道。

劳伦斯狠狠地把高尔夫球打得不知去向,然后带点敷衍地将一行人让进屋。

"我对物理学家一向是敬重的。"坐定之后他给众人斟上酒,"英国上院威士忌,来一杯?"

高桥没有碰酒,他用尽量浅显的语言,讲起超导的历史、现状以及构想,可即使如此,半小时谈话中还是充满各种专业术语。

劳伦斯虽然是商学博士,对物理学却有不少了解,但高桥所讲的问题对他来说,仍深奥了一些。科学的系统性很严密,连续性也极强,只要超过听者水平半步,信息量就会降到很低的水平。"完了?"

高桥虽然言犹未尽,也只好点头。

"坦白地说,我没有听懂。超导的重要性,我从理论上知道。"劳伦斯想起八点就要开始的橄榄球赛,"你们好好准备一下,看看明天早餐时,能不能说服我。"

多年身居高位,他的声音锻炼得颇具权威性。

走出院子后,高桥阴郁地说:"世界上的人可以分为两种:懂物理学和不懂物理学的。懂的人向不懂的人讲,可不懂的人还是不懂。"

"还有一种人,能让不懂的人懂。"卡特琳娜打开车门,"要想获得钱,你必须拿出个让他听得懂的说法,这光靠物理是不够的!"

"难道还要靠肉体不成?"高桥愤然。

"你太过分了,高!"费米说。

"要想疏通关系,可以靠肉体,但更高级的乃是才智。"卡特琳娜并没有生气。

胡项的办公室不大,但充满不外露的舒适。此刻他正坐在软椅上读一份装订好的申请书。

基金会的主席是位二十年代就出名的科学家,已八十有余,脑力早沦落常人之下,在基金会的成立大会上,曾把开幕词的第二页连读两遍,尚不自觉,所以大权自然在他这个"常务"手里。

他连读三份有关航空、地质和医学的申请报告,都不中意。长期在科委计划处工作,他涉猎甚广,并有一下子抓住实质的本领。这份不错,他摘下眼镜,重新看看标题:《汉字信息处理》。这是立竿见影的项目,要两万块钱,不算多。他用铅笔在封皮上批了几个字,打电话把秘书叫进来。

"约他来见见。"

"什么时间?"

"他定好了。"科学家都是有怪癖的人,尤其自定时间,是树立自己形象的大好机会。

"物理所的林亚眠研究员要见你。"

"就他一个?"

"还有两个年轻人。"

"请。"

"你这顿早餐缺乏王侯般的气派。"昨夜的性生活又是失败的典范,高桥的情绪糟透了。它总与他的事业同步。

"请一般人用高级菜,请高级人士用普通菜。"劳伦斯的情绪却不错,"这是投机的诀窍。"

卡特琳娜尝了口牛排:"舌头告诉我,味道非凡。"

"我做的。"劳伦斯愉快而自得。

"IBM每年花在广告方面的费用是多少?"

"一亿美元左右。"

"收益呢?"卡特琳娜信口问。

"很难估计。"

"换个问法:如果取消广告,公司的营业额将下降多少?"

"五亿美元,或者更多一些。"

"你知道最好的广告是什么?"卡特琳娜举起叉子。

"很难说什么是最好的。"

"那么我来告诉你。"

众人都停止刀叉的运动。

"诺贝尔奖。"卡特琳娜一字一顿。

"物理奖。"劳伦斯明白过来。

"是的。"卡特琳娜五官生动的脸上,露出迷人的笑。

"我原则上批准你们的计划。"劳伦斯端起咖啡杯。

"请不要向外界披露这条信息。"高桥的腿向卡特琳娜靠过去。

"好。"劳伦斯笑着说。"这有点'橡树岭计划'的味道。"

"当爱因斯坦无法从物理角度说服罗斯福总统时,也是换了个说法:如果希特勒有个原子弹,世界将不一样。结果罗斯福就同意了。"卡特琳娜凑到桌上的花瓶前嗅了嗅，"我希望资金也如'橡树岭'般的充裕。"

"可以。"劳伦斯非常欣赏地看着她，"罗斯福敏锐的政治触角被爱因斯坦触动了，而我强烈的利润动机也被你感召起来。到IBM的公共关系部工作如何？你很会寻找人的弱点。"

"人的弱点，往往是最强点。"

劳伦斯笑了。灰白的头发随之颤动。

胡项执弟子礼，恭恭敬敬地招呼林亚眠一行。

"北京大学历来以思想自由著称，出大科学家，也出大艺术家，他们探索未知事物的好奇心似乎是无限的。"胡项坐回软椅后说。

"清华大学则历来出官员，很能干、很有效率的行政官员。"贝小知已经了解胡的经历，"所以大家都说，那是通往政权核心的一号公路。"他把报告递上去。

胡项很感兴趣地看了他一眼，就埋头读起报告来。

"有什么需要我帮忙？"他读后的总体印象是：材料科学属高级技术，能有所突破意义非凡。可"超导"一行，几十年默默，似乎不太可能在近期有重大发现，起码在他任内不会。他计划在这个位置上最多待两年。

"短缺经费。"

"短多少？"

"可能是两万，也许是二百万。"熊无忌不动声色地说。

"这就很难办了，"胡项很不喜欢这种态度，"科学家是主人，我是仆人。每当主人吩咐举办宴会，我总是竭尽全力。但如果主人说，客人也许是一百个，也许是一千个，我就很难办了。"

"如果能有两三万块钱，我们近期可能会有实质性的突破。"贝小知赶快说。

"好。"胡项在记事簿上写了几个字，"星期三，我通知你们结果。"

劳伦斯的承诺就是钱。有了钱，实验异常顺利地开展起来。

"我个人认为他们得诺贝尔奖的可能性不大,但投资的风险与获利的多少是成正比的。这是商业中的黄金律。"在一次社交宴会上,劳伦斯对联合国教科文的一位官员说。

消息传到方宗伦的耳朵里。

"十七、十八、十九三个世纪,外交官的时髦话题是艺术,而现今则是科学。"他对信息源说:"如有消息,请及时通报,我将不胜感激。"

回办公室后,他就给贝小知写了封短信。

胡项给物理所的所长打了个电话。对物理方面的事,他总有些吃不透。

所长明确告诉他:突破的可能为零。

但他仍然在报告上批示:拨款一千元。

有一种叫作"攀缘"的植物,性属寄生,有上百条触须伸向四面八方,一遇可攀物,立刻附上,一小时能生长四米。而且他总能选取最短途径,将所有的触须都调过来。除本能外,没有别的理论可解释。

第六章

毫无进展的两个月。

"超导之船进入赤道无风带,任何前进的标记都没有。"田夫百无聊赖地坐在窗台上。

"唯一的标记是经费的指数已进入了负值阶段。"熊无忌脱得只剩下一条裤衩,身上散发着强烈的体味。他已经连着三天待在实验室里了。

林亚眠衣冠楚楚,心事重重。近日来,多年卧病的妻子时醒时昏,医生明确地告诉他,来日无多了。

"老熊这两天精神似乎不太正常。"田夫望着他的背影。

"思想劳动的强度太大,他可能有些承受不住了。"贝小知说。

三两白酒下肚之后,熊无忌大汗淋漓,可心头反而凉快一些。他的酒量不小,可从不与人共饮。他又喝了杯清凉饮料,然后独自步出酒店,拐入左边的自由市场。

所谓市场,是沿一条古老的斜街敷设的若干摊点,它一侧靠房,一侧是条干涸的河。这个市场,除了卖些土特产外,就是出卖劳务。包工队的头目,在此招募临时工;附近机关的干部,在此物色保姆。

熊无忌穿过去又返回来。市场的嘈杂,白酒的威力,都不足以排除头脑中的物理学。真想当个没有灵魂的人。思想的负担太重了,有了它,就无法消费生活。

"您要找保姆吗？"一位身材丰满、双腿修长的少妇问他。

"要的,要的。"他下意识地回答。

"我跟你走,还是你跟我走？"少妇轻轻启唇一笑。她的牙齿并不白。

"都行。"熊无忌看着她薄如蝉翼的连衣裙。在昏黄、潮湿的灯光下,裙子的颜色无法分辨,可这种晦暗反而引起他的冲动。

少妇扭身向北走去。

熊无忌跟在她后面。走到河床边上,他犹豫了。前面就是一大片棚户区,这一带所有的外来人员全部聚集于此,复杂得很。他早有耳闻。

"你怕什么？跟我来呵。"少妇的每个音节都由强烈诱惑组成。

怕什么？曾经沧海难为水。在酒力的支持下,熊无忌又前行了几步。

少妇返回身凑过来,一阵强烈的廉价香水味儿伴着最原始的诱惑向他袭来。

闪电画出一个惊叹号,一声闷雷,大雨来了。

"您的电话。"身披雨衣的门房,一反常态,很和气地说。

"我的电话？"林亚眠惊讶了。他与外界的联系极少,谁会在深夜来电话呢？

门房无言退下。

"我不想跟你去了。"熊无忌呐呐。

"你说的倒好听。我花了那么长的时间,把你领到这。"少妇这句很恶。"走吧,我保证你满意。"这句又转甜。调情是播放信息,一旦反馈回来,一切都好办了。

"我不去了。"熊无忌不禁哆嗦了一下,酒力已开始消退。

"去吧。"少妇伸过一只粉臂。

闪电画出一个问号。

听筒掉了下去。

林亚眠呆住了。妻子病故。这原本是意料中事,可人出自本能地规避它。

老伴,老伴,老年之伴。她虽然卧床多年,可毕竟是个能说体己话的人。如今她去了,自己又偏偏没在身边陪着她。太不该,太不该!

他木呆呆地站在雨地里。

"你们被捕了。"两条壮汉像电影里的侦探一样,半蹲着平端着手枪。

少妇立刻瘫软下去。

"你们凭什么抓我?"熊无忌庆幸自己刚才抉择的正确。

"凭什么?你还有脸问我。"那人收起枪,从上至下搜他的身。

"你们是干什么的?"熊无忌愤怒地扭动着身体。

"分局刑警队。"回答很有力。

一阵声潮,伴随着闷雷与雨点,从后、从上倾泻下来。

这是全市统一行动:搜查不法分子。

林亚眠的思想飘到遥远的地方。

"我去雇辆车子。"田夫披上衣服。

"这么大的雨上哪去雇?"

"我在广州实习时,一个电话车就来。"

"在美国还人均一辆车呢。"

"你倒想个办法呵!"田夫眼睛都红了。

"给 28—8167 打个电话,就说我用车。"

"如果他不在怎么办?如果不来又怎么办?"

"没有如果。肯定在,必然来。"贝小知果断地挥挥手。

"你要是大学讲师,我就是分局局长。"审问熊无忌的是个脸刮得很干净的中年警察。

"可我确实是。"

"证件?"

"没带。"

"你光带着你的那个家具和钱就出来?"

"你这话是什么意思?"

"臭架子倒不小。那个女的都招了,你小子还嘴硬!"警察的语气很严厉,"靠墙站着,好好想想。"说罢扭身走了。

"请问我触犯了刑律哪一条?"熊无忌伸手去拽他。

警察立刻做了个标准的擒拿动作。其原则是,关节不能向哪个方向运动,就迫使它朝哪个方向运动。熊无忌立刻跪到地上。

一辆雪白的"公爵"牌轿车把他们三个拉到林宅。

这片住宅区是建国初期专为研究员一级人员修的仿苏式建筑,其间距原本极开阔,可如今都被派生出来的"准建筑"给充填满了。

贝小知扶着林亚眠走进卧室。

林妻安静地躺在床上,并无半点挣扎的痛苦症状。枕边耸立着一大摞雪白的大手帕。

"去的时候痛苦吗?"贝小知替林亚眠问。

"不,一点也不。"小保姆一副受惊的白兔状,"我还是第一次见死人。"

"几点去的?"

"七点多钟。那阵天气特别热,太太要喝水,我刚喂了她两口,她就不断地出气,然后就断气了,在我怀里。"

"他们一直说给我装个电话,可一直装不上。"林亚眠终于开口说话了,"她没说什么?"

"没。她从四点钟起,就给先生叠手帕,叠了拆,拆了叠。"

林亚眠慢慢地捧起那摞手帕。他终生都用白手帕,即使在江西干校时亦如此。

"交代真实身份。"审问熊无忌的警察面无表情。

"我已经是第三次回答你了。"

"你将对你的话负责。"

"当然。"熊无忌本能地往后一靠,可被讯者的凳子并无靠背,而且是固定在地面上的。

"你知道你为什么来这吗?"

"理论上知道。"

"实际上你也知道。你跟她走的目的是什么?"

"没有什么别的目的。当时我想去,可最终我没有去。"

"想去干什么?"警察立刻抓住关键。

"每个人都有犯罪意识。"熊无忌喃喃。

"你承认自己有犯罪意识。记录在案。"

"我再强调一下,最终我并无任何行动。"

"你在准备去的时候被我们抓住了。"

"即使不抓我,我也不去。"

"什么能证明?"

"我仅仅是出于好奇心的驱使。"熊无忌并不想多说什么,牵扯进那个女子并无好处。

"什么能证明?"

"又有什么能证明我要去呢?"连日来的疲劳,使熊无忌的脾气变得极暴躁。

"如果你要的话,我立刻能取来。"

"取去吧。"

"等我取来就晚了。"

"你们这套办法我见多了。"

"这么说你不是初犯？"警察的眼睛亮了。怀疑人是他的职业素养，有许多著名的案犯看上去很平常，但谎言终归是谎言。

熊无忌不再说话。

"我看你需要认真地想一想。"警察把钢笔插入帽中，"出去！"

"外面正在下雨。"熊无忌看着窗外。

"出去！"警察的严厉声音是经过多年锻炼的。

"能不能把老太太拉到医院去？"贝小知擦了下汗。因为屋内人多，气温升得很快。

"刘部长的专车，恐怕不太合适。"司机与贝小知年岁相仿。

"是有点不合适。咱们去找找所长。"贝小知把叮在脸上的一只蚊子拍死。

"你再求求他。"浑身精湿的田夫说。他刚去了趟医院，院方说，他们的车概不拉死人。

"他是我的好朋友，他说不行就是不行。"

"我看你该想得差不多了吧？"警察看着半截被雨水溅湿的熊无忌。

"我到底触犯了哪一条刑律？"熊无忌的眼睛都快喷出火来。

"你先说你有无前科？"

"前科我有。"熊无忌认为没必要隐瞒，就把以前的事说了一遍，"他们已经给我平了反。"他舔舔干燥的嘴唇。

警察久久地盯着他。这是桩棘手的案子：拘留吧，无确凿证据，市局也不会批；放走吧，又找不着借口。

"我能抽支烟吗？"

"可以。"

熊无忌平素极少抽烟，因之很讲究质量。径自点燃一支"红塔山"，狠抽了一口。

警察的目光立刻转成厌恶与憎恨。当个治安警察,一月工资六十元,孩子就有两个,抽不上也抽不起"红塔山"。不能这么简单就让他走。"出去想想。"

"我有什么可想的?"熊无忌根本不知道在点烟的同时也点燃了对方的嫉妒之火。

"我叫你想你就得想。"警察合起卷宗和眼睛。

"先生晚上概不会客。"所长家开门的是一位老保姆。

"我们找他有急事。"田夫抢着说。

"来的人都这么说。"

"我是国家科委的。"贝小知设法把保姆的目光引向汽车。

"那请进吧。"能在雨夜调动汽车的一般都不是凡人。

所长的客厅相当凉快。由于反差过大,众人身上不禁泛起鸡皮疙瘩。

"看来装空调不一定非当到部长不可。"田夫低声说。

"按规定是部长,可你如果手里有权,科长也能装。"贝小知正说着,所长从书房里出来了。

"你们是科委哪个单位的?"所长捧着本精装书。

贝小知赶快把事情的原委讲了一遍。

所长一言不发,默默地看着贝小知裤腿上的水珠滴到地毯上。

"您说这事该怎么办?"

"行政事务归张副所长管。"

"他家住哪?"

"我不知道。"

"电话呢?"

"28—5769。"

"你最好给他打个电话。"贝小知委婉又坚决地说。

所长捧着书回到书房,过了好一阵才出来:

"今晚上找不到司机。"

"明天一早呢?"

"明天是礼拜天。而且这事应该归医院或殡仪馆处理。"

"医院不拉死人,殡仪馆已经排满。"

"那我们所里又有什么办法呢?"所长摘下眼镜。

"这话该我问你才是。"

"林太太并不是所里的职工。"

"可林先生却是。"贝小知寸步不让。

"我没有什么办法。"所长站起身作送客状。

"我们走了之后,您还回书房去吗?"贝小知也站了起来。

"对。"

"那您还看得进书吗?"

"能。"

"那好,我告诉你一条真理:凡是人都得死,这是必然,你我都逃不脱。所以为在天堂重新会面计,最好能积点德。"

所长的面部肌肉抽搐了一下,旋即控制住了。

"官分好坏两种,有点架子是难免的,主要看你还能保存多少人的东西。"贝小知一向涵养甚好,今天却偏偏要一吐为快。

在屋檐下站立了三个小时,熊无忌的忍耐已达极限。熊无忌靠在墙上,尽力使自己的身体保持一种放松状态。

在新型的超导陶瓷中,促成超导性的基本元素是铜原子与氧原子,它们的电子成双配对……有东西能阻碍它们吗?……直到它们的内部结构被破坏为止。

他觉得一种思想的高潮快要降临了。

胃痛。空虚的胃痛。博士算什么？科学算什么？

身体需要自由，思想更需要自由。他们能限制身体，他们能限制思想吗？

"进来交代。"警察命令道。

"你们不具备与我对话的水平。"熊无忌愤愤然。

"你就辛苦一趟吧。"贝小知对司机说，"这天气，在家里放着不行。林教授精神上也受不了。"

"我怕把车给弄脏了。"

"我去买两条床单，再加块大塑料布，保证车没问题。"

"可往哪拉呢？"司机问。

"医院冷藏室。"

"你认识人吗？"

"不。那也得去。"

太平间内的灯光极暗，空气中浮动着浓重的福尔马林气味。贝小知在门口略停了一下，径直往里走。

一个头顶全秃、浑身不见一根毛发的老头正在喝一瓶白酒。

"您这酒不错。"贝小知在寻找最佳切入点。

"不错你也来点。"老头用手指捏着碗边递过来。

"忙活了大半天，正想喝点呢。"贝小知并无半点犹豫，接过碗就是一大口。

老头瞟了他一眼，指指报纸上的一块酱肉，"就点？"

"这还用您说？"贝小知撕下一条放入嘴中，"您怎么也不问问我是谁？来这干什么？"

"你就是诈尸的死人也不怕。谁个老了？"

"老太太老了。"贝小知知道忌讳说"死"字。

"人总得老啊！"老头又饮一口酒，"放几天？"

"两天。"贝小知又喝一口酒。

"抬进来吧。"

"这儿的空位子多吗?"

"如今甭管活地方,死地方,哪也没空位。"老头的手极长,腿却很短,"算你走运,还给人留了一个。"

"人家要来了怎么办?"

"我说让谁个住,谁个就住。"

贝小知指挥众人忙乱了一阵。

"这您收下。"贝小知取出两瓶"汾酒"和一条"三五"香烟。

"留着你自己来的时候用吧。"老头说罢隐向走廊深处。

"你的问题我们基本审查清楚了。"中年警察读着讯问记录,"可因为你无法证明自己的身份,我们要通知你的单位来领人。"

"通知单位?"熊无忌愣住了。

"对。"

"你们毁掉一个人,实在是太容易了。"过了一阵,熊无忌才从嘴里挤出这句话来。

"谁个叫你没事乱跑的?"警察的声音中不无得意。

"我莫非连走的自由都没有了?如果没有这点自由,何来思想的自由?"

"我看你的自由不是少了,而是多了。出去等天亮后,我与你们单位保卫部门联系。"

雨停了,可空气却湿得能拧出水来。快到天亮时,熊无忌的神经已经濒临崩溃的边缘。

第七章

作为国际计算机市场的霸主，IBM的网络覆盖着整个地球，其中独特的一支伸向风景优美的苏黎世湖畔。

这是一幢现代化的房子，门前挂着块标有"吕施利孔实验室"的不锈钢牌。它每年的预算为三千万美金，共有一百四十名科学家在这里工作。

十年前，总经理在申请九千万美金建筑它的报告上批示道：不给他们具体任务，不给他们额外负担，尽全力提供最大的自由。

"请把这儿的规章制度给我一份。"高桥头一天住进来，对实验室马丁说。

"你的习惯就是我们的制度。"马丁不是著名学者，甚至不能算是学者，但他却是无与伦比的管理专家。

"我的习惯就是你们的制度？"高桥微微一怔，"包括工作习惯吗？"

"全部包括。"马丁伸手掸去精良西装上根本看不见的灰尘。

"你当时为什么不让他们打电话找我？"贝小知深知消息传到P大学，会导致什么样的恶果。

"你有一个庞大的关系网，我当时却陷入一个封闭系统内，任何消息都送不出去。你能理解我吗？"熊无忌恍恍惚惚，好像有人用针管把他的精神元气全都抽跑了一样。

"能，我们都能。关键是你们系里的头头怎么想。"田夫说。

"我跟他说,郁达夫的日记中,几次提到尾随妓女等等,他就问我,郁达夫是谁?"熊无忌慢吞吞地说,"我好几次指出过他在学术文章中的错误,他对我准没好看法。"

"他怎么可能不知道郁达夫是谁?"田夫又问。

"在大学里他读的是物理。"

"学物理的也该知道。"

"他学物理纯粹是为了谋生,而不是出于对未知事物的探索。如果他去学文,恐怕就会问:爱因斯坦是谁,玻尔是谁了。"贝小知做出了分析,"别在乎他的评论,咱又不是为他活着。"

"你们不了解他。"熊无忌颓丧地说,"恐怕是树欲静而风不止。"

"由他刮去好了,咱们还来讨论超导吧。"

"哪还有这个心思。"熊无忌把头埋到膝盖中。

"老弟,振作起精神来。"贝小知用双手捧起熊无忌的脸。这是一张原本很英俊的脸,可被一条贯通的伤痕和众多的瘢疤破坏了。"或许不会出事或许出了事也能应付过去,或许即使应付不过去也没啥大不了的。"

"福尔摩斯有句名言:笑骂由你,我自为之;家藏万贯,唯我独享。"田夫用标准的英文诵道。

"你从什么时候也学会做思想工作了?"

"从小时候起,我就要做双亲的思想工作,让他们在财政开支计划中为我留下足够的额度;继而又做女友的思想工作,让她把性资本投放到我这来,千方百计地使其相信能够生利。做思想工作并不是什么人的专利。"

熊无忌被田夫说得笑起来。

可这转瞬即逝。

"科技大学来了一位物理学家,咱们是不是请他一次?"方宗伦问代理参赞。

"他的行政职务是什么?"参赞今年五十九岁,原来是教育部分管后勤行政的办公厅副主任。用他的话讲:头头们看我鞍前马后侍候他们一辈子,临退休前放我一外任。

"教授。"方宗伦明知其为副教授,可还是为其升了一格。

"教授,教授。"代理参赞玩弄着手中的打火机,"我问的是行政职务。"

"或许是系主任吧。"

"如果是科技大学的副校长,咱们就可以按规定请他吃饭。"代理参赞有板有眼地说。

"那就算了。"人家并不缺你一顿饭吃,方宗伦心想。

"你看看科委的文件是怎么规定的。"代理参赞心并不坏,只是个以读文件为生的人,"他们的文件我不大看,可这个文件规定不许,按另一个文件也许就行。"

"好的。"方宗伦出屋后进了财务处,"我想请位物理学家吃顿饭。我向你保证,他除工作外,与我并无任何联系。"

"没跟老头说?"财务处长今年三十七岁,上海人,在桥牌桌上与方宗伦配合默契。

"他让我去找文件,可此时已经是十点半,在十二点之前,绝不可能从文海中找出我要的那条来,如果它确实存在的话。"

"拿去吧。"处长在信用卡上签上名字。

"不用去找文件了?"

"我就是文件。"处长笑了。

"拿去用吧。"林亚眠重归俱乐部的第二天,把一个信封递给贝小知。

"一万六千。"贝小知惊讶了,"您的毕生积蓄吧?"

"是的。如果到黑市上去买美元,只能买三千块。而当时我在美国时,一个月就能挣这么多。"林亚眠故意说些别的事以转移那令人酸楚的思念。

"将来会还给您的。"贝小知郑重地写了张借据给他。

"我将妥善地保管它。"林亚眠的手抖得很厉害,好半天才把借据叠好。

毫无结果的投入。一个月后,账目上又出现赤字。

"你一会儿一个想法,实在是太费钱了。"田夫是个有啥说啥的人。

"你倒拿出一个省钱的方案来呵。"熊无忌阴郁的声音缺乏力度。

"我的直觉告诉我……"

"你的直觉值几个钱?!"熊无忌不客气地打断他。

"就你的直觉值钱!一副倒霉样儿。"田夫不高兴了。

"最倒霉的莫过监狱,可老子是过来人。"熊无忌拍拍胸膛。

贝小知从这个豪迈的动作中体会出笼罩着他的巨大恐惧。他的勇气已经蜕化了,豪迈的动作只不过是装饰品而已。

"监狱很苦吧?"林亚眠还是头一次与熊无忌谈起物理以外的话题。

"有人把使人致死的心境参数分为一百单位,坐牢为九十五,仅低于老年丧偶。"熊无忌的话一出口,就自知失言。

"说个监狱中受难的具体例子。"贝小知赶快接了上去。

"我服刑的农场极缺水,要到三十里地外去推。有一回水车坏了,只好改为人挑,而做饭的全是犯人中的佼佼者。"

"在监狱里能去伙房干活,相当于在物理界得上吴健雄奖。"贝小知竭力使谈话轻松起来。

"岂止是吴健雄奖。如果说是提前出狱是诺贝尔奖的话,当伙夫起码也是沃尔夫奖。"熊无忌咧嘴一笑,露出坚硬但不整齐的牙齿,"这些犯罪界的拿破仑们自然不肯受这份苦,于是我们吃了好几天绿窝头。"

"绿窝头?豆面的还是栗子面的?"

"棒子面的,并且有股奇怪的福尔马林味道。"

"是水源问题吧?"林亚眠问。

"您说对了。"熊无忌往下咽了口唾沫,"我们农场旁边,有所部队的野战医院。在他们院墙外面,有一根排泄洗器械、伤口、绷带的管子口,我们的水源即取于此。"

"太毛骨悚然了。"田夫用手捂住耳朵,"你们也是人呵!"

"这要看从什么角度出发了。"贝小知散了圈香烟,"普希金说,过去了的一切,都会变成美好的回忆。"

"就怕过不去。"熊无忌忧心忡忡。

"林教授不能为我们'侃协'贡献点什么?"贝小知赶紧转移话题,坐在一块垫机器的海绵上。

"一生平平,没有什么可侃的。"

"那讲几个戏剧性的场面也行。"贝小知深知屋内的气氛急需调节。

林亚眠接过一支烟,很不内行地抽着。"我一九四〇年离家求学,从耶鲁归来已是一九四八年。在浙江乡下的家父接到我的电报,高兴了好几天,并专程去镇上汽车站接我。他读过几年私塾,能勉强称得上是小乡绅,那天特别穿上一件新长袍。而我则是西装革履,并提了一根手杖。他一见就不高兴了,教训我:在长辈面前不能摆老。我赶快把拐杖交给妻子。'你虽然得了博士,可不知学问如何?'长袍与西装并行,是很招人羡慕的,在众人的注视下,他不禁得意起来。'一般。'我接受了教训。'我考你几个题目。'他稍一思索,便提出《九章算术》中的几道题。"

"《九章算术》是什么?"田夫问。

"你太没文化了!"熊无忌斜躺下,"中国古代的一本数学大全。"

"其实他那几道题,最难的也不出余数定理。我一听即知,可还是声称最后一道不会做。他得意地教训我:读书要求甚解!并逢人即讲,他如何考住了洋博士。这大大提高了他在乡亲中的数学权威地位。当然,他是个智商很高的人,过目不忘,号称会解《九章算术》中所有的题,并且能双手打算盘,喝酒时也能双手划拳。"

"行。够味!"贝小知转对田夫说,"算术中有许多难题,我保证你也算不出来。"

"我估计我差不多都能算出来,用代数或者用计算机。"

"当然。代数比算术高了一个层次。"林亚眠道。

"可在您与父亲的遭遇战中,算术却赢了。"

77

"他那是加上了父权。"林亚眠笑了。

"老人家什么时候去世的？"

"我回国的第二年。家也因之破败了,否则的话,非摊上个地主不行。"

"我个人认为,用财产给人划分阶级是很不科学的。有钱人并不一定是坏人;没钱的也不一定都是好人。"贝小知说,"人是一个多元复变量,必须从各个角度看。"

"林教授,您没训过您的孩子？"田夫调皮地问。

"我的大儿子是粉碎'四人帮'后的首批出国留学生,学计算机的,在巴黎大学弄到了一个学位,可只寄了篇博士论文来,我一点也看不懂,所以无从训起。"

"您要训他,他也不会服。"

"我想是这样。所以连训的念头都没有。"

"我敢向毛主席保证,你今天批的这顿饭钱花值了。"方宗伦朝处长一抱拳,就冲进自己的屋子。

处长跟进去时,方已伏在电动打字机上噼噼啪啪地打了起来。

"你在国内肯定有一个能读懂英文的情人,而负责监护她的丈夫却不懂英文。"处长是个有机会就要开玩笑的人。

"另有能读懂法、德、日、拉丁文的情人各一个。"方宗伦的打字也进入"盲打"的化境,"如今是多元的时代。"

"什么情况简介？"处长的英文并不太好,平素出门时,总要央人帮助。

"超导。"

"太严肃了。"处长拔掉电源,"等你桥一桌呢。三缺一。"

"明天信使就走,我想托他带回去。"

"走吧,走吧。"处长替他合上盖子。

我欠他一份人情。方宗伦默默地站起来。

"低温俱乐部"的门被推开了。

"我们是区检察院的。"为首一个穿制服的拿出证件和介绍信。

"找谁?"贝小知边问边瞥了熊无忌一眼。熊无忌竭力将自己的身体缩小,缩小。

"熊无忌。"检察官的制服特别挺,金碧辉煌的肩章上跃动着权力的光辉。

十六把桥牌下来,方宗伦也很疲惫。桥牌是市场竞争与立法国家的产物,因此是桩重脑力劳动。陪人吃饭更是脑力加体力。

今日事今日毕。出澡盆后他想起自己的座右铭,就重新走向写字台。

今天在请客的时候,他碰见一位从吕施利孔回来的物理学家随口谈起有关超导的一些理论。必须趁记忆犹新的时候写下来。

妻子均匀轻微的呼吸声从内屋传来。他抱起电动打字机进了厨房。

"抽烟。"贝小知脸上挂着俱乐部内最著名的微笑。

"不会。"检察官摆手。

"贵姓?"贝小知注意到对方焦黄的食指与中指。

"鲁艺。"他坐了下来,大檐帽下面一双小而锐利的眼睛开始扫视整个屋子。"你们在这干什么?"

"搞研究。"林亚眠答道。

"技术开发公司?"

"不。纯粹是研究。"

"哪一方面的?"

"基础物理。"

两位检察官交换了一下眼神:"能说得具体一点吗?"

"超导。"

"超导是干什么的?"另一位检察官低声问鲁艺。

"一种物理现象。"

"能赚很多钱吗?"

"恐怕不能。基础物理研究很费钱。"鲁艺转向众人,"P大学向检察院投诉,指控熊无忌犯有经济与刑事双重罪。"

熊无忌开始小幅度地颤抖。

林亚眠也紧张起来。

"所谓经济罪是什么?刑事罪又是什么?"贝小知问。

"请问,你是熊无忌的什么人?"

"律师。"

鲁艺浅浅一笑,"熊无忌被指控贪污科研费共计两千六百四十七元整。有这事吗?"

"我好像不记得有这么多。"熊无忌的声音低哑。

"你此刻所说的一切,都将以证据的形式出现在法庭上。"贝小知提醒他。

"我知道。"熊无忌扭过身体,"上次去房山做实验,我突然产生一个想法,与学校布置给我的专题无关,纯粹有关超导的。我想,何不就此试一试呢?就顺手干了。实验所用的费用,自然记到了大学的账上。"

鲁艺并没用心在听,只是来回巡视着屋内简陋的陈设。

"这样的情况有过多少次?"贝小知问。

"我也记不清楚。"熊无忌想耸肩可半途而废。

"我以为作为科学家,忽略这样的事情是可以原谅的。"贝小知对两位检察官说,"而且我们研究小组可以负责归还这笔钱。"

"此刻归还在法律上已经没有意义。"

"那么他犯的所谓刑事罪又是什么呢?"贝小知问。

"自由市场调戏妇女案。平素还有严重的生活作风问题。"那位比鲁艺略老一些的检察官答道。

"自由市场并没有构成调戏,生活作风问题也没有触犯法律。"贝小知觉得自己的紧张渐渐地解除,"咱们跟他们走。"

"我不去。"熊无忌本能地蹦起来,然后缩到墙角。

贝小知同情地注视着这个扭曲的人。要知道,他是一个不可多得的物理天才呵!他几乎喊出来。

"没有人要带你走。"鲁艺合上一直在看着的会议记录簿,"你们小组有没有账本?"

"当然有。"贝小知从全屋唯一的卷柜中取出布面账本。

"我连同会议记录一起借用一下。"鲁艺示意助手将其放入提包。

"账本你们可以不还,但会议记录和实验记录一定要还给我们。"林亚眠有些急了,跟在他们后面说。

"会还给您的,老先生。"鲁艺站定,"而且会很快地还给你们。"

"我相信他是无罪的。"贝小知跟在两人后面出了门。

"你既然身为律师,必然懂得法律程序。我们目前尚处在立案前的侦查阶段。"鲁艺的话中有着明显的调侃味道。

"你的意思是,如果不足以立案的话,他就没事了?"

"你对我的话做了非凡的理解。"鲁艺走出大院门口站定,"任何人在判定有罪之前都是无罪的。"

"抽支烟吧。"

"还是抽我的。同一牌子。"鲁艺掏出烟来,"抽你的总有受贿的嫌疑。"

他们相顾一笑。

"作为一个科学博士,一位吴健雄奖的获得者,他的有些行为的确不太来劲。"

"他曾受过巨大的创伤,而且他也是人,有七情六欲。"

"但情欲必须适当的控制。好,再见。"

"最好很快地再见,然后就不再见了。我们的研究已经进入了关键阶段。"

鲁艺没有说话。

"我已明显地觉出胎动,可冷不防又挨了一脚。"熊无忌有气无力地说。

"避脚台高三百尺,高三百尺脚仍来。"贝小知也没了主心骨。他从来没和检察院打过交道。

夜已经很深了。三个人仍然在酒吧间饮酒。

"我很不习惯西方人喝酒的方式:空口喝。"高桥斜躺在沙发上。

"东方人喝酒是为了吃菜,而我们的目的则更加纯粹一些。"费米一饮而尽。

"东方以道德治国,这很像一个包袱皮,能大能小;而西方的法制,则像一个钢制经理箱,装多少就是多少。"卡特琳娜很随便地说。

"法律无非是规范化的道德,而且你们的箱子以一个人所能聘请到的律师级别而定。换言之,同样的罪,因辩护人的不同,结果会很不一样。"高桥也喝了一口酒,"培根与牛顿认为,世界都存在于一个绝对的框架之中。可以后的研究证明,宇宙中不存在终极,那不过是科学早期的幼稚病罢了。"

"我该回去睡了。而且依照我的惯例,周末不谈科学。"费米突然没了精神,"你留在这?"

"对。"卡特琳娜答道。

"祝你们今夜幸福。"费米推开门走了。

高桥默默地直视着酒杯。近几日来他表现的郁郁寡欢。

"那边桌上那个孤独英俊的人可能是日本人。"卡特琳娜把叉子微微一斜,示意侍者请他过来。

"你们投资方向错了。"此人端酒杯翩然而至,"我不是日本人,而是美籍华人。"他掏出张名片。

"陈天天。久仰大名。"卡特琳娜把名片递给高桥,"他是克雷公司的总工程师。X—M 超级电脑的设计者。"她略一偏头,"可在我的印象中,克雷公司与IBM并无多少往来。"

"不仅没有往来,而且势不两立。可前天我辞职了。"

"为什么？"

"X—MP48 是目前世界上最畅销的电脑，它为克雷公司垄断了十亿美元的市场。可当我打算再设计一个比它快一百倍的电脑时，他们却不肯支持我。于是我只好改换门庭。"陈天天做了个轻飘飘的手势。

"以你的名气和你对公司所做的贡献，他们怎么会这么对待你？"高桥觉得无法理解。

"原因很多。"陈天天抚弄着袖上的钻石搭扣，"公司有着一大批官僚权威，他们对市场发展有自己的看法，以为我的想法是'未经科学证实'的。而任何想法本身都是未经科学证实的。"

"他们不作长期投资是很短视的。任何一种产品一旦问世，就意味着它将过时，如同生意味着死一样。"

"你说得很对。"陈天天很兴趣地打量着卡特琳娜，"于是我只好毅然辞职，幸亏 IBM 收留了我。"

"你打算在这待多久？"高桥问。

"我手中有些研究，必须利用 IBM 的资料，搞完之后就走。"

"去哪？"

"自己办家公司。自己充当 CEO。"陈天天很自信地说。CEO 是"首席执行主管"的意思。

"你知道我此刻在想些什么吗？"卡特琳娜问。

"什么？"

"赶快把克雷公司的股票卖掉。"

"是的，我去职的消息明天见报后，克雷股票最少要下降十个百分点。你不准备买些我的公司股票？"

"不买。起码暂时不买。在我的印象中，一个人不可能既是杰出的科学家又是杰出的管理者。"

"你们将在我身上看见两者完美的结合。"陈天天向两人举起酒杯。

第八章

贝小知从一座刚竣工不久、有着过多装饰物的住宅中出来,"如果您不累的话,我们就到体育馆走一趟。"

"不累。"林亚眠踢开车支子。近来他觉得自己的生命力在渐渐地恢复,虽然尚未达到原来的水平。"要找的到底是谁?"

"伍天魁,一位有钱人。我的中学同学。"

"二道贩子?"

"您这词儿概念太大。世界上所有的商人都是二道贩子。他们无不从价最低处采购,至价最高处销出。"

"他做什么买卖?"

"这还不如问不做什么买卖更省事。您听说过著名的'扳手事件'吗?"贝小知放慢车速。

林亚眠摇头。近三十年来,中国没有商人,未来十年也不会出像样的商人。

"一九八〇年北京市场上的扳手突然短缺,于是伍就到上海区组织货源,此行共七天。在这期间,当时他唯一的贸易伙伴——老婆,一天四次,电告北京市场行情。最后他包了一架小货机,空运十万只扳手抵京,大赚一票,从此奠定了基础。"

"他赔过吗?"

"当然。有次他花了二十万进了五万条魔棍——此为魔方的变种,而变化却是他的三次方,这超过一般人的智力。整整三月,只销出百余条。他不断地降价,可仍无人问津,因为别人不买,不是出于对经济的考虑。最后他下狠心,全部捐给少年儿童基金会了,并在报上发表了一篇文章,大谈开发儿童智力云云。"

"他是什么样的人?"

"很难形容。"贝小知再次减速,"上小学时,他几乎从来不听课,可考试时,凭借其苍蝇般的目光,居然也能混及格。他有着魔鬼般的精力,连修两天大寨田,还能打一晚上麻将。同时还是个优秀的酒鬼、赌徒、小说阅读者、体育爱好者。"

"可他对科学懂得多少呢?能对咱们进行赞助吗?"

"对科学懂得的不如我更不如您多,至于赞助,要看咱们是否能说服他了。"贝小知指指一座简陋的体育馆,"您大概不喜欢看散打吧?"

"你大错特错了。因为我太文,所以总喜欢武。每年美国海军队与陆军队举行橄榄球决赛,我从不放过,光门票就要三十美金呢。三十美金在那时是个大数字哩。"

"现在仍然是个大数目。咱俩又找到一个共同点。"贝小知把车子存好,"中国人大都不喜欢体育。虽然每有大赛,人们总在电视机前坐着,但关心的只是输赢和能否为祖国争光。基本忽略了对人的体力美与智力美的欣赏。"

一座很小的体育馆,看台上只有为数不多的几个人。

"伍天魁。"贝小知把个个子挺矮、肩膀很宽、身材不成比例的人介绍给林亚眠。

"久仰。"林亚眠伸出手来。

小个子只是点点头。

中央绳圈中两个戴防护用具的人打得正激烈,所有的裸露部位都披着一层亮晶晶的汗珠。

两人很快扭成一团,裁判好不容易才将他们分开。可只过了几秒钟,又再度缠扭。

"这俩是什么功夫出身?"贝小知作内行状。

"蓝为形意,红为八卦。"伍天魁的声音充满丹田之气。

"我一点也看不出他们用的是什么招法。"

"你要看出来还要我干什么?"伍天魁笑了,"形意八卦只是外表,关键是功夫。好!"没人看见他由坐姿转站这个过渡动作,只见他凭空蹦了起来,"蓝这一击,非形意中人打不出来,而红的转身,则纯是八卦正宗。"说完又坐下。接着蓝衣人挨了重重一击,鼻腔喷血,倒在地上。伍天魁又重新弹起。

这是个精力充沛的人。嗜血的人。他能懂科学吗?林亚眠直犯愁。

好不容易才挨到比赛结束。

"有事吗?"伍天魁大大咧咧地问。

林亚眠开始重新审视这个人:他穿的是著名的"ADIDAS"运动衣,"NIKE"鞋,头发剪得很短,关节突出的手指上套着一枚很大的钻戒,使人遥感出一种被富贵包裹着的俗气。

"专门请你吃饭。"贝小知说。

"马克西姆?"伍天魁微微一笑。

"两年前本人曾不幸被拖入其中。可我一见那支雄壮的乐队,齐全的酒具,庞大的服务员群,就立刻声明,只有三百块,众哥儿们看着办。他们不肯绕过我,我因此背上有生以来的第一笔债。打那之后,只要人一提,我就有种被人牵往屠宰场的感觉,每次路过连招牌也不敢看。如果你非要我请那儿的饭,我情愿与你的手下最棒的散打选手打一场。"

"我来请吧。"伍天魁随口说。

"不,我来请。"林亚眠说。

"我最喜欢这张桌子。"伍天魁径自走到一张路易式的桌边坐下,伸手接过侍者的菜单,递给贝小知。

贝小知又将其递给林亚眠。

"还是二位点吧。"林亚眠不接。

"不要采用这种官僚主义的推诿做法嘛。"伍天魁调侃道。

林亚眠风度潇洒地掏出眼镜戴上,稍稍一扫即用法语向侍者报出了菜名。

"您常来这吃?"伍天魁开始对林亚眠产生敬意。

"还是头一次来。巴黎的马克西姆倒是去过几次,现在还依稀记得大厅正中的壁画,一位美丽非凡的酿酒女神。四十年过去了,不知她老了点没有?"林亚眠挺气派地往后一仰。

"也许她早已变成时装美女了。"

"您要几分熟的牛排?"侍者待其把这长串话说完之后彬彬有礼地问。

"七分。"贝小知十分内行。

"那不成了煮牛排了。"伍天魁笑了,"我要四分熟的。"

林亚眠不动声色地伸出三根手指。

"我原以为四分是上限呢。"

"上限是全生。"

"可我喜欢七分熟。"贝小知一脸不服气,"最近又发了什么大财?"

"不敢妄称大财,小有盈余而已。"伍天魁呷了口酒,"上个月我从兰州购来十五万件薄绒衣,货到了,原来定下的库房却被别人占了。于是我花了五万块钱租下了护国寺的偏殿。"

"护国寺不是国家重点保护单位吗?"林亚眠早年常去此处读碑。

"如今是个连故宫都能出租的时代。花上三十万块钱,我能把故宫的'正大光明'殿给租下来。"伍天魁用阿基米德"给我一个支点,我能把地球举起来"般豪迈的口气说,"然后我三天之内,全部批发干净,每套获利一元。"

"现在谁穿绒衣?"

"我只需把'ADIDAS'字样往上一印就行了。"伍天魁指指前胸。

"侵犯商标罪。"贝小知这几天对"法"极感兴趣。

"你在钻法的空子。"

"既然作为法摆在那儿,就得允许人们去钻,这样法才会渐渐地完善起来。

玩生意和你们玩科学的一样,赚钱就等于出成果。总不会有人说一个不出成果的科学家是好科学家吧?"

"这两者不是一回事。"林亚眠对伍天魁话中的"玩科学"一词颇不以为然,"有人不出成果,可为后人铺平了道路。"

"我也在铺路,因为我只消费了其中的一部分。"

"我看武术队的教练对你挺客气的。为什么?"贝小知转移了话题。

"我赞助给他们五万块钱。"

"真是万变不离钱呵!"贝小知感叹一声,"记得你从上学起,就常背着书包逃学去看武术,想不到这爱好至今不衰。"

"而且与日俱增。"伍天魁很认真地说,"散打最来劲儿,它没有舞蹈化的倾向,规矩也很灵活。不过我悲哀地承认,最好的散打选手都来自拳击方面。武术里虚的、花的太多了,而且各立门户,老死不相往来,很不利于发展。"

"文化的产物。"

"我倘若能培养出几个能与泰拳手匹敌的,也算功德一件。前些日子,我在《体育报》写了篇文章《余看中国武术》,指出它的不足,没想到散布在世界各地的武术家都来函约我去比武,其中香港的最多。"

"你干吗不去?"

"别看他们干不过老外,可最少能把我打到七分熟。吃,这是蜗牛大菜。"伍天魁伸出叉子。

贝小知很不客气地伸手取过一只。

"吃西餐不能上手。"林亚眠制止他。

"是吗?"贝小知故意反问。"我讨厌以任何形式出现的繁文缛节。"他又取过一只,"怎么方便就怎么来。"

"散打最积极,谁要是八秒钟不出击,就要挨罚。对你们搞科学的也该立这么一条。"伍天魁刀叉并用,轻而易举地从壳中取出蜗牛肉来。

他有什么资格评论科学?林亚眠自问。

此时有一个西装笔挺、面目深沉的人过来与伍天魁打了个招呼。

"他是做什么生意的？"贝小知从窗口看到此人从一辆奔驰汽车上下来。

"什么也不做，他只是个幌子。"

"此话怎讲？"

"如果某人与港商谈判，就借上他充当中方要员。如有港商与新加坡等地商人谈判，又借他充当大陆公司老板。因为他仪表不俗、谈吐也还成，所以吃了东家吃西家，午餐则永远在马克西姆。"

"如果有这等活你也给我介绍一个。"贝小知说。

"你不懂生意呵！"

"我物理都学得会，还在乎商业。"

"可此刻'物理'来找'商业'干什么？"伍天魁举起杯。

贝小知简略地述说了一番。

"什么叫'超导'？"

贝小知把两把刀摆成了平行状："假设这是条充满人流的街道，你从中间穿过去会很不容易。如果人群高速动乱的话，过一回损失就更大了。《平原游击队》中的李向阳就是朝天鸣枪制造混乱才溜走的。"

伍天魁用手托住下巴。

"若使所有的人都安定下来，穿越就容易多了。如果他们绝对安静，对电流来讲，这种状态就是超导。"

"用什么政策使他们安静？"

"降温。降到很低很低的温度。非常温，甭管是非常热还是非常冷，都是很费钱的。"

"因此你们才来找我。"

"对。"

"而我并不会因为李向阳朝天打一枪就给钱的。"

"我们是借。"

"如果不归还的话,借与要是一回事。"

"我们确实是借。"

"借凭的是信用和抵押。"

"除了债务,本人是一无所有。"贝小知双手一摊。

"有本事的人,一生都在花债。"伍天魁稳健地把笑容收敛回去,"我依稀记得,你手中有一幅潘天寿的画。"

"你要干什么?"贝小知立刻紧张起来。

"作为借款的抵押。"

"你能借多少?"贝小知很艰难地问。

"五万。"

"利率是多少?"

"象征性的一点。"

"什么时候可以拿到钱?"

"这要看什么时间可以拿到画了。"

"明天。"

"最迟后天中午,你们的账户上就会出现五万块钱。"

众人默默地动手吃菜。

"我有很长时间都没有见到尊夫人了。她去哪了?"贝小知举起杯。

"我正要问你这问题呢。"伍天魁猛吃一大口,慢吞吞地说,"她最近一直在搞外汇买卖,此刻不在广东就在福建沿海一带活动。"

"这买卖很来钱吧?"

"来大钱的事情差不多都是犯法的。"

"儿子呢?"

"她把他弄到美国去了。"

"你能放心?"

"能。我儿子错不了。"伍天魁的情绪又开始好转,"过上十年,他从美国回来,甭管别的如何,英语总能过关。我若能把业务扩展到海外,可以让他做国际部主任。你打算让你的孩子做什么?"

"我吗?"贝小知想了一阵,"我打算让女儿当个卖烟酒的售货员,最好能嫁给一个卖肉的男人。"

伍天魁笑着叉起一块牛排:"我就喜欢吃肉,有肉就舒服。屁股有肉,坐着就舒服;膝盖没肉,跪着就难受。"

"在这里吃饭的人好像并不多。"林亚眠也被伍天魁的鬼聪明逗笑了。

"太贵的缘故。"伍天魁点燃一支雪茄,"有位很著名的上将,在这请几位退下来的大军区司令级的老朋友吃饭,带了一千块钱,自以为绰绰有余,最后还是打发司机回家取钱。"

"你可不要打发我去取。"贝小知笑着说。

一个微醺的人端着一只晶莹的杯子过来敬酒。他与伍天魁很熟,开口就扯到生意上,"你只要坚持住不卖,咱们两个都亏不了。"

"不,我马上就得脱手。"伍天魁冷冰冰地说。

"此刻脱手你便宜不了。"

"有一只熊在追赶两个人。甲停下换上运动鞋。乙对他说:你换上鞋也跑不过熊去。甲说:我只要比你跑得快就行了。"伍天魁举起杯。

"我懂你这个阴险寓言的含义。"那人站起身走了。

"你这个寓言够残酷的。"贝小知说。

"竞争本身就是残酷的。马克西姆淘汰起人来绝对无情。它刚开业时来吃饭的人,如今所剩无几了。"伍天魁深有感触,"谁也说不清哪一天,我就会丧失进入这家饭店的资格。"他把剩下的半瓶酒放回提包,"我不是绅士,也不打算成为绅士,我只是个唯利是图的商人,因此绝不会放过到手的东西。"

"那幅画是怎么回事儿?"回去的路上林亚眠忍不住问贝小知。

"家父与潘天寿是小同乡,三届人大期间在一个小组,因此向他讨画。虽同时索者若干,可他却只给了家父。家父把画拿回家时,也像今天一样是个星期六。"贝小知声音变得很低,"他不让我打开,吃饭时不住地猜,老虎、雄鹰、主席诗词写意,可结果都不对。"

"是什么?"

"一黑一白鸡两只。"

"仅此而已?"林亚眠也觉得有些扫兴。

"右上角有款,并有'天寿'名章。左下角有'不雕'两字闲章,均为红色。父亲虽然扫兴,仍让我去裱。因为潘将来访。"

"荣宝斋的人如何说?"

"收货老头用放大镜足足看了有半个小时,才指着款问画主是潘先生何人?我告之后,他连声说:难怪,难怪。好画,好画!我断定他是附庸风雅,谁料他着实讲出番道理来:虽只有鸡两只,整个画面充实得不能再增一物;两方章朱赤不同,使人有五彩缤纷之感……我将话对父亲转叙后,他接连数日对画沉思,最后终于悟出来了。从此将其挂在书桌对面。"

"这画值不少吧?"

"艺术品是没价的。它是劫余仅存的物件,总使我想起父亲。"

林亚眠自觉此问过俗:"如今文物走私特别厉害,伦敦市场上的唐三彩与清瓷因之价格大跌。他莫不是此目的吧?"

"不会的。"贝小知肯定地说,"别看他口口声声钱钱的,内心挺善。"

"看样子你是这小组的头儿?"鲁艺把贝小知叫出屋。

"可以这么说。"贝小知注意到鲁是只身前来的。按照规定,办案必须两个人以上。

"案子暂时被我压下去了。"鲁艺的眼睛看着别处,"可你得奉劝你朋友一句:碰上警察最好三缄其口。他在那儿说了很多不利于自己的话。何况即使是一位完全公正的记录者,也会依照自己的观点进行取舍。"

"如果不顺着警察走,他们就更不会让你出来了。"

"真可怜。"鲁艺深表同情,"你们物理懂得太多,而法律懂得太少了。如果你没有真的犯法,他们早晚得让你走。"

"在黑暗中能看见曙光的人并不多,即使是十小时的黑暗,而且天才人物最起码要在某一方面是笨蛋。幸运的是,我们碰上了一个懂些物理的检察官。"

"如果物理学者多少懂些法律,我将省去不少麻烦。"鲁艺活动着指关节,"我的物理知识不多,但我本能地觉出你们的工作有些意义,而且我不懒,也不算官僚。我其实可以坐在办公室里,一张又一张地签发传票,一趟又一趟地叫你们到区检察院来,就所谓的问题一遍又一遍地讯问,根本不用做整体观。"

"我们的研究很可能因此被毁掉。"

"但我却破了一桩案子。我们的年终奖金是以被起诉的案件数量计算的。"鲁艺笑了。

"我可以负责你的年终奖。"

"如果你此刻掏出钱来,我就能以贿赂罪起诉你。"鲁艺又笑了。

贝小知点头:"这事就此完结了吧?"

"熊无忌还要到检察院去几趟,以便了结。一字入公门,九牛拢不转,谁叫他看也不看就在讯问记录上签了字呢?"

"以后我们有官司,一定请你当律师。"

"公诉人和律师的区别有如警察与小偷,不能兼职的。"

贝小知转达这些话时,熊无忌并无解脱之感,只是喃喃地说:"我近来有不少想法,可怎么也集中不了精力把它们整理出来。"

"你休息两天吧。"林亚眠已经注意到熊无忌肿胀的眼皮、颤抖的双手。

"休息,休息!"熊无忌抓起桌上的烟灰缸,抡起来摔在地上,然后有气无力地说:"我休息去了。"

贝小知偕田夫在"长城饭店"找到了伍天魁。

高能物理年会正在此召开,休息室里挤满了人。

"老外可真多。"田夫饶有兴趣地转悠了一圈,"是不是因为这地方最豪华?"

"豪华仅是原因之一,关键是这有全中国最好的通讯设备,可以在五分钟内叫通世界任何地方。"伍天魁要了三份饮料。

"可他一准叫不通咱们插队的那个村。"贝小知反驳道。

"即使在北京城内也有许多叫不通的地方。可一出国界就不同了。信息就是金钱,这道理商人最懂。"

"这里全是商人?"田夫问。

"大部分是。"

"都买卖什么?"

"要看谁了。"伍天魁好像很喜欢田夫。

"那个。"

"买卖外汇的。一天能挣五千块钱。"

"那个呢?"田夫又指向一个白面书生。

"卖人肉的。"

田夫惊讶了。

"也就是拉皮条的。"贝小知解释道。

"资源可丰富?"

"有一次我看见他的通讯录,整整一本,并附有索引。"

一位身材高大的美国人与一个漂亮的中国姑娘坐到他们这围沙发上。他们边谈边做手势,并时时从腹腔内迸出阵阵大笑。

"这声音太不卫生了。"伍天魁摆摆手。

可两人依旧旁若无人地说笑一阵,才携手走出去。

"他们说什么?"伍天魁好奇地问。

"男的是伯克利物理系的教授,女的是某大学的学生,他们是在这会上认识的。她想利用这层关系出去留学,这阵儿去香山饭店进行后半截谈判了。"

"这姑娘好像挺可怜的。"伍天魁呷着饮料。

"想不到你商场上厮杀这么久,依旧残存着一段柔肠。"田夫说。

"岂此是一段?!最少也有十米。"

"那岂不成了羊肠子?你这可怜根本没有道理。这姑娘把自己推销出去,该庆贺才对。虽然她很可能是开发利用了性资源。"贝小知说。

"你他妈的可真残酷。"伍天魁站起身,独自走向柜台,掏出信用卡塞入计算机,然后敲击了一阵键盘。

机器吐出信用卡,贝小知翻来覆去地审视着。

"我只要偷上你这东西,就不缺钱花了。"贝小知作将信用卡插入口袋状。

"如果那么容易,天下岂不大乱。"伍天魁得意地笑笑,"你必须往里输一个九位数才行。"

"如果你肯回答我几个问题,不出半小时,我就能把你卡上的钱全弄过来。"田夫接过信用卡。

"如果你做到了,我就不要你们的画儿作抵押。"

"当真?"

"当然!"

田夫掏出纸笔,开始问伍天魁的出生年月,车辆号码等问题。他是个标准的计算机迷,闲暇时间大部分是在微机前度过的,对程序研究有不少心得体会。

"物理学家也是人而不是神。"伍天魁与他们一起走到微机前。

田夫不断地往机器里输送各种数据,然后再加以运算,可荧光屏总是板着面孔一声不吭。

伍天魁得意地从贝小知肋下抽走画轴。

"往里输 196812133 试试看。"贝小知提议。

田夫立刻把数敲入,然后进行运算。

计算机对这个构思表示满意,光屏上出现"请继续指示"的字样。

"这会儿我只要敲上两个数字键,就足以使老兄破产。"田夫高兴地说。

95

"两个键不至于。"伍天魁不服气。

"把九元钱调入咱们账户。"贝小知指示。

"那是多少？"

"387420489 元。"

"妈的,上了亿了。"伍天魁一吐舌头,"你们怎么猜着我的号的？"

"从理论上讲,真正的随机数是没有的。即使有你也记不住。你必须选择一组有意义的,诸如生日之类,顶多是两组数相加而已。"田夫解释道,"可196812133 是怎么回事,我也不太清楚。"

"那是我们插队的日子,对你好像太遥远了一点。"贝小知说。

"辛亥革命般地遥远。"

"钱是否这会儿就拨过去？"

"我这上面只有零用钱。"伍天魁把画退给贝小知,"明天我亲自送去。"

第九章

高桥浩已经在实验室里连续待了两天两夜没有出来。

"他是不是死在里面了？"卡特琳娜终于等得不耐烦了，"我明天就要回美国去了，这他明明知道。"她拿起话筒。

"印度高僧面壁十年也终究有出世的一天。"费米把键按下去，"别去打扰他，况且他不会接的。"

"我就不相信。"卡特琳娜执意按动键盘。果然没人接。

"看样子除非中断他的饮食供应。"卡特琳娜解嘲地笑笑。

"那他也不会出来。上次劳伦斯来视察，他只陪坐了十分钟，就招呼也不打返回实验室去了。"费米点燃了烟斗。

"你们两个连体婴儿般的亲密，你为什么不跟他一起做实验呢？"

"由我分工负责陪着你。"费米亲昵地搂住她的肩膀，"我从来也不是个优秀的实验物理学家，我只是个理论物理学家，你会嫁给他吗？"

"我想恐怕不会。"卡特琳娜长长的睫毛颤动着，"一进实验室，他就变成一个纯粹的科学家，性欲与食欲统统消亡了。这种人我受不了。"

"我从理论上同意你的说法。"费米重新斟上酒。

高桥面色阴沉地撞进门来。

"怎么样？两人同声问。

"出现了瞬间超导现象。"

"大约多长时间?"

"不到十秒钟超导结构就被破坏了。"

"出现一次,也许就会出现十次、百次。"费米说。

"可有些东西一辈子只会出现一次。"卡特琳娜显然有所指。

"我累坏了,要睡觉。"高桥推开门出去了。

"他恐怕不吃东西不洗澡就上床了。"卡特琳娜站起来,"我得去一趟。"

"女人永远是女人。"费米笑了。

"一个几乎相同的构想。"林亚眠读完了方宗伦的信件后说。

"问题要看谁能先证明这个想法了。"贝小知说。

"瞬间超导出现了。"熊无忌推开门扶着框说。

"能重复吗?"林亚眠着急地问。

"不能。"

"咱们去看看。"林提起包。

"我看首要问题是饲养一下脑袋。"贝小知看着熊无忌昏黄的脸。他起码在试验室里工作了一昼夜了。

"最好来点精饲料。"

田夫的女朋友敲门后进来。这是一位纤弱、文静、秀气的姑娘,脸上总是漾着笑。

田夫赶快把她领到门外说几句,然后又进来。"我好像不能一起去吃饭了。"

"去吧,"贝小知宽宏大量地说。"上次你得了'斯坦福综合征',成天猫在机房里摆弄微机,我可费了九牛二虎之力才将你治愈。这次不要误让她以为你又得了'超导综合征'。"

"不会的。经过考验的爱情,一次比一次坚固。"田夫把包收拾好。

"不过你也得悠着点,要知道,供给会自动制造需求。"贝小知用耸人听闻的语调说,"别看她此刻总是笑,可女人的泪腺是男人的一倍,这有解剖学上的证明。"

"她从来没有说过什么。"

"女人你不太懂,她有时只说半句话,而后半句要到三个月以后才说。你必须有本事把他们连接起来,才能了解她的心理概貌。"

"听你的口气,好像你有三位以上的太太似的。"田夫笑着说。

"太太只有一位,而观一叶落知天下秋。"贝小知替他拉开门,"咱们俱乐部从明天起休息两天。"

饭钱是熊无忌抢着付的。

"你花钱如流水。"贝小知想给他些"回扣"。

"一切都如流水。"

外面在下着雨。大自然扭动着身躯,承受着鞭刑与电刑。"这是一个持续的坏天气。"熊无忌阴沉沉地做出了结论。

这一休息熊无忌就再没出现。校方在对其进行审查,而且是监护性的隔离审查。

此刻已是中秋时分,几片根基不牢的树叶已经凋落。

"我曾经反复告诫他,把实验记录做得细一些,可他就是不听。"林亚眠重重地合上记录簿。四天来他一直试图重现熊无忌的实验,可半点收获也没有。

"他的思想太快,有时根本来不及记录。"

"那你就应该帮助他记下来。"林亚眠对田夫说。

"你也可以帮助他记。"田夫很不服气,"即使是权威,做点粗活也没什么。"

"真是'死后更知君伟大'。"贝小知诵道。

"我尚活在人间,可悼文却出来了。"熊无忌出现在众人面前,"不过你的祭词使我觉出友谊的可贵。"他握住贝小知的手。

"我这小泽征尔般的耳朵却没有听到脚步声。"田夫很夸张地说。

"从地狱回来的人脚步总是很轻的。"

"你受的罪大不大?"

"不小。"熊无忌接过香烟,"即使把最高检察院的检察官全部集中在一起,也不如同一教研组的人难对付。"

"他们应该知道咱们研究的重要性。"林亚眠说。

"正因为知道。"

"你到底犯了什么事?"

"表面上分析是作风问题,实质上是政治问题。原来我一直要出去,可自从加入超导研究,就暂时走不了了。正好这当口教研组主任出了缺,于是就出现了这些事。"

"可你在男女方面总是有些问题。"林亚眠最厌恶的就是这些事。

"我与所有的女性来往,都是接力式的,从来没有过齐头并进的现象。"

"接力式就是选择式,眼下是选择的时代。"田夫说。

"有范围、有分寸的才能叫选择。"林亚眠说。

"范围有多大?分寸有多少?你能给我一个定量的说明吗?"熊无忌的眼睛中布满血丝。

"法无定法,非法法也。咱们说别的吧。"贝小知把话岔开。

研究在艰难中重新起步。

第十章

"我相信咱们已经找到超导体了。"高桥浩对费米说。

"是的,已经找到了。"费米喝了一口酒。这家意大利餐馆所有的饰物都呈文艺复兴时代的风格。"上帝规划了整个世界,他只允许人们知道很少一点东西,可我们却屡屡触犯其禁忌。"他在胸前划了个漂亮的十字,"只好请他原谅了。"

"但验证这种超导体需要一台精密磁力机。"高桥对玄学与哲学都没有兴趣。

"待会儿到商业中心查一查就行了。"

"我现在就去。

"等把这盆上好的汤喝完了再去也不迟。"费米说。

"还是打完电话再喝汤。"高桥大步奔向电话机。

费米在独酌。饭店内弥漫着舒伯特美妙的音乐。

"日本有,价格是一千一百万日元。"高桥喝了一口仍然烫嘴的汤,"你估计劳伦斯还肯追加费用吗?"

"你跟银行借一万块,它就会天天追着你要。如果借上一百万,它就天天盼你发财,生怕你倒霉。你就再张口要多少,他也会给的。英国与南非的关系即是明证。"

"咱们不出成果,劳伦斯博士就无法向董事会交代。"

"我很佩服你的领悟力。一千一百万日元,约合十万美金,我个人也能筹到。关键是时间。"

"我左盼右盼,并不见这个世界上有竞争者。"高桥灵活地转动着脖子。

"这是一个强手如云的时代,竞争对手绝对有,只是不在你的视听范围内罢了。"

"我干脆去日本跑一趟算了。"

"跑一趟与打电话是等效的。还是把论文准备好,等机器一来,测出数据往上一填就行了。"

"为你的提议干一杯。"

"小心别喝醉。"

"为啥?"

"诺贝尔发奖仪式的酒会是很著名的。"费米很正经地说,"海明威干脆没敢去,酒量极大的斯坦倍克一个星期全在醉乡中。"

"发奖时你代表我去就行了。"高桥把酒喝干。"到时我该陪卡特琳娜去非洲一趟。要知道,这是笔宿债。"

熊无忌清理一番被烟熏坏的嗓子,用传教士般的声音说:"公元一八七九年,麦克斯韦对头排坐着的仅有的两名学生,一丝不苟地讲着电磁理论。他的声音在空荡荡的教室中回旋着。但这是世界的声音,他宣告人类已经进入了电磁时代。"

三人都预感到有某种重大事件揭开了序幕。

"我的听众是三个。我的声音起码在本世纪末是不会消失的:超导体找到了。"

"是咱们预见的那种?"林亚眠是昨天晚上被强制"驱逐"出实验室的,因为他当时连坐也坐不住了。

"当温度降至 -243℃时,电阻就等于零了。"

"你重复了几次?"贝小知的声音也稍许有些走样。

"足够多次。你们不想去看看这世界上最美的景观吗?"熊无忌的目光发出异彩。

"你的眼睛太可怕了,几乎包含了整个光谱。"田夫说。

"一双属于天才或疯子的眼睛。"熊无忌像尊被高炉火烤的雪人慢慢瘫软下来。

"是的,确实是超导体。"林亚眠不禁百感交集,"电流是多么欢畅地从中间流过。"

"而我却看不见。"田夫调皮地说。

"不是用眼睛看。"贝小知搂住田夫的肩膀。

"真正的超导体是排斥磁场的,咱们还得验证一下。"林亚眠盲目地翻动着记录。

"所里有高精度验磁机吗?"

"据我所知,整个北京都没有。"

"他们为什么不买?"田夫问。

"他们并不是为咱们服务的。"贝小知拿起皮夹克,"我去给上海、合肥、西安挂几个电话。林老能给我提供几个关系户吗?"

"我估计他们也不会有。"

"宁叫碰了,别叫误了。"贝小知从笔记本后撕下一页纸递过去。

"这可是要进博物馆的东西。"田夫把本子搂过来。

这种大型笔记本共有七册,记录了他们整个历程。

熊无忌摇摇晃晃地站起来。

"真该派两辆车送你回去。"贝小知说。

"我有生以来只坐过一次专车,囚车。"熊无忌从口袋里掏出一张纸,"依照不成文法,获得成功的科学家,总要扬出些假条之类;牺牲的战士则是账单。他们谁能掏出《传唤通知书》来?"他慢慢地将其撕成极碎的片儿,然后往起一扬,"一切都过去了。咱们该去吃顿饭。"

"对,一顿内容如《不列颠百科全书》般丰富的饭。"

"电话怎么总也叫不通?"贝小知在长途电话大楼,与邻座一位工程师模样的人攀谈起来。三个钟头过去,只要通了两处。"等电话比等火车还要命,火车一定会来,可电话却不一定。"

"火车有多挤,电话就有多挤。"工程师形象地比喻道,"信息与运输同属交通。"他接着分析,"以前从八点起,通话量呈上升趋势,十点到峰值,中午十二点至谷底。下午大至类同。晚上的话务量几乎为零。我的话你懂吗?"

"凑合。"贝小知明白,谦虚使人获得信息。

"可现在却从早晨起来就是峰值,一直持续到次日凌晨两点。假使你往北京饭店、前门饭店打电话,还不如派人去快。"

"那你们应该大干快上。"

"任何企图大干快上的做法都是错误的。什么也脱离不了基础。"工程师变得认真起来,"每路电话要六百元钱,而且前门、王府井等地段几乎无法敷设电缆。工业基础限制了通讯,它反过来又影响工业。"

"一个怪圈。可你们总得拿出些办法来呵。"

"难呵。"工程师长叹一声,"从建国伊始就有人——其中包括一些著名的领导人,认为电话会滋生官僚主义。当时的电话不为用,只为象征权力与地位。这样就为不发达奠定了理论基础。现在人们又开始无限制地发展电话,一个总机内的分机数远远超过规定上限。就这样局部网加入市话,市话又加入全国网,弄得一团糟。不知你有没有这样的体会,越不通越拔?"

"当然。"

"这就像辆公共汽车,上边的人要下来,下边的要上去,完全堵住了,谁也无法通行。"

"一旦能打通,就大聊特聊。"贝小知觉得像和朋友在聊天。

"通讯是衡量一个国家发达与否的标志。我很希望它能进入一种超导态。"

"超导?"贝小知正待往下说,扩音机唤他去5号间接沈阳长途。

他出来时,工程师已经不见了。

"在临死前,法国人要求唱《马赛曲》;美国人要求喝一杯;日本人则要给人上最后一节质量管理课。"费米"啪"的一声打开听啤酒,"可正是这个以效率著称的日本,要五个月后才能将验磁机交货。"

"那么唱歌、喝酒的国家要多久呢?"高桥反问。

"从七个月到一年不等。"

"此题证毕。"高桥笑了。

"我看我们还是先把文章发表了再说。"

"经验告诉我,凡是没有写入机器试验结果的文章,一般不会引起重视。"高桥一向严谨,"而且一流的物理杂志一般拒绝发表。"

"我们以一流的声誉、一流的成果,找一家二流的期刊,它怎会不发?头条新闻高于一切!"

"你很精通投稿技术。"

"这不仅是技术问题,这是一种政治妥协。

"世界就是由矛盾与妥协两种东西构成的。我看我们就找德国的《物理学杂志》吧。"

"同意。"高桥把电话机递过去。

五分钟后,费米就将《物理学杂志》主编从黑森林饭店叫了出来。高桥打开扩音设备旁听。

对方头脑清晰,没说几句就找出要点。

"如果我们发表这篇文章的话,要付多少钱?"费米在谈话末尾问。

"假设我是旅店老板,碰巧里根总统、伊丽莎白女王或者别的什么名人要来我这里下榻,你认为我会向他们收钱吗?"

"甚至还会给他们一些礼品。"

"对。因为这事本身就是极好的广告。"

"懂了。再见。"

"有意思。"高桥关上扩音设备,"你讲德语,对方讲英语。大学者总是很关心别人的。"

"我倒没注意。语言对我没什么区别,开头用什么就一直用到底。"费米打开微机的盖子。

"在我的印象里,德国人很古板,从不开玩笑。"

"时代在变,德国人也在变。他明天将收到我的文章。"

"明天?"高桥愣了一下。

"只要租条线路与德方的微机相连,一按电钮,它就立刻流过去。"费米拍拍IBM微机。

"我总忘了眼下是信息时代。"高桥拿起电话要通卡特琳娜。

"我看先把文章发表了算了。既然到处找不到验磁机。"贝小知大口喝着水。

"实验就像田径赛中的国际裁判,没有够格的,任何人都不会承认你打破了世界纪录。"林亚眠来回踱着步,"即使发表。也不会有反响。"

"可在地球的另一端,有人在和咱们竞赛呵。"田夫担心地说。

"从国外订购一台。"

"那得有关系、外汇才行。"

"关系我有,外汇也可以想办法去搞。"贝小知重新披上外衣。

国际长途台出人意料地通畅,只用了三分钟,就接通中国驻美使馆。

"哈罗。我是方宗伦。"声音的清晰度极高,仿佛源自隔壁的亭子。

"贝小知。"

"除了像你这样老插出身的人,谁也不会在凌晨五点来电话,要不就是国务院总理或外交部部长。有什么事?"

贝小知简略地说了一遍。

"懂了。请把号码告诉我,十分钟后去电话。"方宗伦放下听筒。

"请付款。"服务员起码对要国际长途的人还是客气的。

贝小知胸有成竹地掏出钱包。

"一百六十五元。"

"您是否把小数点点错了地方?"

服务员白了他一眼。

"我没带那么多钱。"

两片鲜红的嘴唇在左右错位。

"您先给我垫上,我明天一准送来。"贝小知用哀求的口吻说。

"我们每天的营业款有几十万元,能垫得起吗?"一只雪白的手伸出来。"工作证!"

贝小知翻遍口袋,竟没找到证件。

"跟你通话的是什么人?"那位工程师出现了。

"中国驻美大使馆的。"贝小知喜出望外。

"你是搞物理的?"

"你怎么知道?"

"刚才你说话的分贝数很高。"工程师转对服务员说,"他的电话转到我的办公室。"

工程师推开标有"副总工程师"字样的门。

"与外面相比,你这儿实在是太安静了。"贝小知坐定之后,放松身体,伸开酸疼的腿,"你这沙发,和毛主席书房的那种差不多。"

"而我的通讯设备却和里根总统的差不多。"工程师坐在排列着四部电话、一部电传的办公桌后,"如果不保密的话,我想听听你的研究情况。"

"请洗耳恭听。"贝小知一碰到专业,话就格外地多,直到被电话铃打断。

"只有日本有。"方宗伦劈头就说,"懂英文吗?"

"废话。"

方宗伦很有节奏地报出日本公司名称的英文拼法,"价格是一千一百万日元。"

"我的电话费你能付吗?"

"你的脸皮可真够厚的。很遗憾地告诉你：不行。就是这个电话也超出了公务范围。你该找商务参赞处才对。"

"IBM方面有新消息通知我。"

"废话。"方宗伦放下听筒。

"如此说来，还是场全球范围的竞争啰？"工程师问。

"是的。"

"地球像个小乡村。"

"可即使是小乡村，迈开腿这头走到那头，也很费些时力呢。"

"顺便告诉你，电话费我付了。"

"你个人？"

"别问出处。用公务电话谈情说爱办纯粹私事的大有人在。"

"如此说来我受之无愧啰？"贝小知看了下手表。

"完全无愧。"工程师把他送到门口，"再顺便告诉你，如有类似公事，可借用我的电话，它可以在三分钟之内叫通国内、国外所有地方。"

"刚才我等电话时发现这样一个有趣现象：如果你跟话务员很熟，她就会让下一站相熟的话务员抓紧，就这样一站一站地接力传递，速度起码要快一倍。"贝小知望着一白两红一黑的四部电话，"可凭什么呢？"

"凭特权。"

"我最不爱听这个词儿。"

"若失其特权，整个电话网的损耗就会加大百分之五。这还是保守的估计。"

"下次我一定来尝试一下特权的滋味。"

"用不着你亲自来，只要找部电话拨364479就行了。北京城在我眼里不过是张通讯网络，而我碰巧在中心位置上。与人方便，自己方便。"

"你想不想回收你的投资？"贝小知在伍天魁的住宅里找到他。

"不想。我早把那笔钱当成赞助用了。"伍天魁比贝小知想象的要老练得多。

"如果外加利润呢？"

"利润？"伍天魁眼睛一亮。

"对。"

"那当然很好。"伍天魁平静地说，多年的商务生涯教会他这样一个道理：不要顺着别人的思路往下说，尤其不要替别人说。

"那就得请你帮我搞些外汇。"

"你是不是要倒腾外汇？"

"我要是倒腾外汇，你老婆非得失业不可。"贝小知向他说明的用途。

"什么外币？"

"日元。"

"多少？"

"一千二百万元。"

"一千二百万元。"伍天魁倒抽了口冷气，"你知道这是多少吗？"他在丝睡袍外面又套了件羊毛睡袍。"约合十万美元，四十万人民币。足够你娶若干个日本老婆的了。"

"有一个老婆我已经够了。你到底借不借？"

"我没有那么多头寸。退一步说，即使我设法给你筹到，你还必须取得外汇管理局、商检局、海关、工商局等等的批准。没有三个月、一百个公章，你休想前进一步。"

"如果你能筹到钱，我就能取得批准。"贝小知虚张声势。事情总要办一步说一步。

"你权当有这笔钱，去活动批件吧。"伍天魁微微一笑，"有家著名公司，专门养了帮很有门路的人从事批准手续一行。即使如此，亦视进口设备为畏途。这很要点本事哩。"贝小知看着伍宅正中悬挂着的放大二十倍的美元复印件。他虽用了一连串的比喻，可心里着实空得很。机关不是一个实体，它是一张变化无穷的复杂网络。可只要"天不灭曹"，我就一定要干成。出门时他鼓励自己。

第十一章

"海关的答复是：咱们不是法人团体，因此无权申请进口设备。"贝小知对翘首以待的三个人说。

"你该对庞大的关系网来个总动员。"

"我已经总动员了。可有时关系大，有时法大。一个测不准的模糊世界。"

"干脆把成果捅出去算了。"熊无忌说。

"不知能否找到地方。"事实也使林亚眠无法坚持"文章千古事"的说法。

"您桃李满天下，托个关系试试。"贝小知给林亚眠倒了杯咖啡。

"好，我去托个关系。"林亚眠头一次领受这样的任务。

费米与高桥浩共同署名的文件刊登在《物理学杂志》上。

这篇没有机器试验结果的文章并没有引起大的反响。

几个著名理论期刊很礼貌地拒绝了林亚眠的请求："我们从不发表没有充分实验报告的文章。"

"那你们怎么处理'假说'呢？"熊无忌忍不住了。

"我们很少发表假说。"

"即使有一个光芒四射的假说放在你们面前，你们谁也认不出来。"熊无忌做出了傲气十足的结论。

"中国的科学工作者大体上都是技术人员,他们只承认已知的事情。"贝小知说。

最后他们找到一家很小的《科学与技术》杂志。

主编粗粗地看了下文章之后,用一支铅笔在文稿的右角批道:可发。然后笑着说:"我们没有正常的拨款渠道,请赞助几个。"

"发表学术文章还要钱?"林亚眠惊讶了。

"国外的学术刊物都是这么干的。"主编转动着手中的铅笔。

"你们要多少?"

"三千。"

"三千元足以印这么一期刊物了。"贝小知拿起很薄、纸张很粗劣的《科学与技术》。

"并不是所有要求发表的人都出得起钱的。大多数民间发明家为发明本身已经倾家荡产了。"

"如果我们也出不起呢?"

"同样可以发表,但要等一等。"

"你让文章在最近一期发表,我保证在它出世前把钱送来。"贝小知紧迫感极为强烈。

"文章的出版周期是三个月,到时你们不送钱来,我也无法抽下来了。"主编狡猾地笑笑,"我是不见兔子不撒鹰。"

"星期六我送钱来。"贝小知一挥手。

方宗伦读到《物理学杂志》上的文章摘要,不禁大骇。立刻找出原文复印一份,寄往国内。

"咱们的赤字又多了三千元。"熊无忌翻动着薄薄的账簿。

"凭我的面子,不难借上这笔钱。"林亚眠说。

"教授是不向人借钱的,还是我去吧。"贝小知说。

"我有。"田夫插言。

"多少？"

"五千以内请指示。"

"别看他此刻气粗，待会儿不知怎么向准夫人苦苦哀求呢。"熊无忌笑着说。

"要是在十八世纪，凭你这句话，胸部就将出现一条隧道。"田夫站起来做个击剑的劈刺式。

"悠悠万事，结婚唯大。还是我去吧。"贝小知站起来，"债多不愁，虱多不咬。"

伍天魁把已经泛黄的《双鸡图》平摊在桌上，用一个柄很长的放大镜仔细地审视着每一细部，良久才喃喃自语道："好画！好画！"

"就像你真懂似的。"贝小知坐在地毯上抽烟。

"别以为只有知识分子才懂艺术。"伍天魁收起放大镜，"只要有钱和时间，艺术不难学。我现在常去听交响乐。"

"你能给我讲讲交响乐是什么吗？"贝小知用调侃的口气问。

"交响乐就是这么一种东西：你如果说不好听，就说明你是土佬儿。"

贝小知笑了。

"艺术无禁区，享受也无禁区。"伍天魁被笑声激怒。

"你再借我三千块钱，我就把这画送你了。"

"这话不合逻辑，我借你送？！实质是你开价三千卖画于我。"

"如果你偏说卖的话，我就把画收回去。"贝小知突然认真起来，"父亲的爱物是不卖的，我即使卖血卖命也不卖它。"

"送却可以？"

"对。"

"那我就笑纳了。"伍天魁把画卷起。

贝小知默默地注视着这幅画。除了时间外，没有任何东西能给它染上这种富丽的黄色。今生今世大概不会见到它了,该留下件复制品才对。他把偌长一段烟灰故意弹到地毯上。

"钱明天来取?"伍天魁心痛地看着厚厚的波斯地毯。

"不,现在就要。"

伍天魁打量了他一眼,打开在帷幕后面的小保险柜,从中数出三千元来。

"你点钱的手法笨得出奇。"贝小知把钱点得如电风扇一般。

"大商人是从来不点现金的。"伍天魁笑着说。"你别忘了给我写一份工作进展报告来。"

"你在着意培养自己的官僚主义作风。"

"我发行了一些股票,因此我的公司多少带些公有性质。钱花了,得对董事会有个交代才是。"

"行。"

"另外,"伍天魁整整头发,"我能否在你们小组挂个顾问之类的头衔?"

"不行。名与器不能假人。"贝小知最后看了眼那幅画轴,把还燃着的烟头扔在地毯上,头也不回地走了。

"文章最早在几月能问世?"贝小知把钱递过去。

"两月后。"总编数也没数就把钱收了起来,"以后最好将钱放在一个信封里,这样会好看一些。"

"要钱还要好看,世上哪有这等便宜事?"贝小知心火已郁积很久了。

主编边写收条边笑着:"中国人就喜欢又要钱又好看。比方把稿费叫作'润笔',这词儿有多生动!没钱连笔同思想将一起枯涩起来。"他抬起头,"文章我仔细看过了,有创见,缺机器试验结果。该拿到大刊物去,这样会使人补进实验结果。"

"你好像还很懂一些科学。"

"或许比你想象的要多一些。"主编脸上现出讨人喜欢的笑容,"看完后我作出的第一个决定是：你即使拿不出钱，也照样给你刊出。"他见贝小知欲插言，就赶快摆手，"不过你既然拿来了，我只好笑纳。我们小刊物的日子也不好过。纸、印刷费、邮费竞相涨价，谁都想卡我一下。如果社会能呈超导态就好了。"

"主编告诉我一句至理名言：先入门则为大。甭管是否从大清门进来的。"贝小知晃动着手中的收据。

"不发表就发霉。先把它弄出来再说。"田夫应和道。

"咱们现在干什么？"

"等。"

"以前在搞实验的时候我总想，什么时候才叫完呵！如今一旦完了，这种平静真叫人不好受。"熊无忌扯开上衣的链子。

"再想个题目吧。"林亚眠说。

"一张一弛，文武之道。先歇上一阵再说。"

"对。"田夫站起来，"实验罢，结婚去。"

贝小知刚想说回家去，可一看林、熊二人，就改口说，"实验罢，喝酒去。"

"对，喝酒去，我有一只空胃，正好盛最鲜、最美的食物。"

一封信滑入了无人的办公室。

"完了。"三天后熊无忌才读到了方宗伦寄来的复印件，"诺贝尔奖让人弄走了。"

"洞中才数月，世上已千年。"林亚眠反复读着费米——高桥浩的文章摘要。

"两个没有交流的团体，产生基本相同的思想。该建立一门'比较科学'才是。"贝小知是从另一个角度考虑问题的。

同年十二月，东京大学笛木博士领导的小组，把临界温度提高到30K。

休斯敦大学的ATT贝尔研究所把温度提高到40K。

休斯敦大学的朱经武教授将临界温度提高到98K。

超导研究成了全球范围内的热身赛。

次年六月,临界温度已被提高到305K,也就是32℃。

一个新的时代出现了。

尾 声

一九八七年十月十四日。斯德哥尔摩。

公告：
　　费米与高桥浩报告：他们发现了一种氧化材料在比过去的超导材料高12℃时呈超导性……从而导致了世界数百个实验室获得了更好的超导体……因此特将一九八七年度诺贝尔物理奖授予他们两位。

一九八七年十月十六日。北京。林宅。
"获诺贝尔奖的应该是咱们四个才对。"熊无忌目光炯炯地盯住荧光屏。
"准确的说法应该是多四个人才对。"林亚眠改正道。
"不。就咱们四个。"在熊无忌的凝视下，屏幕开始悸动。
"这奖有多少钱？"田夫问。
"每年都有变化，今年相当于三十四万美金。"贝小知道。
"吓，三十四万美金。"田夫一伸舌头，"可真够抽象的。"
"一点也不抽象，它可以使我们还清全部债务，然后再美美地吃上若干顿。"贝小知原本想说还能把画赎回来，可又咽回去。
"有些机会一生中属于人只有一次。没能占有它，它将永不回归。"熊无忌的声音近乎咆哮。

"咱们玩点什么？"贝小知对林亚眠说。他知道只有转移注意力，才能把熊无忌从"螺旋"中拉出。

"推一圈麻将怎么样？"田夫来了兴致。

"我不玩。"熊无忌断然否决，"要玩就玩桥牌。"

"桥牌也不怕你。"田夫领会了贝小知的暗示，坐到熊无忌的对面。"你别小看人。我的搭档就是杨小燕的搭档。"

"小小年纪倒学会攀附名人。"熊无忌把副纸牌洗得"哗哗"作响。

"如果想吹牛的话应该倒过来说：杨小燕的搭档曾有幸与你同局。"贝小知教导田夫，"或者干脆把中介省略掉，反正没人会去考证。"

"操心你的牌吧。"田夫飞速分发着牌。

第四把时，田夫到手一副好牌，通体黑桃。他兴奋地喊出"七个黑桃"。

长久的沉默。最后贝小知沉稳地说："七个无将。"

因为首攻不是田夫，全手黑桃都作废了，他急得直搓手。

"根据《世界桥牌手册》统计，拿到单一花色的概率约为五十万分之一。可惜了一副好牌！"林亚眠洗牌的手法极为高雅。

"你得意之情溢于言表，用不着多丰富的想象力就能猜出是纯色牌。"熊无忌说，"振作起精神，教训教训他们。"

接下几把中，林、贝二人明显觉出熊无忌咄咄逼人的压力：叫牌时他极有气魄，出牌又总能挑准对手的薄弱处，猛攻不舍。

第十五局时，贝小知又忍不住提出："咱们试试林—贝信号系统如何？"

林亚眠颔首同意。

两人再次跃上"七无将"。可因为信号交换的失误，被熊无忌连拿五墩。林贝二人依旧风度潇洒，一直让对手拿完。

"我看咱们还是玩麻将合适。"田夫把牌收起，"它外形是方的，可中心是散乱的。它可以随便立法。吃上家、压下家、眼睛盯着对家。没有盟友，纯粹单兵作战。

"说也是，你不看老外练太极拳、中国人跳霹雳舞，甭管多么形似，骨子里也不是那么回事儿。"贝小知话锋一转,"可我还是喜欢桥牌这种科学加运气、充满对抗竞争的运动,它挺像生活。你呢?"他问熊无忌。

"咱们今后该干什么?"熊无忌的目光茫然若失,答非所问。

仿佛黄昏中的夕阳一下子坠到地平线以下,他们的情绪又沉入低谷,所有企图轻松起来的努力都是徒劳的。

"明天有场'超人'隔地取物、盒中识字的表演,咱们去看看,刺激一下想象力再说。"贝小知打破了沉默。

"我的想象力就像海湾国家的石油一样,品质特高,蕴藏极富。根本用不着刺激。"熊无忌平素绝少使用比喻。

"若从想象力至成品这段通道能呈超导态就好了。"林亚眠说。

"这需要制造一个超导临界温度,光凭某几个人是不够的。"贝小知走到一架专门摆放经史子集的书柜前,从其中仿佛渗出一种沉重而浑厚的压力。"一个人剪断脐带之后,可以去创造跑步、游泳、飞行的世界纪录,但他却无法真正地完全独立于母体,诸如遗传密码、血型这些都是无法改变的。"

"其实咱们都像一些不能独立行动的连体婴儿。"田夫说。

"如果能不断地稀释血液,重新编辑密码,或许能改变。"贝小知的目光转向窗外。

一株荫及全窗的树上遍布苍劲的叶子,在日光的照耀下,它在拼命强调着秋天。

《收获》 一九八八年第五期
《中篇小说选刊》 一九八八年第六期
北京电影制片厂　峨眉电影制片厂联合摄制　一九九七年
《新华文摘》 一九八九年一期
《文汇报》 一九八八年十月二十三日
《人民日报·海外版》 一九八九年一月九日

权力场

一

"正部级的官员极少你这样一退到底的。"虽然已经到了车站,池同声仍固执地重复着自己的观点。

陈默笑笑。池同声是他多年的副手,每有重大活动必到车站送行。他去年离休,现任全国政协环境保护委员会委员。

"别送了。"在进站口陈默说。

"依照惯例。我送到车开。"

惯例是很难破除的。尽管它未必正确。

陈默的故乡S县地处南北方交界处,得天独厚,双方优点具备。他原本想作数月留,可最后竟不想离开了。

他的生活相当简朴:每日除耕作院内的一小块菜地外,就是读书。

当他把顾颉刚等一大批饱学宿儒校订圈点的《二十四史》读了一大半后,终于厌倦了。于是将兴趣移放到植物方面。只有这些构成自然本身的东西才是永恒的。

他从此找到了精神家园。

一个春日下午,他披着宽松的丝棉袄,在村口小学听孩子们诵书。

一辆上海牌轿车停在村口,县委书记袁成吾和经委主任从车上下来。

"陈老师总是不脱书生本色,次次都能在此碰到您。"袁成吾是清华大学的毕业生,陈默也是,故有老师之称。

陈默笑了。这是很高级的赞誉。"杖藜扶出村夫子,一队儿童散似鸦。"下课的铜铃响了,儿童们叫着"爷爷好",从他身边掠过。

"人类精神与肉体的延续。"袁成吾站在陈默身旁。他今年三十八岁,身材笔挺。原先是省重工业厅的副处长,前年调到此处。

"这座学校修得好。"他去年初回村时,村学校仅有四孔危窑,学生都实行二部制。他对袁言及后方才一月,就由县财政支付款项破土动工。如今学生们已在其中读了半年的书,"听说最近全国儿童失学的现象很严重?"他在报上读了不少有关这方面的报道,他深信这只是冰山浮出水面的一小部分。经验告诉他,报载成绩,你即使除以二,仍有夸大之嫌。如言及失误,则很难确定系数。

"是相当严重。"袁成吾的脸色暗下来,报出了一系列数字。"不过咱们县没有。"

"县是基本单元,必须舍得在教育上花钱。"陈默言语中仍流露出多年身居高位的痕迹。

"在教育上投资,是一本万利的事。"经委主任插言。

"教育本身即是目的,无本利之说。"陈默把两人让进屋。他的房间干净舒服。

"袁书记好,叔叔们好。"陈默的远房侄女陈芳芳端着茶盘进来。她今年十九岁,负责照看陈默的生活。

"芳芳是愈长愈漂亮了。"袁成吾端详着她鲜艳红嫩的脸,"深山出俊鸟啊。"

陈芳芳不好意思地退了出去。

"其实应该给她在县里安排个工作。当然您在此一天,就由她服侍您一天。"袁成吾说。

"不用了。在村子里也好。"

"您抽烟。"袁成吾取出一盒"红双喜"烟。

"不。戒了有十个月了。污染山区清新的空气是个罪过。"

"您看我这记性。"袁成吾象征性地拍拍前额,礼貌地把烟收起来。经委主任如同被动机械一般,重复执行上述动作。

"你们抽,你们抽。"陈默自悔失言,"以前我也想戒,总因为工作忙,戒不了。尤其是开起会来,你一支,我一支,就这样抽了几十年。"

"应该在全县范围内开展一个戒烟运动。"袁成吾搓搓手,"如今愈是文明的地方,吸烟度愈是低。"

话题由环境问题展开,渐渐说到"绿色和平组织"、环球温室效应。

陈默喜欢这样高质量的谈话。可以看得出,袁成吾的视野宽阔,思路也敏捷。

经委主任看看表。

"几位公务繁忙,就此打住吧。"因谈伴稀少,陈默很想再继续一会儿,可这种暗示还是懂的:毛泽东会见尼克松时,因谈得久了,周恩来就频频看表。是事先约定,还是默契?

"我们还得到另外几个乡镇转一转,"袁成吾站起来,走到高悬着的煤气灯前,"顺便告诉您,估计到下个月底,您就可以用上电灯了。"

"这么快?"陈默不相信地反问。春节时,他曾受村支书之托,对袁说起电力之事。记得在一九六〇年粮食困难时期,也是这位老支书去T市找过他,想批几吨粮食。当时他是市委书记,有权批,但他没批。因为这无疑是夺T市人的口粮。手心手背都是肉呵!据说村里饿死了好几个人。这是笔宿债,不管以何种方式,必须偿还。

"应该更快一些。"

"还有什么困难吗?"

"电厂已经试运转,各项指标都符合设计,关键是建灰场还缺十万块钱。"袁成吾像是随口说出。

"县财政没有钱了?"陈默记起他当时曾许愿:如果钱上有困难可以去电力部跑一趟。

"如今百废待兴,我是左支右绌呵。"

"我去给你们跑跑。"陈默痛快地说。

"老首长出马,保证是一个顶俩。"经委主任不失时机地奉承了一句。

"咱们先去温泉镇。"出了村后袁成吾说。

"不是说先去吉镇?"坐在后排的经委主任问。

袁成吾没有回答。造成适当的距离感,能创生神秘,从而奠定权力的基础。

车很快地驶进温泉镇。

镇上的领导立刻被吸聚过来。

"咱们去温泉疗养院。"袁成吾挥挥手后就上了车。

此处有股号称"蟒泉"的喷泉,它的流量为每秒零点七个立方,温度为摄氏四十度。自唐朝开始喷发,始终未减过。如今它被一根直径五十公分的钢管套住,引入一个大池。

大池旁边是幢很大的院子,本地人称:进士宅第。道光年间,此处出了一位进士,名苏灵光,号道敏,官至吏部尚书。

袁成吾仔细地察看了院子的装修工程。

款子列支项目是装修,工程实际却是改建。此处原来为荣军疗养院,已呈破败样,可经此笔投入后,却焕然一新。

"这几根柱子漆得不错,跟新的一样。"袁成吾在正房前阶上巡视一圈。

"就是新柱子。"镇长解释道。

"不换梁拆顶,如何换得?"

"咱们乡下人的土法子。"经委主任终于找到机会显示自己的博学,"用你们读书人的话讲,叫作:偷梁换柱。"

袁成吾没有答话,转到房后查看了新建的卫生间。它的质量很粗糙,新抹上去的油漆有几处已开始剥落,"怎么搞的?"他皱起眉头。

"此地的匠人就是这个水平。镇长看出书记的不高兴来。

"哪里的建筑队?"袁成吾摸着粗糙的花岗石墙裙。

"吉镇的。"

"我曾经说过要请国家正式的建筑队。"袁成吾边说边瞟了经委主任一眼,"你们偷梁换柱都会,建个卫生间就不会了?"

经委主任低下了头。

"屋内的装修一定要请正式的装潢公司,地毯要买纯毛的,护墙板一定要上等松木。"袁成吾吩咐。吉镇是经委主任的老家,其中的包工队必与他有牵连。但这不必细究,也无法细究。水至清则无鱼,但关键问题要把住。

应该建立官员的回避制度,本县人不得在本县为官。如今却只对县级正职有此要求。须知,官换得勤,则权落吏手。袁成吾边想边出了院子,站在龙松下的大石上,重新审视整个景色。他觉得跟上次来的感觉不太一样,有些不和谐,可也说不出在哪儿。

"抽支烟吧?"经委主任说。

"污染山区的清新空气是罪过。"袁成吾脱口而出。"把这条管子漆成淡绿色。"他的美学直觉被唤醒。

"我看这黄就不赖。"镇长摸不着头脑。

"漆成绿色,而且是淡绿色。"袁成吾认为无须与他们讲美学:此刻方才初春,黄与土地颜色的分别还不大。可一到盛夏避暑者驾临时,大地将是一片浓绿,届时管子若还是这般模样,无异于草中藏着一条蛇,将破坏大的景观。

他前行数十步,换角度观察。"把那个建筑拆了。"他指指山包上的水泵房。

"临近几个村的水田全凭它灌溉呢。"镇长赶快说:"它可不能拆。"

"不能拆?"袁成吾严厉地盯着镇长,借以考察此话的可信度。

"是的,不能拆。"镇长壮起胆子坚持,眼下的经济体制已限定了他的所作所为。

"这个高灌站是附近几个村的村民集资兴建的。"经委主任认为有必要帮镇长一下。

"那么把它改造一下。"袁成吾背着手来回踱了几步。温泉镇是全县的主要产粮区之一,建疗养院固然重要,但不能因此影响全局。"改造成一个凉亭的模样。"

"凉亭?"镇长不由自主地反问。

"图纸我会给你的。"袁成吾嗅了嗅空气后说:到夏天,你这糖厂也要关闭上一个月。"

"这些改造的费用从哪里来?"镇长不得不这样问。为修这幢院子,他已经把建职业中学的款项挪过一部分来。虽说如今乱支乱列专项经费已经蔚然成风,但这毕竟是种责任,最好由别人去承担。

"自有出处。"袁成吾朝汽车走去。

"在镇上吃饭吧?"镇长拉住车门恳请。能和袁成吾近距离会见的机会不多。毛泽东曾经教导:干部来自熟悉。

"可以。但不喝酒。吃顿荞面就行。"

经委主任上了镇长的双排座客货两用车。

"袁书记对这个疗养院这么关心,你说是为什么?"镇长问。

"谁知道他要干什么,反正肯定有用。"

"什么用?"镇长追问。目的不明确,干起来就没劲。

"这就跟打麻将一样。多开几个口,'和'的可能就大。"经委主任的说话在不知不觉中模仿袁成吾,可惜他"掉书袋"的本领不大,只能从日常生活中取材。

"你是'天子近臣',是'京官',应该透些正经信儿,别尽放狗屁。"镇长的文化是由古装戏与口头文学杂交出来的。

经委主任沉默不语。他由公社的事务员起家,历经万劫,侍候过不知多少领导,可从未见过像袁成吾这样时而引经据典,时而寡言少语,若即若离,总让人捉摸不透。

"袁书记不喝酒?"镇长仍在捕捉信息。

"平常不喝。可有一次我在省城宾馆碰上他与中央搞政策调研的一个人喝酒,足足有半瓶'五粮液'灌下去,居然没反应。"

"是呵?!"镇长惊讶了片刻,"老捉摸他干什么,等咱们把他捉摸透了,又换新书记了。铁打的营房流水的兵。咱们吃完饭后自由喝,然后再推上它四大圈。"

"你不干镇长还能去干木匠,我还留着这顶纱帽养家糊口呢。"经委主任连连摆手。

二

陈默健步行走着。离开了京城,就离开了网球和游泳,他改用步行来锻炼身体。他居住的古庄村,离长途汽车站有十五公里,虽然村支书要用大货车送他,但他坚持步行。

初春季节,一路上梨花白,青草绿,连空气都是甜滋滋的。他庆幸自己器官的功率没有下降,一切都在和谐地运行。

离村口三公里处,有一大片古松林。这些入云之松,有的行栽,有的海植;有的老态龙钟,有的生机蓬勃。自己小的时候就常来这儿玩。陈默深深吸了一口浓郁的松香气。据说这是进士苏灵光率领家人亲自动手栽的。他那次回乡省亲,就栽了四处。抗日战争、大炼钢铁、"文化大革命"毁去三处,独此处硕果仅存。

走出村口约十公里处,他看见一批送变电工人在施工。

"这线架到什么地方去?

"古庄。"一位叼着烟卷懒洋洋的青年工人回答,"听说那住着一位退下来的大官。"

陈默无言。中国的工业低效率、低质量,就是因为这些低素质又毫无责任心的基本单元造成的。

"其实他一个人也用不着多少电力。另一位工人说,"多少也能为村里人谋点福利。"

"光几个村庄用电,截面无须如此之粗。"在清华时,陈默读的是生物系,可常去听电机系的课,因为在四十年代这是"朝阳学科"。如果不是在学运上多耗了精力的话,他自认肯定能在两个系取得毕业证。"这像是动力电缆。"

"老爷子看上去还多少懂点?"年青工人眉毛往上一扬。

知识并非私有物。陈默本想如此回答。可这话太文:"难道我就不能知道吗?"老年人的特点就是容忍。打个比方:人带自己的子女时,尤其是头一个,总是动辄发怒,可带孙子时,却表现出格外的慈祥。因为他弄清楚孩子淘气、生病、撒娇甚至撒谎,都是自然现象,不再以成人的标准要求了。

"如果是人就会架线,我们凭啥吃饭?"青年工人把大线钳像体操棒似的抛来抛去,"我们一无权,二无势,全凭这家伙。"

懒、散、无所谓,现今年轻人的典型。陈默无可奈何地笑笑,继续前行。他退出了训人者的行列,失去了权利,也没了兴致。

八十千伏安的变压器。正在拓宽的公路。工业发展完全由能源与交通两项制约。袁成吾这个人颇有些经济战略眼光。陈默边走边想。

陈默投宿在温泉镇。晚饭后,他在镇长的陪同下,极有兴致地查看了"进士宅第"。

"这位苏灵光公的文笔很不错呢!"陈默翻动放在条案上的《道敏文集》。发黄的宣纸,在幽暗的灯下,泛起历史之光。"《种树论》。"他朗朗诵了几句。

"他的官是尚书,您的官也算是尚书吧?"镇长对文笔之类的评价不感兴趣,对尚书却有足够的尊敬。

"也算是。不过尚书与尚书不一样,吏部是六部之首,最大的尚书。"

"六部都有什么?"

"吏、礼、兵、工、刑、户。"

"吏部尚书相当于现今的什么官?"

"大致相当于中央组织部长。"

"那会儿一共就这六个部?"

"还有大理寺、都察院、御史道几个,分别相当于法院、检察院和纪委。"月光和清润的空气催动陈默的谈兴。

"如今我区区一个镇子这些部门全有。"镇长不无自豪地说。

"冗员过多,是效率低下的主要原因。"

陈默这句话对镇长来说,能懂度很低。

"你们花这许多钱修它,准备干什么用?"

"县里拨的款,可能是建民俗博物馆吧。"这后一个词是袁成吾教给众人的。

"估计得多少钱?"

"那归户部管。"不该说的不说,这点规矩镇长还是懂的。他用个玩笑支吾过去。

袁成吾在县委大楼的办公室内敲打着微型计算机。

这台 IBM 微型计算机功能齐全,加上外围设备。花了大约五万块钱。

只有那些胸无大志的人才把钱花在轿车上。袁成吾注视着自己的思想在蓝幽幽的荧光屏上显现、组织、运动。作为一个官员,必须有自己的思想。当然,不能像普通学者那样到处张扬。可如若没有,一旦机会来临,后悔就晚了。

早在一九八〇年,他还在省里工作时,就敏锐地感到微型机的用处:它是手与脑的延伸。而汽车不过是脸与脚的延伸。在这两者间取舍,是很见水平的事。当然汽车也得要,不过有辆性能优良的上海车就够了。中国的公路根本就不是为高速豪华车设计的。

思想之流发出尖锐的啸叫,从他的指尖上喷射而出。一旦涌入机器之后,就被疏导整理,变成颇具灵气的绿色字体。

袁成吾出身于一个很普通的职员家庭,在有史可查的阶段内,职位最高的就数他了。生活条件的困苦,社会地位的低下,却孕育出强烈的出人头地的愿望。还在上小学的时候,他就能自觉自愿地每天少睡两个小时,把当日所学总结后再预习次日的新课。而且在揣摩老师心理方面,有着过人的天赋。只能说是天赋,因为他没有榜样,也没人教过他。

雄心加上努力与聪明,中队长、大队长、优秀中学生等称号顺理成章地落在他头上。可惜"文革"来了。

在赴插队地点的专列上,作为领队,他负责分发食品与日用品。他从来没有掌握过如此之多的物质分配权。权力感被唤醒了,数量的多少,质量的优劣,全部由他掌握。

作为优等生,他极善举一反三。下车伊始,他就为争取集体户的领导权做出了努力。当到手之后。他就以此为基础,进而推广到公社、县。

他几乎成了职业革命家。但与那些单纯的"学毛著积极分子"不同,他并不完全靠空话。他确实是一大群知青的精神领袖,有着自己的"实验田",自己的依托。

可到了县级之上后,他发现完全凭自身的能量不够了,要靠政治关系。

掌握了原则就要应用。可没等到见成效,"上山下乡"作为运动解体了。他因此失去了凭借。

搞各种工作,尤其是搞政治,必须有自己的根据地,毛泽东之所以在建党初期能占据显著地位,就是以湖南农运和由此产生的秋收起义队伍作为基础。而彭德怀之所以在"庐山会议"上被轻而易举地弄下去,原因不外是失去了根据地:第一野战军在朝鲜战争中损失过大,有的军连建制都被取消了,读当时出版流行的"两条路线斗争史"他产生了众多体会。没有什么比政治斗争更讲究实力的了。

所代表的东西没有了,代表本身就失去了意义。他将雄心连同得来不易的经验潜伏在心头,并用智慧孕育它,等待着时机。

时机终于出现了,毕业分配时,他没有去科研单位,也没有去中央机关。一九七八年,大学生尚是稀罕之物,尽管是工农兵大学生。他选择了省城重工业局。在这里他很快成了出类拔萃者:一年副科长,两年正科长,再赶上"年轻化"就成了副处长。

在这个位置上他停留了三年之久直到选择了S县,才成了名副其实的正县团级干部。

我终于找到了表达自己意志的舞台。袁成吾按动检索键后,双手枕在脑后,开始欣赏自己的杰作,我有自己的经济战略,并且能有效地督促它实行。在这个县里,我是原动力:我一生的事业,将以此为根据而腾飞。

钥匙开门声。

袁成吾皱了下眉头。他在工作时是绝对不允许外人打扰的,这在全县已成为一条铁纪律。否则这个找了那个找,永无宁日,什么也别想干成。别的县委书记在欲搞个大东西时,总是找个地方躲起来,而他则偏偏就在办公室内办公。有权,立威就不是难事。

可能是勤杂工老孙头。不,不对。他已经在开第二道门。袁成吾的办公室是三套间,一为秘书与会客室,二为书房,三为卧室。微机是安放在卧室中的。

他起身把卧室的门插住,负责全室卫生的老孙头连这房的钥匙也有。

好一会儿钥匙才插入锁眼,久久地拧动。

"谁呵?"袁成吾愤怒起来。

"我。"

"你是谁?"袁成吾明知故问。这是侵削对方势头的最佳方法。

"徐志纯。"对方不得不回答。

"原来是县长大人。"门一开,浓烈的酒气就劈面刺来。反刍的酒味相当难闻。

"吓,你还有台小电视。"徐志纯对袁欲拒其于门外毫无知觉,硬挤进来。

"什么事?"袁成吾没有坐。每有不速之客造访,他总有办法使其明白自身的地位和能用的时间。

"你这是中南海还是国务院?"徐志纯很随便地躺在床上,"我就不能来坐坐。"

袁成吾只好坐下。

"不是电视,是微机。"

徐志纯受到酒精的冲击,显得很兴奋:"我家老爷子也有一台,比你这大得多,能玩各种电子游戏。你这台能玩吗?"他伸手去按键盘。

"小心别把我的材料给删了。"袁成吾把机器给关上。

"什么材料,莫不是整我的黑材料?"

"我焉敢整你的黑材料?"袁成吾把脸侧开。

徐志纯是徐老的老生子,这位徐老就是本省出的干部,一直做省长,"文革"后才去了中央。在他手里光厅局级干部就出了好几百,这是相当宝贵的资本。所以此时虽是退居二线,仍有极大的影响力。而影响力是权力之一种。袁成吾因此不得不敷衍徐公子。

"开个玩笑,何必当真?"徐志纯坐了起来。他像知道自己美丽度的漂亮姑娘一样,很会利用自己的地位骄人,但对袁成吾,他确有些怵。

"我也没当真。"袁成吾把笑容调出来,"这点幽默感还是有的。喝茶吗?"他伸手做取杯状。

"来一杯。"

袁成吾只好动手沏茶。

"这茶很差劲。"徐志纯猛喝一口后说,"回头我给你点真龙井喝喝。"

"龙井我有。"

"但绝非真龙井:真龙井不过是十几棵树,全为贡品。我们老爷子弄了一篓。"

篓。对茶叶来说是个吓人的单位。

"老人家身体可好?"袁成吾换了个话题。

"托您的福,绝对结实。精力比我还充沛:推四圈麻将后还能批读文件,一点不带乱的。"

如果只在名字上划圈,至多写个"阅"字,而不提任何建设性意见的话,我推一天一夜后也能批它上千件。这话袁成吾绝对不会说出来。退二线了还批什么文件?从严格意义说,应该只有建议权,而无决定权了。

"我看他的身体状况,再活十年没问题。十年后,我也真的成人了。"徐志纯掏出盒"肯特"烟,径自点燃。

"这是你的福气。"袁成吾不动声色地说。这也是吾辈的晦气。对选拔干部应该有这样一条规定:如果父为部级,儿子至多不能超过副局级,除非老子已经死了十年以上。否则各级干部群起而效之,贤能之士就上不去。才路、言路都将被堵塞。

"你在哪儿喝的酒?"

"专署。省里的歌剧团来了,我代表咱们县请了他们一客。"

"全体?"袁成吾在估算县财政的支出。

"不。仅几位名演员。"

"噢。"徐志纯主人感强,出手极阔,往往一掷千金。不过他经常在外,对县里的事不太干预,为此而付点代价也是应该的,袁成吾想。

"其中一位长得极逗人爱。"

"别忘了你是正县级干部。"袁成吾不爱谈性,他认为这是件神秘且圣洁的事。

"正部级也有性生活。"徐志纯不肯正经,"顺便问一句:你的性生活是怎么解决的?"

"无可奉告。"袁成吾把微机重新开启,"有事你就说事。"

"歌剧院的一位编剧,写了个剧本,我看挺不错的。"徐志纯清清发干的嗓子。

你要是懂戏剧,我就是汤显祖、易卜生。袁成吾没有接茬。

"他想要点赞助。"

"多少"?

"不多,三万。"

三万不多,多少才算多?几乎是普通干部一生的工资:"你是县长,自己批就是了。"

"不是有规定:凡超过万元以上的拨款,都得上五大班子联席会吗?"

"那就等着上会吧。"

"哪次会不按你的意思走?"

"我什么时候一人拍过板?"袁成吾反问。当时为了卡掉计划外乱批钱的做法,他专门请县人大通过这条具有法律效力的决定。这是基本政治技巧:人大会不是某个人,它是一个团体,不好直接拒绝的事都可以往那儿推。

"我没说你一人说了算,但回回都是在你的引导下做出决定的。"

"我这回就引导个试试。"袁成吾急于把徐打发掉。县财政的钱分分角角都来之不易,可如今谁也把我当成路边的树,甭管骡子、马都有权来蹭一蹭。哼!

"顺便告诉你一声:这个剧本是歌颂我家老爷子的。"

袁成吾微微一怔。这种情况他还没有遇到过,似乎也无成例可循。

"再顺便告你一声:因为咱们这片有大型煤矿,又有大型发电站,很可能要升级为市。"徐志纯察觉出袁的神情变化。

中央的基本工业战略措施：工业带农业，实行市管县。可真正轮到自己这块，还真没想到。袁成吾很想留徐志纯再多坐一会儿，信息就是财富。可既然逐客令已出，就不能收回。作为领导者，即便错也要错到底。总是朝令夕改，职务所赋予的权威将不复存在。

"你把款子的事提到明天上午的会上去，我估计或许能通过。"在门口袁成吾说。这又是种政治技巧：如果在会上徐提出要求的话，只要他不反对，别人也不会反对。谁不知徐的背景？但肯定不满意。这样在满足徐的同时也损害了他。既然S县要升级为市，徐是不会空放过这等好事的。必须从现在起就有所准备。

"明天会上见。"徐看了袁一眼。可他连袁心思的三分之一也未能窥到。

火车站的拥挤喧嚣与山村的宁静稀疏形成巨大的反差。在进站口陈默差点背过气去。

S县非始发站，甭说卧铺，就连个正经站的地方也找不到。走廊里尽是出来打工、做买卖的农民。解放出来的生产力已使动脉形成栓塞。陈默往起抬了抬麻木的脚，竟然再也放不下去了，成了金鸡独立状。中国的一切都在临界状态下运行。只要再多加上一点，就会崩溃。不过可能也没关系。中国人民的耐受力他是估摸透的。

车行不过一个小时，陈默就支持不住了。坚持。从S县到北京不过十余小时的火车路程。这周围与我岁数差不多的人还有的是。陈默对自己说。

理论是理论，实践是实践。超过了极限，他周身器官的功率开始急剧下降，并频频发出信号。

他使出周身余力，终于挤到列车办公席："有卧铺吗？"

没有回答。拒绝的最佳方式。陈默只得再问。他以前说话很少说两遍，更多时候只需暗示就能引起一系列反馈。

"你没长眼睛?"办公席的小姑娘绝不会比陈默的孙女大。

眼睛我肯定有。"我问的是有没有卧铺。"陈默已无生气之余力。

"没有。"

"我的身体不太舒服。车厢内实在是太挤了。"陈默动动酸麻的腿。

"我的身体也很不舒服,不照样得在这车厢里挤。"小姑娘终于把手头的活儿干完,抬起了眼睛。

这是一双堪称美丽的眼睛。可陈默在其中看到的只是焦躁与冷漠。"我要软卧。"在他的印象中,软卧总是有空位置的。

"软卧也没有。"小姑娘从陈默的岁数与气质上品出他是个官儿。可一无随员,二没事先订票,想来也大不到哪去。再说是官就非坐软卧不可?

"我实在是需要一个铺位。"陈默自觉声音又发颤。

"卧铺全被车长控制着,"小姑娘多少被打动,"我想给也没这个权。"他毕竟是上岁数的人了。

"车长在哪儿?"

"谁知道领导在哪儿?"小姑娘反问,"不过他早晚会来。"

陈默决定在这儿等。找的力气没有了。

一等就是一个小时,列车已经开始夜间行车,车厢里渐渐静下来。他的腿渐渐开始发软,于是只好用手扳住办公席的柜台。

"跟我来吧。"小姑娘看看他灰白的脸色、灰白的手指和灰白的制服。

他跟着她走到餐车。"你先在这坐一会儿,我去给你找车长。"

餐车已经停止营业,几位炊事员正在打扑克。他们在赌几毛几毛的零钱,所以打得很认真,另外有一位在擦地。

陈默合上沉重的眼皮。

"起来。"一声粗暴的命令,"你是哪的?"

"S 县的。"他一时不知该如何回答。

"你认识这车上的谁?"

"谁也不认识。"他说的是实话。

"出去。"

"我……"陈默站起身来,想解释几句。

"出去。"列车员极权威地往外一指。

"我曾经是高等教育部的部长。"陈默只得自报家门。部长们在一起聚谈时,都叙述过这样的经历:微服私访——当然并不是严格意义上的,只是没有事先打电话——某个部门,看见不良倾向时出面干涉而受到奚落,可一旦亮出身份,对方又是如何地惶恐云云。他当时并不以为然,可此时却从潜意识深处冒出来。

"出去。"餐车服务员并没有全部听清,但"曾经是""部长"这关键词儿还是捕捉到了。

"如今哪个县没有十几个部长?能把这节车挤爆了。"能痛快地"挤兑"一位自以为是的官儿,是件挺开心的事,"出去,出去。"他把墩布伸到陈默俩腿之间。

陈默想解释一下"中华人民共和国政府部长"与"县级单位的部长"之间的差别,可又认为没必要。于是只得退到餐车与软卧车厢的交界处。他再无勇气返回硬座车中去。

"你站这我就不管了。"洗墩布时列车员说,"我们餐车与客车是两个单位。"

我恰巧站在结合部了。结合部往往是最薄弱的地方。以前为了弥补这一点,往往设立一个新的部门来管理,于是又多了个新的结合部。结合部不可克服。结合部可以利用。陈默坐到暖气管道箱上。如此之冷遇我只受到过一次:那是在巴黎访问期间,因有重要会议提前回国。于是在民航驻法办事处的安排下,他提前上了飞机。可头等舱内几位空姐已在玩扑克,他一上去就被命令下来,随行的秘书赶快亮出"要员乘坐"的证件。这是国务院专门颁发的证件。它规定民航、铁路、航运、公路四大交通部门,在任何情况下都为持证者提供优先权。

可谁知那几位"空姐"看也不看就往下轰他们。并口出狂言:国家元首我们拉过多了,个个都得老老实实的。他们只得下来。秘书很是不忿,扬言要告她们,被他制止了:本来就没必要先上。因为他从理论上知道:特权总是很遭人恨的。

"就是这位。"小姑娘终于领着车长出现了。

"您是哪个部门的?"历尽沧桑的列车长挺客气。

"原先是高等教育部的。"陈默有了经验。

"有证件吗?"

"有。"陈默从口袋里掏出那个褐色皮的"要员乘坐"证来。这个证件他只在铁路范围内使用过一次。那是在甘肃。换来了一节专用车厢。离休移交时,他曾把这证件与有关文件交给后任。后任没要证件。因为各种福利都是与任命一起来的。

列车长仔细翻动着长达六页的小本。这种证件他只是听说,平素轮不到他这级官员审查。

陈默心里也直打鼓。所有的与享受有关的证件,比方高干俱乐部的进门证,总是愈发愈滥,隔段时间就要清理一次。谁知这"要员乘坐"换不换呢?使用过期证件会换来什么级别的奚落?

"您跟我来。"列车长双手把证还给陈默。

陈默从此进入了另一个体系。

与他同坐一节车厢的是送机要文件的信使。两人见面打了个招呼后就相对无言。信使知道来者一定是重要人物,因为不到万不得已,车长是不会往这个包厢里安排人的:明令不许这样做。可他两天一个来回,一年总跑一百多趟,如果不肯通融,车长只要在饭费上做点文章,就能截留住很大一部分收入。再说官有贪污的、搞女人的,没有要机要文件的。机要文件本来就是专门为他们预备的。没有人偷属于自己的东西。

天刚刚亮,陈默就起床了。响动声中,信使下意识地摸了一下用铁链锁在手腕上的文件箱。条件反射不遵循观念。

"我去趟北京。"袁成吾对县委办公室的华青主任说,"然后去深圳,有个港商要在咱们县投资,我得亲自跟他谈谈。"

华青坐在自己的办公桌后面并没有站起来。

"你从财务上给我借五千块钱,要票面一百的。"袁成吾来回踱了几步,"家里的事儿你多操点心。"

华青点头。他是一九七〇届毕业的中文系大学生。初来时分配到县煤矿教书,因太爱说话,对事总有自己的看法,所以动辄得咎。直到他显露了非凡的喝酒才能后,才被矿上的书记调到党委办公室,当成宝贝一样地带在身边。每次酒宴必带上他,并凭此讹诈对方。后来几经折转,到了县史办,袁成吾看了他写的一篇论文后,就把他调到县政策研究室当副主任,后来又调至县委办。

如今的大事虽然都要经过县常委讨论,但日常行政权力有不少都转移到政府方面去了。可徐志纯荒于政务。几个副县长又群龙无首,所以政府办的位置相当重要。

"去了深圳,给你带瓶洋酒回来。"袁成吾相当器重华青,从未把他当下属看待过。

"你还是不太了解我。"华青浅浅一笑,"我并不爱酒,我只是能喝酒罢了。"

"你的基因拼接方式大概与常人不同。"袁成吾自悔失言。华青知识分子气极重,总对当"陪酒员"一段历史讳莫如深。他亦深知这点,除了极重要的宴会,从不叫华青,更不叫他"代酒"。

正说话间一位衣衫虽整但不洁的人推门进来,一把就抱住袁成吾的胳膊。

"有话你说。"袁成吾尽量和颜悦色。民间的冤屈事甚多。县有清官便无积案,是戏曲中的理想。如今办案速度只及发案速度的二分之一强,而且渠道又不通畅,所以平素出门总有人拦"轿"告状,或递上血书。他总是收下并安慰告状者,回来之后就把状子转呈信访局,至多批上了"尽快办后告我"。一个人并非全能全知的上帝,必须借助于一整套办事机构。超级批文属特权,使用时得慎之又慎。除非抓住真实把柄后偶一为之。

来者是哑人,比划一阵后,从背包内取出一幅羽毛画,硬要让袁成吾买下。

袁成吾笑着指指华青:"他是首长,这事得请示他。"说罢抽身出了政府办。

过了好一阵,华青才重新出现在袁的办公室。

"此位残疾人从一般模式推论:坐着的总是官,站着的是兵,所以就信了我的话。"袁成吾得意地笑笑。

"其实他对官场只知其一,不知其二:如果我真是你的首长的话,你敢把这等麻烦事推给我?"

"说也是。"袁武成有感于华之敏捷,"怎么处理的?"

"买了他两幅,花了二百块钱。"

"全当赞助了。"

三

电力部章副部长的秘书了解陈默的身份后,让座倒茶:"章副部长正在开会,我给您叫去?"

"不用,不用。"陈默明白这种征询口吻的含义。主持人被叫走,将引起与会者极大地不快。自己是过来人。"有最近的文件吗?"山居多日,甚觉闭塞。

秘书给他拿过一叠文件。

陈默连翻几份,发现都是《内部参考》和《大参考》之类密级甚低的读物。他想看的是诸如《国内政治动态清样》之类的真正机密文件。可这要求又无法提出,只得象征性地读了起来。

"呵,陈老师。"章副部长一推门就将双手抬起,三步并两步奔过来,握住陈默的手。他是五十年代末从清华毕业的,故有此称。

"我无事不登门。"陈默从口袋里取出由S县政府出具的申请电站经费的报告。

章副部长很快地读完了报告,并未看后面的明细计划书。"您的意思是?"

"给他们一些钱吧,S县的人民很苦。"

"对,对。"章副部长绕到办公桌后,取出一支铅笔。

"农电由你分管吗?"

"我现在是常务副部长。"他很快地在文件上批了几个字。

"十五万块?"陈默接过批件。当初为了防止打折扣,县里写上了十二万元。

"我这支笔的上限是十五万,如果再想多要,得让大部长批,或者列入明年的计划。"章副部长走到沙发前,"如果实在不够,可以再来找我。"

"够了,够了。"陈默连声。

"您去农电司,还是我派人去?"

"我自己去。"

陈默走后,章副部长要通了农电司长,"他是高教部的老部长,又是清华前辈,不得不批给他些钱。"他解释了一下。在中央机关为官,一举一动都需特别谨慎。

"给他多少?"农电司长也是清华毕业生,算是嫡系,"你看着办,但要保证他不再回来找我。"

"好的。"

农电司长接待陈默恰如其分。他公事公办地读了一遍文件,然后打电话把计划处长和财务处长都叫到办公室。

"你们看能给多少?"他将报告和计划一并递给财务处长。

财务处长只看了看章副部长的批录,就转给了计划处长:"你看给多少就给多少。"

"今年计划外的钱批得差不多了。"计划处长很认真地审阅,"如果县里建电厂都来要钱,最少得十个亿。"他与司长默契甚深,知道如果这是必须给的钱,司长会再次强调。

"能不能设法再挤一些?"司长摘掉眼镜。

"至多给八万。"计划处长斟酌了一下。

"八万如何?"司长问陈默。

"还是想办法再挤一点。"按说八万已不辱使命,可总想能达原意。

"好。给十万吧。"司长拔出笔再在眉头上低于章批示的地方批了几句。

计划处长拿了批件走到电传机前,使用其复印设备,将批件复印了两份。一份给财务处长一份给陈默:"钱会通过银行系统拨下去的。"

陈默把批件收好就告辞了。

"咱们司在官万水库建疗养院的报告批下来了没有?"

"章副部长嫌理由不充分,把报告退了回来。"司长取出文件。

"我早知道不行。中央几次发文禁止建楼堂馆所,可你们偏要先动工。"财务处长说,他是老会计出身,吃文件饭,读得极熟。

"其实不过百十来万块钱。从哪挤不出来。"计划处长很不以为然,"咱们农电是小司,总不受重视。"

"发牢骚有什么用?"司长捻动铅笔,"得拿出意见来。

"让河北省电力局垫支,然后咱们再从明年的计划里补给他们就是了。这样也就用不着批了。"

计划处长很是敏捷。

司长连头也不点,只是默许。

"一年给不够就分两年,河北的钱还不是咱们部里给的。"计划处长继续发挥。

袁成吾提着一个不大的公文包,按动绿漆大门旁的电铃钮。

良久,门才开了。"是袁书记。"开门的是叶老的朱秘书。

"朱兄今天怎么如此之客气?"

"家乡的父母官嘛,"朱秘书是S县人氏,"焉能不敬。"他是"文革"前马列主义学院的毕业生,动乱中分配到一座矿山下井。可他仍坚持读书,生把《二十四史》《资治通鉴》通读完,并做了许多资料卡片。所有这些,再加上他"马列学"的根底,只几篇文章就引起叶老的重视,调到身边来。

"在吗?"

"既然袁兄来电话,他焉能不在?"朱秘书领着他往里走,"本来今晚有个展览会的请帖,我没给叶老看。"他之所以这样做,是因为欠袁成吾一个很大的人情:他早在调入北京后,就准备休掉前妻。可这位农村妇女偏偏不肯,一拖就是好几年,直到袁出任书记后,才给她转了户,安排了工作,办了离婚。

"叶老知道了该生气了。"

"他不一定能知道。再说我派司机去了,若有什么纪念品,给他领回来就是了。"

"我的印象中,叶老不太在乎东西。"

"东西不在乎,可名分却在乎。"朱秘书边走边低声说;"上次办邮票展览,凭请帖可按面值购建国以来全部纪念票,可把这位给漏了。他知道了气坏了,硬给邮电部打电话,让他们补了一套。"

"他对邮票有兴趣?"

"根本没兴趣。我去要的,回来后他连看也没看就说:你付的钱,你拿去玩吧。"

"这可是一笔不小的收入。"袁成吾虽对邮票不太懂行,可亦知面值与市值之比不会小于十。

"像咱们这种身份的人,也不会拿出去卖。留着给儿子吧。"朱秘书不无感慨地说,"你回S县时给捎上。"

"好的。"袁成吾知道后娶的妻子只给他生了个女儿,因此他念念不忘前妻所生之子,每次来总有东西捎回去。

叶宅原本是前清一位军机大臣的府第,共四进院落,到书房小有一段路,而且沿途树影森森。这期间不知藏有多少秘密,不知有多少人的命运在此定夺。想到这儿,袁成吾突然发现自己被限制住了,只能机械地沿固定路线步行。

送袁成吾到客厅之后,朱秘书就止步了。给袁创造与叶独处的环境,这也是他的回报。

叶老正在看电视。袁成吾打过招呼之后,就坐到角落里。

电视里播放的是英国BBC的国际新闻,每天由中央电视台分送给领导做参考。

大约四十分钟后,新闻播放完了。

"我近来觉得新闻愈播愈快,有点跟不上了。也许他们没变,变的只是我的思维速度?"叶老未到七十,按中国标准并不算老。

"他们的信息量过大,硬往里挤,有时我也跟不上。"

"你转来的计划书和对当前农村经济发展的意见书我都读了。"叶老从沙发中站了起来,走到写字台前,从文件筐里取出了仅几页的意见书。"写得不错,我批给农村调研室了。"

袁成吾双手接过意见书,粗翻了几页。叶老是做秘书出身,看东西很细,不多几处错别字都用粗红笔改了出来。

"以前有关战略一类问题,不是县级领导能妄议的。如今形势变了,变得好!中央的大战略定了之后,应该由各县自订小战略。我有一个看法。叶老微闭双眼,头朝后仰,"S县需要引进一些外资。中央鼓励沿海地区这样做,内地能不能出个样板呢?"

袁成吾洗耳恭听。有许多人找到大官,总是让他批钱批物,其实更应该要的是信息和政策。有了这两样,钱与物就不难创造出来:"引进外资手续很是繁杂,而对未列入开放的县分,优惠政策也没有,可能有相当的困难。"

"我可以和他们打个招呼。"叶老看着袁成吾,"但必须搞出经济效益来。"

"创汇没问题。"

"创汇?一个不清楚不准确的概念。难道有了外汇就行?"叶老自问自答。"我要的是真正的效益。"

"您说得对。"

"你们能真正地成长起来我就高兴了。"叶老有节奏地拍着沙发扶手,"一个人为官一生,关键要培养出几个能为国家、民族办实事的人。可现在的风气不正,有些人只想要听自己话的人,好予求予取。徐家那小子在你那干得怎么样?"他突然转了话题。

"还可以。"袁成吾是通过朱秘书与叶老结识的,一非世交,二非他亲手栽培的干部,所以他不想卷入纠纷中。虽然明知叶与徐分两个不同的派系,其根源可以上溯到抗日战争时期。大人物之间的关系是很微妙的,时分时合,完全由政治局势定。土罐子最好离铁锅远一些。

"我见过他两次,纯粹是一问三不知的庸才。"叶老停止了拍击。

"我这儿有新产的烟叶和茶叶,"袁成吾递过两个小纸包,"您尝尝鲜吧。"

叶老打开包,放到鼻子下嗅着:"好,好。还是老味道儿。"他曾经在S县打过一阵游击,对此地烟、茶甚是喜爱。

"不成敬意。"袁成吾说。叶老的爱好,他是从朱秘书处探来的,而且叶一向廉洁,起居饮食甚俭,送重礼一来降低自己身份,二来将引起对方反感。

"我特别怀念工作过的地方。"叶老嗅故味而怀旧,"准备趁走得动,到各处去转转。"

"S县人民欢迎您去。"

"S县一定要去的。"

"您最好夏天去,可以在那休息一阵儿。"

"休养之福,离休前恐怕是没有了。七月份我准备叫农村研究室的人一块儿去转转。"叶老又闭上了眼睛。

袁成吾本想再打听一下在 S 县建市的问题。可一想此事过小,不问也好,就告辞了。

"老兄还准备在这儿待多久?"袁成吾进了朱秘书的房间后问。

"择良木而栖,可良木不可得。"朱秘书把一个精致的皮包和一封用毛笔写的信放在桌上。

"听说徐的秘书去主办一个中外合资的公司?"

"咱们没有经商的才华,而且也没有可追随的人。"

"可惜你的官儿太大,S 县放不下。"袁成吾把朱秘书划归"基本可说知心话的人"一类。

"咱这官儿从理论上讲,算是正处级,可到头来还不是听人使唤的随从?"朱秘书打开一瓶茅台。

"你这酒是真的?"袁成吾接过了杯。

"假作真时真亦假。送给老爷子的一般还真。据说老徐那边过七十三大寿,贺客盈门,开宴时连换三瓶茅台全是假的。"朱秘书说着笑起来,"后来让他把国宾接待司的头儿好一顿臭骂。"

两人聊了阵闲话后,袁成吾用朱秘书房内的电话要了广州。只一分钟,电话就来了,通话完毕感慨地说:"在 S 县要北京,没一个小时来不了,而你这比市话还快。"

"这用的是一号台的专线,通话量不足百分之十。而且有'高阶行政插入'的特权。不过别着急,总有一天你也能用上。"

"听说要在 S 县建市。"袁成吾端起最后一杯酒,一口干掉。

"只是听说。"

"有确信告诉我。"

"当然。"朱秘书送袁至大门口,"我还盼着你升了官给我找个地方呢。"

朱秘书目前的位置虽然重要,可他只是个做辅助性工作的"参谋型"人才,将来与自己合作不会形成威胁。

四

深圳。一座由全国各省集资建造的宾馆。顶楼餐厅。

"最难风雨故人来。"班历历把袁成吾让在首座。他是袁的小、中、大学同学,现任中国高技术进出口公司经理。

"可在这大楼内丝毫觉察不出自然界的风风雨雨。"袁成吾松松领带,"在纯人造的环境里待上两天,我总觉浑身不自在。"他由班历历安排住进这幢大楼已经两天,各种活动全不出其范围。

"你待两天算什么,告诉你,有一次我整整在这里待了二十天。"班历历把餐巾打开,"而且是每天早晨早茶,中午午宴,晚上晚宴,夜里宵夜。"

"受得了吗?"袁成吾还是第一次来深圳。

"受不了也得受。谁叫中国是个专讲吃的国度呢!"班历历招呼服务员过来,"告诉你个小诀窍:想在这儿做买卖发财,必须先弄套像样的西装。起码得是英国的,你这种像在麻袋里装过三天,厨房里吊过三天的决不行。然后得在北京找家像样的机关做靠山,哪怕只是中央某部下属一个研究所的服务公司商场。而最重要的则是:每天必须在大宾馆中吃饭,哪怕你的钱只够喝一杯饮料。信息在这里生成、反馈、振荡。而信息就是钱。"

服务员走过来。班历历打开绸面菜谱,用手指点着并不出声。服务员连连点头,飞快地记完了。

"按说我是一县之主,可即使在县委招待所请客,也没有你这派头儿。"袁成吾很是感慨,"最近一两年,借吃饭应酬的风气渐渐盛行起来,有时遇到必须应付可又不好应付的客人,总要拖得很晚。这时我就得到厨房去问寒问暖,并敬上几杯才行。"

"可这里却欢迎你喝到天亮。"班历历伸出食指点划着。这是他的痼癖动作,"你是在用权换钱,总是偷偷摸摸,不够光明正大,不够理直气壮。而我则是用真正的钱。这个地方,"他敲敲桌子,"是个大爷花了钱,你就得侍候大爷的地方。"

菜很快就上来了:两只重量级的龙虾;两杯呈阳光色的酒。

"这样的虾连我们省长也未见得能吃得上。"袁成吾看看两条怪吓人的须。

"省长算老几?你总脱不了官场的思维模式。"班历历举起了杯,"喝,在这里钱才是唯一的量纲。"

袁成吾喝了一大口。

"你这口值一百人民币。"

袁成吾下意识地看看杯中酒。

"这是路易十三,每杯一百美元,算是优惠价。"

"如此说来,这是历史性的时刻了。"袁成吾把杯中的酒一饮而尽。这种开玩笑的兴致是突然升起的。在县城里,自己总要板起面孔做人,不能有半点松懈。而人则是种不能以同一节奏运行的生物,"再来一杯,我非喝穷了你不可。"

"凭你可喝不穷。"班历历打了个榧子,将服务员招来:"再来两杯。"

桌上放着的移动电话响了。班历历拿起很说了一气广东话后才结束。

"这玩意不赖,每月得多少钱?"

"六千。"

"你的买卖有多大?"

"要多大有多大。"班历历狡猾地眨眨眼。

"你们公司有几个人?"袁成吾总想真正探究一下深圳繁荣的根底。

"五个。"

"都经营什么?"

"高技术产品呗。"班历历指指刚上来的汤,"喝。"

"这汤的味道不赖。"袁成吾知道对方在转移话题,就尝了一调羹。

"这汤名叫:游龙过江。你瞧这条龙雕得真像从九龙壁上剜下来的。谁能想到它的质地是白菜,底下的汤别瞧是牛奶做的,可与白云无二致。那枚大红樱桃就像是红日。"

"总体大于局部之合。"袁成吾想起系统论,"这厨师颇有全局观,也颇有创造性。"

"我认识一位歌星,有次对我说:作曲家总也作不出适合我嗓子的歌曲。于是我问:人家给你谱曲,你给多少钱?她答曰:每首三、五百不等。这就是问题所在!我于是指点迷津:你给他五千块,看他还敢不敢随便给你谱了。"

经验告诉袁成吾:班历历只要再上一杯,话将滔滔不绝。

"果不其然:此歌星就凭这首五千块的曲子走红了。歌星走红,就和你们官员走运一样,莫名其妙地就能升。"

袁成吾不动声色。世上哪有莫名其妙就升的官儿?每一件成功的升迁后面都有大量的努力,只不过不为世人所知罢了。

"歌星一走红,钱就哗哗地往进涌,不要都不行。这汤也是,做一盆厨师就能挣你半年的工资他能不发挥点创造性吗?"

"你满嘴都是钱。"

"这和你满嘴都是官儿一样。我挣的就是钱。"班历历又喝了一大口,从此他成了"不设防城市"。

"今天要是把赵耀祖请来就好了。"袁成吾差点笑出声来。有理论基础的"倒爷"并不多。但不宜多听。

"记住我的话,千万别请暴发户吃饭,宴会使他们觉得不安全,使他们觉出自己的笨拙。"

"这位赵耀祖的资信可靠吗?"赵是将在 S 县投资建纸厂的商人,由班历历给牵的线。

"可靠。我通过电脑,并通过在香港的朋友去商会查过。他原来是个开商店的,后来在股市狂跌的尾声时,狠贷了笔款,吃进了一批,没几天就赶上回升,于是发了财。"

"发了财想给家乡人民办点好事!"

"办狗屁好事,他只不过想赚钱而已。"

"明天见见他,我准备谈完就回去了。"

"行。"班历历招呼服务员,"饭钱我出了。"

他在支票上签字。

"这是我今晚听到的最美妙的句子。"袁成吾注视着班在账单上签字。三千元的饭费,并不是出不起。但 S 县是内地小县,会以为这是天文数字,闹不好会惊动上级纪委。得防患于未然。以后再偿还这笔人情债也不迟。

"能使你觉得美妙的同时,又不会使我痛苦的事何乐而不为?"班历历扔给服务员三十元小费。

服务员脸上绽开美丽的笑容。

班历历一边往外走一边与沿途饭桌上的人打招呼。

这确实是一个集团。坐在门口沙发上的袁成吾,不由地想起那次在欢迎叶老来省视察的宴会上,自己默不作声地坐在工作人员席上,只顾喝饮料。"你不去转转?"朱秘书问他。"如此之多的达官显贵,我一个也不认识。""中国人所谓的认识就是在一张桌子上吃过饭而已。""省长专员都在转,哪有我的份儿?""他们转他们的,你转你的,时针、分针、秒针各有各的功能。"朱秘书硬把他推出去,并陪着他转了一大圈。吃饭是结识人的最佳时机。他从此体会到这个真理。

"这些人全是做买卖的?"

"不全是,大部分是。"班历历开始指点介绍。他的叙述很有特点,对经营的内容谈得少,而对各人的背景谈得多。

"他们果真有如此之深的背景?"在电梯中袁成吾问。

"没有人去调查,有这名声也就够了:你莫非不记得报载某人自称是某公的侄子,于是条条道路通畅的新闻吗?"

"记得。你开的是什么车?"

"奔驰500型。"

"我不信。"袁成吾边下台阶边说。这种车型是中央主要领导人坐的,他走过许多省还未见过。

"奔驰公司的推销员问沙特阿拉伯的一位王子要什么车。王子说:要奔驰2000。推销员说本公司无此种车。王子领他到车库前,指着里面的车说:这就是贵公司的最新产品,我觉得不错想买一辆送人。把个推销员弄得连话都说不出来。"班历历打开车门坐了进去。

"养这样一辆车每年得多少钱?"袁成吾还是头一次坐"奔驰"。

"如果你必须这样发问的话,就充分证明你养不起。"班历历稍一加油,车就出了大门。

袁成吾住的是一个内部招待所,相当简陋。他泡了一杯茶给班历历。

班历历喝了两口,突然动了感情:"哪天我翻了船,你能拉我一把吗?"

"能。"袁成吾肯定地说。班是他从小一起长大的好友,而且被他判入"善良者"类。虽然出校门已经十年过去了,在其间只写过几封信,通过几次电话,见过一两面,可他的原判未改。人是很形而上学的,"不过看你这份如鱼得水的劲儿,能翻了船?"

"这地方的水过深,人情过薄,大家来这全是为了挣钱,没有任何道德约束,背后下刀子的主儿有的是。"班历历擦擦眼睛,"再说做买卖跟过性生活一样,谁也无法保证次次成功,有时一翻船就万劫不复。"

"我给你打点水洗洗,就在这儿睡吧。"袁成吾指指那张空床,他虽然生活甚俭,但只要有条件,总要自己包间房。

"不啦。"班历历摇摇晃晃地站起来,"我已经习惯了空调、热水浴,再说临睡前还想喝一杯。"

"这么说你已陷入过深不能自拔了。"

"人过四十,不管陷入什么之中,都很难自拔。你想过没有:如果你当不成官会怎么样?"下楼时班摇晃得愈发厉害。

"我相信可以进退自如。"袁成吾虽自感没把握,可仍如是说,"这车可真够漂亮的。"他给班历历打开车门。

"告诉你一条真理,坐在奔驰车里的尽是傻瓜、笨蛋,除非他是司机。"班历历挥手的同时,八缸发动机就发出巨大而和谐的轰鸣,然后带着一排美丽的尾灯驶入夜幕中。

港商赵耀祖也住在一家简陋的旅馆内,此时挥汗如雨,正在研读由班历历转来的 S 县交通电力水源等方面的资料。

"其实您完全可以住进国贸大厦、海洋大厦里。"他的儿子赵小亮把脚翘得老高,躺在床上吹电风扇,"哪有正经香港人住连空调也没有的破房子?"他是赵耀祖遗留在大陆前妻生的儿子,去年底才办了去港手续。

"香港并不是遍地黄金。挣点钱并不容易。"赵耀祖是一九六二年偷渡到香港的,原先是 S 县小学教员。

"给我点钱。"赵小亮并不爱听"苦经"。

"干什么去?"赵耀祖数给他一百港币。

"这么点连吃茶也不够。"赵小亮的手依旧伸着。

赵耀祖又加了一百港币。把妻儿留在大陆,自己只身潜逃,他总觉欠他们很多。"小心别染上病。"深圳他是经常来的,内中奥妙他皆知。

"知道,知道。"赵小亮极不耐烦。

袁成吾与赵耀祖的谈判很艰苦。

焦点在于:赵耀祖坚持不肯出钱,而是在香港采购设备运入境内。原因是建一座投资三十万人民币的纸厂,你必须付九十万港币,转到中国人民银行换成牌价人民币,而将这笔钱投放至外币黑市中,即可当下赚十万以上。决不能未赚先亏,不如运设备入境。

而袁成吾坚持要对方付钱由国内采购设备的原因,一是,手中有外汇额度可用,而且没干先创汇;二是,可以加快速度,早出成果。

但一方想投,一方想要,双方的诚意都够,所以各做一系列让步之后,终于在第三天头上谈成了。

"按说在谈判结束的时候,我作为东道主该请客,但双方都挺忙,我看算了吧?"袁成吾说,"等在S县正式签约时再说。"

"好的,好的。"赵耀祖已将桌上的文件收起,"你个人有什么要求吗?"

"没有。"袁成吾很干脆地回答。自己此刻无论提出什么要求,对方恐怕都会答应。但最终总会反映出来。倘若被有心的政敌加以总结,便是典型的因小失大。

五

只要有足够的资金投入,有领导足够的重视,建筑一项工程达到所谓的"深圳速度"并非难事。

"我觉出指挥这盘棋的一定是位高手。"视察完工地之后,袁成吾觉得满意,"主体连同配套设施一起上,千头万绪,把它拼成一块,使之和谐同步,并非易事,能力不是特技,它放之四海而皆准。"

"我在这其中实行了不少特殊政策。"总指挥华青说。他是三个月前被批调到这里来的。

"我已将全权授你。"袁成吾不让他再说。

"比如在收费标准、材差等方面。"华青仍然想说。

"关键是要在四个月后正式投产。其余一概不论。"袁成吾认为有些事他还是以不知道为好。将来一旦出了事,他只需负领导责任,仍可控制局面。如果他事先知道,就变成同谋。那么连同华青,都得由上级机关裁定。荣辱生杀全由不了自己了。

"另外,还有个水体污染问题,在设计时似乎未考虑。"

袁成吾没有马上答话。

"这关系到下游几十个村子。"

"影响得到水库吗?"

"据环保人员说目前不会。"

"你估计要再建一套水体净化设备得花多少钱?"

"粗估得二十万。如果再加上更改工程费用,恐怕得三十万。"

"工期得拖多长时间?"

"两个月?""三个月?"

"治理污染是件很花钱的事,可又不能不治理,有什么变通的做法吗?"袁成吾明明知道,可仍想借华青的嘴说出来。

"先污染,再治理。"华青远不够老练。

"噢。"袁成吾表示,"知道了。"

"爷爷,他们要砍那片老松林。"一位胖墩墩的小孩跑来告诉陈默。

"哪片老松林?"陈默明知是那片,可潜意识不愿认可。

"就是您常常带我们去的那片。"

自今年开始以来,陈默常带领学校的孩子们去离村三公里那片苏灵光督种的老松林中游学——只能这么称呼。这片松林经过时间的培育,已成了一座植物博物馆,他们经常一去就是一整天。陈默教给孩子们植物分类法。自然界是应该有秩序的,科学的任务就在于寻找他,而教育的任务则在于为他传下去。可孩子们对各类植物有着自己的名称,对某些形状殊异的树,他们甚至起了充满诗意的名字:野马、老尚书等等。这些孩子的心与自然是相通的。与之相比,科学就显得过于功利了:它只对能够识别、有用的,才赋予名称。

"您快点吧。他们有电锯,一会儿就能砍一棵。"小胖墩着急了。

"给我调台车。"陈默找到了村长。

"县上的电话一时要不通。"村长以为陈默要出门。

"什么车都行。"

村长得知原委后,把一台手扶拖拉机调来,并对陈默抱歉了几句。

树已经伐倒了十几株。

夏天,正是树木生命力最旺盛的季节,但它们却被腰斩,可此时它们尚不自觉,还努力伸展躯干,怀抱果实。经过数百年的天演淘汰,雷电兵火,它们有理由认为自己是幸运的成功者。

然而它们已经失去了根系,必死无疑了。这结果用不了几小时就将显现。

"'老尚书'呵!"胖墩哭了。他在这树上不知做过多少梦。

伐木工人正相聚在一起聊天抽烟。

得感谢他们的低效率。若非控制力强,陈默也会落泪。"你们谁是领导?"

"什么事?"

"制止你们砍树。"陈默的语调坚定,面孔严肃。

"他不在。"

"那么谁临时负责?"

"谁也不负责。"

"那好,停止砍树!"陈默命令。

"停止砍树?"头一次答话的那位把烟拧灭在树干上,"我们今天的工钱谁付?如今是承包的年头。"

"我付。"

"你付？"众人的目光聚在陈默脸上。

"你们全体工钱加在一起是多少？"

"一百块。"

"好。"陈默从口袋里取出钱来，这是为应付不时之需，特地带在身上的，"你们归哪个单位管理？"

"纸厂指挥部。"

陈默把钱递给答话者："你收下钱，但要负责不再动一株树。"

"您为什么不让我们砍？"这群人是纸厂雇佣的临时工。

"种这片树林多不容易呵！"陈默很沉痛地说，"可你们一会儿就能把它全毁了。"

"我们也不愿意砍。"收钱者将钱退了回来，"您去找头吧，只要他一句话，我们立刻就撤。"

"你们还是把钱收下。"陈默认为收下钱就是种许诺。

"不要看不起我们。大伙都是附近村里的，谁个小时候没来这林里耍过？谁个的儿子又不在这里耍？"

陈默从众人的脸上看到理解与信任。

"我是陈默。"他费了好大劲儿，才在地沟出口处找到头戴安全帽的华青。

"听说过。"华青淡淡地说。他对退下来的"老家伙"们素无好感，"找我有什么事？"

"你们为什么要砍那片老松林？"陈默质问。

"变电线路从那里穿过。根据规定：高压线下不能有任何东西。"

"变电线路能不能绕一绕？"

"您知道这绕一绕需要多少钱吗？"华青的眉毛往上一扬，"而且还要耽误时间。我这工程一环扣一环，哪一步也不能迟延。"

"谁说改就能改？"陈默知道对付华青这样的人只有找他的上级一途。

"总体规划是经过县级五套班子集体审定的。"华青并不简单。

"你这儿的电话能借给我用用吗？"

"可以。"

此刻正是中午有线广播时间，电话全部不通。

陈默不耐烦了，坐上拖拉机直奔县城。

"袁书记正在开会。"秘书挡住了陈默。

"我找他有急事。"

"找成吾书记的都有急事。"秘书一副拒人千里的模样。

"我是陈默。"他只得亮出牌子。

"陈默。"秘书在"资料库"中搜索一遍，发现并无此记忆，"您在哪工作？"

"现在离休了。"

"有事去找老干局。"此地是老区，离退干部极多，经常有人因个人问题来找，被秘书挡回去的就不知有多少。

"国务院我都可以随便出入，到你这儿就不成？"陈默从来没想到过自己也会拉这类"痞子腔"。

"国务院你也许可以任意出入，独独这儿不行。"秘书打量着满身尘土的陈默。拿大话吓唬压迫他的人见过多了。

陈默的手哆哆嗦嗦地抄起秘书面前的青瓷茶杯。他慢慢地提起。

秘书赶快从椅子上站起来。

茶杯重重地落在玻璃板上，两者全都碎了

"你。"秘书的手也开始哆嗦。

"什么事？"袁成吾走了出来。

"他来这儿闹事。"秘书委屈地指指正往出走的陈默。

袁成吾急行两步拉住陈默："老前辈息怒，有话慢慢说。"他很是敏捷，已品出是怎么回事，"咱们里边谈。"

"不,就在这儿谈。"陈默余怒未消。冷眼他没少看过,可从未受过这等奚落。

"还是里面谈吧。"袁成吾满面笑容把陈默让进里间,并向几位常委介绍了他。

见袁成吾果真在开会,陈默表示理解,简单地把事情说完。

袁成吾在屋子里来回踱了好几圈才说:"保护环境责无旁贷,可让线路绕行,一要更改设计,二要重新勘探,三要资金。"他站定看着陈默,"我这也难呵!"

"可生成这样一片树林更难。"陈默的目光并不退缩。

俩人的目光对峙了一会儿。"好。让线路绕行。"袁成吾肯定地答复。

"谢谢你。"陈默主动地伸出手去。

"在县里住下吧?"

"不。我得赶回去告诉那些伐木工人。"

"本书记虽小,但这点影响力还是有的。"袁成吾笑着拿起电话。因为是县内一号话机要,所以只一分钟,电话就通了。

"你不是答应过不干涉我的工作吗?"受话人是华青。

"这是例外。"

华青不再说话。

"我,回啦。"陈默也自认为这是在干涉他人工作。

"既然陈老非要回,就让我的车送你回去。"袁成吾又打了个电话,等他送陈下到办公楼底时,"上海"车已停在门口等着。"有事尽可来找我。"

他诚恳地握着陈的手。

"我头一次来找你就成了不速之客。"陈默坐入车内。

"希望更多一些您这样的不速之客。"袁成吾替他关上车门。

"我确实不知陈默是干什么的。"秘书认为有必要解释两句。

"作为一名秘书,尤其是负责接待的秘书,其实是 S 县的门面。而记住所有有影响人物的姓氏履历就是你的业务学习的主要部分。"袁成吾拍拍秘书的肩膀,"你还年轻,这工作不好做,我知道。"

"他凭什么干涉咱们的内部事务?"常委们替袁成吾不平。

"退了休的部长就什么都不是了,再说他又在咱们的地盘上。"

"继续讨论刚才的问题。"袁成吾认为没有必要向他们解释。一个领导班子只要一人有思想就够了。

散会后他又要通了华青,向他解释了一番:"他别说制止你砍树,就是想让工程下马,也不是办不到。"

政治就是搞平衡。平衡是政治家意志贯彻的先决条件。有的时候不得不牺牲局部利益,这取与舍是技术也是艺术。

赵耀祖在主要设备安装完毕时抵达S县。

"今晚请他一客吧?"华青问。

"我已将全权授予你,还问个什么劲儿?"

"法门寺的贾桂是站久了,而我是办公室主任当久了,你今天是否出席?"

"我还有点别的事儿,让老徐去,这是政府的事。"

"最好还是你去。"华青不愿意与徐同时出席宴会。徐的架子特大不说,而且根本不容人有说话的机会。上来就喝,一醉方休。而袁则不同:他既能让人觉出其分量,又能让人觉得自己也同样重要。

"你要是不愿意与他一起,就自己主持。赵耀祖一个区区港商,你出面款待已是抬高规格。"袁成吾不愿出席各类宴会的原因有三:一、如果你凡上级来人均陪,久而久之则成惯例,不陪就得罪了人。二、太耽误时间。有的县之主要领导,就和在招待所入伙一样。三、千篇一律的饭菜吃着实在没滋味。

"那我唱主角儿。"华青整整衣服。

"你这西装在哪做的?"袁成吾看着他那做工不考究,质地也一般但很挺的衣服。

"就在咱县。不好?"

"信息在传输反馈中无限偏离原型。"袁成吾笑了。华之西装,款式不对的地方太多。

"说我听得懂的语言。"华青是本地人,而袁说极快的普通话,许多中间词都被上下句给"吃"掉了,再加上他平素对新名词颇为反感,所以没听懂。

"我说的意思是:甭管什么衣服,只要着其者有信心,就是好衣服。拿出派头来镇镇这帮子港商。"

华青走后,袁成吾又把当天的文件全批阅了。他每天收到的文件有十万字的样子,凡铅印的下行文,他一般都看看大标题,然后签上自己的名字。而用手写的上行请示文,他全看得极细。因为有的全篇不着一个"钱"字,只要你批了,别人拿上就能演变出钱来。

批完文件后他又读各类参考读物。

有不少县级领导,只对文件关心:什么文件来了没有;什么文件该如何读;甚至什么文件是由谁个起草的都能读出来。而对公开发行的报刊,除有关本地的报道外,其余一概不关心。这样的人,调来调去也只能是风尘俗吏。因为稍遇高层次的人,他们就无法与之对话。

袁成吾闭上眼睛休息了一会儿。

某次他曾参加一个在邻县召开的现场会,当时有位重要的领导参加。可那位县长大人翻来覆去地讲:应该发一趟快车到他们县,因为有不少中央企业在他们县。交通固然重要,但这种事向主管路局的副局长说说还差不多。与中央负责同志最好要政策,起码也应该提一些他目前正在研究的问题。外事周瑜,内事张昭,这两者必须分明。

袁成吾把文件整理好。

当时地委卫书记也在场,他的水平更不行,吓得连句整话也说不出来。记得我小时候曾爬上学校的四十米烟囱。往上爬的时候不自觉,上去之后却连动也不敢动了。他是否也自觉过高?散会之日,他想让大家喝点酒,可又怕挨骂,要问不敢问,急得直转磨。最后硬求我去问。问就问,都是人,谁怕谁?此位领导听完我的请示后说,这是你们的事。卫书记听完之后,硬说指示不明确。还能怎么明确？中央刚下了不许大吃大喝的文件,谁也不会公开说让喝酒。什么素质!真不知道是怎么当上地委书记的。一准是平衡的产物。

桌上的电话响了。

"全国人大地方政权考察处的甘处长正在你的邻居D县。"朱秘书开门见山。

"他跟你熟吗?"

"比较熟。"

"好,谢谢关照。"

"不用谢。"

通话只一分钟,可这条信息却无比重要。袁成吾急急忙忙地下了楼。

"你们是哪个单位的?"他看见有四五个人正把一包包毛毯从汽车上搬下,往招待所门前停放的小轿车后厢里放。

"县文管所的。"他们显然认识袁成语。

"文物保护工作会议不就批了一万块钱吗?"

"我们挤了挤,给大家发点纪念品。"答话者脸上的笑容很不自然。

挤了挤?一万块钱全买成这种纯毛毯也不过一百块,你们骗谁?不过该让人骗的时候也得让人骗。他从招待所找到司机,把车钥匙要了过来。

"你回家休息去吧。"

"您几点回来?"司机知道袁办机密重要事时,有自己开车的习惯,所以没问去哪。

"十二点前。"

袁成吾是合法的驾驶者。他做县委书记时,核发驾驶执照的权力已上收到专署——这东西与杀权、控制商品权、出口权一样,愈往级别低的机关放则愈滥。可专署交通监理站的站长、交通局长都是熟人,当他提出要考个"本子"时,对方很大方地说:考什么,给你弄一个就是了。他坚持要考,因为已经预习了很长一段时间。谁知这下反而惹得对方不高兴了。局长硬是亲自主持路考。此公是卡车司机出身,后来又给前任专员开专车,专员卸任时才提拔起来,所以很看中手中之权,决不允许任何人冒犯。一路上出尽各种难题,但袁成吾全应付过去了。最后他竟命令在公共汽车站停车,袁没停。"交通监理人员让你停你不停,这是违章。"局长笑了,他这招难住不少人。"你此时的身份是考官而非监理人员。"袁成吾滑行百余米后才踩刹车,"如果我停的话,你也说我违章!公共汽车站前不让停车。可我自认为这柄'两刃之剑'还是躲过去了。"

主持理论考试的监理站长是交通学校毕业的。袁不同于一般司机,他的文化素养使之轻易就对付过去,汽车发动机与传动理论,与热能工程相比不算什么。而交通规则是逻辑性很强很严密的成文法,几下就能背住。

"但仍然可以不发执照,研究上一两年之后再说。"局长把红色小本递到他手里后说。

"当然,当然。"袁是"得让人处且让人"。何况自己是实际上的胜利者。"谢谢二位了。"

打开一看,发现除"无轨电车"一栏外都加盖了章。"从此地上跑的我都能开了。"这俩人是善做官者,他想。只要有可能,尽量使对方满意,而非有可能就尽量卡。这是一种投资,以后随时可支取红利。

"天上飞的不归我管,否则也给你弄上了。"局长挺实在。

上海车以七十公里速度在公路上疾驶,袁成吾从来不超越这个限度,虽然此车也能上了百。但那样一旦出现意外,将无法控制。

你要驾驶——甭管是车辆、飞行器还是某个单位,都必须时时可调控。否则驾驶者就沦为与乘客同样的被驾驶者了。

疾驰的车辆给袁成吾以极大的快感。这是生命能的宣泄,这是意志的体现。

这条公路是由我提议并主持集资修的。袁成吾调整一下反光镜。铁路只能富一家,而公路则可富一线,它可将分散的精力集拢,又可将集拢的分散。

"对外开放,搞活经济,多种经营,院内收煤。"他读着一家饭店墙上的标语,不由地笑了。

他们所谓收煤,不过是将国家运输车辆上的煤用低价买下,然后再高价卖给缺煤者,可却曰之:搞活经济,多种经营。此标语足见理论之重要,汉语涵盖之广阔。

袁成吾停到一辆满载的东风大卡车后六米处。前面是铁道交叉口,过口即属邻县。

驾驶车辆要比驾驶一个县容易。机械是唯物的,而人是唯心的。机械的性能、分部之间的关系,在正常情况下不会变化,而人的心理状态则无时无刻不在变化。它们与利益、感情、经历等有关参量间是多元复变函数。

一辆正驶在铁路上的车被巡道员的红旗给弄慌了,突然熄火停车,驾驶者忙乱之中挂了倒挡,大油门退了回来。

于是发生了多米诺效应:满载的东风大卡车也不作任何表示,忽地后退。袁成吾因看不见前面的情形,后面又有辆拖拉机,只好拼命地按喇叭。

但东风大卡车毫无知觉,直至撞到上海车上为止。

"我们赔,我们赔。"东风大卡车的司机连声说。

"赔?"袁成吾看着上海变形的"前脸"和破碎的挡风玻璃,"你们的驾驶执照呢?"

"咱们最好还是私了。"司机操的是普通话。

"私了是什么意思?"袁成吾从车号上分辨出是S县的车。

"给你修了车,再弄上几百块钱。"

"几百块?"袁成吾的直觉告诉他:此中有鬼。如果是本县的司机不会不认识他,"执照。"

他伸出手去。

"你这家伙,给钱还不行?"司机的眉毛立了起来,"耽误了我们的事你负得起责?"

"我想能。"袁成吾板起面孔,用铁路电话通知了公路监理站。

十五分钟后监理站人员出现了。

司机果然是无照驾驶车。而且所拉一百台彩电亦无工商部门出具的证明。

"把车借给我。"袁成吾对监理站长说,"这事等我回去处理。"说罢加油走了。

袁成吾见到甘处长已经九点半。

处长让座之后就到卫生间放洗澡水。袁成吾知道这是"不宜长谈"的信号,但他仍从朱秘书谈起,继而又谈京华人物、此地风情,渐渐引起甘处长的谈兴。

人在交往中必须找到一个支撑点,然后由此展开,如果支撑点没找对,形势就会迅速败坏,而找对了则能进入高潮。

"听说此地要建市?"袁成吾判定时机已到,就小心翼翼地提出这个问题。

"有过这个设想。"甘处长说。

"估计要到什么时间?"

"难说。"甘处长发现自己喜欢上这个敏捷而谦虚的年轻人了,所以不免用长辈的口吻指教两句,"增设机构的事情很难办。你想想看:那么多老头都退下来,再见别人弹冠相庆,能不气吗?好几档这种事都给否了。"

袁成吾静听。

"再说这里的工业产值虽然差不多,但人口密集度等几项指标均不太够。"

"有什么法子可以弥补吗?"

"如果多几个创汇企业,就可以设法争取。"

"好。我告辞了。"袁成吾认为情况基本摸清。

"这种事情我见过多了。"甘处长送他至门口,"你想想看,地区的头头肯定不愿把这几个县分出去。而几个县里的头头又知道将来肯定有场争斗,闹不好连目前的位置也保不住,积极性也不会高。"他意味深长地一顿,"如果没有组织者,必将一事无成。"

"扣住的那辆车怎么办?"第二天中午,主管政法的副县长问袁成吾。

"依法办。"

"可车是徐县长批的,司机是北京的。"

"彩电拉到哪去?"

"D市。"

"彩电扣住,把车放行。"

"可徐县长让把彩电一块儿放了。"副县长眼睛看着别处。

袁成吾不再说话。

副县长等了一会儿,只好自找台阶。"我去通知他们放车扣彩电。"

这个徐志纯也太不像话了。在外面"倒"我管不了,在我县境内可不行。袁成吾打开微机盖。得处理一下所有参加者。政治家必须学会利用偶然事件来打击对手。

电话响了。

"把彩电放了吧。"授话者是宋副省长。他主管财经一向很看重袁成吾。

"必须放?"

"我也是受人之托。"

"我的处理决定已经做出了。"

"你酌情处理,反正我的话也带到了。"宋原来是省银行的副行长,当副省长出缺时,众人争执不下,只好找个没争议、没背景的人来干。他是财院的毕业生,一向为人谨慎。

"好的。"袁成吾放下电话后又要通总机:"有我的电话就说我不在。"人工交换台虽然落后,但自有好处。电话又响了。

"北京长途。"

"北京的也不接。"袁成吾说。

"省长话台说是一号台来电话。"话务员生怕袁扔了电话。

"接过来。"袁成吾知道又是"高阶行政插入"来了。

"袁兄别来无恙?"这是相当好的线路,声音极清晰。

"谭秘书有何指教？"袁成吾听出对方为何人。

"不敢,不敢。"对方连连说。

"你说吧。"袁成吾很看不上谭:他原来是徐老的公务员,鞍前马后地追随多年,徐就安排他到人民大学上了两年速成之类的干部培训班。出来之后他坚持要回徐老身边。此人凡事都要插手,而且架子甚大——但凡奴才要成了老爷,比老爷可难对付得多。

"我想求你件事。"谭秘书强调这个"求"字。

"你是从来不求人的。"袁成吾刺了他一句。秘书把自己当成首长,那一定是傻秘书、坏秘书。

"把我的彩电放了吧？"

"你的？"

"我们几个都在兴华公司内任职,如今的生意不好做呵！"谭秘书的声音相当大。

"你们派人来,带上介绍信,然后由兴华公司写个东西给我。"袁成吾把听筒放得远点。

"有这个必要吗？"谭秘书的声音一下子冷漠起来。

"我认为有。"

"这可是徐老的意思。他是兴华的董事长。"

"你让他接电话。"

"他正在睡午觉。"

"等他醒了你再给我打。反正你们有一号台的特权。"袁成吾放下电话。

他打了会儿字就出去了。他认定这种事至多是谭秘书与徐志纯等人所为,徐老本人是不会打电话来的。

袁成吾发现徐志纯坐在门后的角落里。

"等你半天了。"徐志纯今天没了架子。

"有事？"袁成吾明知故问。

"老爷子狠狠地训了我一顿,我也知道错了。"

"改了就好。"袁成吾轻描淡写地说。

"放了那车货吧。"徐志纯低下头,"二十万块钱实在是压不起呵!"

"你是县长,你说放就放。"

"可交通监理站、公安局、工商局都要等你的话。"

袁成吾"唉"了一声。这就是权力的具体体现:你说了话有多少人听。职务本身能给人一定的权力。可你如果经营不善,就会丧失掉。"我给他们打电话。"

望着徐座车的尾灯,袁成吾想起一个故事:某干修班的一位局长学员,考试得了五十九点五分。他托这个、托那个去找老师求情,老师硬是置之不理。最后他只得亲自出面;于是老师提笔改成六十分。老师对人讲,我必须让他知道,这零点五分是我给的,而不是他应得的。徐吃了我这一家伙后,将有所收敛,于他于我都有好处。

六

纸厂该投产了。

"这是样品。这是具体的成分表。"职员把两个塑料袋递给赵耀祖。

"我是不是再见见大老板?"赵耀祖的所谓大老板是英天盖先生。此人是黑社会出身,如今统治香港造纸行业。资本的相当部分都是从那儿高利贷来的。

"不必了。"职员傲慢地说,"只要交出合格的纸就行。"

"这是点小意思。"赵耀祖把个信封推过去。里面是张三千元港币的支票,

"以后有信告诉我一声。"

职员没有做任何表示。

主大奴大,赵耀祖没敢再说什么。英天盖对借出去的钱照看得很紧:所有的往来必须通过他控制的银行;每月必须报一次收支平衡表;不许家属在赵不在港期间离港……凡此种种都给赵以极大的压力。

"几次纸质实验都表明没有达到标准。我认为该换一种原材料。"赵耀祖对华青说。

"换什么?"工程结束之后,华青不愿意再回县政府办去。纸厂虽小,但毕竟是个能表达自己意志的独立舞台。袁成吾也认为这个地方重要,必须放个自己人,也就同意了。

"到地方你就知道了。"赵耀祖指示司机转弯。

这是一片郁郁葱葱的原始森林。一条清澈见底的河穿林而过,发出愉快的声响。

"如果从这片松林取材,就能达标。"下车后,赵耀祖指指眼前的树。

"不行。"华青断然否决,"这是国家森林。这一百二十万亩全是一级保护区,中间二十万亩则是特级保护区。"

"咱们厂取材的那块不也跟它相连吗?"

"那是县里的。"

"不能通融一下?"

"不能。"

"想个办法?"赵耀祖认为在大陆,所有的事情都有变通的可能。

"无法好想。"

赵耀祖把两用油布铺到草地上,邀华青坐下。"董事长去过香港没有?"纸厂开工以后,由华任董事长,他自任经理。

"没有。"

"英老板来电让我邀请你去。"

"只邀请我?"

"对。全部费用由英老板负担。"

"我没有时间去。"华青对此"临时邀请"之内涵相当明了,"你就是请我去火星,也不能砍这片林子。"

"莫混为一谈,莫混为一谈。"赵耀祖设法掩饰自己的拙劣,"可如果不用这种树,英老板就拒收。"

"可以在内地经销,或者找别的国家。"

"内地经销不能创汇呵,找别的国家又谈何容易。"

华青默默。"创汇是根本。"这是袁成吾反复交代的,"外汇本身作用不大,但创汇的意义非同一般。哪怕只有一百块美元,咱们也创了汇。创汇符合中央的战略。"

赵耀祖知道这一击的力量。

"咱们想办法找林管局的头头商量一下,用咱们的树林跟他们的换换。"华青站了起来,"反正这一片也只是一级保护林。"

"更何况用不了多少。"赵耀祖深知"万事开头难"的道理。

"说走就走。"

国家对林业的拨款很少,故而林业局虽然县团级单位,却极是寒酸。

"华主任驾到,荣幸,荣幸。"局长之所以如此客气是有原因的。林业局地处深山,只有一条公路通往外面,如有客人,衣食住行,迎来送往,全都仰仗S县政府,而华则是主管。

华青是讲效率的人,接过茶后就将来意说明。

"这事不好办,或者说不能办。《森林法》刚刚公布,想你是学过的。"局长的脸板起来。

"法归法,干归干呗。"华青眨眨眼,"你们局的职工不总也往出拉木头吗?"

"那是拆房的旧木头。"

"这还不是公开的秘密？"华青知道,S县的人也大都知道:林业职工的工资菲薄,而且木材是严令禁止私自买卖的。于是工人干部就伐木盖房,盖成住上几个月后就把房卖掉。于是化非法收入为合法收入。

局长的脸色愈发难看。

"我请客,咱们边吃边说。"赵耀祖出来打圆场,"到纸厂去。"

华青立刻响应。他知道局长是个贪杯的人,除早饭外,顿顿要喝二两。

局长拿起电话要车:"你们就是请我喝茅台,也不会让你们伐木。"

"你就是不让我们伐木,仍然要请你喝茅台。"华青极为机灵。

局长只有辆一九八〇年产的北京212吉普,速度远不如赵耀祖带来的"巡洋舰"吉普车。

"坐我们的车？"华青邀请。

"不,就坐我的。我的虽然不好,终归是我的。不能指望小姨子给养孩子。"局长很讲面子。

建厂伊始,赵就主张花重金请来位好厨师,并备了些名酒。作为中国人,他对民族文化构成有着深刻的理解。

局长越吃越满意。

席间赵耀祖提出赠一辆"巡洋舰"给林业局。

局长没有提出反对意见。

"你们的事情我研究研究再答复。"临行前,局长付出了"饭费"。

"研究什么,还不是你说了算？"赵耀祖急于求成。

"有些事最好由集体讨论一下。华主任懂得其中奥妙。"

华青笑了。不好的事最好由集体来定,倘若事发,将事情化解承担,就没啥大不了的事。

三天后,伐木开始。可只伐了两天,袁成吾就下令停止伐木,并电召华青回县。

"愚蠢之至!"袁成吾劈面就来一句,"我派你到那去,为的就是让你把关。谁知你给我捅下这么大个漏子!"

"我是用县森林跟他换的。"华青从来没见过袁如此严峻。

"你和那个只会喝酒的鸟局长都是一对糊涂蛋。国家森林是换着玩儿的?"袁成吾用中指猛击桌面。

"树连着树,谁能知道?"华青仍是不服。

"我就知道!如果别人知道了,往上一捅,甭说你,我都跟着吃不了兜着走。"

华青开始醒悟。他低下了头。

"你不要从一个厂长的角度看问题,如果你从县长的角度看问题,就会弄懂。"袁成吾倒杯茶递过去。

"我又不是县长!"

"如果你想当县长的话,首要问题就得弄清楚自己的权力范围究竟有多大。甭说你个小小厂长,就是林业部长来了,也不敢说让你砍。这有法,你懂吗?"

"有几个人遵守那一纸空文?"

"是有许多人在违反。但被抓住了就不行。倘若有人把这事整理成文往上一报,上面再一批,就没人救得了你。而且这种明知故犯的事,有人想包都包不住。"

"倒也是。"华青自知该认个错,"有的人事情挺大,可能扛过去,有的人屁大点事就会倒霉。没准的事儿,我改就是。"

"没准的事儿?"袁成吾眼中放出两道光,"事不分大小,关键就是看够不够上纲上线的,够上就不行。"他把光收了回去。"我给你举个例子:某人为一个'国家绿化先进单位'的称号四处活动。我感到不理解:这并不是重要荣誉。但他开导我:奖无论大小,关键要得上。这种国家级的奖,往表上一填,很有分量。考核干部的人,看的就是各种表。"

"你的意思是此原理可逆?"

袁成吾启齿一笑,对底下的干部就是要恩威并施。

"你真是个纯粹的官僚。"华青是有资格与袁开玩笑的不多几人之一。

"你却远不够纯粹。事情要办,但法——起码是成文法不能犯。"

"那你说我该如何去解决纸质问题呢?"

"这是你的事情。"

"你这几份文件都读了吗?"徐老问徐志纯。

"读了。"徐志纯应付道。昨天晚上他看一部美国录像片至很晚。听见老头子叫,才勉强撑起来。

"给我讲讲实质。"徐老仰头闭目。他并没有受过多少教育,几乎完全凭自修、凭悟性才达到今日之水平。他读过《水浒传》《三国演义》,极推崇后者,认为是搞政治的人必读之书。而对《红楼梦》却不感兴趣。当年毛泽东号召读此书时,他硬着头皮把书读完后,私下对人说:男女私情,小里小气。

"无非是经济战略之类的。没多大意思,远不如公安部的《值班日报》好看。"徐老的文件甚多,级别也高,他经常指示徐志纯读。可徐志纯往往只挑带新闻性质的看。

"经济是目前最大的事情。把文件拿过来。"徐老直起身,指点文件,"这中心意思共分三点。"他逐一解释。

徐志纯似听非听。

"我也做过县长。"徐老摘下眼镜转向爱子,"要抓工作必须有方向,什么叫方向?中央的意图就是方向。只有跟着方向走,才能出成绩。无论哪一级干部,都必须有实实在在,能够摆在桌面上的成绩。只有如此,才能升上去。"

"这不过是某个玩学问的人之设想罢了。"徐志纯不以为然地指指文件。

"中央有人批了,就代表他的意图。你得天独厚,"徐老把文件卷成筒,"有多少人想看还看不到呢。不要去搞什么汽车、房子之类表面的东西,要研究实质。"像武术名师总想传几手绝招于子孙一样,徐老也深望儿子能抓住文件实质。为官者,吃的就是文件饭。

"关于把S县升级为市的文件,中央批了吗?"徐志纯更关心实际问题。

"国务院也批了,现在还剩人大一关。"

"人大算老几?"

"如今的人大不同于过去的人大,这是新特点。"

"能给我升一级吗?"

"到时候再看。如果成立市的话,副职大概没问题。"

"要当就当正的。副职没意思。"

"好!"徐老赞叹道,"这种想负责、敢负责、负大责的精神很像我。"他想起自己当年,"不过要出成绩,有成绩垫底,我才好说话。"

"如果无法改材,就只得使用添加剂了。"赵耀祖已经和华青研究了好几个小时了。

"技术问题是你的事。"华青拍板。

一个工厂建立在乡村的意义,远不止经济:它能极大地改变乡村的文化结构。

围绕着纸厂,新生了许多事物,也吸引了不少年轻人。

赵小亮很快地与乡里人打成一片。他大把大把地花钱,吃喝嫖赌无所不为。赵耀祖初起还严厉地管教他,后来因为事情多,也因爱子情深,就由他去了。

在众多的姑娘当中,他一下子相中了陈芳芳。

他有钱、有闲、有貌,猎取陈芳芳这样人生经验约等于零的姑娘,用不着做多少功课。

"你真的爱我吗?"陈芳芳的胸脯起伏着。她说这个"爱"字很费劲。对"山村语系"来说,它属外来语。

"真的爱！"赵小亮从床上坐起来，开始穿绸睡衣。

"再睡会儿好吗？"陈芳芳看看蓝幽幽的电子表。奉献后她希图回报。

赵小亮没有答话。每次"上手"之后，他都自觉十分厌倦。

陈芳芳伸出跃动青光的手脊，围住赵小亮的腰。对于将要托付终身的人，无须羞涩。

赵小亮看着她那美丽纯洁的脸庞，欲念重新升起。

文化层次愈低的人，就愈少缠绵，做爱的时间愈短。

陈芳芳的神情开始变化：希望、幸福、迷惘。

但陈默都没有注意到。因为这些都是十分细微的变化，需要很大的注意力与洞察力。

"老爷子让我搞出些政绩来。"徐志纯传达完"要成立市"的精神后说，"你们有什么高招吗？"

"你能弄上市里的一把手吗？"每个有职有权的人跟前总依附着一群人。他们唯其马首是瞻：他也代表他们的利益。

"打算弄。"徐志纯话一出口，就自觉有失身份。"不过弄不上也无所谓，去特区当个公司经理也不错。权是暂时的，过期作废。而钱则是永恒的，什么时候用也行。"

"如果竞争第一书记的话，袁成吾是劲敌。"县委调研室的主任说。

"如何'干掉'他呢？"徐志纯对调研室主任的意见向来重视。

"凡是敌人反对的我们就拥护，凡是敌人拥护的我们就反对。"机关事务管理局的局长说。他是由招待所的管理员直接跃升到这个位置上的，信奉"跟对人，做大官"的哲学。

"这样做的结果是两败俱伤。"调研室主任认为机关事务管理局局长是个"没有任何思维能力"的人，"要找到他的错误，明确的错误。"

"不容易。"徐志纯摇头,"袁成吾这个人非常之谨慎,凡是没有先例的事决不做。凡是沾有腥味儿的事都躲得远远的。"

"我记得徐县长会下围棋?"

"当然,而且下得不错。"徐志纯注视着调研室主任浅度近视眼镜后面闪烁不定的目光。

"第一届中日围棋擂台赛的时候,聂卫平有两盘棋明摆着大势已去,可他仍然不缴。他在等待对方出错。"调研室主任来回踱着步,并做手势,借以强调谋士风度,"是人就会出错。等待,寻找。"

"等待。寻找。"徐志纯并非愚钝之辈,"你们多长几双眼与耳。"

众人点头。

"但不能造成过大的动静,免得打草惊蛇。"送众人出去后,徐志纯独把调研室主任留下了:"还有什么高招吗?"

"专署关专员调走了,李副书记正在谋取这个位置,而他的空缺则由刘秘书长接。于是出了缺。"

"你这消息由哪来的?"

"自有来处。"

徐志纯没有再问。调研室主任是从专署办公室秘书科下来的,本来打算弄个副县长干干,可因袁不赞成而告吹。他属于"老干事"类的人,关系甚广,消息也灵。"你的意思是弄他去当秘书长?"

"对。运用你的影响力。"

"我恐怕没有这么大的力,搬他不动。"

"借力打力。"主任打开窗户,"天气渐渐热起来,咱们这可是避暑的好地方,把你们老爷子请来纳凉,也算孝心一片嘛。"

徐志纯点头。

"另外放出风去,说他要走。舆论很重要,能够影响人心向背。"

"你哪来这么许多办法?"徐志纯不禁对他刮目相看。

"总结出来的。"主任说,"政治斗争也有规可循。"

七

纸厂达到额定的生产能力。一车车洁白光滑的纸由此启程,运往香港,并转手卖到美国。

同时,它以每年十五万吨的速度向河里排放着废水,其中悬浮物八十吨;化学耗氧二百三十吨;有害物挥发性酚零点七一吨;硫化物三十吨。

水生物开始减少,河水开始翻动泡沫,颜色是黑褐色。

其中首当其冲的就是古庄村。

初起时,村民们并没有往心上去。因为他们饮用井水,洗衣服也改到山泉处。所以当陈默与村长商量给县上打个报告时,村长竟不同意,"环保局的权挺大,万一他们把纸厂给关了,咱们村的损失可大了。"

"要有长远观点。"陈默向他解释了一番环境知识。

"老百姓并不是要到长远以后才吃饭。他们天天要吃,现在就要吃。"村长并没有被说动。纸厂建立时,县上拨来二十个合同工指标,光他一家就用去五个,陈芳芳也占了一个。以后随着生产能力的增大,又招募了不少,"光劳力一项,一年全村就有十万元的收入呵。"

"钱固然重要,但它买不来清洁的空气,清洁的水,买不来阳光、生命。"陈默耐心地说。

"可它却可以买房,买车,买粮,可以娶媳妇。"村长非常实在。

"如果你不同意打报告,我就自己写。"

"这是您的权力。"村长转用公事口吻,"但不能代表古庄村民。而且我相信,全村四千人,谁也不会同意!"

陈默告辞后走了几家,结局被村长言中。

在返回家的路上,他被一种巨大的悲哀所笼罩。

回到家后,他还是坐下写了个报告,不过口气相当和缓。

"我要结婚了,叔叔。"陈芳芳送上一杯茶。

"和谁?"陈默看着这位无父无母的远房侄女。

"赵小亮。"

"呵,好。"陈默自己是自由恋爱结的婚,儿女们也是。婚姻是每个人自己的事,不要横加干涉。"有什么需要叔叔做的吗?"

"没有。"

"要钱用吗?"说完这话,陈默笑了。

"我自己攒了点钱,而且小亮他很有钱。"陈芳芳不无自豪地说。

"有钱?有多少钱?"陈默笑问。

"很多很多的钱。"

"他是做什么工作的?"

"他是香港人,纸厂就是他父亲出钱建的。"陈芳芳平摊手掌,上面有明晃晃的三枚金戒指。

陈默突然意识到问题的严重性:"把戒指给叔叔看看。"

陈芳芳得意地将三枚一并退下。

当年搞地下工作时,陈默曾在一家以金店为名的交通站中干过几天,所以颇有些金器知识。七青八黄九紫十赤。此刻他努力将它们调出来。这戒指的成色甚低,连青都够不上。"三个都是他送给你的?"

"对。他有许多许多。"女人天生喜欢金器。

"许多?!"陈默突然觉出一种不祥之兆:此人买这许多劣质低品金器何用?

"明天把他叫来让叔叔给参谋参谋。"他和颜悦色地说。

"行。他还答应结婚后领我去美国、日本、欧洲呢。"陈芳芳念起这些地名来,极是拗口,颇有鹦鹉学舌的味道儿。

次日,她邀赵小亮前来。

赵小亮表现挺规矩,因为他知道陈默是位部长。

"你爱芳芳吗?"陈默让侄女出去。以前他选用干部时,也喜欢用相面的办法收取直观材料。他不喜欢赵小亮,但仍准备于他进行一次男人间的谈话。

"爱。"

"真的爱?"

"真的!"

陈默注视着赵小亮那双游移不定的眼睛。

赵小亮在躲避。

"听说你有许多金戒指?"

"对,有许多。"

"多少钱一克?"

"二百港币。"

"噢。"陈默已经知道赵小亮在撒谎。这种成色的饰金,不会超过八十港币,"你买这许多戒指干什么?"他问得随便。

"送人呗。"回答亦随便。

"送谁?"追问。

赵小亮自知失言,于是改用沉默作答。这是百试不爽的方法。

"你入英国籍了吗?"

"入了的。"赵小亮又在撒谎。赵耀祖已经托了人给他申请香港护照。英国籍根本谈不上。

"中华人民共和国的法律保护每一位公民,在华居留的外国人也得遵守它。"陈默现在只有乞灵于法律了:"你们什么时候去登记?"

"年底。"

"为什么要等那么久？"

"我父亲的意见。"

陈默无法再问。自己毕竟只是叔叔,而且是远房叔叔。名不正言不顺。

"我觉得你应该慎重地考虑一下。"等陈芳芳送客回来后他说。

"我考虑好了。"

"叔叔觉得他不牢靠。"

陈芳芳扭捏了一下："听天由命吧！"她笑得很甜,双手安详地放在小肚子上。

陈默阅人多,阅世亦深,不会不明白这"身体语言"之含义。

"港方对咱们纸厂生产的证券纸极为满意。"华青从深圳给袁成吾打电话。

"这全是咱们华厂长经营有方。"袁成吾极善于调动人的积极性。

"现在有个好机会出现了。如果让港方把钱汇到深圳某家公司,这样咱们的利润会更大一些。"

"你再讲清楚一些。"袁成吾已经基本预料到是怎么一回事了。

华青一五一十地讲了起来,并不时地捂住话筒问旁边的人。

"你把听筒给班历历。"

"他不在旁边。"

"把听筒给他。"以电波为中介,袁成吾传达了权力。

"袁。"班历历接过话筒。

"人不要竭泽而渔,最好给自己留条路。"袁成吾训斥道。

"我不过是想叫你多赚几个钱罢了。你怎么好心当成驴肝肺？"

"请你牢牢记住：我不是商人,商业只不过是一个部分而已。赚钱绝不是目的。"

"对于我来讲却是。"

"那你赚你的钱去好了,别上我这儿打主意。"

"你不赚钱就算了。"袁成吾身上有股魅力与威力化合成分,上学时就征服了班历历。如今他有了钱,自以为能与袁匹敌,可一旦交锋,还是略逊一筹,"赚钱的地方多得是。"

"这我明白。"袁成吾明知像班历历这样无孔不入的商人在深圳有一大批,外汇却是有限的,但仍如是说,"我跟老华讲几句。"

华青取过听筒。

"你要好自为之。"袁成吾只说了这一句就径自放下听筒。总机的话务员常常窃听来往电话,屡禁不止。因为信息是他们在社会上生存、活动的资本之一。所以不宜深谈。

谁要是把手段当成目的,谁就是大傻瓜。袁成吾在屋里来回走着。升级为市的事已经发动,想当书记市长的大有人在,人家在等着我犯错误。而我则要静以观变,等他们犯错误。鹿死谁手,要看基本功、耐性、运气。

谋事在人,成事在天。他坐到办公桌前批阅公文。

官员的产品就是公文:他们批阅、修改、引导,从而使自己的意志得以贯彻。

北郎庄强奸案已经判下来了。袁成吾仔细读了一遍后批道:请纪委与法院同志会商,看能否以此教育全体党员、掌权者。

下一件,是县卫生局为一位老中医申请住房的请示报告。报告中云:此人成绩极大,有几项获县、地奖。其中还有一项,"拟报全国科学进步奖"。你就是拟报诺贝尔奖又有何用? 关键是得上没有。他提笔批道:请在本局计划房中解决。

强调"本局计划房"这样他们就不好玩花招了。

再下一件是县教育局申报县中副校长升正的请示报告。他读后批道:交县中职工代表大会民主评议。并将结果告我。

一个人不能了解所有的干部,可本单位的群众却了解。让他们去议,形成文字东西后再说。

再下一件就是陈默《关于纸厂污染的情况反映》了。

他将这份行文精练流畅的报告连读两遍,然后拿起电话要通环保局长。"陈默的报告仅我这一份儿?"

"根据中央环保局的规定,所有污染报告全都一式五份:书记、县长、人大、政协,还有我这儿。"

"那几份都送了吗?"

"原件给了您,余下四份复印件还在我这儿。"

"先放一放,调查完情况后一块儿研究。"

"好的。"

"如果他反映的情况属实的话,你们拿个治理方案出来。"

"可以。"环保局长原是由卫生局副局长升上去的,属聪明人:他明白袁的话之内涵是欲将此事"阴干"。

该出事的就一定出事。放下电话后袁成吾想。如果陈默不在古庄村,这件事就很可能压住。眼下却压它不住:老干部都有股韧性,必须拿出对策来。

"我这儿有些账目要处理一下。"徐志纯给机关事务管理局局长打电话。

"马上就带出纳员来。"局长应此类召见已远非首次。

徐志纯所谓的"账目"无非是他此次回京所花费用。局长内行地把"软卧"填成"卧铺",国际长话费填入"其它";"出租费"填入交通费。

出纳员付了款后就退出。

"剩下这些疑难问题咱们研究一下。"局长所谓疑难都是"明文不许报销,可又必须报销"的单据,"饭费让招待所出吧?"

"不行。那家伙跟老袁挺近乎的。"

"那就让矿业公司出。反正也不过千数来块。"

徐志纯点头。

"至于这副钓鱼竿?"局长还从未听说过有"贰仟壹佰元"的钓竿,"让体委

179

出？"

"体委有可靠的人吗？"

"这您就甭管了。连饭带杆总计是三千六百七十二元整。"局长从出纳员刚才留下的款子里垫支出钱来。

徐志纯把钱全收到抽屉里，他花时不数，收时亦不数。

中国国家财政制度的缩影：消费不取决于市场，而取决于报销人与报销制度。对那些有权者来说，单据就是货币，起码是"准货币"，一经批示，就可以重新进入市场。这笔流动资金不停地循环往复，直至报销者丧失权力的那天，它们才转化为消费基金，去履行货币的真正使命。

"我们局的几位同志没有房子住。想盖它几栋。"局长收拾完东西后说。

"盖呗。"

"可是没有钱。"

"你写个东西，我给你批一下。"徐志纯说。投桃报李是人人遵守的原则。

"光批的那几个钱也不够。"

"你们要盖什么房子？"徐志纯警惕起来。

"普通的院子，在城外头。地也征下来了，就缺二十万块钱。"

"还有谁在那住？"

"刘副县长、城关镇丁镇长，我们四个局长。"

"你有什么高招吗？"

"西德送给咱们一辆流动医疗车，把它处理了就够了。"

"不行。"徐志纯摇头。"赠送仪式时，省、地的头儿们全来了，风声太大。而且老袁这关你就不一定能过去。"

"咱们并不是真的把它卖给谁。只不过让县机械开发公司出上十几二十万，把它买下，然后您再批钱让卫生局把它买回来不就得了？"

"车现在在哪？"

"在我手里。别忘了我还兼着外办主任呢。"

"车还在你那儿别动,咱们送它进账滚一滚。"徐志纯抽出支烟,局长赶快给他点上,"钱你们先让城关镇给垫上,过一段时间再由外办账上把钱拨过去。"

"就这么定了?"

"对,就这么定了。"徐志纯很喜欢拍板定案,这给他以快感。

"听说你要调到地区去做秘书长?"宣传部长散会后留在办公室。

"听谁说的?"

"县机关都传遍了。"

"小城需要信息来刺激。如果实在没有的话,他们就去创造信息。"袁成吾送部长出门。

"听说你要来地区工作了?"只隔十分钟,地委组织部长打电话来。

"我在你这个'管官的官'手里,不过是张卡片而已,想插到什么地方就插到什么地方。"

"你是省管干部,我哪有这个权。真的,刚才专员还问我来着。"

"唔。"袁成吾想:看来县中传闻,并非空穴来风,而是场有组织的攻势。

"你愿意来吗?"

"如果是组织决定就没办法。"

"如果不想来,趁此事刚发动就动手刹车,真的运转起来就难了。"组织部长作经验谈,"听说贵县快建市了?"

"我也是才听说。你有什么事要办吗?"袁成吾自认与组织部长并非深交,他不会凭空卖如此之大的人情给我。

"我有个内弟在贵县,想弄个农转非的指标解决一下户口。"

"全县每年就那几十个指标,众目睽睽,不太好办。"

组织部长沉默。

"你跟地区公安处商量一下,从 S 县的指标中扣除一个,你看行不行?"总得拿出个办法来还这人情:"在高层次上解决比放到我这儿解决要容易些。"

"我试试看。"

陈默每天用极其原始的手段监视着环境的变化。

他发现人们的牙齿开始变黄,头发开始脱落。

"这些都是正常现象。"村长告诉他。因为这些症状在老年人身上表现最为显著。

他去了环保局,找到了袁成吾。但反馈回来的信号却极其微弱。

"我得去北京一趟。"他对陈芳芳说。

"去北京干什么?"陈芳芳近来每天跟在他后面。

"有必要去检查一下身体。我近来觉得胸口很憋闷。"陈默并没有把全部实情告诉她。

"能带我去吗?"

"去采买嫁妆?"陈默开她的玩笑。

陈芳芳低下了头。

"怎么近来没见小赵?"

"到香港商定婚期去了。"

"走了多长时间?

"一个半月了。"

陈默觉得这不是个好兆头:"你有他的地址吗?"

"有。"陈芳芳掏出一张浓烈麝香味儿的名片。

"跟我去北京。"

北京医院。

"您这证件早就作废了。"护士礼貌地说。

"我在外地干休所住,来趟北京不容易。"陈默觉得胸口堵得慌。

"您看哪一科?"护士想:反正这是北京负荷最低的医院,多个把人也无所谓。再说这个老人是货真价实的部长,而不是什么"部长级"。

"心脏专科。"

护士递出张卡片。

"再挂一个妇科。"陈默毕竟是三个孩子的父亲,已从侄女身上看出许多怀孕的征兆。

"所有离休干部的家属不能在本院治疗。"护士这次不肯通融了。在她的心中,高级干部本人享受些特权是应该的,至于他们的亲属,哼!

"现职干部可以吗?"陈默以前家人有病,都是在这儿就医的。

"当然。条例就是他们订的嘛。"

丧失了什么就觉得什么珍贵。他招呼坐在软椅上的侄女往外走。

"陈部长。"一位西装笔挺的中年人热情地招呼他。

"噢。小鲁。"此位小鲁在七十年代末至八十年代初曾经做过他的秘书。到一九八二年,他向陈默提出:我都四十岁了,不能总跟着您调来调去,给我找个地方吧。陈默答复道:你自己找。"你还在国宾接待司?"

"不了,现在卫生部。"小鲁答道。国务院机关事务管理局所属的国宾接待司,多是一些从首长身旁来的工作人员,素质不高。于是以正处级离开陈默的他,很快成了副司长,然后又调到卫生部。

"你来看病?"陈默打量他笔挺的身材。

"不。来检查工作。"小鲁微微一笑,"这儿归我管。"

"现在是?"

"保健局局长。"小鲁所谓的"保健局"就是专管高级干部保健的部门。北京医院是它的下属单位。

陈默犹豫了一下,还是把要求提了出来。反正自己也到了"万事全求人"的地步,他想。

"理应为您效劳。"

小鲁很懂办事程序:他先找到院长,院长又吩咐医疗处长带着她去妇科。于是最好的医生,最好的医疗设备全都出现了。这儿的医生大官虽然见得多,而他毕竟是"顶头上司"。

"血管有栓塞现象。"医生给陈默开了些药后说,"以后每两个星期来观察一次。你家有心电图机吗?"

陈默摇头。耗能极大的纸厂开工后,古庄连正常用电都不能保证。

"那就每一个星期来一次。观察三个月后下结论。"医生把印刷考究的"预约书"递给他,"以后不用挂号,直接来就行。"

妇科诊室不便入内,陈默就坐在外面与小鲁聊天。"有病不用乱求医,乱吃药,让体内慢慢生长抵抗力就行了。"

"您这属毛泽东思想体系。医学是科学。人体的自我恢复能力是有限的:比方'搭桥'手术;切除肿瘤;这些机体自我无法完成。"

陈默点头表示同意:"这儿的工作好做吗?"

"说好做也好做:经费充裕。想调谁就调谁。说不好做也不好做:如今人们对医院的要求愈来愈高,试图把它建成'希尔顿'。"

可整个社会医院的设备却急待更新,有多少人因得不到治疗而在痛苦中挣扎。陈默自认为没权力说这话。

"这几张用药单您给批一下。"在一旁等了一会儿的医疗处长从皮夹中取出些单据。

小鲁看也不看,依次签名。

"补药?"等处长走后陈默问。

"补药用不着我批。凡吃的人,自己都有单位,这规定不许的,拿回报销就是了。我批的全是进口的瑞士药品。"

陈默知道瑞士药是全世界最好的药。瑞士出口量药品居首,其次为钢铁,老三才是手表。所以懂行的人,瑞士归来带得全是药。这也是个消费层次问题。"只你一人能批?"

"凡经我批的,到年底都由局里如数拨给外汇。凡院长自批的,就自己解决外汇。"

"用量大吗?"

"相当大。要知道瑞士药品非常纯,每一道工序都一丝不苟。这种工业精神要好几代人才能养成。所以能药到病除。"

"你得病吃什么药?"

"当然是瑞士药。"小鲁毫不犹豫地回答。

"将来如果吃不上这药了,你又当如何?"陈默想起国内横行泛滥的假药。

"感冒喝开水,拉肚子吃大蒜。反正现在国产药不敢吃。"

"你们也不管管。"

"这属药品监督局管。"

"你们谁是陈芳芳的家属?"妇科门开了,出来一位年青大夫。

"我是。"

"来一下。"

陈默看看小鲁。

"一块儿去。"小鲁陪陈默走入诊室旁的办公室。

"陈芳芳妊娠是毫无疑问的。"大夫把分析报告放在桌上,"可我们发现了亨特下疳,很可能是由百密螺旋体引起的。"

"能说得通俗点吗?"小鲁说。

"我们在她身上发现了梅毒。"医生不带任何感情色彩地回答。

"不可能!"对陈默这类人来说,梅毒在大陆早已绝迹。

"我们没有治疗此病的经验,已约请传染病院的大夫来会诊。现在需要你们定的是:如果是梅毒,要不要流产?"

"当然。"小鲁答道。

"请家属签字。"

陈默抽出自己的笔,机械地签上名。他已经确定了传染之途径。

出院后的陈芳芳极度虚弱,陈默只得请人照顾她达一月之久。

"或者跟赵结婚,或者到法院告他。"陈默说。

"他回来了吗?"陈芳芳的神情木然。她已经预感到自己的命运。

"没有。"陈默咬咬牙,"但不管他跑到哪儿,叔叔也要找他回来。"

八

国务院正式批发了《成立 S 市筹建组》的文件。

袁成吾、徐志纯均属筹建组成员。组长则由原地区的专员兼任。

平衡的艺术杰作。

徐志纯在 S 县"醉八仙酒楼"宴请来访的联邦德国 D 市市长。

"按什么标准?"机关事务管理局局长请示。

"无所谓标准。有好的尽管上就是了。"徐志纯是极讲豪华气派的。

"我们请了个好厨子。"酒楼的经理是局长的兄弟。自去年承包后,其兄把不少"机关事务"分给了他。

"又是好厨子。"徐志纯打开筒饮料,"上次你们说请了位给贺龙元帅作过饭的厨子。我一吃,实在是太差劲了。再一打听,原来是贺帅在山西打游击时的炊事员。别亮牌子,拿出手艺来我再评判。"

"这回可是真的好厨子。"经理急得直要拍胸脯对天盟誓。

"下级对抗上级有一千种办法。其中最好的就是骗,骗过去自然万事大吉,骗不过去就再编一个接着骗。"徐志纯把烟蒂塞入尚余一半的饮料筒中,"但我要告诉你一个说谎的定理:一个成功的谎言,其中必须有部分真实的东西。"

"想不到徐县长连说谎这种小事,也能提到纲上线上来认识。"局长顺势说。对他来说,巴结领导已融入性格中,不管有用没用、不管该与不该,只要机会一出现,必得来上一段。

"你呵,你!"徐志纯指指他,"也该读点书看点报,把'文革'语言去掉才是。要是碰上别人:凭你这几句话,也得掉纱帽。"对于已充分了解其奴性的人,他认为无须发火。

德国人以严肃刻板著称于世。以D市市长为首的一行,全体着深色晚礼服,端庄地坐着,仿佛等待号令的士兵。

"请。"徐志纯做了个优雅的手势。世界上最好学的就是外表之风度。

虽然餐具并不十分洁净,但市长仍按捺住去擦拭它们的冲动。

"按西餐习惯,咱们先喝汤。"徐志纯放慢节奏,为的是给翻译留下时间,"你们先品尝,然后我将来历说与你们听。"

汤的颜色淡黄,有如上等清茶,入口之后,其味甚爽。

"怎么样?"

客人们伸出拇指。

"在我们中国,厨师就像你们德国的军队一样,有元帅、将军、校官、尉官。而一级厨师则有如元帅。本次餐政就是由一位一级厨师主持的。"

国际旅行社的翻译从来没听过徐志纯这种不伦不类的话,但还是基本翻过去了。

"不要小看这碗汤。它们需要由二百公斤水,五十斤猪肉,三十只乡村养的老母鸡,熬制四十八小时而成。"

"有这么大的锅?"翻译问。

"县立中学食堂的粥桶。"徐志纯白了翻译一眼。翻译等于是工具:工具第一要素就是顺手,"这期间必须用文火。而且不能添加任何佐料。这也是用家养老母鸡的原因:只有它们才能拥有浓郁的田园风味。而机械化养鸡场出来的肉鸡却千篇一律。"他停一下问翻译。"为什么不翻？"

"德文只有到最后才能翻。"翻译用似是而非的技术原因搪塞。

"最后把肉与鸡全熬成分子状，汤也只剩两公斤。而这两公斤是它们的精华，它们的代表，它们的统帅。"徐志纯指指面前的汤，"听了我的宣讲之后，你们是否觉出味道儿不一样来？"他率先再尝一口，"它放在深度冷冻柜里都不冻。"

翻译翻了十几句。

"我讲了许多，你怎么只几句？"

"德文，概括能力非常强。一句就顶你好几句。"翻译虽明知徐之根底，但仍不惮他。我又不是你的雇员。他想。谁也甭想拿我当工具使唤。

德国人对吃的热情显然没有主人高，但仍发出礼貌的赞叹。

"喝酒。"徐志纯招呼服务员取出泥制小坛给客人斟酒，"本地特产。"

D市市长喝一口后指指食道。

"他说这酒太烈了。"翻译高声将众所周知的手式转成语言。

"不烈。干杯。"徐志纯与对方碰一下。局长等人也法效之。

可市长只喝了一小口。

"碰杯为干。"徐志纯坚持要对方喝完。

客人面作难色将酒喝干。

当徐提议再干一杯时，客人坚辞。

"我记得在二次大战时，德军是很有战斗力的。"徐志纯两杯下肚，已有些飘然，"怎么连酒也不敢喝了？"

翻译知道如实传达将引起国际性事件，故将该调制的调制，该短路的短路。

"我们一杯啤酒，你们一杯白酒。"市长提议。

"可以。"徐志纯痛快地答应。

德国人善饮啤酒是世界闻名的。而且他们的体质好，吨位大，几个回合后，徐志纯已颇有些醉意。他的随员们也不大清醒了。

"根据外事规定：饮量不得超过实际酒量的三分之一。"翻译认为有必要提醒一句。

"规定?我就是规定!"徐志纯又自饮一杯,"景阳岗酒店的招牌上写:三碗不过冈。可武松却说:爷们儿三十碗挺身过冈,"他把酒杯伸向翻译,"陪我来一下。"

"我不喝酒。"

"那你就不是男子汉。"

"我见过不少酒量贼大、但十分女人气的男人。"翻译忍不住回敬。

市长示意随员停止攻击。"我们上次赠给贵县的那辆医疗车运行得如何?"

"这事得问局长先生。"徐志纯说,"我是负责全面的。"

"贵国的科学技术非常好,它在我们这里发挥了非常大的作用。"局长答。

"医疗器械公司经理约德尔博士想实地看一下它工作情况。"市长指指一位银灰色头发的高个子。

局长不由一惊。此车尚在库中,而且名义上属于县机械开发公司。"它正在边远山区巡回医疗。"

他支吾道。

"这样更好。"约德尔博士坚持要去看。拍部车辆在山区工作的录像片,是绝佳的广告。

"我设法安排一下。"局长只好硬着头皮答应。

叶老单独把袁成吾叫到厢房。"我历来不赞成增设机构。可既然你们省里已经定了,而且人大也通过了,就只好如此。"灯光使他的脸颇具神秘色彩,"既来之,则安之。把它搞成个新经济实验区如何?"

袁成吾坐在右边,因为朱秘书告诉他叶老右耳的听力更好一些。

"必须有得力的干部来抓。你看谁合适?"叶老的眼帘微垂。

"我有信心把它建好。"该表现自己的时候必须尽力表现。在历史性的时刻更不能含糊。

叶老的目光忽然变得极为锐利,盯住袁成吾看了一会儿。"我可以向省里建议一下。"他又将眼帘垂下。

九

古庄村的污染情况越来越严重,主要是水体与大气两部分。

水体污染已渗入到井中,并从此流入人们的餐桌,浸润人们的内脏。而纸厂排出的烟气,则沿着山沟滚滚而来。别的不说,村口小学校中的学生,经常被熏得泣不成声。家鸽先飞走了;后来连乌鸦也飞走了。

陈默没有离开村子,这主要是出于道德责任感。但他每天坚持从山上林中清泉取饮用水。

陈芳芳的精神则越来越偏离常态。

"你的儿子什么时候回来?"陈默已经是第三次找到赵耀祖的门上。

赵耀祖正在用一个装有两块电极板和活性炭的有机玻璃容器析离水中的杂质。"该回来的时候自然会回来的。"他的语气颇有些不屑,他的哲学也很简单:死马不再是马;退休部长也不再是部长。

"可他应该回来。"陈默发现自己原来那种说干就干、言出法随的英气已日见稀薄。

"这个世界上应该的事情是很多的。"

"可无论出于人情,还是出于道德,他都必须回来。"

"这要由我儿子自己去判定。"赵耀祖把从水中析出的发黄的物质排掉。

"那我可要诉诸法律了。"这是陈默最不愿意使用的手段。

"我虽然不是司法官员,也不是律师,可在我的印象中,大陆法律对香港居民不起什么作用。"

陈默哑然。

赵耀祖看看腕上银光闪闪的手表:"我还有工作,有事以后再说。"

这种方法陈默以前不知对属下使用过多少次,今天方才尝到其威力。

从纸厂出来之后,陈默气得直抖。他坐卡车到县邮局分别给池同声和方晚才挂了个电话。

"你答应来可为什么总也不来?"陈默开门见山地质问。

"我们这帮不在职的老同志,别说出门到外省,就是在北京开个会,也得提前好几天通知。"池同声答道,"你想想看,七十多岁的人出门,没有医生、护士、家属的陪同,谁个敢动?不过我正抓紧向北京铁路局申请专列。"

"用不着兴师动众。你只要能找到三、两位委员,并且请上国家环保局的技术人员就行。"

"不管什么事,用只争朝夕的办法总是办不好的。我尽量争取快一点。"

陈默愤然把话筒放下。这是人命关天的大事,必须只争朝夕。

女儿告诉他:方晚才昨天已动身到S县来了

"这两件事都需要你的帮助。"陈默对方晚才说。

"都要由我来办,未免负担过重。"方晚才虽然坐了十多小时的车,可仍无倦色,"你挑一件给我吧。"

"把赵小亮从香港弄回来。"

"可以。"方晚才不假思索地回答。

"把行动方案说给我听听。"陈默认为方在新华社香港分社定有熟人。

"你还是不听为好。"

"别卖关子了。"陈默的好奇心被激起。

"我有一个朋友,几次去港未批。后来我帮他运动了一下,三年前走了。他的家族在香港很有地位,他的妻兄是英天盖的密友。让赵某归来,不过是一个电话的事。"

"英天盖是什么人物?"

"你与一家企业做斗争,居然连它的背景都不知道。"方晚才简略地介绍了几句,"英天盖是香港黑社会中的重要人物。当其发达之后,急欲挤入上层,这个忙是肯定会帮的。"

陈默听完之后不由地哆嗦了一下。他从未有过"越轨"办事的经验。

"苏联有个诗人在三十年代曾经写过这样两句诗:斯大林老爹从烟斗里喷出一口烟,俄国全境的烟囱都冒烟。"方晚才把额前的头发甩回去,"感觉告诉我:污染的事不好办。"

"好办还要我们干什么?"陈默反问。

"我倒忘了,你是搞了一辈子斗争的人。"

池同声一行从北京出发,先到省里,后至专区公署,最后到达S县时,随员已达十余人;因为各级政协、各级环保部门都要派员陪同,这已成惯例。

袁成吾在闻知后,立即将华青招来。

"在这关键时刻,你这儿千万不能出事。资料要准备充分,各种漏洞都要堵一堵。一句话,好自为之。"

华青连连点头

袁成吾中午设宴款待池同声一行,并派专车把陈默接来。

饭后,袁成吾建议池同声并陈默到温泉镇去住,余下的人住县委招待所。

"好。我最喜欢乡村风光。"池同声满口答应。

陈默虽然觉出其中有讲究,也不好说什么。

当他们乘坐的轿车刚刚离开招待所,县环保局长即电令满载土特产的局属双排座车开过来。

华青回厂安排完后也来了。他主要负责招呼国家环保局来的三位技术人员。

四天后,《关于纸厂环境影响评价研究报告草案》出来了。

高工程师、曹工程师将此报告复印两份,并标有《绝密》字样,分送给袁成吾及池同声。

报告共分五部分:大气、水体、噪音、人体及土壤。

袁成吾花了整整两个小时读此报告。他去粗取精的本领很高。他虽然不太懂大气补散模式、溶解氧、悬浮物、氰化物、电导率、放射性元素 LTH、K 等纯技术参数的物理含义,但也弄懂了《评价报告》的中心意思:纸厂对环境污染是十分严重的。

严重到什么程度?"他到高工程师下榻的县招待所二楼套间内亲自询问。

"危害到人身安全。"高工程师是标准的知识分子型:白净面皮,头发黑亮,操江浙口音。

"有什么简捷易行的治理方法吗?"

"没有。"回答很是干脆:"关掉纸厂,安装废水回收设备,除尘设备。"

"这些设备要多少钱?"

"我不是这方面的专家。但粗估得三十万块左右。"

袁成吾有节奏地敲击着沙发扶手。"我们做基层工作的特别难。教育要钱,基本建设要钱,处处要钱。可钱的来源却极有限。"他诚恳地道出一系列难处。

高工点头。

"事情解决需要个过程,设备要订,款子要筹集。如果下令停工,光纸厂千余名临时工就不好安排,他们将成为一支失业大军,造成不安定因素。其后果也许比环境污染要严重。"

"环境工作是千秋大事。"高工出于职业习惯,此话脱口而出。

"确实是千秋大事,我们一定解决。但我个人希望在解决的过程中暂时保密。"袁成吾用和缓的语气说。

"我们会保密的。但既然报告已做出,总要报。"

"是要报,而且必须报。我想由 S 县环保局在你们评价报告的基础上,作全面了解后再上报,你看如何?"

"可以。"

袁成吾告别后,又驱车温泉镇拜访了池同声。

"在一千个政府官员中,顶多有十个人了解环境保护的意义。"池同声很不客气地批评。

"您说得对。"袁成吾规矩地坐在沙发上。

"这是短期行为,无论哪一级干部都必须有长远目光,必须以造福人类为目的。"

袁成吾明白必须给池同声以诉斥的权力与机会。

"调查报告我看过了,专家们的意见是必须关。"池同声的口气已经不太严厉。

"我们一定遵照您的意见去办。"袁成吾给池同声添上开水,"此地的风光不错,就是居住条件差了点。"

"居住条件也不错。"池同声认为有义务敷衍两句。

"上次叶老来 S 县时,也下榻于此。"

"你跟叶老熟悉?"

"我很尊敬叶老前辈,他也喜欢年轻人。"

"噢。"池同声用食指敲打着太阳穴,过了好一阵才想起朱秘书在他来 S 县前曾打过个电话,让他关照一下,"我想起来了。"他自言自语道。

袁成吾知道他想起什么。

"无论如何,像这种大规模环境污染事情是必须处理的,你们自己拿个意见,我批一下。"

"我的意见是罚款三十万元,限期半年治理。"袁成吾不失时机地提出处理方案。

"可以。"

"另外陈默老前辈处,您是否能想办法安抚一下?"

"他这个人很倔,也很有自己的思想,不太容易说服。你们是否什么地方得罪了他?"

"他从来没有什么个人要求。而且当代表村里提出意见时,只要在我的权力范围内,总要妥善解决的。"

"我跟他说说试试。"

"依我看,鉴于目前情况,最好请陈老前辈离开一段时间,这样对他的健康也有好处。"

"噢。"池同声指指在袁来之前正翻看的《道敏文集》,"近来我对历代大臣的集子挺感兴趣,也收集了一些。"

"如果老前辈喜欢,这套就见赠了。"

"是真本吗?"

"是的。"

"上账了吗?"如果在博物馆登记过的古物是动不得的。

"民间搜集来的,也算不上是珍贵文物。"有时得把赠物说得值钱,有时又必须说不值钱,这是辩证法。

"《环境评价报告》出来了没有?"第二天上午陈默不请自到。

"《环境评价报告》相当于人体的《病理检查报告》,需要进行大量的检测工作,再对一堆乱七八糟的数据进行处理,最后才能得出结论来。"

"有些问题却是一看即知的。"

"即使一看就知,也必须找到根据才能说服各部门。"

"这种厂子必须停掉。不管它是中外合资还是地方集资的。"陈默坚定地说。

"什么事也不是说干就干的。我给你举个例子。最近电力很紧张,北京曾打算移峰填谷。就是对一些耗能大户白天限电,让他们晚上用。这个理论上挺好的,建议实施起来却很困难。因为这关系到公共交通、托儿所、食堂等一系列后勤问题,最后只得作罢。"

"你这是概念的偷换,我这问题决不能作罢。"

"我从来没说要作罢。必须治理,而且要限期治理。"池同声挥挥手,"可你知道政协并不是权力部门,而只是个议政的部门,不过是发发言而已,我回北京后一定会同各部门对S县施加压力。怎么样,跟我一起回北京?"

"眼下谁也别想把我弄走。"

"没人想把你弄走。"

"有人想。"陈默固执地说,"而且是很多人想。我就是不走,走了就无颜再见父老。"

"有件事我跟你们两个通个气。"袁成吾把华青和赵耀祖召到自己办公室。他今天穿得格外正式,表情肃然,"县环保局会同全国政协环境保护委员会做出决定:对纸厂罚款三十万元,并限期三个月治理污染问题。"

一听到"三十万元"四个字,赵耀祖霍地站了起来,连茶杯都碰翻了。"你们凭什么罚我们款?"

"凭《中华人民共和国环境保护法》。"袁成吾冷冷地说。就个人而言,他非常讨厌赵耀祖。

"三十万块,我没有这多钱!"赵耀祖几近歇斯底里。"我不认!"

"如果你不上缴罚款的话,法院将通知银行冻结你们的存款;通知海关扣押你们的货物,并吊销你们的营业执照。"

"你这是逼我们破产。"赵耀祖把真丝领带攥成一团。

"没有人逼你们破产。你们在投资时,就应该研读中国的法律;而且事先环境保护部门曾三次行文警告你们。"袁成吾不带任何感情色彩地说。

"反正要钱我没有,要命有一条。"赵耀祖已丧失了控制能力,露出光棍本色。

"没有人要你的命。"袁成吾看看表,"我还要在这召开会议,两位请便。"

两人出去后不一会儿,华青就被门房叫回来。

"你怎么一点儿也不着急？"袁成吾笑问。

"跟你干了这么多年,自信对你还有一定了解:你怎么会叫自己亲手抓的项目垮掉？"

"我是这样设计的:你们上缴三十万元罚款,然后县上以治理污染费返还十五万,三个月后再返十万,然后再以别的形式还你们几万。"

"瞒天过海？"

"少来这些庸俗的比喻。保护环境是千秋大事,必须限期治理好。"

"用不用先告诉那个香港佬？"

"正好需要他叫唤两天,这也是种宣传。"

华青承认袁成吾棋高一着。

英天盖身边的职员打电话令赵耀祖三天内回香港。

"什么事？"赵耀祖战战兢兢地问。

"不知道。"

"我这已是山穷水尽了。"赵耀祖明白没好事,"企业你照顾一下。"他对华青说。

"也可能是柳暗花明。"华青怕他去香港玩出什么抽逃资金等类的花招,就把"返还罚款"一事告诉他。

"这在技术上行得通吗？工商、税务、银行、审计会放过咱们吗？"

"这是上头的意思。"华青指指天。

十

"他们是通过什么关系影响到英先生这儿的？"赵耀祖在"通天大酒楼"宴请

英天盖身边的职员。

职员莫测高深地笑笑。信息就是财富,不能轻易出手。

赵耀祖心领神会地出示一只清代彩瓷瓶:在内地这并非是多值钱的物件。

"法院?"

"不。一个很有影响的社团。"

"英先生还怕什么社团?"赵耀祖想:如果是新华社香港分社,自当别论。英天盖"黑道"上出身,区区个华人社团怕他作甚?事情大概会有转机。

"你只懂得一点点生意经。"职员鉴赏花瓶,"生意后面是政治。"

"政治?"赵耀祖无比诧异。

"英先生总想成为霍英东、包玉刚一类的头面人物,这样就必须借重于各方面的势力。再说香港回归在即,不能不留条后路。"

"一个社团又能起什么作用?"

"社团与社团不同,它们各有各的背景。"职员站起身,"这个花瓶有一道很细的裂纹,虽然修补过,我还是看出来了。"

"下次我再奉送一个明代的。"

"你要记住:英先生的指示是不容违抗的。"

"知道。知道。"

市级班子考察组来到 S 县。率队的是主管工业的莫副省长。

邻县及原先专区的一大批干部纷纷涌来。

这是一个千载难逢的好机会:新成立的单位能够安插许多人,有许许多多的好位置。

袁成吾得天独厚,他通过相熟的省委秘书长把莫副省长请到温泉镇的"进士宅第"内。

莫副省长是一九六〇年毕业的工科大学生,戴一副挺厚的眼镜。他自奉甚俭,而且滴酒不沾,住定之后就开始看文件。袁成吾等候到十一点钟,才获准晋见。

"请坐,请坐。"莫并没有什么架子,"我来干这个工作实在是太不合适了,应该让省委组织部长来。"

袁成吾知道省政府与省委的主要领导之间并不和谐,所以两套机构其实是两派:在建市问题上,省长坚持是因为S县一带有着丰富的能源蕴藏和很高的工业产值,国务院才批的,所以应该派工业的人来考察。"其实您来最合适。"他并未道出原委,人所共知的事说出来有害无利。

"你知道,能源问题如今是大事。北京限电已经限到聂荣臻、徐向前这等人家了。咱们省有的县一个礼拜就有五天停电,许多工厂停三开四,甚至停四开三。玻璃制造、冶金、纺织等行业,常因停电出废品——玻璃变形、钢材品位降低、布厚薄不匀、颜色深浅不一。春灌时期,农民好不容易架泵抽水,可只几分钟电就停了,而且一停就是两天两夜,于是只好全家轮流值班,因为说不定电什么时候来。"

"听说全省日拉闸已经超过一千五百次。"袁成吾顺着莫的话题。

"是的。我筹集了两万吨高价油,四万吨高价煤,增加了二十万千瓦的电力,还是缓解不了缺电局面,充其量是短时兴奋剂。眼下中央电站的燃煤就吃紧,国务院拼命压省里。可统配煤矿根本无力负担,现在还有二百万吨的口子堵不上。"莫副省长忧心忡忡取出一叠文件。

袁成吾一目十行地将文件读完。

"煤价不合理,电价不合理。整个经济体制都不合理。"

"能源紧张是制约经济的头等重要因素。一只木桶盛水的多少,完全由最短的那块板决定。这最短的一块就是能源。"

莫副省长来了兴趣。他经常到基层,可能从理论上阐述问题的干部并不多。

"咱们省应该地方办电,或者把中央所属电厂接过来,这样一个积极性就变成两个了。""中央不肯放。他们只是嚷嚷提高电价。省长办公会已经讨论了好几次,也没定下来。因为一涨价就等于挤地方财政的利润。"

"依我看,"袁成吾观察一下对方的脸色,"咱们坚持不涨电价的同时,把煤价提起来,这样中央看电力无利可图,就会把电业一行交到省里,到时再提电价不迟。反正肉已烂在锅里了。"

"两头夹攻。"莫副省长赞叹地点点头,"这个宏观战略思想不错。"

"中国太大了,地方有地方的特点。中央应该放权。"

"让人放权,谈何容易!始皇帝精神千秋不灭。你是哪个学校毕业的?"莫副省长突然问。他虽看过袁的材料,可没能记住。

袁成吾介绍一番自己的履历。

"你有思想。"莫副省长活动了一下身体,"将来会大有作为的。"

袁成吾知道该告辞了。"您所说的二百万吨煤的缺口,我可以负责解决一百万吨。"

"你?!"

"S县有近百座乡镇煤矿。新年前解决一百万没问题。"袁答得非常肯定。

"以前的小煤窑,是挖边角露头煤,几块钱就能形成一吨的生产力。如今越挖越深,成本猛增,产量也大不如前了。"

"我在前年来此工作时就认识到这问题,所以对煤矿的投入不少,而且制定了全面计划。"袁成吾所说基本是实话。

"新年前你若真能解决一百万吨,可帮了我的大忙。"莫副省长送袁出门后,亲切地拍拍他的肩膀。

赵耀祖率赵小亮下榻北京长城饭店,并电约陈芳芳前往。

"岂有此理!"接电话的方晚才一句就将其顶回去,"你们应该来看我们才是!"说罢就放下听筒。

"别把他给吓跑了。"陈默有些担心。

"你为官四十年就是书生。他此刻急于了结此事,焉能跑了?"

陈芳芳不知其中原委,此刻正躲在屋内梳妆。

"我一直怀疑你这样做会害了芳芳。"

"女孩子总得有个归宿呵!"陈默双手一摊。

仪式在陈宅举行。赵小亮郑重地给陈芳芳套上一枚白金钻戒。陈默也拿出一千元现金作陪嫁。

大家进餐。

女人对首饰有天生的鉴赏力。陈芳芳虽然不知其价格,亦被钻戒变化无常的光泽所吸引,不停地欣赏。

饭后机场送行时,陈默不禁老泪纵横,但基调仍是喜悦。

"你好像主持完成了一项大工程似的。"方晚才对他说,"我可预后不良。"

"有情人终成眷属。"

"前提是有情。"方晚才把烟蒂扔进果皮箱。紧走两步把赵耀祖叫到一边,"有句话想告诉你。"

"请讲。"

"你别以为香港是你的地盘,可以为所欲为。"

"你这话是什么意思?"

"意思全在话里面。"方晚才递过一张名片,"这个你留着玩吧。"说罢就扭身走开。

赵耀祖看着手中那张只印有"英天盖"三字和地址、家庭电话而无任何头衔的名片,好一阵沉默。

建市的筹备工作在紧锣密鼓地进行。

袁成吾召开S县煤炭系统的所有矿长会议。

"归根结底一句话:十二月五日前,S县必须出产一百万吨煤。你们可以根据各矿的实际情况上报。"袁成吾示意秘书记录。

矿长们相视不动,谁也不愿意挑头。

"刘矿长你开个头。"煤炭局长说。他是袁成吾的嫡系,而刘矿长又是他的嫡系。体制运行,很大程度上靠嫡系。

"五万吨。"刘矿长说。

"你可是全县最大的矿之矿长。"局长显然不满意。

"加上存煤,凑个十万吨吧。"局长启发道。

"加上存煤才能到八万吨。"刘矿长不肯认这个数。工业生产不是官样文章。最终得兑现。

局长正欲施加压力,袁成吾制止住他。"各位矿长依次报,咱们碰碰总数再说。"

总数是六十万吨。

袁成吾走了几个来回后,坐到会议桌前,打开皮夹看着计算机的打印件。

"咱们还得挖潜。袁书记已经答应莫副省长一百万吨了,无论如何得完成。"局长有自己的打算。建市在即能否进入市煤炭局的班子,这一仗很关键。

"如今煤价过低,成本上升却很快。民工们下一天井,挣的钱除吃饭、烟酒外,剩不下几个,不好办呵!"刘矿长虽说是嫡系,但今年已五十八岁,自量不会有大前途,所以无欲则刚。

众矿长们纷纷附和,会议室里一片嘈杂。

袁成吾示意大家安静。"你们谁家有多少存煤我心里是有数的。"他抽出一张打印件,"刘矿长最少也有五万吨吧。"他读出前半年的产量,又计算出由铁路往出运了多少,公路又是多少。

刘矿长哑口无言。

"我允许你们有点'私房',但县上有困难时,应该尽力相助,不要总想去卖高价。"袁成吾环顾众人,"大家再碰一碰。"

总数又增加了十万吨。

"如果我把煤价每吨再提高十元,你们能完成多少?"袁成吾说。

"能兑现?"刘矿长挑头问。他是面对挖煤工的人,诺言兑现率若低于百分之八十,则一天也干不下去。

"你们报出产量来后,我可以事先预付。"

总数又增加了十万吨。

"散会。"袁成吾宣布。

"加价的钱从哪里来?缺下的二十万吨又怎么办?"煤炭局长忧心忡忡。

"你写个报告,我批一下,然后把五大银行首脑和县财政局长都找来,向他们贷款五百万元。剩下的再向各企业借。"

"借了怎么还?"局长知道省里肯定按国家标准付煤款。

"反正你个人十辈子的工资也不够的。"袁成吾低头看打印件。

局长这才弄懂:关键是上交一百万吨煤,至于债务,让它待在账上就行了。自己如能升迁,后任自然要将债务一并继承下来。

让银行承认煤炭局的贷款不是件容易事。

"S县的任务,是咱们全体的任务。你们虽然是条条管的干部,可建市之后,机构要有很大的变化。"袁成吾不愿意动用政治手段来解决经济问题,可这帮行长们却口口声声"银行是企业,不是政府的出纳。"不得不施加压力。

这一段话戳到行长们的痛处:自己的去留,家属的安排,都是问题。而市委书记似乎非袁莫属。

他们就范了。虽然大家作为金融行长,都清楚这五百万能收回一半就不错,其余都将成为"死账"。

由于注入了经济活力,各矿高速运转起来,袁成吾每日三看产量报表,监视着进度。

"治理污染要有一个过程。"陈默向村民们解释,"既然纸厂已经拿出三十万块钱来,政府也有决心解决,总会解决的。"

老百姓总是老百姓,他们一向相信政府的话,更何况陈默也待在村里。

浓烟依旧袭来,河水依旧超载着毒素。

徐老下榻温泉镇"进士宅第"。

"市里的班子定了吗?"他深陷在沙发里。

"基本上差不多,准备近日提到省常委会上讨论。"答话的是省委组织部长。

"我家小子能进班子吗?"徐老直言不讳。

"班子肯定进。"徐老在S县蹲点搞"四清"时,组织部长还是个中学教员,借去搞材料时被徐相中,运动完后就当上公社书记,正式踏上官途。"关键是安排什么位置。"

"不管书记还是市长,最好能是正职。"

"书记很可能是省里派个老同志来,至于市长嘛,袁成吾很有竞争力。"组织部长认为最好还是把丑话说在前头。

"我已经和省里有关书记打过招呼。"徐老的脸色变得不大好看,"你这个组织部长是关键嘛!"组织部长在每一级"坎"上,都受到他的提携,所以应该"回报"。

"我当然会尽力为志纯争取。不过,"组织部长欲言又止。

"不过什么?"

"志纯在外面跑得过多,市长一职,最终要通过人大选举认可。"

"志纯的确不太安分,我多次对他讲过。但你要明白。如果有大小合适的盒子,就能把他装进去。他还是颇有才华的。"徐老把身子立起来,"至于人大选举认可,这办法很多。可以先任命他为代市长,过一段时间再选;或者做做代表们的工作。让省里定下的人入选,也是你们干部工作者的责任嘛。"说罢他又靠回沙发背上。

事情的确是这样,可公然说出来却是极大的侮辱。但受气是必备的素质,组织部长忍了下去。

"问题是袁成吾近几年来工作做得不错,省里有不少人赏识他。"

"你们可以安排他作人大主任,政协主席,或常委副书记什么的。总之题目我出了,文章你要做好。"

"我这儿没问题,其他人的工作,您还得做做。如果讨论时相持不下,最后要用无记名投票方式表决的。"

"我知道。"

组织部长告辞后,徐老把里屋的徐志纯叫出来。

"谈话你都听见了?"

"听见了。您确实得和省有关书记多谈谈。"

"平时不烧香,临时抱佛脚又有何用?"徐老认为有必要教训一下儿子。

"说也是,如果三年前,您只要在北京要个电话就把事办了,如今却得亲自跑来游说。"徐志纯并不简单——他在暗示父亲权力随着到二线在减小。

"混账话。"徐老明知是"激将法",仍被"激"动了,"我并非游说,也无须游说。"

"要说工作,我确实没有袁成吾干得多。他是县委书记,全县的一把手,干好了全是他的功劳,而我却要顾家,上次您病了,我一守就是两个月。"徐志纯又来开"软"的。

"工作干得多的人,缺点、错误自然就多,你可以设法了解一下。"徐老说出了心里话。

"我已经掌握了解了一些,回头再派人去多方打听。"

"不要派人,要亲自去抓。这些事都该早有准备才是。"

"论政治斗争眼光、手法,我确实差您远了。"徐志纯给父亲添上茶。

"安排好你们的事,我也该享两天清福了。十年来明枪暗箭,确实也够累的了。"

"明天咱们到林区去打猎。我已经安排了。"

在县城陈默没有找到袁成吾,听说他去林业局了,就让秘书派了辆车,到林区找他。

一进原始森林,他就被质朴的自然风光所吸引。"我下车走走,你在这等我会儿。"他对司机说。

"不用我陪您去？"

"不用。"

森林。人类的源泉。这一株株参天古树,以纯自然的方式组合着,它们繁衍,它们竞争,但它们从来不发动进攻,笼罩着它们的是一片和平。

他踩着厚厚的腐殖质,向林子深处走去。

徐家父子也背着英国猎枪,穿着标准的猎装,直插入林子。

徐老属于那种天赋过人者,现年虽已七十有二,各器官的功率没有任何下降的表现,这在平素即能看出,他的眼珠无时无刻不在转,说话时不停地打着手势。总之一切充满活力。

"我到底是农民的儿子,双脚一踩泥土,浑身就来了劲。"他健步如飞。

徐志纯却气喘吁吁地跟在后面,几乎是拖着枪在走。

"瞧你这副败兵模样。"徐老训斥儿子。"不过三十出头,就喘得和风箱似的。"

"谁叫我不是农民的儿子,而是您的儿子呢！"

"我看你是酒色过度。过去的皇帝为什么都活不长？原因就是荒淫无度。"

"我以后争取做到荒淫有度。"

"'度'这东西很重要。一个人如果豁出去了,古书便称之为'置之度外'。"徐老在传达自己的读书体会。突然,他竖起耳朵,然后枪口一抬,打出一团霰弹。

"什么东西？"徐志纯问。

"山鸡。"

果然是山鸡,它血淋淋地挂在树枝上。

"老爷子好枪法。"

"干什么事都必须时刻准备着。打猎时不能背着枪,而要端着枪,这样才能随时开火。山鸡这东西,起飞特别慢,必须助跑好几步,这时开枪最好。"徐老说罢盯住儿子,希望他能领悟这番话的含义。

徐志纯无动于衷。

穿过这片树林是一片平地。平地中央有数十座孤坟,再往前是一座破败的古庙。

"歇会儿?"徐志纯问。

"不。"徐老端着枪往前走。

"狐狸!"徐志纯一声惊呼。

徐老本能地端起枪,瞄了一下后又放下

狐狸迅速地没入一座古坟中。

"为什么不打。秋天的狐狸皮值些钱呢。"

"我从来不打狐狸。以前在游击队当指导员时,我们队长打了只火红的狐狸,大伙饱餐了一顿狐狸肉,第二天所有吃肉的人嘴上都长满了泡,又过了几天,他就在战斗中牺牲了。在这以前,大小几十仗,他连皮都没蹭破过。可这回,一颗子弹正中心窝。血喷出有一丈远。"

"那只狐狸是日本人转世。"徐志纯不无讥讽地说。"您是愈老愈迷信了。"他推开庙门。

庙里供奉的是一尊菩萨,案上亦有几炷香。

徐老拜了几拜。

徐志纯挂着双枪立在一边。"不知这是四位菩萨中的哪位?"

"菩萨有一万个,出名的只有四个。"徐老纠正道。

"这个是谁?"

"甭管是谁都得拜。否则会出事。"

"那次咱们上峨眉山,我也没见你拜。"

"我叫秘书替我拜的。光香火钱就花了一百多。中央省里有那么多人,不容我公开拜。"出了庙门之后,徐老从儿子手中接过枪。

陈默从另一条路登山。

"松科落叶松属。"他喃喃自语。抚摸着这种典型的球果植物,"你看它们有多美丽。"他的声音大起来。一株株树呈金字塔形。不,正确的说法是金字塔呈落叶松型。巧夺天工?没有什么能夺天工。人能战胜自然?人与自然并不存在谁战胜谁的问题。胃能战胜肾吗?它们只能和谐相处,直至宇宙的末日。

落叶松是种很奇特的树,他继续前行。叶子到秋即落,可果实却能在枝上保存数年。每段枝上有十至三十枝针叶,在新枝上螺旋排列,在老枝上则由顶端轮生。这其中包有什么启示?

这一片是美洲落叶松。起码有一百年了。因为已经到了成熟期。谁远渡重洋把它带来?

两声枪响。

又两声枪响。

这是禁猎区,谁在这儿开枪?陈默不由自主地向鸣枪处奔去。

两只血淋淋的褐马鸡摆在一块青石板上。这是珍稀动物,仅在西北与华北山区才有。它善疾走,终身独居。

"你们凭什么打它们?"陈默注视着一雄一雌两只褐马鸡。他并没有细看持枪人,无论谁也不能开枪打这种珍稀动物。

"你凭什么质问?"徐志纯并不认识陈默。

"每一位公民都有权力保护自然。"

"请问你是何方公民?"

"S县的。"

"你不认识我?"徐志纯急于在父亲面前炫耀一下权力。

陈默摇头。

"鄙人就是 S 县的县长。"

"县长就更应该遵守法纪。"

徐志纯不屑地一笑。"我们已经开枪打了,你说该怎么办?"

"依法处置。偷猎国家一级保护的珍稀动物最少要行政拘留。"

"拘留我们?笑话。"徐志纯哈哈大笑数声,"我们在长白山猎过鹿,云南捕过猴,还在龙潭湖炸过鱼。"他上小学时,有次与父亲一起去龙潭湖钓鱼,徐老的耐性很差,钓一阵没钓上来,就让警卫员取过枚手榴弹丢入湖中,一下子炸上一大片。这事给他印象极深。

"走。去找森林警察。"陈默愤怒了。

"有话慢慢讲嘛。"徐老摘下了水晶墨镜。

陈默认出了他,他也认出了陈默。

"你应该带头遵守法纪。"陈默很不客气。他在位时,就对徐的印象欠佳。

"法纪谁都应该遵守。不过我想打上几只鸟并没有什么了不起的。何况死者不能复生,白纠缠又有什么用?"

"你打死两只,他打死两只,如果都不追究,法将不法。"陈默话虽这么说,可他知道目前的"法"是无法奈何面前这二人的。

"我们认个错。"徐老重新戴上墨镜,"开枪时并不知是珍稀动物。"

陈默不再说什么,扭身下山去了。

"父亲大人是越老越软弱了。"

"你懂什么?他这人难缠是有名的,所以早早就休息了。"徐老擦擦汗,"在政治上有时退步是向前。证据确凿,你不认错,闹起来于你我都无好处。"他指指两只死褐马鸡,"除非你从一开始就不承认是咱们打的。"

"不承认?"

"对,硬不承认。"

十一

省常委召开扩大会议,研究市级领导班子问题。

"用人是大事。"省委关书记是个头发稀疏的大个子,"用人用对了,其他一切都好办。大家先议议市长人选。"

没有人发言,这事太敏感。

"管干部的先说吧。"关书记示意组织部长。

"市长的人选归纳起来不外袁成吾与徐志纯两人,我把他们的情况分别介绍一下。"组织部长取出眼镜,开始读材料。

材料很简略,组织部长的倾向性也很明显,对徐志纯的介绍相对详细一些。"当然,徐志纯是徐老的儿子,这点大家都清楚,因此必须慎重考虑,以防带来不良影响。"他以退为进。

"我以为袁成吾同志更合适一些。"一般副省长均不参加常委会。可因为莫副省长主管工业,又是考察组的组长,所以才将其扩大进来。"他年富力强,思路开阔,而且政绩赫赫。"他举了几个例子,其中特别强调"一百万吨煤"。

"这是一个以工业为中心的市,必须选用有现代管理经验、有开拓性的干部。"省长表示赞同。

从面目表情可以看出,大家倾向于袁成吾。

"我对袁成吾同志有不同看法。最近有份材料转到我这。"省纪律检查委员会的书记打开面前的夹子,"归结起来是三点:他私自动用县文管所的文物送人;那个纸厂有着严重的污染问题;突击生产一百万吨原煤时,口矿发生特大恶性事故。"

倾向又变了。

"咱们是不是表决一下?"组织部长问关书记。

关书记没有马上回答。对袁成吾他还是有一定程度了解的。至于徐志纯人望不高,他亦有所耳闻。可徐老又通过这种途径影响了他。

"我认为现在表决尚为时过早。"莫副省长作为列席会议者,并无表决权,"是不是等袁成吾的三个问题了解落实后再议?"

"也好。"关书记想,事缓则圆。有些事情必须放一放。

会议刚散,坐镇省城的徐老和徐志纯就得到了消息。

"三个问题?你必须马上回去抓住落实。送人文物,是什么文物?送何人?何时何地?污染严重程度要让环境保护部门拿出文字性的东西来。百万吨煤死人,死了几个?要过细地做工作。"徐老安排道。

"有些问题不好落实。"

"不好落实也得落实。哪怕只落实上一件。"

消息也通过另一渠道传到袁成吾的耳朵里。

"派调查组来,那太好了,就怕不派。"袁成吾说的是实话。去年省党代会时,一位很有能力的青年干部当选为代表。只有代表才有资格成为委员。可在会议召开前一星期,有人给"代表资格审查委员会"写信诬告他是"三种人"。当时来不及调查,只好取消他的资格。这在很大程度上影响了他的前程。

"头儿让我问三件事中哪件是真的?"授话者是莫副省长的办公室主任。

"一件真的也没有。"

"我指的不是严格意义上的真。别让给牵扯上。"

"我尽量不让牵扯上。"

袁成吾放下电话后,双手枕住后脑,望着墙上的条幅:能攻心则反侧自消,从古知兵非好战。不审势即宽严皆误,后来治蜀要深思。

虽说攻心为上,但当战则战。他打开微机,输入密码,调出徐志纯的材料。

两个在山坡上割草的男孩子,实在渴极了,就到村边小河里洗个澡,其中有一位腿上破了个小口子。男孩就开始发高烧,紧接着就是急剧地腹痛。当下送至医院,抢救无效死亡。

班历历来到 S 县。"又是'最难风雨故人来'。"他在办公室找到袁成吾,"我想跟你借二十万块钱。"

"借这么多钱干什么?"

"我前些日子赔了几笔,实在揭不开锅了。"班历历把被秋雨淋湿的裤腿卷起来,"我记得你答应过在危难时候帮助我。"

"当然会帮助你。"袁成吾给他沏了杯茶,"你可以宣布公司倒闭,把剩余财产按债务份额一分,然后到我这儿来工作,我照样可以让你当经理。"

"你让我宣布破产?不行。一破产以前的事全得出来。再说我们是个皮包公司,全部财产加一块儿,也不过五万块。"班历历的表情暗淡,"如果你借给我二十万块,我就能维持运转,只要有机会就能翻过来。"

赌徒之所以能坚持赌下去,原因就是翻本的希望永远在下一局中。袁成吾边想边问:"几时要用?"

"最迟后天要从这儿汇出,否则我就将被人吃了。"

"咱们先去招待所吃饭。"

"我吃不下去。"班历历摸摸消瘦和满是胡须的脸庞。

"有天大的事情也得先吃饭呵。"袁成吾同情地说。

班历历喝得大醉。在去客房的途中,他不停地问袁成吾,"你能借给我钱吗?"

"能。"袁成吾每次都肯定地回答。

一进客房他就吐了袁成吾一身。可袁没有任何不高兴的表示,尽心地安排他睡下。

完事之后,他把华青叫到办公室。"我要到省里去参加一个紧急会议,你负责招待好他。"

"我?那钱呢?"

"二十万块钱不是个小数目,而且借给他也不合适。"

"我可以从纸厂的流动资金中挤出二十万来。"

"现在是什么时候?"袁成吾厉声说,"你应该学会从政治角度考虑问题。"

"如果他借不到钱就会垮台。"华青不肯转弯。

"他以前不知挤垮了多少公司。再说他这种买空卖空的公司就应该垮台!"

"他是你的朋友呵!"华青未免有兔死狐悲之感。

"所以在他垮了之后我将收留他。"袁成吾顿了顿,"明天以我的名义从财务上借一千块钱送给他。好,就这么定了。"他下逐客令。

华青怏怏退下。

朱秘书从北京来了电话,他简要地叙述了"熊猫事件"。

"你能不能运动一下,让外交部给省里来个公函?"

"试试看吧。"

"应该说是尽力试试看。"袁成吾强调。

"好,一定尽力。

什么叫机会?机会是制造出来的。如果没有平素的活动,这件事我就不会知道,不知道就无法利用。袁成吾点上一支烟。如果由我出面组织人攻击,那声望自然会降低不少。当然,比如"医疗车事件"的材料也得备用。不过,只要"熊猫事件"稍稍深入调查,这件必会牵出。一切都顺理成章。

他从抽屉中取出汽车钥匙,准备去温泉镇。明天省纪委派出的调查组将下榻于彼。

陈默冒着冰凉的秋雨,在城中转了一整天,也没能找到袁成吾。

死者的家属吵嚷着要陈尸县委。

医院的医生不肯开出病理检查报告。

秋雨绵绵。

三天后天晴了。

死者的家属突然缄口不语,尸体也于当日火化。这是县火葬场一年之中第二次开炉。S县一向盛行土葬。

班历历离开了S县。

他只托华青带话给袁成吾:"你可以不借钱给我,但应该明说。人当官之后,会有一系列变化我全能理解,但不该失去人性。"

医生开出了《病理检查报告》。因急性胃肠炎并发症死亡。

袁成吾在一份请示报告上批示。死者丧葬费用在福利基金中列支。县财政另拨两万元给古庄村,用以改善生活设施。

"这钱应该纸厂出。"财政局长说。

"纸厂的钱还不都是县财政的钱?"袁成吾反问。如果他批,一切费用由纸厂出,岂非不打自招?

省纪委调查组向省常委会汇报:

一、关于擅用文物送人一事,纯属捏造。袁所送的是二十元的复制品。现仍存十套。

二、突击生产时,确有死亡,但百万吨死亡率仍低于国家标准。

三、对纸厂污染问题已作罚款三十万元处理,并限期治理。

"熊猫事件"刚刚发动就被制止了。

徐志纯没跟任何人打招呼就离开该省,去南方一家公司任副总经理。

关书记生气地对中央干部调配局的一位负责官员说:"以后办事打个招呼,我又不是不办。"官员无可奈何地叹了口气。

毒素无情地浸润着古庄村的每一个人,它破坏细胞的原始结构,改变它的秩序。第一例怪胎出现了。

省常委会无记名投票装置非常现代化,大投影屏幕上标有候选人名字,每个常委的桌子下面有若干个按钮。只稍加触动,片刻就能统计出结果来。
袁成吾很顺利地当选为代市长。

"至于切尔诺贝利事件、北海石油污染、南极的臭氧空洞,这些我都仔细研究过。我知道它们产生的影响可能长达几个世纪。现在到了认真治理纸厂污染的时候了。"袁成吾这样答复陈默。
"如果你被告知有严重的疾病,你会拖吗?"陈默反问。
"当然要治。但也要看经济之类的客观条件。"
"除经济之外还有政治。"
"对,还有政治。"
"你总算说了句实话。"陈默推门走了出去。

县政府的招牌已经换成了市政府。陈默在它面前站了很久。
当一个人与一个机关,一套制度作对时,他显得是多么渺小啊!

《黄河》　一九八九年第六期
《中篇小说选刊》　一九九〇年第三期
《官场报告》　湖南文艺出版社　一九九九年四月
《权力场大小官》　时事出版社　二〇〇二年五月

信息:困扰与欣喜

星球在不停地播放着信息:以陨落物、以引力、以各种射线。它们毫不功利,也不期待反馈。而宇宙却因之构成整体。

地球作为暂时还近似孤立的系统,所载之生物也在发布信息:远古的生物,以独特的语言,描绘着它的故事和它的时代;动物以叫吼、色彩、荷尔蒙相互联结;拥挤不堪的人群也在充分发挥各个器官之功率,激发出爱情、欢乐、愤怒、悲哀的信息。

一个信息诱发另一个信息,渐渐形成雪崩状。拥挤的无线电频谱;电话亭外排队等待的人群;成卷的传真文件;跃动着幽灵之光的计算机屏幕……

信息的时代。

一　电话的故事

（一）偶然的插入

去年夏天,我在北京焦急地等一个重要的电话。等待:幸福与痛苦的矛盾体。与其盼它来,不如打去。我拿起话机。

这台电话是贝尔公司一九八七年的新产品。外形精巧并配有电脑接口与传真机接口。可到我手里,它只能传播语音信息。

先拨"0",以便从所属局部网进入市话网。

现今是小总机时代。即使原来只有一个号码的小单位,亦因迅速增值派生出的结构和人对信息狂热的追求,纷纷购置几十门或几百门的小总机。如果光是在局部网内互通原无大碍,可有电话就要往外呼,于是总网的话务量就大大地增加了。

任何系统所能承受的信息量都有一个阀限值。一旦越界,便会出现堵塞。我曾在北京饭店与人打赌:打电话去车站,不如走着去快。结果赚到一瓶洋酒,喝下去,换得个语音系统堵塞加紊乱。

外线通了。我一边祈祷,一边缓慢地按动数键。明知道机械绝对唯物,可我仍信柔情胜过粗暴。

当拨到第五位数时,功亏一篑。

重拨。再重拨。

急促且充满力度的机械动作。

中国的电话接通率只有百分之三十。可轮到我则是百分之百。据说全北京最繁忙的电话就是北京车站订票处:那儿的铃声从早到晚不停。某中央单位派两个人专门打电话,只要通话后落实好车票便可下班。这工作不仅枯燥且工作量极大,于是其一便央告一位通信工程师设计制造了一个自动拨号机,它能不知疲倦地工作,这样基本在两个小时之内就能打通。后来被电信局侦知,没收设备不说,还狠狠罚了一大笔钱。

我以"拨号机"精神锲而不舍地拨着,期待好手气的出现。

在我的指令下,一大串继电器与电子开始运动。

偶然出现了:我的电话楔入两人的对话中。

串线的情况经常发生,以通信伦理,该放下电话。可谁没点窥探别人隐私的心理呢?万一听点欣喜的内容,低级的可入谈资,高级的可入作品。我将气息幅调低,频调慢,静听。

"陈部长,关于在海南买矿山的事我就汇报到这儿。"一个东北口音说。

"好的。"陈部长亦是东北口音。"奔驰车的事情落实得如何?"

"已经在香港买好了一辆。可最近国务院下了个文件:不许以任何借口进口新轿车。这文件您见了吧?"

"文件我当然看过。"陈部长慢条斯理地说:"它的精神实质是'新'字。"

"新?"

"对。"

"我弄不懂。"

"你啊你!如果不是看在老乡份上,我就不告诉你。让你在科长位置上一直干到退休。"

"还望部长指点。"

"不让进口新的,那旧的行不行?"

"旧的当然可以。可咱们的大头头肯坐旧的？"

"新与旧是对立的统一。而且旧不等于破,也不等于不新。"部长吃的是文件饭,对它充满辩证的理解。

"海关的人告诉我:半年之后,三万公里之上的才能算是旧车。可大头能等那么长时间？上次我陪他参加宴会,别人全是清一色的奔驰,红灯也敢闯。我们在后面跟着,生叫警察挡住。他训司机时,大头儿下去训他:耽误我们开会,你能负起责？谁知那小毛头瞟了眼车型后说:当然能负起责。然后硬把小李的驾驶本给收走了。那天晚上,大头儿气得连酒都没喝。"

"你若能把闲心放到正事上,早就上进了。"陈部长喝了口水。"所谓半年并不是真的半年。半年之后谁干什么只有天知道。你去香港跑一趟,把各类证件开到半年前不就行了。而三万公里只要在里程表上动一动即可。一国两制,谁会到那边查去？"

"是。下午我去办手续,明天去香港。至于费用……"

"费用是你的事。"部长拦腰斩断下属的话。

电话中出现忙音。

"妈的。"我后悔自己当时没骂他们两句。反正电话一放,一切复原,谁也甭想查出我是谁。

我等的电话终于没有来。

后来一位资深的电话工程师告诉我:当话网的负荷过大,保护体制不健全时,串线就会发生。概率大约是千万分之三。

(二)飞雪与春雨

一九八六年深冬,我们在北京的一家宾馆开会。所谓开会者,对于公务繁忙的人来说,是极好的休息机会:白天有好饭好菜招待,晚上则非戏即电影。据说是老传统:以前物质困难时,下乡的干部总是有一顿没一顿的,所以每次集中开会,总要打打牙祭,以示关怀。而现今却因果倒置,为吃玩而开,于是有多少宾馆就有多少会。光我们驻地,就有四个会同时进行。因级别不一,光流通的餐券即达三种之多。

外面漫天皆白。飞雪留人,大伙齐聚到领队的套间中,同声问:"能饮一杯?"

"能。"领队刚过不惑之年,虽年少登高位,却半点架子也没有。他仪表堂堂,衣着整洁。"我存有一瓶'古井',你们一人出一只价格五元的菜。小吴不用出,但包办善后。"他表现出非凡的行政才能。

房间内弥漫着豪华、温暖、融洽之气氛。

电话响了。它的声音温柔且妩媚。

"别接。"领队制止小吴。"一准是大会主席团的那几个老头让我去打牌。我最不爱玩麻将,那东西随意性太大,全凭运气。"

"就跟你能当上大官一样。"我不失时机地插了一句。下级与上级的矛盾是永恒的。总想找机会"挤兑"两句。

"这话犯忌。"领队微微一笑。

电话顽强地响着。"要是咱们单间的电话,根本忍受不了这么长时间。"小吴说:"中国什么都是按级别配置的。连铃声也会巴结人。"

铃声渐渐变哀鸣。

领队开始不安起来。但异化的诺言在约束他。

铃声停了。

领队竖起耳朵干了一杯,酒尚在向胃行军途中,二十五赫的铃流再度涌动。

他霍地站起身。重开一局,无须再受约束了。

"我是方林。"

"我是小曼啊。"电话机就在我身边的茶几上,听得相当清楚:一个年轻的女音。美好、动听,洋溢着饱满的情感。

"呵。"领队侧过身去,想尽量挡住声音。

"我找你找得好苦啊!"女音变了调,"先打电话到你们省会,可又不敢打到你们家。只能打到机关。接电话的是个老糊涂,说你们在京西饭店开会。可谁知在京西宾馆。只差两个字,可害得我在邮局等了两个小时。"根据物理学原理,声音是波,根本挡不住。

"找我有事?"领队的手微微抖动。他是个颇知节制的人:饮酒不过三杯,下棋只玩两盘,麻将只是一圈。

"什么事也没有!"

"呵。"

"我只是想听听你的声音。"对方很沉默了一阵后才说。

"你们那儿的天气如何?"领队在打岔。只有地处岛国的英人才谈天。"我们这正在下雪。"

"我能听出来。声音都是冷冰冰的。"

"我这儿有几位朋友,正在聊天。"领队看看表。此刻已是九点。"完了我再打电话找你。"他急欲摆脱困境。

"你往哪儿打啊?"

"明天打到办公室。"

"办公室桌子挨桌子的。我只想听听你的声音。你随便说什么都行。这儿正下着细毛毛雨。反正今天已经晚了,顶多是回家挨顿骂。"

领队用使人无法不怜悯的目光看着大家。

大家知趣地鱼贯而出。

"到昆明的飞机一天一趟。我每天都盼望你能来。"这是我临出门前收听到的"天鹅绝唱"。

窗外的灯火如同雾中晨星,美丽而凄迷。南国春雨中的小电话亭旁,一个身材单薄的小姑娘焦急地守望着电话。通了一个极度动荡的系统建立起来的一次脆弱的联系。中国就是大,温带的猫已叫春,北方的青蛙还在冬眠。人的生活有多少是被人所知的?有资深专家来总结概括吗?

领队没有再召我们共饮。

次日,服务员提只空酒瓶出来。

美国国家安全局(NSA)在漫天飞舞的信息中,花数十亿美元建立了自己的筛子:戈尔巴乔夫在政治局会上说了什么;瑞士的银行家在做什么买卖;联邦德国帮助利比亚建立了化学工厂;东芝公司向苏联出售精密机床;某政界要人在与情人幽会……它全能听到。人因之而变成赤裸裸的了。尽管他们为自己的电话线装上钢甲,给电话机加上变频保密装置。

作为环球经济中心,大量资讯电波在东京上空盘旋、纠缠。与此同时,大量高性能的接收机在拼命地截听。

东京无线电信号调查委员会的反窃听专家们,已经花了数亿美元,搞出了一套汽车电话系统数字化设备。但窃听专家们说:"制造解读数字信号设备,在技术上没有问题。"言下之意是:只要付钱,你仍然可以听到你想听的任何东西。因为他们无论什么"化",以本质论,仍然是电波。

(三)权力的传达

马上就要卸任去市人大做主任的市委老书记聚精会神地盯住荧光屏。

这是地方台节目。市长正在讲话。

书记的眉头渐渐皱起来:昨天市委常委刚刚议过,新年后的工作重点应该放在"大力发展工业"上。可他却在一直讲农业问题。他难道已经自我认定是书记了?不太可能。他从给我当办公室主任起,就一直是个谦虚的人。而且谦虚得正好,半点假也没有。不过地位的变化或者将要变化,都会引起连锁反应。这是值得注意的倾向。

"给我接大礼堂。"书记命令秘书。试玉要烧三月满,辨才须待七年期。工业是重点还是农业是重点,这本身并不重要。重要的是他的政治态度。他给我一个信号,我必须做出回答。

"这是纯粹行政方面的会议。"秘书低声说。作为书记身边的工作人员,倘若不能洞察其心态,并相应做出一系列判断,决干不了三年之久的。

书记微微闭上眼睛。

秘书知趣地退出去。即将熄灭的火,最能灼人。可也不能把市长得罪的太苦。"书记有话讲。"他对礼堂工作人员说。

"农业是命脉。"市长在即将完全属于他的讲坛上神采飞扬地讲着。

在主机二百米范围内能接受的无线副机的红灯亮了。

书记拿起话筒:"对老白说:工业是工作重点。"他的口音就是名片,内容就是文件。

在后台的市政府秘书长接到电话后,写了张条子。"给白市长送杯茶,把条也捎上。注意不要引起过大的反应。"电视形象不容损害。谁知道有多少人在看?!

屏幕上的服务员将托盘放到讲台上,顺用手指点点内盛纸条。市长用所有不知情的观众都觉察不出来的目光余量看看纸条:书记电话指示:工业是重点。

市长的内心活动:明朝权在手,再把令来行。操之过急是不行的。

市长的话:"无农不稳。无工不富。当稳了之后,富就是重点了。"

一个灵巧的转弯。驾驶车辆、飞行器、机关、会议都是一个道理。方向确定,在直线上高速运动并不太难。关键在于转弯处。

权力就是影响力。书记满意地看着荧光屏。职务仅仅给人以行使权力的机会,真正把权用好,还得凭借各种手段与技巧。

(四)高技术的监督

老汪是我的中学同学。一位典型不过的书生。原先在计算机中心工作,后来领导批评他:目无领导。他反过来说:领导无目。于是辞了职,自己办起一家科技信息社。

他的办公桌很现代化：只有一部电话和一台电脑。桌边有个可以旋转的铝合金书架，上边是若干册电话号码簿与大量的录音带及电脑软盘。

"我在专业领域内与一千个人有联系。他们每个人又与一百个人有联系。于是一个十万人的蜂房系统就建立起来了。"他拍拍电话机。"我使用这东西就和小泽征尔使用指挥棒一样灵巧。"

"给我讲一个有关信息的故事吧。"构思此篇小说，我已准备多年。再说碰上一个专搞信息的人还能问什么？

"只听一个？"他纯粹商人口吻。

"我先看看样品再定。"我亦假作大买主。

"你付多少钱？"他故作狡猾地问。

"跟老朋友还要钱？"

"自从一八九四年德国人路透创办路透通讯社起，信息就成了商品。再者做买卖的第一要则即是：货值多少就卖多少，即便是你爸爸来了也不减价。如此方为发达之道。"

"一块。"

"金币？"

"不。人民币。"

"好。那我就给你讲个价值一块人民币的故事。"

我拣了个舒服的姿势斜靠在沙发上。作为信息专家，他独独对爱情信息麻木，所以至今尚是独身。所以虽然有十万人的蜂房系统，但我深信他仍是个渴望听众的孤独者。

"一位老邻居委托我打听其子能否占用矿业公司自然减员指标，从而顶替因工伤死亡的父亲去煤矿上班。"

"使用什么手段？"我必须知道细节，否则写出小说没人信。

"会议一定，我就打电话去问。他们就告诉我了。"

"我不信。"在人满为患的现今，招工的透明度绝没有这么高。

"我自称是地区劳动局的李干事。"

"你经常使用这种方法?"

"不很经常。有一次我借地区财贸部吴部长的名义,打电话到农产品会议上问今年黑豆的产量。因为产量与价格密切相关。接电话的人很认真地讲解一番后问我:'你是省报记者?''不!'我摆足架子:'我是地委老吴。'对方哈哈大笑,'我才是地委老吴呢!'"

我也笑了。

"我将结果转达后,老太太当下领着儿子过来,提着烟酒不算,还要跪下给我磕头。我犹豫再三,还是接受了这项业务。"

"你有这般本事?"常言道:一字入公门,九牛拔不出。而且在会议上定下的事,就没人为它负责,并美其名曰:集体负责。

"按说确实超出了我的业务范围。可这老太太此生结识的人中,最杰出、最有办法的就属我了。我不管,你让他们找谁去?"

"要管就管好。"

他耸耸肩。"我找出了纪委洪书记的讲话录音。在'端正党风十条'中,他专门有一大段讲招工问题。其中大部分词都可用,我专门摘出来解析一番。任何人的语音、词素都有独特之处,就和指纹一样。一经分析,本质顿现。"他打开电脑,调出洪之语音图像与数据。"经过抽象后,我精心构思了若干段话,并把它们载到洪书记的声波上,然后接通录音机,从而一件无与伦比的电子合成产品就问世了。我只须敲击相应的键,它所代表的话就能输出。"

"对方听不出来?"

"有的词,比方'招工指标''走后门''党风'本来就是洪的原话。另外一些转接词是我用数据合成的。那是科学,决不会两样。"

"你造了多少句?"

"三十句。"

"够用?"

"如果你让洪某讲故事,三千句也不够用。但他是领导,他在发指示,而且有权不回答下属的问题。当然,我为了有备无患,还设计了'啊'之类的语气词。"

我坐直身体,洗耳恭听。

"我将通话时间选在午夜十一点。这阵儿经理大人刚刚进入浅睡眠阶段。突然,电话响了。他判定除非是重大事故或者上级领导,否则没人敢在此时惊扰。他不无惶恐地拿起电话,根本就无暇去分析语音。"

"你给他来了个措手不及。"我想起宣统与胡适之间的电话。只因为没有思想准备,这位新文化运动的主将竟脱口称逊帝为"皇上",从而传为笑柄。

"接通之后,我只用了十七句话,就将此事办妥。"

"你就不怕他们之间对证?"

"理论上讲不会。矿业公司领导做了亏心事,不会再去找骂。"他关掉电脑。"从实际上讲也不会。因为我的顾客已经上班一年了。"

"名与器不可假人。"我掉句书袋。"法律将认定这是欺骗。"

"何法?何条何款?"

我回答不出。"你收了他们多少钱?"

"本来不该收钱。可这又有违商业道德。于是就收了一块钱。"

我亦掏出一块皱皱巴巴的钞票放到桌子上。"小说中的一个情节。题目就叫《高技术犯罪》。"

"笑纳了。"他把钞票展平收进钱包里。"我讲的是故事,你听的也是故事。倘若闹上法庭,我绝不会承认。"他送我出门。"不过你最好将题目改成《高技术监督》,这样更确切。"

"不。坚决不!"

尼克松总统对白宫的接线员说:"请接以色列大使。"

十分钟后,睡眼蒙眬的美国驻以色列大使来听电话了。当地正是凌晨三点。而总统要的是以色列驻美国大使。

信息有时必须准确,有时却必须使用充满暗示性的语言。

（五）被触动的网

有四张大网覆盖在中国大陆的上空与地下。它们是邮电网、军事网、电力网与铁路网。

它们各自有自己的交换台、中继站，但又不完全封闭。在某些特定的地方，有着接口。但这些接口处的号码是保密的。它只供特权者使用。通信理论中命名为：有权用户。

抗战期间，蒋介石在重庆就使用"2080"这个号码，通过军用台与市话网联系，只有宋庆龄等极少数人知道。

我亦有幸得知一个保密号码，并通过电力微波网拨通北京。当听到中继拨号音，准备再拨"01"潜入市话网时，一个妩媚动听的声音出现了："您的电话级别不够，无权进入市话。您的电话级别不够……"

她不停地重复着。我固执地拿着话筒不放。她不动声色地说了四五十遍后，传来一阵录音机倒带声，然后又开始为等级制度唱赞歌了。

后来我又试了几次，均是如上结果。前些日子我再试，那个号码干脆不通了。我问电力部门一位相熟的领导，他说号码改了。至于改什么，他不肯告诉我。我想：这东西也和各种称号一样，发着发着就发滥了，于是再定个新的出来。

电子设备不会被感动。中继设备应该是纯粹的机械。因为是人就有是人的麻烦：碰上过度繁忙或者心情不好，中继线的话务员就会关掉外线，扼杀信息。举个例子：假设你打一个需要七次转接的电话，其中每个话务员平均有百分之三十的情绪欠佳，那么百分之三十自乘七次，你打通这个电话的可能连百分之五十都不到。

S君是沙市人。他曾以极其优异的成绩毕业于一所美国著名的大学。然后在毫无背景的情况下，出任中央某部一个并不重要的处之处长。

他此时回到沙市,亦算衣锦荣归。

"你去见见他,然后请他一客。饭后我去东方宾馆拜访。"市长对办公室主任说。

"他那个处只负责情报资料之类的。"任何单位的办公室主任都在相当程度上是礼宾专家,对于中央林林总总的部门结构之地位、功能必须有足够的了解,非如此将无法接待。

"有两种人不能得罪:一种是老干部,他们整天没事,而且任何一级领导都认识,哪个部门也敢去。一种是年轻干部,尤其是长势看好的年轻干部。他今天是这个处的处长,明天或许会到一个重要的处去。后天也许会掌管一个局。倘若开罪于他,他必会投桃报李。"办公室主任是主官的心腹。对心腹可说五成之上的话。

办公室主任又学了一招。

席上 S 君稍许多饮两杯。当市长驾临其下榻处时,他脸仍微微发红。

俩人寒暄几句后,就聊开"官经"。

"官经"的核心就是某人有某政治背景,与何人是同乡、战友、部属、亲戚,又有何种履历。这是一张篇幅无穷尽,有时清晰,有时模糊的地理图。即使无法根本掌握,也必须粗知大略。

谈话还算投契,但并不深入。

市长看看表,已经是晚上九点半。"在沙市有什么事要帮忙吗?"凡拥有权者,吝于此言。因为即使不说,找他办事的人已成千上万。只有那些有些小门道的人,才整天叫唤"有事尽管来找我好了。咱哥儿们能办就办。"

"我在美国读书时,家父母就相继去世了。眼下已举目无亲。"乡景诱发 S 君的乡愁。

"找些朋友聊聊也好。"

"已经星散各地。就是在沙市,也失去联系多年。"

"想找谁尽管告诉我。"市长颇欲尽地主之谊。

"能找到肖散华吗？"供给制造需求。春雨又带动回忆。肖是 S 在大学时代的女友。当初联系何止千丝万缕。

"她在什么单位？"

"六年前毕业时，被分到市立中学做教员。"

市长拿起话筒，要通尚在楼下守候的办公室主任。

"我只想跟她说几句话。"S 并不愿意过多地打扰地方。

市长吩咐几句后，就告辞了。

典型的多米诺效应发生了：办公室主任指示总机：务必找到。

总机话务员要通市立中学校长家。

校长正与市局主管教学的副局长谈教学计划。接线员唐突地插入："找肖散华。"

"你是谁？"市立中学校长在社会上也是有身份的人物。

"高阶行政插入。"

"高什么？"

"咱们等会儿再谈。"局长懂得"高阶插入"之含义。

"你是干什么的？"校长依旧执迷不悟。

"赶快去找肖散华。这是市委总机以上的电话。"局长指点迷津。

"肖散华已经不在我这儿工作了。"

"去何处了？"

"不知道。"

"你去档案室查一查。十分钟后复电 22222。"总机接线员放下电话。

从通信理论上讲：没有任何一个中继设备是纯粹的。它本身就是个信息源。噪声、故意添加的成分。如果是人的话尤其如此。能够加工、处理信息是极大的权力。

肖散华调到矿山技工学校。矿校的领导告诉总机：她正在温泉疗养院度假。新建的温泉疗养院不在沙市的邮电版图内。而且设计时，为能成功地避开

229

尘世之喧嚣,只架了一条线,而且尚未开通。

接线员在业务上很强,能背出全市近万个号码。"能给我接温泉变电站吗?"他要通了电力网。

"不行。"电力总机肯定地回答。此刻已是十点过半。

"我是沙市总机。"

"总机会说话吗?"电力方面嘲笑道。

接线员没再说话,挂机的同时,关掉了电力网在沙市的出口。

许多电站领导与温泉区的军政首长住家均在沙市。他们都得假途电力网进入。而由市话去的电话则少得多。这就形成类似贸易逆差的颇有分量的信息波之冲击。于是用和蔼的口吻对沙市方面说:"温泉电站已接通,请讲话。"实力较弱的一方总得受点气。

浴罢的 S 君正双手枕脑,平躺在中型床上。

电话响了,他懒洋洋地取过听筒。

"我是肖散华,找我有什么事?"听筒中的声音虽焦急亦动听。

"我是 S。"

"哪个 S?"

"SH。"他报出一个只有在他俩之间使用过的秘密称谓。微妙的信息。

"天啊。你是怎么找到我的?"

"通过市长。"S 君不无得意。

"你知道我在干什么吗?"

"不知道。"

"我正在度蜜月。"

"那好。那好。"S 君开始不知所措,但旋即镇静下来。"我祝你们幸福。"

由继电器相连在一起的触头分开。一切复归平静。

(六)抗毁性极强的网

一辆崭新的"三菱"面包车在公路上疾驰。

"现代犯罪的最大特点是移动性快。针对此,我们建立了汽车档案系统。"公安局长对公安部的专员说。"只须接通计算机室,我立刻能查出任何省内车辆和经过登记的外埠车辆。"

"这套耗资三百万的系统运行的如何?"专员问。

"良好。"

"前面那辆东风140型车,所属何单位?司机何人?"专员此行目的之一,就是考察这套系统。

局长在车内行走几步,打开玻璃隔断门,用无线电话要中心机房。

没人接。他再拨。仍无人。

"这阵儿正是午饭时间。"司机小声提醒。

"午饭时间就没人?"局长看看隔音良好的玻璃门。"我当初批编制时是三班倒。"

"午饭时间确实没人。"局长只是在验收时去过一趟。而司机总在那里打扑克,借以享受空调之冷气。

局长当机立断,要通前面开道的警车。"我根据判断,前面的东风车是北郊区的。你截住它,告诉司机,倘有人问,就说是南旺庄的李小小。"

"是。"公安系统是准军事化的。首长的话就是命令。对命令永远不要去问为什么?

局长开门回到专员座前,如此这般地汇报。

东风140被开道车截住。但凡司机没有不怕警察的。所以相当听话,连连称是。

面包车缓缓地停在东风车后。局长正要下车,被专员制止。"让小章去问。"

他对随员之一说。

小章打开车门,外面的热浪与尘土立刻蜂拥而入,局长顺手关上门。

"李小小。北郊区南旺庄人。"小章边擦汗边汇报。

"一套运行良好的系统。"专员下断语。

《简化通信年鉴》上说:一个通信网必定由一个中心和若干个节点组成。当两节点间的干线出故障时,能够成功地转移到另一条回路上,这样该网就是个有高度生存能力的网。

(七)喧嚣与静默

"我基本上可以调动全区十五个县的物质。你们找我算是找对了。只要在二百海里之内,我打个电话,没有办不成的事。"童公子对两位新结识的伙伴说。他今年二十二岁,长得一表人才。

"当然啰,地委书记的公子嘛。"新伙伴话虽这么说,但内含不信任。如今是吹牛家的时代,他们总是批量产生。"最好能举个例子。"

"举例不如做实验。"童公子书读得虽然不好,但智力却不低。他拿起话机——如今虽然是自动电话时代,但童书记称"用惯了人工电话",所以才设此机,一拿即通。"通知地区所属县的正书记,明天早晨八点前必须赶到地区招待所开会。另外告诉招待所,我九点去吃饭。"他放下话机后对两人说:"走,咱们先去跳舞,然后到招待所喝酒去。"

"别闹出事?"新伙伴觉得这个玩笑开得比较大。

"不会有事的。即使有了事,在二百海里内我也能处理。"童公子颇有满不在乎的王公派头。

此地区被两座山夹着,呈走廊状的长方形。共计有十四个县和一个县级市。绵绵约二百公里。命令通过微波、自动电话、人工电话、骑自行车的公务员传达后,把所有县的书记们都激励起来。他们纷纷驱车星夜向地区招待所集中。

"童书记怎么还不来?"上午九点钟,招待所小会议室内,已是烟雾腾腾。大伙面面相觑,可没人发问。书记没有迟到的概念,会议总是他到才开。

"各县的人都到齐了吗?"童公子领新伙伴出现在主席位上。

"到齐了。"地委秘书长应答。

"童书记去省里开紧急会议。让我转告大伙儿。你们辛苦了,休息一下后,各回各单位吧。"童公子挥挥手扬长而去。

书记们默默而出。凡能官拜一县之最高长官者,都是阅历极深的人,经过无数锻炼、淘汰,所以虽明明品出不对味儿来,仍无半点表示。

"绝了!"新伙伴被感动了。"有这座设备精良的大舞台,咱们什么戏演不出来?!"他开始详细讲解自己气魄宏大的商业计划。

"太多的行话我听不懂。我一共两条:要我办什么事?给我多少钱?"童公子抓住关键的本领不亚于其父。家族的遗传。

一年后。童宅。

"我们是地区检察院的。"身穿制服的检察官对正在读文件的童书记说。

"你们有什么事?"童书记抬起微微有些浮肿的眼皮。

检察官把《逮捕证》递了过去。凡不好讲的话,最好由文字本身去传达。

童书记很快地看了一遍,然后又很慢地看了一遍。然后把手中粗大的红铅笔扔下,抓起话筒。

"《逮捕证》是由省公安厅签发的。"说话者是地区公安处长。

"你事先为什么不告诉我?"

"我也是一小时前才知道的。"处长解释道。

"知道了就该告诉我!"童书记愤怒地逼问。

"我好像没有这个义务。另外我的职责也不允许我这么做。"地区公安处是省公安厅的派出机构,并不隶属于童。

童按下话键又放开。"给我接地区检察院。"

"这位是省检的刘处长。"地区检察官认为有必要引见一下。

"我要省检张检察长。"童书记改变了命令。

"不在。"接线员说。

"要武副检察长。"武就是童所在地区人氏,与之关系甚深。

"也不在。"

"你们坐。你们坐。"童书记这才想起招呼两人入座。"你们哪位检察长在家？"

"郭副检察长。"刘处长说。"不过这道命令是由北京高检签发的。"

"高检。高检。"童书记处乱不惊,有节奏地敲击电话小桌。"接省白书记。如果不在,要胡省长、吴副书记。"

接电话的不是首长的秘书就是家属,当问过姓名后,异口同声地说:首长不在,去向不知。

童书记拿电话的手开始抖动。他知道事情闹大了。

"我们最好先把人带走,然后你再慢慢托关系。"刘处长不耐烦了。作为省检经济罪案调查处的处长,亲自出马抓人时极少。而且从中午到这时,一切都不太顺利。地区检察院执意不肯亲自来抓,非要在外面等小童出来才动手。或者干脆打电话让童书记送人去。可所有这些方案全被刘否决了。因为这有损执法机关的尊严。

"他不在。"童书记面不改色地说。有些事情必须拖。

"那我们就不客气了。"刘处长板起面孔。

"等一等。等一等。"童书记往落地窗外一瞟:三辆警车昭示极强的警力,而儿子就在隔壁房中。"我再找找书记省长们。"

"我看不用找了。"刘处长从沙发上站起来。"抓你儿子不算小事,以常况论,是上过会的。"

"大概上过会。"童的方寸已乱。

"肯定上过会。"

"对。肯定上过会。"童书记下意识地拿起电话。

接线员在静听吩咐。

"你们把人带走吧。"童书记瘫在沙发上。

（八）第三次开通

省委召开电话会议，布置防水抗洪工作。

突然，由P县至H县的电话线断了。而H县正是全省最低洼处。

"怎么搞的？"书记问电信主任。

"我去问问。"

一分钟后，答案有了：由P至H的主干线路被盗。

"改用L——P——H的旁路。"电信主任指示。

会议继续进行。

一分钟后，这条旁路也断了。

书记的脸色严峻起来。

"改用微波线路。"电信主任命令道。

微波线路是在空中传播的，无法盗窃。

当会议顺畅地进行完了之后，电信主任跟着书记往外走。"从去年十月至今，中央至省一级线路被盗七百公里，省至县的二级线被盗四百公里，相当于贯穿全省的双线长度。"他边走边说。"直接经济损失达四百万元。"

"钱应该去找邮电部要。"书记说。

"不光是钱的问题，还要维护保卫。"

"你写个东西，我批一下，然后联合给公安厅发个文。"

"我已经写好了。"电信主任暗自庆幸线断的是时候：如果总是畅通无阻，头头就谁也不会加以重视。他掏出报告递上去。

书记坐在走廊的沙发上看完文件，就接过主任的笔批示：电信局会同公安局办。

(九)移动用户

"晚餐的最佳结构就是我、你和一个训练有素的侍者、一个技艺精湛的厨师,外加一部性能优良的电话。"T君正说着,电话响了。

他只听不说,然后起身阔步向外,连刚开瓶的酒和没开封的烟都没拿。

"干吗着这么大的急?"我的心思仍停在刚上的俄国汤和还没上的法国大菜上。

他缄口不言。

直到进了他的住宅后,才告诉我:"等一个电话。"

"为什么不在饭店等?"

"那儿的人过杂。"

"情人的电话?"

"比那还高一级。"

"有什么会比这还高?"人以情为最,何况他是个商人,又没有上级。

"你知道孔君吗?"

"当然。"

"他一个星期前住进了北京医院。现在已处在弥留阶段。非常可能挨不过今天晚上。"他素以沉着著称,可今天却喜形于色。这从他拨号时的动作不难看出。

接电话的是个中年以上的妇女。

"我已经回到2830769。"他授话相当简短。

"可这有什么值得高兴呢?"

"你不懂。你永远也不会懂。"随着他的手上下扇动,烟呈S状。"我正面临着有生以来最重要的关头。能给我讲讲孔君的画史、画风吗?"

我盯住他看了一会儿。要想不听谎言,最佳途径就是让其自动溢流。在毫无压力的情况下,主动创造谎言的人有是有,但不多。"简而言之:孔是继齐白石、黄宾虹两位传统大师和林风眠、徐悲鸿两位改革派大师之后最伟大的国画家。"

"我可以这么认为吗:他的死标志着一个时代的结束?"

"他还活着。"

"差不多死了。"

电话响了。接后他郑重地宣布:"孔君已成为历史的一部分。"然后又拨动号码。"国际长途台。我要美国5260557。"

"是否又有进项?"圣人闻过则喜,商人听钱方乐。

"你猜对了。"他提着电话机坐到地上的垫子上。"前年我出钱买到两张孔君的画,然后转到美国,存入银行的保险柜中,这两年真压得我喘不过气来。说来你不信,全部费用这个数。"他伸出拇指与食指。

"八千。"

"你对画的艺术方面多少懂点,可对它的真正价值却半点也不懂。再乘上十还差不多。"

我被震住了。"如果卖出去能挣多少?"

"乘上五或者十。如果动手及时的话,也许能乘十五。然后用这些去把浮在不知情者手中的孔氏画收购后再卖出。转它三两遭,这辈子也花不完。"

"如此说来,你是独具慧眼啰。"我嘲讽道。

"孔今年已八十有四。毛主席说过:人总是要死的。而死者的画和绝版的邮票一样,一准增值。这是常识,无须慧眼。关键是寻找适当的时机。如果你在八年前买他的画,所花本钱与所卖相减,闹不好会成负数。而我却通过他的医生搞到其健康情况。所以说是聪耳还差不多。"他把电话机抱在怀里。"在这两年中,他四度入院,害得我最少过了八个不眠之夜。没有什么比那更难熬的了。"

"你和棺材铺的老版一样,靠死人发财。"

"确实。死与不死大不一样。即使一个画家成了植物人,作品价一个劲地看涨,但你也不能脱手。要耐心地等待。等待最后关头的到来。"他价值观显然与我不同。"怎么还不来?"他用遥控器打开电视。

电视上是足球赛。"不看。"我马上换了个频道。"自从上次世界杯外围赛,中国队败北后,我曾发誓:烟与酒我戒不了,可中国足球从此戒了。甭管他跟谁踢。"

"今天跟谁踢?"他若有所思。

"在阿根廷,和一个俱乐部队。"我又把频道转回去。人喜欢什么,根本就无法改变。

"这么说用的是卫星啰?"

"费话。"

"妈的。又把通讯线给挤占了。"他拿起话机,拨了个号。"能给我切条线过来吗?"

"正在转播足球。只剩下几条线。你再等三十分钟。"

"一分钟也不能等。"他的口气很坚决。

"你等着。"对方受命。

大约三分钟后,美国方面的电话来了。他简略地说了几句话后放下听筒。

"中转的是谁?"

"长话台的一个处长。"

"你跟他说话的态度,就像你是个局长似地。"

"为了保证今晚的线路畅通,我在他身上下了两年功夫。"他喃喃地说。

"你别死过去?"我突然觉得他的脸色不太对。

"死不了。起码今天晚上死不了。"他回过神来。"从银行往出取画,要我的签名。"

"等你的签名邮到,黄瓜菜也凉了。"一般情况下,我看到朋友发达总是高兴:因为他们即使不请你吃饭,亦可作为向人吹牛的资本。有如当年学界的人都好说"我的朋友胡适之"一样。不过今天是例外。

"我不是邮寄,而是传真。关键问题是这会儿到哪里去找传真机。"他闭眼静默了一阵后,调出了资料。"走,去戈老家。"

"你认识戈老?"

"不。我认识他秘书。"

戈老就住在隔壁的胡同里。他不按门铃,用手提电话在大门外唤出秘书。我极少见到三进以上的民宅,所以转了圈后,连方向都分不太清。

"你来得挺巧。老头刚服了安眠药睡下。"秘书把钥匙正转两圈又反转两圈,书房的门无声地开了。

除去故宫外,我鲜见如此大的房间。其内温暖如春,显然装有空调。错过时令的花仍然盛开着。

"别开灯,别动任何东西。"秘书吩咐道。"传真机就在墙角的小桌上。"

多少干部的荣辱升迁,多少家公司的兴衰浮沉全在这里决定。我借淡淡的月光,扫视着这权力的焦点。要想从正常渠道踏入这书房,不知会有多难!因为哪怕在这里听到只言片语,都能变成宝贵的信息资源。

传真机与电话共线。戈氏的电话属最高序列,永远畅通。T顺利地把签名的传真文件送到地球的另一端。

银行经鉴定后,反馈认可。

"大恩不言谢。"T对秘书说话的同时递过一个信封。

青色的信封在秘书手中一闪就不见了。

"据说在你们这行里,送人钱不兴'裸体',而必须衣冠楚楚。"出门后我问。

"里面绝对不是钱。"他的口气不容置疑。

"你应该自己搞一套这样的设备。"

"那我最少得有上千万元的资本。你知道戈宅的电话费每月多少吗?两千块都打不住。"

"他能打这么多?"

"他家的电话机多,你不管认识厨子、警卫、秘书,都能打。打完就记在他的账上了。"

"你常来打?"

"不。养兵千日,用兵一时。"他的谈兴甚浓。"总有一天,我能置得起。凡·高的画卖到五千万美元。毕加索也能值两千万。当代画家的作品,不少也能上千万。如今股市疲软,美元下跌,黄金也只值八十年代初的几分之一,只有艺术品的行情看好。我无疑是赶上了一个辉煌的时代。当然,任何时代都是发大财的时代。"他看看我。"你不懂。不入此行,你就永远无法体会到纽约拍卖市场上,人们那种对艺术品狂热的追求。"

"你不也没去过吗?"我不以为然。

"但我感受到了!"他拍拍胸膛。"我的心是与之相通的。"

虽然身体渴望摄入优质酒,但在路口我仍坚辞他的邀请,扭头向东行去。

公共汽车站旁是个电话亭在外面的小邮局。台阶上坐着几个穿过时棉大衣的人。从年龄结构上分析,无疑是一家子。那坐马扎的年长者,则肯定是当家人。

"爷爷,电话来了。"小孙子从亭中奔出。

"你叔叔?"老者的口气标准老北京。

"没错。"

他吃力地站起身,颤巍巍地进入话亭。

"美国那边好不好?"亭子仅遮风雨,不能隔音,何况门是大敞的,故而我听得相当清楚。"书念得会吗?身子板结实不结实?"老者充当中继站边收听边向亭外的人转播。

"你问他美国佬的饭菜儿他能吃惯?"老太太急不可耐。

"他说能。"

"不行就叫他弄点炸酱面什么的,我教过他做法。"

"叫叔叔给我买台电子游戏机。"小孙子"高阶"插入。

老者传完信息之后,又拉开尊者的架子,叮咛了几句,然后把听筒递给一位大肚子的妇女。

亭子门作礼节性地关闭。抽泣声在通过普通电缆、光纤电缆,经发射台穿越电离层,通过卫星传到地球另一侧的同时,也传到我的耳朵里。

我作如是想:只有女人才能边说边哭;男人则要么哭,要么说。

"说这么多话得好几十块钱吧?"大约十分钟后老太太仰头问老头儿。"该嘱咐的我都嘱咐过了。"

婆媳矛盾是永恒的。它既是感情问题,也是经济问题。

"就是花一千块也得让她说够。"老者拍板定议。"你当叫通一回容易?她光挺着大肚子等就等了仨钟头儿。"

在中国,电话一度被认为是权力的象征。可如今却飞入寻常百姓家。我上了公共汽车。

此刻正是一九八九年十二月十日零点。与此同时,千里之遥的上海,在一瞬间将所有的号码从六位升到七位。容量顿时扩大十倍,而通信却未中断半秒。

这个中国最大的城市是电话的博物馆:既有古老的步进制、旋转式交换机,又有先进的纵横式与程控交换机。要将它们纳入一个系统之内,并和谐地运行,可不是件容易事。

二 计算机的故事

(一)小人物的报复

公元一九四二年,欧亚地区战火纷飞,然而在得天独厚的美洲大陆上,却依旧是一片升平景象。

自由的、充满批判精神的学术气氛笼罩着哈佛医科学校的日德毕尔特大厅。一小群物理、医学、数学家们环坐在一张大圆桌旁,举行每周的例会,畅谈自己的科学构想。

这是个天才聚会的银河系,其中最灿烂的一颗便是 N·维纳。他将众人的思想纳入自己的体系中,并写了一本划时代的著作《控制论》。副标题是"关于在动物和机器中控制与通讯的科学"。

在其后的五十年中,没有任何一个信息专家不受此书的影响。由于这部"信息圣经"的启示,一个覆盖全球的网络出现了。整个人类从此成了真正意义上的整体。

天之骄子计算机也加入这个体系中。一台孤立的计算机只能处理内存的有限资料,若将两台并联,那么其能力就将扩大两倍。如果是若干台联网运行,那么就像一个人加入某一党派,其能力扩大就不止千万倍了。全网的信息资源完全能享受。

这个网如今已经大到这样的程度:每当日本之昼,正是美国之夜,它便通过卫星,租借美之闲置设备。白天则逆行。

然而大不等于好,更不等于坚固。

M·怀特是美国新泽西州一家经营情况欠佳的纺织品公司的独资老板。同时他还是政治活动的狂热参加者。无论是总统竞选,还是州议员或联邦议员竞选,他都要选一个支持,而且并无固定标准。很难解释这是为什么。或许是病态——任何不好解释的东西都可往"病态"上推。某人的性史极为杂乱,众人究之原因,他却堂而皇之地宣布:"我因为内分泌紊乱而引起性机能亢进。你们总不会因为我有病就责怪我吧"——确实有点石成金之妙。

早在五年前,怀特就相中一位政治家,从此便不遗余力地支持他。亲眼见他从街头政客变成州议员。今年他竞选联邦议员,怀特甚至不惜举债捐款。可谁知败在一个叫托兰的手下。据说托兰后面有个强有力的财团支持。

"妈的。美国只有一个党:财主党。"怀特把半瓶酒向墙角掷去。

外面已经接连三天的大雨,仍在肆无忌惮地下着。由下水道在室内终端泛起的气味会同窗外逼入的湿气,浸润整座房间。

怀特打开电视。

"这是一本见解高超、行文流畅的书。"这是广告节目。

"你们能给狗屁起个名字,从而推销出去!"怀特换了个频道。

"恐怖主义分子袭击……"这是新闻节目。

"纯粹客观的报道根本没有,'恐怖主义'四字已界定了内容。"怀特正准备关掉电视。播音员又说:"美国联邦议会批准新泽西州议会《关于限制纺织品进口》法案。"

怀特正准备细听。可下一条关于田径比赛的新闻又开始了。一个州限制某种物品进口并非大事。

可对怀特却是大事!怀特重新打开瓶酒。他是做进口生意的。限制进口无异于关掉财源。议员曾经亲口告诉我:联邦政府不会批准这个法案。为此我还捐款五万元,让他拿去作"院外活动费",我真是个傻瓜!

他仰头倒入半瓶酒,然后就跌入深渊中。

睡眠加酒能洗掉许多记忆,但洗不掉最深的。

午夜两点醒来,唯一在脑中盘旋的便是"五万美元"。

他拿起电话接通议员家。

如果没有刚才过量的酒精驱使,没有坏天气诱发的恶劣情绪,没有关于《法案》的新闻,他是不会打这个电话的。这是个结晶的行动。

"议员先生不在家。"与电话相连的电脑录音机这样回答他。

"我是 MFE,是有权知道去向的。"

"去向无可奉告。"录音机没有半点松动。

怀特暂时驱逐开"五万元"的念头,竭力从记忆库中调议员别墅的号码。他对数字有过人的记忆力,虽然议员只偶尔提过一次,但仍想起来了。

"找我干什么?"服了大量安眠药才勉强入睡的议员,完全没有"永远微笑"的政治家风采。

"五万块钱。"

"什么？"

"我上次捐的五万元政治资金。"

"我提请你注意'捐'字的含义。"议员是律师出身。

"可你曾亲口许诺那个法案不会通过。"

"我不会说这样的话。"

"但你确实说了。"

"你有证据吗？"

"有。你我的良心。"

"对政治家来说,只有利益。即便是原则,也不过是利益的另一种称谓而已。"

"你是个骗子！"怀特被激怒了。

"我也许是。但你肯定是傻瓜。要知道必须有许多傻瓜才能养活一个骗子。"安眠药的功用就在于消除人的自制力。说完之后,议员也多少有些后悔。但他转念思之:作了交换,我才放弃阻止法案通过的活动,因此马上就要去马丁纺织制造公司上任。政治生涯从此也就结束了。戏弄一下这个人无多大关系。

"是的。确确实实是傻瓜。"怀特尖锐的牙齿插入嘴唇中。

"你的自我评估是正确的。"议员放下电话。

怀特也轻轻地放下电话。一个报复的念头形成了。

怀特在大学里读的是电子工程学。他为人很内向,只喜欢与机器和少数几个朋友打交道。用精神分析医生的话讲:有轻微的同性恋倾向。但他在发明方面颇有天赋。大学二年级时,曾研究出一个黑匣子,把它加在电话上,就可以免费打电话、传真文件。

毕业后,他原打算去航天中心工作,可年老的父亲硬让他接手这家纺织品公司。繁杂琐碎的商务活动。使他的天才隐晦了。

隐晦不等于消失。它这次被愤怒重新点燃。

因为一度曾充当议员竞选班子的财务主任,所以他用电脑从曼哈顿银行调出议员政治资金专用账户。他粗劣地审计一番,并未发现大问题,于是调议员的个人账户。

银行计算机拒绝合作。再三强调:报出你的密码。

"我就不信撬不开你的嘴。"怀特取过电话,要通议员家。

"我是东南亚旅游公司。我们正在搞一次有奖旅行活动。中奖者可以免费去新加坡、泰国两国旅游。你丈夫参加了这次活动。我们此刻开奖。请报出你们信用卡的头四位数。"

"3397。"接电话的是议员夫人。

"你很幸运。"怀特在听筒前翻动书页。"现在请报出后四位。"

"5486。"

"好。你中奖了。你要旅行支票,还是转到你的账户中?"

"转账。"

"那么请报出你的银行号码。"

"6687294。"

怀特笑了。

这是一个经得起严格检验的清白账户。但怀特仍然认真地看了三遍。最后他发现有笔从瑞士汇来的两千元。

"这无疑是银行利息。"怀特喝一口浓咖啡。

瑞士银行是以安全著称的。他们甚至发明一种理论:政治家贪污一些钱是应该的。因为他们一旦失势就会无家可归。所以它们虽然只付百分之三的利息,仍然吸引了大量资金。它们又以百分之四的低息贷给国内企业,从而使瑞士商品最具竞争力。

怀特接通瑞士银行。正如他所想,银行根本拒绝承认有这个账户。

"总有一天你会回答我的问题。"怀特开始敲击键盘。

所有的存户号码,均由存户本人选定。从理论上讲是个随机数。但真正的随机数是没有的。因为它无法记忆不说,而且在你选择决定时,大脑所提供的方案,大都是与你密切相关的数据:汽车号码,住宅号码,邮政编码,亲朋好友的生日……也许你为了安全起见,你会将它们移动组合,但仍脱不开原始雏形。

作为受过严格训练的人,怀特的耐性与逻辑性相当强。他首先收集了大量有关议员的数据,然后输入个人电脑中,用自己的构思编撰程序,对它们进行处理。

一个星期过去了,瑞士中央银行仍然否认。

怀特夜以继日地苦干。支持不住就吸一口大麻提神。

三个月过去了,银行计算机依然缄口不言。

是否根本没有这个账户?不,应该有,肯定有。怀特踏着肮脏的都市之雪,漫无目的地巡行。

他拐入一家三流酒吧。因为天气不好,人相当少。在清静中,他独饮独斟。

议员携一十分艳丽的女人出现了。

他怎么会出现在这种地方?怀特对议员的性格相当了解,知其为一个讲排场的享乐主义者。对,这个女人我见过。上次偶然在议员的房间里碰上的。她的名字是W·S。答案顺利地流出。

趁议员替女人脱貂皮大衣时,怀特从高靠背椅后站起,竖起领子走出门,开车飞也似的回家去了。

当他把W·S和经过处理的数据敲入计算机后,奇迹出现了。

一个有大量资金流入的账户。这其中肯定有我的钱!这笔十万美元是从哪来的?八月十日存入。

八月十日!怀特没用电脑,就将"议员"、"法案"、"马丁公司"三者相联系。"法案"通过,马丁公司赚钱,议员的政治交易,而我蒙受损失。通过法案的第二天马丁公司就付钱。标准的美国精神。

现在打电话去?不,要选择适当的时机。

十天后,议员辞去公职,改任马丁公司高级法律顾问的消息见诸报端。

"还记得我吗？德·怀特。"

"有事你说。"正在家中举行庆祝宴会的议员相当不耐烦。

"噢。你记不得了。一个过去的小人物、一个标准的傻瓜，现在有话对你说：你知道在瑞士有个叫作 W·S1945784 的账户吗？"

议员的听筒差点掉到地上。"我马上还你五万元。"

"五万元不够吧？"

"十万。"

"也不够。"

"你开个价吧。"

"我只要你完蛋。"

"我已经不是公职人员。"

"可我想《纽约时报》对公司高级顾问的操守还是感兴趣的。一旦见报，马丁公司的股票最少也会下降五个百分点。"

"你触犯了联邦法律。"议员以攻为守。

"我只是看了看你的账户，并没有动你的钱，虽然我完全有能力调动它们。顺便告你一声，我已经通知财政部，你不用费力调账号了。"

"我认输了。你什么条件我也答应。"

"只有一条，让你完蛋。当你完蛋之后，钱会物归原主。再见。"怀特率先放下电话。

"前议员受贿"消息成为本周最大新闻。

(二)知识罪犯

计算机犯罪风靡全球。

恐怖分子从计算机中提取航空公司的飞行规律数据，从容地袭击目标。一家大公司的职员把内部情况复制成软盘，定期卖给对手公司。某大学生成功地进入美国国防部的计算中心,从而知道不计其数的绝密材料。

"你被辞退了。明天交接工作。然后另谋高就。"干练的航空公司经理对订票处的低级职员说。

"我自觉干得很好。"职员本能地辩护。航空业是收入丰厚的行当。

"那仅仅是自觉。"经理挥手。

职员无言退下。

这把椅子、工作台、微机,已经和我待了五年。它们已经成为我的一部分。等众人都下班后,职员仍留在屋内。我是人,不是说赶就赶的牲口。他边想边将一枚"逻辑炸弹"放入旅客登记表内。然后加密锁住,指示三天后爆炸。我要让这个庞大的公司意识到我的存在!他得意地看着荧屏。

所谓"逻辑炸弹"是这样一种东西:原先电脑已将登记机票人的姓氏、地址、日期、所付款项、航班记录在案,并届时发放机票。而这枚"炸弹"却受命在三日后爆炸——将它们间的关系移位。于是就出现了这样的情况:A先生名下的地址是B先生的、航班是C先生的、款项却是D先生的。

"删除原先的文件。"他给计算机下达指令。

"删除吗?"计算机问。

"是的"

"真的删除吗?"计算机又问。这是一种防止意外删除的安全程序。

"是的。"职员再度确定。

一份文件自此从世界上消失。因为它的消失,三天后,航空公司陷入一片混乱之中,损失最少在一百万元以上。

特区工业商业开发银行。

"我原先很不赞成建立计算机系统。"行长每天下班后都要在大楼内巡视一遍。他今年五十四岁,会计学校毕业后,先当出纳,后记账,再以后由信贷科长做起,一直到地区中心支行行长。前年才从内地调来,性格与履历都决定他属于那种"既昏便息,关锁门户,必亲自检点"的人。"钱对于我来说是实实在在的票子,摸得见,看得着。可现在它们全变成了数,一会儿东,一会儿西,让人捉摸不定。"他敬畏地望着计算机。"可现今没这家伙还真应付不了。今天是一万零七笔。"坐在计算机前的吴是法是个三年前从计算机学院毕业的小伙子。

"光写字就得二十万个。没一百人应付不了。以前我在内地当行长,逢到月底月头,得亲自动手点票子。可这东西几分钟就全干了。但话又说回来。它全包了,人又干什么去?"

思想已成固状的老人是无法说服的。吴是法看着行长的背影想道:为了装备这套系统,我不知打了多少报告,汇报了多少次。当然,只要收益大过成本就值。没有它,我这个专搞计算机的高才生凭何立足?不知我的计算机室主任何时批下来?肯定快了:我每天都在这等行长来。这种勤奋工作的形象无疑会在他身上起作用。

他推着自行车,走出银行坚固的铁门。

骑不多远,链条脱离开链盘。他试图推着走,可当主动件变成被动件后,动力立刻蜕变成阻力。修又没法修:年久的部件全都锈蚀在一起。

"这真是'沉舟侧畔千帆过'呵!"他看看车道上无穷无尽的车流,然后扛起车。

一辆普通型的尼桑车在身边停下。"当工具成了累赘之后,最好的办法就是把它扔掉。"下来的是他中学同学吉永拓。他不等他反应过来,就顺手将车扔到路边沟里。

"真的扔了?"

"我扔的东西多了。当海员那阵,从日本弄辆摩托车回来,海关非让我上两千块钱税。我说:你们不就想财迷我这辆车吗?我要不成你们也别想!然后就扔到海里去了。有时候扔东西也是赚。"他招呼吴是法上车。"一边出,一边进。有出才有进。"

吴是法仍凝眸车之残骸。

"我保证你有腿不就行了?!"吉永拓驱车驶向灯火辉煌的大酒店。

这是一个人均最低消费一百元的去处。桌上是漂洋越海而来的酒及国家一级保护的动物,桌旁是受过优良教育的服务员。

历时两个钟点的享受后,吉永拓掏出若干张大票付账。"不用找了。"他对服务员挥挥手,随之将吴是法领进台球室。

单间台球室的一切设备都是美国伯尔公司出产的。台子的绿色有如雨后的嫩草地。

吴是法是个精于计算的人,球技要比吉永拓高超。

"我的野路子到底比不上你的学院派路子。"吉永拓坐到沙发上。"我有笔大生意要做。买主、卖主全有了,关键是买主要先看货,而卖主要先看钱。"

"这你该去找信贷部主任。"吴是法边擦汗边说:"请我吃一百顿饭也没用。"

"事是事,饭是饭,莫混到一起。"吉永拓递烟。"如果循正常途径,最少得一星期。那什么全完了。"

"可我只是个机上工作人员而已。"吴是法对吉永拓相当了解,知其为一个头脑灵活又无法无天的家伙。

"这'机上'两个字甚关重要。"吉永拓眨眨眼。

吴是法静听下文。

"我立个账户。你悄悄地把钱拨到我账上,至多一天,你再把钱调回去。神不知鬼不觉。"

"那账目持平不了。"

"不要记不就行了?钱对你们银行来说,仅仅是个数字。"

"不仅仅是个数。它也许会让你在牢房里蹲上五年。"吴是法是个小店主的儿子,相当谨慎。

"但也许可以让你天天在这儿吃饭、玩。"

吴是法不由自主地嗅嗅室内豪华的空气。他感到享乐的巨大诱惑。"你好像懂点计算机？"

"以前的小偷都去学制锁术,而现在则该学程序。"

"偷？"吴是法反问。这个词通不过他的伦理警戒线。

"挪用。"吉永拓接得很快。"让钱绕个小小的弯子而已。"

"我想想再说。"幼时的贫寒生活,在吴是法身上积聚了庞大的势能。他一直将其使用在学习上。可至今尚未见其作"功"。

"这是买车的钱。"吉永拓递过一只信封。

吴是法收下。

第二天,一笔达三十万的款项九点钟准时抵达吉永拓的账上。下午四点钟返回银行。

吴是法作为银行的首席技术权威,成功地将往来文件销毁清除,然后与老行长聊了一阵,又去了大饭店。

半年后,吴是法任计算机室主任的命令下来了。

资金雄厚的吉氏公司亦呈日达中天之势。

"用别人的钱赚钱是最佳方式。"吉永拓问:"你们行也做股票生意？"

"刚刚开展起来。我编了个分析香港股市的程序,非常灵。"新婚的吴是法为了避免招摇,在装备舒适却并不豪华的家里宴请吉永拓。

"我又有个构思。"

"说来我听听。"

"当银行买股票时,你先记到我账上。如果行情看涨,我就通过电传,把股票卖出去,把本钱还给你们。如果跌,我就把股票给你们银行。这再与你的程序配合在一起使用,可以说是万无一失。"

"不能说是万无一失。但在计算机技术方面是可行的。"

"懂钱的人和懂技术的人碰到一起就是厉害。"

"这叫整体大于局部之合。"

"什么？"

"没什么。"吴是法举起杯。"但时机必须由我来掌握。"

"当然。"

犯罪意识在获得启迪之后,便会迅速升腾。当达到一定高度之后,就会进入螺旋状态,并独立于人而存在。

香港股市暴跌。工商开发银行在一天之内损失达二百万元之巨。

此事上达天庭,总行派来一个调查组。其中配备一名计算机专家。

行长当天即在大酒店宴请以总行稽核处为首的调查组。宴会进行中,行长颇有感触地说:"我是该告老还乡了。"

"别那么悲观。"处长与行长是老同事。"国外经济风云险恶,赔些钱是难免的。"

"如果一家银行的账面上总是赚,那必定不是好银行。因为它肯定放过不少有风险但能赚大钱的机会。"吴是法对身边的计算机专家说。

专家微微点头。

"在这道田螺之后,将是鹿肉。"吴是法介绍。

"你对这挺熟?"专家问。

"不能说熟。只是记住了程序。"吴是法自悔失言。"你是计算机学院毕业的?"他已探明专家底细,但故意套近乎。

"早你一年。"专家对他也很了解。

宴会在基本和谐的气氛中进行完。回到行里后,专家对吴是法说:"请把计算机文件一览表给我?"

"今年的还是全部?"

"全部。"

"有这个必要?"

"咱们都是玩机器的。应该知道一切最好按程序来。"专家把自己的个人微机接好。"另外请你告诉我外汇管理局的号码。"

吴是法默默照办。

"我自己编了个程序用来查账,效果相当不错。"专家极有兴趣地讲解着。

吴是法越听越心寒,借故走开了。

晚饭专家是在计算机台上吃的。

吴是法于深夜潜入计算机室。他准备针对专家白天所讲之查账程序,修改一下账目。

命令下达后,荧屏上出现如下字样:任何查找删改,必须与 ZH 一起进行。

ZH 是总行调查组的缩写。

吴是法知道末日到了。

(三)负向天才

如果说维纳·诺依曼等人是信息时代的正向天才的话,必然还有负向天才与之对应。

小莫里斯在十岁的时候读了一本名叫《冲击波骑士》的小说。书中有这样一个构想:把一个错误的程序输入电脑,从而使之在内传播复制,形成一个强大的冲击波。他深深受到吸引,从而放弃了心爱的棒球而爱上了计算机。

一本书或一个偶然事件,决定一个人生轨迹的事是经常发生的。

他的父亲老莫里斯是美国电报电话公司的首席顾问、计算机博士。他是个极富才智和理想的人。所谓理想,实质上是一种永远不能实现的东西,有才智的理想尤其如此。只有凡俗之辈才能在尘世实现自己全部理想。那么理想与现实之间的差距该如何办呢?他希望由儿子来填补。

他总是把精心教诲放在漫不经心的举动之中。当他看到书已自动生发出巨大作用时,便因势利导,买了台 IBM 供儿子使用。

此后小莫里斯的履历便像所有电脑名人的履历一样:中学、大学、研究院——如果你想当名政治家、名律师、名医、名作家的话,那你必须投身到生活之中,去阅历人之欺诈、邪恶、善良、爱情等等全部性格特征后方能成。可若想当名电脑专家,则只要有相应的知识并配置一台微机即可。

十八岁时,小莫里斯就编出一个叫作《超级大师》的国际象棋程序。它每秒能进行七十二万次运算,并存储大量的弈棋数据。

它首先战胜了创造者本人,然后战胜了老莫里斯和纽约最好的棋手。最后与一位国际大师级的选手下了盘和棋。

老莫里斯无比欣喜地看着儿子成长。他提议玩一种叫作"达尔文"的游戏。这是种尽力毁掉对方程序的游戏。开始,老战胜小。但慢慢地儿子追上来。到后来小莫里斯编的程序越来越精巧,越来越无懈可击。老莫里斯心甘情愿地举手投降了。

小莫里斯的博士论文就是《克服对手的程序》。

"我的职业本能告诉我,这是个危险的东西。"老莫里斯阅后说:"它很可能像瓶中的魔鬼一样,一旦放出就收不回来了。"

"瓶中魔鬼是怎么回事?"

"你在普通意义的文化方面实在是太差了。"老莫里斯在讲解典故的同时,意识到自己在教育方面的缺憾。

"我相信绝大多数文化专家都不懂'麦克斯韦定律',更不懂计算机,所以我不知道他们的事也没什么。"小莫里斯耸耸肩。

当论文完成之后,他有意无意地把一个自己编的程序输入到大学网中。作为创造发明者,他总希望世界上有些事是因为他才发生的。

这是一个可以自动繁殖的程序。属良性。它进入大学网中之后,慢慢地向外扩散。于是许多计算机的屏幕上会突然显示出一串字:你们认识我吗?我已经进入你体内。然后就消失得无影无踪。

全世界有着无数电脑神童。他们不安分的个性与畸形的教育使之在电脑宇宙中横冲直撞,到处滋事。每天都把成千上万有用、没用、甚至有害的东西输入网内。

一个极偶然的机会,小莫里斯的程序与一位无名氏的程序结合了。于是如同杀人蜂是两种以上良性蜂的结合成果一样,玩笑程序变成恶性病毒,开始以闪电的速度向外传播。

它破坏文件的目录,或者干脆把文件毁掉。计算机一旦受到感染,屏幕上便出现"你投降吧！你已经被占领"的字样。

这场"瘟疫"迅速从大学网传到能源部网、国际部远景规划网,并进入太空总署网、计算机软盘复制网。

这些被感染的网,运行能力明显减弱,或者干脆不能运行。

ARPANET网在被它袭击后,六千台计算机停止工作。损失达一亿美元。

这些病毒通过网络,通过交换软盘,迅速传遍全球,并出现越来越多的变体。

一些恐怖分子致函美国总统。说:"必须在某日把一大笔钱寄往某处,否则将袭击更重要的目标。

经专家分析,以其人之水平,不太可能是病毒的始作俑者,可以不予理睬。但同时他们的报告推出:电脑病毒可能是仅次于核打击的恐怖武器。

这些病毒也进入了中国。

日前清华大学计算机学院一位颇具献身精神的朋友正在致力于免疫方法的研究。我让他给讲讲构想。他说:"先要识别。然后制服。就像医学中给病毒染色一样。"

他调出收集的标本指给我看:"这是自动无休止破坏文件的'疯狂拷贝'。这是自动增删文件的'大麻病毒'。这是近来国内发病率最高的'以色列人',能毁掉三十兆的工作区。我把它们分作两大类。A类专门阻塞存储器,停止个人机工作;B类专门破坏文件,它们在存储器中大约占据一个千字节,一般在程序末尾。我确认后加上一个特殊的电子码,即可使之变得无害,并把吞下去的东西吐出来。"

我虽如听天书,但仍强求往深讲。

这位同龄朋友说:"你要能听懂,我三年博士不白念了?!不过我看在交情份上,告诉你一个真理:能生成的东西,就可以分解消灭之。"

"就凭你?"

"不。世界是个整体。这有赖于全球的合作。"

(四)博弈大师

在西南一家小工学院电机系计算机教研室内找到少时好友唐时,他竟一点也没变,依旧乐呵呵地像尊弥陀佛。

"你还穿这件'的卡'毛式制服,这让我怀疑你是否仍在留恋'文化大革命'时期。"有的人你即使与之分别十年,中间一点音信不通,再见面时却根本不觉隔膜。

"这只能怨这衣服太结实。再说世界上的事原本是循环往复的。没准再过些日子,'的卡毛制服'又成时髦矣。"

"那也无疑将是另一个形式:少两个口袋,或多排扣子。"

"但总不会少了领子与袖子吧?"他微微一笑。

我也以等量的笑反馈之。二十年前我俩曾同时听一位裁缝宣讲理论:上衣最难做的是领子与袖子,所以党和国家一把手叫"领袖"。我马上把它当作一条"训话"记下来。可唐却追问:"其次何难做?""口袋。""那为什么总理不叫口袋呢?"裁缝无以作答。

此刻正值下课时分,近面走来的学生均尊其为"唐先生"。

"我这个姓要是在西班牙就来劲了。唐就是贵族。"他惯用结论式语气说话。

"黑手党的首领也冠以唐字。"

"如果真让我领导黑手党的话,我将使之组织严密化、行动合法化……"他开始滔滔不绝地讲临时杜撰出来的方案。

"你们这学院可真够酸的。"我打断道。否则他会为这子虚乌有的事设计出十个方案来。

"所谓大学者,并非指大礼堂、大楼层、大操场,而是指有大师也。"

"大师何在?"

"就在你眼前。"他毫无愧色地指指自己。

他的妻小均在北京。所以其它任凭你尽情捣,也不可能添半点乱。

"这其中有种内在的秩序,你肯定看出来了。"他鬼使神差地找出包花生米、两根黄瓜,又取出瓶不见经传的酒。然后指指窗外的蒙蒙细雨。开始讲:"酒、菜、没有第三者插足可能的环境、风雨、故人。一局最佳晚餐的基本元素全都具备。"

"我参加过一个相当豪华的宴会,别的不说,熊掌、龙虾、路易十三全都出现了。与会者Ａ与Ｂ是好友,可与Ｃ不对。我又与ＡＢ是同事,与Ｃ是亲戚。剩下的ＥＤ又各有其主。别说乱侃,连提议干杯都得以平衡为宗旨。酒不过二两,我倒醉了。"

"没错。"唐掇酒。"正式请客时,不是吃饭,而是参加战斗,或者说是主持一项系统工程。饭、菜、酒、人互为函数关系,连餐具都参加变化。更何况有无穷信息播发、反馈、生成,而且将在传输过程中无限偏离原型。即使你有帅才,亦不过拼接起一个欧洲联盟而已。

其实吃饭不过是个符号而已。关键是看你加减哪些项目了。"

"现代人都喜欢符号。"我举杯。

双人宴一泻到底。酒菜自动奔入胃中,并排挤出心里话。

唐从小就是个异想天开的家伙。为了把我从管教甚严的家中勾引出来,他研制出一整套信号系统,并将其载在手电光上,一到晚上就开始工作。最后连专搞通信理论研究的父亲都服了。"他要是早生一百年,便是莫尔斯。"插队时,他将若干个半导体零件组装起来,生把个高灌站变成无人站。某次被巡视的老队长发现,便拉了闸准备开个现场会教训"学生娃"一顿。可他刚一转身,电磁旁路又开通了。这次连拉处都没有了。

从繁重体力劳动中解放出来的唐,一头扎入桥牌与麻将的研究中,并对各种概率做出精确分析,以至于没有人愿意和他玩。

为了给自己的研究奠定基础,他读完了罗素的《数学原理》。当我向父亲论及时,他摇头否定:"唐不会看完这本书,而是看见或看过这本书。你要知道:全世界有资格读这书的人不超过两万。而读过的必定小于两千。"

我充当中继设备转叙于唐时,他笑曰:"大知识分子总是贵族般地傲慢。不过罗素的数理大厦确是个严密冷酷之所在,你们是进不去的。"

"就如同你进不了棋的世界一样。"我当下反击,他在围棋与象棋的投入很多,产出却极少。在集体户中属"殿军"。

"确实。下棋要靠天赋。而且以目前的工具而论,我尚且不能处理如此多的数据。但总有一天会胜过你"——这是二十年前他讲的话。二十年后的今天,他作为出色的软件专家,在棋类程序编撰方面享有极大的声誉。

为了验证这一切,次日安排我与"他的机器"对弈。

计算机轻而易举地赢了我一盘国际象棋,又赢了我一盘中国象棋。然后这台精巧而冷酷的机器,竟然发出得意地笑声。

"你的笑声。"我无须细听便可分辨。

"是的。"

当下围棋时,计算机的速度明显减慢。历时八十分钟后,我大胜。

机器发出"死机"的"嘟嘟"声。

"应该把你的哀叹也存进去。"我挥挥手上的汗,开始品尝作为人的优越感。"那可是个利用率极高的东西。"

"下国际象棋时,你基本上是和加里·卡斯波洛一类的国际大师对弈。它的中国象棋也和省级冠军差不多,而围棋有时连我它也赢不了。"

"难怪。"

"国际象棋是拼杀的。每个子的作用是固定的。决不会出现'舍车保帅'之类的策略。很容易编程序。而中国象棋是布局型的,讲究棋子间的相互关系。换言之:你即使将对方除'将'之外的子都吃干净,"而对方只要吃了你的'帅'你就会完。围棋就更复杂了。你事先无法假定任何一个子的功能与投向,这些表面平等的棋子的效率,完全看放在什么位置上而定。这样每走一步,都要对局势做出评估。再往深里说:中国象棋尚可归纳成若干残局,可围棋却是越走越多,致使计算机的容量不足。"

"你永远也研制不出容量足的机器。"

"不见得。"唐取出一块芯片,"这是刚问世的一个神经片。如果有钱,我就能造出一亿个,然后构成一个神经系统。让他学习上五年聂卫平、武宫正树、藤泽秀行的棋谱,便可以达到九段的水平。"

"能超过他们吗?"

"如果采用生物酶之类的材料的话,可能还是有的。计算机时代的最终偶录,包含着古老生物设计的元素。"

"你最终能设计出一台会写小说的机器吗?"我漫不经心地问。

"可以。"

"真的?"

"真的。"他拍拍我的肩膀。"制造出来后,我要把它放到一个大学教授的家里生活上十六年,然后插四年队,学会麻将、围棋、吹牛、喝酒。再让它谈上三个对象才结婚。然后去与官员、科学家、工人、'倒爷'滚在一起乱侃,这样它就可以完全取代你了。"

屋里洋溢起笑声。我分不清是机器的笑声还是他的笑声。

(五)素质与理论

上次带十岁的儿子去北京,那里的孩子都在玩"变形金刚"。他不会,竟躲在角落里偷偷地哭了。弄得我好不心疼。教育永远是环境的函数,而环境则是父母造成的。给我当儿子,又在偏远小县,确实非常倒霉。

但"出身不由己,道路可选择",为人父者的责任被激励,我买了套最全的"金刚"。不几天,他就玩会了。再过几天就玩腻了。

游戏如同学问,只需稍高一点,便俨然不可侵犯。倘若攻克,亦不过如此。记得在插队时我自修数学,有道题不会做,便去问哥哥。他稍瞟一眼后便说:"你学过无穷级数吗?"我摇头。"那么牛顿二项式?"我再摇头。"恩格斯说:如果没有牛顿二项式与无穷级数,我们能走多远呢?"他把载题的纸推回给我。

如果我都会,还问你干什么?深入深出绝非为师之道。浅入深出则简直是可恶了。愤怒转化为动力,我因之拿下了级数。当我出示炫耀时,哥哥又来讲微积分方程与泛函分析了。学问如同酒量,只需大半两,便可尽情讹诈。

我崇尚新,崇尚高级技术。所以在春节前,特地调拨头寸,购置一台"小天才"电脑游戏机,它是信息时代的杰出代表。

不料我亦被迷住。

磁卡共有八套游戏。父子两人同时相中"星球大战"。

其余几种,都有相当固定的轨道。稍愈距,便受罚。于人之自由天性逆反。军棋之所以低于围棋,差别便在于此。而"星战"一戏,全由你操纵,对方只是作随机变化,阻碍破坏你的企图。

我原本是个坐不住的人。每次看书,总是浅尝辄止,而且只喜欢那些能"躺着看"的书。"五尺书柜"尽被其类盘踞。在每次写东西前,总是先给钢笔灌水,再给稿纸编号,心内充满逃避欲望,直到绝处,方才勉强捉笔。而且要拖很久很久,脑中才形成网络。

可现今没事就想往游戏机前坐坐。而且一坐就是若干小时。因此受到内人的责备。"人是猴变的,数游戏类。应该去跑去跳去上树。不信你看长期伏案的人,非近视眼就是颈椎突出。"——我在建立自己的理论基础。没有理论能办成什么大事呢?

妻举出陈景润、周作人来驳斥我。说他们找本《数学原理》或《英之语法》便可在书斋内经月不出。

"你这些例子带有很大的欺骗性。他们属于特化的人,常人根本做不到。再说陈景润是陈景润,我是我。"我仍赖在游戏机前不动。

游戏机前能满足人之操纵欲。作为普通百姓,从降生为人起,就不停地被人操纵:先是父母,后是老师,现在则是领导。有无数事情,自己尚不知情,可已经被锁定了。如今虽说建立了小家庭,法定我是一家之主。可妻子要女权,儿子要人权,不过徒具虚名罢了。如果去当司机,那么还有台庞大昂贵的设备可供驾驶。而我则只能骑自行车,到头来仍不过是自己驾驭自己罢了。

可这回指挥欲、操纵欲、驾驶欲都得到极大地满足:有一大堆新鲜的、活泼的、生动的东西任你驱使。

一开始,屏幕上尽是些能伤害你的飞行物,使我应接不暇。于是开始寻找规律。

我先在笔记本上绘制出几十份敌方飞行线路图,并认真制定出可行性方案。

知己知彼,果然百战不殆。第一块大陆被征服了。

当越过一片平静美丽的海后,情况骤变,许多隐蔽的导弹基地出现了,它发出的导弹与基地同色,让人防不胜防。

于是又是一阵解析作图。

它又被克服了

科学研究的关键就是方法论。

可儿子却纯然是另一套方法:他是看飞行物就打,根本不讲战略战术,而且不计较损失。我将付出重大代价所得经验无偿地传授于他时,他竟不屑一顾:"我就是这种打法!"

若非心情好,我真想揍他。可转念思之,游戏就是游戏,孩子们之所以喜欢游戏机而不愿意和大人下棋,原因就是机器不会居高临下地训他们。再说,中国本来就是个成年人的世界。小孩一天之中挨的骂,比大人一年挨的还要多。大人动不动就说:"我供你饭吃"云云。根本不讲"天赋人权"。他好不容易有个玩的机会,又何苦把它变成功课呢?再说等他长大之后,有一系列的麻烦要去对付,此刻就让他高兴去吧。

我循程序,他凭直感。父子间展开了竞赛。

开始是我的积分多。血汗浇来春意浓。没有理论指导的行动是盲目的行动,没有文化的军队是愚蠢的军队。记得某禅师曾说:"老僧三十年前入山参禅,见山是山,见水是水。后来则见山不是山,见水不是水(全成了概念),无前真情。如今又见山是山,见水是水了。"我亦复达此境界。

可局面渐渐地严峻起来:在我认真研究过并建立起理论模式的范围内,能顺利地绕开麻烦,避开大型战斗,以"费厄泼赖"精神作"逍遥游"。而儿子却以年轻人不知厌足的胃口,良好的直觉反应,敏捷的动作,见什么打什么,虽有损失,但势头很锐。

当进入太空领域后,他已足以与我抗衡。

直觉与理论是很不相同的东西。记得儿子刚认字时,看见一幅悲鸿大师的"奔马图"。辨认一阵印章后对我说:"这个姓徐的画的马挺棒的。不太像又特别像。"而我观画则反之:先看是谁画的,然后再根据画论画史去评论。从某种意义上讲:理论约束人之想象力。

再者,没有任何一种理论可以永久地建立,迟早要被证伪。成年人的许多失败都是因为经验过多,并把个人所得看成是普遍真理造成的。

当空间雷与空间盾牌出现后,需要四指同时操纵。他超过了我。

"您该像我这样打。"他摇身变成教育者。像你这样打?你年轻、你反应快。而我则没有这些素质。素质是无法学习的。

当进入更复杂的领域之后,儿子大大地超过了我。他巨大的绞杀热情与高水平的攻击力,令我叹为观止。

我另辟蹊径,开始寻找程序编撰者也就是游戏立法者的空子。我发现只要得分多,奖励的飞机就多。反过来又能多得分。典型的"马太效应"。于是我放弃去开辟新殖民地的企图,开始在熟悉的领域内反复运行,把政策用好用足。

儿子已经超我两阶段,但积分却与我不相上下。

我原本是个尽力克服习惯的人:每晚看电视,不肯坐同一位置。抽烟勤换牌,喝酒也不专门。欲借此培养创新精神。可一遇正事,本相难免露出。

总得进入新地域呵。我硬着头皮往下闯。但恋旧必然厌新。进入另一层次后,原先的理论总在困扰我,它已经进化成下意识。记得我曾想改掉夜间如厕的习惯。于是在睡前三小时就断水。可到点仍然醒来。空荡荡的膀胱仍然频频发出信号。最后只好上趟安慰性的厕所方才作罢。要想在系统内剔除一个有根基的习惯是无比艰难的。我以前存下的资本,很快就在新地区蚀光。

儿子又登上一个新峰巅。

电子游戏机的本质是没有穷尽的。我对众人宣讲新理论:如果你能通过这阶段,那么在下阶段,它会将所有的障碍物移位,并将数量扩大一倍。当你再过去,它又将以四倍的火力与更新的面目出现,并以此模式向无穷发展。颇有"欲加之罪,何患无辞"之风范。到后来,根本超越人的反应极限,就像足球中的点球:门将只能假定你向左或向右踢,从而去蒙事。因为反应时间根本就不够。所有这些,注定你不能用线性的、理性的模式去涵盖一个不规则、充满大量突发事件的过程。

没人听我的灰色理论,大家都在看我儿子在开拓新领域。

"我大脑 K 数比它大。"儿子相信能战胜游戏机。

"可我却不能专门拨出 8K 来玩,我要去奔吃、奔喝,从而好养活你。"我使用这样的理论,体面地退出比赛。

结束语

信息既非能量亦非物质。那么它是什么呢?

我以为它是人对世界的感觉之外的形式。一种由人内心发出,并有能力进入他人内心的东西。

     《作家与企业家纪实》 一九九〇年第六期
     《被传递的文化》《北岳风》 一九九一年第二期

经济场

引　子

　　梁正寒把真牛皮的文件包夹在胳肢窝里,手揣入美国猎裤的口袋中,堂而皇之地从门卫丛中穿过。不就是个大学吗? 偏要养一百多名门卫。不知有什么把头? 要是为了养活人干脆发救济够多好?

　　左拐。穿越教授住宅区。

　　Q大学是用美庚款建立起来的。当时以优厚的薪金延聘了大批饱学之士,并因之享誉海内外。为了留住这批名教授,颇花了一大笔钱建起了这片别墅式的住宅区。据说除了土地外,一切都是从美国进口的。设计也相当别致:全部四十二幢房,竟无一幢相同。它们以一个小型运动场为中心,向四外辐射。寓精心设计于漫不经心之中。美国人的窍门。

　　可如今连操场并住宅前的花园,统统被夷平,建起了一大群丑陋的简易楼。人口、商品都可以无限地增殖,唯独土地例外。它几乎是个不变的常数。京城更是寸土寸金。他略略一瞥教授住宅区的颓唐外表,并由此想见内部"吱吱"作响的地板、老化的电气线路、结垢的下水管道以及它们残缺的终端。

进入教学区。这里更是一个大杂烩去处。其中最老的一座楼上的横匾是由一位洋务派的著名人物题写的,曰之:教化天下。此刻它周身上满夹板,正在被修缮。

我的一位同姓前辈曾说过:"树小墙新画不古"乃是暴发户的特征,他并说:"只有那些墙上长满常春藤,墙脚下布满青苔的去处,方有资格称之为学府。"其实老并不等于好,而且很可能等于不好。梁正寒想道,这些楼修个什么劲?来个定向爆破才是正着。

经济系充满厕所味儿的走廊。尽头是阶梯教室。他随便找了个地方坐下。

"在盈利的前景诱惑下,不少人产生了幻觉与狂热。狂热等于非理性,而幻觉意味着不真实与破产。"毕正硕大的头颅被洁白坚硬的衬衫领子所支撑,以黑板为背景作往返游移,"投机的对象最初也许是某种初级产品,也就是说是某种具体的东西。但渐渐地就会步入虚幻,成了无数发财欲望的凝结体:它五彩纷呈、光怪陆离、冉冉升空。它载着许多人,牵动着更多的人。正所谓:好风凭借力,送我上青云。可从空气动力学的角度说:它没有自身的能源,没有固定的航向、航线,因此必然会堕入螺旋。"毕正顿了顿,"故而我正告诸公:当人们都去投机时,投机活动就已经进入尾声。别去投机。别去充当别人偷驴你拔橛子的傻角色。这是我本学期的最后一句话,也是最有用的一句话。下课。"毕正点头示意。

学生们作鸟兽散。

"当学生们把学到的东西全忘了后,剩下的就是教育。"梁正寒挡住低头前行的毕正,"你小子肚里还有点货。"

"冰山一小部分而已。"因为极少板书,毕正手上没有一点儿粉笔灰。

"你怎么不带讲义也不带参考书?"

"本教授就是讲义就是参考书。"

"评上教授了?"

"评上了就不会这么自称。咱们头顶上压的人实在是太多了。本来我们教研室有一个名额,可有个北京大学一九五五年毕业的老讲师,眼见就要退休了,于情于理都该让给他。虽说他的学问至多有我的一半。后来国家教委又下了一个文:对优秀的中青年学者可以破格提拔。"

"这下你一准够格。"

"充分条件在前,必要条件在后,年龄不得超过三十五岁。我他妈的正好过线。"毕正并不显得怎么难受,"这真是人心向老我尚少,法律奖少我已老。"

"追求这东西总带有极大的盲目性。一个烂教授能值几个钱?日前,我问一位前省长:你此刻对过去的辉煌经历有何感想?他反问:如果你在小学时作过大队长,此时又有什么感想?我一下就懂了。"梁正寒把皮包放在毕正的后车座上,"这话特棒,充满禅机。世界不会变,于是只好调整自己的心态。我也只弄到一个中级职称。"

"你假装不在乎。我是真的在乎。因此我这个难兄有责任请你这个难弟喝一杯。"

毕正住在一间一单元的住宅里。"他们不给我职称,给我这套房子作为平衡的砝码。这下我总算有了一个能安心读书的地方了。"

"你真阔气。"梁正寒一下子盯住桌上的"IBM"微机。以他的观点论,这是最高档的家具。"系里给你配备的?"

"你们单位没有给你配备一辆越野吉普车?!我自己买的。"

"你的书出版了?"

"书是出版了。可买了一百本送人。另作一百本精装的,准备有朝一日去参加国际会议用。剩下的请教研室的同道和帮助过我找资料者、提供过方便的领导吃了顿饭。于是全部稿费就从这个世界上消失了。"

"哪来的钱?"一台"IBM"加外围设备最少值两万块钱。

"我自筹了一部分,老婆又赞助了一部分,然后从出国的朋友处搞了一个指标。"

"要一个男子汉承认在花老婆的钱是很困难的。"梁正寒与毕妻吴锦环是同班同学。吴锦环来自吕梁山深处的一个小县份。其高考分数之高,堪与其相貌匹配,却与知识成反比。可男人更注重的是相貌。他曾经下功夫追求过一阵。可吴锦环却偏偏看上了毕正。他知趣地退让了。当毕正吴锦环联姻时,他送了一套激光唱片,封套上题着:仅以此表示进入四分之一决赛后被淘汰的选手对进入决赛的双方真挚的祝贺。

此举被毕正认为具有现代水平的豁达与幽默。可吴锦环却认为是讽刺:因为她一直都没有学会听现代西洋乐。"我也是有人的时候才听。"毕正作如是说。家庭的矛盾最好消灭在萌芽状态。

"她仍然在资料室工作?"

"难道还让她去教书?"毕正摘下眼镜擦着,"她能读到大学毕业就已经是奇迹了。"

"经济类的到底好对付。"梁正寒想起吴锦环在学高等数学时下的苦功:先将习题集中的两千余道题分了类,然后将方法与程序背会。最后也不过考上六十分,"她确实有股子锲而不舍的精神。"

"她们县是个人口不足十万的小县。我岳父又是教育局长。你别小看,在那儿就是大人物:甭说是系主任,就是我们校长也没他神气。更何况他任教十五年,桃李遍布专署、县城。所有这些背景条件外加她又是在本县考的试。"

"你的意思是其中有弊?"

"我并没那么说,也永远不会那么说。虽然有本书叫作《现在可以说了》。"

吴锦环提着一篮子吃的出现了。殷切得体地招呼客人后,做出一桌足以打八十分的饭菜。"我出去一下。"她谢绝了梁正寒共同进餐的要求,推门出去了。

"搞社会调查时,我去过吕梁山。那儿的妇女都是干活在前,享受在后,吃饭时从来不上席。"

"你最大的特点就是过于自以为是。"毕正斟酒。"她之所以不愿与你同席,是因为觉得不安全。不管是在读书时,还是后来相处,你处处流露出在智力上高她一等的做派。作为女人,她深知不要与比她漂亮的女人一起出现。这是一条朴素的真理:没有了比较就没有了鉴别。"

"无心犯罪,虽罪不罚。"梁正寒自饮一杯,"这些都是她告诉你的?"

"不是。我品出来的。上次她们老家来客人,她在学院的'博士'餐厅请客,指挥若定,谈笑风生,颇有几分大将风度。可每当咱们这批人来了,她顿时就蔫了。非如此,又作何解?"

"咱们言归正传。"梁正寒从皮包中取出五页计算机的打印纸,"以前议过的经济调查计划,我搞了个纲要。"

毕正以极快的速度读完。"计划甚好,可我打算在暑期中写一本书。"

"转上两个月,书的页码可以乘四,质量可以乘八。比他妈的闭门造车强多了。"

"在把脏字与成语联合使用方面,你是全中国最大的专家。"毕正把脸转向别处,"哈佛大学有个自由派的经济学家要来这里举办讲座,这可是个难得的机会。"

"有回W·D博士问我:中国的经济有周期吗?我答曰:有,需求过旺与投资过剩。他很想了一阵后又问:需求过旺是求之不得的,而投资则能刺激生产。这难道不是好事情吗?"梁正寒取回计划书。"别看那小子是普林斯顿经济研究所的高级研究员,其实是土老帽一个。中国的钱是政府的,而所谓过剩是低水平上的相对过剩。听美国教授讲课,还不如听我的。"

"可这需要钱啊?"

"钱别发愁。我当记者多年,别的没闹下,关系网倒是营造下一张:它们初步划分为华东网、华北网、中南网、东北网、西北网、东南网、西南网。"

"以前中央大局的划分方法。"毕正笑了。

"每一个网中的一个节点都与十个节点相连。这十个又与十个相连。这样就构成了一个宏大的蜂房系统。"

"我还得与内人商量一下。"

"千条万条,这条才像条真理由。"梁正寒把杯中的酒一饮而尽,"我记得你们系里有个公司?"

"对。开源公司。本人还是他们的顾问呢。"

"你知道他们的账号吗?"

"他们的账面上一直是红着的。"毕正警惕起来。

"我,不,是咱们也许能使它们黑起来。我此刻有一个值十万块钱的念头。"

"这也许不假,问题是赔十万还是赚十万。"

"当然是赚十万。明天早上我打电话来。"

"还是等我的电话吧。"

"我的经验是:被动等不如主动打。"梁正寒把文件收起来。

第一章

"我的北京地理知识仅限于图书馆与饭馆,根本不知道艺术宾馆在哪?"

"饭馆你也只认识老字号;我敢保证你没听说过香港美食城和人人酒家。至于马克西姆你肯定连门槛也没敢迈一下。"

"好像你是在那入了伙似的?"

梁正寒伸手招呼出租汽车。"它们认识全北京所有的地方。"

各种型号的出租车呼啸而过,根本无视他们发出的信号。

"他们不是出租车,而是警车、救护车、国宾车。"

"广州有几位出租车司机说过:只要给我们在北京经营权,保证不出两个月,就能将首都的出租公司全部吃进去。"毕正坐在马路牙子上。他比较胖,洋灰地面蒸发出的热气使他窒息。

"早在一九七〇年,电子工业部的一位投机型的专家就宣布他搞出了大屏幕液晶彩电,并号称要在两年之内普及到每个生产大队。家父极以为是。可在农村干过两年活的我当下就告诉他老人家:能把电话普及到每个大队就功德无量了。他因为我不相信群众无穷无尽的创造力,拉足残存的大学教授的架子,狠狠训了我一顿。"梁正寒像站在天安门上的领袖一般地频频挥手。

"你说这些证明什么呢?证明你先知先觉?"

"我仅仅想证明某些特定的傻话只能说给书呆子们听。广州弹丸之地,有上两万辆车就满街都是了。生产大于消费,价格自然会下来,服务质量自然会上去。可北京这么大的地方,要使车辆数达到饱和临界,至少得十万辆。这没有三十亿块钱甭想开张。"

"可以向银行贷款、向社会发行股票。"毕正最讨厌别人把他看作"书呆子"。

"你听说过有谁从银行贷出过三十亿块钱?向社会集资更是扯淡:人们即使有钱也不会借给没根基的外地人;若向机关借那就会变成国营公司的翻版。"

"你好像什么都知道。"

"小与大之比超过一定限度后,本质就发生改变。"梁正寒言犹未尽,"再说北京也没有广州那么高的消费水平。"他终于招呼住一辆"波罗乃兹"。

"我们为什么一辆车也叫不住?"坐定后毕正问司机。

"这条路尽头是艺术宾馆,左拐是王府饭店,右拐是和平宾馆。人家都急着去拉老外,凭二位的打扮相,一看就是兜里光有人民币的主。"司机不过二十刚出头,发型虽呈火箭式,但脸却属好说话型,"我这是包车。拉你们算是搂草打兔子——白捎。"

红灯。

"衣服这东西挺管用的。赶明天我也弄身名牌西装套上,然后一口英文讲到底。"毕正不服气地说。

"你的英文没有丢?"

"丢?我怎么会把混饭吃的家伙给丢了呢?"

"你每月能挣多少钱?"梁正寒问司机。

"三千,五千。没准。"

"你要这么多钱干什么?"

"咱不会说外国话,考他娘的'托福'没门。要想出国的话,只有找个外国老婆才是正着。我听二位好像跟外面有点联系,有机会给咱问讯着。"司机递过一张名片,上面赫然写着:利人实业公司董事。

"你也真敢写!"毕正说。

"我真的是!我给他们开包车,他们吃饭、赌钱、会婊子,全是我拉着走。给我弄个'利己公司'烂董事有什么了不起?! 而且不是吹,他们的事我全懂:不就是倒腾吗?"

"你想找哪国老婆?"梁正寒问。

"美国、英国那些第一世界的娘们咱们不敢想:她们跟咱爷们不同文同种,床上就对付不下来。能找个印度或巴基斯坦的就行。"

"越南的不要?"毕正笑问。

"不要。她们比咱们还穷:咱手里说到底还有几千硬通货。"

长达五分钟的红灯。

两辆"奔驰"车呼啸而过。

"它们不受管制?"

"奔驰车能闯红灯。这是警察局内部文件上规定的。"

"他们或许有急事。"毕正摇上车窗。

"这钟点最急的事就是吃饭去。"司机一语道破。

"吃饭还享受优先权?"

"上个月我去北京站买票,因内急花一毛钱去方便。很等了一会儿才轮到我。刚蹲定,就来了一个警察。他一进门就往下解裤腰带和枪,显然是箭在弦上了。可巡视一周,见无空穴,就又折回来,到一个老农模样的人跟前,用枪碰碰他:你把首都的好东西都吃下去了? 怎么拉个没完? 快点儿! 吓得老农连屁股都没敢擦,就站了起来。等我腾出位后,他才又蹲下。"梁正寒说,"有成文法,也有不成文法。八仙过海嘛。"

"多少钱?"到了艺术宾馆后梁正寒问。

"共产党的,还是你们自己的?"

"自己的。"

"看样子二位不像趁钱的主儿。给五块算了。"

梁正寒递过钱去:"甭撕票了。"

"国库又少了一笔收入。"车开后毕正说,"通货就是这样膨胀起来的。"

"你真是'位卑未敢忘忧国'啊!这是'灰色交易'的典型案例,够你给学生讲一个月的。"

进了宾馆之后,梁正寒拨了个电话。片刻工夫经理就下来了。他满脸堆笑地说:"欢迎光临。两间房已准备好了。"

"房钱要多少?"毕正问。

"甭提钱。一提就俗。"经理相当豪爽慷慨,"我还有点事。七点整,在芙蓉餐厅恭候大驾。"他招呼服务员领两人上楼。

"这可真够棒的。"毕正叹道。他是高级宾馆"门外汉"。文教单位多穷,又无权势,每有学术会议只能找个机关招待所,至多是添些菜而已。他打开冰箱。内中啤酒、可乐一应俱全,"可以喝吗?"

"这屋里的一切都归你使用。"

"可最终会反映到账面上的。"他缩回手来,"有必要住这么好的房间吗?"

"研究中国经济,大饭店是最好的课堂。要不要我教你怎么用卫生设备?"梁正寒问欲进洗漱间的毕正。

"我好赖也是个有文化的人。"毕正在门内说。

他果然玩不转复杂精巧的给水设备,但碍于前言,只得用冷水洗漱。

芙蓉餐厅雅座。

"想吃就吃,想喝就喝。"经理招呼道,"我记得你爱吃素淡,就做主安排了。名菜只有一道:活鱼两吃。"

举杯共饮。

旁边桌坐有一个脸呈标准正方形,身材极为魁伟的大汉。他将一瓶特制烈性酒分入两只大杯中,然后相互一碰,一吸而尽。

"这是谁?"梁正寒用筷子尾悄悄一指。

"蒙古贵族。全国政协委员。"经理报出一个复杂的名字,"每次来京都下榻于此。"

"够能吃的。"毕正见其把一块牛排塞入嘴中,不由叹道。

"你给他上多少他就吃多少。"

"这样他的身体就会像政府机关一样,无限制地膨胀起来。运转也会越来越不灵,最后导致失控与崩溃。"梁正寒大发宏论,"这是刚富起来的民族的象征。"

毕正点头。

"我忘了给你们介绍了。"梁正寒意识到自己的疏忽,"这位是Q大学的经济系教授。我的铁哥们儿毕正。"

"前一个头衔尊贵,后一个头衔亲切。"经理双手合十,"失敬失敬。"他招呼服务员,"开一瓶法国酒。算是我的一点心意。"

毕正痛饮一口。

"喝得惯吗?"梁正寒问。

"凡是好东西我都能习惯。就是喝不惯也不说。"

"给毕兄讲讲宾馆的花活。"

"讲两件事。"经理显然是个能言善语者,"这一大片宾馆,没有一家是属于旅游系统的。"他向窗外一指,"全是中央各大机关出资盖的。因此必须承担各种各样的接待任务。"

"能赚了钱?"

"咱们分析一下:以我这儿为例。它是中外合资企业。按合资法规定:投资者只需拿出总投资的百分之二十五即可,剩下的可以向大陆银行借。于是我们部与港方各出百分之十二点五。再往下分析,港方并非个人,而是一个集团。在这个集团中有我们在港的公司。它们出资占港资的百分之六十。"

"真正的港资只占百分之五。"毕正玩数字极快。

"对。但他们却可以参加整个投资的利益分配:设计权、内部装修权、采购权、管理权。别的不说,光咱们吃饭这张桌子就花了三千港币。剩下的家具也是他们从一家倒闭的饭店买来的旧货。仅此一笔,就赚了三千万港币。"

"咱们又有什么好处?"毕正问。

"首先是进口材料免税。这包括可以家用的空调、冰柜、汽车。另外根据《中外合资法》规定三年免交所得税。而相同的中资饭店却要拿出总收入的一半去交税。更何况还可以安排子女就业，享受高工资、出国考察等等。"

"简直是手淫式的经营。"毕正说道。

"一个中肯的评价。青春期的国家难免手淫。"经理给两人斟酒。

"你们一个艺术部门哪来的钱？"

"经费呗。另外还有借来的钱。"

"如果算上折旧、银行利息，我看够你们喝一壶的。"

"根本不用算折旧。银行的利息不够就再向银行借。"

"借的钱总是要还的。"

"您是搞经济的，我班门弄斧，说点儿土经验：在我们饭店的账本上，借来的钱总是记在收入一方的。换言之：借款就是收入。"

"但借款总是借款。"

"我当经理时，借来钱并把它花了，而我的下任经理，如果想继承我的位置就必须连债务一起继承下来。小至宾馆，大至国家都是一个道理。所以全体当权者的第一要事就是选接班人。如果选不好，专门倒腾烂账，那么甭管你升了、降了、退了，都好受不了。"

"花钱者我也，还钱者何人？"梁正寒插言。

"活鱼两吃"上来了。

这是道红烧鲤鱼。它的后半部被煎炸过，并浇上了作料。而前半部还残存着活力，不停地张嘴喘息，并带动着尾部一起摆动。

"这未免有点儿太残忍。"毕正伸出筷子又缩回来。

"你吃的任何一条鱼原来都是活的。"

"但我没看见。"

"'君子远庖厨'虚伪之至。"梁正寒给毕正夹了一筷子，"你不要作无穷联想了。"

"如果作无穷联想的话，我倒觉得贵店的这道菜是个象征。"毕正说。

"请不要说出象征的那个东西来。"梁正寒制止道,"我从法律角度给贵店提起诉讼:根据《食品卫生法》中'生熟要分开'的条款,罚你们一百元钱。"

"这种'欲加之罪'的做法,我每天起码要碰上四次。"经理把盛在大汤盆中的甲鱼分开,"谁能吃出'牙签'来,谁就有福气。"

"什么是'牙签'?"

经理取出一个饰有玻璃托的钩状甲鱼骨:"据说用这个东西剔牙能治牙周炎,而且剔不出血来。在国际市场上能值五美元。"

两个人开始认真地吃自己盘中的甲鱼。每吃出块骨头来,都要与样品仔细对照。经理微笑地俯视。

"我吃着了。"毕正欢呼一声。

"算你有福气。"梁正寒放弃了努力。他本来对"水货"不太感兴趣。

"卖给你吧。"毕正用餐巾把骨上余肉擦干,"两个美元。你到手后还能赚。"

"我要是有美元,还留着娶印度或巴基斯坦的媳妇呢。"

"那就和你换打火机。"梁正寒有个电子强力打火机,毕正已谋算了很久。

"我从来不跟别人换东西。"

"是人就该懂得交换。"毕正得意地说,"只有狗才不会用吃不了的干草去和马换兔子。"

"我给你们讲一个牙签的故事。"经理看看手表,"某次某省的一位最高长官请一个官虽然没多大,但手中掌握进口生产线审权批的官员。他亲自下厨,审批'进口'原材料。看了几只甲鱼,不是嫌个儿小就是嫌颜色不黄。最后相中我儿子玩儿的那只。这甲鱼自打小儿会走就玩,已有五年寿。我不肯。他冲我作了个揖,'我们可以出大价钱,而且下次还可以给你带几只比这个更大的来',不好硬驳他的面子,就答应了他。他过意不去,就给我上了一堂甲鱼解剖课,并亲自动手分解之,然后再三叮嘱把'牙签'分给那个官员。"

"你去了吗?"。

"咱们长短是根棍,大小也是个官。能干这等事?不过我站在屏风后面,亲眼目睹了这一幕。"

"省长大人也用心良苦。"毕正不无同情地说。

"为官一任,想出些政迹是不容易的。而且凡有权者都有这样一种思维定式:你来找我办事我就办,那岂不成了你领导我了吗?所以他们有意无意地总要卡卡你。除非你一开始就对他表现出足够量的敬意。"经理再度看表。

"你有事就忙去吧。"梁正寒很懂这些"身体语言","如果有可能的话,给我们介绍几个生意人,你这儿肯定有长住的公司。"

"作生意?你们?"

"对。"梁正寒说。

"谁的资本?"

"我们自己的。"

"那我劝你们最好留着慢慢花。"

"为什么?"毕正问。

"我首先假定你们有十万块钱,然后再假定你们能在三年中翻上十倍。可在中国有十万与有一百万,没有多大区别。另外,"经理顿了顿,"再说凭二位的一身书生气,最后怕是赔个干净了事。"

"介绍几个人总是可以的吧?"

"如果你们非要投火自焚的话。"经理起身,"晚上十点酒吧见。"他吩咐领班,"从明天起,他们的饭费就记到我的账上。"

"他似乎有个可以无限透支的账户?"毕正若有所思地看着经理的背影。

"整个宾馆从某种意义上说都是他的。"

"从哪种意义上说也不是他的。他不过是有经营权而已。"

"经营权实际上就是所有权。某官员有辆'奔驰'车,这车从账面上看是属于国家,可归他调遣,而且不用付汽油费、人工费、折旧费等一应款项。他能用到用坏为止。这车不是比是他的还来劲?不信你听官员们对话'我的是蓝鸟,你的是什么?'"

"说到这我倒想起一件事来。你还记得方主任吗?"

"记得。一个二流学者。"

"但弃学从政后却成了一流的官员。出任教育部的副部长。有一次在某处与他相遇,因为没有说的,就信口问'您坐的是什么车?'他想了一会儿后说'我也没弄清。'我又问'司机还是小李吧?'他说'是的。小李可是好司机。'我再问'他从学校到部里后,收入是多了还是少了?''我没问。怕诱发出别的问题来。'后来我到楼下一看:他坐的是西德的'邦科'车。"

"如果我见你骑一辆凤凰牌锰钢车,就恭维你有办法,那我不是老土又是什么?"

"是的,是的。"毕正连声作答,"他们大权在握,已经进入另一层次:对于车子、房子都无须讲究了。他们关心的是参加哪一级的会议,读哪一级的文件。"

"这些都是实质性的问题。"梁正寒说,"咱们走着上楼吧,顺便把晚饭产生的多余热量消耗掉。"

"好的。"

这是一幢二十层高的建筑,爬到楼顶时,两人已是大汗淋漓。但上面的空气却十分凉爽。

"北京城只有在你脚下的时候,才呈现出独特的美。"毕正看着由灯光标出泾渭分明的街道,"我喜欢秩序与条理。"

"当你深入到内部时,就会发现有多少阴谋在创生发展,又有多少金钱在秘密渠道中高速流动。更不知有多少已婚妇女,口袋里揣着避孕套去和情人幽会。"梁正寒点几次烟都没点着,"有序下面是无序。下去吧,高处不胜寒。"

方见山从昨天晚上进入顶楼的套间后就没有出来过。三顿饭都是叫服务员送进去的。

他去广州、深圳、海南等地跑了月余,此刻当务之急就是处理信息。

他公开身份是京都生产资料公司总经理。可背景材料却没一个人能真正说清楚。

如今的生意是越来越难作了。他坐在地毯上,斜靠着两只大枕头。因为有更多的权势者加入其中。他们非常了解自己的身价:以前你拉拢某局长,至多请上几顿饭,送上一些诸如香烟、打火机之类的小东西就可以了。可如今光打听他们的地址或电话号码他得花上一大笔。他们甚至绕过中间人直接作生意。去年广交会,台湾来的客商还两眼一抹黑:你一开价,就能拍板成交。可今年却油透了,对国内的行情了解得比你还清楚。妈的! 中国什么也不出,光是出内奸。

我必须拿出新的对策来。他揉揉有些发涩的眼睛,开始重新阅读那些公开或内部的资料。

他读材料与学者不同:略过那些论述经济观点的不看,专看各种政策和广告。对于人事信息也相当注意:比如看到某地某局长有某些事迹,他立刻将其摘下来,并在一个活页本中为他立个"专项"。这是一笔相当大的财富:将来一旦与此公相遇,就很容易找到谈话的支撑点。

电话机响了。他有些不耐烦地拿起电话。"我不是说过不接电话吗?"

"她报得出你的号码。"方见山有个自定的密码,只有亲近的人才知道。

"对不起。请接过来。"他对总机的接线员一向相当客气:平素打点不说,逢年过节还有不薄的礼物相赠。只有如此方能耳聪目慧。否则的话,会有大量的信息被她们扼杀掉。

"方总经理吗?"话筒中传来娇滴滴的声音。

"是的。"他一下子想不起是谁。可又不好直问。

"我是'咪咪'啊。"

"噢,是你呵。"他仍然没有想起是谁。但这不用着急:只要继续往下说,我总能想起是谁来。如果实在想不起来,那就充分证明她不是重要人物。

"你从广州回来了?"

"对。"

"我要的珠子你带回来了吗?"

方见山这下子记起'咪咪'是谁了。

"带回来了。"她是他从朋友手中接收过来的一个女人。一夜风流后,她硬是不肯要钱,而是要一串项链。"我给你钱,你自己去买吧。这样不是更省事?"货到钱清是他一向的原则。"不!我就是要你买。""咪咪"坚持。于是他将此事记到本子上。

他是个按程序办事的人:凡本子上的事,干一件消一件,干的时候并不多想。

"我去拿,还是你送来?"

"你来拿吧。"方见山本来不打算今晚解决性问题。可他一下子又想不起"咪咪"的住址。直接相问,又过于不礼貌。"十点。酒吧等你。"

全国压缩基本建设规模会议在艺术宾馆召开。

国家计划委员会的刘司长下榻于一个单人房间。他今年五十四岁。清华大学建筑系五八级毕业生。

他准备收看《新闻联播》。这是必看的节目。可闭路天线坏了。他吃力地弯下腰去,想把断开的天线接上,可就差一点点,怎么也接不上。

"老兄上这儿躲清闲来了。"P省建委的贡主任不敲门就进来了。他是刘司长的大学同班同学,又因同工作同级别,所以不拘礼节。

"我最反对这种无休无止的宴会。"刘司长放弃了修复天线的努力,"没有什么比吃喝更能腐败政治了。官场一开例,生意场、文场群起效之。我儿子大学考不上,自己弄了一个什么'干部培训班'上。平时不努力学,一到考试就请主考人员给辅导。你知道在什么地方吗?"

贡主任摇头。

"香格里拉饭店。结果这帮子天天跳舞谈女朋友的小混蛋个个考及格了。"刘司长长出一口气,"他们大热天考试时全都穿西服,你知道为什么吗?"

贡主任摇头。

"兜多！"

"年轻人想搞一张文凭吃饭，可以理解。咱们要不是这张过得硬的文凭，能有今天吗？"

"可他们那帮小子的文化，我看连初中也没有。"

"他们什么也没有。昨天我在体育馆听一个人唱一首可能叫《什么也没有》的歌。上万名青年人一起跺着脚跟着唱。要不是我懂一点结构力学，真怕把看台给跺塌了。看样子确实唱出了他们的心里话。据说票卖到三十元一张。梅兰芳红的时候也卖不到这个价钱。"

"这拉杆天线也是坏的。"刘司长不愿意再谈这个话题，"这家宾馆的管理水平也够低的。"

"我把宾馆经理请来听你一堂《质量管理》课如何？"贡主任笑着说。

"免了吧，"刘司长坐回沙发上，"五星级的宾馆得五星级的人住。尽是些连初中文化都没有的人，谁能管得了？"

"你住这样的房间也委屈你了。"

"有大头头们在。另外还有一些退到二线的老同志。能住上这也算不错了。"

"干吗不回家去住？"

"太远。"

"我有车。"

"你还带车来了？"刘司长问。P省距北京有千里之遥。

"我们建委在这儿有办事处。"

"我记得中央三令五申：不许省级以下的单位在京建办事处。"

"电视机能叫'视频监视器'，我们的办事处为什么不能叫'建筑材料公司'？"

"搞这些勾当有什么好处？"刘司长很不以为然。

"你穿鞋的不知道光脚的苦。省里想争取点投资就甭提多难了：部里是科长卡处长卡，还有司长和部长卡。吃饭就不用说了，光报销烂账每年就得几万块钱。没有一个来活钱的地方能行吗？"

"我可没有花过你们一分钱。"

"建委又不是你一个人的建委。"贡主任牢骚过剩,"其实你们中央的钱还不是我们地方上交的钱?"

"这话说给别人听还可以。可哄不了我:自一九八三年以来,你们省的财政收入年年递增,可上交中央的钱却年年递减。你们关省长带一帮人来算账,算到最后倒是中央欠你们了。"

"我们省的情况有些特殊。"

"沿海开放城市、边远贫困老区、极度老化的工业城市……哪个地方没点特殊呢?都你们那样干,中央财政不成了无源之水了吗?"

"我又不是省长!"贡主任换了个话题,"我们省在劲松小区建了一些房子,要不要给你闹一套?"

"我住上一套你们的房子,没一千万投资,还不了你们的人情。我眼见就要退休了,最好是保持晚节。"

"房子是房子,投资是投资。你虽然老了,逻辑也不至于混乱到这种程度。"贡主任不高兴了。

"对不起。对不起。"刘司长自知失言,连连作揖,"我都成了条件反射了:凡进我的办公室的人,几乎没有一个不是要钱的。而且一开口就暗示着什么好处。"

贡主任也笑了。他亦有同感。"清华建筑系五八级的同学拟成立同学会。你知道了吗?"

"知道。可清华好像有个同学会?"

"这是个更小范围的。他们拟由我来筹备。"

"你去筹备好了。反正你要钱有钱,要人有人。"

"届时你来不来?"

"我不去了。"刘司长想了一阵后说,"你最好也不要参加筹备了。"

"为什么?"

"分别三十年,谁也不知谁是怎么回事。弄不好成了一个小宗派组织。"

"怎么会呢?同级的有二百多人,性急的倒先走了,剩下的差不多都是负责干部。"

"越不能参加了。他们会来找你办事。"

"无非是叙叙旧情而已。你太低估人的水平。"

"不是他们的水平低,而是他们的领导一旦知道这层关系,就会压迫他们来找你。"

"到底是中央的同志水平高。"

"别来这套。"刘司长给贡主任倒茶,"中央的钱到了你的手里后,地区、县里的人来找,你不是也要斟酌再三吗?"

"我不能和你比。我这支笔最多批几万块。凡十万之上,就得去找分管省长。到了三十万之后,他们也得去找大头头。"

"书记?"

"不。是大省长。书记只管干部。至于几十万块钱谁用了也一样。"

"钱别人管,他只管用钱的人。"

"你说得对。咱们这些人只能算是吏,而不是官。"

"说吏就吏,说官就官。能为人类做点事就行。"刘司长本来想说点自己的苦衷,可一想没这个必要。

宾馆酒吧灯光暗淡,罩在一片神秘的气氛中。

"你点酒,我做东。"毕正掏出鼓鼓的钱包。

"我能让它迅速泄去元气。"

"与此同时酒精也会迅速地冲击你。"毕正仔细地辨认着酒柜中排成半圆的酒瓶上的英法文。

"中间那瓶。来两小杯。"

"六十元。"服务员以极纯熟的手法斟出两杯。

"这瓶'人头马'是不是最贵的?"毕正问服务员。

"是的。"

"你认识法文?"毕正端起杯问。

梁正寒耸耸肩。

"那你怎么一下子就挑出其中最贵的?"

"上次《新闻联播》中报道一批官员参观新式厕所。进门的时候,主让客,小官让大官,很推让了一阵后才进去。同理可证:'二锅头'永远也不会占据中间位置,而让'茅台'去作陪衬。"

"看样子在信息传播中,语言不是唯一的。"

"更不是最高级的。"梁正寒坐到沙发上,举杯示意。

两人慢慢地饮酒。

"我很不习惯这种空口喝法。"

"老外都这么喝。"

"阿Q说过:赵老太爷的话没错,因为他有四十垧地。"

梁正寒没有理睬毕正的讽刺。"推原论始,你喝酒是为什么?"

"宽松精神,怡悦身心。"

"说白了,不就是为了晕晕乎乎吗?"

"也可以这样说。"

"空口喝酒的投入少,产出多。用你们的行话说:效益高。中国人喝酒在很大程度上是为了吃菜、叙谈、应酬、摆排场。一句话:不纯粹。中国画就是这个路子:画完了再题上诗。悲鸿先生就不这么干。你想一想:如果他画完之后再补题:这是马!该多没劲?"

"你十八扯的本事可真够大的。"毕正看看表,"经理先生怎么还不来?"

"还差几分钟呢。他说过:伺候人的数我大,进来的数我小。所以必须小心谨慎。"

"你又不是什么大官?!"

"可他已经习惯成自然了。改也难。"

经理进来后第一句话就是:"你们买的酒?"

"对。"

"我让她把钱退给你。"他欲起身。

"花了就算了。"毕正不好意思。

"在我这里白喝的人多了,不差你们这两杯。"

"钱就是花的。"梁正寒说,"再说十年两杯,我们也喝得起。"

"我给你们介绍几个人。"经理不再坚持,径自把他们领到方见山与"咪咪"处。略介绍几句后就走了。

方见山打了个榧子,招呼过服务员:"蓝色的罗曼、日出、雪橇、酸溜溜,一样一杯。"

酒出现后他又说:"'咪咪',你们女人爱吃醋,就来这杯'酸溜溜'吧。"

"咪咪"瞟了他一眼。她是个二十出头的女人,脸部经过精心化妆,头发更是下过苦功。身材确实可圈可点:长腿、削肩。

"来。"方见山举起杯,"感情深,一口闷,感情浅,舔一舔。"

梁正寒虽已不胜酒力,但因为是初次见面,还是一口喝下去。毕正却只是舔了一口。

"你这是怎么一回事?"方见山监酒极严。

"本人量小,还请原谅。"

"说喝干就喝干。"方见山已微醉。

"他是 Q 大学的教授。书虽写了几本,但酒量却极小。"梁正寒说。

"咪咪"开始认真打量毕正。

"两位打算到哪块发财?"方见山不再坚持。如果毕正是某部门的长官或是某公司的经理,他就一定会让他喝下去。因为这些人他见过多了。而对教授却是第一次领教,多少有些敬畏。

"没有具体打算,全凭老兄领路。"梁正寒不失时机地恭维。

"好说,好说。"方见山又打榧子添酒。

刘司长准时十点上床。读三十分钟书。十一点熄灯。这是婚后养成的习惯,三十年不改。

电话发出尖锐的啸叫。

"喂,我是刘历观。"他慢条斯理地说。

"刘司长,我是河南 N 专区的胡运国。您肯定还记得我吧。"

刘司长一阵无名火起,但资历与素养又将其压下去:"有事请讲。"

"我上去说吧。"

"我已经睡下了。"

"我这就上去。"胡运国就在宾馆的前厅打电话,说这话的目的是为了给服务员听。

应该学会说"不",而且是坚决地说"不"。刘司长不情愿地穿上睡衣。委婉的暗示,只对有一定文化水平的人起作用。

从本质上讲,他是个知识分子。凡是知识分子在一定程度上都有软弱的一面。上个星期天,他带家人听罢音乐会后,去"绅士"餐厅吃饭。那位颇有主人感的服务员不待他研究好食谱就用批示般的口气报出五道很贵的菜,仅把主食与汤两小项留给他选择。因为不好意思,他就认可了,虽然他对肉类相当不感兴趣。

胡运国边敲门边进。他大约四十岁,虽然正值暑日,却依旧身着西装,提深色牛皮包。

"这是我们葛专员给您的信。"他双手将信奉上。

"老葛好吗?"刘司长的爱人是 N 专区人氏,葛专员在他们回乡时曾多方给予照顾。

"好。非常好!据说快升到中央来了。"胡运国边说边拉开提包,"他让我给您带了点礼物。"

礼物是两瓶 N 专出的白酒和两条香烟。

"我不抽烟也不喝酒。"刘司长对这套非常熟悉:彩色显像管厂先托门路从专员那求来一封"八行书",然后再自己筹备礼物托名送来。

"酒您可以随便送给什么人。"胡运国意味深长地拍拍烟,"这东西您一定要自己留着。"

"你到底有什么事?"

"我们要建一个彩色显像管厂,报告已经批了,现在单等您批钱了。"胡运国取出文件。

"中央已经决定不再批显像管生产线。因为已经市场饱和了。"

"董主任已经批了。"胡运国指指文件的抬头处。

"不管是谁干这种违背经济规律的事都要受到惩罚。"刘司长看着"请历观同志阅办"七个潦草的大字。在他作科长的时候,董已经是司长了。现在是老资格的副主任之一,估计年底要退休。"再说我们上个星期刚开过会,任何人不得私自批项目。"

胡运国对官场十分精通,他没说任何话,目光却直指眉批的日期:今天下午。"您多少也得给一点。"

"给了一点,就会再来一点。"刘司长想起围棋:当舍去的子就一定要舍去,否则会越走越重,使你欲罢不能。

"多少给一点吧,我们是贫困地区。"胡运国也很明白其中奥秘:这和搞女人一样,只要一上手,以后将一路顺畅。

"你这一点是多少?"

"给上一百万开办费吧。董主任眼看就要退休,我们找他批一回不容易。"

胡运国的话给刘司长不小的压力:不批,反馈回去,董必然会有很不好的印象。再说离休不等于丧失影响力。刘司长拔出笔批道:请焦处长酌办。

"您最好批得具体一点。"胡运国用手抓住香烟。

"这已经很具体了。"刘司长取过香烟,"你是从乡镇企业调去的?"

"不。大学毕业后就一直在地区工业局。"

"什么学校？"刘司长绝对不会相信这个衣着极土的人，不注意牙齿清洁的人是大学生。

"比您晚十年。土木系。"

"清华？！"

"是的。"

"你们系主任是谁？"

"陶教授。制图是沈教授。梁思成先生给我们上过建筑艺术课。"

刘司长这下相信了。他慢慢撕开香烟：里面是成卷的人民币。"我不抽烟，这个你带回去。咱们都是知识分子，有些道理是该知道的。"

"下回不会这样了。"胡运国真心真意地说。

"如果在我管辖的系统内，在任何一个环节上，你必须如此才能办通事的话，请给我打电话。"

胡运国把钱收起："这事我请示过专员。"

"有批件？"

"口头指示。"

"既然是空口无凭，以后就不要再说了。"

因为换了环境。毕正显得很兴奋。他滔滔不绝地讲述着自己的经济观点和见解，内中夹杂着不少从工程中借来的名词，并不时地冒出一两句英文。

梁正寒听得出他是真正闹懂这些词的人。

"咪咪"的脚轻轻地碰了毕正一下。

毕正起初没有察觉，但当第二次、第三次之后，信息已经是明确无误了。"世界的市场是相当复杂的。比如咖啡一项：每年签订的合同数量是全世界产量的三倍。这中间的大部分人并不真要咖啡，他们只是在买卖合同。如果当年无霜冻，咖啡的价格就会下来。他们就会赔钱。反之就会赚钱。这中间又有个期货和现货的概念问题。"

"你能讲得更土一点吗?"方见山竭力清理被酒精弄得混乱的头脑。

"咪咪"用尖尖的指甲碰碰毕正的手背。

"当然可以。"毕正清清嗓子,"小时候我们玩一种叫'憋七'的游戏,其中有张大鬼充作死牌,谁拿着这张牌谁倒霉。于是在出牌的过程中,这张牌传来传去。最后拿到这张牌或一直传不出去的人便是输家。"

"我还是不全懂。"方见山给毕正斟酒。

"再以咖啡为例:如果你买我的咖啡合同价是三千美元一吨。可当年的收成好,只卖两千美元一吨,你仍然得按三千一吨付给我。"

"如果咖啡的收成不好,高于三千美元,你也得按三千卖给我。这样。你就赔了。"

"你对我的话作了非凡的理解。"毕正悄悄地往回收收脚,"我买的是合同,卖的还是合同。虽然没有见过真正的咖啡,但仍然会赔或赚。"

程序一旦被打乱,要花很大力气才能重新建立。刘司长再度入睡已是十二点。

电话又响了。

"我是老董呵。打扰你睡觉了?"

"没有。"人有的时候必须说违心的话。

"河南的同志去找你了没有?"

"来过了。我已经批给计划处了。"

"我该事先打招呼。"

"我是你的老下级,怎么办都行。"

"按说不该批,可实在推不过去。下不为例。"

"好的。下不为例。"刘司长相信胡运国一定在董宅。

"晚安。"董主任来了个洋式的问候。

刘司长一夜没睡。我到底是老了。只有极度老化的系统才会这样不适应变化。他愤怒地想道。

知识给人以启迪。毕正的一席话，诱发出方见山一系列想法。
这些想法在他智商不算低的头脑中盘旋良久，渐渐地分化聚合。
"要我吗？"浴罢的"咪咪"伸出洁白的、造型优美的手臂，环住方见山的脖颈。
"不要。"方见山思考问题的时候，有如作家在构思，极讨厌别人的打搅。
"真的不要？""咪咪"提问题非常赤裸。这是纯粹的买卖方式。
"说不要就不要。"
"那我自己找地方去了。""咪咪"生气地披上浴袍。
这句话没有得到反馈。

"刚才那位姑娘挺漂亮的吧？"梁正寒笑眯眯地看着毕正。
"人造风景。"毕正眼睛看着别处，"只有尼姑看上去漂亮才是真漂亮：她们剃着光头，从来不化妆。如果一个人每天在化妆台前坐上三个小时，剃去眉毛自己画，拔下睫毛自己贴。然后再去做面膜、烫发，施用大量的化学制品。那甭管她原来是什么样，都能看过眼去。可是说到底仍然有股子生产线出来的味道。"
"听口气好像你常在美人堆中厮混。"
"不敢，不敢。我们教研室里只有一个女的。巴黎大学硕士。今年三十八岁，竟然情窦未开。"毕正光穿袜子，在厚厚的地毯上来回走着，"读书的女人很少有漂亮的。漂亮的女人有如海湾国家，她们有的是丰富的天然资源，可以雇人干，坐享其成。而不漂亮的女人则有如日本类的国家，必须进口原材料，进行深加工后再出口，如此方能生存。"
"可我看现在有一个资源极丰富的海湾国家要在贵处投资。"
"何以见得？"毕正把脸转过来。

"姑妄言之。"

"你最好到'闲话栏'去当记者。"毕正往前走了一步,"顺便问一句:你的性问题是如何解决的?"

"我有权保持沉默吗?"

"你有权保持沉默。你说的每一句话都将作为证据在法庭上出现。"

"那好,我去睡了。"梁正寒本来还想给毕正来一句诸如"隔座送钩春酒暖"之类的。因为他无意中一弯腰看见了。可转念一想:再好的朋友开玩笑也得有个度。于是又将话咽回去。

"你这'睡觉'是动词还是名词?"毕正余兴未尽。

"我现在明白你为什么当不了教授了。"梁正寒连门都没关就出去了。

套间里空荡荡的,显得极寂静。

毕正的内心却充满骚动。

大学生活的特点:安静、程序严格、古板。几千年积淀下来的文化有效地遏制了各种欲望。一般来说,他连串门的机会都不多,见面顶多是点点头而已。有一天傍晚,他在楼梯拐弯处,模模糊糊地看见一个人,因为怕失礼貌,就提前点头。对方没有还礼。他走近一看:原来是个墩布。这个笑话他从来没有说给人听过。

长期以来,他已经适应了这种生活。可今天却感到了震荡与冲动。

电话铃响了。"我一猜就是你小子。"他认定是梁正寒。

"不是小子。而是一个二十二岁的姑娘。"

毕正与其说是听出来的,不如说是感觉出来的,是"咪咪"。"你找我有什么事?"

"没事就不能找你?"

"能。能。"毕正不禁有些结巴。"你是怎么知道我的电话号码的?"

"我从服务台查来的。"

"他们没问你找我干什么?"

"他们又不是警察,更不是你老婆。我这就过去。"

"我已经睡了。"毕正有些慌张。

"不怕。""咪咪"放下了电话。

毕正连忙起身把门锁打开。这可不是闹着玩的。倘若传到单位去,身败名裂不说,家庭还得破裂。

他想去找梁正寒,又怕被笑话。我堂堂一个男子汉,难道还对付不了一个小姑娘?他挺起腰。

"咪咪"堂而皇之地推门进来。她身穿真丝睡衣,足踏自备软缎拖鞋,头发被一根绸带扎住,似束非束,直瀑肩上。

毕正坐在单人沙发上。这是经过选择的。

"咪咪"随便地坐到大沙发靠毕正一侧。

"喝点儿什么吗?"毕正打开冰箱,很内行地问。

"什么厉害就来什么。"

毕正拿出一筒啤酒和一筒"可乐"。

"如果只有一筒酒的话,原本该你喝。""咪咪"打开酒。因用力过猛,溢出不少白沫。"你看这像什么?"

"我看不出来。"毕正闪避道。

"我来找你干什么,你不会不知道吧?"

"我确实不知道。"

"咪咪"嘴唇微微往上一翘。

"我只是大学里穷教书的,想出来考察一下目前经济的运行机制。钱是朋友出的。"毕正为人有条原则:能说实话的时候,尽量说实话。因为说谎话是件很费力气的事。一个谎话必将引发另一个谎话,并以几何级数分裂增殖。

"我就喜欢你这样的知识分子。""咪咪"坐到毕正沙发的扶手上。

一阵撩人的香气袭来。这是经过高级科学研究机关研制出来的法国香水,它的基调是诱惑。此刻在毕正身上引起典型的临床反应。

"你跟他们那帮子人不一样。他们光知道跟你睡觉,睡完就完。就说聊天,聊来聊去也就是个钱。""咪咪"又伸出细白光洁的胳膊缚住毕正极长的脖子,玩弄着他的睡衣的领子,"你放心,我不跟你要钱。钱我有的是。"她转动一下手,白金托子上的钻石发出炫目的光泽。

毕正感到震惊:即使在插队时,众多男人在一起谈"性",也不曾如此肆无忌惮。

"别看跟我交往的人杂,可我特别在意,每次都有严密的防护措施。身体是咱们的本钱,蚀了本就全都完了。"她松开睡衣的第一个扣子。内衣露了出来。

这是巴黎出产的内衣。最少是仿巴黎的。我在杂志上读过。毕正想道。只有讲究到内衣的人才是真正的讲究,就和武装到牙齿一样。

她又松开一只扣子。

于情于理我都该伸手去帮她脱衣。毕正身体往前凑凑。当然,这是礼仪性的,就和领导参加纪念碑奠基式一样:你只需动第一锹土,一个大坑就会在瞬间完成。因为准备工作早就作好。

"咪咪"等不及了。她起身中,任凭衣服自然脱落。

毕正心旌摇动。他竭力控制着。

这是一个迷人的肉体,三围都符合标准。腿格外地出色。俗话说:偷着不如偷不着。她本该去受教育,去过正常人的生活。

相持。

"我当过美术学院的模特儿。你的眼光跟那些鸟画家差不多。""咪咪"有些坚持不住了,"你怕什么?在这幢大楼中,不知有多少对临时夫妻睡在一起。有做买卖的;有当官的;肯定也有你们当教授的。我保证:事一过,一切全完。"

毕正渐渐地安定住:"我并不是怕什么。我主要是说服不了我自己。感情这东西要慢慢培养。别跟公鸡见了母鸡似的,完了就全完。"他自觉最后一句说得不太合身份。可既然说了,就只好由它去。

"咪咪"慢慢地从地上拾起睡衣。

毕正想帮她扣扣子。她将毕正的手打开。"你不是伪君子,就是鸡巴硬不起来。要不就是有太多的文化。"她恶狠狠地咒骂着,借以慰藉受伤的自尊心,"要不是我真的喜欢你这样的读书人,我才不来呢!"

她没有摔门,悄然引退。

我是伪君子吗?不,不是。如果连这种事都能达到"伪"的程度,便"伪作真时真亦伪"了。阳痿?更是扯淡!我一直有着旺盛的性欲,过着正常的性生活。毕正双臂交叉,站在玻璃砖的镜子前。恐怕是"文化太多"的缘故。这女人的阅历不浅:三个范畴圈住所有不想跟她睡觉的人。

我不是不想,而是……毕正陷入一个怪圈之中。

经过大约三小时的思索,方见山拿出一个既简单又复杂的方案。应该庆祝一下。他拿起电话,要通"咪咪"的房间:"你过来吧。"

"不!"

"有病?"女人的身体与情绪一样地变化莫测。

"没病。"

"为什么不过来?"她应该招之即来,而且一向是招之即来的。

"不为什么。就是不想过去。"

"那我过去。"可能是因为刚才怠慢了她。

"咪咪"放下了电话。

电梯已经停运。方见山徒步攀登了六层楼。

房门是敞开的。他进门后就脱衣往上爬。

"洗一洗去。臭烘烘的。""咪咪"侧过身去。

"越臭越有味儿。"方见山不肯去,硬是扳"咪咪"的肩膀。

"咪咪"用力反抗。

没有她的合作,这些事是办不好的。方见山懂得这个真理,下床去了洗手间。

原始的欢乐。它决非如歌的行板,而是野蛮的侵略,是相互的征服。

"你好像在什么地方上过学习班,功夫大有长进。"方见山气喘定后说。

"只上过一堂理论课。"

规律被扰动,睡眠的效率因之低下。早晨刘司长的脸呈苍白色。

方见山因为输出过多,脸现铁青色。

毕正的脸是杂色。

"你的脸就像理论。恐怕生命的元素都被人吸走,或者短路掉了。"梁正寒精神抖擞,"我昨天晚上睡得特香。"

"你知道什么人睡得最香?"

"不知道。"

"坏蛋睡得最香!"毕正终于找到了攻击的对象。

第二章

"你不能过于沉湎于酒色,该干点正经事了。"早饭后梁正寒对毕正说。

"你才沉湎于酒色呢!"毕正掏出香烟又放回去。人必须控制调整自己的欲望,这是个锻炼的过程。如果忽视之,则会被欲望所控制。

"粮食是根本,可目前不存在粮食市场。电力不存在买卖问题。煤炭可能有研究头。另外还有钢铁和化工产品。咱们就从这几项入手吧?"

"我是磨坊的磨。"

毕正知道最好不要去理睬"听驴的"之类的隐喻。否则会引发出若干个恶毒级更高的话。"说曹操,曹操就到。"他指指三楼拐弯处的一块牌子:安城钢铁公司北京分公司,"这是全国最大的生产厂家,咱们进去看看。"

这家分公司整整占据了三楼东侧的全部二十间房。但只有两间分别挂有"接待科"与"经理办公室"的招牌。他们依次敲门,均无反应。

"闹不好他们东北人没有执行夏时制,还是按北京时间。"毕正看看表,已经是九点整。

"他们没准还执行欧美制:每周休息两天。"梁正寒开始敲击第三间房门。

开门的是一个病怏怏的人:"我是来北京看病的。不管什么业务。"他没好气地说。

毕正主动关上门。

再敲几家,均无反应。

走廊尽头是套间。"依我的经验：这里最静，这侧又不靠马路，所以住的一定是最高领导。"梁正寒伸手欲敲。

毕正赶快指指"请勿打扰"的牌子。

梁正寒毫无顾忌地敲门。"书生气十足。就是在天安门广场上树起二十米栏杆，中间开一个口子，再在一块牌子上写：从此穿行。然后统计一下，所有的知识分子一准占排队通过者的百分之九十。而排在最后的一定是大学教授。而大学教授类的最后一个一定是你。环境造就书生，书生又反过来增强环境特性。你们Q大学已经这样循环上升了六十年。"他加快手臂运动的幅度与频率。"同是红楼一部，道学家曰淫，革命家曰排满，皆因立场与观点不同。这块牌子对于我来说，只意味着其中有人。"

"干什么？"开门者是一个身穿绒睡衣的男子。

"我们想采购钢材。"

"我不管这事。"此人腰板笔直，脸上的表情充分说明其多年执掌权柄。

"谁管这事？"梁正寒身后的毕正问。

"我不知道。"

"经理几点上班？"。

"不知道。"门伴着这三个字关上了。

"这小子一准是个官。你看他那份推诿劲儿。"毕正坐在沙发上想，"出师不利啊！"

"他屋里一准有个女人。"

"同是红楼一部，你只看到爱情。"

"我看到的是性。"梁正寒拿起电话，"咱们可以证实一下。"

房间号就是电话号。授话者果然是个女人。

"你简直神了。"毕正开始佩服梁正寒的观察力。

"有盛宴就必有好酒。它们相辅相成。"梁正寒并没有说出天机之所以泄露是因为开门时伴着空调之凉湿气，涌出了一股淡淡的女性化妆品味儿。任何结论,如果是从理论方面得出的,就会显得高一级。

"一派官商作风。"

"你没看出来,这地方其实是办事处。"

"那他们干脆就叫办事处好了。"

"中央有规定:不许省以下的单位在北京设立办事处。可他们这样大的单位又必须有。故而假此名。"

"按说'名与器不可假人'。"

梁正寒笑笑没说话。

毕正也笑了。

"你们是买生铁还是买钢材?"一个衣着很不起眼的人凑了过来。他操东北口音,已经在旁边坐了好一会儿了。

"生铁。"梁正寒随口答道。

"跟我来。"他摆摆手。

同一层楼另一侧的一间单人房。它的前身是堆放卫生用具的,故而十分简陋。

"你们要多少生铁?"

"五吨。"梁正寒对生铁并无概念。

"买卖黄金还差不多。"此人不屑地说。

"一千吨。"毕正纠正道。

"这才够一听的。"供方打开皮包。"你们有外汇吗?"

"外汇?没有。"

"没外汇怎么买生铁?"货主人又将皮包拉上。

"我们钢铁公司要买来炼钢用。"

"你们有出口许可证吗?"

"没有。我说过是自己用。"

"那我也没有货。"货主斩钉截铁地说。

299

"你是什么单位的？"梁正寒掏出《记者证》。

货主不在乎地看了下："你们是干什么的，我不在乎。可我告诉你：如果没有外汇和出口许可证，你们走遍全中国也买不到生铁。"

两人只好又回到走廊的沙发上。

"你说他们一个厂家要外汇和出口许可证干什么？"毕正不解地问。

"或许你的前提就错了：他们不是厂家，而是一个中间环节。"

"你们说对了。"一个络腮胡子的男人插进来，"我们公司每天要用生铁三千吨，可库存只有一千五百吨，不够半天用的。三台炉只好提前检修。"

"你们什么公司？"

"胡子"报出一个赫赫有名的公司。

"靠计划吃饭的时代过去了。市场在起作用。"毕正说。

"可市场在哪？""胡子"问。

"就在这层楼上。"

"可生铁在哪？""胡子"追问。

"我怎么知道。"毕正一向不太愿意和文化水平低的人交谈。

"咱们应该从生铁入手。"梁正寒抓住问题的关键。

"这么大个北京城，上哪找去？"毕正说。

"我有一辆车。""胡子"说，"新的日本'日产'双排座。"

"有生产的地方，就有生铁。"梁正寒拿出一个电子记事本。并抄起电话。

"压缩基本建设"大会的闭幕式在宾馆的底楼大会议室召开。

大会由董副主任主持。一位已经退休的仲老坐在中央。

计委主任与刘司长的岁数差不多。他的闭幕词简短清晰：下大决心把基本建设压下去。必须从中央作起。

就在十一点半快散会时，董副主任说："现在请德高望重的仲老讲几句。"他是仲老的老下级，一向执弟子礼。

"我本来不想说。可既然同志们要我说几句,我就只好说了。"仲老把眼镜摘下来,很停顿了一会儿,似乎在等待如雷的掌声。

掌声稀落。由董副主任起,主任随之,刘司长也跟着鼓了几下。

"大炼钢铁时,我是反对的。上庐山开会前,我还跟彭老总讲过我的观点。可在会上我没有说。有些话是不能随便说的,说了不会有好结果。"仲老突然意识到自己说走了嘴,"但该讲的时候还得讲。必须坚持真理。而真理必须旗帜鲜明。"

一颗逻辑已经混乱的头脑。未来的一小时,将是残缺的、变形的记忆与对未来的主观臆测的大杂烩。刘司长大口地喝着茶。听这种发言最惨的就是坐在主席台上:你必须坐直,必须做出认真听的样子。他羡慕地看看台下:贡主任已经靠在宽大的椅子上,作昏昏然状,可架子不倒,粗看以为在听。

仲老的思路并不连贯。但"预热"阶段一过,就渐渐地顺畅起来。"中央说限制,你们就不能用各种方法对付。我曾经参加了第二个五年计划的制定。"他又将眼镜戴上。

"仲老不光是参加了第一个五年计划的制定,而且可以说是主持了第一个五年计划。"董主任用插话来填补这段空白。

主持者是周恩来、李富春。仲某那会儿还挤不进去。而且他从来没有当过正职。正职与副职有着本质的差别:任何正职都是原动力,副职只是助手。刘司长又转头看了一下台下:此刻要是有人写一张条子上来,该有多好。可没人写。来者都是副处级以上的干部,谁肯干这种事?

一张条子传上来。因刘司长坐在前排边侧,故而先到他手:我们要吃饭。他以让别人不能察觉为上限,微微一笑,就把条子传下去。传递本身就是信息:比方有个坏消息,你传给当事人,那么除了表示关心外,就是幸灾乐祸。二者必居其一。

"双排座"在京城的马路上行走,不断地被警察喝住。每次的结局都是罚款。

而且金口不开,开口不改。或者只能往上改。

"我们下面的人来北京办事,就和司机跑车一样:你说这块吧,昨天还是双行线,今天就改单行线了。""胡子"赔着笑脸,又付出二十元罚款,并小心地把单据收入文件包,虽然上面明确盖有"不予报销"的印记。"有时我们还不如司机:他们毕竟有条条框框。可咱们办采购计划的,说改就改。就是不改,管事的也可以做出各种解释。"

在太阳的烘烤下,两人都懒得说话。他们已经跑了三个储运场,发现生铁三万吨,焦炭十万吨。

"这些都是我们'大肚汉'急需的。""胡子"望洋兴叹。

丰台储运场。

"你们去那边的小屋。有个白净面皮的人卖生铁。"一位好心人指点道。

"我怎么没见到生铁在哪?""胡子"问。

"你找到他就找到生铁在哪了。"

"我们不光有人民币,而且有出口许可证。能卖给我们铁吗?"梁正寒开门见山地问。

"我这有人民币就行。"

"钱我有。钱我有。""胡子"喜出望外,"多少一吨?"

"你们都是一块儿的?"货主问。

"不。我先要。""胡子"着急地说。

"那你们先出去。"货主挥手驱赶道。

毕正是被梁正寒拉出去的。

"我个人以为除性活动外,人类的各种活动都可以当着人进行。"

"果真如此,世界就会变得简单到没有研究头的地步,你我都要失业。"梁正寒说。

"我宁愿失业。"

董副主任硬把刘司长拉到首桌,并把他介绍给仲老。

"我听说过你。"仲老上下打量了他一番,"是个好干部。"

"过奖了。"刘司长应酬道。

同桌吃饭的还有一位著名的建筑师。计委主任首先把他介绍给仲老。"他是Q大学的建筑系主任,上过《世界名人录》。"

"我听说过。我听说过。"仲老与之握手。

如果说我听说过,还是有可能的。而他肯定没有听说过。刘司长选择离仲老最远的位置。但此教授上过《世界名人录》如果说没有听说过,未免显得有些孤陋寡闻。

"我先敬您老一杯。"董副主任双手捧杯献上。

"小董你怎么也来这套?"仲老欣然接杯,"什么敬不敬的,我喝就是了。"他一饮而尽。

计委主任也敬仲老。

次序都颠倒了。不过董与仲的政治渊源甚深,而计委主任是知识分子出身,不可同日而语。刘司长象征性地举举杯。记得去年春节计委会同组织部考察干部时,曾内定董到二线当调研员。消息不知为什么传了出去。第三天仲老就坐着大"奔驰"到计委的家属院,并随带四个警卫。弄得主任只得放弃与家人同叙天伦的乐趣,去当陪客,并在这之后,取消了决定。这就是宫廷政治:有的人官虽然没你大,但影响力却比你大。权力的实质就是能在多大程度上影响别人。

"我跟牛大管家喝一杯。"仲老举杯。

虽然他连刘的姓都叫错,但这确是礼遇。刘司长不由自主地站了起来,饮了一大口酒。

"干!"仲老反过酒杯,"滴酒罚三杯。"

刘司长只得喝干。

"我再跟'世界名人'喝一杯。"仲老又转向教授。

"我的酒量等于零。"教授举起饮料。

"要打破零的记录嘛。"仲老不同意地摇摇头。

"我五十年来没有喝过一杯酒。"教授很是固执。

"不要太惜命嘛。"仲老不高兴地放下杯。

教授不再说话,径自夹起一块鱼。

"找人代也可以。"董副主任放宽了条件。人与人之间的关系就是政治。政治需要妥协。他精通这些。

"我找不到。"教授正色作答。

刘司长很佩服教授的傲骨:虽然他不是官场中人,但一般人不到万不得已的地步,是不愿意开罪于官的,尤其是大官。

"我来代。"主任接过杯,痛苦地咽下。

"你很仗义,再奖你一杯。"董副主任终于找到了一个可以"挤兑"上级的机会。

"我附议。"仲老说。

主任有些不知所措。他酒量甚微,平时有推不过去的场合,亦是点到为止。

"我来代。"刘司长此刻仗义心理有之,巴结讨好心理亦有之。

"这酒算是喝起来了。"仲老满意了。"那些有点子文化的人,今天这个不卫生,明天那个会致癌,什么也不敢动。可我从七岁起就开始抽老爷子的旱烟,八岁就会喝米酒。长征过茅台镇时,一次就干掉两瓶茅台酒。眼看已经八十岁了,不照样硬邦邦的?"他瞟了一眼教授。

你之所以硬邦邦的,除却遗传基因外,与工作条件、锻炼条件,尤其是医疗条件有极大的关系。慢说把这些取消,就是换到我的位置,情况就会大大地改变。刘司长非常清楚:一个人如果要把心里想的都说出来,那最少要在一九五八年倒一次大霉,然后一九六六年加倍之。四十岁之前必定报销无疑?故而默不作声地吃着。

"弄到铁了?"

"弄到了。""胡子"喜形于色,"这家伙简直是国家计委,是物资部,什么都有。"

"有归有,你用什么手段把铁弄出来的?"梁正寒问。

"三票全办。"

"何谓三票?"毕正问。

"什么?""胡子"没听懂。

梁正寒加以注解。

"大票是生铁发票。小票是信息费。另外还有现票。"

"回去能报销?"

"当然!我们厂长说了:不惜任何代价,必须搞到生铁。再说我可以从他给的生铁中拨出一部分,给兄弟企业,让他们出这笔好处费。"

"如果原材料都以高价进来,那么企业的利润从何而来?"毕正问。

"这我管不着。这是头头们的事。""胡子"挥挥手,"两位今天帮我不少忙,每人发给奖金五十块钱。"他拉开提包。

除却在银行商店外,毕正从来没有在私人手中见过这样大量的现金:全是新的百元大票。

没人接钞票。

"嫌少?好,每人再加五十。""胡子"慷慨地说。

仍没人接。

"如果你非要给一点好处的话,就请你告诉我:他们为什么要出口许可证和外汇。"

"不知道。""胡子"收起钱,"这些宏观的事归大头头们掌握。"他指指小屋,"你们问那个小白脸去吧。"

梁正寒点点头。

"胡子"拱手作别。

"你去吧。"毕正说,"我不太想见这种人。"

"研究社会,最主要的就是研究人。怕跟人打交道还行？"梁正寒拉毕正。

"你说这个大胡子自己能弄上钱？"

"这无需问。"

"他就不怕犯事？"毕正再问。

"据说是:人有多大胆,地有多大产。怕的人就不会去弄了。"梁正寒一语蔽之。

为了补偿这顿极不舒服的午饭所造成的损失,刘司长准备睡一个舒服的午觉。

电话响了。

"你到1301房来一下。"授话者是董副主任。

刘司长很是窝火:就算我是你的下属,你也应该说明是干什么。

他重新穿好衣服,乘电梯上楼。

"请坐,请坐。"仲老端居中间的沙发上让坐。

计委主任与董副主任均在座。

"我有一个同乡侄子办了一家公司。不是那种买空卖空的公司。是实业公司。"仲老示意董副主任给刘司长倒茶。

"我自己来。"刘司长把暖水瓶接到手中。官场的规矩不可坏。

"他们想在密云水库开发旅游区,缺几个钱,你能不能想个办法？"

刘司长看看计委主任无动于衷的脸。没有任何信息本身就是信息。"在我的印象中,密云水库是北京的水源地所在,倘若开发,恐会污染。"

"人家都说旅游是……"仲老徒劳地拍着脑袋,可就是想不出应该用什么词。

"无烟工业。"董副主任提示道。

"对。没有烟就不会污染。"仲老很肯定地说。

"这恐怕要和环保部门、水利部门、旅游部门统一会商后才能定。"

"这些都好说。先说你的钱吧。"

"要多少？"刘司长已无退路。

"一千万。至多一千五百万。不是什么大数。"

"也不算是小数。"刘司长鼓鼓勇气说，"我们得开会商量一下。"

"你们主任、主管副主任、司长都在，来个现场办公会怎么样？"

"其实只要主任一表态，我们两个都好说。"董副主任说这话的时候，声调与平时有些不一样。

"既然仲老开金口，就给一点吧。"主任爽快地说。

"你这一点是多少？"

"先批三百万开办费，余数再说。"

仲老的脸色变了。

"我看给上五百万算了。"董副主任深通仲老的"身体语言"。

"拿一个可行性报告，我们看完了之后再批钱。这是基建程序，走形式也得走。"主任说。

"没有程序，不到建委去立项，钱就拨不下去。"刘司长知道该他发言了。

"我来仲裁一下：先批四百万。"仲老挥手拍板，"不要再争了，就这么定了。"

"我同意。"董副主任赶快表态。"先表态"是一种政治技巧：尽管你不是最大的领导，可如果不是什么大事的话，仅仅因为你说得早，就能起决定性的作用。

"咱们来四圈麻将如何？"仲老转了方向。

"我两点钟国务院有个会。"主任说。

"我也有点私事。"刘司长抬不出"国务院"一类的大牌子，只好以私事拒之。

"国事、家事都是大事。你们忙去吧。"仲老发布了"特赦令"。

"到底给多少钱，你得给我一个底。"在电梯里刘司长问主任。

"先给他一百万。"

"他要是再来要，该怎么办？"

"事缓则圆,慢慢地就会阴干。再说他的年纪大了,也不一定能记住,实在不行,就推,就拖。"主任明确地答复。

"可如果不再给,前面的一百万不就泡汤了?"

"你以为再给就会产生效益?这一百万就记到人情账上吧。不过有一点你要把握住:环保、水利、规划局,所有的手续缺一不可。"主任临出电梯前交代。

体制上的乱伦。刘司长得出了结论。实在推不过去,就让他花去吧,反正不是我的钱。

二次返回后,梁正寒迅速跟"小白脸"——也就是郭力力建立起对话渠道。知道他在内蒙古插过队,在人民大学读过书,后来又在金属总公司干了六年。梁正寒在那儿有几个朋友,其中有两个与郭力力交往甚密。

"我如果继续读书的话,最少也能弄个硕士当当。"

"不见得。"毕正立即反击。

郭力力笑了。"我有个当将军的哥哥。某次我对他说:凭我的酒量,在你们军队最少也能弄个中校上校干干。他气得五分钟没有说出话来。我伤着他的职业自豪感了。"他转动手中粗大的"派克"金笔,"我在金属总公司只用了五年时间,就做到了副处级干事。说能攻下博士硕士也许是吹,但弄个实缺处长干,应该没问题的。"

"这我相信。"毕正刻说,"可你为什么不干了呢?我个人以为中国最有出息的职业就是做官。"在他的印象中,所有的"倒爷"几乎都是由刑满释放犯、街头流氓之类转化而来的。

"人寿至多百年。百年之中你要讲享受的话,最好是自己做买卖。"郭力力脱去工作衣,换上一件洁白的国产衬衫,"当官要是讲享受,总有一股假公济私的味道。"

"当官不也能搞到钱吗?"

"那非常危险。"郭力力熟练地打上领带,"要么真枪实弹地挣钱,要么规规矩矩地做官。我作过概算：一个处长的位置，最少有二十个人在谋。人心齐，泰山移。如果你屁股底下有屎，不过半年就得下来。再说当官总有个退的时候：我大小领导见过多了，一旦退下来，那份惨劲就别提了。可钱是永恒的，什么时候花都行。走，我请你们吃一顿。"

"免了吧。"毕正看看梁正寒。

"你们应该理解我：能请人吃饭是一件很愉快的事，不要剥夺我的愉快。"

"恭敬不如从命。"

小房后面，停着一辆"切诺基"吉普车。

"你怎么不搞一辆好的坐坐"

"你们看那边。"郭力力指指远处的两列车。"这是我这个星期干的活，光凭这，就值两辆'奔驰'车钱。"

毕正记起自己讲过的"大权在握者，连自己坐什么型号的车都不知道"的故事。

"你坐的车越好，别人越容易把你看成公子哥儿或暴发户。"郭力力发动着车，驶出大门，"于是对你产生一种不信任的感觉。"

"如果不属于机密的话，你能否告诉我：你们要出口许可证和外汇干什么？"毕正问。

"出口生铁需要外贸部发的《许可证》，有了它就能换回外汇来。于是就可以到市场上去炒。"

"我读过国家计委的一份报告：因为原材料不足，每年得从国外进口废钢五十万吨。一边进，一边出。耗费能源运力不说，还占码头吨位。"梁正寒说。

"可炒外汇的利是很大的。"

"说白了，炒来炒去，炒的都是国家那点外汇。"

"管它是谁的。"

"经济上的乱伦。"毕正评论道。

聚丙烯是一种由丙烯聚合成的高分子化合物。具有热塑性。比重为:0.90—0.91。耐化学腐蚀性、电绝缘性和机械性能优良。是作塑料容器、管道、电绝缘材料、合成纤维的优良材料。

目前市场上聚丙烯极度紧缺。

"有聚丙烯吗?"

"有。"方见山回答道。

"货的来源?"

"日本进口的。"

"日本什么公司?"

"三井公司。"

"数量?"

"十万吨。"

"老兄的数量未免太大了一点?"电话里传来一阵笑声,"聚丙烯的行情我还是知道一些的:三井公司的生产能力也不过是三两万吨。"

"你只是一知半解:日本鬼子和咱们一样,只要有钱赚,他们就会从别的国家进口。这是世界经济,你不懂。"

"如果我不懂经济,那谁也不懂了。多少钱一吨?"

"四千六百元一吨。"

"你这价钱有点太便宜。"

"咱们兄弟谁跟谁?说实在话:海关从一批进口的聚丙烯中查出了二十公斤海洛因。因为我的一个关系户在海关当不小的官,所以才能到手。"

"有合同的文本吗?"

"当然有。要不要我现在就给你传过去?"

"不,不用了。我这里没有电传机。"

"既然作大买卖,就得花点本钱置一台电传机。"因为占了上风,方见山很是得意,"不过是几万块钱的事。我的电传号码是098673。"

"我明天上午十点,去艺术宾馆找你。"

"好的。"方见山本来想说:你要带上合同章与转账支票。可想想又觉得没有必要。

"我看挣钱并不是什么难事。"毕正对梁正寒说。在"人人酒家"吃中午饭时,郭力力摆足了大商人的派头:手提电话不停地响,仅一个半小时,就成交了三笔生意。数额粗估也有二十万。"你想想:我一个经济学家,再加上你一个手眼通天的记者,要开上一个公司,该发多大的财?"

"别忘了你只是一个学经济的,而不是搞经济的。"

"这难道有什么区别吗?"

"区别大了。"梁正寒站起身,"我的一个中学同学,在一个偶然的机会,代别人打了一圈麻将,就到手一百多块。他顺理成章往下想:假设我真的上场,又该赢多少呢?于是他票友下海,干了起来。"

"结果是输得一干二净。"毕正打断了梁正寒的话,"那是赌博,而我说的是做买卖,不要混为一谈。"

"现今做买卖,我总觉得和赌博很有些相像处。"

"只要你的智商够,干什么都差不到哪去。"

"有些想法一旦形成,就会迅速控制住你。你要小心。"

电话响了。梁正寒接起。没有人说话。

"我该回去睡了。"他看看手表。

"着的什么急。"毕正猜着电话一定是"咪咪"打来的,故而不想叫梁正寒走。

"我跟你不一样。我是正常人,到点睡觉,祝你睡得好。"梁正寒意味深长地看看毕正。

"我从来都睡得很好。"毕正的脸有些微红。

"《子夜》中的老太爷在乡下的时候一直很好,可一到上海就风化掉了。"梁正寒拉开门,"顺便告诉你一个生理学小知识:人的生殖系统上都有特定的微生物群落，它们只有经过很长时间才能互相适应。平衡一旦破坏就很难恢复。"

"去你妈的故事和知识吧！"毕正把拖鞋扔了过去。

信息的分裂速度之快是旁物不可比拟的。

信息的分裂速度就是聚丙烯的增值与增殖速度。

艺术宾馆的酒吧。

"这位是中央仲老的侄子。"有人把一个相貌中等，大约四十出头的人，介绍给方见山。

"久仰，久仰。"方见山拱拱手后，掏出一张名片。

"你们这个公司是什么级别的？"仲老的侄子说话稍带河南口音。

"内部是处级，对外是司局级。"方见山说大话是从来不脸红的。

"这么说你就是处长了？"

"是的。"方见山把"咪咪"介绍给仲老的侄子。

仲老的侄子以极大的兴趣打量着这位珠光宝气的女人。

"您在什么地方供职？"方见山把双手搭在桌沿，摆出一副很有派的样子。

"就在我大爷的办公室。"

"你有名片吗？"方见山很客气地问。

"没有带。"仲老的侄子掏出一个印刷考究的证件，"这是中央机关的证明。"

方见山以崇敬的神情看了一会儿证件。

"仲老的事迹我早就听说过。"方见山从来没有接触过中央高级干部的子侄辈。只是听说他们有着极大的神通。

"你们不要以为老爷子到二线去了，就没有办法了。"仲老的侄子往起昂昂头，"他照样批文件，签个字照样能弄出钱来。"

"这个我相信，这个我相信。"方见山用眼神示意"咪咪"。

"咪咪"给仲老的侄子倒酒，"我看你的酒量挺大的。"她娇滴滴地说。

"那个自然。那个自然。"仲老的侄子把杯中酒一饮而尽，"我从小就会喝酒，我大爷说我真像他。这种洋味的酒我也喝过。"

"你大爷有几个儿子？"方见山问。

"你听说过我们家的事？"

"多少听说过一点。"方见山顺势说。

"我说是他的侄子，其实是他的儿子。抗战末期，他的司令部就设在我家隔壁，后来我就出来了。如今他老了，对以前作过的荒唐事觉出后悔来了。谢谢小姐。"仲老的侄子色迷迷地看着"咪咪"并趁她倒酒时，摸了一下她的手，"他给我批下一笔钱，让我办一个旅游公司。"

"有多少钱？"

"最少能到手一百万。"仲老的侄子居高临下地看着方见山，"你知道一百万是多少吗？我们县太爷一年也不过到手那么多钱。"

这可是条大鱼，而且是条大傻鱼。方见山想道：我的公司因为资金越过最低限，银行已经几次出示黄牌警告了。所以必须把这条鱼钓上。他又示意于"咪咪"。

"咱们到我的房间里去打几圈麻将吧。"

"我不太会打，而且我，而且我。"仲老的侄子喃喃地没有下文。

"麻将这东西，给块馒头狗都会。""咪咪"伸手挽起仲老侄子的胳膊，"再说'三缺一'，你要是不打，简直是伤天害理。"。

"没有钱我借给你。"方见山满意地看着"咪咪"：这女人近来被我调教的特别听话。一般来说，最好的同盟者都是女人，她们没有头脑，因此不会像那些精明能干的男人一样地出卖你。

圈套如同机械一样，总是越简单的越实用：当仲老侄子与"咪咪"方才入巷，方见山就闯了进去。

"我是她的哥哥，我这妹子还是黄花大姑娘。你说该怎么办呢？"

"你们说怎么就怎么办。"仲老的侄子虽然明知"咪咪"根本不是什么黄花大姑娘，但既然已经入了圈套，也只好由它去了。更何况方见山手中还提着一根电警棍。

"我念你是大户人家子弟，放你一码。给我磕个头。"

"行。行。"仲老的侄子没想到事情会有这么便宜。

"那我怎么办？""咪咪"用哭腔说。"你得把我娶上。"她拉住仲老侄子。

"我有老婆。"仲老侄子急了。这可是一件不能含糊的事。"我给你一些钱吧？咱们私了。"他想起乡下人惯用的招法。

"钱我有的是。"方见山的语调缓和下来，"我这妹子已经是你的人了，你好歹得关照她。"

仲老的侄子没想到世上还有这等好事，赶忙连连作揖，并口称"大哥"。

欲望一物，是人的本能之产物。它与人同在。即使你读过许多书，受过高深的教育，也不过是暂时把它埋藏起来罢了。一旦外在条件成熟，它就会喷薄而出，并且几乎势不可挡。

"我觉得以咱们的文化水准，应该比别人生活得好才对。起码不该比他们差。"

"过去中国社会之所以不发达，就是因为轻商。"梁正寒说。

"凭我对中国经济的了解，干就对了。"毕正说。

思想变为行动。三天之后，在宾馆的餐厅，梁正寒和毕正联合做东，宴请方见山与"咪咪"，同桌的还有仲老的侄子。

"能不能给我们介绍一笔生意？"一巡酒过，梁正寒提出正题。

"生意倒是有，可不知二位可有营业执照、银行户头？"

"有。"毕正拿出新印的名片。

"开源公司顾问。你不是说你是大学教授吗？"

"既是大学教授，又是顾问。"毕正略有些尴尬。

"顾得上就问，顾不上就不问。"方见山对毕正总有些说不上来的敌意。

"法人代表是我。"梁正寒插了进来,"公司在工商银行开户,账号是:5548972。"

"既然你们是合法的公司,我就分一点生意给你们。饭后到我的房间里来订合同。"

"我们付现金可以不可以?"毕正问。

"可以是可以,但你们为什么要付现金呢?"

"难道你不喜欢现金?"毕正以问作答。"我喜欢现金。"方见山举起杯,"为咱们第一次合作干杯!"

"干杯!"

"你怎么突然想起个付现金来?"梁正寒问。

"有风险的生意公家去作,有大赚头的生意自己去作。这就是现代生意经。"毕正并没有说出心里话:动用系里公司的钱,不是一件简单事。倘若翻船,将一辈子抬不起头来。"你到什么地方去弄钱?"梁正寒问。

"我自有办法。你去给聚丙烯找销路吧。"毕正胸有成竹。

第三章

"我现在需要一些钱。"上床后毕正对吴锦环说。

"你自己去取吧。活期存折还在老地方。"吴锦环紧紧地偎住毕正。

"一两千块钱是不够的。"

"你要那么多钱干什么？"吴锦环警惕起来,"是不是有了什么女人？"

"你想到哪里去了！"毕正侧过身去。他今天觉得睡了十年的床忽然变得硬邦邦的。

"我不是不给,我只是问问你干什么用,你就不高兴了。"

"你放心,我干的一切都是为了这个家。"

"你们男人都特别会说。"

"你这话很没有道理：第一,跟你说这话的男人有几个？如果只有我一个,'都'字就是错误的。第二,我又没有前科。"

"学逻辑的时候我就不如你。"吴锦环抚摸着丈夫宽阔的胸膛,"你要多少就拿多少,只要咱们有。"

"大概得要两万块。"

"这么多！"吴锦环一下子坐了起来。

"躺下说,躺下说。"毕正用各种语言使妻子恢复镇静,然后开始详细地讲解自己的计划。

"计划是好,我也想让儿子去国外留学。他的脑子和你差不多,一准差不了。

可没有那么多本钱啊。"吴锦环本来想继续说:卖老家宅子的钱已经让你买了计算机。可她知道毕正是个过分敏感而自尊的人,只要此话一出口,他就再不会重提。一个好主意也许将被埋没。

"你不是有一串珠子吗?"毕正小心地说。

"这可不行!"吴锦环断然否决道。

"算我白说。"毕正长叹一声,"古人云:大丈夫不可一日无权。而今人说:小丈夫也得手中有钱。睡吧。"他翻过身去。

吴锦环根本没睡着,但她做出安眠状。

她是个独生女。她的母亲也是个独生女,而且是两家的独生女:被过继给她的舅姥爷。舅姥爷有三百亩地,在县城中算得上是数一数二的财主。但无疑是土财主,一辈子舍不得吃、舍不得穿,而且自己下地干活。到土改时,地都被分了,不动产只剩下那处宅子,而浮财则只有这串珠子。母亲临终时,估计到父亲一定会续弦,就悄悄地把珠子给了尚未出嫁的她。这珠子她视为至宝从来没有给人看过。"

可丈夫又是自己的靠山。她听着毕正很不均匀的呼吸声,你如果不给他,他自己也会到别的什么地方去借,就算是赔了本、赔自己的,也比赔别人的强。再说凭他的智力,没准还能赚它一笔。毕正在她的心中几乎占有"先知"的地位。吴锦环想着想着就想通了。

人欺骗自己的能力是无限的。

次日毕正睡到日上三竿才起,吴锦环已经上班去了。枕边有一个红漆小盒,里面是那串珠子。

"聚丙烯的销路几乎是无限的。"梁正寒把了解到的情况说给毕正,"你的钱如果落实了,咱们就可以找方见山去订合同了。"

"暂时还不是钱。"毕正把珠子亮给梁正寒看。

这是一串圆且润的珠子,色如凝脂,尤其难得的是一般大。它被一条很细的银练串在一起,底端是一块金牌,上面还镶着一颗钻石。

"这珠子是真的。"梁正寒说。

"好像你见过真的珠子。"

"吴锦环怎么舍得把它给你？"

"原本就是我的。"

"你不可能有！"梁正寒肯定地说，"你爹不过是个小小的中学教员，三年困难时，你奶奶饿得差一点就死了，如果有真货，早就出手了。"

"你看这珠子能值多少？"毕正绕开这个话题。

"你是卖还是当？"

"当然是当了！"毕正想：有些话还不如实说，"这珠子是吴锦环的。将来还要还给她。"

"就是把这块金牌和钻石取下来，也值两万块。"

"当给谁？"

"就放在方见山那里，等赚了钱，再赎回来。"

合同的签订仪式很正式。完了之后，"咪咪"还倒了几杯酒。

就在碰杯后把珠子交出去的一刹那，毕正心中忽然涌动出一种"别时容易见时难"的感觉，好一会儿说不出话来。

"货到什么地方去提？"梁正寒问。

"谢谢你们这个真东西能供我欣赏一段时间，"方见山用放大镜仔细地观察珠子，"作为回报，我告诉你们一个小小的窍门：不用管货在什么地方，把合同卖出去就能挣钱。我给你们五百吨，每吨五千六百元，你们实出时就可以到六千六百元。刨去费用，也有几十万的赚头。"他拍拍毕正的肩膀，"好买卖呵！"

"我们还是要现货。"梁正寒说。

"要现货也行。我让仲副经理陪你们到许昌走一趟，"方见山把仲老侄子介绍给他们，"但费用得你们出。"

"那好说。"毕正已经从刚才的情绪中解脱出来。

"我也去。""咪咪"说。

"我批准了。"方见山今天的心情不错。

"你为什么不当下卖掉合同?"出门后毕正问。

"那不成了买空卖空了吗?有点太缺德。咱们提出现货,卖给我联系好的建安化工厂,也算做了件好事。"

"有人对我说过:以读书人的伦理应用于商界,是件危险不过的事情。"

"这个'有人'就是你。"

"你到许昌后,把这份合同跟化工分公司签了。"方见山对仲老侄子说,"你是老河南,该没问题吧?"

"河南是我家老爷子的根据地:不是老部下,就是老战友,啥事也能办通。"

"我派'咪咪'去,主要是为了协助你办好。"

"谢谢方总经理。"仲老侄子高兴地说。

"另外你得去催一下那笔钱。"方见山手头还有一笔出口猎装的大生意,急需四十万资金,"你也是本公司的副经理嘛。"关键是把这小子扯进来,钱不过是用一下子而已。

"已经说好下午去订协议。"

"钱进了你们省实业公司后,能拿出来?"方见山知道仲老侄子其实是省实业公司派到北京来活动的,不过给了一个董事的名义罢了。

"我给他们弄到一百万,最少不分我一半?"

当仲老侄子出去后,"咪咪"不满地说:"你又让我去陪那帮子土佬。"

"不光是土佬吧?"方见山猥亵地笑笑。

"咪咪"一下子不说话了。

"我其实舍不得这么把你借来借去的。"方见山嘴上作如是说,心中却想:这个女人跟我的时间太长了,应该换届了。对任何人都不能信任,尤其是女人。当然用是要用的,但只能让她们掌握一部分机密,而且是越少越好。

"你少跟老娘来这套虚情假意的!说吧,给我多少报酬?"

"三五千块总是有的。"方见山转动着手感很好的珠子。

"那还不够打发要饭的呢!""咪咪"不屑地说。

"你开个价吧。"

"把这串珠子给我。"

"这未免有点太多。"方见山颇有些不悦,"再说这东西是他们当在我这里的,有朝一日还要赎回去。"

"你果真认为他们还会有能力往回赎?"

两人的目光对峙着。

"我跟你开个玩笑,"方见山把珠子扔过去,"何必当真呢?"

"谁跟你开玩笑。把盒子给我。""咪咪"伸手,"干大事就得挣大钱。"

"现在是没有退路了。"

"咱们这代人几曾有过退路?"梁正寒问。

"应该去买一身行头。"毕正扯扯夹克衫。

"有这个必要。"梁正寒附议。

两人在"雷蒙"服装店各自选了一套四百元的三件头西装。出门时梁正寒想把旧衣扔进垃圾箱。

"别扔。"毕正制止道。

"必须扔。否则不吉利。"梁正寒已经把上衣塞了进去,"我有个小故事:阿三中了五百大洋的彩票,当下就买了一身新衣服,然后又置了一爿小店。可他妈偷偷地把旧衣物藏了起来,并私下里对人说:他过几天还要穿的。果不其然,第二年阿三就败了。只好拾起旧物,干起旧勾当。"

"如此说来,我也该扔。"毕正有些不舍地把衬衣塞入。

"你得把这个扔了才管用。"梁正寒夺过夹克衫,"过年的时候,家家都得扔点旧东西,就甭说咱们采取这么大的行动了。"

"我年年只见你扔旧鞋、没把的杯子之类的。从来没见你扔过彩电和录像机。"

梁正寒不管毕正说什么硬是把衣服塞进了已经满满的垃圾箱。

第四章

火车上的人极度拥挤。"咪咪"自告奋勇去定卧铺。

"这种事应该我们男人去。"毕正说。

"很少有能干的男人。""咪咪"把提包扔给仲老侄子,随后扭身走了。她今天的情绪不好。

"你这种骑士风度是很少闪现的。"梁正寒调侃道。

毕正白了他一眼,起身挤向办公席。

"你就是去,也白去。"梁正寒补充道。

"咪咪"不在办公席,列车长也不在。毕正继续前行,最后在软席找到了她。

"咪咪"挺感动地看了他一眼,又立即小声说:"你快离开这,到餐车等我。"

餐车里的人很多,其中大部分像是做买卖的,而且都跟车上的工作人员有关系。

"能挣钱的人就是能挣钱。"一个身穿和毕正一样西装,可模样像农民的人正在高声宣讲,"能发财的人就是能发财。"

他在用同义语的反复来强调自己的观点,毕正暗暗一笑,这和我们学校的书记讲演手法有异曲同工之妙。

"不信你把财产分了,只要政策允许,用不了几年就会又回到这些人手里。四十年前不就分过地吗? 现在又怎么样? "

此人的唾沫星子已经飞到毕正的脖子上。"四十年前你多大?"他回过头去问。

"刚生出来。"

"那你又想证明什么呢?你一没地,二没房的。"毕正尽量把话说得通俗。

"我是没有。可我爹是有的。"

车内的人都笑了。

"我只想证明:发财的人的血就跟别人不一样。"

"血统论的翻版。"一个身材矮小但肩宽胸鼓的人插言道。他已经把睡袋打开,铺在地上。

"如果说用财产给一个人划分阶级未必科学的话,用钱来定义一个人是否能干就更荒谬了。"毕正对此人说道。

"没错!"此人递给毕正一支烟,"别看咱跟要饭的差不多,可要论起赚钱来,这小子一准不是对手。"

"你在什么地方工作?"毕正听这话觉得很奇怪。

此人递过一张名片来。上面的头衔不少:中国长江漂流队队员,中国黄河漂流队水上总指挥;中国可可西里探险队队长。裴益。

"你真的参加过'长漂'和'黄漂'?"

"那还有假。"

"是不是漂过所有的路段?"

"几乎是。有的地方没有设备是过不去的。"

"在我的印象中,可可西里还没有人去过。"毕正从小文弱,家庭条件又不好,很少有机会出游。这就造成了他的逆反心理:特别羡慕探险家。

"是腹地没人去过。可可西里地理条件太复杂,气候太恶劣。"

"听说英国人要去?"

"不只是听说。他们准备工作已经开始了。"裴益重新打量毕正。这已是专业内的事情了。

"能赶在他们前面吗？"

"如果经费凑手的话，是有可能的。"

"国家没有批经费？"

"我刚才不是说过我是要饭的吗？"

"有机会我一定赞助你。"毕正看见"咪咪"已经出现在车厢口，就赶紧说。

"不是我，而是我们。可可西里是中国的可可西里。"

"你说得对。"毕正跟裴益握手后，双手递过一张名片，"我需要解释一下：我们是刚刚成立的公司。"

"不用，不用。我又不是搞摊派。关心可可西里探险事业的人，都是同志。"

"跟你说话的人是谁？"出了餐车后，"咪咪"问。

"可可西里探险队的队长裴益。"毕正对这个名字的印象极深。

"可可西里在什么地方？""咪咪"问。

"在中国。"毕正的思想还没有回过来。

"我当然知道是在中国。""咪咪"不高兴地说。

"为什么当然在中国？"

"能出国的人，哪有像他那德行的：睡在餐车地上。""咪咪"出示手中的票，"我搞到了四张软卧。"

"软卧？"毕正出差的机会不算少，但软卧却从来没有坐过。对他来说，那是另一个世界。"得多少钱？"他故作轻松地说。

"钱我来出，我的教授先生。"

"我不是这个意思。"毕正赶忙解释。

"你是怎么搞到软卧的？我刚才看到一位少将也在等票。"

"少将算老几？！""咪咪"不屑地说，"他有他的办法，我有我的办法。"

"你用的什么办法？"

"我不想告诉你。""咪咪"一笑。刚才补票的时候，列车长悄悄地把她领到一个空的软卧车厢内，把门反锁上，对她进行了一番"小动作"——仅仅是"小动作"。为了区区几张车票,不值得动本钱。既然有权的人用权,有钱的人用钱,我为什么不能用用我的优势呢?当然,这些话没必要对他说。就是老婆也不是所有的话都说给老头听的。

"怕我学去不成?"毕正阅历甚浅,不明白其中的奥秘。

郭力力与方见山签订了一份五千吨的合同。

"咱们都是买卖中人,"郭力力把合同收进经理箱,"明话明说:我得与真正掌握这批聚丙烯的人见一见。"

"你是不见兔子不撒鹰。"方见山笑了,"你又不是厂家,难道还怕货的质量不好?"

"首先我得相信真有聚丙烯。"

"我的这个关系,不是海关的一般干部。这种事传出去不太好听。"

"但你起码得让海关出具一份证明。"郭力力很是精明。

"这个我早已经想到了。"方见山取出一份重磅道林纸的海关文件。上面盖有"中华人民共和国海关总署"字样的鲜红印章。

郭力力认真地看了好几遍。"我能得到一份复印件吗?"

"当然可以。"方见山指指电传机。

取得复印件后,郭力力微微一笑。"几百万的生意,我不能不仔细一点。"

方见山点头表示理解。

"我顺便问一句:你的那个关系是海关的哪一级官员?"

"副关长。"

"姓什么?"

"再下去你该问我他的家在什么地方住了。"

"我这是最后一个问题。"郭力力坚持道。

"跟我同姓。"

列车长很热情地截住四人,在餐车设便宴招待一番。并半带强迫地让四人喝掉一瓶"杜康"酒。

"这个车长好像欠你很大一笔人情似的。"进了软卧车后仲老侄子醉醺醺地说。

"吃醋也轮不到你。""咪咪"把毛料裙子脱掉,换上睡衣。

"我才不吃醋呢!"一离开北京,仲老侄子的气就粗起来,"各种各样的娘儿们,我见过多了。"他脱掉鞋。

一股难闻的气息立刻弥漫全车厢。

为了礼貌起见,过了一小会儿,毕正才打开车窗。

"你嫌难闻不是?"仲老侄子脱得只剩一条粗布裤头,"我偏偏要让你们这帮知识分子闻闻。"他晃动着脚,"我有一百万。一百万是多少,你们知道吗?等于一个县太爷。过来,"他一把搂住"咪咪","陪我睡。"

"咪咪"以极灵巧的动作摆脱出来,挥臂给了仲老侄子一个清脆的耳光。"我看你再敢。"她的目光很吓人。

仲老侄子在三人目光的威慑下退缩了。他仰天躺在铺上,生殖器高高隆起。不过片刻工夫,就打起吓人的鼾。

"真是金钟大吕,响遏行云。"梁正寒有条有理地把被单铺好,再打开毛毯。"咱们开开空调,冻冻这孙子。"

"算了吧。"毕正制止道。

因为海关总署是成立不久的单位,郭力力没有直接的关系在其中,但他还是通过中介找到了一个。

"你们那有没有一位姓方的副关长?"

"有的。方凌基。"

"你们那是不是有批聚丙烯?"

"聚丙烯?没有听说。"

"那好。谢谢你了。"郭力力放下了电话。

他没有听说过也是正常的：凡是好处越大的事就越不容易让一般人知道。郭力力坐在沙发上很想了一气，终于想通了，再说我也不是厂家，只是个中间商，能把合同卖出去就行。他取出一部自编的"人名词典"开始从索引查起。

毕正一直难以入睡。他本能地感觉到，"咪咪"也没有睡。

我是不是真的要开始一种新的生活？新的生活好，还是旧的生活好？我其实不过是偶一为之罢了。人必须有一笔钱才能放心地做学问。

石家庄车站过后，列车进入夜间行车阶段。毕正觉得睡意涌上来。

一个香且软的肉体飘了过来。"你？！"毕正小声惊问。

"咪咪"把手指立在嘴上，做了个噤声的手势。

毕正不能也不敢作声。

"我只想跟你躺一会儿。""咪咪"的声音幽幽的。毕正被软化了，他的身体不再抗拒，但也没有合作。

列车在顺畅地前进。

"咪咪"如诺，只是悄悄地躺着，并没有进行任何性袭击。

毕正侧过身，手臂环绕着"咪咪"的削肩。这个女人需要理解，需要温情。这些我是可以给她的。但什么事情都有一个上限。过了这个限度就变成了另外一种事物。

能在这种状态下作"形而上"思索的人，便不是正常人。如果不是因为一句话，毕正就要越界了："我就喜欢读书人，就像喜欢珠宝一样。""咪咪"俯在他的耳边说。

许昌宾馆坐落在市中心。在他们来之前，建安化工厂的鲁厂长已经下榻于此，并给他们也订好了房间。

"他是省级劳模、省质量管理金奖获得者、全国优秀企业家。"梁正寒报出一系列头衔。

"听上去就像介绍一位英国贵族。"毕正笑着说,"苏格兰公爵、拥有嘉德勋位、被授予维多利亚十字勋章。"

"如果说鲁厂长是世俗贵族的话,毕正先生便是精神贵族。"梁正寒把毕正介绍了一番。

鲁厂长设便宴招待四人。席间他对仲老侄子百般迎奉。

"你们可能看不起我。"回到梁正寒的住房后,微醺的鲁厂长说,"别看这小子在北京是一条虫,到这就成了一条龙,就是省长也买他的账。上面千根线,下面一根针。我这个厂长不好当呵!"

鲁厂长足足诉了半小时的苦。

"你们厂的经济效益算是不错的。"梁正寒说了几个数字,"能达到这些指标,确实够得上是一级企业。"

"我们是小厂,有几个钱就够花。"鲁厂长的谈兴上来了,"今年我又发了一笔大财:年初的时候,有人倒给我五辆'皇冠'车,正准备往出倒的时候,中央下了一个文件:不许集团购买高级轿车。于是我一百几十万资金压在账上,弄得我到处求人。中央下了明令,谁也不敢要了。可没有想到:才过了三个月,这个决定就名存实亡了。这时再把'皇冠'车卖出去,价钱就上升了三倍。"

"你们搞实业的也作转手买卖?"毕正问。

"你们教书的都作,还不让我们开工厂的作?"鲁厂长无意中的一句话,把毕正噎得够呛。

为了缓和毕正的情绪,等鲁厂长走了后,梁正寒又领他到一楼的酒吧。

"这个鲁厂长也真够呛。"梁正寒给毕正倒了一杯啤酒。

"咱们确实是在做买卖,也怨不得别人说。"毕正低头喝酒,"我干完这次,决不再干。"

"我说个笑话给你听听。"梁正寒没有接他的话题,"我有个伯伯,开了一家麻袋厂,算是个有钱人。一九四八年有个在银行工作的朋友打电话问他买不买金条？当时他的手头挺紧，可碍于面子说买两条。当时电话的线路不好，银行一方给听成二十条。当金条买下之后，我伯伯只好要下。没想到过了不几天，就赶上金圆券暴跌。我伯伯因之得以维持小康水平。"

聚丙烯的价格在猛涨。

海关总署不停地收到来自各个方面的咨询。

"这是一个值得注意的问题。应该登报声明，防止有人假借海关的名义。"一位副关长这样批道。

于是在一家首都的大报上刊登了这样一条启示：海关作为中华人民共和国的一个国家机关，从来不经营任何物资产品。

有人把这条消息指给郭力力看。

"你不算算，好事能往报上登吗？"郭力力心中并不着急：他的聚丙烯已经脱手，利润已经进入他的账户。

一家特大型企业也加入进来。当然，他们不会直接出面，而是假手于一个中间商性质的服务公司。

大量资金滚滚进入方见山的账户。他喜不自胜地注视着数字的变化。

"金教授？"在电梯中毕正遇到一个熟人，"他跟我一个教研室。一九五五年北大毕业生。"他这样向梁正寒介绍。

梁正寒立刻想到那个挤掉毕正职称指标的人。

"你来开会？"

"不是。"金教授是一个形容憔悴的老年人，"我是来旅游的。"

金教授把毕正请进他的住房。这是一个大套间。

"你一个人？"毕正实在想不通一向勤俭的金教授为什么如此铺张。

"我要去美国了。本来我以为见不到你了，留了一封信在你桌上。"

"天下原本就没有多大。您去美国探亲？"

"也算是吧。"金教授取出一盒"三五"牌香烟,"你们不喝点儿酒?"

"在我的印象中,您一向是烟酒不沾的。"

"原来是不沾。自从老伴去了之后,就抽上了。"

毕正的酒已经是到限,但还是拿起杯。

"我的这个位置是你的。"

"看您说的。"

"现在如果能还给你的话,我就还给你了。"

毕正知道此时最好是听金教授说下去。

"你奇怪我为什么能去美国。我有个弟弟在那。"

"我听说过。他开了一家汽车修理行。"

"他的肾脏出了点毛病。"

"您是去看看他?"

"我的儿子一直想到美国读书,让他提供保证金,他都不肯。"金教授自饮一大口酒。

"我陪您喝。"毕正知道金教授心中有话。

"你不要喝酒,喝酒特别伤脑。"

"那您也别喝了。"

"我的脑子已经没有用了。"金教授仰头喝了大半杯,"我身上只有肾脏有用。"

毕正的思维极敏捷,已经明白了大概。

"我弟弟得了一次重感冒,肾脏坏了一只。医生说只有近亲的脏器移植过去,成功的可能才能大于百分之八十。于是他想到了我。"

毕正觉得脊背上一阵发凉。

"我老了,没有什么用了。能用一只肾脏让儿子出国也值得。就是他要两只我也是会给的。遗憾的是职称没有办法还给你了。"

"那原本就是您的。"

"我活了五十五年,什么事都见过。你不用安慰我。我就像一个快死的人:你们谁需要什么就拿什么去吧!"金教授的声音升上去八度。

一只血淋淋的肾脏。一个临死的人的呼喊。毕正想道:他的人也许能活一段时间,但他的事业,他的生活,他其余的一切都死了。

"在我死了很久很久之后,我的儿子还活着。"金教授已经进入迷乱状态,"我的一只肾脏还活着。我就是在这个城市读的小学中学,我应该花一点钱来看看。我有权力花这笔钱。"

毕正不知道应该如何安慰老人。

仲老侄子在外面活动了四天后才出现。

"你们可以去看货了。"跟他一起来的还有一位省化工公司的处长。

他们乘处长的车来到了省化工公司的仓库。

"这就是聚丙烯。有三万吨。"处长说。

"你们付钱吧。"仲老侄子说。

"钱是由建安化工厂来付。"梁正寒说。

"但定金是由你们来付的。"

当初在与方见山订合同的时候就说好:以珠子充作两万元。其中一万元付给方见山。其余一万在见到货后付给仲老侄子。

"你们省化工公司的账号是多少?"毕正问处长。

"你们不是说付现金吗?"仲老侄子说。

"转账似乎更方便一些。"梁正寒不紧不慢地说。

"你要是转账的话,这笔生意就让给别人来作了。"处长是个老手。

"我们付现金。"毕正知道不能再退了。

海关是个神秘的去处。它罩在朦朦胧胧之中,而正因为它朦朦胧胧,才使许多人相信。

一览无遗的事情,根本没有诱惑力。

郭力力从方见山处复印下的"海关文件"在短短的一个月之间,繁衍出几十代。而每一代又向两旁延伸。

"海关是最有钱最有势的机关。你没看林则徐没有银子了,都找广州海关的头儿借。那才是个分关,而这是'海关总署'。"有人拿着最少二十代之后的"海关文件"的副本比画着,并引史为证。

一份份的合同。甲方变成乙方,乙方又变成甲方……价格最后在每吨八千五百元上定住了。

它之所以定住是因为外力的作用。

毕正和梁正寒付出了一万元定金。

"你能得多少?"梁正寒问不住数钱的省化工公司的处长。

"没有我的。"

"看你数钱的认真样,我相信一定有你的。"毕正说话的同时心想:这些原本都是我的钱呵!

"也许会有我的一点佣金。"处长说这话的时候,一点儿不脸红。

"佣金的另一个名字是贿赂。"

"贿赂就贿赂。我付出了劳动,就应该有收获。"

"一个有理论的受贿者。"梁正寒这样定义。

尾 声

"'在盈利的前景的诱惑下,不少人产生了幻觉与狂热。狂热等于非理性,而幻觉意味着不真实与破产'。你这话过去是预见,而现在则变成经验谈了。"梁正寒坐在一家小旅馆的台阶上。自从他们得知所谓"海关的十万吨聚丙烯"纯属子虚乌有后,就搬到了这儿。

初秋的太阳暖得很。毕正戴着墨镜看它,觉得五彩缤纷。

"损失的钱,我负责一半。"梁正寒说。

"留着你的钱去娶印度或巴基斯坦老婆吧。"毕正笑着说。

"你居然还笑得出来?"

"反正那珠子也不是我的。说起来也怪有意思的:他们老吴家,从清朝起,就开始辛辛苦苦攒钱,到头来都是为了让我这个姓毕名正的人来花。"毕正坐直,"真是万事皆有定命。"

"看书的时候,这珠那玉的,好像有很多,其实世界上的财宝就那么一点点,不过是今天在你家,明天在他家罢了。"

"你说我那串珠子这会儿在哪?"

"不知道戴在谁的老婆的脖子上。"

"不对。那么好的东西,谁都舍不得给老婆戴,肯定戴在情妇的香项上。"

"这也许是你这些天来说得最有道理的话。"梁正寒站了起来,"收拾东西吧,火车是十二点的。"

门房招呼住毕正,递给他一张保价包裹单,上面的字体歪歪扭扭,显然是没受过多少教育的人书写的。可在"价值"一栏中却赫然填着"贰万元整"。

《黄河》 一九九一年第一期
《二十世纪文学作品精选·中篇卷》 时代文艺出版社 一九九三年三月

股票市场的迷走神经

第一章

"你这身打扮,叫我怎么陪你逛商店?"郭夏对丈夫说。

"你不要把话反过来说:是我陪你逛商店,而不是你陪我。"常锐只穿着一条很短的裤衩,一件廉价的T恤,一双过时很久的凉鞋,站在贸易大厦的入口处。他没有像一般年届四十的男子一样地"发福",腹部依然平坦,好像涂有一层黄色的保护油的微黑的皮肤下,蕴藏着丰富的精力,似乎时刻喷薄欲出。只是头发略有些稀疏:但这亦可以解释成智慧的外在表现。"女人就是女人,就连撒切尔夫人,在有记者问她时,她也说最遗憾的事情是:不能亲自去逛商店。她逛遍全世界也还嫌不够。"

"可你就不能穿得整齐一些吗?"

"衣冠楚楚的人不是骗子,就是花花公子和伪君子。不过我发表严正声明:倘若出席你第二次婚礼的话,我肯定会穿得很像样子的。"

"缺德!这可是全国最大最高的商店。"

最大最高就是最好?常锐永远对女人的逻辑感到惊讶。在以惊人速度上升的电梯中他脸朝外看着。

S市是一个奇妙的城市。它地处南国前沿,像刀尖一样地插入"资本主义"的包围之中。地缘和人缘的交叉作用,使它成为一个混合体。在概念上你也很难将它归类:特区?特区是什么?特区就是S市。S市就是特区。这是一个悖论。

郭夏逛商店有一个特点:从高往低。常锐痛苦地追随着。

"你看这个怎么样?"

"很好。"他知道妻子要的不是意见,只是反应。

"它的包装有多漂亮!"郭夏由衷地赞叹后,买下了这盒化妆品。

包装代替了内容,模糊了内容。它使质量变成了一种主观印象:你在同样的地方,放上同样包装但内容不同的东西,她也一定会买下。她买的其实是包装。包装就是商品本身。常锐没有敢把这话说出来:女人一旦生了气,她们不是去喝酒、去打牌,而是以十倍的热情去买东西。这可是一件要命的事。

一个女导游领着一群显然是来自内地的游客,不停地用麦克风叫他们跟上。

这就像一个牧羊人赶着一群羊。常锐想道。

"这个手提包的颜色和我那件上衣非常相配。"郭夏反复地端详着一个羊皮手提包。"我想把它买下。"

"我实在理解不了你这个'相配'的概念:有了一件上衣,就要买一个与之相配的提包。然后又要祸及皮鞋、围巾。可如果你买了一张床铺,必然要有相配的地毯和窗帘……你就这么配啊配啊,等你配到最后就会发现睡在你旁边的人与你不相配了。"

郭夏根本不理他,仍然不停地往小车里放东西。

"自选"真是一种革命性的发明:在这里一些东西都摆出一副任你拿的样子,可你最终是要付出代价的,而且往往是超出你想象的代价。在结账处常锐机械地付着钱。

在底楼郭夏看中了一条裙子。常锐虽然对衣饰毫无研究,但已经从"皮尔·卡丹"这几个字上分析出它便宜不了。但他没有反对。

"这裙子的确不错,可似乎超出了咱们的购买能力。"

在郭夏说这话时,一个丑陋的女人毫不犹豫地买了一条。

"当造物主没有给人以什么优点时,衣服就变得格外重要起来。"常锐庆幸这个女人的出现。"或者换一句话说:只有有重大缺陷的人,才需要打扮。"

"可她毕竟有一条心爱的裙子。如果不是太贵的话,"郭夏恋恋不舍地放下裙子。

"你买吧。算是我送你的生日礼物。"常锐受到刺激:作为一个男人,必需保障妻子的消费。

"就是。我一年不才一个生日吗?"常锐的话立刻得到反馈。郭夏付了二百元。

幸亏你一年才一个生日。

郭夏去接电话时,常锐擦完汗,光着上身来到客厅。

他的岳父郭天谷正襟危坐在电视机前看"新闻联播"。

按道理它早该完了。他是一个不看中央台新闻的人。这样的人在 S 市大有人在。可郭天谷却是一个必须看的人。不过这并不矛盾:录像机正在录着"亚洲台"的新闻节目。高技术才能够缓解和掩盖矛盾。

"您应该、也完全可以少穿一些衣服。"常锐对他的父亲一向是以"你"相称的,而对郭天谷却从来冠以"您":岳父毕竟是岳父。血缘就是血缘,它的最大特点就是不可替代,不可置换,并且在这个辽阔的世界上没有两个人的血缘关系是完全一样的。

郭天谷脸上的肌肉微微抽动了一下。他是前 G 省财政局的副局长,多年身居高位,使之养成了不动声色的习惯。而且要处理好和女婿的关系,是能否安度晚年的关键,必须保持距离。

"您的意思是我应该多穿一些?"常锐从岳父的脸上读出了潜台词。中国是一个潜台词丰富的国度。

"我没有这样说。"

"如果我这里有空调机的话,就可以穿上毛衣。"

常锐这话是有所指的:一个月前,他的朋友刘科拿来一台空调机,日本东芝牌,开价一千。"为什么这样便宜?"他至今后悔这句话。"没有上过税。"刘科坦然地回答。

郭天谷因此就不同意买。在没有税务局时,这项工作就归财政局管,而他正是分管者。

"如今有谁不偷税?"郭夏说。"这里的夏天没有空调是很难过的。"

郭天谷没有再说话。只是在第二天说要去曾经搞过地下工作的上海转一转,看看老朋友。于是郭夏退却了:"空调机以后可以再买,而我只有这一个父亲。"

"更何况你父亲只有你一个女儿。不就是买一部上过税的吗?"常锐宽宏地说。任何一部成功之家的历史,就是一部妥协的历史。妥协就是进步。

"我看过一本小说:一个",常锐把"很封建"三个字删除掉。"父亲甚至不肯当着女儿的面洗脚。"

"如果这个家里没有康定的话,自当别论。"郭天谷本想说:等到我死了之后,还要你们来给我洗身呢!

"康定不过是一个小女孩子而已。"这个康定是他们雇的小保姆。有一个很复杂的藏族名字,因为她是康定人,所以为了方便起见,就直呼她"康定"。

"一个十八岁的小女孩。"郭天谷关了电视。

康定及时地开出晚饭来。因为七点钟郭夏要去夜校上课。她是S大学法律系的讲师,同时兼任夜校的老师,每个星期有三个晚上要去上课,每堂课能挣四十元钱。而这笔钱是这个家庭必需的:从北京调到S市来后,他们用分期付款的方式买下这幢房子,连利带本压得他们够呛。

在一般情况下,郭夏总要对饭菜评论一番。一个过于能干的女人是不适宜雇保姆的,更不能雇来自康定的保姆。可今天她沉浸在"皮尔·卡丹"制造出来的欢乐中,无暇他顾。

"皮尔·卡丹"是伟大的。尽管它只有二百元钱,不可能是真的。但是这个伪"皮尔·卡丹"依然能制造出巨大的欢乐来。

"刚才是谁的电话?"

"我的一个学生,是工商局的科长。他的法律课得了五十九分。想要改分。他先托了我们系主任,我不给他改。他又转托了分管后勤的李校长,我还是不给他改。刚才他打电话来,苦苦求了半天。"

"你给他改了没有?"郭天谷问。

"没有。"郭夏说了一句违心的话。

郭天谷赞许地点点头。"南下从小就是一个有主意的孩子。"他一直叫她"南下",虽然自从嫁给常锐后,因他嫌"南下"太有战争色彩,就改了。

一个人活得比他所属的时代长是一件值得悲哀的事,他想。"你应该给他加上一分。三十八岁的科长,之所以上你们那个夜校,还不是为了那张文凭?怪可怜的。"常锐说。"其实破文凭有什么用?"他不禁想起自己来:正经北京大学物理系毕业生,到了S市不也只是在保险公司当一个小小的职员?

"有些东西是有它没用,没它不行。"五年前是郭夏提出要来这个新兴的S市的。因为一来这离父亲比较近,二来这在当时的传说中是一个"遍地黄金"的地方。可来了之后,不过是物价和工资作了一次同步调整而已。去开公司做买卖吧,没有资本不说,主要是没有背景。弄得常锐一副灰溜溜的样子。对此她常感内疚。"他跟我的开篇词才有意思呢:郭老师,我有几个问题要问问你。咱们是不是找一个安静的地方谈一谈?亚园酒店怎么样?"她学S市人说普通话,实在是惟妙惟肖,连"一笑黄河清"的郭天谷也动容了。

郭天谷虽然今年已经七十二岁,但牙齿很好,胃口很好。吃得特别快,而且吃完就径自下桌去了。

深夜常锐还在阳台的躺椅上。

"不去睡?"郭夏关心地问。

"不。"回答是简短的。

郭夏走后,常锐又回到"伪睡眠"状态中。

几十年来,时尚变过来又变过去,可记录在常氏家族遗传密码上的进取心却没有变:它只是潜伏着、等待着、渴望着。

整整一夜,在常锐的耳边都响着各种资本在高速流动中发出的尖锐啸叫声。

郭天谷也没有睡。他的卧室就在阳台旁边,女儿女婿的对话听得相当清楚。他在黑暗中隔窗看着常锐。

你不要看他表面上似乎很平静,可我总是觉得他的内部有一种不安静的成分:他是一个银行家的儿子。以出身来决定一切虽然是不对的,但是出身也是能说明一些问题的。必须设法控制这种成分的比例。当然不要超出自己的权限:任何事情都是"过犹不及"。

第二章

S市市长会议室。

方市长是一个有一张典型南方人脸形的中年男子。他先是在G省作秘书长,后来到国务院经济改革办公室作副主任。当S市的经济改革一度陷入低潮时,北京把他派来了。"京官南下,必有作为。"当地的一批报纸这样评论。可没有多久,报界就对他失去了兴趣。而他似乎对成为一个新闻人物也没有太大的兴趣。

作为一个成功的领导人,即使不能操纵舆论,起码也不能被舆论所操纵。"舆论是民众的呼声,可呼声是不是就是民众内心真正所想的呢?这是一个值得研究的问题。当一个司机驾驶一辆载满乘客的车时,后面不停地有人说该向左拐、该向右拐,或者是该刹车、加速。然而作为一个合格的司机,他心里应该清楚怎么做才是对的。"这是他在一次小型的会议上的讲话,并且禁止与会者披露给报纸。

此刻他正约见市政府政策研究室副主任董一。

"我有一种感觉:近来S市的经济似乎走进了一条死胡同。"

"全国的经济形势也不好。"

"我希望你能找到一个办法,刺激它一下。"董一是方市长从北京带来的干部,也是唯一一个——只有那些没有本事的领导人,才带很多属下到一个新单位去——董一有一个很好的经济头脑,虽然直到现在,他还不是党员。

"关于这个问题，我早在去年就提出过：企业没有活力，其主要原因就是资金不足。而解决的最好办法就是成立一个真正的股票市场。"股票市场 S 市一九八五年就有，可是因为没有动力，一直是不死不活的。

"用股票市场来吸取全市以至全国的闲散资金是一个好办法。"

"然而我记得你当时在我的计划上是这样批的：不符合政策。暂不议。"

"请注意我用的这个'暂'字。"方市长和董一之间起码在私下里没有上下级关系。对于一个优秀的知识分子，你只有"国士待之"，他才会"国士报之"。

"当时的政治形势不允许我这样做。"

"你考虑政治方面的事是太多了。"

"我的工作性质就决定了我必须这样做。同样一件事，在某些时候不能做，而在另一些时候却非做不行。这就是辩证法。"

"你报告中央了？"

"当然。这件事超出了我的职权范围。我要你拿出一个具体的、可行的方案来。"

"我的方案都是具体的、可行的。"

"我顺便告诉你：马上就要开政协会了。我们议了一下，准备增补你为政协副主席。"

"我记得在一九八三年就对你说过：当把一部分知识分子驱逐进市场时，有一部分搞纯理论的知识分子必须留在市场外面。只有这样，才可以比较完全地保留他们对人类的关心。现在是一九九〇年，我仍然是这个观点。并且把它推广到官场的范围内。"

"你的理论是矛盾的：现在你就是一个副局级干部。"

"我只有在职务有利于工作时才接受它。如果你真有一个空缺，那就把它给需要它的人吧。如果你是在因人设事，那就把它废除，从而减轻纳税人的负担。"

方市长递一支烟给董一。他是一个适量的吸烟者，从不超越安全的上限。

"你就没有做过一件自己不想做的事？"

"不能这么说。但是我做事和你吸烟一样:把不愿做的控制在一定的范围内。"董一把"555"牌香烟堂而皇之地揣在自己的口袋内。

"我也仿效你这种形象思维的方法打一个比喻:你的脸上的五官,都是按照市场经济的原则自由发展起来的,各自强调独立地位。而你的躯干却是严格服从中央政府的约束。"董一是一个小个子,可头却出奇的大。

"一个上乘的幽默。可我告诉你:我这是五短身材,按照相面理论,就是福相。另外从能量角度讲也是一个低耗高效的典范。"董一站起来。

"不用我给你批一些钱和人?"

"我认为一个竭力鼓吹'小政府,大社会'的人是不应该提出这样的问题的。什么时候我们停止扩大机构了,事情就会好办得多。"

"我到刘科那去一趟。他搬家了,约我吃饭。"常锐对郭夏说。

"房子好吗?"

"不清楚。"常锐明明知道,可不愿意说。别人的成功往往是本人无能的反证。

"少喝一点酒。"郭夏嘱咐道。

大概只有极其得意和极其不得意的人才配听到这样的嘱咐。常锐心想。

常锐在路边招呼出租汽车。可司机们一听他说话,就表示不去华侨新村。他明白内中的理由:他们只喜欢拉外币持有者。而他一口普通话,一听就像是"内地人"。他忽然记起郭夏对他说过:如果你拿人民币坐出租,开始千万不要说话,先上去再说。

他依法炮制,果然很灵。

上车后他只和司机说了一句话,司机就探知他的底蕴,硬是走了三角形的两条边。他没有去争,因为争也没有用。更何况 S 市的方言三年来他只学会两句"这个多少钱?"和"厕所在什么地方?" S 市的方言与普通话根本不是一个语系,有许多已经死亡的名词和动词在这里依然存在:比方此地不是说"七角一分"而是说"七毫一"。毫:银圆的单位。他之所以不学,并不是学不会:他的英语说得极好,以至于不止一个人以为他是从国外回来的。而是不愿意学,普通话是国语。在某种意义上标志着一个人的身份。当然目前它似乎有没落的倾向:北京的年轻人在表示惊讶时,往往使用"哇",这是标准的S市方言。而更使人悲哀的是一些从明清起就存在的老字号饭店,现在也改用"酒店"和"酒家"之类的了。

这是一种文化帝国主义。他按照司机开的价钱付账下车。"汉堡包"有什么好吃?"肯德基"又有什么好吃?可就是门庭若市。因为它们是美国的。S市是"特区",有经济实力,于是它的文化就蚕食了伟大悠久的中原文化。

他取过明显不合理的报销凭证,暗自记下了车号。他对数字的记忆力特别强,几百个电话号码就和刻在他头脑里一样。将来有机会,我就写封信到他的公司。

当走到拐弯处时,他又改变了主意,把单据扔到垃圾筒内。只有小人物的报复才是这种办法。

"你给常锐打一个电话,让他回来时到银行把我的工资取回来。"郭天谷在房间里来回踱着步。

"我不知道对您说了多少次:S市的银行是电脑化的,你的工资只要一到,它就自动存入您的账户。再说就您……"郭夏本来想说:就您那两个工资,取不取关系不大。父亲以前是十级干部,离休后变成九级,可总数不过三百元。而在S市即使是饭店洗碗的女工,每月也赚四百块钱。这话太伤人,故没有说。

"还是取回来好。"钱总是见见面才放心。当年在设立储蓄网点时,他竭力主张多设。有人以费用大反对他时说:"只要有利息,远一点人们也会去。"如果你做这样一个假设:有一个银行的利息高,可是远。而另一个利息低而近,你会选择哪一个?肯定是近的那一个:既然钱不能放在家里,不能放到床底,那么只有放在一个离家近一些的地方才能放心。"实践证明他的理论是对的。"我劝你不要太相信电子计算机:那个东西也会出错。有一次邮局来算我的电话费,一看把我吓了一跳。

"把三十元错写成三千元了不是?"郭夏截断父亲的话。这是一个听滥了的故事。"我给他打电话就是了。"

刘科是 S 市外贸局畜产科的科长。专门分管"牛"。所以常锐戏称他为"牛科长"。

此刻的刘宅从外表到内容呈现出严格意义上的焕然一新。

"分配给我的是三楼,可我偏偏要了这个底楼。"

"怎么?"常锐问。S 市是亚热带气候,以潮湿著称全国。越高级的干部、越是有身份、有钱的人就越住得高,这已是真理。

"以前人们常说:热是大家的,而冷是自己的。而随着科学技术的发展,热、冷、潮湿都变成自己的了。"刘科带领常锐参观:地板是用方木支起来的,并且配备着抽湿机、空调机。整个房间的墙壁都是用若干种类似棉织品的材料贴过;地上铺的是土耳其地毯;墙角蹲着一个红木的黑人孩子像;过厅处是一个酒吧。一条纯种狗正在酣睡。这是那种"观赏狗",一条就能值台电视机钱。拐弯处是一个能装一吨水的鱼缸,养的是名叫"龙吐珠"的鱼,这东西吃小鱼,而且必须是活鱼。

"你这东西挂倒了。"常锐指着墙上挂着的抽象派的大理石雕说。

"没有这个可能。我专门请教过美术家。"

"美术家也会出错。"常锐坐到真皮沙发上。"一切行头都是新的,只是人是旧的。"

刘科按动一个很小但很艺术的钮。"出来见见。"他的妻子出来了。

常锐以前对她非常熟悉,而此刻不禁有"问姓惊初见,称名忆旧容"之感:她做过大面积的整容。所谓大面积整容如果用房屋来打比喻的话,则为改造而不是装修。这个过程无疑是经过全面的勘测、设计,并考虑到身高、体重等有关因素后,由高级医生施行的。皮肤应该增加多少张力、鼻梁增加的高度、眼皮所割的深度……无一不恰到好处。他开始怀疑起遗传理论的正确性。当刘科花枝招展的女儿出来后,常锐不失时机地说了一句恭维话:"我真闹糊涂了:到底哪个是女儿了啊?"

刘夫人因为有人称赞她年轻笑了。

女儿因为有人称赞她已经长大而笑了。

刘科因为是这所有一切的创造者也笑了。

一片笑声后,多余的人退了下去。

"你是不是抢劫了银行?"常锐知道刘科有一些额外的收入:比如高级香烟,名酒等。他虽然只是一个科长,但是手中的权力相当大:所有进出口的牛羊统归他管,他说你的牛羊是什么级别,就是什么级别。而且"金口不开,开口不改。"这是因为牛羊的级别和人的级别、职务、职称一样,没有过硬度的指标,随意性极大。往往是一句话就能加减几万元钱。可眼前这一切,没有硬通货,光凭烟酒和人情是拿不下来的。

"蛇有蛇路,鼠有鼠路。"刘科说。

"甭管蛇鼠,有路也给我指一条。"刘科有一种罕见的能力:在插队时,一下子就能找到最好的村庄;在上学时找到最好的学校和专业;然后又找到最好的——以目前的观点来说,也就是最实惠的工作。这是猎狗一般的直觉。

"您是知识分子,不像我是利禄场中俗人一个。"刘科从酒吧取过一瓶XO级的"人头马"白兰地,一下倒了一大杯。

"这种酒没有你这么喝的。""人头马"白兰地是著名的法国酒。产于干邑地区。两次蒸馏后,分别放入新旧橡木桶中存放六年以上。

"我从来就是这么喝的。"

"有钱人愿意怎么做就可以怎么做。"常锐慢慢地转动着杯子,细细地品。此酒的价格在五百元之上,他还是第一次喝。"我哥哥告诉我:在香港只有他们社长请客时才会出现这种酒。如果是港方请客,那只有港督或者霍英东、包玉刚之流出现时才有。"他哥哥在香港新华社当处长。"这表示是'红地毯'待遇。"

"你可以尽情地喝,临走时我还可以送你两瓶。"

一个人如果富了,他就必定要夸富。否则这富的意义就丧失一半以上。

"你如果把这张桌子放到门口,会有什么结果?"作为朋友,常锐认为有些话必须说。

"放不住。"

"是的。钱和东西一样,应该在什么地方就在什么地方。你如果非要把它们换一个地方,它们就会在外力作用下回归到原来的位置上去。当然人有些不同:他有选择的可能。这也正是最宝贵的。千万不要把它弄没了。"

"你是害怕我进监狱不是?我明白地告诉你:我的钱来得虽然不完全合理,但完全合法。"

常锐用手支住下巴,盯住刘科。"合法合到什么程度?"他虽然不是外贸中的人,但是对其中的花招还是有所耳闻的:每年年初,经贸部、海关总署、中国银行要开一个会来"定盘子",也就是说:确定一美元值多少人民币。比方说:一美元值七元人民币。那么你只要把七元人民币买来的东西卖一美元就行了。可是"老外"不知道这东西的实际价格,也许两个美元他也买。这样你就赚了一美元。可做买卖从理论上讲:有赚就有赔。赚谁赔谁,这其中大有讲究:你可以赚一个你不认识的英国人一万美元,而故意赔给一个与你很熟悉的香港商人八千美元。因为每年要发生几千起买卖。这种"赔法"在账面上是很难体现出来的。只要你总的是赚,就可以交代过去。你说那个香港商人能不"感谢"你吗?"有些东西从账上看不出来,但从别的方面就能看出来。"

"我要真是那样干,那谁也看不出来!我可以叫一个熟悉的外商以我的亲戚的名义给我汇一笔款子,然后我再偷偷地以化名汇回去。这样不管谁来查我,我都以这笔亲戚汇款来解释。"

"看样子我得离你远一些了。"常锐把杯中的酒一饮而尽。

"为了让你放心,我告诉你实际情况:我的钱财是从股票来的。"

"股票?"常锐听说过S市开发银行在一九八五年发行过股票,不过没有多久就销声匿迹了。

"开发银行的股票是百元一张的,当时一些内部人士告诉我:你买吧,有赚没赔。我狠狠心就买了一千股。如今股票的面值最少也有二十万。分红就到手四万元。"刘科双指捻动,做出目前时髦的手势。

"这首先你得有十万块的资金。"

"我的公司在开发银行开户。他们是由几家城市信用社合并而成的,带有很大的民办色彩。所以为了吸引客户,可以让你分期付款。"

"你懂得股票是怎么一回事吗?"

"不懂。也不用懂。反正他们是不会让我赔的。"刘科很自信地说。

"如果有这等好事,你也给我买一些。"

"我听说他们最近还要发行,另外我还听说要开放股票市场。"

"你的消息确实?"常锐忽然感到一种莫名其妙的冲动。是遗传因子在起作用:我的父亲就是"炒股票"起家的。

"不确实。但是一有确实消息我一定告诉你。"

在听刘科叙述了一阵那只狗的家谱之后,常锐告辞。"我转送给他喝。"临走时常锐把刘科送的酒放在黑人雕像前。"顺便告诉你我的观感:你的全部家具就每一件而言都是杰出的,可组合出来的效果却极臭。"

方市长在他办公室的里间,不停地拨电话。

在中国办一件事是很难的,如果你是市长,依然很难,不过是另一个层次上的难。

"股份制很容易让人联想到私有制,这是一个很敏感的问题。你要慎之又慎。"话筒里的声音苍老而清晰。

"我只想拿出几个中等企业作为试点,并不是大面积铺开。"方市长说。

"试点一般是由上面决定的。或者说你的所谓试点正好符合上面的意思。如果相悖的情况出现,就会变得很不妙。"

"我这里资金相当紧张。"

"解决资金紧张,目前全国有许多成功的经验。"

"可这些成功的经验在我这里都不成功。"方市长是一个不轻易改变自己看法的人。

"但是有人经验过。有人批示过。"授话人加重语气。"有律依律,无律比附。"

方市长沉默了好长时间。

"在关键的时刻,你应该听我的。这历史已经证明过。"

"是的。"历史确实已经证明过:一九七七年,一个在中央很负责的人,在一个偶然的机会看中了方市长。当时他只是一个副处长,要提拔他到一个部去当秘书长。秘书长和办公室主任之类都是很容易继续提拔的岗位。可当时的政治形势很不明朗,他就去请教这位老者,老者告诉他:"你赶快称病。不管是脑血栓还是癌症。""这有多不吉利。"职务对人是很大的诱惑,不容易摆脱。"如果你去上任,那将是更大的不吉利。"实践证实这是一个非常英明的决策:在这个时代上去的干部,绝大部分没有好下场。

"政治不是经济。或者说经济是低级的政治。这个道理你要搞清楚。"老者虽然已经过了七十岁,可头脑相当清楚。"为什么有许多在战争年代非常杰出的干部,在和平年代就下去了?其原因就是因为他们只会打仗,不会搞政治。打仗时,你只要能看出一两步就可以了。而搞政治,你看不到五步之外,那你就是一个蹩脚的政治家。"

政治和经济的关系。经济在和政治冲突的时候,要服从于政治。方市长联想到。

"我已经老了,以后在很多地方还要靠你。所以我才这样说。"

"谢谢。"方市长放下电话。但是"开放股票市场"的念头却放不下。

常锐在开始几天,几乎每天都要致电刘科,打听股票的消息。

可是总没有消息。

他变得烦躁起来："我记得你说马上就要开放股票市场的。"

"我只是说：有可能开放股票市场。'马上开放股票市场'这种话只有市长、书记才能说。"刘科感到很委屈。"不过我已经托人到开发银行去给你搞一些股票。有很大的可能搞到一两百股。"

"一两百股有什么用？！我要的是股票市场。"常锐放下了电话。

他对股票是有相当研究的。这和他的家庭是分不开的：他的父亲常老先生以一个普通人的儿子，在上海的证券市场上买到了一个席位，而后用了十年时间，成为上海或者说是远东有名的证券经纪人。这是他整个家族的骄傲。

如果一个家族出了一个著名人物，后辈是不会把他忘记的。人总是有一种"寻根"倾向。在上中学时，他就反复阅读《上海的早晨》《子夜》等文艺作品中有关股票的描述。但是这仅仅是文艺作品：描述未见得客观不说，而且不真切。于是他问父亲。常老先生却一句也不肯说：有些话是没有必要说的，尤其是没有必要对孩子说。

"文化大革命"击碎了父亲的形象。而重塑之时，他已经是一个二十岁的大人了。他代表父亲取回了"交代材料"。出于好奇他读了这些字体工整、经过装订、大约近百万字的交代材料。这其实就是一部近代中国证券史。

在父亲的督导下，他上大学时选择了物理。但是"股票"这东西像魔鬼一样忠心地追随着他：一有空闲，他就到北京大学那座几乎无所不包的图书馆中去阅读有关"证券"的书籍材料。以至于一位经济学教授对他发生了兴趣，经过一番交谈后，教授说："你的经济学方面的知识几乎全部局限在证券方面，不过以你的聪慧和深厚的数学基础，转到我的系里，可能会有发展。"

他动了心。

常老先生再度出面干涉："证券，尤其是股票，在中国是一种已经死去的东西。你何苦去研究它呢？"

"整个考古学都是在研究已经死去的东西。

"他们之所以研究它，目的是为了让它复活。而股票是不会复活的。"

他没有能转系。这并不是因为常老先生的力量：三十岁的儿子是不会唯父命所是从的。而是因为体制的力量：学校明文规定不允许理科与文科的学生"串系"。

人的主观能动性其实是很小的。他沿着别人规划出来的路线，一直走到今天。

"我听常锐说他在寻找什么股票市场？"郭天谷在常锐不在家时问郭夏。

"我没有听说。"

"我对你说了多少次：要抓大事。"郭天谷的声音中威爱并存。"你知道什么是股票市场吗？"

"不知道。也不想知道。"郭夏说。在只有他们父女时，她是百无禁忌的。

"股票市场这种东西在中国是永远不会有的。如果有，就必定是黑市。在解放后，我曾经组织并且领导了取缔天津股票市场的工作。"郭天谷的眉毛微微抖动。

"股票和债券一样，同属于证券一类。现在既然有了债券，为什么不能有股票呢？您不要太古板了。"郭夏收拾提包。"眼下是改革的年代。"

"股票和股票市场不是一回事。在改革的年代，稍微发行一些股票，以增加工人的主人感，不是说不是一种可行的方式。但是股票市场一旦出现，就立刻变成另外一件事了。量变引起质变。股票市场是专门为了投机者而设立的。这你不懂。"

"我不懂，您找懂的人说去。再见。"郭夏顽皮地朝父亲摆摆手。

"我有一个主意：过几天，"董一说出一个著名人物的名字，"要来S市考察经济。这必定是一个庞大的团队，其中一定有经、计委和财政部的负责人。到时你找一个机会把你的想法与他说一说。如果他同意了，别人就不会不同意。如果他不同意，那也没有什么关系：你原本也不过是一个设想而已。"

"用这种越级的办法办事,很可能会得罪一些人。而这些人一定会在一个合适的时机来报复你。用你们经济学的术语来说:这是一种透支。"

"他们或许同意你的意见,从而不来报复你;他们或许不同意你的意见,可因为是中央领导同意过的,而不敢报复你;或许想报复你,可是没有等到实行,他们就下了台或调了工作。所有的可能都是存在的。"

"而最大的可能就是我被他们狠狠地报复了一下,从而下了台。"方市长的决心已下,"你的方案搞出来了吗?"

"在我的电脑里面有十个方案。在我的头脑里还有十个。到时候你需要哪个,我就给你往出调哪个。"

第三章

依照董一的方法,方市长的方案比较顺利地通过了。

之所以说是比较顺利地通过,是因为在那位领导人走了之后,他还是被省人大的马副主任叫到了房间里:"我很奇怪你哪来的那么大的胆量?"他原来是主管财经的副省长,去年刚退到二线。

方市长没有答话。质问本身就是一种表态,根本就不需要回答。

"我怀疑你是不是搞不清楚你的工作范围了?"马副主任穿着睡衣,相当随便地斜靠在沙发上。

方市长继续保持一种尊敬的姿势,只坐半个沙发。

"我是爱护你的。所以我才警告你:这种事情搞不好要去坐牢的。"

"我知道。"方市长是从北京调来的,与马副主任没有渊源,所以必须格外注意分寸。

"你难道就不怕去坐牢?"

"当然害怕。我还有一个不是很老的母亲和一个快要成年的孩子。不过我相信您是不会让我去坐牢的。"他不卑不亢地说。

"你也不要太自信。有些事情发展到后来,既由不得你,也由不得我。"马副主任的态度缓和下来。"我教你一个工作方法:凡事不要急,先放一放。事情一放就放出结果来了。"

对下面提上来的事情在某些时候是要放一放,而目前这件事情,自己是原动力,放是没有任何用处的。方市长心说。

"舞会组织得怎么样?"在自己的意见得到重视之后,马副主任换了一个话题。

"一个小型的但是质量相当高级的舞会已经万事俱备。"马副主任以善于跳舞著称。

"你会跳舞吗?"

"不会。"方市长虽然会,可还是这样说。

"应该去学学。"马副主任把一杯褐色的液体倒入喉咙中。"跳舞是保养身体的好方法。"

保养身体的方法确实有许多,而对我来说,最好的就是睡上一大觉,"我一定找机会学。"

方市长告辞出门时,又被马副主任叫了回来,"我有一件事想让你给办一下。"他的声音放得很低。

"您尽管说。"方市长心说:"肯定不是什么好事。不是安排人,就是给某个公司争取某个项目。"

"我听说从下面来了一个算命的?"

"我好像也听说了。"所谓"下面"就是指香港。

"据说是一个女人?"

"有可能。"方市长虽然根本不明究竟,可还是随口应答。

"她根据什么?是什么流派?经历如何?"

"我去了解后再告诉您。"方市长这次不敢随便说了。因为他对"算命"这一行当是一窍不通。

"我有一句话想和你说。"康定悄悄地对常锐说。

"说吧。"常锐连头也没有抬。在他未出生前很久,家里就雇有保姆。因此他知道对她们最好的办法就是保持一定距离。

353

"这家里没有孩子,老人的身体也好,活不多。"

常锐抬起头来。普天下的保姆只有嫌活多的,没有嫌活少的。这样的开场白后面一定是一个让你为难的要求。

"我想在晚饭后,再到附近的饭馆兼一个职。多赚几个钱。"在来这儿的一年中,康定的话中多了不少新名词。

"你征求过他们的意见了吗?"常锐说。保姆在家庭中总是划归女主人管辖的。必须搞清楚自己的权力范围,这是家庭政治中不易的"黄金律"。

"你要是不同意,我就不和他们讲了。"

"我想他们是会同意的。"常锐笑了。有些狡猾是人类所共有的,比方异性要比同性好说话之类。所以不管是都市人还是山里人都会。

"我可以少要一些工钱。"

"钱的事你和他们去商量。"越俎代庖是再傻不过的。常锐低头继续读他的《证券市场》。这本书是S市立大学的一位副教授写的,充满逻辑和推理,清楚、空洞。他读完最后的一页后就把书扔到一边,并决定不再读它:现实中的股票市场肯定不会是这样的,它一定是不合逻辑也不合推理的杂乱无章所在。

股票市场正式成立了。上市的股票一共是四种:开发银行、田野公司、中山公司、亚园酒店。

在这四家企业中,数开发银行的资金最为雄厚。它原来是由几家城市信用社组成的,早在一九八五年就发行了股票,筹集了大约一亿资金。不过那时没有股票市场,所有的股票都是通过内部途径流动的。田野公司是一家生产农用机械的厂家,专门出产适合南方水田用的手扶拖拉机。中山公司是玩具公司,以产电子游戏机为主,近来市场很好,可因为抽紧银根,造成资金紧张,几次由政府出面向银行贷款。亚园酒店是中外合资的三星级宾馆,各个方面的情况都很好。

"成立大会你一定要出席。"董一说。

"我看我还是不去的好。我一出面,电视台、报纸就必须报道。闹不好会诱发出一些你根本想不到的问题来。"方市长说。

"干都干了,你还怕别人说?"

"有些事情是只能干不能说的;有些事情是只能说不能干的;有些事情却是又能干又能说。要区别对待。"

"如果事先知道如此顺利,就应该找一些骨干企业来做试点。"

"这话完全可以倒过来说:如果找一些骨干企业来作试点,就肯定不会如此顺利。"方市长点燃一支烟。"即使是一个非常大的知识分子,在特定的时刻也会发生概念错误。"

"为了防止概念错误,我有一个小小的建议:能不能找一个美国的、一个日本的、一个香港的证券专家来这做顾问?对于如何管理股票市场,咱们是一点经验也没有。"

"等看一看再说。"

股票市场成立之日,没有任何政府要员出席。国内的报纸反应也不热烈,只在"经济版"发一条小消息。这也难怪:如今是信息的时代,需要报道的事情实在是太多。

可这条消息被日本的《朝日新闻》转载,并附有一位名叫小岛的人写的分析文章。

"这个小岛是什么人?"方市长问董一。

"是日本野村证券公司研究所的研究员。"

方市长沉默不语。

"野村证券公司是日本最大的证券公司。"

"这我还是知道的。你能不能通过某个途径和他联系上?"

"你是想请他来华?"董一问。

"如果是由政府出面邀请,我就不用征求你意见。"既然是"官",就总有"官气",方市长也不例外。"我想让他自己申请来华。这样可以避免很多麻烦。"

董一点头。

开放股票市场的消息立刻传到常锐处。他打电话给上海的父亲。

"股票死了。再也不会有这种东西了。"常父今年已经是八十四岁。在这近一个世纪的岁月里,他阅尽了人世沧桑,对金钱、权力……和所有外在的东西早已厌倦。他整日蛰伏在一幢相当精致的法国式的洋楼中,既不读报,也不看电视。每日与医书和《易经》为伍。

"真的。"

父亲根本不听常锐解释。"十五世纪末就有了股票这东西。十六世纪在荷兰的阿姆斯特丹就有了世界上的第一家证券交易所。在本世纪四十年代,上海的股票交易量和上市品种雄居东南亚之首。我当时就做股票生意,在上海滩也是数得着的人物。可一解放就不行了:银行、企业统统是国有的,那还有什么炒头?"

"我记得您在解放后还到天津做了一阵子股票生意。"常锐对这段时光记忆很深。

"是这样的。"老人顿了一顿,清理了一下思绪。"当时上市的股票有:启新洋灰、滦州矿务、江南水泥……"他一口气报出若干家来。"可一旦国家把物价稳定住了之后,就开始对企业、事业单位实行现金管理,催缴税款。同时国家银行又紧缩对私人的贷款。他们不许做'期货'交易,只许做'现货'。更可怕的是不许买空卖空。而买空卖空正是股票的生命动力所在。"

"可目前确实有了股票市场。我刚刚从那里回来。"常锐强调。"我想加入进去。您能不能来给我做一个顾问?"

"股票可能会有,而股票市场永远不会有了。"老人答非所问。"有闲钱去买国库券吧!"说罢就径自挂断。

常锐摇摇头,无可奈何地放下电话。父亲这些年来之所以能保持健康的身体,其主要原因就是没有什么事物、什么人能够真正地触动他。

"我有一个学生想让你帮他补习英文。"

"谁?"

"海关的李主任。"

"你就是把林语堂请来,也不可能教会他。"常锐对这位李主任的印象极差。

"我说白了给你听:他不是真的想叫你给他辅导英文,而是想叫你帮他考'托福'。"

"他考'托福'干什么?"

"可能是想混一个资历,也可能是想出国。不管他干什么,反正他答应先付一千美金。考及格后再付两千美金。"郭夏把一个大枕头放在丈夫背后。她知道这是一个相当敏感的问题,很可能触动男子汉的自尊心。所以故意放在床上说。

"帮助他辅导英文是一回事,替人考试作弊就是另外一回事了。"常锐离开枕头,坐直身体。"用你爸爸的话讲:这事有涉原则。"

"可咱们家庭需要搞基本建设呵!要买真皮沙发、纯毛地毯……"郭夏报出除"空调"外的若干件高档商品。"这些东西别人都有。"

常锐想道:女人都是比较型的,看见别人有她就想有。这是一个真理。

"如今是商品社会,有买有卖,没有什么丢脸的。"郭夏继续动员。"卖体力和卖脑力是一样的。"

"我保证你买上这些东西就是了。"常锐认为是宣布的时候了:"股票市场开放了。"

"什么是股票?"

"股票是这样一种东西:别人作生意办企业,你可以加入资本,也就是说入股。于是它就要给你一种凭证。这凭证就是股票。"

"就和在银行存款一样。"郭夏在这方面的知识很是贫乏。

"也一样,也不一样。"对学生,尤其是对"妻子籍"的学生必须耐心。"当然,你可以享受股息和红利。然而这不是主要的。主要的是它可以上市去炒。而且在一般情况下,它都会脱离它的本来价值。有的股票,发行时不过是二十元一股,可炒到后来,就变成六十元一股。"

"对了。"郭夏站起身,打开一个有很复杂锁的小柜子。"前年开发银行发行股票时,我也买了十股。"她取出十张印刷精致的股票来。

"我怎么不知道?"常锐问。

"我忘记告诉你了。"郭夏的脸微微有些红。"我有一个学生在开发银行当信贷部部长,他告诉我这东西的利润比银行大。而且我记得你家老爷子当年是经营股票发的财,所以就买了点玩玩。"

"你真是'桃李满天下'啊!"常锐接过股票。"我正式通知你:这些股票的真正价值已经是它的面值的五倍到八倍。"

"是吗?"郭夏立刻把股票拿回去,"可是我只见过它们分红,没有听说过能卖。"

"在一个星期之前,它们还不能买卖,起码没有一个正式买卖的地方。可如今有了。它就叫股票市场。"

"能值多少?"

"你认为它值多少,它就值多少。"常锐开始一个概念一个概念地给妻子解释:"在股市上,有'多头'和'空头'之分。所谓'多头'就是指投资人认为股票会涨价,从而买进;而'空头'指投资人认为股票会跌价,从而卖出。如果大家都买进,股票就会涨价;反之就会跌价。"

"如果你买进后,股票跌价了,你不是就赔了吗?"

"这就叫'多头套牢'。不过有跌价就会有涨价。反正咱们在跌价时买进,在涨价时卖出。从而赚取差价。"

"你怎么知道它什么时候涨价,什么时候跌价?这不是和赌博差不多吗?"

"你对我的话作了杰出的理解:这确实是赌博的一种。不过像你丈夫这样对股票的内部和外部运动过程有着深刻的了解的人在 S 市是没有几个的。只要有足够的资本,我就能在一个月内把咱们的生活完全变一个样。"

"资本从何而来?"

"你把存款捐献出来,我再设法筹集一些。对了,我可以先答应那个李主任,把一千美金弄到手。"

"如果咱们要是赔了,可全都完了。"

"你一百个放心就是了。"

第四章

S市股票市场一开始因为宣传舆论没有跟上去,所以比较冷清。

"你领我去看看这个股票市场是个什么样子。"郭天谷说。

在常锐的印象中,岳父还是第一次对他提出要求,没有不满足的道理。他故意做出一副不熟悉的样子,大绕大弯才到了那个挂着"S市证券市场"牌子的地方。

这是一间很不起眼的两层小楼,而且处在新旧交替之中,一片杂乱景象。

"听说他们花了五十万元买下了这座楼。"常锐说。股票市场开业十天。他起码是第五十次来这个地方了。

郭天谷没有答话,提着手杖走入底楼。

虽然这里已经开始营业,但是人并不多。加之装修和照明都没有就绪,格外给人以惨淡的印象。

"就凭这个破地方,能给咱们赚到钱?"郭夏还是头一回来,可她站在门口不肯进去。

"亚园酒店豪华,市政府气派,你到那里赚钱去吧。"

"也没有人买卖股票啊?"因为常锐已经买了三百股开发银行的股票,二百股田野公司的股票,一百股亚园酒店的股票,加起来是五万元左右,这几乎是全部储蓄,本来是用于买房子的。

"'若待上林花似锦,出门俱是看花人。'"看老丈人已经出来,常锐就用一句诗回答。

"就怕上苑没有花,那就苦了咱们这些看花人了。"郭夏虽然相信丈夫,可把全部押上去,总是很担心。

在这个世界上有女政治家、女教授、女作家,但是她们首先是女人。女人总是干大事而惜身,见小利而忘命。常锐心想但没有说。在这个世界上做一个人,起码有百分之六十的话是不能往出说的。

郭天谷面露喜色地出来,顺手把刚刚脱下的中山装递给女儿。"经验告诉我,像这种东西是长不了的。"他的语调有板有眼。"我在一九五二年就写过一篇论述股票市场必须取消的文章。四十年过去了,不想它死灰复燃,不过死灰复燃是不成气候的,因为只有残渣可供给了。"

"如今是改革的年代,您应该支持新生事物。"郭夏这话像是在对自己说。

"这不是什么新生事物,也不是什么改革。这是纯粹的复旧。"

新生事物在一般来说,总有些像死灰复燃,这如同纪念堂像宫殿,飞机场像火车站一样。因为头脑不能凭空产生一种东西,必须有所遵循。常锐心想。

"我请你们两个吃饭。"郭天谷挥动一下手杖,划出一个半圆,"随便你点。"

幸亏我刚才没有把心里话说出来,否则这顿饭就吃不着了。常锐想。

"您大概有二十年没有请客了,所以我奉劝您最好不要说大话。您知道现在一顿饭要多少钱吗?"

"女儿总是女儿。"郭天谷笑了,"可惜我已经在女婿面前说出来了。"他拍拍口袋,"有一千块够了吧?"

"这要看吃什么和在什么地方吃了。"郭夏本来还要说,可常锐拉拉她的衣角。

股票市场有它的"行话":如果上市的股票价格上涨,就叫作"牛市";因为牛的眼睛总是朝上看的。如果上市的股票价格下跌,就叫作"熊市":因为熊的眼睛总是朝下看的。

"今天又是熊市。"董一对方市长说。"如果股票的价格总是这么跌,你就不好交代了。"

"我不好交代,你就好交代?"方市长笑着反问。

"我不过是一个普通的布衣,顶多是'质本洁来还洁去',而你是一个官员:官员是必须对上级负责的。"

"你瞧,知识分子的软弱性表现出来了吧!你正经是归省委组织部管的副局级干部,如果你不是,我凭什么就是?"

"你是归中共中央组织部管的省级干部,与我不可同日而语。量变引起质变嘛。"

"你如果把你有限的辩证法知识用在本职工作上,那你就会变成一个世界级的经济学家:干什么事情都不要着急,股票对许多人来说是一种新鲜事物,他们对它要有一个认识和了解的过程。慢慢地量变引起质变。"

股票市场继续呈现"熊市"。

深夜两点。电话响了。

常锐赶快爬起来去接。

"我听一个知道内幕的人士说:明天的股票价格还要下跌两个百分点。"刘科的声音变了调。"两个百分点就是几千块钱啊!"

"股票市场就是这个样子的。"常锐压低声音,生怕岳父听见。"有上升就会有下跌。你不要着急。"

"不要着急?我能不着急吗?你总是说有上升就会有下跌,可我只看它下跌,没有见过它上升。"

"眼光应该穿越时间。"

"还穿越历史呢!有几个人能有这样的眼光?"

"所以发财的人才很少。"

"你做小本生意是一回事。我做大生意又是一回事。我奇怪当初为什么会听你的。在我和你说之前,你根本就没有见过股票。"刘科的声音怨气盎然。

常锐不高兴了。"所有的成年人都应该有自己的看法。"

"你能帮助我一下吗?"刘科的语气缓和下来。

"帮什么?"

"按照今天的价格吃进一千股开发银行。"

一千股开发银行股票按面值计算就是十万元。扣去这些天来降低的部分,大约是七万元的样子。

"这超出了我的经济实力。不过我可以以我的股票作抵押吃进。"

"这种金融的戏法我懂:你的股票一跌,我还是亏。我只要现金。我是听你的话才大量购买的。"

这是惊人的无耻。常锐说:"难道我在作了你的结婚介绍人之后,还要对你婚后的一切负责吗?"

"你无论如何也要帮我一把。你知道我的一部分钱是借的。"刘科的声调又变成哀求。

"银行?"

"不,私人。"

"利息情况?"

"比银行的要高一些。"

"高多少?"

"两倍。"

常锐倒抽一口冷气。"我曾经不止一次告诉你:不要借高利贷。你就是不听。"

"时至今日,我也没什么好说的了。"

"我给你想想办法。"

"我的身家性命都在你身上了。以前开发银行的股票买也买不到,可谁知道不过是几个月的功夫,卖也卖不出去了。"

不要和朋友做买卖。常锐径自放下电话后想起父亲的语录。不过当初他确实是听了我的话才去投资的。不管刘科这小子怎么想,我对股票市场的前途还是充满信心的。有他后悔的那一天。

方市长和董一的酒也喝到深夜两点。

方夫人在一般情况下,总要出面干涉,可唯独对董一是例外:丈夫在S市几乎没有什么朋友。作为最高行政长官,他必须如此:如果下属都变成朋友,他就无法工作。但作为一个人他又必须有朋友。董一是解决这个矛盾的途径。"你们哪里是喝酒的,简直是骗酒菜的。"她又凑了两盘菜,"我下班休息去了。这是最后的了。"

"我之所以坚持要开放股票市场,我有我的想法。"方市长的酒量相当普通:不过是两瓶啤酒而已。可现在已经开始喝第四瓶了。

"你的想法我知道。"董一打断方市长的话,"不就是想吸取一部分资金,缓解大企业的困难吗?"

"不对。不对!你再猜。"

董一连猜几个都不对。"我猜不着了。虽然作为下级,我应该善于揣摩上级的心思。"

"我想在S市建立一个真正的工业区。"

"我还以为你要修一条像英法海峡的海底隧道呢!"

"英法海峡的海底隧道是世纪工程,我这个工业区也是世纪工程。我要的不是普通的工业区,而是一个真正服从市场原则的工业区。"方市长流畅地说着自己的方案。

"清朝末年,有一个中枢大臣拿出了一个很好的方案。而张之洞对这儿的评价是:法是好,只是没人办。"董一的酒已经超过极限。"而我对你这个方案的评价是:好是好,只是没有钱。"

"所以我要开放股票市场。"

"以目前的股票走势来看,恐怕非但你筹不到钱,最后市政府还要出几十万来偿还债务。"董一转动酒瓶。"我再问你:你知道你这个小小的工业区要多少钱吗?"

"十个亿到二十个亿左右。"

"这就对了。"

"我有信心在这个股票市场上搞到这笔钱。"

"绝对不可能。建国以来还没有一个地区能在一两年之内筹集到如此之多的钱。"

方市长笑笑没有回答。

"我见了你这种居高临下的笑就生气。你真的以为从这个所谓的资金漏斗口里会漏下这么多钱来吗?"

"真的以为。喝了这最后一杯!"

"我到一个同事的家里去借一本书。"常锐对郭夏说。

"去吧。"

一个人在能说实话的时候就应该尽量说实话。因为一个谎话会诱发另外一个谎话,而在这两个谎话之间,还需要第三个谎话来掩盖。常锐边骑车边想,这很像政府机关:有一些工作,这个部门管不了,或者不愿意管,因此设立另外一个机关。于是在这两个机关之间又出现了一些"边际工作"。那么只好再成立第三个机关……它们就是这样变得膨胀臃肿起来的。

在一个风景优美的住宅区,他按动一个精致的门铃。

"谁?"送话器里传来清晰优雅的女音。

"我。"

电动门锁"啪"的一声开了。

能从经过电传输变形的声音中判断出来人是谁,相互之间必定是相当熟悉。这实际是一种默契。

"怎么不事先来一个电话？"辜梅门口迎候。

"我想试试我的运气。"

"在我的印象中，你的运气一向不坏。"她把他让进客厅。

辜梅今年大约有四十五岁的样子。上海人氏。她无疑是一个曾经相当美丽的女子，那双眼睛即使是时至今日依然非常动人，内涵丰富。

"你在听音乐？"常锐按动遥控器上的"暂停"钮。

一种忧伤的浪潮瞬间弥漫整个大厅。并且渗入人的内心。

这个女人在过去的生活中一定遭受过巨大的不幸。常锐虽在一个办公室内与辜梅同事两年，但是对她的过去一点了解也没有，这只是一种感觉。"我对艺术是外行，但我还是觉得与美术、文学相比，音乐的力量最大。"

"如果这真是你自己的感觉，那你就是一个伟大的艺术评论家和一个伟大的艺术欣赏者。"辜梅指指红木桌上的烟和电热咖啡壶。"找我有事？"

"难道非得有事才能来？"因为辜梅是独身，所以在一般情况下常锐很少到她家里来。"不过今天确实有事。"

辜梅没有问是什么事，在静静地等他自己说。

"想找你借一笔款子。"

"多少？"

"如果你能借给我十万，我将非常感谢你。"辜梅的父亲是香港的一个大老板，非常富有，她曾经想在香港定居，可后来不知道为什么又回来了。

"美金？"

"不。人民币。"

"你太太知道吗？"辜梅轻松了一下。

"知道。"

"你在撒谎。"

常锐只好默认。"她即使知道我找大姐你借款，也不会有意见的。"他明明知道郭夏一定会有意见:一个只大四、五岁的"独身大姐"是相当危险的。但还是这么说。

"钱我可以借给你,但是我希望你告诉你太太。"她明白在男女之间是不应该有秘密的,也明白他仍然不会对他的妻子说。可她与他之间的关系就是如此微妙。"另外我还希望知道你借款作什么?"

"做股票生意。"

"股票市场风波险恶。"

"我相信能够驾驭它。"

"市场是无比灵活的,或许有人能一时操纵它,但没有人能永远地驾驭它。"

"我有着天生的商业直觉。"常锐对这一点是很自信的,在他的血液中,父亲的因子占绝对的统治地位。

"我不喜欢股票。"辛梅眯起眼睛。

"在这个世界上充满了战争、管理、控制、股票、拳击这些女人所不能了解的东西,因此她们从本质上就不喜欢这个世界。"常锐本来想说:因为世界不会像丈夫宠爱妻子一样地宠爱女人,因此女人就不喜欢这个社会。

"如果你是在向一个银行老板贷款,就凭你这几句话,一分钱也借不出来。"

"你不是银行老板,我也不是在贷款。"常锐灵巧地转了一个弯后报出了自己的账号。

两人又相对静默地坐着。阳光从雕花的玻璃窗中泻入,因而变得很抽象。

"我能给你叫一辆出租汽车吗?"辛梅终于说。

"既然你用这种委婉的贵族式语气说话,我也用同样的方式说:如果你能陪我吃晚饭,我将无比荣幸。"

"我反对。"

"可我如果再坚持呢?"当一个女人说"反对"时,你最好想一想:她是不是真的反对。

辛梅不再坚持。

第五章

股票实际上是这样一种东西：当一个公司的股票上市之后，它的真实价值实际上与这个公司的经营情况没有直接的联系，或者说只有很小的联系：如果你的公司经营得好，每季度分红派息可能会多一些。但是在炒股票的人里，真正只想享受红利股息的，百人中不会超出三个。剩余的九十七人，都是想在买进卖出之中吃差价的。

股民的这种心理，使股票完全脱离了发行者本身，蜕变成另外一种东西：某种股票的价格上升或者下跌，完全取决于股民的行为：他们如果都想买进，股价就上升；如果都想卖出，股价就下跌。

就在辜梅借给常锐钱后的第一星期，股票的价格开始上升。它起初以每天百分之五的速度递增，然后又以每天百分之十的价格递增。

因为它增值，所以人们都想买。

因为人们都想买，所以它增值。

它们都是因，又都是果。

方市长、董一、常锐、刘科以及几乎所有的 S 市股民，都没有弄清楚股票的性质。

他们也不可能弄清楚，因为股票离他们实在是太遥远了。

他们只是以极大的热情关注和参与股票交易。

"我们的证券交易所,比起东京证券交易所、纽约证券交易所,无论是在规模,还是在设备方面都差得很远。"董一陪同刚刚到达S市的日本野村证券公司的小岛参观S市的证券交易所。

前门被挤得水泄不通,他们只能从后门进入。

"一边是咸亨酒店般的落后设备,一边是热情的股民。这种景象我从事证券交易二十年的职业生涯中确实是第一次见到。"小岛与一般日本人不一样,身高有一米八十。他今年四十五岁,东京大学经济学博士。日本的知识分子对中国文化都比较熟悉,尤其是对留学日本的鲁迅更容易产生亲近感。

"你能够帮助我们预测一下这个证券交易所的发展前景吗?"董一的岁数虽然比小岛大,但是表现得相当恭敬。

"目前还不能。我还需要研究一下。你能给我提供一些资料吗?"

"什么资料?"

"证券交易法。股票价格走势表。"

"我们对于证券交易还没有立法。至于股票价格走势表,目前还没有绘制。"小岛笑笑,"你们有没有类似道·琼斯工业指数或恒生指数一类的股票统计表?"

所谓道·琼斯工业指数,是美国道·琼斯公司根据工商业指数、运输业指数、公用业指数、平均价格综合指数所编制的表明股票行市的平均数。它以一九二八年十月一日为基数,以后各期股票价格与它相比所得出的百分数就是当时的道·琼斯工业指数。

恒生指数是香港编制的,道理与道·琼斯工业指数同。

"没有。"董一惭愧了。

其实他根本用不着惭愧:从建国以来,中国所有的大学没有一个股票专业的毕业生。

"必须立法:如果从香港来一个大户,在你这里炒一阵股票后就走了,这将给你们这个新兴的股票市场带来不可弥补的损失。"小岛曾经帮助几个第三世界国家建立过股票市场,对这些国家的法制、技术、设备的不完善见过多了。"另外必须编制一个能够反映股票价格的指数,否则政府将不能给予必要的指导和干预。"

"我们没有经验,今后还需要您的多方指教。"

"相互指教。"

股票市场继续"牛市"。

开发银行开始给股东分红派息。他们的方式是:按每张股票的面值给百分之八的红息。如此计算,常锐手中的股票就将得到两万元。可银行方面为了继续吸引资金,让股东在现金和股票两项中挑选。一般人都选择股票:因为它们是按面值配给的。而此时开发银行的股票价值已经是面值的十倍以上。

这样计算下来,常锐手中的股票价值已经为他赚取了二十万元的利润。

除了投机外,没有任何实业和商业有这么大的利润。

开发银行在分红派息时所采用的是电脑方式。于是出现了一个问题:常锐从刘科处吃进的股票,当时没有过户,这也就是说:这些股票在开发银行的电脑记录上,还是属于刘科的。分红也只能分到刘科的名下。

"你最好给他打一个电话。"郭夏对丈夫说。

"不用。他迟早会给我的。"

郭夏没有再说什么。丈夫的话最近变得非常权威。

三天过去了,在这三天中,开发银行的股票又增值了百分之四十。

常锐忍不住了,终于拿起了电话。

"我当然要给你。明天我就去办手续。"刘科在电话中满口答应。

又是三天过去了。

"你是怎么搞的。"常锐发火了。"做生意不能如此没有信用!"

"我给你现金如何?"刘科在连声道歉后提出一个新建议。

"可以。"常锐此时正需要现金来还辛梅的钱。

"不过我计划按照六天前的面值给你。"

"你不计划按照发行时的面值给我?"常锐拼命压住火气。

"我当然不能这样做了。"

"我不要现金,我只要股票。"

"如果你非得要股票的话,按照三天前的价格折算给你。"

"就这样办。"常锐放下电话后,决定今后再也不与刘科打交道了。

"你是一个非常软弱的人。"在常锐通话时,郭夏和郭天谷一直在静听。

"世界上的东西这个有价值,那个有价值,认清一个人的本质最有价值。他按照三天前的价格给我,至多是损失一个单位而已。"因为经常在股票市场里泡,常锐已经在日常用语里加入大量的"行话"。他所谓的一个单位就是一万元。

"看把你大方的。你一共才有几个单位啊?!"

常锐没有答话。股票市场的内部情况是异常复杂的,如果一个人不身在其中,是无法体会的:股票的过户必须出示身份证,如果刘科以出差或者别的任何理由拖延上一两星期,那么损失将以若干个单位来计算。"总而言之,这是我第一次成功的买卖。我想庆祝一下,不知道你们肯不肯赏光出席我在亚园酒店举行的晚宴?"

"我举双手赞成。"郭夏首先响应。她知道丈夫是非常辛苦的。劳力就不用说了:每天早晨六点就起身到证券交易所去了,有时直到深夜十一点才回来。午饭是时吃时不吃。劳心则更甚:股票的价格时升时降,买进什么,卖出什么,以人民币还是别的什么货币,凡此种种,在瞬息之间就是几千元以至几万元的进出。更何况这是自己的钱,责任尤其重大。

"您去吗?"常锐问岳父。

"爸爸当然去。莫非你不欢迎?"郭夏抢先答道。

郭天谷本来是不想去的,可既然女儿已经这样说,也就只好去了。

"康定也去。"常锐打了一个电话叫了一部出租汽车后又说。

"我去打扮打扮。"康定高兴地跳了起来。十八岁还属于一个不能掩饰自己情绪的年龄。

"这真是'一人得道,鸡犬升天'呵!"在等出租汽车时郭夏说。

"我在农村插队时,曾经干过一阵副业,给人建房。我有这样一个体会:房主如果给你吃玉米面,你就会采用玉米面的干法;如果给你吃白面,你就会采用白面的干法。有的事情,你表面上看是浪费,而实际上是节约。"常锐知道无法"动之以情"就只好"晓之以理"。

他们在出租汽车里很等了一会儿,康定才出来。

她因为晚上在一些小饭店兼职,收入大大地增加了,所以置办了不少衣服。可又没有机会穿,今天好不容易找到机会,左挑右挑,一时间很难取舍。"耽误你们的时间了。"她在使用刚刚学来的客套。

"快进来。"郭夏不耐烦地说。

康定一进入汽车,一股浓烈的香水味就弥漫整个车厢。

"你使用的是什么香水?"郭夏边开窗边问。

"我买的。"康定坦然地回答。

"这明明是我的法国'蝴蝶夫人'牌香水。要三百元一瓶,你一个保姆怎么会舍得买?"郭夏的神态相当严厉。

"就是我买的嘛!"

郭夏还想说,可常锐拉拉她的胳膊。

为了工作方便,小岛就下榻于证券交易所旁边的一座不上星级的饭店。他是一个负责的顾问,每天像常锐一样待在交易所中。每星期都提交一份报告给董一。董一再根据自己的观察,写一份综合报告给方市长。

"我认为咱们市场应该再对股票市场进行投资,改变它的设备落后状况。"

"这是你的意见,还是小岛的意见?"方市长问董一。

"我的意见如何?小岛的意见又当如何?"

"如果是小岛的意见,我认为是很正常的。用通俗的话说:他是来自资本主义世界的。如果是你的意见,就只能证明你的水平低。"

董一疑惑地看着方市长。

"我们好不容易才争取到开办证券交易所的权力。如果你把它建设成一个相当现代化的场所,那么必然遭到一系列的责难、检查、诽谤、中伤。所有这些叠加在一起,无疑会毁掉这个新生事物。

"可一个孤立的系统运转起来是很不稳定的。应该把它纳入全球的系统中。"

"凡事'欲速则不达'。而且这样做有涉意识形态。凡是有涉意识形态的必须谨慎。"

"中央不是一直号召改革开放吗?"董一不以为然地说。

"中央是这样说,但是你必须考虑到各级干部的水平。"

"只要最高级领导同意了,下级反对是起不了什么作用的。好比你执意干一件事情,我即使是拼命反对,也没什么作用。"

"我是不会执意干任何事的。即使是一个独裁者,最后也要依靠大多数人的意见。"方市长没有告诉董一,就是为了这个小小的、简陋的、孤立的股票市场,他已经受到相当大的压力。"暂时先这么着,以后看情况再说。"

有许多人在和常锐打招呼。

"你经常在这吃饭!"郭天谷问。

"是的。"常锐说的既真实也不真实:从他做股票生意开始,确实每天在这"吃饭",不过只是买一杯饮料,从头到尾喝上两小时,然后再到门外买一盒盒饭,狼吞虎咽地吃完再回家。之所以这样做,是因为信息是在这里产生,同时也在这里汇聚。如今不同了,他翻开菜谱,在已经看了无数遍的菜系中,点了若干高档的。

"我提议为常锐干一杯。"郭夏举起杯,"因为他为这个家庭做出了巨大的贡献。"

"你也做出了巨大的贡献。"常锐双手捧杯。"不过我有一个附议:应该全家干一杯。"

郭天谷也举起酒杯。即使再古板、再教条的人,也不会在这个时刻扫兴。虽然他反对做股票买卖。

康定也试图加入这个行列,但是被郭夏的严厉的眼神给禁止了。

"我再和保姆同志干一杯。"人在自身被充分肯定时,总会有"兼济天下"的胸怀,并且试图"普天同庆"。

"如果你以另外一个题目和她干杯,我不反对。"郭夏转对康定说:"但你永远不是这个家庭的一员。"

康定没有吱声。这是非常明智之举。

"你一共赚了多少钱?"郭天谷以前从来没有提过类似问题。

"账面上大概是二十万的样子。"

郭天谷惊讶了:二十万,这几乎是厅局地市师级干部两辈子的工资。"你纳税了没有?"这句问话是出自下意识的。

"没有。我这二十万,只是账面的价值。如果按照股票的面值计算,不过是一万的样子。"

"即使是一万也应该纳税。"

"如果我出卖股票的话,就确实应该去纳税。"常锐的话说得相当婉转。

"他说得有道理:如果他不出卖股票,那么只能说是他购买了价值一万元的东西。这从法律上也是站得住脚的。"

"你们如果不出卖,那么所谓的二十万就永远是镜花水月。"

"出卖是要出卖的。不过出卖的方式有很多:比方私下转让之类的。这样子在银行的电脑记录上将没有任何踪迹。"

"很可惜,你的法律知识都用在这些方面了。"郭天谷对女儿说这话时想:曾几何时,她还是一个坚持原则的孩子,金钱腐蚀人的力量确实大。不过没有人和钱有仇,既然政策和法律允许他们赚钱,那就让他们赚去好了。

常锐回去之后第一件事就是给父亲打电话,二十一点正是一天之中父亲精神的最佳时刻。"我赚了二十万。"他开篇的第一句话就是这。

"我听上去就像是你赚了两千万似的。"父亲嘲笑道。

"可二十万毕竟是我原来四辈子的工资啊!"

"在股票市场,不能以某个时刻的成败来计算。必须在你退出交易时,你才有资格说你赚了多少。当然这有个前提:就是那时你还活着。"

"我是不会赔的。我有理智,有头脑。"常锐不服。

"谁没有理智、没有头脑?你能看见的好处,别人也能看见。而竞争的结果会把好处全部给抵销。"

常锐渐渐地冷静下来。"您能给我一些指教吗?"

"假设有十个人上了股票市场,其中最少有七个人赔钱,两个人不赔也不赚。真正赚钱的人只有一个。"

"照您这么说,股票市场上早就没有人了。"

"你不要打断我的话!"父亲不高兴了。

"是的。"

"那七个赔钱的人不甘心,还要留在股票市场滚,试图赚回来。那两个不赔也不赚的人,搞了半天,还是不赔也不赚。唯一真正赚钱的那个人还要在股票市场上乘胜追击,因为他已经尝过赚钱的甜头了。"

"我就是真正赚钱的那一个人。"

"你误会了我的意思:在股票市场上没有人是永远赚钱的:赔钱、不赔也不赚、真正赚钱这三者之间是经常相互转换的。"

常锐没有再说什么。他知道只有如此,才能使父亲高兴。

"不是所有的人都有上股票市场的资格的。在这个地方,你必须受宠不惊,无故加之而不怒。你去读读《曾国藩家书》,这对你做人做事做股票生意都有帮助。"

曾国藩和股票有什么关系?常锐偷偷一笑。

"最后我告诉你:看大方向赚大钱,看小方向赚小钱。而且你不要想在最低点买进,在最高点卖出。你要留一部分钱让别人去赚。"

"您能不能来我这里看看股票市场?"常锐感觉到父亲将要放下电话。

"我不看。我看过太多的股票市场了,早已经腻烦了。我现在只读《佛经》和《易经》,被你拉着说这一番话,红尘污染,最少坏我九年的德行。"父亲放下电话。

"你把香水拿出来我看看。"郭夏说这话时,满脸不屑的神情。她已经认定:一个保姆有香水已属不正常,更不会有法国香水。

"我不想给你看。"康定站在她的小房门口,不肯打开门。

"我偏偏要看。"

"我有权利保住我的……"康定本来想说:保护自己的隐私。保姆们自有她们的联合会、她们的沙龙,在那里她们相互学习交流,一同提高。可此刻她不知道是因为紧张还是觉得"隐私"这个词不顺口,竟没有说出来。

"保住你的什么啊?"

康定一着急就更说不出来了。

"你有你的权利,我也有我的权利。"郭夏推开康定,"我今天非要你拿出不可。"

康定不肯动,可郭夏坚持让她往出拿。女人与女人之间的争斗与男人与男人之间的很不相同:她们很有"追穷寇"的精神,不会因为理智之类的原因,做丝毫的退让。

相持。

"你非得要看我就让你看。"康定来S市虽然将近一年了,可康定地区山民的野性依然在她的骨髓里沸腾。她从皮带上一把扯下钥匙,使劲打开箱子。"你看!你看!我让你看个够!"

箱子里各色时髦的女性物品应有尽有:仅香水一项就有:一千零一夜、千媚百态、夜间飞行等四五种。另外还有假乳假发等。

郭夏一下子就说不出话来了。可她不肯认输,固执地往深处翻着。"你从哪里来的这么许多钱?"

"我挣来的。"康定说这话时特别自豪。这钱确实是她挣来的:她在两个小饭店中做洗碗工,每月的工资接近千元。

郭夏翻到一封信,她刚要看,康定就夺了过去,"这你不能看。"

"不看就不看。"郭夏知道这确实属于隐私。

"这是什么?"等箱子里面的东西翻得差不多时,郭夏终于抓住了把柄:一盒女性的和一盒男性的避孕用具。

康定的脸顿时涨得通红。

"你倒是说呵?!"

康定没有话说:她希望解放,追求解放,正是因为这,她才背井离乡,千里迢迢来到S市。可一旦遇到正经问题,她的解放精神就显得大大地不够了。

郭夏又从康定的手里拿过信来。这次她没有反抗。

"你听听。"郭夏对刚刚进来的常锐说:"我来S市,是到我的表哥家。我的表哥是一个公司经理,他平时不是去美国就是去日本。很少在家。我的表嫂是一个律师,每天忙着打官司,一个星期才回来一次。我的任务就是给他们看家。"她越读声音越大。"这个家里有录像机、电视机、空调机、电话机……所有这些东西都随我用。我平时闲得无聊,就读读英文。以后有机会,就到亚园酒店去做公共关系小姐。"她空过一段描写S市风景的没有读,"如果你有机会,请到S市来,我可以供你吃住。你亲爱的。"

郭夏刚读到这,康定一把抢过信来,三下两下就撕得粉碎。

"你再看看这个。"郭夏又把避孕用具扔给常锐。

"你们没有权利这样做!"康定哭着把东西往箱子里扔。"你们这是欺负人。我要到法院去告你!"

"你就上国际法庭去告,我也不怕你。"

康定背靠箱子,一副要拼了的样子,胸脯一起一伏,活像一座要爆炸的锅炉。

"你不要这样。如果你还要闹的话,我只好解除合同了。"常锐知道此刻必须出面,否则后果不可收拾。

康定一下子软了下去。

常锐拉着妻子出了屋。

郭天谷无动于衷地在看电视。

深夜。

"以前我们家的老保姆就从来不是这个样子。她对待我就像对她的孩子。"郭夏的余怒未消。

"她属于一个过去的时代。"在常锐和郭夏结婚时,老保姆尚在世。她年轻时就守寡,一九五一年起就在郭家当保姆,几十年来相濡以沫,确实是"一家人"。

"我就没有见过这样的小混蛋!"

"你对老保姆以一家人看,她也就以一家人看你。而康定本来就没有打算在这个家里待一辈子。雇佣劳动就一定会产生雇佣思想。我不止一次对你说过:保姆贪污一些菜钱、一些日常用品钱,都属于正常消耗。你必须认可。可你就是不听,自己给自己找气受。"

"贪污一些钱是一回事,在我的家里和野男人睡觉又是一回事。我绝不允许她玷污咱们家。"

"咱们家又不是圣地,有什么玷污不玷污的。睡觉吧。"

"我发现她比较听你的话,这是为什么?"

"在激化矛盾方面,你确实是一把好手,而解决矛盾你就不如我了:康定之所以在这个家里干,不是为了这区区几十元工钱;她在饭店里赚的钱,十倍于此。她为的是在 S 市有一个落脚之地。如果咱们不用她了,她就必须在外面找一个地方住。而那些地方是每次公安局清查的重点。没有 S 市户口的人连一个星期也待不住,就会被遣返回去。这是主要矛盾,抓住了,其余的就会迎刃而解。"

第六章

　　S市股票市场以令人难以想象的程度繁荣起来：大学教授、政府的高级、中级和低级官员，一般工人，个体户，以至于保姆都参加到股票生意中去了。"重要的是参与"这个奥林匹克运动会的口号用到这是很合适的。一句话：买卖股票已经由少数人的行为演化成一场人民战争。

　　有一天晚上，康定没有回家。次日中午回来时，兴冲冲地拿给常锐五十股开发银行的股票："我排了一夜的队，也没有买到股票，可出来时在门口有一个人让给我五十股。"

　　"什么价钱？"

　　"二百五十元。"

　　"你够有钱的。"常锐仔细地端详着股票。

　　"我是找一些战友借的。"

　　常锐没有笑出声：在S市的保姆群中流行着"战友"这个称呼。世界就是这样的奇怪：在某些人群中过时的，在另外一些人中却极时髦。"利息是多少？"如今已经没有白借的现象了，即使是在"战友"中。

　　"百分之二十五。"

　　常锐吓了一跳。"你知道股票是怎么一回事吗？"

　　"不知道。大概和国库券差不多吧。反正你们买我也买。"

　　"和国库券可太不一样了。国库券是债券。"他一想这话过于深奥，就又解释道:"国库券是国家找你借钱后给你的一种凭证。国家是不会赖账的,它到时就会还你。而且还有利息。股票就不一样了:那是别人在做生意,你入伙后,它们给你的一种凭证。它们永远不还本,它们只付红利,如果亏了本,就连红利也不给了。"

"它们不就是国家吗?"

"它们只是一个团体。"

"团体不就是国家吗?"

常锐摇摇头:很难对康定解释清楚集体和国家之间的区别。

"股票不是可以买卖吗?"

"如果这家开发银行破了产,那么它们将一钱不值。"股票收入之所以高,就是因为与证券和银行存款相比,股票有很大的风险性:企业经营失败,股票持有人就可能丧本失利。商品经济的原则就是利益与风险成正比。这一点为世人所理解恐怕要有一个很长的过程。他把股票还给康定:"我奉劝你:买了这次之后就不要去买了。别的不说,光利息一项,就能压得你喘不过气来。"他已经发现其中有一张股票是假的,但是没有说。发表坏消息本身就是坏事情。

"我爸爸说他也要买一些股票。"在晚上睡觉时,郭夏说。

"你爸爸买股票?!"常锐的惊讶状就像一个物理学家看见一台永动机在运转。

"我爸爸难道就不能买?"

"能!能!"常锐连声说。"他有多少钱?"

"大约有一万的样子。"

"买什么股票?"

"哪一种股票能赚钱?"

"这是一个没有任何意义的问题。"常锐笑了,"你真是白给我当了这么长时间的老婆了。"

"好像给你当老婆是一个高级职位似的。"

"这主要要看你的投资目的和资金来源而定:如果你想赚大钱,就去买那些风险大利润也大的股票,比如中山公司的。如果你只想赚小钱,那么就去买那些风险小利润也小的股票,比如亚园酒店的。前一种很难掌握,所以用自己积蓄买卖股票的人一般都做后一种。"

"咱们可以将风险大的和风险小的搭配买。"

"这样做的结果等于零。"

"你还想当职业的股票经纪人呢,连这个问题也回答不出来。"

"全世界所有的股票专家,所有的股票经纪人,没有一个能回答出你这个问题的。"

郭夏并没告诉丈夫:动用父亲的钱作股票买卖其实是她自己的主意,因为郭天谷的存款就在她的手里掌握着。她想替父亲赚几个钱,好让他的晚年过得舒适一些。

小岛在证券交易所与常锐相识。这其中的原因很简单:两个人都会讲英文。

有人在抛售中山公司的股票,一共是两万股。

这在 S 市证券交易所是大举动,股票行情立刻看跌。

"你能不能帮助我去问问这个人此刻是什么感想?"小岛指指一个美丽得使人难以忘记的女人,"我前天亲眼看她买了一千四百股中山公司的股票。可已经是连续三天下跌了,这也就是说:她的两万余元顷刻之间化为乌有。"

常锐走到股票行情牌前问这位女士。

"没有什么感想。"她很坦然地回答:"炒股票嘛!"

这话常锐听上去就和"赌博嘛"一样。"你的钱是从哪里来的?"

"哪里的都有。"她回答了他这个很不礼貌的问题。"有我自己的积蓄,也有和朋友借的。我还把我的电视机……"说到这她突然打住,扭头走了。

常锐把这话翻译给小岛听。市里本来给他配备了一个翻译,可这个刚刚从上海外语学院毕业的大学生,英语虽然不错,但对证券交易的知识几乎等于零。

小岛很不满意,所以每有疑难都求助于常锐。

"这是一个深刻的变化:S市的股民的投资行为已经从部分投资,也就是用自己的余钱,过渡到全额投资,也就是用自己全部的钱,进一步到了借贷投资的阶段。"小岛总结道。

在这时,方市长、董一和马副主任出现了。

只有董一给了小岛一个淡淡的招呼,方市长一副不认识他的样子。

"哎,老哥们儿。"有人重重地拍了一下常锐的肩膀。

他扭头一看是刘科。"噢。"常锐在心里说:"谁和你是哥们儿!"

刘科不在乎这种冷淡:"我刚刚从日本考察证券交易回来。"

"你和证券有什么关系?"

"据说要成立一个证券交易管理委员会。"

"你要到那里工作?"

刘科神秘地点点头。

常锐把小岛介绍给刘科。他对他这种无孔不入的本领再一次地感到惊讶。

刘科用日语和小岛对了几句。然后互相鞠躬,交换名片。

"你在什么地方学的日语?"

"就是这次在日本,只会几句。"刘科得意地笑笑,"顺便告诉你:我准备把你以前还给我的股票退给你,如果你要钱的话也行。"

"不用了。"常锐自己也不知道为什么会这样回答。如果仔细分析他的潜意识深处,大概是这样的逻辑:刘科既然要到证券交易管理委员会工作,日后一定会用得着。而且他既然认了错,就不必没完没了。

"我得跟他们去了。"刘科指指正皱眉擦汗的马副主任一行。"改日细谈。"

有许多人在证券交易所外面不远的地方进行"场外交易"。

所谓的场外交易是这样一回事:如果你在证券交易所内进行交易,那你就必须付给证券交易所百分之一的手续费。可如果你进行场外交易,就可以省下这笔费用。这也就是说：场外交易是黑市。

不过做这种黑市交易也是很危险的：有人买了一百股亚园酒店的股票，回到家一看，才发现后面的那个"0"是后加上去的。白白吃了一个哑巴亏。更有甚者：卖出一张假股票，而到手的钱是假港币：典型的"黑吃黑"。

"这就是著名的黑市。"刘科对马副主任耳语道。

马副主任没有任何表示。

"我以为炒股票实际上是一种赌博：你以你的勇气、智慧、学识，以你的长期积蓄、妻子的钱、父母的钱，甚至不惜用老丈人的钱，去对'某年某月某日某种股票的价格是上升还是下降'这一主题打赌。"常锐说。

"你对股票的性质有着深刻的理解。与押宝、麻将不同的是：这里是合法的赌场。"小岛递给常锐一筒啤酒，"人性好赌，这是不可以改变的。一个人可能因为所受到的教育、所处的经济和政治环境、所接触的人而不去赌，但是只要其中的一项或者几项改变，在他内心深处的'赌性'就会被焕发出来，而且往往是一发而不可收。重要的是在管理人性的同时，给它一个合适的去处，而不是去压抑人性。"

"既然股票市场能够筹集资金，活跃经济，我就认为它是一个合适的去处。"

"合适不合适是相对而言的。像这种持续过热不是好现象。"

"应该加以控制。"

"不，应该加以引导。市场是不可以控制的，它有着自己的规律。"小岛纠正道。"我以为你可以做一个职业的股票经纪人，如果有一大批这样的经纪人，可以减少股民投资的盲目性。"

"我个人认为：你们这里的证券交易已经到了必须加以整顿的时候了。"马副主任在他下榻的宾馆对方市长说。

"我们正在研究整顿。"

"我已经是第二次向你们提出:必须成立一个证券交易管理委员会。"

"我们有一个类似的机构。"方市长解释道。

"那是一个研究机构,而我要你们成立的是管理机构。就这么定了。"多年身居高位,使马副主任的话具有不可抗拒的权威性。

"可编制怎么解决?"方市长主导思想一直是"小政府,大社会"。

"你为官三十年,犹是书生。"马副主任往后一仰,"可以先抽调一批干部,建立一个临时机构,等到了合适的机会,再报批一下。"

方市长默认。

"我这里有一个干部挺合适的。他在外贸局作科长,叫刘科。"

"我想办法把他要来。"

"我只是推荐而已,你可以自己考察一下,"马副主任打开电视,"你们这儿的香港台是几频道?"

"我不太清楚,叫服务员来给您调。"方市长借机退出。

小岛的话多少触动了常锐的心:"我想我如果辞职去当职业的股票经纪人,效果恐怕会更好一些。"吃晚饭时他说。

"你不要以为钱就是一切。"郭天谷说。

"我从来就没有以为过钱就是一切。一切是所有东西的总称。在这个世界上没有任何东西是一切。"常锐自己斟了一杯"马爹利"。他近来一直在喝这种酒。"不过钱是好东西。它虽然买不来健康,买不来友谊、爱情,但是它起码给你以自由。"因为成功,他近来变得非常自信。

"没有绝对的自由。"

"我说的是一定程度上的自由。这也就是说:你有了钱,就有了选择的可能。"常锐一口把酒喝干:他想说这句话起码有二十年了。

"你丈夫目前的行为倾向是非常危险的。"第二天郭天谷对女儿说。

"有多危险?"郭夏笑问。

"你作为他的妻子,有责任提醒他。毛主席说过:不要被胜利冲昏头脑。更何况他不过是赚到几个钱而已。"

"一定办。"郭夏敷衍道。

"自从你发了财之后,我无论在单位还是在其他地方都很少能见到你了。"辜梅把常锐让进客厅。

"不敢说发财,大姐面前就更不敢说。"常锐坐定之后掏出一个信封。给人钱时切记不可"裸体"。"我用你的钱赚了不少钱,于情于理都应该意思一下。"

"你这意思是什么?"

"说出来就不好意思了。"

"一定是情书。"辜梅笑着说。

"只比那低级了一点。"

"那么就是感谢信了?"

"比那个要高级。是钱。"

"你的等级图和我的不一样。在我的图上,钱是最没有价值的。不过我总是这么一厢情愿,以至一厢情愿了二十年。"辜梅似笑非笑。

"你如果想把你的钱翻上几番,我可以协助你。"常锐不愿意继续谈论感情世界中的问题,对于他,那里是一个陌生的领域。

"如果你翻到翻不起来时,我也可以协助你。"

"我说的是真话。"

"我说的也是:股票市场的风波险恶,你刚刚涉足其中,可能还不知道。你就像一个情窦初开的少女,以为天空总是蔚蓝色、大地总是布满鲜花、迎面而来的总是白马王子。只有当你到了我这个年纪,才知道什么是人生。"

常锐本来想说:股票是股票,人生是人生。可转念一想:女人的思维方式永远和男人不一样,所以永远不要试图去说服她们。换句话说:正是这种不一样,才造就了这个五光十色的世界。

辛梅看常锐有要走的意图,就接着往下说:"一九八七年十月二十日,香港的股市就和疯了一样,狂泻一千一百多点。我说的是恒生指数,你懂吗?"

"当然懂。我几乎是一个职业的股票经纪人。"

"懂就好。这一场浩劫,使香港损失了三千八百亿港元。这也就是说:香港八十万持股者,每人损失五十万港元。"

"香港的股票市场是香港的股票市场,大陆的股票市场是大陆的股票市场,这其中有着本质的区别:S市的股票市场,是改革的一个试点,没有人会让它垮台。"

"可股票市场却永远是股票市场。"

"你很善于抓住问题的关键。"常锐不愿意继续讨论。"可你是从什么地方得到这么多的股票知识的呢?"

"一九八八年和一九八九年我就在香港。我亲眼看到那里的职业股票经纪人跳楼自杀。"她特别强调"职业股票经纪人"这个词组。"我也亲眼看到我父亲在损失了一千万港元后的种种神态和心态。"

"我给你录像吧?"常锐看到桌子下有一台"M7"摄像机,就拿起摆弄。

"不要。"辛梅下意识地用手挡住脸。

"你怎么这么害怕录像?"常锐奇怪了。

"不是害怕。"辛梅放下手。

"我特别喜欢摄像机,过几天一定调拨一些钱买一台。"

"你要是喜欢,就拿去玩吧。"辛梅没有告诉他自己之所以讨厌录像的原因:M7是高分辨率的摄像机,如果在室内用它录像后,在大屏幕中一放,眼睛旁边的鱼尾纹看得清清楚楚,别的就更不用说了。

第七章

"像S市股市在如此之长的时间内持续上涨的情况我还是第一次遇到。"小岛对常锐说。

"对我这样的股票持有者来说,持续上涨是一件再好不过的事情。"对一个日本人,完全可以实话实说,根本不用担心他会挖你的墙脚。

"股票的生命在于流动。如果它不流动,就变成另外一种东西:像你们银行的存款折。"

这时有两个人在用方言谈股票价格。最后以高出牌价百分之二十的黑市价格吃进。而此时的牌价已经是面值的十倍。

"我已经给你们的政府提交了一份意见书。建议拆股发行。"小岛所谓的"拆股发行"就是在收回一部分面值为一百万的旧股票后,把它拆为十元一股或者一元一股的新股票。因为人们的主要兴趣在于"炒股票",而不是享受红利股息,所以在发行之初,这些新股票的价格也要大大超出面值。不过因为总容量增加了,在上涨一段后总会下跌。对缓解S市股票市场的过热现象有很大的帮助。

"政府说什么?"常锐非常关心。

"在你们这个国家,这件事情说找政府,那件事情说找政府,可政府太忙了。"

就是否发行新股票问题,方市长请示省委。省委没有明确表示,只是批转到人大常委会,让他们"议一议"。

省人大常委会授权财经委员会"拿一个意见后再议"。

"有许多人以为人大常委会是一个空架子。"马副主任再次以"调查研究小组组长"的身份来到S市。"然而在某些特定的时候,它依然能够起作用。"

"没有人这样以为。"方市长断然否定。

"人大常委会是立法机关,也是监督机关。在这个倡导民主和法制的时期尤其如此。"马副主任坐在沙发上活动着肩膀和脖颈。这是一套健身操中的一节,他每天都坚持做。

"我向您汇报一下我们有关发行新股票的设想。"方市长取出文件。

"你不要念稿子,口头说就行。"马副主任眼睛看着别处说。

方市长只得凭借记忆汇报。

"股票实质就是一种货币,你们怎么能让一元一张的等于十元一张的？"

股票的实质不是一种货币。也没有人能让一元一张的等于十元一张的。这是马副主任的概念错误。但是方市长不能公开纠正他,只能耐心作解释。

"我还是搞不懂。"马副主任此时想的是自己手中的一千股刚刚按面值搞来的原始股票。"如果我搞不懂,你就不要指望委员会里别的人能够搞懂。"他很自信地说。

可我却必须让你和他们搞懂。方市长边想边用另外的方法向马副主任解释。

"暂时就这样了,其余问题以后再说。"马副主任有自己特定的作息时间,雷打不动。

因为发行新股票的方案被搁置,所以股票价格继续上升。

S市政府为了减弱炒家对股票市场的操纵力,由中国人民银行出面,规定了：委托买卖股票的价格不得高于或低于上一个营业日的百分之十。

"政府一旦出面,股票的价格一定会下跌。"郭夏对常锐说。"你应该赶快把手中的股票抛出。"

"看看情况再说。"常锐并不为之所动。

股票市场开始降温。

"如果你不卖你的,我就要卖我的了。"郭夏沉不住气了。

"你尽管卖你的好了,我的是一张也不卖。"常锐说。

"我赞成郭夏的意见。"郭天谷也参加进来。"政府是有权威的,政府的话就是法令。它有能力控制市场。"

常锐没有任何反对的表示。

"你不要过于固执:这些日子以来的形势明显地说明各种股票的价格将要继续下跌。"郭天谷虽然从内心深处不赞成股票买卖,但是女儿一家已经深深卷入其中,所以该说的时候就必须说。

"我坚持我的看法,你们可以处理你们的股票。"常锐指指墙角刚刚添置的保险柜,"要不要我现在就给你取来?"

"我并没有参与这种,"郭天谷顿了顿,把"投机"两字去掉,"买卖。我只是参谋意见,听不听你们自己决定。"他并不知道郭夏把他的钱也参加进去了。

"你现在就给我取出来。"郭夏说。

第二天郭夏就把在名义上属于她的股票全部卖掉。

股票价格继续以每天百分之一到百分之三的幅度下跌。

"这是一个好的倾向。"方市长在证券交易管理委员会的报告上这样批示。

"政府做出这样的决定,我还是第一次见到。"小岛说,"如果每天的市盈率低于银行的利率,那么股票的价格将不再上升。"

"也许是这样的。"常锐嘴上虽然做如是说,但内心却不以为然。

"你怎么连日本专家的话也不听?"郭夏这些日子每天都要到股票市场来看股票行情。

"日本人对中国的情况之了解肯定不如我。"常锐对妻子说:"作为一个股票经纪人必须沉住气。"

"可他是股票方面的专家啊!"

"我认识一个物理学家,他对物理的见解完全可以称得上杰出,然而他对人的了解却一钱不值。同理可证:一个日本的股票专家对中国老百姓的想法能懂多少呢?! 走吧。"

常锐的固执不是没有道理的:多少年来,因为种种原因老百姓对政府的话有一种逆反心理。以目前的情况看,好像政府的限制在起作用,可这种心理总要表现出来。而其结果肯定是股票价格的大幅度上升。

股票市场在持续下跌十四天后开始上升。其反弹幅度远远超出证券交易管理委员会和市政府官员的预料:股票价格甚至超出限制前百分之十。

政府再度收缩上下限的区间,做出委托买卖股票的价格不得高于或低于上一个营业日的百分之五的决定。

然而股票的价格还是一个劲地小跑上升。

到了月底,政府再度做出决定:委托买卖股票的价格不得高于上一个营业日的百分之一,而委托卖股票的价格可以低于上一个营业日的百分之五。这一规定的潜台词是:只欢迎降,不欢迎升。

与之对应的是一个新的购买股票的浪潮再度兴起。

"我根本不知道上市的公司是干什么的,就敢于买它们的股票。"一位大约只有二十岁左右工人模样的小伙子说。

"你之所以敢于入市,信心是建立在股票价格还会上升的基础上。可这种期望没有多大的根据:上升总有尽头,一旦回落,一定会有人破产跳楼。"当常锐把这话翻译给小岛听后,他又让他把这段话翻过去。

"你们有你们的理论,我也有我的理论:股份制改革是改革的重要内容,"小伙子笑着说:"政府是不会让它垮台的。"

"他也许确实抓住了关键:只要这个股票市场不是真正受市场机制的约束,就不会有很大的风险。使用行政命令是不能从根本上解决问题的,不过是应急的治标办法。而这种看上去很灵的办法，一旦固化成一种经常性的行为，将会严重扭曲发育中的股票市场。"小岛忧虑地说。

在持续上涨一个月后，不知道为什么原因，田野公司和开发银行的股票开始下跌，亚园酒店和经营不十分景气的中山公司的股票反而上涨。

三天之后，情况开始逆转：田野公司和开发银行的上涨，亚园酒店和中山公司的下跌。

S市的股票市场变得扑朔迷离。

"我从来没有见过在一个股票市场中所有的股票连续五个月上涨的情况。"小岛在报告中写道："股票市场的过热和国民经济过热一样，不是健康机体的表现，必须及早根治。方法有两种：发行新股票和提高银行利率。"

"发行新股票的方案被搁置，提高银行利率更不在我的权力范围之内。"方市长一筹莫展。"你不能给我拿出一个可行的方案来？"

"我多次试图解剖股票市场，可它的内部充满了类似迷走神经似的东西。"迷走神经是一根脑神经，从主干伸出，走遍全身，解剖时它乱窜，故而被公元二世纪的古希腊医生命名为"迷走"。

方市长用手指弹击着桌子。这是他内心十分焦急的表示。

"我听说马副主任想要一千股股票。"董一低声说。

"什么？"

"按面值要一千股开发银行的股票。"

"他怎么能提这种要求？！"

"他根本没有提这个要求，这还是我通过关系打听出来的。"董一看看方市长的脸色。

"如果满足他的要求，发行新股票的方案就有可能在这次人大会上通过。"

方市长没有说话。

"当然，面值的股票目前没有地方买，不过我可以想办法找一些。"

"什么办法?"

"你完全可以不问。"

"你呵你,"方市长指点着董一,"你一个高级知识分子,怎么能想出如此下流的主意?!"

"如果和君子打交道,我就是一个君子;如果和小人打交道,我就必须是一个小人。我这个办法听上去虽然不那么堂而皇之,可它没准真能办事。"

"我宁肯不办事,也不采用你的这种办法。我就不相信凭他一个人就能阻止新股票的发行。"

"你相信也罢,不相信也罢,反正他已经成功地阻止了你几个月了。"董一知道再说也没有用,于是决定自己去办。

股票市场在徘徊了一阵之后,又开始齐头上涨。

"我有一种预感:这恐怕是最后一次上涨了。"在空调机轻微的"嗡嗡"声中,常锐对妻子说。"所以我决定把手中的大部分股票抛出去。"

"目前股票的价格不是还在上涨吗?"

"如果它开始下跌,那还有谁来买?"

"我的意见是等一等再说。"

"你的意见只是在处理你的股票时才有价值。不过咱们夫妻一场,我还是建议你听我的意见。"

因为常锐在股票市场上的多次成功,使她已经没有能力怀疑他。"你是不是打算明天把所有的股票全部卖掉?"

"目前我和你手里的股票按照市值计算,最少也有四十万元的样子,如果全部抛出,恐怕对市场有影响。所以要在一个星期内分几批卖掉。"

常锐在 S 市的股票市场是一个很有名气的人物,当他出卖股票时,有许多人效法。股票价格也就随之下跌。

股票市场看似没有规律,而实际上是有规律的。这就和物理学上的布朗运动一样:就每个分子而言,似乎是随意运动的,而就整体而言,却呈现出宏观规律。换句话说,你卖出股票的行为就使得股票的价格下跌,而股票的价格的下跌又使得你进一步的卖出。你也许没有意识到:这个下跌是你自己造成的。

一样东西——尤其是股票值多少钱,完全取决于公众认为它值多少钱。

"我这算不算操纵市场?"常锐问小岛。

"按东京证券交易所的惯例:只有持有上市股票百分之五以上的才有资格算作大股东。只有他们才有能力操纵股票市场。我从电子计算机上得到的数据说明:S市最大的股东,手中也不过有八十万到一百万的股票。这不足以操纵市场。"小岛很认真地回答。

第八章

当把股票全部脱手之后,常锐第一件要办的事就是买一幢房子。他们相中了一幢带花园的两层小楼。

"它好是好,不过二十万元也太贵了一点。"郭夏说。

"在你有四十万的时候,二十万就不算太贵。"常锐气派地说。

房子很顺利地买下。可当他们夫妇要出卖旧房时,却遇到了阻力:"这房子我买下了,如果钱不够,我可以分期付款。"郭天谷说。

"您这是何必呢?那边又不是没有您的地方?"

"我给你们讲一个故事。"郭天谷搬了一把椅子坐到中间。"从前有一个癞头阿三,是一家店铺的伙计,他摸彩票赚到二百大洋。于是头一件事就是买一身新衣服,并且随手就把旧衣服给扔了。可他店里的一个老伙计却给他收拾起来。当人们问他原因时,他说:癞头阿三过几天还要穿的。果不其然,癞头阿三大肆挥霍,一年不到,就又穿起旧衣服,回到店铺中干活去了。"他喝了一口浓茶。"当时的二百大洋,就和现在的二十万差不多。"

"二百大洋也许等于二十万,但是我不是癞头阿三。"常锐没有不高兴。"您要是愿意买下这房,就买好了,不过我有一个条件。"

"什么条件?"

"您得和我们一起住。"

郭天谷犹豫了一下后就接受了。

一切办妥后,常锐一身轻松。

可这种轻松没有能够持续几天。

"我以前认为钱就是成功的标志。或者更严格一些说:以前我认为钱就是一切。如今我有了钱,我才发现我错了。"他对辜梅说。"钱除了可以买东西外,一点用途也没有。更何况目前我什么可买的也没有。"

"你可以去买太平洋的一个岛屿。或者一个爵位。"辜梅给他倒茶。"买艺术品也不错,它是最坚挺的货币。"

"大姐你可不应该拿我开心。"常锐有些不高兴了。

"你可以去办实业。"

"以我手中区区二十万元,开工厂未免嫌少。"

"我听你的口气,好像还要杀回股市中?"

"可目前股票市场不景气,上市的四种股票统统下跌,根本就不可能有作为。"

"作为你的大姐,我只有一句话告诉你,你能从股市中功成身退,已经是万幸。千万不要再作非分之想了。"

"非常感谢你的忠告。"常锐嘴上虽然这样说,可心里却不以为然,以我的智力、我的经验、我的知识,即使再上股市,一定会有更大的收获。

整个下午他都待在家中玩"卡拉OK"机。他不停地把自己放在各种背景中:一会儿让自己在纽约,一会儿让自己在东京,一会儿又让自己回到中古时期……颇有些自得其乐。当郭夏下班回来时,他才回到现实环境中。

"那个和你在一起的是谁?"郭夏在平时是不戴眼镜的。

"谁也不是。"常锐关掉电视。

"我要看看。"郭夏从常锐手中取过遥控器,打开电视机。

特别清晰的常锐;不很清晰的背景中一个个子很高,身材杰出的女人。"这个金色头发的是谁?"她实在不好意思戴上眼镜。

"我在海滨疗养院认识的一位女士。"

"她在什么地方工作？多大岁数？"郭夏脸向电视，漫不经心地问。

"你应该问我和她的关系已经进展到什么地步了。"

郭夏进一步凑向电视。

"一九七八年我在北京看内部电影《罗马大战》，中间有这样一个镜头：一个女人死在浴盆中，她的手和脚都耷拉在盆外。这时我前面的一个男人不由自主地站了起来，他以为这样就可以看见全部内容。殊不知电影银幕是平面的，不是立体的。"常锐关闭电视，"你不用费心了，这是我用'卡拉OK'混成的。那个女人是费雯丽。"

"缺德！"郭夏一下子松弛下来。"我对你实话实说，人一有了钱，就很可能会出事。因为他有选择的能力和机会。"

"依你说人还是穷一些好？"

"贫穷不是社会主义，但是在某些时候确实还是穷一些好。"

"想不到堂堂的S大学之讲师之逻辑竟然如此混乱。"常锐打开游戏机。

"我跟你说句正经话，你不能一天天的在家里待着，这样会把人给待坏的。有空就到外面走走。"

"说也是。"常锐打开"卡拉OK"机。"有人做过这样一个实验：把一只小鸡关在笼子里，它就不停地叫，一分钟一百次。可当给它放上一面镜子后，它就停止鸣叫了。它以为有了同伴。我之所以玩'卡拉·OK'机可能也是这个原因。"

因为惯性，常锐还是经常到股票市场去。

在市政府发表了不许党政官员利用职务之便买卖股票的文件之后，相当不景气的股票市场更是雪上加霜。往日拥来拥去的人潮，已不复见。常锐不禁有些凄凉之感。

有人重重地拍了一下他的肩膀。

是刘科。"你在这大热天里还穿三件头的西装,不觉得热?"

"我在日本考察时发现:他们大藏省的官员无论在任何气候下,只要出现在公共场合,就一定是衣冠楚楚。这既是气派,也是形象。"刘科抻抻上装口袋内的白手绢。

"如果你把日本的经纬度和 S 市的经纬度作一下比较,你也许会得出另外的结论。"

"我打算请你吃饭,不知道你是否反对?"

"如果你把主谓语换一下,我就不反对。"常锐不想欠他的情。

"谁请客这不重要,以你我的经济能力,一顿饭不过是九牛一毛而已。走,亚园酒店。"

亚园酒店正批准由"三星级"上升到"四星级",所以服务极其周到殷勤。

"我想你是经常在这里吃的,所以饭菜是不是素淡一些?"刘科问。

"主随客便。"常锐表示同意。"素淡一些也是有利于身体健康的。你随便点。"常锐把菜谱递过去。这是一本英文的菜谱,而刘科的英文不行。他想戏弄他一下。

"要两杯'人头马路易十三',两杯'人头马 XO',三杯'胆瓶白薄荷',三瓶'朝日啤酒'。"刘科又随口点了一些菜。

常锐不由地暗暗抽一口气:"人头马路易十三"要五千元一瓶,而荷兰的"胆瓶白薄荷"要五十元一瓶,日本的"朝日啤酒"要九十九元一瓶。再加上服务费用,光是酒水一项就上了一千元。这家伙的心可够狠的。不过我既然说请客,便不能知难而退。"就这些?"他问。

"我看就这些行了,多了浪费。"

妈的! 常锐心说。"你什么时候补习的英文?"

"到目前为止我还是除了二十六个字母外,只认识不到一百个单词。"

"那你是不是根据菜名后面的阿拉伯数字来点菜?"

"我没有那么卑鄙。不过是因为吃得多了,比较熟悉而已。"

"这真是'逆向英文学习法'。"常锐感叹道。看来钱是能够通文的。"学习的途径是非常之多的。'刘项原来不读书',他们从实践中学习。"

这顿晚饭开始时因为有前嫌,所以不太顺畅,可当酒注入之后,矛盾就被稀释化解了。

酒,人类最伟大的发明。

"没有内部消息在股票市场上是赚不到大钱的。"刘科神秘地说。

常锐没有追问:问题与回答往往是成反比的。

"我有一个很内部的消息,你想不想听?"

"想不想都让你说了。"

"有一家香港的公司和北京的一家公司联营,是经营房地产的。他们的股票已经准备在近日上市。"

"公司叫什么名字?"

"京港房地产公司。"

"关于京港房地产公司发行新股票的指示,是写在信上,还是写成文件了?"这个消息常锐必须关心。

"你外行了不是?像这等大事情,一定有正式批文的。"

"能让我看看批文吗?"

"不给别人看,还能不给你看?再说我不是还欠你情吗?"

"这个京港房地产公司的股票什么时候开始发行?以什么方式发行?"

"股票已经由南方钱币厂印出来了,有一部分就在我的手中。至于什么时候发行,目前还没有最后定。不过他们打算以低于面值的价格在内部发行一些。"

"为什么要这么做?"

"香港人的门槛精得很呢!给有关人士一些好处,必然会得到十倍的回报。"

"据我所知:S市对香港的资本进入股票市场有严格的规定。"

"所以他们才和北京挂上钩。"刘科和常锐碰了一下杯。"你如果想搞,我可以想办法帮你搞一些。我就在证券交易管理委员会工作,因此有这个能力。"

"我从来就没有怀疑过你的能力。"常锐不失时机地奉承了一句。"可你为什么把消息告诉我?"

"信息资源共享的主要特征就是:当我把信息传达给你的时候,自己没有任何损失。"刘科摆弄着刀叉。"你手中能调拨的头寸有多少?"

"大约有二十万。"常锐少说了十万。

"不多。我负责给你解决。"

"不是我信不过你。"常锐给刘科斟酒。"我做如此大的生意还是第一次,所以我想看看批文。"

"你不要不好意思:这是一个很正常的要求。明天晚上,还在这个地方,我把批文拿来给你看。"刘科招呼服务员算账。

"我来。"常锐拿出钱包。

"我们证券交易管理委员会在这有一个账号,上面的钱起码和你的全部资产一样多。"刘科用一支粗大的金笔在账单上签了一个潦草的名字。

第二天常锐看到了由中国人民银行签发的正式文件。文件名是《关于〈京港房地产公司申请在S市发行股票请示报告〉的指示》。文号是一九九〇中银发第八五六号。

他正准备抄文号时,刘科说:"不用了,我已经给你准备了一份复印件。"

饭后常锐坚持付账,但是刘科不肯。"公家的钱不用白不用。"他再度签名。

"那我是不是应该付给你一些佣金?"

"这次我不要。"

"在我的记忆中,你是一个标准的商人:即使有人问你现在几点了,你也会向他索取佣金的。"常锐说这话,半开玩笑半认真。

"总的来看也许是这样,但这次是例外。谁叫我欠你的情呢?"刘科付给服务员十元小费。"再说我目前已经不是商人,而是证券交易管理委员会的官员。"

常锐这时才发现这个服务员是康定。他没有和她说话,她也没有任何表示。

因为这次买卖带有孤注一掷的味道,常锐必须征求大家的意见。

"我赞成。"郭夏的回答很简单。"凡是内部消息,总是正确的。"

"我不同意你这种绝对的看法。"郭天谷说。

"在我临插队的前一个星期,有人告诉我:再过一个月,北京的工厂就要招工。你还是坚持让我去插队。当时你说:到农村去,是大方向。于是我就去了。如果我不去,就不至于混到这种地步。"郭夏这话很重,常锐还是第一次听到。

"插队未必是坏事。艰难困苦,玉汝于成。"虽然有空调,郭天谷还是摇动折扇。

"艰难困苦在任何时候,对于任何人都不是什么好事。"郭夏坚持道。

"如果没有这段'艰难困苦',你能认识我吗?坏事里面有好事的成分,好事里面也有坏事的成分。"常锐知道,在妻子指责家里人时,你千万不要与她一起去指责。否则就是一个大傻瓜。"有值得一冒的风险必须冒,否则就不该去做股票生意。"他为这次家庭会议定下了基调。

郭夏的情绪开始逆转。

康定回来了。她一副小心翼翼的样子。这是因为她去"亚园酒店"做工没有和任何人打招呼。

常锐当然不会披露这个消息。矛盾在特定的时候必须掩盖。而被掩盖的矛盾过一段时间,很可能会自己解决。

"我并不是说所有的内部消息都是不正确的,但你们也应该通过一些途径去证实一下,不要盲目地相信它。"

"您如果有途径就帮助我们证实一下吧!"郭夏打开电视的闭音开关。这意味着讨论的结束。

郭天谷一个人出去散步。他好不容易在隔两条街的地方找到一个公用电话。

"是老马家吗?"他要通后说。他知道不如此称呼就无法通过马副主任家的外围防线。

"您是哪位？"

在他通报姓名后好一阵马副主任才出现了。"老伙计,你好呵！"

"托你的福,还活着。"在东北解放战争时,他曾经是马副主任的上级。"我想向你打听一个消息。不知道你能不能告诉我？"

"凡是我能知道你都可以知道。"

"有关京港房地产公司在S市发行股票的事情是否属实？"郭天谷提问一向简捷。

沉默。

"如果你不好回答的话,我就再换一个方式。如果属实,你就继续沉默。如果不属实,你就打破沉默。"

继续沉默。

"非常感谢。"郭天谷放下电话。

第九章

京港房地产公司的股票虽然没有正式上市,但是在 S 市股票市场中却成了抢手货。其价格以令人难以置信的速度,在一个星期内奇迹般地翻了十番。一个新成立的证券公司甚至在证券交易所公开买卖这种没有正式上市的股票。

"这种用内部消息来赚钱的行为是非法的。"小岛对常锐说:"在我们日本有利库路特事件,在英国有'蓝箭事件'。这两个事件使许多要人倒台。"

"然而在 S 市没有有关的法律和规定。"常锐回答。

"没有法律就没有违反。因此这些行为就是合法。"小岛点头。

康定也购买了一百股京港房地产公司的股票。

因为常锐入市,因为许多消息灵通人士入市;因为证券交易管理委员会的官员对股民们关于"京港房地产公司的股票发行是否合法"的询问不置可否……所有这些都使一个热潮接着一个热潮,使京港房地产公司的股票爬上峰巅。

常锐再度吃进京港房地产公司的股票。因为资金不足,他以房屋为抵押,向建设银行借了二十万元。

法国伟大的自然科学家约翰·亨利作过这样一个著名的"毛虫实验":他把

毛虫排列成一个圆圈,然后在中间放上一堆毛虫喜欢的食物。可毛虫只会跟着前面的毛虫爬行,于是它们就开始了七天七夜的长征,直到最后全部饿死。

人的行为在某些特定的时候与毛虫有极大的相似性,相当地盲目。

常锐在亚园酒店宴请刘科。

"因为我的财产在这一个月内翻了若干番,所以今天要点一道最贵的菜表示我对你的谢意。"他问服务员:"什么是今天最贵的菜?"

"最贵的菜?"服务员想了想后说:"轰炸伊拉克。"

"就要它。"常锐对刘科说:"我原来还以为是龙虾什么的呢!"

"其实你根本不用感谢我,你也使我的财产翻了若干番。"刘科熟练地使用着刀叉。因为政府有关于"行政官员参加股票市场交易必须申报"的规定,所以他用常锐的名义购买了价值十万元的京港房地产公司的股票。

"那么咱们来一个普天同庆。"常锐举杯。

"轰炸伊拉克"上来了。它其实就是把锅巴烧热后,再往上一浇佐料。因为有一声响,故而称之为"轰炸"。

"我听我家老爷子说过,在抗日战争时期,重庆也有这样一道菜,不过名字叫作:轰炸东京。"常锐让刘科先动筷子:"眼下正值海湾战争期间,他们就把名字改了。看来利用信息赚钱,不光咱们会,任何聪明人都会。不过它贵得没有道理。"

"这也和股票市场上一样,因为贵你才买;也因为你买它才那么贵。"刘科说。

"至理名言!"常锐举杯。

"我要回日本去了。"小岛把常锐请到自己的住所。

"任期满了?"

"我不是政府正式聘请来的,因此无所谓任期。"

"那是为什么?"

"我在这里没有任何用处。所有我提出的建议,采纳率不到百分之十。在我们日本,这样的顾问是一定会被解聘的,所以还是自己走的好。"

常锐一时不知道该对他说什么,于是只好环顾四周。

"我虽然搞不懂你们的股票市场,但是我可以告诉你一个在全世界都通用的道理:一个健全的股票市场,既要有'长线'投资者,以保持股票市场的稳定,也要有'短线'投资者,以保持股票市场的活跃繁荣。如果都是'长线'投资者,股票市场将死气沉沉。如果都是'短线'投资者,那么这将是一个十分危险的市场。"小岛打开箱子,从中取出一尊雕塑。"这一年来,你对我的帮助不小,分别在即,我送给你一件礼物。这是纽约证券交易所俱乐部七楼餐厅雕塑的复制品。"

常锐仔细地观看:这是一尊熊和牛搏斗的雕塑,形象十分逼真。"我看上去好像是公牛战胜了北极熊。"

"你再换一个角度看看。"

常锐换了一个角度后立刻发现全部都变了:熊给了牛致命的一击。

"这就是股票市场最好的象征,没有永远的'熊市',也没有永远的'牛市'。一切都在永恒的变化中。"

常锐点头,"您还有什么指教吗?"

"我不知道你手中有多少京港房地产公司的股票,我也不知道目前的股票市场会向什么方向发展。不过我个人的直觉告诉我:要小心被'多头套牢'。"

"你得到什么消息吗?"

"仅仅是个人的直觉而已。"

常锐回家时,只有康定一个在家。他没有和她打招呼,就进了自己的房间。他需要认真地思考一下。

我应该卖,还是不卖?最后问题归结到这一点上。他想起一个与他熟悉的S大学经济系张教授说的话:"经验告诉我:那些真正懂得股票知识,消息灵通的聪明人,往往就是赔钱的人。因为他们一有风吹草动就买进或卖出。去年年初,专家们分析:田野公司的股票因经营欠佳,所以可能跌。而开发银行的股票会涨。可到了五月,偏偏是田野公司的股票涨了十三点六倍,而开发银行的跌了五点九倍。聪明人按照'切不可贪得无厌'的原则,在某种股票升到百分之三十后就把它卖了。可就在几个月后,它就涨到十倍左右……所以赚钱的往往是那些'愚蠢'的人。"

他说得有道理:套用资本主义成熟的股票市场经验来指导 S 市这个不成熟的社会主义股票市场是不能得出正确的结论的。常锐用遥控器打开窗帘。在成熟的市场上,一个公司的股票是涨还是跌,一般和它的业绩有关,因此涨跌互补。可在 S 市却是要涨都涨,要跌都跌,什么计算公式,什么走势图表都不管用。我不卖了。

康定敲门后进来。"我有件事想和你说。"

"说吧。"

"我的钱挣够了,所以我想回老家去。"

"知道了。"常锐从冰箱中取出饮料,给康定一筒。"不过我有一个问题:钱还有够的时候?"

"我只想要两万块钱,在我们县城开一家商店。而现在已经差不多有四万块了。"

"你积攒钱的速度不低。"常锐笑着说:"甚至比我还要高。"

"我把京港房地产公司的股票卖了。"

"什么价?"

"差不多少是原来的五倍。"

"如果你把它卖给我,我就会给你更好的价钱。"

"我劝你最好也把它给卖了。"康定欲言又止。

"往下说。"常锐的观察是很敏锐的。他又递给康定一筒饮料。

"我不知道该不该说。"康定知道股票市场是瞬息万变的,自己的消息如果不确,就会给常锐带来很大的损失。

"你尽管说你的,对不对我自己会判断。"

"我昨天晚上在亚园酒店的衣帽间听到几个人说:北京不肯批京港房地产公司的股票在S市卖。"

"你没有听错?"

"没有。"康定说话的声音很不自信。

"我已经看到正式的批文。"

"我看那几个人的衣服穿得特别好,好像其中还有一香港人。"康定根本不知道"批文"是什么东西。她靠的是直觉。

"你怎么知道是香港人?"

"他用港币。"

"在S市用港币的人多了。"常锐松了口气。

"他还有香港护照。"

"你认识香港的护照?"

"它的皮上有狮子的图画。"

常锐意识到问题的严重性。

"我记得你有一个关系在北京人民银行金融证券管理处当处长?"常锐问辜梅。

"你的记性非常好。"

"你能不能给打听一下《关于〈京港房地产公司申请在S市发行股票的请示报告〉的指示》这一文件的真假。文号是一九九〇中银发第八五六号。"

"你声音都变了,什么事情,这么急?"

"可以说是有关我的身家性命。"

辜梅拿起电话。

处长不在办公室。

"你打到他家试试。"

"我不知道号码。"

"能不能通过什么途径打听出来？"

"似乎没有途径。"

常锐一下子瘫在沙发中。

莘梅静静地看着他。

三个小时内，心脏一直像要冲出牢笼的野兽一样撞击着常锐的胸膛。

"我实在是不忍心看你这副样子：就像剔了骨头的猪肉一样。"莘梅看看表，已经是晚上十一点。"我要是不给你打这个电话，你就会在我这里待一夜。"

常锐睁开眼睛。内心活动剧烈时，外表总是非常平静的。

莘梅拿起电话，艰难地拨号。"我找卢处长。"

"你是莘梅吧？"受话人是一个女子。

"对的。是我。"莘梅的话一下子变得不连续。

"你找他有什么事？"问话很尖利。

"没有什么事。"莘梅说完又补充道："只是想和他聊聊。"

一声冷笑。"已经是二十年过去了，你还没有忘了他。我告诉你：我们的孩子都上初中了。"

莘梅重重地放下电话。

常锐没有提任何问题：几乎每一个女人都有不可告人的过去，美丽的女人尤其如此。他开始不停地抽烟。一个小时后，他终于忍不住了："你再打一个，如果是卢处长就说话，不是就算了。"

"你不了解卢太太。"莘梅边拨号边说，"在一个星期中，你不用想突破她的防线。"

果然是卢太太。

回家后,郭夏仔细地盘问他到什么地方去了。

常锐被逼不过,就把所有的情况和盘托出。

郭夏一下子就愣住了。

郭天谷在屋子里来回踱着步。他此刻的心情非常复杂:因为他事先以委婉的方式,发表了马副主任提供的消息。

第二天整整一上午都没有能找到卢处长。他一直在海关开会。

常锐提着一箱子股票,守在电话机旁边。

中午一点,终于把卢处长呼了出来。

"按照一般规律,发行新股票,必须由我们出面,与计委、经贸委联合发文。"卢处长说。"如果在其中牵涉到外资,就必须与中国银行和海关联合发文。"

"特殊情况有没有。"

"如果有上面的人说话,也有这种可能。"卢处长的话相当辩证。"怎么,你在做股票买卖?"

"是的。"辜梅看看常锐。

"那你在四点到六点之间等我的电话。"

六点十分,卢处长的电话来了:"我已经落实:中国人民银行没有发过任何关于京港房地产公司在任何地方发行股票的批准文件。一九九〇中银发第八五六号文件是关于加强外汇管理方面的。"

常锐听完,连招呼都顾不上打,就冲了出去。

股票市场已经关门。

常锐马上赶到"黑市"。可刚刚找到买主就赶上市政府组织的"取缔黑市"行动。他好不容易才溜掉。

第二天,市政府发布文告:京港房地产公司发行股票的行为是非法的,予以取缔。

第三天,市政府又发布"禁止场外交易""利用内部消息买卖股票""非法过户""私下串通"和"证券交易管理委员会的官员、上市公司董事、监事不得参与股票买卖"的文告。

尾声

股票不是赌博。在赌博场上,一个人赢的必定等于另外人输的,而股票市场却能使得所有的人都赚到钱,或者所有的人都赔钱。不过赔钱是实实在在的,而赚钱却总是在账面上。再往深里说:即使京港房地产公司的股票是完全合法的,可如果在某一天大家全都持股票到市场上去兑现,那么它也会变得一钱不值。

因为还不了银行和私人的贷款,常锐决定拍卖新住房。

他出席了拍卖活动。用他的话说:"为的是经历一下市场风波。"

拍卖的结果是除去税收,刚好够本钱。

"在S市拍卖房屋,你是第一人。"建设银行的行长对他说。

"第一个吃螃蟹的人是伟大的;第一个吃龙虾的人也是伟大的。"常锐说。

"难得你如此豁达。"行长拍拍他的肩膀。"如果你以后还要贷款,请来找我。不过前提是你必须有东西可抵押。"

常锐在亚园酒店给康定送行。作陪的有郭夏。郭天谷没有出席。

没有人和常锐打招呼:他所认识的人大部分都在这次由京港房地产公司掀起的股票风潮中赔了个干净。股票市场凭空塑造出许多中产阶级,又轻而易举地把他们毁掉。

"咱们可能是最后一次在这里吃饭了。"郭夏悲观地说。

"我敢肯定这不是最后一次。咱们的本钱不是还在吗?大浪淘沙,可淘不掉真正的股票经纪人。我已经决定不再做票友了。"常锐特地点了昂贵的龙虾。

"你还打算干?"郭夏不禁有些怯生生地问。

"当然!我有勇气,同时还冷静的出奇。并且对股票进行了深入细致的研究。更何况我还有你这样一个第六感官极其发达的妻子,能就此罢手吗?"

"这听上去真不像一个刚刚在股票市场差一点赔干净的人说的话。"常锐的自信感染了郭夏。"我真不知道你的勇气来自何方?"

"勇气是我固有的。我敢预言:我将和S市的股票市场一起成熟、一起发展。"常锐举起杯,"咱们不要忘记今天的主题:为功成身退的康定女士干杯!"

三只杯子相碰。

"一只龙虾这么大,要二十年时间。"常锐说。

"那不是和我一样大?"康定说。

没人回答。

"吃它是什么感觉?"郭夏问。

"如果吃菜的感觉是语言能形容出来的,谁还会花钱吃它呢?要想真的体会,你必须去吃!"常锐伸出钳子。

蜡烛在这张辽阔的桌子上投射出一圈温暖的黄色光。

《当代》 一九九一年第六期

《小说月报》 一九九二年第三期

《扬子晚报》《重庆晚报》《钱江晚报》连载

《中国小说精选》 农村读物出版社 一九九二年十一月

《女友十佳小说选》 西北大学出版社 一九九三年七月

《商场故事》 湖南文艺出版社 一九九八年五月

《股市大鳄》电视剧 湖南电视台 一九九四年

《股票大亨的儿子》(扩写为长篇小说) 百花文艺出版社

一九九二年十一月

聚　会

第一章

　　为了写一本书,特地躲到什么地方去,这在方可观还是第一次。他心说:这恐怕是创造力衰竭的表现。

　　小镇的小客店清静到他觉悟着"寂寞"的真正含义。

　　但是这只是物理的寂寞,而不是佛学的寂寞。

　　我写的书有谁看?他双手枕在脑后,嘴中叼着一支香烟,提出了这个著名的问题。小说这个东西,既不如学术著作专门,又没有新闻报道实际,写它实在是没有什么用。可关键是作为一个职业作家,如果不写又去干什么?

　　因为惯性,因为责任,因为经济,因为矛盾,他强迫自己继续写。

　　又过了三天,方才入巷。

　　"电话。"门卫把正处在高潮中的方可观唤醒。

　　"我是吉永拓。"电话的另一端传来相当清晰的声音。

　　"你是怎么找到我的?我严令内人:不得向任何人透露我的去向。"

　　"我做了做工作,她就告诉我了。"

"我倒忘记了你是专门做人的工作的了。"方可观用调侃的语气说。他们是在一起插队的同学,可目前吉永拓是北方一个中等城市的市长。不管一个人承认与否,在内心深处对比他地位高的人总是嫉妒的。

吉永拓老练地避开这善意的攻击。

"你今天用的电话线路特别清楚。"方可观换了个话题。

"碰巧罢了。"吉永拓明明知道这并不是什么碰巧。他用的是机要线路,这在邮电级别上仅仅次于军用线路。不过没有必要说明。特权的本质就是:能做一些没有它的人不能做的事情,所以一定会遭到没有它的人的痛恨。

"找我干什么?"方可观问。

"你还记得前年春节我曾经动议要到南戴河玩几天吗?"

"你尚且没有忘记,我焉能忘记?"

"我已经联系好了。并且也跟你爱人讲好了。"

"既然如此,我就无话好说了。"方可观有些不高兴。因为到"大海边去"是他妻子多年以来的心愿,一旦有了机会是绝对不会放弃的。

"如何行动?"

"七月二十三日中午十二点,在北京火车站内的电梯前面等我。"

"这种约定方式我听上去好像有一点玄。"

"一点也不玄。"

吉永拓是一个杰出的组织家——现代的干部大部分都是组织家。如果你是思想家,那么是不太可能在他这样的岁数,坐到他这样的位置。当然这并不是说不要思想。任何一种思想,只有在情况允许你表达的时候才能表达。之后也只能在一定的范围内推行——范围这个概念是很重要的:你必须搞清楚你手中权力的溯及力。在政治这个表面上没有疆界的地方,其实有着极其清晰的疆界。

吉永拓对这一切都有深刻的理解。他拿起话筒,吩咐秘书与北京方面联系,订购十张到南戴河的软席车票。然后他又要通了市委书记:"我来了几个朋友,想陪他们到南戴河去几天。"

"可以。"书记痛快地答应。

A城市立医院的丰风也收到内容几乎一样的电话。

"我非常愉快地接受你的邀请。"作为一个掌刀的外科医生，前半年他已经动了大小一百多个手术。很有理由休息一下。

院长听到这个消息之后，很想了一阵。"七月三十号，卫生局刘局长的爱人要做一个胆囊手术。他指明要你来做。"

"他指明我做，我就必须做？"丰风反问。

"倒也不是这个意思。"院长知道凡是与"名"字沾边的，不管是"名教授""名演员""名记者"都有着不小的脾气。就说眼前这位名医吧，上次给他安排了一名不合格的助手，仅仅递错两次手术器械，他下了手术台就狠狠地踢了他一脚，并把带血手套扔到你的办公桌上。可一个医院办的成功与否，全看你的手中掌握多少名医了。他们就是宝贵的资源，必须合理利用。"你可以在八月份的任何时间去南戴河，医院承担全部费用。"

"我七月份去，自己出钱。"

"你去吧。"院长大度地说，政治的全部技巧就在于该妥协时能够妥协。

"那个手术谁来做？"丰风倒有些不好意思了。

"我再想办法吧。"

"我尽量提前回来，"妥协的后果立刻显示出来了。

"玩好了再回。"院长把人情送足。

"谁叫你不和我商量就自己把事情定了。"方可观把装有刚刚开头的稿子的提包往床上一扔。

"你不是也答应了吗？"方可观的妻子吴莉回答的声音虽然不大，但力度足够。中气足的女人是不多见的。

方可观没有想到吉永拓会这么快把信息反馈回来,只好喃喃地说:"你强迫丈夫作了一件他不想做的事情,表面上看是一种胜利,而实际上是一种永久性的伤害。"

"我从来不强迫任何人做任何他不想做的事。你完全可以取消这次出游。"

"你明知我不会这样干,所以才这么说。"方可观笑了。刚回家就吵架,是一件很不明智的事。

儿子听到这个消息时高兴得跳了起来。

"每当大人遇到灾难时,小孩子总是特别兴奋。"方可观摸摸儿子硕大的头颅。"你这副样子不禁使我想起'文化大革命'刚开始的那一天。"他坐在沙发上。"《人民日报》的社论《横扫一切牛鬼蛇神》一发表,你那个在大学教书的爷爷立刻紧张起来,在屋里面来回转。可给我的第一感觉是:从此不用上学了。"

"什么叫作'文化大革命'?"十岁的儿子已经不肯趴在他的膝盖上听故事,而是坐在他的对面,像大人一样,交叉双腿。

"一场特别大的灾难。就像,"方可观一下子拿不出恰当的比喻,"反正是我有生以来遇到过的最不好的事情。"

"您一到没有词的时候,'反正'就出来了。"儿子笑着说。

"我给你一个定性的说明:它是一种我最不愿意让你遇到的事情。"方可观从来不拿儿子当小孩子看待。他认为这样有利于他成长。

"我懂了。"

方可观原来想说:你是不会懂的。我也不希望你能懂。可一想没有必要:世界上的事,并不因为你不希望就不发生。

第二章

"我从你的背面就把你给认出来了。"吉永拓拍拍方可观的肩膀。

"这个我相信。你是在澡堂里干过活的。"

"给人搓过背,好像并不是什么丢脸的事情。"吉永拓微微一笑。

"我并没有说是丢脸的事,尤其是在你作了地市级干部后。"

"你这张嘴巴真是不饶人。"吉永拓对吴莉点头致意。

"你永远是那么年轻。"方可观握住吉永拓妻子霍苹苹的手。

"如果不是我十分了解你的话,就该生气了。"霍苹苹觉出方可观的手有些潮湿。他们青梅竹马,又是在一起插队的同学,熟得不能再熟。

吉永拓开始不住地看手表。

"丰风这个小子永远也学不会准时。"方可观也沉不住气了。

"那不是来了。"吴莉往门口一指。

丰风提着一个很大的皮箱,他的妻子华一纬拉着才六岁的儿子跟在后面。

"本来我们准备下了火车就在站内等,可忽然发现钱没有带够,于是只好去东城我舅舅家去借。"丰风擦擦汗,"从此我背上了有生以来的第一笔债务。"

"你那么有钱就应该在每一件衣服中都放上一笔。"在当年的"集体户"中,丰风是最小的一个,所以方可观总想开他的玩笑。

"我哪来的钱?"

"医生是目前全中国除去个体户外最有钱的人。我听说每次动手术之前,病人的家属都要送上一笔。说给我听听:把一个断下来的手指接上去,要收多少钱?"

"这要看是谁的手指了。如果是你的,无论花多少钱,我也不给往上接。或者给你往反了接。"

"别逗了。你们跟在我后面,从软席口进。"吉永拓把票从一个信封中取出。

方可观看看自动排成一行的人群,颇有所感地说:"十余年来,我一直在力图摆脱你的影响。可一旦见面,却一切如故:你还是领袖,我们几个还是群众。"

两个小孩子,不用互相介绍,很快就"打成一片",追赶着向进站口涌去。领头的是方可观的儿子。

"中国还多少有些希望。"方可观高兴地看着他们。

可到了进口处,他们立刻被穿制服的警察挡了回来。

"不过是多了几个新追随者而已!血统就不对。哎,你的儿子呢?"

"爸爸,你们快来。"丰风的儿子不知从什么地方钻了进去,正向众人招手。

"你这儿子有出息!"

"如果他是你的儿子,你就知道是什么滋味了。"丰风对方可观说。

因为有空调,车厢内凉爽异常。吉永拓端茶送水,充当服务员的角色。

"将来我要是作了大官,一定让你作办公室主任。"方可观说。

吉永拓不置可否地笑了一下,权力的形象要适当地淡化。有一位资深的上级这样告诉他:遇到你不好回答的问题时,切记要一笑了之。

"首长们的笑一般分为两种:闪电式的微笑,凝固式的笑。你这属于哪一种?"方可观问。

"闪电式吧?"吉永拓不很肯定地说。

"这种笑的强度合格,可长度却不够。而凝固式的笑的长度合格,强度不足。"

"可一个人如果能把一个仅仅几寸的微笑传达到几百公尺以外,我看也不是什么好事。"吴莉插了进来。

霍苹苹一副百无聊赖的样子,一直在看着窗外。

孩子们在尽情地吃着。

"他们舌头上的味蕾是咱们的几百倍。"丰风说,"所以吃得特别香。"

"可咱们在味蕾多的时候却没有东西吃。我记得有一次苹苹带了十斤挂面,五个人整整吃了十天。每天就吃几根解馋。"吴莉说。

"而且没有调料。"霍苹苹说。

"而且还没有书看。"吴莉说。

"你帮我把可乐打开。"丰风说。

"医生就会说打开这个词。上次到一个医院去,听到一个医生拿着一张片子对病人说:先打开腹部,不行再打开胸部。我听上去就和打开书、打开提包一样。别忘了那是天地所授,父母所生的人体。"方可观拍拍丰风的肩膀。

"如果有机会能把你的某一部分打开的话,我一定要好好看看里面都是些什么东西。"

"我决不给你这个机会。"

"好像你是永远健康的人,要不就是永不磨损的雷达表。"

"你用的这些烂比喻,一听就是一个没文化的主儿。"

"吉市长来了。"一出站,一个十分精明、三十出头的秘书模样的人就迎了上来。他边把他们让进一辆蓝白相间的面包车内,边从口袋里掏出一部移动式电话,拨号后不称呼任何名姓,直接说:"吉市长已经到了。"

"这是哪家宾馆的车?"方可观问。

"我们市在这有一个疗养院。"

"这我就明白了。"

"那我就把话都说明白:咱们一共是三家人,每一家出五百元钱。如果你们相信我的话,我就来当总管。多退少补。"他这话是让这个小秘书听的,方可观想。

院长见到一行人,只是淡淡地招呼一下,就由副院长领他们到房间。

"这间大房子您住,另外两间中套房他们住。"副院长说。

吉永拓的脸色阴了下来。"我记得和你们说过:不管是什么房间,都要一个标准的。"

副院长重新打开两套房间。都是大套间。

"这种房子不是没有。他们为了讨好你,也是为了区别对待。才专门给你开了一套大的。"方可观说。

吉永拓说:"他们是小人之心了。不明白咱们哥们儿之间的交情。"

"直到这会儿,我才算听到你说了一句有人情味儿的话。"

"那我再到那边人情一番去。"吉永拓说完就出去了。

"他现在的地位跟以前不一样了。你说话要注意一些。"吴莉对方可观说。

"我用不着你告诉我应该做什么和不应该做什么。"

"这有一个前提:就是你知道你在做什么。"吴莉对儿子说:"洗澡!"口气是命令式的。

"咱们能住得起这么好的房?"华一纬摸摸纯毛的地毯,又摸摸丝绒的窗帘。她是一个中学教员的女儿,在医院做护士。一生经历单纯,既无苦难,也没见过豪华。

"你跟着我,什么房都能住。"丰风深情地抚摸着妻子的削肩。

"真的?"

"我不敢说我没有说过假话,但我在能说真话的时候,就尽量说真话,而且我可以向毛主席保证:对你一直说的都是真话!"

"混乱的逻辑必然导致一个错误的结果。"方可观推门进来。"他莫非对你说过他婚前的恋爱史?那可是一部轰轰烈烈、缠缠绵绵的情史。你若不信,可以参看拙著《不能自拔的热恋》一文。"

"你真是一个专门破坏他人幸福家庭的专家。"

"不对,堡垒总是从内部攻破的。"方可观坐到了居中的大沙发上。

"你当作家都当了那么多年了,难道就没有人告诉过你:如果你不敲门就闯入一间房的话,很有可能会被人痛打一顿?"

"从来没有人告诉过我这些。而且我认为即使是人类以为最隐秘的性行为,也有着惊人的一致性,没什么可保密的。"方可观说,

华一纬听到这句话后,慢慢站了起来,走到了帷幕后面。

"我还以为医生是最唯物不过的呢,得罪了。"方可观拱拱手。"可没有想到她还是一个小姑娘。"

"如果碰上你这样一个最伟大的唯物主义者,就是妓女也会脸红。好在我是非常了解你的:一个典型的口头革命派!"

"你倒把我说了个不值钱。"方可观不想再讨论这个话题。"以我的眼光看,霍苹苹和吉永拓这两个人之间好像出了点问题。你有感觉吗?"

"没有。"

"你小子整个的木头一段。"

"可我个人体会:有些家庭之所以出问题,就是因为有那么一些别有用心的人过于关心他们。"丰风眨眨眼。

方可观顿了顿后:"我这个人难得被人说住。"他压低声音:"可谁叫我有前科呢?"

方可观与霍苹苹之间有一段不太严重的罗曼史——程度浅、时间短。可影响对方可观来说,却是十分深远的。

"那些事情我只对你说过。其实我以为其中有一些不过是我个人的幻觉而已。"

"不要欲盖弥彰了。"丰风笑着说,"一到正经场合你就不唯物了!"

"唯物这东西一旦轮到自己就很难彻底。你说那些事情吉永拓知道不知道?"

"知道又如何,不知道又如何?"

"你在用问题回答问题。"

"已经是二十年前的事了,他就是知道了也没有什么了。"

"可我总觉得有一种说不出来的不祥感觉。"

"当作家的时间太长的缘故。小弟我给你讲一个小小的道理:一个人的肛门出血了,那么他会怀疑是上火、肠炎、痔疮等等。但他也可能怀疑是癌症。于是他就到医院去检查,结果不是。可没有过几天,眼底又出血了,于是他又怀疑是癌症,再到医院检查,结果又不是。之后他妻子的乳房上长了一个硬块,他又动员她去查。就这样循环往复地跟医院干上了。可以我个人的体会:人体之所以可贵,不在于它会得多少病,而在于它得那么多的病之后,依然能够生存下去。"

"你的话很让我受到启发。"

"趁饭没有上来,我讲一个有关方可观先生的故事给你们听听:有一次他到我那里去,我问他:你吃不吃羊肉？他回答道:我是大荤不吃死人,小荤不吃苍蝇;带毛的不吃鸡毛掸子,四条腿的不吃板凳,剩下的都吃。"

连小孩子们都笑了。

"你们有谁忌吃什么东西？"吉永拓问。

众人摇头。

"你之所以拿我作引子,目的是否在于能顺利地带出这个问题？"方可观问。

"我举行过不少次记者招待会,可从来没有碰到过提问像你这么尖锐的。你当了作家而没有去当记者,是我们这些人的幸运,同时又是新闻界的巨大损失。"

"怎么还不吃？"丰风的儿子不耐烦了。

"这问题提到点子上了。"吉永拓示意服务员上饭。

立刻饭菜就出现在桌子上。

"你这是早已预备好的。如果真的有人忌口,你又该怎么办？"丰风问。

"那我另有方案。"

"他们这些人,如果去开一个重要的会议,一定会预备几个方案。领导喜欢那个,就往出提那个。"

"我的方案其实就是去掉不能吃的那一道菜而已。"吉永拓解释道。

"这也等同于'只说比你高级的领导喜欢听的话'而已。"方可观自己也不知道为什么总是和吉永拓过不去。

"你说的很对。"吉永拓宽宏地说。

上来的菜基本上是海味,其主要特点一个字可以概括:鲜。

"你都吃过什么好东西?"丰风问吉永拓。

"仅仅吃过一般的家常饭而已。"这是一个吉永拓很不愿意回答的问题。"好的恐怕还是方兄吃的多。"

"在这方面我确实当之无愧。"方可观指指吴莉。"上次她们家来了一个亲戚,他在河南烧砖发了大财,带着老婆孩子和一大笔现金上北京准备好好乐一乐。我奉慈命招待他们。事先我就预警:你可不要后悔。听了这话之后他的瞳孔都放大了:我怎么会后悔?你也没有办法让我后悔。于是我把他领到长城饭店,并找到一个在那里作餐饮部经理的朋友,悄悄地对他说:来了一个冤大头你好好宰他一下。光这一顿饭,就花了他整整六千元。他从此再不提出任何帮助他花钱的要求了。"

"你们说他缺德不缺德?!"吴莉插话,"弄得我表哥再也不理我们了。"

"爱理不理,我才不在乎呢!我告诉你:就这我还口下留情,没把象鼻肉之类高档货上去。"方可观喝了一小口啤酒:"你们之中谁想聘用一个消费顾问,我是一个非常合适的人选。"

"你还不如说:你们谁想破产,就来找我好了。"吉永拓说。"其实我以为:吃饭本身不过是一个符号而已,关键是看你和什么人在一起吃。"

"这可能是你吃得太多的缘故,都吃成符号了。"霍苹苹第一次在饭局中说话,"他一年之中顶多在家里吃三百顿饭。"

"而且都是早饭。"方可观说。

"你说的不对,他是从不吃早饭的。这三百顿都是夜宵。"

"这未免言过其实,不过参加宴会吃不饱倒是真的。陪人吃饭已经成了各级干部沉重负担,可不吃又不行。"

"先吃成符号,再吃成负担,这可真是吃到高级阶段了。祝你再上一个台阶。"方可观说。

这顿饭上菜设计是很讲究:各类海鲜之间,穿插着各类新鲜蔬菜。最后一道是一斤四头的大虾。

"我为吉市长这顿丰盛的晚餐撰写一篇墓志铭。"方可观清清嗓子。"以删节号开始,以惊叹号结束。"

晚饭后,吉永拓一个人出去了。

第三章

南戴河的夜晚相当凉爽。涛声被风送到枕上。

"现在我简直不能想象北京那份热劲儿。"吴莉换上一件丝绸的睡衣。

"没有什么动物比人还健忘了。"方可观在地上做例行的俯卧撑。

"你怎么做个没完?"吴莉欣赏着丈夫坚实的背肌。"这有什么用? 我爸爸从来不锻炼身体,如今七十岁了,不照样硬邦邦的?"

"你爸是你爸,我是我。名牌产品可以使劲地造,可像我这样的劣质货就必须小心使用。"方可观做完五十个之后,站起身擦着汗。"你要问我这有什么用? 我有一个朋友,离婚之后每天坚持作一百个俯卧撑,并口口声声地对我说:目前我暂时退居二线,为了东山再起,重返工作岗位起见,必须拳不离手,曲不离口。"

"你出这个集子、那个集子,出一本《猥亵笑话集》才是真的。"吴莉说。

"这怎么能说是猥亵呢? 起码也该叫作:不着一字,尽得风流。我去洗一个澡。"

吴莉能想象出压力很高的水喷射到丈夫身上的景象。

"孩子睡了吗?"

"从理论上说是睡了。"方可观明白这个暗示的含义。

往后的一切都顺理成章。

丰风与华一纬说了一会儿话之后,没有看书,就关掉床头灯。

"今天你怎么不看书了?"

"我看你好像困了。"丰风说。以前他们夫妻之间常常为了"制灯权"争吵。而当今天每人床头各有一个灯时,反倒没有问题了。

"我以前是怕你累着了。"

"我明白。"

"你听。"

"听什么?"

"儿子睡得多香。"大概只有母亲才能在拍岸的涛声中辨别出孩子细微的呼吸。

吉永拓深夜才回来,一副疲倦的样子,裤腿湿了大半截。

霍苹苹视若不见。等吉永拓从卫生间出来,她已经躺在床上了。

吉永拓今天算是碰到了难题:他和霍苹苹之间分床已经多年,而此刻只有一张大床。

他几次想拿起电话叫人取一张行军床来,可又忍了下去:这等于昭告全体人,我与妻子之间有问题——你与妻子在性生活方面有问题,那么你是如何解决性欲问题的?反正得有个出处。于是个人的隐私,就演变成作风问题,而所有所谓作风问题后面总是政治问题。

此刻绝不是出问题的时候。吉永拓从皮包中取出一大叠图纸和十多本说明在写字台前坐定。

他的心此刻根本不在南戴河。

"今天别人也一定在做爱。"

"好像天下没有你不知道的事情似的。"

"从逻辑上推理:凡属十年以上的夫妻,性生活已经变成了例行公事。没有

425

什么比例行公事更可怕的了。所以人们每到一个新环境中，总企图寻找突破口。"方可观好像在自言自语，"熟悉毒化想象力。"

"你想别人也在做爱没有关系，只要你不要想在和别人做爱就行。"

"大海真美丽。"丰风动情地说。

"我从来没有碰到过一个有想象力的医生。"方可观躲出阳伞的阴影。"你应该说：这海水怎么这么脏？其中一定有不少肝炎病菌、致癌物。这才合身份。"

"大海就是美！"丰风固执地重复。

"这片海域的人怎么这么少？"

"这是我们疗养院的专用浴场。"

"真是'天下名山官占多'呵！"方可观说。

"你说的不一定对：我们市的劳动模范、离休干部、中小学教师，年年都要组织到这里来休养。"

"可他们十年才能轮到一次。有的人也许一生之中也轮不到一次。而你却是想来就来，这就是其中的区别。"

"职务确实给我带来一定的好处。但是并没有你想象的那么大。我仅仅是在这里开过两次会而已。"

"开会是玩的同义词。"

"那是你们作家开的笔会。"吉永拓认为有必要解释一下，因为不在一起生活已经十余年了，彼此之间难免生出一些隔膜。"第一次来这儿是为了向中央领导汇报我们市的改革五年计划。因为书记不肯来，所以我整整工作了五天。"

"市长和市委书记的区别有多大？"丰风问。

"非常大。哈里·杜鲁门说过：这里要负最后责任。"吉永拓点燃一支烟。他是很有节制的人，每天只吸五支烟，这是安全的上限，"市长只是名义上的一市之长，任何大事都要上市委常委会定。"

"这也就是说：要由市委书记主持决定。"方可观向丰风解释道。

"我知道。"丰风不愿显得孤陋寡闻。

"去年我带着经济委员会主任、计划委员会主任、市政府办公室主任来这里向中央领导汇报我们市的经济改革方案。书记大人却称病不来。所以每遇到做不了主的问题就要打电话回去请示。后来干脆租用了邮电部门的一条专线。三天下来,光电话费就是一千五百元。"

"你自己定了不就完了。按说经济方面的事情属于市长管。"

"这只是理论上的。我的难处也正在于此:名义上都归我管,可实际上却都要由人家定。"

"你决定了之后,通过你政府这个系统推行不就行了?"

"你爱看足球吗?"吉永拓问方可观。

"废话!"足球是他们三个共同的爱好。

"我看了一些专家在世界杯之前对各个球队的分析。关于西德队是这样说的:当贝肯鲍尔踢一九七二年世界杯时,现在的球员还是孩子。贝肯鲍尔是他们心中最伟大的明星。如今贝肯鲍尔作了他们的教练,他们能不听话吗?用政治术语说:贝肯鲍尔有他的老班底。"吉永拓不断地挪动着身体,尽量不让它晒着。"我们那位书记是老地方:一九四五年就在当地工作,手下很有一批干部。他不同意的事情你一件也推行不下去。"

"你把他弄下去不就得了。"

"就是你在小说中加减一个人物也不是一件容易事。再说我也没有这个本领。"吉永拓看见疗养院院长从旁边走过,就打住了话头。

"我说你们大老爷们,不下海来教育你们的下一代?"吴莉在海水中喊道。

"且听下回分解!"方可观一跃而起。"趁怒潮澎湃之前,赶快完成指令性计划。"

"你怎么不游泳?"丰风问。

"我的皮肤太白了,一晒就脱皮。"吉永拓解释道。

丰风忽然想起吉永拓游泳的技术是非常差的,说白了不过是仅仅能够浮起来而已。而他的身份已经使他习惯于掩饰自己的笨拙。他不似方可观那样放言无忌,所以就留下来陪着。

丰风的儿子晃晃悠悠地跑了过来,大声叫道:"爸爸!"

"我这个儿子从来就是旁若无人。"丰风拉过他来。"你是怎么跑出来的?"

"我妈非让我作算术题,我不想作,后来她去厕所,我就悄悄溜出来了。"

"一会儿你妈不揍你一顿才怪!"

"揍就揍呗,反正我想来大海玩。"

"只有孩子才有这种想干什么就干什么的王公派头!"吉永拓说话的时候,有一种不胜羡慕的神情。

丰风的儿子听不懂这话,他只是偏过脸来看着吉永拓。

"你去找你的大海吧!"

只穿一条小裤衩的小丰,箭一般地冲向大海。一个不大的浪头过来,把他打倒。

"哎!"吉永拓惊叫起来。

"不要管他,这点风浪淹不着。"丰风倒不着急。

又是一个浪把他击倒。

"他没有见过海,所以不知道厉害。第三次他就明白了。"

没有等到第三次浪潮到来,霍苹苹就过来把他抱走了。

"我刚才觉得你儿子的眼睛有些问题。左眼似乎……"吉永拓说到这,发现丰风好像不愿意说这,就立刻打住。

丰富俭朴的午饭。

长长的午睡。

"不能给大伙弄一瓶酒喝喝?"晚饭时方可观终于忍不住了。

"当然可以。"吉永拓对服务员说:"来一瓶'李白醉'。记到我的账上。"

"他是一个货真价实的酒鬼。"吴莉用餐纸擦擦杯子。"总能找到喝酒的理由；总是把自己喝的往少里说。我以为喝酒是一件最坏不过的事情。"

"酒是社交界极具威慑力的一种东西，大致相当于核弹。没有它任何一个政府都维持不下去：外交和商业都得崩溃。"吉永拓说。

"一颗核弹顶得上一百个成吉思汗。它伤害身体，破坏家庭的平和。"吴莉对方可观的醉态领教的实在是太多了。以至于对其深恶痛绝。

"身体从某种意义上来说，就是为了消耗而存在的。"方可观先为自己斟了一杯。

"你为喝酒而死，就是死得其所，就是重于泰山。"吴莉说。

"啰唆是爱情的天敌。你就不能改改？"方可观喝了一口。

啰唆从某种意义上说，也是爱情的旁证。吉永拓想，我的这个家庭就是缺少"啰唆"。

"女人的啰唆是她们的一种保健方法。你如果非要让她改的话，那么你就得在以下几项中挑一个。"丰风说。

"什么都比啰唆强。"

"一、吸毒；二、酗酒；三、第三者插足。"

"第三者插足。"方可观马上挑出一种。"我见过不少有第三者的家庭，他们生活的依然很幸福。"

"你缺德不缺德？"吴莉不太高兴了。

"酗酒也不错。"方可观立刻改口。

大家都笑了。

"举杯邀妻子，加儿成三人。"方可观又喝了一大口。"我其实不怕啰唆。我有抵抗这种腐蚀的涂料。在工业上每有一种型号的螺栓，就必定有与之相配的螺母；而在生活中，每有一个多嘴的老婆，就必定有一个耳聋的丈夫。"

"他无数次地答应我：永远不喝酒了。可过不了几天，就又喝上了。"看样子吴莉平常很少有诉苦的机会。

"诺言一旦出口，一套关于欺诈的程序也就随之建立起来了。更何况我在清醒的时候绝对不会说这种话的。"方可观一副顾盼自雄的样子。"你们当中谁能站出来陪我喝一杯?"

没有人响应。

方可观再次发问。

丰风给华一纬使了一个眼色。

"我陪大哥喝。"华一纬站了起来。她是一个简单的女人。丈夫的面子就是她的面子。

"我不行了。"三杯过后,方可观服输了。

"我原来以为你是一个男人呢?"丰风不失时机地讥讽道。

"男人可以分为两种:男孩子和男子汉。男孩子一味使气,而男子汉则说不喝就不喝。"方可观转向华一纬,"小弟妹的基因拼接方式和我们大概不一样吧?"

"不是基因的问题。在我们医务界,或者准确地说:在手术护士们中,很少有不能喝酒的。她们长年用酒精洗手,对它的敏感度变得非常之低。"因为有实力,丰风的话变得极权威。

"我们那次在内蒙采访时,遇到以前咱们村的徐非梦。你们还记得她吗?"

"一个能干但是很虚荣的女人。"吴莉说。女人评价女人永远没有唯心。

"她还在军队中,而且已经是上校了。我想气气她,就说:别的不论,光凭我的酒量一项,如果和你一同服役的话,现在最少也是一个大校了。她一本正经地说:大校以上的军官,要中央军委决定。而且我看你的酒量也不过如此。我一个人就能把你们这些写小说的全灌醉。说罢就捧起酒碗唱了起来:远方来的客人,草原人民欢迎你。金杯盛美酒,千杯也不醉。唱完就是一碗——注意:碗这东西对酒来说是一个可怕的度量单位。可她喝了,我们就不能不喝。可不等我们一条羊肉进肚,她又来了第二段。当我们搞清她这种以胡松华的《赞歌》为基调的、蒙汉两种语言唱的《祝酒歌》恐怕永无止境时,只好告饶。可已经是四碗下肚了。第二天她笑着对我说:就凭你这酒量,我看能不能进入军官序列,是一个很大的问题。"方可观转动酒杯,"蒙人喝酒是天性也是职业,她自然是'近朱者赤'。我从此开始能用历史的眼光看问题。可没有想到还是不够全面。"

丰风很佩服方可观的风度和化解矛盾的能力,决定也为他长长面子:"现在小说好写吗?"

"我只看琼瑶的。"华一纬说。

"我看武侠的小人书。"丰风的儿子说。

"言情的我不会,纯情的我就更不会了。我是爱情方面的一元论者:无论情爱还是性爱,都是一种感觉的东西,你没有经验就无从谈起。而且我在理论方面也很是薄弱:起码是不敢在家里研究这方面的著作。作为理论导向,极有可能诱发错误的行为。这不用内人说,我自己也是相当警惕的。"

"他不喝酒时说话还能信百分之五十。一喝就至多能信百分之五了。"吴莉说。

"经常引用数字,能使你的话更有说服力。可以我个人的体会:中国的统计数字表达的与其说是事实,不如说是愿望更为贴切。你说对不对?"方可观问吉永拓。

"你已经说了是个人意见,所以我决定听完再发表看法。"

"领导永远是领导。"方可观转向丰风的儿子。"武侠书我可写了几篇。"

"好写吗?你是如何处理技术方面的问题的?"

"作为一个著作等身的作家,我什么问题处理不了?武侠武侠重要的是侠而不是武。"

"可总有武的部分在里面。"吉永拓知道一个人不愿回答的问题往往是最重要的问题。

"如果需要写一个人的剑法是如何地高明,我就这样处理:没有人看见过他是怎么出剑的。凡是看见的都已经死了。"

"那么这个人就要一直是最高的剑客。"

"你这个人怎么这么笨?我可以用同样的办法把他也处理掉:不知怎样一

431

来,他的剑就到了另一位蒙面大侠的手中。"

"好一个'不知怎样一来'——真是万能钥匙。"

"回避矛盾也是大学教授的看家本领。你如果问一道他不会的物理题,他们一般会这样说:你这其实是数学问题。然后就给你讲上一大通你根本不想知道的数学。你们这些官是不是也这样做?"

"如果要我作一个个人评价的话,我可以说:激化矛盾时有之;回避矛盾亦有之;但是更多的时候还是在解决矛盾。"

"听上去倒还中肯。"

"我听到你这样的评论,比听到中共中央组织部考察组的人说还要高兴。"吉永拓说。

"感谢你的酒。"方可观见到丸子一上来,就知道该"完"了。"物美价廉。"

"物美是你的感觉,可以由你说。可价廉就不对了。你知道这酒多少钱一瓶吗?"

"美总是和价连在一起的。我以为超不过十块。"

"乘以个三还差不多。这是我们市的特产,根据几百年前的古方配制的。"

"那我走时带几瓶回去喝。"

"带到北京就不一定好喝了。上次有几个日本议员来,都说好。我送他们一人一瓶。可他们再度来访时对我说:配上日本菜就不好喝了。"吉永拓在招待拿来的单子上签字。"我想让你永远保持一个美好的印象。"

"能把小气上升到理论的人,你即使不是唯一的一个,也是最伟大的一个。不管怎么说,我们还是感谢你这桌父子君臣分明的菜和程序严格的服务。"方可观站起来。

第四章

"今天的活动日程是这样安排的:先去大佛寺,然后去督军府。这是南戴河的名胜。"吉永拓看看表,"不知你们有没有不同意见?"

"在主持市政府常委会的时候你是不是也这样民主?"方可观问。

"一般是这样的。如果没有反对的,就这样定了。车就在楼下,不用带什么东西。傍晚就能回来。现在你们都回去收拾。十分钟后集合。"

"这家伙的组织才能越来越出色了。"吉永拓走后丰风对方可观说。

"这算什么组织才能?"方可观不以为然地说:"我有一个当回民饭店经理的哥们儿,有一次我亲眼见他主持五百人的宴会,你猜猜是吃什么?"

"我猜不着。"

"涮羊肉!"

"我还以为是象鼻肉呢!我也组织过十个人的涮羊肉饭局。"

"十个和五千个之间有着一个量变和质变问题。"方可观清清嗓子。"当时我在场,那是一个无比壮观的场面:五百个黄铜火锅升起红色的火焰,就像待发的轮船;五百张身着银装的桌子排列齐整,就像迎国宾的仪仗队;五千斤鲜嫩的羊肉,谁见了也得流下高质量的口水,一直到脚面。我这个哥们儿手提步话机,站在中间,胸中自有雄兵百万。客人一入席,他就一声令下。"

"于是一片混乱。"

"如果你使用它的反义词,我是决不会见怪的。事实上也是如此:从头到尾,一点乱子也没出。我可以告诉你一个秘密:我是从那次之后,才真正知道为什么人们总是把指挥比喻成艺术。"

"作家总是滥用形容词,而且一旦有重大的事情发生,不管真与假,他们也总是在场。"

"信不信由你。"

"你'姑妄言之'我'姑且听之'。"

"在小人书之外,你可能就看过《聊斋》。二十年来你是一点进步也没有。"

"对付你只能用这本书。你的话的错误就多了去了。我问你:你那个哥们是不是人民大会堂的经理?"

"不是。"

"是不是在露天开饭?"

"岂有此理!"

"那么在中国还有什么地方能放下五百张桌子呢?"

方可观一时答不上来了。

"作为一个成熟的作家,你从理论上不该犯这种常识性的错误。也就是说你的谎应该撒得圆一些。"

"我是故意这样说,借以蔑视你的智力。"

丰风见吴莉出现,就不再说什么。

吉永拓刚要出门,桌上的电话响了。他想不接,可出于习惯,手却伸了过去。

授话人是市交通局长。"我要向您汇报高速公路问题。"

"你试着只说关键,看看我能不能听懂。"吉永拓知道此公是个说话欠简明的人。

"还是南北向和东西向的问题。交通部的意见是南北向。"

"上次你们徐部长来时,不是已经说好了吗?"吉永拓所在省内的河流都是南北向的,所以他主张公路应该东西向,非如此不能构成网络。

"可能有人影响了徐部长,他又改变了主意。"

"这个'有人'是谁?"吉永拓听出了话外之音。

局长报出了一个很出名的人物。"如果南北向的话,就可以经过他的故乡。"

"仅仅凭这一条理由?"吉永拓感到愤怒:筹建一条高速公路,不是一件小事,每一公里就是一千万人民币。

"当然不仅如此。据交通部的几个专家考证,南北向以后可以和D省的高速公路接上。"

"这些专家都是谁?"

对方报出了一些姓名。

"这帮家伙真他妈不是东西!"当初定东西向的时候就是这几个人来的。

局长没说话。

"我最见不得伪科学了。"吉永拓也觉悟到自己的失态,于是控制了一下,"你写一个报告,再强调东西向在经济方面的重要意义。"

"我估计不会有什么作用的。"局长生怕把责任落到自己身上。

"你听我说完。"吉永拓对他还是客气的:交通干部属于"条条"管的系统干部,虽然离不开"块块",但毕竟不一样。"你再查一查国务院、交通部和省的文件,看看对集资修公路有什么规定,能不能找点依据。如果没有,就在会议纪要中找。必须找到。这是我交给你的任务。"

"一定完成。"

"我们医院的大头在开会时,一般总要迟到十分钟。"丰风看看表。"你比他有过之,而无不及。"

"我的官也比他大啊!"吉永拓知道对这种攻击最好的办法就是承认。

"可你比他并大不了三倍。"方可观把丰风的儿子抱上车。

"毛主席教导我们说:错误和挫折教育了我们,使我们比较地聪明起来。"吉永拓在车内最差的位置坐下。"我记得这是咱们当年使用频率最高的语录。"

"既然市长也会出错,不说也罢。"没有什么东西能比一段美好回忆更具有弥合力了。

大佛寺是一个中等规模的建筑群,游人极多。

"是吉永拓市长吗?"在他们到寺门时,一个大约五十以外的人迎了上来,确认之后又说"我是这儿的馆长。"

"谢谢你了。"吉永拓与之握手。

"我还要起草一个会议纪要,请小刘陪你们。"馆长指指身后的一个小伙子。

"我认识一个在国防大学学习的大校师长,他的毕业论文题目是《军级作战》。我问他为什么不把题目搞得大一些?他告诉我:在这个地方,如果有一个中将以下的军官论及诸如《全球核战争》之类的问题,那么他八成要遭到毫不留情的嘲笑。"方可观小声对丰风说。"可这个哥们儿也说他有《会议纪要》。"

"这也许是摆脱闲人的一种办法。"

小刘把他们请进贵宾室。"一九六五年总理陪同非洲贵宾来参观时,我们就是在这里接待的。当时总理坐的椅子,就是那位同志坐的那把。"他用教鞭一指方可观。

方可观赶快坐到旁边去。

小刘这才开始侃侃而谈。他的声音毫无感情色彩,熟极而流,活像管家在给主人报账。

出来后,一行人鱼贯而行。华一纬紧紧拉住儿子,生怕他丢了。

"中国人的依附意识特别强。我认识一个作家,他曾经是一个伟大的作家,也写过几部伟大的作品。可当一个大人物嘱咐他写一部有关一个少数民族首领的剧时,他立刻作为一政治任务接受下来,并且在十年中写出了八个剧本,一个比一个臭。"方可观边走边说:"如果总理给他们题了词,说说也无妨。可坐过哪把椅子也念念不忘,确实有一点那个。"

"在我们的印象中,中国的作家很少有世界性的。"吉永拓不愿谈论这个话题。

"中国的作家,尤其是我这一代作家,鲜见认识世界的机会。我们算是走运的,还到过一次巴基斯坦。你们不能指望一支只是在国内打比赛的足球队,能进入世界杯决赛。"

"确实。在我们医学界,如果你闭门不出,不用几年,你就落后了。"丰风说。

在一个香火极盛的寺院,霍苹苹先跪下拜了拜,接着华一纬和吴莉也跪了下去。

"你信佛吗？"丰风问。

吉永拓没有说话。

"我的一切愿望在尘世中都能满足,所以我认为没有必要去跪拜。"

"这不是我问的问题。"

"也信也不信。"方可观往柜中放了五元钱。"你只要不求他老人家办太大的事,它就灵。如果你为了想当美国总统来求佛,那就肯定不灵。这其中的原因有二:美国总统只有一个,也许有比你心诚的人在你之前求过了,佛为了平衡起见,就谁也不给。另外美国太远,这佛的力量也许达不到。"

吉永拓也笑了:"你说这话也不怕佛惩罚你？"

"佛又不是专事惩罚的法院、公安局。它以慈悲为怀,普济天下,哪会像你那么小的胸怀？"方可观看见吴莉只往"化缘箱"中放了五毛钱,就笑着说:"女人永远是女人。我给你们讲一个故事:我有一个同事闹离婚,他妻子是主动的一方,而他不想离。两人都是数代本地人,各有路子通往法院。经过一年的相持阶段,最后的结果你们猜一猜？"

"留悬念是小说家的看家本领。"吉永拓不肯猜。

"没离成。事后我给他作了一番分析:主要一条就是女人比男人小气:到了该送礼的时候舍不得,你们看我太太不知道求佛办多大的事,可只肯出那么一点血。"方可观看见霍苹苹捐了一张十元大票,就问吉永拓"你对你太太的行为有什么感觉？"

"我举行过几次记者招待会。我最怕的就是中国记者：他们不提具体的问题，而总是问：你对这事有何感觉？假设一个人的腿断了，你能问他：此时你有什么感觉吗？"

"你的意思是看见你太太出了十块钱，就像腿断了一样？"

"如果一个人故意把逻辑搞乱，然后再把它们胡接到一起，是不是就成了类似《黄昏的祈祷》的现代派小说？"吉永拓在来这之前，专门叫秘书去市图书馆找来近来有关方可观作品的评论，并让秘书作了"作品摘要"以备见面时用。

"每当我听到政治家谈文学时，感觉总是很异样。"

"当文学只有文学家懂时，它也就不大成其为文学了。而且我问你：是不是只有作家才可以随便涉及政治、经济，甚至医学，而我们这些人却连对文学作品的一点'感觉'都不能说吗？"

"你很善于抓住问题的关键。"方可观败下阵来。

"你这个木鱼是日本人送的吧？"丰风问正在读经的一个中年和尚。他的英文和日文都很好。

和尚俨然方外人，根本不予理睬。

"我能不能看看你的经书？"

和尚用身体语言表示：这不是你们能看懂的！

"这是故作高深。"方可观有意要刺激一下，"一般来说，和尚不是什么大儒，写不出很高深的文章来。"

"高僧是例外。"吉永拓说。

"那也只是道理深罢了。如果是文字深，它也不会流传到今天。"

"你如果能读出这本书中的任何一页，我就白给你们诵一天的经。"和尚把书递给方可观。他说的一口标准的普通话。

"我的目的是证明你是人而不是神。"方可观笑着接过经卷。"我想我是能看懂的。"

他万万没有想到这经卷是梵文的。"高僧在此,失敬失敬。"他连连拱手。

"不敢当。"和尚也回礼。

"请问您的师傅是哪位?"方可观立刻变得客气起来。

"我是北京佛学院毕业的。然后在印度留学三年。"和尚面色底白外红,形状呈圆形,甚是丰润。"当然若论神秘也未必。佛学不过是一种人生观,一种人生的态度而已。"他说罢就继续低头读经。

他们恭敬作别。

"没有想到会遇见一个洋和尚。"方可观说。

"我劝你以后应该三缄其口。"

"我记得在咱们上小学时,每次到圆明园玩,都要在那些画写生的大学生后面胡乱评一番。他们是从来不生气的。干我这一行的,哪能什么事情都懂?可我又必须装出什么都懂的样子。于是只好不管见到什么人,就和他侃。能侃得多少就算多少。也就是说:脸皮一定得有足够的厚度。"

车行驶在通往督军府的路上。

"我梦寐以求的就是修一条这样的公路。"吉永拓触景生情。"它有多棒呵!"

"这里为什么会有这样好的公路?附近有大工厂?"

"它是用外交款修的,在经济上没有意义。"

"我看在外交上的意义也不会很大。"方可观说。

"而你怎么看则根本没有任何意义。"吉永拓说。

"你坐过的最好的车是什么?"丰风问吉永拓。

"市政府最好的只有皇冠和尼桑。我也只坐过它们。"吉永拓如实作答。

"我可坐过奔驰500。"方可观迫不及待地插入。

"我不信。"丰风对汽车有一种天生的爱好。有一次他为副省长的岳母把胆囊切除后,副省长要请客。他谢绝后说:"我能提一个要求吗?""可以。"副省长爽快地答应后,立刻定出要求的上限。"我想坐坐你的车。""坐几天?""十分钟。我只想过过瘾。"副省长根本没有想到会是这样一个孩子气的要求,立刻就批准了。于是他坐了一回帝王级的皇冠车。

"中国坐奔驰五百的人是可以数出来的。"吉永拓也不信。

"就在上个月十号晚九点。我在西单等出租。忽然一辆奔驰500停在我旁边。'坐不坐？'司机问。'当然。'我立刻就同意了。他把我拉到海淀。我知道他是捞外快的。下车前就准备好三十块钱。可他只肯收二十。"

"你没有问问是谁的车？"

"问是问了，可他没说。"

督军府是一座非常大的七级宅院。门口挂的招牌是：民俗博物馆。

又有人在迎接。

"你和这里的头头是哥们儿？"丰风问。

"哥们儿这个头衔我是轻易不肯授予人的。"吉永拓回答："我们在一起开过会。"

"开过会就有这么大的交情？"

"我们还在一起喝过酒。你要知道喝一次酒顶住开十次会。"吉永拓并没有说真正的原因：此地的书记的祖籍是他现在工作的那个市。因而有许多要办的事。所以巴不得他来这玩，好弥补一下"贸易逆差"。

"你的酒量虽然不大，可产生的副产品还真不少。"丰风说。

"谁的酒？"方可观问。

"那次是他的酒。"

"我认为世界上最好的酒就是别人的酒；最美好的句子就是别人对我说：今天能在什么地方请你吃一顿饭。我立刻就能报出：马克西姆、人人酒家、香港美食城等一大串。可惜的是这样的机会实在是太少了。"方可观言犹未尽，又补充道："就像货币一样地稀少，使我不懈地追求它。"

"你们还记得白红旗吗？"

"忘了谁也忘不了他。"这个白某人是方可观一个班级的同学，出身于一个标准的所谓"红五类"的工人家庭,当年带头抄他的家。若不是吉永拓阻止,老父亲必定要遭一顿毒打。

"他在我们那开了一家酒店,名字就叫作:香格里拉。"

"中国人真是一点法制观念也没有。"吉永拓说。

"有一次我领几个人到他那去吃饭。他一见我,那份热情劲就甭提了。加了两个菜不说,还要送我一瓶法国酒,用的还是第三人称:这表示香格里拉总经理对丰大夫的一点敬意。当我推辞掉后,他又非让我点一支曲子。我问都会些什么?他好像背后站着一个波士顿乐团一般地说:我这儿的乐队是全市最好的,老柴、老贝、流行歌曲就不用说,你就是想听《拿起笔作刀枪》他们也会。吓得我连连摆手。"

"这恐怕是他的保留节目。"方可观看着吉永拓说:"同是一支歌,会使有的人痛苦,有的人兴奋。"

"我个人认为:在一九六六年,用一个人的财产和经历给他划分阶级是很不科学的。"吉永拓说:"现在是一九九〇年,我还是这样认为。"

"我记得你当初作为全校'文革'领导组里最有人情味的成员,还遭到过批判。"方可观认为应该弥补一下自己刚才那个眼神所造成的损失。"错误不是罪孽。一九六六年我们才十五岁。"

"我在北京就没有见过这样的四合院。"吴莉说:"它一个大院子中套着这么多的小院子。而且都是独立的。"

"如果你想知道的话,我可以告诉你:这位督军一共有七房姨太太。假设他把她们都放在一个相同的院子中,你想一想看:会是什么结果?"吉永拓说。

"我想以你的组织才能肯定能领导好。"丰风说。

"一个人只有一个太太时,他就已经有一大堆麻烦。在这之后他每增加一个,麻烦就要增加四倍。我以为这个系数应该是五到七。"方可观说。

"那你在内心深处还是非常想娶上十个、二十个的。"吴莉似笑非笑地说。

"'百行孝当先,论心不论迹,论迹贫家无孝子。'而'万恶淫为首',则是'论迹不论心,论心天下无完人。'"方可观指指吉永拓和丰风,"不信你问问他们:有哪个不作如是想?"

俩人拼命摇头。

"一对真正的伪君子!"

在后院的中间,有一条地道。

"里面很黑,也相当复杂。我看妇女和儿童是不是不进了?"向导说。

丰风的儿子和霍苹苹坚持要进。

这是一个庞大的地下网络,是依照八卦的方式排列的。时高时低,并且配备翻板陷阱。在网的中心是一间大房子,铺有地板,备有柴油发电机和电台。墙壁上挂着孙中山、孔子和督军母亲的画像片。

"这是'文革'后重新布置的?"吉永拓问。

"不是。当年造反派在这地道里面,整整转了两天,也没有找到这个中心。"向导说。"我可能是这里唯一一个熟悉它的人。只要我稍微变化一下,外人就不可能来这。"他拉动一个垂下的钩子。

门上落下一块与地道壁一样的木板。不知者是看不出来的。

"没有家鬼是送不了家人的。"吉永拓说。

在返行途中,霍苹苹走在方可观的前面。他们之间的距离很近,方可观甚至可以闻到她的气息。

"这恐怕是我此行最大的收获:这才是中国。而那些庙宇和宫殿是代表不了的。"在灿烂的阳光下,方可观长长地出了一口气,"围墙产生故事;没有围墙便没有故事。你们有谁能想象出这个地道网能在我这个伟大的头脑中产生多少伟大的想法?"

没有人回答。

三个女人要利用晚饭前的一段空闲时间去逛商店。"我们不要去了?"丰风可怜巴巴地申请道。

"好像有谁稀罕你们去似的。"回答的是吴莉。

孩子们属于只要出去就高兴的族类。一行人欢天喜地地走了。

服务员在外面的一个小亭子内摆了一张桌子、六桶啤酒。

"你可以乘机喝几杯。"

"我之所以不喝,不是因为我害怕谁,而是因为我从理论上知道这样一个真理:喝酒的人比不喝酒的人脑软化的要早。"丰风说。

"只有那些从理论上知道什么不好就不干什么的人,才是真正的知识分子。"方可观径自打开喝了一大口。"等到一个人老了,脑软化未必不是一种幸福:它能成功地切断你与外界的联系,使那些你不愿意听的话传不进来。"

"从控制论的角度说,喝酒也是一种使信号弱化的方式之一。"

"我发现你近来对控制论特别感兴趣。可不知是为什么?你应该读《资治通鉴》才合身份。"

"你是不是认为我一旦干什么就必定有目的?"吉永拓也打开啤酒。"我其实只是想知道一下而已。"

他并没有把真实目的说出:新来的省长是一九五六年从苏联留学回来的,他对"控制论""系统论"有研究。每次开会都要先讲上一通,就和毛主席当年喜欢引用古书上的典故一样。今年初电力非常紧张,这位省长就把电力局长叫来,先给他大讲系统论,然后向他要电。主电网是中央管理的,可居然也让他给要了出来。这事给吉永拓的印象极深:你如果想接近一个人,捷径就是找到一个共同的话题。

"我想学控制论又不想学数学,你能给我想一个办法吗?"方可观问。

"没有办法。"

"真理应该是不言而喻的,是人人能懂的。"

"这一听就是一个自学成才的人说的话。"

"自学成才又怎么样?我认为我根本就不用受什么大学教育。即使是中学教育也是多余。"两人不肯退让。

静寂。蝉在叫。

"我也喝它一杯。"丰风缓解矛盾的方法相当笨拙。"咱们还是说一点愉快的事情吧。"

"刚才也没有什么不愉快的。"吉永拓向方可观举杯示意,"老弟你是一个罕见的 特例,我从来没有低估你的学问和素养。"

"你的大学上的也不容易。"方可观和两人碰杯。吉永拓当初分配在S市的澡堂工作,后来千辛万苦寻找门路上学,最后通过霍苹苹在大学做党委书记的父亲,才上了外语学院。一入学就赶上"反击右倾翻案风",把持教育部的迟群非要把他清退不可。幸运的是外语学院不属教育部而归外交部管,迟群鞭长莫及。到一九七六年之后,他就变得顺利起来:英国的查尔斯王子出钱,给联合国培养一批翻译人才,吉永拓以第一名入选。三年学成归来,被分配到中共中央联络部给一个副部长做秘书。两年后,部长离休,他坚决要求下了基层,到一个县里作副县长。然后是县委书记、副市长、市长。

"我那个太太什么都好,就是太喜欢逛商店。对她们来说:最好的鞋、提包、衣服永远在商店里。一旦买回来,似乎总有一种退货的冲动。而且这些东西总是息息相关的:买了一双黄色的皮鞋,就必须再买相配的提包,然后是衣服。甚至可以祸及窗帘。这种无穷联想式的采购使我实在害怕。"丰风转动着啤酒杯。"去年她买了一张床,立刻就要配枕头、枕头套,接下来是被子、床罩。我不得不警告她说:你不要再配这配那,配到最后,看旁边睡着的这个人就不相配了。"

"咱俩个真是同病相怜。"方可观马上接着说道:"今年春节,我和吴莉一起去深圳沙头角中英街。那里一侧是中国的商店,一侧是英国的。别的不卖,全是卖金器的。她拉着我悄悄地进入英国一侧,站在金器柜前就不动了。女人永远不会喜欢汽车、手表、足球、打火机,可无一例外地都喜欢金首饰。她不停地问我:这个如何,那个又如何?我均以'好'作答。因为她要的不是意见,而是反应。更何况毫无背景知识的我也提不出像样的意见来。可当她转移到钻石柜台前时,我终于提出不宜看。因为欲望一旦形成,便要发展,必须提前处理。五位数对我来说,已经是天文数字。脱险之后,我立论道:只有买得起钻石戒指的女人才不喜欢金戒指,她立刻推论道:用自己的钱给自己买金戒指的女人是最悲惨不过的女人。"

"可你永远也不要试图去改变她们。"吉永拓认为有必要说几句:"压缩基建规模、收紧银根,这些于宏观控制有效的措施,我全都试过,其结果不过是使家变成战云密布的中东。女人以攀比为目标,以消耗为使命,可商业也因之得到振兴。"

"你们看她们笑着回来了。"

"当妻子笑的时候,丈夫,或者准确地说是丈夫的钱包总是很痛苦。"丰风伸出手,"我可以看看你们都买回来什么东西吗?"

"你估计一下我这串珍珠值多少钱!"华一纬从包中拿出一串珍珠项链。

"一百块?"

"不对。你再猜。"

"二百?"

"还不对。"华一纬笑地和一朵花似的。

"如果超出三百,我就要跳楼自杀了。"丰风夸张地说。

吉永拓早就看出这些珍珠是人工培植的,价钱不会超过五十元,可他没有吱声。

"你们这些破珍珠,顶多不会超过二十块。"方可观从吴莉手中接过珍珠项链。"你们到底花了多少?"

"八十。"华一纬说。

"上当了。"方可观肯定地说。

"我买的时候,那个人还舍不得卖呢。他说这是他放在那里做广告用的。"

"他假装做出副卖儿子一般的痛苦状,其实恨不得把所有的货全部卖给你们。世界上必须有足够的傻瓜,才能养活一个骗子。"

"这是真的珍珠。"吴莉很不服气。

"真的珍珠?!你们见过真的珍珠吗?你们这些不白、不圆、不润,一看就是人工合成的。"

"就你他妈的见过!"吴莉把项链从方可观手中抢过去递给吉永拓,"永拓你给鉴定一下。"

"我不太懂。这好像不是人工的,但也不是上等的。"吉永拓作认真状看着。

"到底人家是市长。"吴莉高兴了。"谁像你:反对买任何贵的东西,又不相信任何便宜的东西。咱们回去洗一洗。"

"我很佩服你的政治技巧。"方可观说。

"既然已经是既成事实,你为什么不干脆让她们高兴呢?我告诉你:花钱买这买那,其实最值的就是买个高兴。走,吃饭去。今晚是正式的宴会。"

"谁请客?"

"这里的戚书记。"

"一顿乏味的晚饭。"方可观说。

"他是一个杰出的政治家,同时又极富人情味儿。"

"他不可能是一个政治家,同时又极富人情味儿。你这两条中起码有一条是错的,或者两条都错。"

"不管是对于一般人还是对于一个作家,先入为主都不是一件好事。"吉永拓说。

"你戴这东西干什么?"

"我想戴。"霍苹苹站在镜子前仔细地欣赏着珍珠项链。

"摘了。"

"不。"

"那你就不要去参加今天的宴会。"

"谁稀罕去。"

宴会在南戴河友谊宾馆召开。

"太太们因为累了，所以只能派我们来代表。"吉永拓向戚书记解释。

"这太让我失望了。"戚书记说这话时，并没有让人看出他一点也不失望。"我们这里没有像样的作家，所以我请了一位大学教授来作陪。"他和方可观握手。

"几点开始？"吉永拓问。他计划十点之前要和省委书记通电话。

"七点。但我告诉教授是六点。因为知识分子对于时间一向是不太重视的。"

你们也只是在有上级出现时才对时间重视。方可观原本想这样说，可一想这实在是不礼貌，便忍了回去。"这位教授是教什么的？"

"英国文学，是一个拜伦专家。"

"还有拜伦专家？"丰风惊讶了。

"在你们医学界中能有泌尿科专家、性病专家，在我们这一行中为什么不能有拜伦'专家'？"方可观反问。

"好像你也是一个大学教授似的？"

"这里是不是南戴河最好的饭店？"

"那边还有一个和平宾馆，是四星级的，比这要好一些。但是当着你们作家，可以说实话：那是小姨子的孩子——人家的。"戚书记觉得这话不够斯文，就又补充道："也就是说：只有在中央领导出现的时候，它们才是四星级的。"

当突破等待极限，开始晚宴时，教授出现了。他一副标准的知识分子模样：头型脸型曲线柔和，并且融为一体；服饰整齐，谈吐文雅。

"你们文学界近来的情况怎么样？"戚书记问。

"还可以。"方可观连说几本书，戚书记虽然点头表示知道，但是他看出他实际上是根本就不知道。"你们这里文学界怎么样？"

"具体的我不太清楚。你如果有兴趣，我明天可以让宣传部长专门给你讲讲。"戚书记应酬完方可观后，就转向吉永拓，"我这里有一些小特区政策，你如果有兴趣，咱们可以搞一些联合项目。"

文学在我是毕生的事业,可在这些书记们的眼中,不过是"宣传部门下属的一个分支"而已。方可观想道。

"我不大看中国的小说,不知道您都有什么大作?"教授把餐巾铺在西服裤上,用手绢擦擦细小的汗珠。

这倒是一种蔑视人的最好方法:先否定,再假装肯定。"我只是一个无名小卒,不值一提。"我决不能再给他一个否定的机会。

"我觉得中国的近代作家大都是仓促上阵,文化准备不足。"

可我穿着短裤、T恤,而你却必须穿西装。"我有一个哥们儿,现在正在读业余大学,他前几天考试时,专门穿上西装,我问他这是为什么,他说:兜多呗!"方可观的声音委实不小,使得两位书记中断了密谈。

"有人曾经提出过:中国作家的非学者化问题,我个人认为这是很有道理的。"教授继续说自己的。

"作家就是作家,他们原来就不是学者,他们也不打算变成一个学者。如果我们写篇《中国运动员非学者化》的文章,你会不会觉得它很荒谬?"方可观决定封住教授的口。

"喝酒。"戚书记举杯。"我经常说:如果让我这个市独立了,那么很快就会富起来。我们有石油、铁矿。"

"你这个独立是广义的还是计划单列的意思?"吉永拓问戚书记。

"独立就是独立,是真正的独立。"戚书记忽然觉出这话不合适,就又补充道:"我说的是经济独立。"

"你这儿确实有得天独厚的条件。"吉永拓发现方可观要说话,就赶紧抢了先,"我们市就差得多了。"

一直到晚宴结束,都没有出现高潮。

"你写作到底是为了什么?"教授在最后问。

"我记得拜伦说过:有谁写东西不是为了钱呢?"

"拜伦在什么地方说过这话?"教授愣住了。

"在英国说的。"方可观故意装傻。

"我指的是在什么书上。"

"什么书我记不住了,这也不一定是原话,但意思一定不会错。"方可观和教授握手作别。

"关于建立胶片厂的事,你我就先这么定了。"戚书记送他们上车。

"好的。"

"你们市的招待所也实在是太差了,应该盖一个像这个样子的。"戚书记说,"我可以负责给你们找地皮。"

"非常感谢你的关心。"吉永拓双手合十。这是一种时髦的告别礼。

"我觉得拜伦是不会说那种话的。"丰风说。

"你的感觉十分正确。看来你也可以找一个大学去教什么西洋文学了。"

"你这么干就不怕缺德?"

"我从来就不怕!"方可观说:"我最见不得他们这种内在的傲慢了。上次我的一篇小说《中国文学》被一个人给翻译成英文,我高兴地拿给大哥看,你知道他看完后说什么吗?"

"不知道。但是肯定不是什么好话。"丰风对方可观的家族非常了解:他的大哥是一位学术造诣很深的计算机专家,而且总是认为小说一行是旁门左道。

"他很长时间没有说话,我再三追问翻译的效果如何?他才慢条斯理地说:比原文要好,原文许多不准确的地方,许多不通顺的地方,经过译者的处理,全都不见了。你们说:气人不气人?"

大家都笑了。

方可观没有笑,他转对吉永拓说:"你说戚书记真的要是在经济上独立了,会有什么后果。"

"目前有许多地区的负责人都有这种思想,我个人以为,在中国如果独立,只有东北三省还差不多:要工业有工业,要农业有农业,还有港口,铁路。光有石油和铁是不够的。如今我认为不是独立的问题,而是如何更好的合作的问题。"吉永拓看着车窗外说:"一个人在作市政府书记时,起码应该用省委书记的眼光来看问题。否则他将老在任上。"

"你是否同意与之共建胶片厂?这好像是一种很赚钱的行业。"

"对一个问题要全面地考虑。据我了解,一个与柯达公司合资的项目,已经得到批准,很快就要在深圳上。"

"你们可以和他们竞争吗?"

"在理论上是可以的,而在实际上却根本行不通。你知道胶片的成分都是由什么组成的吗?"

"银和胶。"

"胶是怎么来的?"

"从骨头中提炼的。"

"柯达公司有自己的养牛厂,牛的品种是不变的,所以骨头的成分也不会变。胶片们的质量是很稳定的。而咱们国家的骨头都是从各地收购来的,今天是内蒙的牛骨,明天又是陕西的羊骨,而且牛骨头中有羊骨头、羊骨头中有牛骨头。一批一个成分,根本无法作准确的分析。这样的胶片厂能和柯达公司竞争吗?这其实是一场根本没有半点奥林匹克精神的比赛。"

"市长还是挺不好当的。"丰风说。

"我就能当了。"方可观说。

"给你一个乡,你都不一定能干了。"

"你也太小看人了!"方可观很是不服。

"我刚刚做到副县长时,在一个乡里蹲点。有一天只有我一个人在家。这时发生了一件事:有两个农民在一起喝酒喝多了,于是A就提议换老婆。B也没有不同意见。他们回去分别一说,A的老婆因为与B有染,欣然同意,而B的老婆却说什么也不干。结果闹到乡上。我认为这是严重的违法事件,就通知法院和司法局。他们第三天才来了,一问也拿不出意见来。后来乡的党委书记回来了,他看看我后说:能不能让我来处理?我只好同意。他把 A 和 B 找到他的办公室内,照着每个人的屁股踹了一脚:你们能喝酒就喝;喝不了就算他妈的。给老子我换回来。结果 A 和 B 把老婆乖乖地又换了回来。就这么简单,可你在任何书本上都是学不到的。"

招待所出现在夜幕中。

"你不打算把它建设得好一些?"因为刚从友谊宾馆出来,方可观觉得这个招待所实在有些寒酸。

"一个穷孩子和一个富人家的孩子在一起上学,那么他必须记住:不要去比。如果非要比,那就坏了:他也仿照富人的孩子,请了一客,于是他只好在一个月内都吃馒头和咸菜。我就是有钱也不干这个。"

"看不出你还是有一些事业心的。"

"听完你的话,我就像被授予爵位一样地高兴。"吉永拓自己知道说的不全是实话:为了应付一些人,上个月刚刚决定在市里修建一座高级宾馆。当然名义上说"是为了适应开放的需要",其实外宾一般来说,是不太讲究排场而更讲究实际的。

方可观和儿子在玩一种叫作"强手"的游戏。

这是一种和桥牌一样从西方市场竞争演化而来的游戏。它有银行、不动产、珠宝、动产等等。你可以买这卖那。到最后谁把谁全部吃掉,谁就赢了。

方可观的运气特别地坏,买什么就赔什么。到最后只剩下一百元钱时,不得不向拥有银行的儿子贷款。而他只要不贷给他,他百分之百要被淘汰出局。

可儿子贷给了他。

这时丰风来让他去打牌。

"等一会儿。"他不停地出让和收购,不过十分钟的功夫,就把儿子搞得破产了。"儿子啊,儿子!你长大了之后干什么都行,就是千万不要去做买卖。"

"为什么?"

"你太善良了。去当个科学家,如果当不上,就去做一个小学教师。"

"我相信我能做买卖。"

"你如果真的干,那我告诉你:一样货物,你如果定下了它的价钱,那么不管是谁来买——即使是你爸爸我,也不能少一分钱。你作得到吗?"

儿子摇摇头。

"我在你还两岁时就看出这一点来了。"方可观摸摸儿子的脑袋,"那时你坐在爷爷的大椅子上,自己吆喝:谁买豆腐?谁买豆腐?你要是真想倒腾东西,最少也该买卖点彩电、汽车什么的。卖豆腐能发了财?"

"你怎么总是把这些乌七八糟的东西灌输给天真的孩子呢?"在走道内丰风说。

"我就是要去掉他的天真。这些乌七八糟的东西虽然乌七八糟,但它是真理。有的事情是你我正在干的,可却不想让孩子知道,你说这是不是坑他们?"

丰风说不上话来。

"他们将来面对的世界,要比咱们今天的还要残酷得多。别的不说,光是人口和资源两项,就够他们一呛。"

丰风睁大普希金诗歌一样的眼睛看着方可观。

"我看着你这小山羊一样的眼睛,心里就不好受。"方可观拍拍他的肩膀,"你也不要太悲观,儿孙自有儿孙福。管他们呢!而且你也管不了。"

"你可以不管,而我却不能不管。"丰风显然被触动了心事。

"我还以为你们在玩麻将呢?桥牌我不打。"方可观要往回退。

"如果在三缺一的情况下你故意不打的话,那么简直是伤天害理。"吉永拓不让他走。

"打麻将才是中国人玩的东西,它各自为战,不用合作不说,随机性还极强。桥牌就不行了。"方可观坐到椅子中。"我和谁搭档?"

"你太太。"

"我不和她！"

"你们长期在一起生活，应该有心灵感应才对。"吉永拓说。

"也可能有的只是仇恨。"方可观开始发牌。

华一纬不会打，而吉永拓让给了霍苹苹。

开始几把很顺利。

第八把时轮到方可观和吴莉"有局"。方可观以"极强"开叫。吴莉应叫。于是两个人直上"满贯"。

"你凭什么开叫'两无将'？"吴莉绕过来，一看方可观的牌就愤怒起来。"我有两张 A，一张 K 和三张 Q，可你却只有一张 A 和一张 K。你说你凭的是什么！"

"你的声音将被大英博物馆的音响部作为最刺耳的一种收藏起来。我告诉你：我凭的是一张九，两张十，另外还有晚饭时的三杯'李白醉'。"方可观满不在乎地说。

吴莉气呼呼地回到自己的座位上，不再参政。

"你看出什么牌好？"霍苹苹问吉永拓。

"你看呢？"

"我看该出这张八。"

"我没有不同意见。"吉永拓说。

这是方、吴输得很惨的一局。

"咱们带孩子到海边玩去。"吴莉把牌一扔。

"和女人打牌时，你最好保守一些。女人不喜欢输，也输不起。"

"你打桥牌还是我教的呢！女人你也不会比我懂得多。"方可观对丰风说，"我就是想让她不高兴一下。你们要知道女人的脾气不发在这个地方，就要发在那个地方。这就和分洪一样，最好找一个不重要的地区。"

"在和她们打桥牌时，我是从来不参加意见的。《资治通鉴》上这样说：'陛下导言，臣始敢言，而且只有言者无罪，才会有知无不言。"吉永拓把一张九和一张五放在桌上。"她们的逻辑是这样的:问你出哪张。你如果说出五,她就说应该出九,但是仍然出五。如果是成功的,就什么也不提了。如果出了问题,她就埋怨你。可你如果说应该出九,她还是说该出五,但是出九。换句话说:她们不是在寻找参谋,而在寻找支持者和埋怨的对象。"

"你可真够油的。"

"如果你是一个搞政治的,那么这不过是基本功而已。"吉永拓打开电视,一场足球赛正在进行。

"自从中国被淘汰出世界杯的亚太区决赛圈之后,我发誓说:烟和酒我是戒不了了,但凡是中国队踢球,我是坚决戒看了。最起码在十年之内我不看。"方可观换了一个频道。

"他们总说我的资历浅。"吉永拓今天好像很想说话,"这就和英国人看不起意大利的足球一样,总是认为他们没有传统。难道三届世界杯的冠军还不能算是传统? 更何况是意大利队创造了全攻全守的全场足球。"

"但是他们仍然看不起你。"方可观又换到"足球频道"上。人的爱好是很难改变的。"一个人看不起一个人有时是一件很没有道理的事情。我见过一个因为自己有一件法国衬衣,就看不起别人的人。想当宰相,就必须有宰相的肚量。要不然不等当上就气死了。"

"我不想当宰相。我只是想做一些事情。"

"但是这不排除你想当宰相。"万可观很是尖锐。

"目前我是没有这个想法。你不是告诉我:只要不求佛办太大的事,就一定能办成吗?"

"我说过这种话?"

"我以为这种第一人称的自我疑问句,只有我们的院长会用呢? 他一碰到以前答应过而现在又不能办的事,就用这种句法。"丰风说。

"这就和形容一个女子美丽的像一朵花一样,是用滥了的名句。"方可观说。

"好像要下雨了。"丰风担心地看着阴沉的天空。"我得给她们送雨伞去。"

"你放心好了,南戴河在星期六是从来不下雨的。"吉永拓没有告诉他,自己每天都要收听天气预报,而且为了有备无患,已经给她们准备了雨伞带上了。

"这算是什么规律?"

"这是统计规律。是最科学的。"

"你玩的那套概率之类的我也懂。有百分之一的可能,轮到我身上就是百分之百。"他还是坚持要去。

已经是深夜了,丰风来敲吉永拓的房门。

"怎么了?"吉永拓看着他。

"我的钱包丢失了。"

"光是钱包?"

"是的。"

"有多少钱?"

"五百四十三元。"

"现在夜深了,明天再说。"吉永拓看看手表。

"明天你能给我找回来吗?"

"一般来说是没有问题的。"吉永拓再度审视丰风沉重的脸色。在他的印象中丰风是一个相当慷慨的人,插队时颇有几分赈济天下的风度。

丰风还是不愿意离去。

"我负责了。"吉永拓整理一下睡衣。时间是可以改变任何东西的。可能是他的那个老婆在作怪。

第二天吉永拓对招待所客房部主任说:"你负责找到这笔钱。如果找不到,就从我的预付款中扣除。但是要说是你们赔偿的。"

"我可以负责出这钱。"客房部主任是不大有机会接触市长的。

"我说过由我来出。"

"有过这样的先例,招待所少了东西总是由招待所负责赔偿的。"

"照我说的办!"吉永拓扭过脸去。

整个楼层的服务员都被动员起来。大约在十点钟,钱包在厕所的水箱中找了出来。因为它的外部包着一层塑料纸,所以里面的钱完整无损。

丰风如释重负地出了一口气。

"你们请了一个大侦探?"丰风的儿子问道。

"没有。"方可观虽然喜欢开玩笑,但是他有一个信条:对孩子永远说真话。

"那我藏的那么秘密,你们是怎么找到的?"孩子说。

丰风似打似摸地触及儿子的头:"你以后不许这样淘气了。"

方可观和吉永拓对视。

"如果一个人能够把自己的钱数到元,那么他就是全中国最小气的人。"在楼道中方可观听完吉永拓的叙述后说。

"你最好把你的感想放在心里。任何行为、任何想法,都是有背景的。"吉永拓推开房门。

第五章

　　与省长通一次电话不是一件容易事。吉永拓从早晨要起,已经等了两个小时。可省长先是在开会,然后又接待福建省代表团。据说还要设午宴招待。"把内政办成外交,这很不正常。"他对省政府办公厅主任说。

　　线路的另一端没有反应。不是非常老练的人是坐不到这个位置的。

　　"我一定设法在中午以前给你安排。"

　　吉永拓犹豫了一下后问:"关于我们市的人事问题,你有没有什么消息?"依照计划,市党代表大会要在十月召开,而省委精神是"七留八不留"——也就是五十七就还可以继续干,而五十八就不能留任。而市委书记今年正好是五十八岁。

　　"党管干部。这是常识。"

　　"我没有说要你管。我只是向老学长打听消息。"吉永拓与主任是前后校友,有这层关系,人际距离就缩短很多。

　　"有这样一个谜语:巨木。打一个成语。"

　　"我猜不着。"吉永拓老实回答。

　　"上下排列后再添三点水是什么字?"

　　"渠。"

　　"故而答案是:水到渠成。"

　　"谢谢指教。"中国是一个谜语和寓言的国度,因为它们既能传达信息,又不明确所指。

"在任何关键时刻,都必须沉得住气,杜绝一切干扰。"

"前天夜晚,我看见永拓和一个人在海滩上散步。"方可观在想了很久之后终于对霍苹苹说了。他对她总有一种责任感。

"我知道,是一个女人。"霍苹苹显得无动于衷。

"我很卑鄙,是吗?"方可观没有料到会是这样。

霍苹苹用极其复杂的眼神看着方可观。

方可观低头回避掉这潺潺的信息流。

省长出现了。

"我向您汇报一下有关高速公路问题。"

"不用说了,修南北向。"省长是一向以思路敏捷著称。

"可我仍然觉得应该修东西向。"吉永拓知道希望已经不大了,可还是如此说:"东西向就可以和国家的高速公路网连接上,这在经济上有巨大的意义。这也是我们市公路专家的心愿。"

"我一直认为你是一个比较强的干部。可有些问题不能光从经济上考虑。整体大于局部之和。"省长是喜欢控制论和系统论的,他也希望手下的干部学习研究。

"如果有人施加影响他改变主意,您是不是同意修东西向?"吉永拓不肯顺着省长的思路。

"你这个'有人'是谁?"

吉永拓报出了一个姓名。

"他现在什么地方?"

"就在南戴河。"

"以后他在咱们省出现,你就要及时通知我。"省长的口气变得严厉起来。

"你与他有什么关系？"

"比较间接。"吉永拓含糊地说。他本想通知省长的,可此人不愿意打扰地方。不过这话没有必要说。省长一定会来,等他们会面时自然会讲起的。

"明天,最晚是后天我到南戴河。"省长放下了电话。

外面在下着非常大的雨,可铝合金的窗户框子,却给汹涌澎湃的大海镶上一个华丽的边。

"雨中看海是很有趣的。"方可观用望远镜观察。

"前提是：你不要在海中。"吉永拓的心情比较沉重。

"给我看看。"丰风的儿子没有敲门就闯入后,一把抢过方可观手中的望远镜。

"你好好地看。方可观把他抱到窗台上。

"你这边这个坏了。"小丰说。

"不可能。"方可观给他调整焦距。

"我就是看不见嘛！"

"你方叔叔的望远镜是坏的。"刚从洗手间出来的丰风急忙要过望远镜来。"我给你拿咱们自己的去。"

"你很有钱吗？"丰风的儿子问。

"不是很有钱,但是还是有一些钱。"

"那你为什么买一个坏的望远镜？"

方可观一时不知道说什么好,但他知道其中一定有名堂。

"我爸爸说：望远镜一定要用左眼看。"孩子从丰风处拿过一架单筒望远镜。熟练地转动着。过了一会儿后说："方叔叔你看吗？"

"不看。'大雨落幽燕'自然就是'一片汪洋都不见'了。"

孩子听不懂,一溜烟出去了。

"他的右眼是不是有问题？"吉永拓问。

丰风没有回答。

方可观用望远镜观察着伸入海中半岛上的一座庞大的别墅群。它们显然不是统一规划后修建的,但是规格很高,占据了海岸线最佳处。"整个建筑群之间毫无联系。完全是华而不实、不负责任和严重无知的凝结物。它代表着虚荣、贪婪、心胸狭小。"方可观收起望远镜。

"你应该买一本有关礼节方面的书读一读。"吉永拓说。

"讨论礼节的书就是抹杀个性的书。我从来就不害怕与人有所不同。作家就应该如此。只有你们这些官员才必须完全遵守官场的全部规矩。"方可观说。

吉永拓正要反击,疗养院院长进来了。"吉永拓市长,"他硬邦邦地说:"有一些日本客人下午要到。你们是不是能腾出一套高级房间来?"

"谁安排?客人是谁?"

"一些日本的企业家。还有两个议员。"

"为什么不弄到友谊或者和平去住?"

"是省委办公厅的电话通知。"

"这儿的房间不能动。你想别的办法吧。"吉永拓挥挥手。

"我认为这是你一生中最大的壮举。"在所长出去后,方可观鼓起掌来。"他日本人是人,我们就不是人?!再说咱们花钱住店,谁也没有资格赶咱们走。"

"如果今天没有市长,咱们此刻肯定提着提包站在走廊之中了。"丰风说。

"我的一位老首长告诉了我他一生中最大创举。你们谁能猜到是什么?"吉永拓今天很想说话。

连猜几个都不对。

"他在作省委机关事务管理局长时,有一天中午十一点钟,天眼看就要下雨了。可人们谁也没有带雨伞。他考虑了很久,最后在十一点二十分宣布提前下班。"

"这算什么创举?"丰风笑了。

"可是在一九六五年,这就是伟大的创举。"吉永拓说。"破坏纪律对某些人来说,也许是一种优点——比如物理学家、医学家,以及作家等。可对于一个干部来说,无疑是致命的弱点。"

午饭时人很多,而且大都是携带家属的。华北平原今年的平均气温比任何时候都要高。

吉永拓、方可观、丰风三个人和省委秘书长夫妇同席。霍苹苹等在另外桌上。

"你以后上菜不要从我这上。"秘书长夫人在年轻时,很可能美丽过。但是此刻皮肤的色泽却像宋朝以前的画卷。

"是的。"秘书长立刻赞同。"我上次在你们这儿宴请外宾,就已经对领班讲过:上菜要从中国人处上,万一把盘子弄翻了,怎么向人家交代?"

方可观正想说话,吉永拓轻轻地踢了他一下。

"你们这个宾馆,我用一句话就能概括:硬件真硬,软件真软。这么好的地理条件,应该好好利用。"秘书长的功夫极深,能够边吃边说。

"我一定抓一抓。"吉永拓几乎没有动筷子。

秘书长夫妇吃完就走了。

"他的话的错误就多了:服务人员干的就是这个工作,能把盘子给翻了吗?!第二,翻到中国人的身上就没有事?"方可观终于把话说了出来。

"作为一个领导人,他确实管的过于具体。"吉永拓心想,过于具体就容易出错。领导的话就是指示:你说今天南戴河下午四点要下雨,很可能不能兑现。如果你说:今天华北平原会下雨,一般不会出错。如果你站在更高的角度说:今天一定会下雨,那么它就百分之百的正确:以地球之大,必然会有若干个下雨的地方。

一个年轻人过来招呼。吉永拓把他介绍给方可观和丰风。

"有事可以来找我。"他递给一人一张名片后,就匆匆走了。

名片上写着"省长秘书·郭泰力"。

"这个官有多大?"

"处长。但是权力比局长还要大。"吉永拓解释道,"你要让他办什么事,未必能办成;但是他要坏起什么事来,力量是极大的。他在某种意义上就是省长的耳目喉舌。"

"也就是说:他就是省长。"丰风说。

"不。只是省长的耳目喉舌。这中间有着本质区别。"吉永拓对服务员说:"晚饭给罗秘书长单独安排一桌。"

"这不是也坐得下吗?"丰风说。

"不是坐不坐得下的问题。他是省委常委,这是一个比副省长还大的官。你让他和咱们这些人坐在一起,他觉得掉架子。"方可观说,"这有涉官场体制。"

"你说秘书长的老婆有多少岁?"霍苹苹过来问道。

"她的发展不平衡:皮肤六十岁,牙齿五十岁,头脑十岁,而实际大概是四十来岁。"方可观说。

又过来一个年轻人,他上来就发名片。

"你来干什么?"吉永拓问。

"和这些日本鬼子谈一笔买卖。"

"什么买卖?价值多少?"吉永拓警惕起来。

"引进一条亚麻生产线。不会超出一千万人民币。"

"我这儿有几位北京来的客人。"吉永拓说。

"告辞前我只有一事相求:有人要是向您反映我和日本的右翼集团有联系,那他一定是在胡说。您可千万不要立案审查啊!"

"我知道,我知道。"吉永拓敷衍道。

来人拱拱手后就走了。

"他真的和日本的右翼集团有联系?"

"我相信他除去'八格压鲁''米希'之类的协和语之外,半句日文也不会,上哪和右翼集团联系去?!这是他自我抬高身价的一种方法。"

"环球信托公司总经理。"丰风读着名片,"他有多少资产?"

"看他像发传单一样地发名片,我猜他不会超过一百万。"方可观说。

"你很可能多说了一个零,也可能少说了三个零。"吉永拓把名片放在菜盘子中。

"既然是总经理,钱是少不了的。"

"你像女人一样,搞不清楚中国统配煤矿总公司总经理和他这个鸟公司总经理之间的差别。凡是前带形容词的公司,一般来说都是私营的。"方可观讲解道。

"你为什么不印名片?"

"你什么时候见过总理发名片,他的脸就是名片。"方可观站起来,"听说今晚在友谊宾馆有一个舞会?"

"我没有听说。"吉永拓无动于衷地说。

方可观在给儿子讲物理。

"你有什么问题尽管提。"他大模大样地坐在居中的大沙发中间。当年他的父亲就是这样做的:你不管问他什么题,他都能不用纸笔,光凭心算立刻回答。榜样的力量是无穷的。

"如果地球突然一躲,太阳的力与金星的力碰撞到一起,会有什么后果?"儿子问。没有等方可观回答,他继续问道:"如果地球突然发出一种巨大的内力,又会有什么后果?"他这几天正在看武侠小说。

"在如果后面有整个世界。你要么是牛顿和爱因斯坦,要么是金庸和梁羽生。不能混在一起讨论。"

"这个问题爷爷能回答吗?"

"我看不能。"即使是最伟大的物理学家,也回答不出。方可观想道。

"这么说这是一个伟大的问题了?"儿子的思维与之同步。

"起码可以说是伟大的、乱伦的问题。"

"你能给我讲讲能量守恒定律吗?"儿子并不知道"乱伦"的确切含义,但从说时的语气知道最好不要去问。

"我可以给你举出一个极其生动的例子:上个星期。咱们家的液化气没有了。不知道有什么人告诉你妈妈:用热水往上一浇,就能使之内部的压力升高。于是她边往罐上浇暖瓶中的开水边做饭。等到饭熟了,三壶水也没有了。她于是只好再去换气。"

"可确实是有人这么干的。"吴莉不服气地说。

"跟你说的那个人,他肯定是从公家的开水房打来的热水,否则是太不合算了,因为在这个能量转换之中起码有百分之二十的损耗。"

霍苹苹在一边差一点就笑出声来:"我最好是走了。好的客人应该知道什么时候来,什么时候走。"

"还是我走的好。"方可观站起身。"我发现在你们两个之间有一种危险的同性恋倾向。这是值得警惕的。"这些天来,霍苹苹很少和吉永拓待在一起,几乎每天都在吴莉处。

"同性恋不是专指女子的吧?"霍苹苹反击道。

"男人自然也有。但是我没有听说过有男性三角同性恋。"方可观打开门,"而且我告诉你们:我有一个朋友,设计了两只电子鹦鹉,你只要对其中一只说一句话,另外一只就会学。然后这一只再学。他很是得意,认为肯定有销路,于是就制造了一百只投放市场,销路果然不错。当他继续制造了五百只后,大家却来退货了。原因是:每重复一次,频率就要增加百分之七。这样只要运行十五分钟,电路就会烧坏。我个人觉得这和你们女人之间的聊天很是相像。"

"你最好快点滚开!"霍苹苹象征性地举起茶杯。

"你和永拓之间是不是有一点问题?"因为明天就要分手,所以吴莉认为现在必须说。她怕霍苹苹不愿意谈,又补充道,"是可观委托我问的。"

"多少有那么一点。"

"生理上的?"

"不是。"

"那么是他有了外心?"

"这我倒是没有发现。"

"那么还有什么算得上是问题啊?"

"我一时也说不出来。"

吴莉记起方可观曾经说过:性欲是一种感觉的东西,因此缺乏持久力,很快就会厌倦,于是就要去追求新的东西。肯定是这方面的问题。可她既然不说,我也就不要问了。

"你要知道和他在一起生活是很没有意思的。"

"不能吧!"吴莉停止了编织毛线。在她的印象中,吉永拓坚定、自信、高大、英俊。一句话:是一个男子汉指数甚高的人。

"他认为我的最大责任就是做好他的老婆。"霍苹苹说这话时显得很难。她已经习惯于第一夫人的形象。"所有的事情他都要替你想到了、安排好了。你只要照着去做就行了。"

"这难道不是很好吗?在我那个家庭里,什么事情都要由我去计划、去实行。我恨不得有个人能够包办代替一切。"

"你没有和他在一起生活过,所以你不会理解,也很难理解。他主要的缺点有两个:心太细;心太深。"

"这好像不能算是缺点?"

"加上个'太'字就是大缺点了。"

"我们那位是心太粗、太浅。我和他在一起就像在进行一场没完没了的持久战。我前些日子,对他透露了这个意思,你猜他怎么说?"

霍苹苹虽然很感兴趣,但是没有表示出来。

"他说,持久战三阶段:防御、相持、大反攻。你说他不是混蛋是什么?"

"吉永拓是永远不会说这种话的。他不会跳舞,可我喜欢。我如果说去,他是绝不会说反对的。但是他能用各种方法来表示他的不赞成。让你起码三个星期不舒服。有一次我给他做了一件猎装,他认为我把扣子往上钉了一公分,非要我改。我不愿意,因为这是一件很麻烦的事情。他没有再说什么,只是叫市里最好的裁缝重新做了一件,并且穿了两个星期。"

"这又不是什么大事。"

"是大事倒好办了!正是这种小事使你的生活变得很不愉快。夫妻之间不能没有交流。任何感受都是具体的,如果你说不出来,就会改用别的方式:头疼、胃疼或者一些更厉害的病。我想我们是很难白头到老的。"

吴莉没有插话。欲使谈话保持顺畅,必须知道什么时候加入,什么时候退出。这对男人是学来的技巧,而对女人则是天生的本能。

"你刚才不是问我:他是不是另有女人。我明白地告诉你:是有一个。"

"漂亮吗?"女人到了四十岁前后,就变得不那么自信。

"我还没有见过。不过听声音挺文的。"

"你在什么地方听到她的声音的?"

"就在这次来之前,她打电话找吉永拓,是我接的。"

"他们说了什么?"

"他问了号码之后就挂机到书房用他的保密机重新打去了。"

"这个问题你一定要让他说清楚。"

"可话没办法出口呵?"

"我来替你说。"

一个松散的会议。联结他们的不是权力,而是友谊。

"我难得有主持我们会议的机会,希望能够畅所欲言。"方可观坐在地毯上说。

"两年以来,我一直想找人说说这件事。"一阵沉寂后,丰风垂了下眼睑开始说话,"他三岁时,有一天晚上,我在看书,他和一纬在看电视。他非得要玩剪刀。

一纬不让,他就闹了起来。我过去看看那把剪刀是非常之钝的,几乎剪不动纸。于是说,你就让他玩吧。一纬没有再说什么。因为在家里一向是我说了算的。我把儿子抱在腿上,边看电视边休息脑子。当时我正在准备在全国外科学会年会上的发言。而他则用剪刀剪纸;我万万没有想到,他是一个男孩子,很有脾气,也很有个性,因为剪不动纸,就用力往上挑。一挑把纸挑破了,然后挑到右眼上。"

丰风把半截烟掐灭在烟碟中,方可观又给他点燃一支。

"他当时痛得哭起来,我也慌了手脚,赶快去找眼科主任,他恰恰不在。只找到一个刚刚分配来的年轻大夫,于是我决定自己来处理。"

"你干过眼科?"

"不但干过,而且干过两年,你们知道我是一个很自信的人。所以当那位大夫提醒我是不是要用麻药时,我否决了他的意见。因为在头部施行手术,必须全部麻醉,这对于孩子的大脑发育是相当不利的。"

方可观和吉永拓都明白不幸就要发生了。

"孩子在拼命地挣扎。我叫人按住他的手脚,然后用眼钩拉开他的眼睑。于是又是一个万万没想到:因为他在用力,所以颅内的压力很高,眼内的压力也很高。所以眼球内的晶体一下子就流了出来。"

"听说现在可以重新注入晶体。"吉永拓这样说是为了缓和一下丰风激动的情绪。

"当时我也是这样想的。所以在清理内部的时候,就尽力多保留一些。往后一切都正常。一个月后拆线时,也是一切正常。当我正准备带他去北京同仁医院时,他的眼睛发生了感染。而且是交叉感染,也就是说要影响左眼。"

方可观给他沏了一杯茶。

"费了很大的力控制住炎症之后,同仁的医生告诉我:这种情况在一千个人之中才有一例。可这一例轮到我就是百分之一百!"

"他现在是不是还不知道?"吉永拓想起"望远镜"事件。

"可怜的孩子就是不知道。你们说应该不应该告诉他？"

"应该。"方可观立刻说。"马上就告诉他。"

"一个成熟的人的标志,就是在他遇到问题时,能够用大脑思维。"吉永拓说。

"我想在他上小学前寻找一个适当的时机再告诉他。"

"为什么？"

"眼下告诉他,恐怕会使他造成心灵的永久创伤,也就是说是自卑。而七岁的男孩子,已经初具男子汉的气质。再说你到那时倘若还没有告诉他的话,同学们也会告诉他的。而且是以很不好的方式。"丰风没有使用"独眼龙"之类的词语。

"两年来,我一直想找一个人说说。"丰风的情绪渐渐地恢复平静。"你们要知道,当你做错一件事情之后,没有一个人来批评你、谴责你,那可真不是滋味！今天总算是说出来了。"他长长地出了一口气。"我之所以变得那么小气,就是因为我想积攒一些钱。如果将来有机会,给他换一只眼球。"

"以现在的医疗水平,还做不到。"

"我说的是如果有机会。"丰风说,"不要等机会出现了,而你没有抓住它。"

"你刚才说的那一点很重要:自己不能给自己的亲属动手术。因为在这种情况下,人就变得不那么唯物。坏就坏在你哪个'想尽力多保留一些上'。"

"事后诸葛亮谁都会当。"方可观不服气地说。

"一切事情完成之后,你回过头去看,就会发现,它与周围的所有事物之间,都有着极其密切的联系,就是半点程序变化都不能有。"吉永拓说这话的时候显然在想着别的事情。"历史其实就是必然,倘若你能在事先看出来,你就是一个伟大的预言家;倘若你能在事后对它进行全面的总结,你就是一个历史学家。"

"你不要总是用领导的语气说话,我不爱听。你就说说你的外遇吧！"吴莉一针见血。

"我？外遇？"吉永拓茫然。

"你有一个女人。在南戴河你和她约会。在来这之前,你和她通过电话。有关这些你必须说清楚。"吴莉语调严肃。

吉永拓笑了:"她是我在外语学院时的老师。今年已经五十岁了。"

这回轮到大家发愣了。

"她是一位负责同志的女儿。我试图通过她来办一些事。"

"如此说来你叫我们来南戴河也是为了这个目的?"方可观能够及时抓住关键。

"这仅仅是目的之一。"吉永拓不肯正面回答。

"你不要闪烁其词。"

大家都凝视着他。

在这种不可抵御的压力下,吉永拓喃喃地说开了:"希望你们能够理解我。我的工作并不像一般人理解的那样轻松愉快。它是沉重的、艰难的。在很多时候超越我的能力极限,而责任又不允许我逃避。"他扫视众人,目光在寻找同情。

"可你应该事先把约我们来的目的说清楚。"丰风比较宽厚。

"我确实希望在南戴河期间能够影响那位负责同志。而且是通过不太正常的途径。可与之同时,我也是非常希望与你们相聚。我也是一个人:一个活生生的人。我也想像你们一样,过正常的家庭生活,享受天伦之乐;也想像你一样,"吉永拓指指方可观,"在高兴的时候,醉它一个天日不知。可是这些年以来,一直没有这样的机会。这次我的本义是想和你们聚一聚:平时我遇到的不是上级,就是下级,可以说没有一个能够开诚布公谈话的人。渐渐地连我也觉得自己变成一个点——一个大网络中的一个抽象的点。可是到头来还是没有摆脱公务的色彩。"

"城市往往妨碍对话。"丰风说,"不知道你们还记得不,当年为了寻找一个对话的伙伴,我曾经步行五十里。"

"工作不是只有你一个人有,我们也有。"吉永拓把方向扭转回来,"一个人在做了官之后,难免有一点架子,借以抵御一些人和事,这些我完全可以理解。但如果他把人本身固有的东西:友谊、爱情、同情等都丧失了,那他就完了。"

"有些事情不在于你是怎么想,而完全在于你是怎么做。"吴莉说,"你们男人经常假模假式地在这里、那里寻找什么对话的伙伴。其实最好的伙伴就在你们的身边。"

吉永拓慢慢地把眼睛抬了起来,无意有意中与霍苹苹的目光相遇。不过是片刻交流,但作为解冻的信号却已经足够了。

第六章

吉永拓不肯去跳舞,与丰风一起去了台球室。吴莉和华一纬带着孩子们去玩电子游戏机。方可观和霍苹苹在舞场中盘旋。

"今天你我可以好好跳一场了。"霍苹苹专门换了一件显然不是国货的连衣裙。

"是的。你是在什么地方学的跳舞?"

"这东西难道还要特地去学吗?人本来就是喜欢唱、喜欢跳的。"

"也就是说:只要找到原始感觉就行了。你的话对我的技术有着指导性的意义。"方可观的舞步变得自如起来。

这是一个真正的"斯诺克"台球案子。丰风已经连输两局了。"我就是不服你,最后决赛。"

"好的。"

"咱们能不能赌一点什么?"

"只要你能输得起,我就没有反对意见。不过你的这个'赌'字用得不好。"

"我用我的领带夹子和你交换钥匙坠子。"

"这个交换用得好!我接受。只有狗才不会用它吃不下的草去和马换骨头。是人就应该懂得交换。"吉永拓把衣服脱下。

丰风开局开得很好,但当吉永拓不时地把球"藏"起来时,他就沉不住气了。

结果连连失误。

"我眼看着领带夹子,一步一步地向我走来。是不是'金利来'的?"

"你不要高兴得太早。"丰风打出了一个难度很高的球。然后又一鼓作气,连击高分的球入穴。

局面成了胶着状态。

吉永拓相当老练,不到有十分把握,宁肯自己不得分,也不给对手创造机会。而一旦机会出现,就坚决抓住,从不手软。

最后吉永拓以十五分险胜。

"你在什么地方学的台球?"

"在英国时我经常和查尔斯王子一起玩。"

"别吹了。"

"真的。"吉永拓一本正经地说。他是永远不会对不知情者说出其中的奥秘的,尤其是对"哥们儿"——在他作副市长时,市委书记很喜欢打台球,而他那时根本不会——有几个中国人在一九八五年时就会打台球呢?可他勤学苦练,终于在半年之内练成能与之对局的地步。这是一件必须做的事:打球时可以和他接近;而干部来自熟悉。可这又是一件丢脸的事:巴结、讨好;多少有几分高俅的味道。

舞场中的灯光旋转。人旋转。一支旋律疯狂的曲子。

"这个舞曲特别不适合中国人跳。"方可观用洁白的手绢擦汗。"你看见过外国人打太极拳吗?别提有多别扭了:那股阴柔、圆滑的劲道,他们不能体会,所以也无法表现。"

"借用永拓批文件的常用语:完全同意你的意见。我也该回去了。"霍苹苹取过饮料。四十岁是知道适可而止的年龄。

能控制就好。失去控制就不好。这就是所谓"控制论"的精髓。方可观来到二楼。二楼的地板就是一楼的天花板。生活中有着无数真理。

"他已经赢了我三局了,你不能替我报报仇?"丰风把杆子递过来。

"责无旁贷。"方可观很老练地在杆的头部擦上白粉,然后随便打出一杆。

三角形的球阵被打乱。

若论球技,吉永拓和方可观差不多,可他被方可观的架势给威慑住了,打得不够放松。结果输了两局。

"不打了。"他用手绢擦擦汗水,"每次在大事过后,我们都要进行总结。这次我的经验是:你如果想失败,只要从一开始就深信失败就行了。自我怀疑和自信是一样有效的东西。你是在什么地方学的台球?"

"我的一个邻居是北京台球队的。他每天早晨都要背着台球杆出去转一圈,等到九点钟回来时,口袋中起码多出三十元钱。全是从野台子上收来的。"

"那他一年之中要收入多少钱?"

"近来不太行了,因为他把比较近的地方都给吃怕了。"

"他就没有输过钱?"丰风问。

"据说他只输过一次。"

"国家队的?"

"不是。是河南来的一个在北京做木匠的人。"

"这怎么可能?"吉永拓不相信。

"木匠活中有一道工序是放线,据说与打台球有异曲同工之妙。而且这个木匠出手迅捷,不犹豫。更重要的是他不把输赢放在心上。"方可观说。

"有意思:中央军之外,还有绿林好汉。"丰风说。

"台球之所以是官员的游戏,原因就是:控制本球、目标球、球杆,是三大要素。这和官场很是相似。希望你能作其中的戴维斯、泰勒、希金斯。要抓住稍现即逝的战机。"方可观打出最后一杆,可球没有入袋。"当然,在努力之外,还要靠运气。"

"在政界没有运气。"吉永拓一般是避免使用"官场"之类的语言,"在任何成功后面都是大量的努力。在没有看到的人眼中,工作的结果往往变成了运气。"若论残酷性,官场要远胜球场:在这儿你不过是输几个球而已,而在那里,你一输就是若干年、一辈子,甚至是几辈子。他这么想,可说的却是:"不过确实要借你的吉言。"

"我的话确实是特别的管用:我们单位有一个妇女,结婚已经五年,始终不能怀孕。一九八六年春节,他们夫妇请我吃饭。饭后我作为回报,写了一副对联:虎虎虎虎年添虎子;新新新新年加新人。第二年果然生了一个。"

"儿子?"

"女儿。"

"按你的虎子说,应该是儿子才对。"

"我也怀疑。后来一问才知道:他们不好意思往大门口贴,而是贴在大门里面。于是把好好的一个儿子给变成女儿了。男人属阳,女人属阴;男人外向,女子内向。这不仅是相书上的定律,而且是世俗的看法。"

"永远不脸红,也是一种极难得的品质。"吉永拓对方可观说。

"明天就要分手了,今晚咱们三个找一个地方,好好地喝一顿。然后再玩个新鲜的东西。"吉永拓动议。

两人附议。

"你说我们能白头到老吗?"因为明天就要分手了,霍苹苹想把心里的话说出来。第一夫人在居住地是找不到能说这种话的人的。

"我不会说什么理论,只有一句大白话:这主要要看你想不想白头到老了。想就怎么也好办;不想就怎么也不好办。"

过了一会儿霍苹苹才说:"你这大白话比那些鬼理论强多了!"

"永拓的心太深,你又太要强。"吴莉知道霍苹苹是很好胜的人,就现身说法,"我的经验是:有话就说,而且最好是你先说。心到了,神就一定知道。你看他用的手绢。"

"别说了,怪不好意思的。"上次吃饭时吉永拓用一块内涵十分丰富的深色手绢,三个女人都注意到了。"我以前是故意不给他洗。"

"我知道你是故意的。"

"男人们都去哪里去了?"沉不住气的华一纬,找到吴莉的房间里来。

"喝酒去了。"苹苹说。

"我找他去。"

"我劝你最好不要去,老婆杀上门来,对于男人来说,是一件很丢面子的事。"霍苹苹又说,"而且你也不一定能找到他们。"只有她知道他们在哪里。

华一纬只好魂不守舍地坐下来。

在楼顶的一间大套间内,三个人席地而坐。

吉永拓表现出罕见的酒量。其余两个人都呆了。

"我真正能尽情喝酒的机会要比你们少得多。"吉永拓又给自己倒了一杯,对方可观说:"不过这是最后一杯了。你不想喝就不用喝了。"

"我喝。我必须喝。今天晚上是咱们这次聚会的高潮。人生能得几回醉?所谓高潮就是不常见的东西:你总不能想象生活是由一系列高潮——比方说是性高潮之类组成的吧?"方可观问丰风。

"你的思维逻辑还可以,可语言逻辑已经发生混乱了。不要喝了。"丰风把酒瓶中的酒全部倒入痰盂内。"与其你喝了,还不如让它喝了。"

"其实你就是让我喝,我也不会再喝了。"吉永拓说。

"你又要来上控制论的课了。方可观站了起来,"你不是说有新鲜的东西玩吗?"

吉永拓取出一台电子游戏机。

"我喜欢玩'赛车'。"丰风说。"因为我一直想拥有一辆车。"

"我喜欢'魂斗罗'。虽然我永远不想杀人,但是指挥一大批人我还是很高兴的。"方可观抢过控制器。

"我来一个折中吧：玩一个谁都没有玩过的。"吉永拓说。

"你就会搞折中。我讨厌折中。"

"你有什么高招？"

方可观没有高招，于是又回到"折中"方案上：玩一个谁也没有玩过的游戏《影子武士》。

电子游戏机是随机性质的：你变化它也变化。这样就极大地激发了人的征服欲。不知不觉中两个小时过去了。

"你们也应该差不多一点！"服务员打开门后就退到一边，三位夫人一齐进来，首先发难的是吴莉。

"我有一次喝酒喝多了，一进门就摔倒在地。夫人赶快跑了过来。你们猜她干了什么事？"方可观说。

"把你扶了起来？"丰风答。

"踢了我一脚后，恶狠狠地说：我让你再喝！"

大家都笑了。

"我经常犯这样的错误：把一艘要拼了的战舰当成救援的船。"方可观边说边操纵武士去救公主。

"在这个世界上，你除去找到吃喝之外，还能找到一个爱你的女人，这就是你的造化。"吴莉说，"你去不去睡觉？"

"睡觉？这太不文明了。你应该说是休息。等我把这个公主给救出来就去。"

又是一个小时。

"我看咱们是救不出来了。"丰风说。

"救不出来也得救。"方可观不肯罢手。

"你不能让我们永拓救一救？"霍苹苹说。

"就是。只有武士救公主，没有公主救武士。"吉永拓知道转机出现了。

再过一小时。

无目的玩耍是人类的需要。

"算了。"方可观把操纵器扔到一边,"不知道是哪个混蛋发明了这个折磨人的东西。"

"那么难看的一个女人,也值得你们一个医生、一个作家、一个高级干部救了五个小时。"吴莉说。

"任何女人,哪怕她是在电视上,对于我太太来说,也是潜在的敌人。"

"你上次在我弟弟家玩那个你赢一圈,她就脱一件衣服的电子游戏叫什么来的?"

"我从来就没有玩过。"方可观矢口否认。

"你玩了整整四个小时,那个女人也没有把衣服脱光。如果不是我告诉你:即使是全部脱光,也不过是一个一寸来大的小人!你不知道要干到什么时候才完。你工作起来就从来没有这种精神。"

"我如果感冒了,你就一定会说:肯定是喝酒喝多了。如果牙疼,你就说:打牌打多了。你反正不会从工作方面去找原因。"方可观站起来,"走吧!再待下去,我的丑恶历史就会被全部揭发出来。你就像通货一样:隔一段时间就要膨胀一次。"

一个安静的夜晚。

人必须经常从记忆中抹掉一些不愉快的东西,这样机体才能支持。否则心理上的问题必然要表现在生理上。对性功能的影响尤其大。吉永拓想通后,就回到床铺上。这个过程很是艰难,习惯就是制度。

"你干吗来了?"

"你这是明知故问。再说这床铺本来就有我的一半。"

"我原以为你已经放弃了这个权利了。"

"我从来不放弃任何权利。因为它来之不易。"

"我还以为你只是不会放弃那个权力呢?"霍萍萍微微抬起头,让吉永拓的胳膊穿过。

"哪个权力也不如这个权利。"

"你还记得小白吗?"

"记得,就是那个把贝多芬当成一种化妆品的女孩子。"

"女人是比较形的:从不会忘记自己的长处;也永远记得对手的短处。"

"她不配当我的对手。"吴莉违心地说。

"她嫁给了一个东欧人。他别墅、汽车都有,可就是因手淫史太长,性生活不协调,于是很不幸福。性这种东西,别看人人在口头上都说它不重要,可它依然是一个家庭的基础,任何东西都无法替代。"

"你是怎么知道的?"一个女人如果能和一个男人讨论性方面的问题,就是极其危险的信号。

"她和她姐姐说的,然后她的姐夫又告诉了我。"

"如果是这样,你就去洗了澡。"

"现在在这种高级的房间内洗澡是一件很玄的事情。因为性病太多了。你说我如果从正常的途径得上了性病,自然认了。可为了洗一个澡得上了,该有多冤枉?"方可观虽然这样说,可还是洗去了。

尾 声

没有任何的告别仪式。第二天上午他们就各自东西。只有孩子们显得恋恋不舍。

《长城》 一九九一年第六期

单身贵族

一

许前飞把钥匙插入"丰田"车的点火孔里一拧,这辆体型精悍的世界名车六个汽缸就一齐颤抖起来,随着就无声无息地驶进京城十月灿烂的阳光里。

此刻是上午七点半,正是交通高峰期。但他还是一只手扶着方向盘,一只手按动车载电话上的"1"字键,在广州的妻子的电话号码被他浓缩在这里。电话通了。他边倾听着发动机和谐的音响,边等待着回答。他几乎能看到穿着透明睡衣的妻子,从梳妆台前向电话机走来,然后伸手拿起话机。

大约一年半前,妻子被纺织品公司派遣到广州去当分公司经理。当时妻子征求他的意见。从内心深处他不愿意妻子去:年届四十,他自认为已经陷进家庭的安乐窝里不能自拔。但又不能公开表示自己的软弱,所以话出口时已经过了翻译:"这是提拔。更何况四十而立。只是儿子。""儿子我已经和我父母说好了,由他们来带。"妻子是一个身材挺拔的女子,说话办事都非常的利索。"他已经上小学六年级了,需要母亲的辅导。"妻子的父母是老革命,在五年前,纷纷从处级和副处级的位置上退下来。老革命是什么意思呢? 没文化的意思。"我已经给他请好了家庭教师。"妻子递给他两张打字纸,"这是她的简历。"他匆匆看了一下,发现这个家庭教师叫关莉,北京师范学院的毕业生。"看来只要是你想办的事,就没有办不成的。"他再也拿不出反对的理由来。"你要做的就是每个星期起码看两次儿子。儿子是不能没有父亲的。"妻子的笑依然很动人。他耸耸肩没有再说什么。

电话铃响了五下之后,妻子的声音出现了:"前飞吗?我去香港了。明天下午回来。有事打006525773254,然后按888。你听完后把这段录音消掉。"妻子有条不紊地说。

他按照她的指示作完之后,又按动"2"字键。儿子根本没有问是谁,就说"我们今天下午和八一小学的人踢球,您能来看吗?"他的嘴巴里显然还嚼着食物。他有着一个容纳万物的胃和一条充满味蕾的舌头。"是官方的锦标赛,还是你们民间友谊赛?"他尽量把儿子当成一个大人来对待,这样显然有利于他成长。"是学校组织的。我踢中锋。""我好像是不能去。今天下午我和美国商人有一个约会。然后得请他们一客。"儿子的足球踢得相当不错,很有些大运动员的意识。他每每判定为是自己当年风姿的再现。"吃饭、吃饭,总是吃饭。好像你们没有吃过饭似的。再见,爸爸。"儿子愤怒地放下听筒。

关莉绝不像一般电影和小说里的教师一样,一脸的教育和文化气氛。她肤色特别的好,曾被她的丈夫命名为:东方翡翠白。当时她就讥笑丈夫:"还是清华大学的硕士生呢,最好花点钱让人给你补补中文。再张嘴就不会这么土了:翡翠非白,而且也不分东方、西方。"

新婚方几个月的丈夫,是一个相当温柔的人:如果一个人娶了一个比他小十岁的美丽女子,就无论客观还是主观都迫使他必须温柔。"我使用的是形容词。"丈夫含情脉脉地抚摸着"翡翠"。

她的身材也相当的好。许前飞曾经这样说:"足足够七头。"所谓"七头"是形容模特的专业术语,也就是身高是头的几倍。"什么七头、八头的,我听上去像说猪或牛。"她似嗔非嗔地说。

她是在丈夫读研究生时和他结婚的。丈夫学的是反应堆物理——这专业听上去挺气派,但一毕业就被分到西北的核基地去了。丈夫在走之前,曾经千方百计地想使她怀孕,她自己也是这么想,可就是没有成功。"好多人就是害怕怀,可一不留神就怀上了。"丈夫失望地说。"这事就和钓鱼一样,性急是不行的。"她虽然这样讲,但确实不知道自己在丈夫走后,用什么来维系关系:夫妻之间,光靠书信和电话和一年两次的假期是远远不够的。丈夫当然也拿不出什么好办法来。

就在丈夫走后不久,她就在最不该认识许的地方——他的岳父家里和他相识了。然后一切都顺理成章。他们之间的关系,就合乎自然地发展起来。

她看看办公室里没有人,就拿起话机,迅速地敲击按键十次。因为她所供职的教育学研究所是一个经费菲薄的单位,负担不起众人的电话费用,在万不得已的情况下,所长下令电话加锁。别人倒也无所谓,就是苦了她:除非去邮局,否则没有办法和丈夫联系。电话办事还行,倘若言情,那费用就不是一般人能承担的。但上有政策,下就有对策:一个在通信部门工作的朋友把这个窍门告诉了她。果然屡试不爽。刚刚下了夜班的丈夫,几乎立刻拿起电话。他们开始说一些夫妻之间例行的话。"打扰你睡觉了。"当她看见有人进来时就说。"你干脆安一个ADD吧。省得总像私奸似的。"丈夫所谓的"ADD"就是长途自动电话。"以后再说吧。"她把电话放下。说安电话和真的安电话有本质的差别:五千元初装费在哪里?月租又在什么项目下列支?

在绿灯将要转换成红灯之前一秒,许前飞稳健地过了停车线。这是最考验司机技术的关键时刻。记得在他没有领到执照前,一次搭乘朋友赖明的车去高尔夫球场。一路上赖明不停地吹嘘自己的驾驶技术:"上个礼拜,就在这条路上,我以一百二十公里的速度前进。这时一个穿白色短裙的姑娘,以百米冲刺的速度从斜处向我的车扑来。我估计她一定是失恋了,所以想自杀,而且家庭比较困难,所以想找一个像我这样开'尼桑'车的苦主。当我发现她到来的时候,没有像一般的司机那样惊慌失措地拼命刹车,而是一脚油,一把方向,从她身边十厘米处擦过去。"

当时许前飞笑笑没有说话。他对赖明实在是太了解了。赖的胆量很大,口气更大。早在八十年代初,他就凭借不知从什么地方来的直觉,靠买卖大屏幕彩色电视机等家电发迹。到了一九八八年他又抓住办公自动化和建筑材料、药品这三个大项目,使自己的财产又上一个新台阶——当时买卖一台电脑,几乎有百分之百的利润;而把计划内的钢材倒到计划外,利就更大了;关于卖药,有一句俗话:除了劫道,就是卖假药。至于他卖的是真药还是假药,用他的话讲:只有天知道。反正人一旦有了第一个十万块钱,就和推倒第一块多米诺骨牌一样,第二个十万块、第三个十万块,就会自动来临。据他说:你不要都不行。

赖明正胡乱吹着,就遇到了刚才这红绿灯交替的状态。他犹豫了一下,就停了下来。于是岗楼上的警察用麦克风叫他:"尼桑,过来。"他把车停在岗楼旁边。虽然近在眼前,警察仍然用麦克风说话:"本子。"赖明赶紧把驾驶执照递了上去。警察看看本子,又看看他。然后又对照了一下后把执照给扔了下来。他从地上拣起本子后,胆子立刻壮了起来:"我怎么了?"他质问。"你怎么也没有怎么。"警察眼睛看着别处回答。"那你凭什么查我的本子?"他得理不让人。"凭你犹豫。""犹豫又不是违章。"大概是因为刚刚在许前飞面前吹了牛,所以赖明非得挽回面子不可。"是的,犹豫不是违章。但我告诉你,"警察摘下帽子,把头从岗楼中探了出来,"我在这个楼子里执了两年勤,一共逮住了二百多个没有本子的,哪个也比你开得好。"警察这句话把赖明噎得够呛。在球场上,他连续击十多杆,没有一个球进穴。

到了京城饭店,许前飞把车停在自己固定的位置上。京城饭店是一个老饭店,它所在的位置就决定了它不会有很大的停车场。因为有许多的大公司在这里建立了办事处,所以停车场日见紧张。"王师傅早。"他向看车的老头打招呼。"许老板早。"老头对所有有车的人都敬称为"老板"。许前飞对看车、看门和打扫房间的服务人员都非常的客气,每逢年节还要有所"意思",也正因为这样,他的车才总有一个好位置,行李才有人提,房间才真正地被打扫干净。一次他和一个高中毕业的服务生聊天,服务生告诉他:"您隔壁的那个南韩的高丽棒子,真不是东西,不给小费不说,还经常训人,动不动就找经理。所以我每次都用马桶里的水给他洗漱口杯。"这个服务生后来被开除了,原因是他那个南韩人发现了他的作为,经理当然扣除了他的当月奖金。为了报复经理,他在全市卫生检查团来的前一天晚上,往游泳池里拉了一泡屎。经过一夜的繁殖期,池水的细菌数大大高于标准。原因找到后,他当下被除名。后来那个南韩人,在饭店后面的一个小酒店里被三个小伙子给痛打了一顿,原因是他调戏一个姑娘。前不久,许前飞在京城饭店的七楼餐厅遇到了这个小伙子,他提着一个"大哥大"相当神气地告诉他:"所有的这一切都是我策划的。"然后小伙子给了他一张黑底上写满金字的名片,并坚持把他的饭费给结算了。

大人物也许可以小得罪,因为他们往往有大胸怀;而小人物却不能得罪,即使是小得罪,他也会竭尽全力给你来个大报复。这是他从这件事里得出的哲学。

"明天你去温泉中学统计一下这些数据。"室主任给了关莉一张计算机打字纸。

"我怎么去?"温泉中学是一座远郊的学校,关莉只听说过它的大概位置。

"坐公共汽车、骑自行车,你怎么去都行。"室主任不动声色地说。

关莉不再看他,把纸放进提包里。室主任是六十年代的大专生,一个把权术移植到学术上的专家。他经常想出一些题目,然后把它们分成若干部分,配给各个人,最后自己当"总其成者",以论文的形式发表。与此同时,他还承担给各级领导寻找他们制定政策的理论依据,他们想制什么政策,他就有什么依据。所以早在三年前,他就当上了教授级的研究员。十足的"学阀"标本。

"学阀"也动凡心,关莉在纸上随便乱画着。年初,主任带着她去广州讲学,就在下榻的宾馆里,他做出除去"破门而入"之外的种种暗示和明示,她当然不会为之而动。于是乎,一些莫名其妙的差使就经常落到她的头上。

我并不是一个道德水准很高的人。关莉想起自己和许前飞之间的那种暧昧关系。但你，她望着玻璃隔断里的主任，却永远没门。

研究室里唯一一台电脑在"嘀嘀"作响。

这台电脑从一来就被主任给霸占了。而电脑"嘀嘀"作响，表明输入非常的不熟练。就和《儒林外史》里那个侠客到某处行侠时，房上一片瓦响一样。关莉把纸揉成一团，出门给许前飞打电话去了。

二

许前飞工作的西林公司是香港背景。从设在皇后大道的公司本部的结构图上看，这是一个在全世界范围内有五十八个分公司的跨国大公司。而他觉得公司的大部分业务都是和大陆作的。有一次他问公司的总经理是否如此？总经理想了一下后说："也是也不是。一个公司就和一个人一样：他在有老婆的同时，也可以有若干情妇。在每一个特定的时期，他就会把重点放在一个特定的对象身上。但这并不意味着他放弃了另外的。"这个总经理是五十年代的大学生，早在一九八二年就因为经济问题被判刑两年。一九八五年移居香港，一九九〇年取得英国护照。是西林公司运行的组织者。"可如果一个人精力特别的充沛，那就仍能把所有的人从妻子到情妇都照顾得非常周到。"许前飞认为既然在这个单位里效力，就应该把这个单位的底摸清楚，而种种迹象表明，西林公司的经营状况并不是特别的好。"在你们共产党国家里，最大的机密就是人事机密，所以'党管干部'是铁的原则。而在资本主义世界。最机密的就是财务情况。除去大老板，没有别人能掌握全盘。"总经理是非常精明的上海人——一个能把经手的一百万美元，编织成一张复杂到使三个检察官用了十个月的时间，才弄懂百分之八十的财务网络,从而把十万移到一个现在也没有人能找到的地方的人,必然精明——从来不把话说透。

他虽然没有把话说透,但许前飞也从中品出一些味道来。他准备搞一个自己的公司。目前尚在筹备阶段,他就此咨询赖明。

"你绝对不能自己去登记。因为这是全世界所有的老板最忌讳的事。相当于毛主席那会儿的另立中央。更何况你去登记,也不会获得出口权。而你的长项就在出口。"赖明很早以前,就提议动员他和妻子参加他的商务活动:"你太太是国家的代表,掌握着一个覆盖全世界的信息网络,在外面也有许多的客户;而你是一个个人,在懂得经营财务的同时,又没有什么贪污、腐化之类的东西来钳制你。真正的'一国两制'、'计划经济和市场经济相结合'。根本没有理由过这种穷日子。"可当时没能作通妻子的思想工作,而没她这根栋梁,他们的商业大厦就搭不起来。

"那我是不是用你的名义登记一个公司?"许前飞问。

"如果用我的名义,那法人代表就是我。一旦咱们之间发生纠纷,你就会吃大亏。你难道忘记了我那个化工公司了吗?"

赖明所说的"化工公司"是一桩著名的"私案":一九八八年化工原材料异常紧张,赖明当然不会放过这个空子,马上成立了一个化工公司,在聚丙烯等原材料上,狠赚了一票。当时他为了免税,用了一个残疾人李贵当傀儡法人。所有的经营活动都是他搞。一九八九年经济萧条时,他准备取消这个公司。这时李贵提出分百分之八十的利润。"你是不是把比例给颠倒了?"他惊讶地睁大眼睛。"我已经把账给算好了。"李贵递给他一张写有歪歪斜斜数目字的纸。他一看几乎和自己心目中的大账没有什么差别。"如果不给你呢?"他试探性地问。"我就和你打官司。"一个人的身体如果有残疾,就会用思想的敏锐来弥补。赖明他没敢和李贵打这场必然要输的官司,只是托人去和李贵谈判,把利润减到百分之六十。即使如此,他也损失了四十万元净利。

"我相信你。"许前飞说。他和赖明是从小的同学,插队时又在一起。交情非

485

同一般。他现在开的这辆"丰田"车,就是赖明借给他的。"我有车。"他当时还不太愿意接受。"你这,"赖明拍拍他原来开的那辆天津产的"奥托"车,"与其叫汽车,不如叫摩托。""可它毕竟价值三十万人民币啊!"他知道赖明刚刚又买了一辆"奔驰500",另外还有一辆"尼桑"车。"我又不是送给你。只不过是借给你开而已。"赖明是一个高级官员后妻的独生儿子,一向以慷慨大方闻名,中学时代就是呢子大衣手表,一月一百一百地花钱。"你完全可以把它卖了。"他知道借车和借书不一样:书你还回去时,如果爱护的话,书还是原来的书。而车是运转的东西:以这辆"丰田"为例,它值三十万,能跑三十万公里,那每跑一公里,不算汽油、保险、司机工资等额外开支,主人仍然得付出两元钱的折旧费。"你作为一个没有什么钱的人,是永远无法体会一个有钱人的心理的。""算我租你的如何?""每月一百元。"赖明说了个绝对象征性的价格,还不许他还价。

赖明之所以如此大方,并不完全因为友谊:他还没有富到光因为友谊就送人一辆车的地步。而是因为办公自动化方面的生意越来越不好作了。任何一个利润大的行当都遵循这样"利润趋向于零"的定律:因为利润大,所以作的人多;人多就要分利。利的总和是一定的,分的人多,每个人得到的就少了。等到利润趋向于零时,人们又会把资金投向别的行业。商业之所以生生不息的原因也就在于此。在他刚开始干时,北京的电脑行,不过几十家。而现在有几百家。而这几百家的老板,就是以前几十家的"打工仔"。他们走的时候,带走的不光是经营的经验,还有一批客户。这可是一件要命的事。所以他打算把自己的经营方向转向纺织品。为此,他必须"投资"。

"记住我的话:在商场上不要相信任何人。"

"你是例外。你是一个高尚的人。"

对"高尚"这个字眼,赖明认为是中学生的语言。

许前飞忧心忡忡地说:"西林公司不是久待之地。"他是五年前辞掉经济委员会的公职到"西林"的。公司给他的待遇不低:月薪五千元。但仅五千元而已。住房、医疗和退休金都没有。如果西林公司一旦倒闭,或者到某个时刻,老板觉得尾大不掉,关闭之后,把资金转移,来个"壮士断臂",他哭也来不及。

"你什么时候产生这个念头的?"

"一直就有。谁和钱有仇?"许前飞并没有把真实情况告诉他:就在上个月底,他动用父亲一代的关系,请出了中国著名的泌尿科专家孙大夫,为总经理的哥哥摘除前列腺上的一个早期癌肿。"这是救命之恩。这是救命之恩。"总经理连声说完后,就在病房的外面告诉了他一个秘密:"西林就和一个晚期病人一样,指日可待了。"他还不愿意相信这个事实:"他看上去不是还轰轰烈烈吗?""中医有一个词:回光返照。"总经理并没有把西林公司因为国际商业银行被查封,从而把大笔的资金冻结在里面,几乎使公司无法运转的内幕告诉他。另外一个相当主要的原因就是一向正统的妻子,到广州后思想受到激励,开始活起来。也就是说:已经初步认识到钱的重要性了。

"你如果真的想搞,那就不要公司的名义,只取它的实质。"赖明说出了他酝酿很久的构思:"你如果有业务,比方纺织品之类的,用我的公司名义和账户好了。"

他之所以要让用他的公司名义和账户,就是因为想以此打开通向纺织业的路。如果他只是中间的一个环节,那么很可能被"甩掉"。这样的例子是很多的:在创业时,人们总想尽力多积聚人才,而当天下已得,要分利时,人们又想精简一些现在已经不必要的环节。而如果"旗帜"是他的,那么谁也不用想把他给"精简"了。他这样想,当然不是针对赖明的,而是习惯使然。

"那费用呢?"许前飞毕竟也是商业中人,得说商业中话。

"如果生意全部是你们自己搞的,仅仅是借用我的公司名义和账户,那么我取除税金外的百分之三的管理费。如果有我参加,那么视参与程度的深浅而定。但最多不超过百分之五十。"

许前飞一时没有说话。

"我一向倡导阳光下的利润,温和的金钱关系。如果你不同意,还有另外一个方案:算我是你的合伙人如何?我除去名义和账户外,再提供资金和商务技术、人员。"

"我没有说不同意。"许前飞对赖明也还是了解的,知道他之所以提供如此优厚的条件,是为了急于想介入纺织行业。"清朝有一个富商叫胡雪岩,他拼命把自己的公司扩大,从钱庄、当铺到丝行、饭店,几乎无所不包,其结果就是落得一个抄家后籍没全部家产。人总是有一种试图超越自己能力的倾向。"

"对于胡雪岩,我比你知道的要多:他之所以倒霉,并不是因为他的事业太大了,而是因为他试图以资本主义的生产方式为敌,大量囤积蚕茧,最后资金周转不灵,引起钱庄倒闭。另外一个原因,是他的靠山左宗棠丧失政治影响。再退一万步说:我即使破产了,也和我的家产没有关系。如今的公司实行的都是'有限责任制'。"

"看来你不光会赚钱。"许前飞笑着说。如今的公司之所以冠以"有限公司"的字样,就是说如果这个公司的经营失败破产了,老板的责任是"有限的",也就是说,公司一共剩多少财产,就按照股东所占有的股份比例来赔偿,和老板的家产没有关系。而在现代社会中,公司的财产是一桩非常复杂和抽象的东西,没有什么人能搞清楚。以地产为例:买它时花了一百万,可后来它前面建了一座楼,从而再也闻不见海水的芬芳,听不着动听的海浪声,那么它的价格立刻就跌到原来的十分之三。这赔与赚都是面上的事,但又有谁能说清楚在公司买它时,是不是就已经知道它前面要建了楼,故意给高价,吃差额呢?"我是'攻书莫畏难'啊!"赖明自负地说。

"我认识一个小老板,前些时候,工商局组织他们这些个体户办学习班,让他们学以税法为主的各种法律。我问他学会了没有,他说:'我去也没有去;您不想想,我如果真的把那些个法都学会了,我的买卖还能作吗?'"

"你这'小老板'的'小'字,就和'农民企业家'中的'企业家'被'农民'二字所限制和修饰一样。'小老板'完全可以不懂法,而我这个'大老板'却必须学法、知法,只有这样,才能利用法。"赖明说话时,辅助以手势,很有些大学教授的派头。"公司是什么?公司没有灵魂,没有躯体,它既不能被起诉,也不能被判刑。它不是一个人,它是法律的产物:它'运用之妙'完全'存乎一心'。"

许前飞承认他说得对:"如果一个人的道德水准比较低,而智商又比较高的话,那公司在他手,就像强盗手里有一把微型冲锋枪一样,资金就是子弹。"

"它也可能像外科大夫手里的手术刀。"

"反正它们都是被用来抢劫和切割公众的。"

"你还想不想和我一起干?"赖明从感情上无法接受许前飞的说法。

"我不过是从正反两个方面来论述而已。我请你一客。"许前飞刚刚得知那个美国客户取消了约会。

"我个人认为这是天底下最美妙的句型。我自从去年离婚之后,每天都在外面吃。我一个人吃寂寞,所以每天都要请人陪。光这一项,每个月就是两万块钱。"

"看来离婚不仅仅是感情问题、道德问题,更主要的是经济问题。我相信如果能解决吃饭问题和房子问题的话,中国的离婚率起码会上升百分之十。"许前飞下楼四顾一看,然后问:"你的车呢?"

"我昨天去度假村,刚一上桥,对面突然滚来一障碍,我当机立断,猛地一打方向,谁知道桥一转身,于是我就撞在了桥栏杆上。幸亏我系着安全带,而且保护动作做得好,要不然非得来一个车毁人亡不可。"

许前飞笑了:"你肯定是在刚上桥前,一直在注意前面车里的一个姑娘,没有看到对面的来车,当你发现时,方向你是打了,但肯定是一脚刹车踩在了油门上。"他给赖明打开车门。

"如果你是现场的交警,我算是完了。"赖明一屁股坐在真皮车座上。

这时车载移动电话响了。"我来接。"许前飞不等赖明听,就从他手里拿过话机。"我这里正在开一个会,等一会儿我给你去电话好不好?你还在原来的那个电话上?好的。"他把电话放下。

"怎么不请出来见见?"等车上了正路后,赖明笑着问。

"见谁?"许前飞虽然明明知道他说的是谁,但还是这样问。

"来电话的小情人啊！"

"你怎么知道来电话的是我的情人？"

"我上学时，老师讲的课我没有记住，但那个著名的'黑匣子'理论我还是理解了。"赖明是北京大学物理系首批工农兵学员。"假设有一个内部不可见的黑色匣子和外部连通，我们不知道里面是什么东西，但只要看看它的输出和输入就知道了。打个比方：如果输入的电压是八伏，而输出的是十六伏，那么这个匣子没得说是变压器。如果输入的频率是五十赫，而输出的是十赫，那么这个匣子没得说是变频器。同理可证：如果一个电话打来，接电话的人，一不问姓名，二不问有什么事，三不肯当着外人多谈，那么黑匣子里必是情人无疑。"

"你还上过学？"许前飞不想和他讨论这个话题。

但赖明并不为之所动，继续往下说："我们再讨论外部条件：一，你非常地英俊，我指的不是那种奶油小生式的英俊，而是真正的男子汉外貌。你时时播放着诱惑分子，女人抗拒不住。二，你相当地有钱。三，你有车。这后两条决定了你的活动半径。假设你没有钱，你就不能经常的和情人约会，因为一旦约会建立，跟着就是吃饭、游泳、卡拉OK等一整套程序，没有钱就支持不起来。再假设你没车，她在东城而你在海淀，那么即使想见见，没有两个小时的路途时间也办不到。空间距离必将造成心理距离，那么好也长不了。这第四条最重要：你有一个不在身边的妻子。"

"这四个条件你都具备：你比较英俊，相当有钱，备有若干辆车，根本没有老婆。""所以我有不止一个情人。"赖明打断他的话。"我们来继续说你的问题。她是干什么的？"

"一个机关的职员。"许前飞也不知道自己为什么就说了出来。如细分析它的机理的话，大概相当于一个人有一个好的收藏，倘若秘不示人，它的意义也就丧失了一大半。

"漂亮吗？"

许前飞点头。

"十分漂亮？"

许前飞再点头。

"关系属灵还是属肉？"

许前飞拒绝回答这个问题。

"其实这个问题也没有必要回答。这样吧，明天晚上，我在王公饭店请客，你带她一起出席。"

一直到很晚，许前飞才要通在香港的妻子。

"有一个应酬。"妻子带有歉意地回答他的"干什么去了"的质问。"先是吃饭，然后去夜总会。是和香港贸易署的几个官员。"

"你当心被别人给诱惑了。"

"谁来诱惑我？"妻子爽朗地笑了，"一个四十岁的女人是什么概念？废墟一堆。"

"要看是什么废墟了：圆明园的废墟可值钱了，每年光顾的人数达几十万。"他知道妻子作为中国纺织业正式官方代表，在香港商界中人的眼睛里地位相当高，每次抵港，他们都要拼命地请客和送礼。他是故意这样说的。

"就算我是圆明园的废墟，那你就是深圳的国际贸易大厦，每年有几百万的顾客。"妻子并不是没有幽默感的人。"孩子好吗？"她关心地问。

许前飞把孩子的情况说了一遍。

"最好催催他们，让快一点把我爹那里的 ADD 开通了。实在不行就送点礼。"妻子说。

"我已经把你给我带回来的那个领带夹子给了那个分局长了。"

"哪一个领带夹子？"

"你上次带回来的那个英国货。"

妻子"啊"了一声。

"怎么了？"

"没有什么。"妻子虽然明明知道那个领带夹子是 18K 金的，价值起码要两千人民币,但她没有解释:因为东西既然已经送出去了,再说什么也没有用。"你今天干什么去了?"

"和赖明在一起来着。"他大概讲了讲。

"既然有赖明就一定有漂亮姑娘。"因为妻子和他一起插队,所以对赖明非常的熟悉。当年许前飞追求她时,赖就是许的总参谋长,设计了很多缺德已极的方案。"你们是如何厮混来着?讲给我听听。爱美之心,人皆有之。我完全能理解。"

"我这个国贸大厦已经打烊。漂亮姑娘当然还是喜欢的,但无须动真的,只要看看就能睡一个好觉。我跟你说一件正经事。"许前飞把他和赖明讨论的公司计划的梗概说了一遍。

"这里不方便,回到广州后再讨论。"妻子的声音很疲倦。

"那好。晚安。"

三

许前飞对关莉发出邀请前,还很有些顾虑,怕关莉以"妾身未分明"为理由而拒绝。没有想到她非常痛快地答应了。"你早就应该带我去玩玩。"她说。

"你的思想真新潮。说也是,按照'十年一代人'的理论,咱们该算是爷和孙子了。"

"男人从四十岁开始。你怎么说话这么老气横秋的?"

许前飞隔着话筒也嗅到了关莉身上的春天气息。我喜欢她什么?他问自己:

她年轻美貌,这无疑招人喜欢,但光凭"硬件"是不够的。她非常地善解人意;她作为一个美丽的女人——美丽的女人很少有文化,因为美丽本身就是非常丰富的资源——还相当的有文化,和她说起"文革"的事情,一开始她表示知道,然后就表示理解,而且还是真的理解。理解是沟通和交流。一句话:理解万岁!

"六点钟,我在你们单位外面商店的停车场上等你。"

"干吗不到院子里来接我?"

"你不怕你们单位里的人说闲话?"许前飞诧异地问。在他们相好之初,两个人之间已经达成了一个默契:谁都不影响谁的家庭。就在前不久,他们还真的讨论过"今后"的问题,最后得出的结论是:情人没有今后。如果任何一个人厌烦了,就一定提出来,和和气气地分手。

"有什么可怕的?"关莉很随便地回答。

"我带一个人去,你不反对吧?"赖明也来了电话。

"你开的饭局,我有什么可反对的?"许前飞知道赖明的女朋友非常的多,"但我希望能知道是哪一个?"

"现在还没有决定,但能保证质量。六点半见。"

王公饭店充满着声、色和各式各样珠宝般的灯光。所有大都市的要素都在这里汇合集中。

"这里真不错。"关莉从来没有来过这种地方,显得非常的兴奋。

"太乱了。"

"乱就是静。"

岁数不同,看东西都不一样。管它呢!许前飞把目光投向关莉,发现她今天特地打扮了一番,无论衣装的质量、式样都很讲究,搭配得尤其合适。"你的皮鞋真不错,得四百块钱一双吧?"

"没有,才一百块钱一双。"关莉高兴地回答。

"能把一百块钱的皮鞋穿出四百块钱来,你的效益不低。"

"你怎么专门挑不重要的东西来夸奖呢?"关莉扬扬手中的真皮手袋。

"那些看上去不重要的东西往往是最重要的。如果一个人拿着一个'莎驰'包,却使用普通的香水,内在贫困就立刻显示出来了。你的衣服是哪家店做的?"

"我从书上挑了一个样子,花钱让一个高级的裁缝裁了裁,然后自己做的。"关莉规规矩矩地坐在沙发上。

"以后你挑样子,不用花冤枉钱去雇高级裁缝,我就能给你裁。"许前飞的坐姿很随便。

"你也会裁衣服?"关莉不相信。

"'文化大革命'时,我随便找一张毛主席的像片,然后打上格子,用放大样的办法,就能画出一张惟妙惟肖的巨型画像来。当时我的作品在北京还是很有些名气的,许多单位都来请我去设计和指导施工。"说到这里许前飞就想起一件事来:一九六七年十二月二十六日毛泽东生日时,他自己独出心裁地设计了一个"表忠心"的礼物:把毛最近的相片,镶在一张经过精心加工的漂亮五合板的中间,然后就高高兴兴地去了学校。没有想到,一去就被学校的红卫兵头头李定都给发现了:"好你小子,竟然敢把伟大领袖的像给做成骨灰盒子。你们这些人,对毛主席真是有刻骨仇恨。"李的父亲是陈伯达办公室的主任,当时是红得发紫的人物。一支笔不知道把多少人打发到另外一个世界去。而许的父亲是获罪待诛的高级知识分子。他自己看了看,发现确实也有些像。理论决定你观察到什么。于是赶紧认罪。这一"认"不要紧,几乎被那些红卫兵给打死,如果不是赖明制止的话。"别的我不敢保证,和图纸一样是没有问题的。"

"哪天我真的豁出一块布来让你试试。"

"我设计,你手工。"许前飞忽然想起一句唱词:我挑水来你浇园。

关莉也突然唱道:"我织布来你耕田。"

心灵和心灵之间确实是有感应的。许前飞想到。

"你知道好的衣服为什么都要用手工?"

许前飞虽然明明知道,还是假装不知道。知道装不知道,在某些时候能给人带来很好的效益。

"如果用缝纫机来缝纫,那这片和那片之间的张力和拉力就不会一样了。手工就可以避免这一点。"关莉就这个题目很发挥了一阵。

"你说的事倒使我想起一个故事来:上个月,我陪一个海关的官员去买'杰尼亚'西装。""杰尼亚"是真正的世界名牌,其价格在两万元以上。"出来之后,我的司机问:这衣服凭什么这么贵?那个海关的官员告诉他:因为全都是手工。司机回答道'那我叫我老婆给你作一身,也全都是手工,不用两万,两千你买不买?'把个官员噎得一句话也说不出来。"

正说着,一个西装笔挺的先生携同一位女士前来打招呼。

许前飞给关莉介绍:这是某某先生,这是某某女士。关和他们交换过名片后,他们就走了。

然后又是一对。再度交换名片。

"幸亏你提醒我印名片,要不然不知有多尴呢?"关莉小声说。

"你们好啊!"从他们的背后传来一股香水、雪茄烟还有若干种无法分析味道的混合气流。

"这是李定都。"许前飞冷淡地介绍。

李在陈伯达倒霉之后,在营长的位子上待了不到一年就复员了。可他的活动能力委实不弱,很快就当上了科长。在七十年代,以三十岁的年龄,出任国家机关的科长,已经是很不简单。然后又当上了处长。一九八八年,他辞去处长,到一个国际贸易公司当了经理。这个公司虽然是国营,但因为积聚了大批的干部子弟,所以经营项目广,手段也很灵活。所以能渗透到中国人经济生活的各个领域。

李定都认真而仔细地打量关莉,一直把她看得低下头。

"这个大妞是谁?"李定都的骨骼宽大,肌肉发达。

"别妞、妞的,有多难听。"许前飞绷着脸说。他非常厌恶李,但因为西林公司正在和国际贸易公司一起经营深圳的房地产,所以不得不敷衍他。

"'妞'可是一个高级字。你知道它是怎么来的吗?"李定都坐到他们对面。"乾隆皇帝下江南,在一个饭店里住宿,夜里正和大臣们商量工作,门'扭'一响,他回头一看,发现是一个美丽的女子。看了好一阵,才回到工作上去。为了掩饰自己的失态,他就说:这声'扭',耽误多大的事。"他清清有些哑的嗓子,"因为妞能把龙头都勾转,所以人们就用这个词来形容那些美丽的女子。"

许前飞截获了李定都投向关莉的一束目光,不用分析,就看出其中大部分都是邪恶。

"有什么事情,来找我。"李定都拿出一张名片,但并不递过来。"你的呢?"
"没有。"关莉恰到好处地说。
"那给我一个电话号码。"李定都又取出笔和本。
"她没有电话。"许前飞替她回答。
"那你是怎么和她联系的?"

正在许前飞不知道该如何回答之际,赖明插入:"你那张破名片,就和'文化大革命'的传单一样,人家不要,你也非得给不行。"他又对关莉说:"给他一个火葬场的号码。""赖总。你好。"李定都站了起来。

真是"一物降一物"。许前飞心想。李定都的父亲除在陈办当主任那个阶段外,其他时间一直是赖父的部属,赖父因为爱才,不止一次庇护和提拔李父,所以李父见了赖父,多会儿都是"老首长""老前辈"地叫个没完。但到了"文革",他差一点就把"老首长"并"老前辈"给整死。等到了一九七八年,赖父复出时,李父又来找,安排自己的工作。赖父念旧情,在他的报告上批:安排不得超过副地市。据说李父还有些不满意。后来有人告诉他:你这样的人,赖老没有把你送到监狱里去,已经是天大的福气了。他方才作罢。因为这些渊源,所以不管在什么时候,李定都见了赖明都低一头。

"那边有几个外省小市的市长,我得去应酬一下。"李定都说"小市长"时的语气就和说动物一样。

"你去吧。"赖明随便地说。

李定都临走时,还是把名片给赖明扔下。

"难怪前飞兄金屋藏娇,真是不同凡响。"赖明用一种看唐朝文物的目光,鉴赏着关莉。"不过有一点想奉告:有好的买卖,好的女士,千万不要让李定都这家伙看见。看不见,他就起不了贪心。"

"看不见,就起不了贪心。"许前飞重复着赖明的话,"这倒是真理。你那位呢?"

"一进门就给丢了。"赖明回头看了好一阵,才挥挥手。

在很远的地方和一群人正在说话的一位女士,也向这边挥挥手,但没有过来。

许前飞觉得这个女人有些眼熟,但一时又想不起是谁。

赖明让他先去定菜,他随后就到。

许前飞问是什么规模。

"本公司虽然小,但还没有小到限制规模的程度:随您大小便。"赖明说完就走了。

许前飞边走边和人打招呼。足足用了十分钟,才抵达他们的桌子。

"你是不是认识这里所有的人?"关莉好奇地问。

"如果认识所有的人,一天也到不了这儿。"

"怎么认识的?"这个世界对于关莉来说,还是一个陌生的世界。

"商业上认识了一些,但绝大多数,还是在这种社交场合认识的。"

"如此说来,你天天在这种地方吃饭了?"

"大概如此。"许前飞认为有必要解释一下,否则关莉会认为他是一个讲究铺张奢侈的人。"买卖,买卖,听上去好像是用钱来运作的,而实际上它靠的是关系。关系是如何建立的呢?主要靠交际场合。说白了,买卖就是信息:你在一个特定的场合发布信息,与此同时,你也接收信息。中国是一个讲究吃的民族,所以饭店就是最合适的地方。"

"得有多少钱才能每天在这里吃饭啊？"

"不一定非得有多少钱,换一句话说:你只有经常在这种地方吃饭,你才能有钱。"

关莉表示不能理解。

"有很多人,他们并没有多少钱,甚至只有够在这里喝一杯饮料的钱,那他们也得在这里坐。其原因很简单:你在这里听到一句话,就能赚上钱。我给你打一个比方:某个单位开常委会,办公室主任不是常委,但他作为列席代表和记录者也参加会。在会上他听到一个信息:某某将被提拔。于是他就可以提前告诉某某。某某于是非常感谢他,就安排了他的老婆,提拔了他的儿子。许多单位的司机之所以有挺高的地位,其原因也在此:首长在车上,难免和一些人谈工作,他只要听就可以形成有价值的通货。再换一句话说:一个信息加上另外一个信息,就成了一个新的信息。比方说:IBM公司要买发展银行的B种股票,那你就赶紧到深圳的股票市场去套购发展银行的A种股票,虽然B种股票是用外汇的股票,但A种股票和它是紧紧联系在一起的。"

"我听上你的小道理,就能放大样作大买卖了。那边那个穿貂皮衣服的女人是干什么的？"

"是一个,"许前飞一时想不出合适的词来,"干那个的。"

关莉表示理解。"我以前以为妓女只是在杂志上才有。她干吗在十月就穿大衣？"

"她穿的不是大衣,而是貂皮。这表示身价。"许前飞实在不愿意讨论这类问题,可又不得不讨论。

"就是。她也怪可怜的:身份不能印在名片上,只好用这种原始的方法来表达。"关莉说。

赖明携女士出现在餐厅门口,他们也是一路走,一路和人打招呼。"就和"文革"时,戚本禹那小子到清华讲话,咱们一起往前挤一样。"他拿出雪白的手帕,象征性地擦擦额头。"你还记得那次吗? 小孙一下子就偷了一脸盆钱包。"

许前飞点头表示记得。"这位是?"

"吴从芬。中国法律大学经济系副教授。北京第十律师事务所首席律师。"赖明口齿清楚地介绍。

一说这个名字,许前飞就立刻想起为什么看她眼熟了:一九六五年暑假,他参加北京市中学生足球队的集训,恰好吴从芬所在乒乓球队也和他们住在一起。她非常喜欢看足球,这在当时的女生中是很罕见的。而且她很外向,每次球赛都到场,一踢出个好球,都会从椅子上蹦起来大声喊。最后的决赛时,前锋从底线传来一个球,作为中锋的他,来了一个漂亮的"凌空倒背",从而把决定性的一个球踢了进去。发奖时,吴从芬把一个女孩子对一个男孩子除去"吻"之外,所有的表现手段都用了出来。

吴从芬没有更多的表示,很大方地和大家握手。"你们别听他瞎说,中国的律师事务所哪里来的首席律师? 不过副教授倒是真的。"

"两位女士都喜欢吃什么?"赖明根本不看菜谱。

许前飞知道关莉根本点不来这里的菜。毛主席说过:要想知道梨子的滋味,就得亲自吃。"给她来一道龙虾和石斑鱼。"

"我来些蔬菜吧。"吴从芬用敏锐的目光一扫关莉。

"酒?"赖明问。

"我来些干白。"吴从芬说。

"我要中华绿豆沙和黑方威士忌。"许前飞说。

"我当然还是二锅头。"赖明说。

"你怎么喝二锅头?"关莉不解地问。

"他喝别的不过瘾。"许前飞解释。赖明的父亲就非常喜欢喝酒,在他很小时,就抱着他,用筷子蘸着酒往他的嘴里送。到了农村之后,正巧插队的那个村庄是以酿酒出名。当然那个时代,是不允许个人或集体酿酒的,老百姓都是私酿私喝。所以他更是如鱼得水。

许前飞知道不能随便问女士的家庭等,就找到一个无关紧要的话题:"吴女士是在什么地方读的书?"

"牛津大学。"吴从芬坦然地回答。

"牛津大学?"许前飞愣了一下。

吴从芬点头。

"注册了,但是没有毕业。"赖明喝了一大口酒。

许前飞这才完全把吴从芬和吴老的女儿这两个概念联系到一起。吴老,中共最早的党员之一,至今还是中共很有影响力的人物。

"你说,老吴的女儿读的什么牛津大学?那种大学应该让我们这些穷孩子们去读。"赖明很随便地说。"世界上的好处本来就不多,一个人独占了有多不好?"

"你也占了不少。"吴从芬一点不生气。

"你父亲的身体还好?"许前飞问。

"身体特别的棒:每天两个冷水澡,然后下蹲五十次。前几天我去时,还向我推荐。我说:我洗桑拿浴还嫌温度低;每天上厕所蹲一次还嫌多。"赖明说。

"所以你不过才四十岁,就像五十的人。"吴从芬说。

"你指的是哪个方面的功能?"赖明一脸坏笑。"我的思想可新。"

"我爹的思想也不旧。"吴从芬说。

许前飞知道在老一辈革命家中,吴老的思想是以"旧"著称的。别的不说,他从来不肯去深圳、珠海等特区,并在公开和私下里不止一次表示:如果这就是社会主义,那李鸿章、曾国藩就会。

"他上次去我家,让我爹给他批一些发动机总成,老头一下子就给他批了二百套。"吴从芬说。

许前飞很奇怪为什么吴老在退居二线这么多年后,还能批东西。另外他也知道汽车上任何部件都可以进口,唯独发动机总成控制得非常紧。因为如果连总成也能随便进口,那么你再进口一些另外的配件,就很容易"攒"出一辆车来,从而使"控制高级轿车进口"的政策流于空文。

"班子就和吃涮羊肉的锅底一样:只要锅底是你布置的,那么你涮到什么时候,都是那个味。老吴以前就是管贸易的,那里的干部不都是他一手提拔起来的,还不是他说什么就是什么。尤其是这种私人的事情,他们就更得给办了。"

"什么话一到你的嘴巴里,就特别的难听。"吴从芬说。

"那我说点好听的。"赖明把杯子里的酒一口喝干。"我把这桩买卖作完之后,特地去谢谢老头。老头问我:'你是给自己作,还是给国家作?'我怕老马列批评,就胡乱说了一个'给国家作。'谁知道老头说:'你要是给自己作,我再给你批一点。'当然这也不能说是思想解放了,顶多能说是想开了一些。"

"想开了不就是思想解放?"吴从芬举杯向关莉示意她喝酒。

"你们赚了钱,还上不上缴国家?"关莉问。她在认识了许前飞之后,才算和"买卖人"有了接触,但许只是一个经理人员,而经理和老板是有本质差别的:经理对财产只有经营权,而老板却是这些财富的主人。

"我们以税的形式上缴给国家。剩余的当然就都是我们的了。"赖明说。

"那你到底有多少钱?"关莉问。

"很不好计算。"赖明含糊地回答。

许前飞用脚轻轻地触了一下关莉。

关莉也相当地机灵,马上就问:"你们怎么都不吃龙虾和鱼?"她长这么大还是头一次见这些东西。

"我吃这些东西过敏。"赖明说。

吴从芬的眼珠无目的地一动。

"给我来家常饼和排骨汤。"赖明对伺者说。

"我来一盘豆芽菜。"吴从芬说。

"我和她一样,来米饭。"许前飞说。

都吃完后,侍者用银盘子托来账单给赖明。

"你这小子,一下就能找对人。"赖明从钱包里取出"长城信用卡"。

关莉看见他弯起来很困难的钱包里都是美元,而且是票面一百的美元。

"这回你该让我用卡了吧?"赖明问侍者。

"一回生,二回熟。"伺者也很机灵。

许前飞向关莉解释:"现在因为'黑卡'特别的多,所以每次使用信用卡之前,服务员都要去柜台上查查,看你的卡是不是黑卡。上次,就是这个小伙子,去查回来说:你这卡上已经透支了。透支分好几种:一种是善意透支,也就是,你因为不注意,把钱花超了;还有一种是恶意透支,也就是,你故意透支一大笔钱,从而占资金和利息方面的便宜。如果发生后一种情况,银行就要吊销你的信用卡。他一听这话就火了:我的信用卡上的钱,够你一辈子赚的。别说吃你一顿饭,吃一千顿饭也透支不了。这么一闹,把餐饮部经理给闹出来了。他让小伙子再去查,查回来的结果是他看差了一位号。经理连声说对不起,并要把那顿饭费给免了。而你知道咱们这位赖兄,不光不让免,还说:再乘上一个二,给我记在账上。"

侍者也边听边表现出一个内在的笑。

赖明在账单上写了一个四位数,然后签名。"尾巴给你们当小费了。"

"这样给小费,他能提出来?"关莉目送着伺者的背影。

"小费的概念现在有了变化:他们把小费拿回去,不是谁要来的就归谁,而是放在柜台上,最后大家一起分。挺共产主义的。"

在舞厅里关莉邀请许前飞跳舞。

"按道理说,应该我邀请你才对。可我实在是不会跳。"许前飞捋捋相当整齐的头发。

"你这么时髦的一个人物,怎么不会跳舞?"关莉又作了一个男式的邀请动作。"你是不是不想和我一起跳?"从他们相好以来,这还是第一次到舞场。

"'四十不仕,则终生不仕'。"许前飞有一些词不达意。

"你别听他的。他跳得棒着呢!"赖明和吴从芬正转过来。

关莉把头扭过去。

赖和吴的舞姿非常的优美。

"好。我陪你跳。"许前飞站起来。

他并不是完全的不会。在他刚到西林公司时,确为"舞盲"。后来总经理教导他:"你如果和纯粹的中国人打交道,那你会麻将、喝酒也许就够了。但你要记住:你是和香港人、台湾人,也就是有些洋味的中国人,以及纯粹的洋人做买卖。所以你必须学会跳舞。"他接受了指导,专门去参加了一个"交际舞训练班"。他很刻苦地学了两个星期,可还是跳不好。"当学生时,我就有这样的体会:有些功课,比方音乐、美术、文学之类的,是专凭用功学不好的。它们需要一些天赋。看来跳舞也是如此。"他这样对妻子说。可妻子告诉他:"我看不是天赋问题,而是你可怕的自尊心在作祟。"他不置可否地耸耸肩。

在那以后,他确实只跳过两次舞。一次是和大老板的千金,这位千金几乎完全悬挂在他的身上,使本来就不熟练的舞步、舞姿,全都乱了套。还有一次,是和一个整整比他高出半头的美国客户。这个美国客户和那位千金,是舞场的两极,把他搂的非常之紧,并完全地控制着他。

有了这两次可怕的经验之后,他对舞场采取了敬而远之的态度,不到万不得已,绝对不去。

可今天却是责无旁贷。

关莉的舞蹈技术非常高,她既不依赖,也不控制,而是完完全全的合作。就像一个好琴师配一个不太高明的"角"一样,把他偷巧换气处,掩盖得天衣无缝。

"你不是学师范,而是学舞蹈的吧?"许前飞进入了一种放松的状态。

"舞蹈本来就是师范课程中的一部分。"关莉不停地向他播放信号,指引他旋转。"在这里跳一次舞,得多少钱?"

"我想大概在一百元左右。"

"如今这个世界实在是太不公平了。"关莉说这句话时,字和字之间没有任何粘连。许前飞没有回答,因为他看见李定都和几个男人进了舞场。

"有钱人太有钱,没钱人太没钱。他们凭什么那么有钱?"关莉出身于一个小职员的家庭,父亲是一个标准的行政干部,去年刚刚退休。母亲是一个中学教员,退休后为了补差还去上班。这样的家庭结构,在通货膨胀的今天,几乎不可能有什么积蓄。

"你的意思是?"许前飞不明白她为什么一下子来了情绪。

"应该平均一下。"关莉之所以产生这种思想是很正常的:一个人如果没有经历过奢侈的生活,那她意识不到自己的贫困。差别当然能产生幻想,但更多的是仇恨。

"你这平均,是让有钱人没了钱,还是让没钱人有了钱?"许前飞的目光一直在跟踪李定都一行。

"应该两个方向一起来。"关莉想也没想就回答。

"整个一个李自成思想。一个人如果有钱,那一定是有道理的。同理:一个人如果没有钱,那一定也有没有钱的道理。"

"道理。道理。哪来的那么多道理!不就是谁是谁的女儿、儿子。谁的胆量比谁大一些罢了。"

"这就是道理:谁是谁的女儿、儿子,这本身就是一笔财富。如果他的胆量还大过一般人,那更是财富。"

"我不跳了。"关莉松了手。

"怎么了?"许前飞赶紧跟过去问。

"怎么也没怎么。"

许前飞像哄小孩子一样地哄她,但没有任何作用。他只好去请赖明来。

"我走了,她怎么办?"赖明用嘴巴一指吴从芬。

"交给我了。"许前飞不等他回答,就走向吴从芬的身边。

"你认出我来了吗?"他边跳边问。

"怎么,难道你没有认出我来?"吴从芬的舞步也不熟练,但她很放得开。

许前飞没敢说自己一开始没有认出来。因为他们在那次球赛后,还通了若干封信。"文革"开始,他家被赶出原来的房间,联系才中断了。这应该算是不浅的交情。"天下好像不大。"他没话找话。

"这要看你找不找了。"吴从芬的手心出了汗。

"我的电话是,"许前飞知道此刻再不说,就有些不近人情了。

"我知道。我的电话是9060718。它二十四小时开放,对你。"她说完,正好音乐声停了。

"你和那个小雏都说了些什么?"吴从芬问赖明。

"她问我:怎么才能发财?"

"你就告诉:找我赖总好了?"吴从芬讥笑地说。

"不对,我告诉她:任何时代都是发大财的时代,任何方法都是发大财的方法。关键是欲望必须强烈,目标必须明确。"

"你说的都是狗屁。"吴从芬笑了。

"看来你是一个情场老手。"再次起舞时,关莉说。

许前飞没有回答她这种挑衅式的问题,在遇到疑难问题时,最好的办法就是不回答它。这是一个老官场告诉他的。

"真的,那个半老徐娘都跟你说了什么?"

"你不要这么醋意盎然好不好!"许前飞惊讶"天敌"间的敏感。

"我醋什么醋?我又不是你老婆!"

"真的什么也没有说。"许前飞感觉到关莉生气了。

"电话号码总搞到了吧?"关莉好像不太严肃地问。

"我要她的号码干什么?"许前飞很不以为然。

"干你要干的事呗!"关莉的话虽然锋利,但身体语言却转为温柔。

"把关女士借给我用用行不行?"就在他们准备走时,李定都过来了。

"那你得问她自己。"许前飞冷淡地说。他看出李已有相当的醉意。

李定都作了一个很宫廷的"请"姿。

关莉征询地看着许。

许前飞故意把目光散开。

李定都再次"请"。

关莉只好跟他去了。

这次的舞曲是"迪斯科"。这是一种需要放得开的舞蹈。李定都因为酒精的作用,动作非常的大方和洒脱。关莉一开始因为拘谨,只作出很小的响应。但因为乐曲的感召,体能很快被释放出来。渐渐地达到最大的发挥。

"你看他们跳得多和谐。"赖明说。

"劳驾你告诉她。我在酒吧等她。"许前飞头也不回地走了。

"跳舞是一种艺术。"在回去的车上,关莉好像无对象地说。

"跳舞实际上不是艺术。而是一种性活动。"

"就算它是性活动,也是合理合法的。"

"我送你到什么地方?"许前飞的目光和灯光平行。他们本来约定到京城饭店去。在那里他有一个套间。

"送我回家。"

四

许前飞一回到家里,就给儿子挂了电话,关切地询问了球赛的情况。儿子对他说:"老师让我们各自找各自的家长,要赞助。"

现在几乎任何没有经济来源的单位,都利用各自的优势,寻找资金源,原本不足为奇。关键是数目的多少。

"老师说越多越好。"

"你这'越多'是多少？"这个世界上充满了"不嫌多"的人。

"小光的爸爸给了四千元。"

许前飞知道这个"小光的爸爸"原来是工商银行信贷部门的一个处长，早在一九八三年，就辞职自己干，现在手里有好几个工厂，据说在香港有房产、瑞士有存款。

"反正我不能比他少了。"儿子对钱并没有明确的概念。但他和小光无论是在学习上，还是体育上都是激烈的竞争对手。

"好的。我想办法筹一下。"他很理解男孩子之间"对手"的确切含义。

"不要想办法。而是要一定。"儿子说话很像大人。

"好的。"对他来说，儿子的话就是世界上最强有力的命令。

放下电话之后，他又要通了广州。

这就是男人和女人之间绝大的不同：男人比较的理性，婚外的关系是婚外关系，家庭是家庭，二者泾渭分明。

"为什么移动电话也关闭了？"妻子听上去很不高兴的样子。

"我参加一个赖明组织的应酬。他的一大特点就是吃饭时，让大家把BP机、移动都关上。并口口声声地说：'吃饭就是吃饭，一个时期只能在一条战线上作战。'"

"这小子钱多了，脾气也跟着长。"妻子声音疑惑的成分不见了。

许前飞把一个沙发凳垫在脚下，把西林公司的情况详细地讲了讲。然后又提出办"自己公司"的事。

妻子说她也了解到西林公司的商誉不那么好。

"像你爸他们这样的老革命，现在是离休干部，汽车房子都有。像我爸这样的假离休，也起码医疗有保证。"许前飞之所以管父亲叫"假离休"就是在解放时，父亲在燕京大学教书，而母亲在辅仁大学教书。当时解放军包围了北平，等待傅作义投降。也就是说，城外已经是"解放区"，而城内的辅仁大学，还属于"敌占区"。就这一两个月之差,正好赶上"从此划线"。父亲算是"建国前参加革命工作的"可以离休,而母亲则只能退休。不要小看这一字之差,待遇上的差别却相当的大。"而像我这样的个体户,将来没有钱可怎么办?"

"将来还早着呢!"虽然许前飞不止一次动员妻子参与他的买卖活动,但妻子一直是犹犹豫豫的,这大概和她的家庭出身、目前的地位有关系:她从小就受到"听党的话。跟党走"的教育,而目前的地位也使她起码在可见的范围内,没有什么愁。

"'毋临渴而掘井,宜未雨而绸缪'。中国的古话总是很有道理的。"许前飞又把儿子赞助的事情讲了一下。"如果有十万绿的,放在家里,就什么愁也不用犯了。"他所谓"绿的"指的是美元。

"就算你说的有道理,怎么才能赚到钱?"

"首先是你有没有赚钱的决心。如果有,其他都是技术问题。"

"就算有决心吧。"

"你在外面有买卖和调动资金的渠道,我在这边准备货源。两下一配合,钱就来了。"

"你怎么那么有信心?"妻子打了一个哈欠。

许前飞把赖明"一家两制"的构思讲给妻子听。

许前飞还想讲自己的详细计划,但妻子用"我实在是困了"结束了谈话。

关莉回到家后,想了想觉得味道不太对,就又从十一层楼上徒步下来,因为电梯已经停了。她到街头拐弯处的公用电话亭,敲开了门。

"姑娘又给西北打?"看电话的老太太对老主顾总是很客气的:她深谙"和气生财"的道理,而这个电话是她唯一的产业。

她含糊地答应了一声,就拨通许前飞的电话。电话里是忙音。

过了两分钟她再打,电话里仍然是忙音。如此再而三,都是忙音。

他肯定在和他妻子通话。她又要通许妻的电话。这个号码,是她偶然见许打时悄悄记下的。

同样是忙音。

她心一下子涌上一股无法分析的味道。我倒要看看你们能聊到什么时候?坐在很硬的椅子上看着手表。

十分钟后,回答她的仍然是忙音。

老太太在不停地打着哈欠。

又过十分钟,许前飞的电话通了。她听到他的声音后,什么也没有说,就放下了电话。眼睛里充满了泪水。

"多少钱?"她问老太太。

"没有通就别给了。"老太太知道就是这么说,她也会给钱的。

"那我再要一个。"整个晚上一个电话也没要通,实在是丢面子。她拨丈夫的电话。丈夫的电话是他们领导为了照顾他特批的。被他的同事们戏称为"热线"。

鬼使神差,她竟然又拨通许前飞的号。

她放下十块钱,默默地走了。

返程的十一层楼,就像是一百一十层。途中她休息了三次。

一上班,许前飞就给赖明去了电话。电话铃响了很久,才有一个女的来接。"这么早来的什么电话?"

他从那颐指气使的语调中,立刻就听出是吴从芬。"我找赖先生。"他不愿意和她相认,因为这是相当尴尬的事。

"许先生?"吴从芬的辨音力也不差。

"是的。您是?"他故意这样问。

"吴从芬。"

许前飞想不到她回答得这样爽快,一下话跟不上去了。

"有什么事情和我说吧。他进厕所好一会儿了。"

赖明这个习惯许前飞是知道的:他睡觉是细睡,不管任何情况都要脱了衣服换上睡衣,即使在火车上也不例外。上厕所总要带一本书进去,然后盘踞达数十分钟之久。他解释道:"所有的大首长都是这样的。比方,"他以伟大领袖为佐证:"他上厕所用多长时间,我不知道,但他肯定不看你这种庸俗杂志。"赖明虽然也读书,但如厕时不是看电影杂志,就是看体育杂志。"那他看什么?""《资治通鉴》《二十四史》。""现在有谁看那种人整人的东西?""那你也该看点股票之类的啊。"许前飞说。"有钱人谁玩股票!股票都是给那些两手空空又非常想发财的人设立的一个骗局。"

"我没有什么事。"许前飞真的不知该怎么对付吴从芬。

"凡是找我的人一般都有事。偶然来一个没有事的,又不愿意和我说话。"吴从芬的声音听上去很奇特。

像她这样,要什么有什么的人,难道还有忧愁?许前飞拿着电话想。同时他的头脑中又出现一副图像:赖明和吴从芬睡在一起;如果和一个美丽的女子——这时在他的潜意识中显示的是关莉的影像——那自当别论。或者起码和一个有很长交往历史的人,这个人是慢慢地,一步一步地走进你的心里,你即使想把她驱逐出去,也做不到。但像赖和吴这"速成"式的,他摇摇头。

"他来了。"吴从芬把电话机递给赖明。

关莉把温泉中学的统计数据给了主任。

"资料准确不准确?"主任问。

她点头的同时想:在中国哪里有什么准确的统计数据?在她上学时,曾经到陕西一个县城参加人口普查。刚开始她算得还挺起劲,因为她被告知:所有的国民经济计划、教育计划都是根据人口数据来制定的。基础如果发生错误,别的一定也对不了;但当她们普查结束后,几个同学结伴到县城玩,到了一个很小的山村。村子里有相当多的孩子。因为职业惯性,她问他们都叫什么名字?孩子们争相告:她叫罚一、她叫罚二、他叫罚四……了解方才知道:这些孩子,都是超计划生的,那么第一个被罚款的叫罚一,其余的就以"罚"类推。回去之后,她在统计表上查出了这个村庄,发现那里还是计划生育的典型。

在调查结束时,县里的统计局长宴请他们时,她问这个"老统计"。局长笑了笑回答:"我从一九五六年就干这个工作,我不光统计过人口,我还统计过打死苍蝇、蚊子的数目。如果苍蝇、蚊子的数目从理论上是可以统计的话,那天下有谁统计过药死老鼠的数目?可我也统计过。"

省统计局的农业处处长马上说:"如果有人让我统计打死的苍蝇的公与母,我也会。"大家立刻问他使用什么办法?处长一本正经地说:。如果是在镜子前打死的,那就是母苍蝇;如果是在酒杯里打死的,那就是公苍蝇。"

大家全都笑了。

在笑声中关莉一下子就明白了:所谓的统计数据,与其说是表达了现实,不如说是表达了领导者的愿望。所以她这次根本没有去温泉中学实地统计,而是自己根据经验数据编撰了一份报告。她这样做的理论依据是:他们编,还不如我来编。我来编比方"学生犯罪后,经教育比犯罪前表现好的百分比"这一项,因为不含别的目的,没准比他们报上来的更符合实际。

主任装模作样地看完报告后,把它放进了抽屉。"马上要开始评职称了。"他轻描淡写地说。

关莉的精神立刻集中起来。"都有哪些级别的?"别的她可以不在乎:比方"先进个人"、奖金之类的。但职称这东西不是别的,它和房子、工资有密切关系。

"正高、副高的不少。"

"中级的有几个?"她知道主任在等她问。而她又不得不问。

"两个。"

她立刻就计算出所里和她一起来的就有三个本科大学生。一副"二桃杀三士"的格局。

"能有我吗?"

主任用手指弹着桌子,没有立刻回答。

她只好再问。

"我努力给你争取吧。"

"那么谢谢您。"她很少对主任使用"您"这个词。她知道主任是"中级职称评比委员会"的主任委员。权力的确切含义：看你的事是不是要经过他，如果经过，他对你就有权。如果不经过，那么他的职务再高，对你也就没权。就和联合国秘书长对你一样。

"你帮我搞来那么好的统计资料，所以我想请你吃顿饭。"主任是一个寻找理由的天才。

"好的。"她想也没想就回答。虽然她知道这意味着什么。就是以民主著称的美国，女职员在工作中，也经常要遇到"性骚扰"。但在饭店里，我是能应付的。"我点地方，还是您点？"她尽量想把气氛搞得轻松一些。

"今天晚上。在我家里。"主任说。

"那您太太可辛苦了？"她征询地问。她没有见过主任的太太，但她从理论上知道：一个五十岁的妇女，是不会欢迎一个二十多岁的姑娘的。如果这个姑娘还在她丈夫的"二百里领海"范围内，她就更不欢迎。

"她出差去了。"

"您还请了谁？"她侦察道。

"只有你。"主任望着她说。

她知道自己再也不能假装不懂得这种非常明确的暗示。即使推，也不能现在推。她想起许前飞告诉她的一个社交技巧：如果你答应了一个约会后不久，知道自己不能赴约，不要马上告诉对方。而要过一会儿，用电话告诉他：你有可能不能出席。他一定会坚持。然后你再过些时候通知：你正在努力争取。倘若他还坚持，你就在约会前一个小时用电话明确告诉：你不能来了。许前飞强调："这里面有两个要素：一是逐步降级，让对方有一个心理适应过程；二是要使用电话——如果你想让别人答应一件事，就要亲自去。如果想推一件事，就用电话。电话给人以距离感。"想到这，她向主任一笑，然后说："好的。"

中午吃完饭，她给许前飞去了一个电话。在质问他昨天晚上和谁打那么长的电话时，许明确回答："和我太太。"既然他没有撒谎，她也就不用生气了。她把主任的事告诉了他。

许前飞想了一下后回答："斯大林有一句著名的话：不要理睬他。"

她觉得有些失望。原来她还以为他能说一些诸如"我来教训一下这小子"或者"豪迈"级更高一些的话。

许前飞接着提出了一个邀请：去林中别墅度周末。

关莉觉得周身暖洋洋的。林中别墅在远郊，相当著名。她还从来没有去过。"还有谁？"她没有把这种兴奋表现在声音里。

"赖明、吴从芬等四五个人。"许前飞此刻也说不清楚到底还有谁。

"我不喜欢吴律师。"

"我也不喜欢。"许前飞知道关莉这是"撒娇"的表示，必须给以响应。

因为为了晚会的邀请，关莉没有按照策略，一口就回了主任。

正在家里准备菜肴的主任，拿着电话好半天也没有出声。

林中别墅在北京的远郊。它的基础被许多柱子装饰起来，给人一种飘飘欲飞的感觉。它由主楼和副楼组成。主楼巍峨挺拔，充满阳刚之气；副楼呈弧形，曲线优雅给人以婀娜多姿的柔和之美。

晚饭前，许前飞和赖明出来散步。

"这房子我来过很多次，但从来没有这样认真仔细地观察过它。"许前飞双手环抱在胸前。"它让人的心灵随着达到宁静、自由和升华的感受。"

"真他妈的酸！"赖明用法国的"都彭"防风打火机点燃香烟。"我看这种建筑风格象征着淫荡：你看他和她的关系，肯定不是夫妻关系。"

对赖明的观察力和想象力，许前飞还是佩服的。一次在北京饭店的七楼餐厅里用餐，赖判定邻桌上的一对男女不是夫妻。他不同意。赖明马上提议打一百美元的赌。并打发一个熟悉的服务员过去问。

结果是赖明赢了。许前飞看着他把一百美元故作小心地放进皮包里后问：

"你是怎么猜出来的？""对于你叫猜,对于我叫分析:以他们的年龄,如果是夫妻的话,也是老夫妻。老夫妻哪里还有话说？只有情人之间才有绵绵絮语。"从那以后,他们经常在观察方面打赌。结果他是赢少输多。

当然赖明也有失误的时候:一次也是在餐厅里,他们看到一个文弱的知识分子模样的人,和一个重体力劳动者在一起吃饭,旁边还有一个孩子。他判定是体力劳动者请知识分子模样的。理由是:他给他的孩子补习功课,使孩子考上了重点中学。而赖认为是知识分子的东:"那个人给打了一套家具。"然后他们一同过去问。结果两个人都错了:"他是我的表弟。"知识分子客气地回答。

"它们两个之间若即若离,不即小离。女建筑自己认为和男建筑是平等的,随时都准备离他而去。你看他和她之间只存一条钢铁通道维系着。不牢固。他们的基础也不牢固。"赖明指指那些柱子。

"我算服了你了:能把任何东西都和性联系在一起。"许前飞这样说是有道理的:当赖明看见柳树扬花时,就说:满城都是树木的精子和卵子。当他和他一同在成昆线上旅行,看见火车穿越山洞时,赖明又说:它使我想起生命最初形成的那一刹那。

"食色,性也。"赖明引了一句很文的话。

"你最近在寻找情人方面有一种以数量取代质量的趋势。"许前飞想起早晨接电话的吴从芬。"你说你和她睡觉,是性行为还是经济行为？"

"这两者又怎么能分得开呢？"赖明把烟头在鞋底上掐灭。"一个人在海滩上拣到一颗珍珠。他如果把它给卖了,那当然是经济行为。可如果他把它给收藏起来,那就是一种美学行为。但更大的可能,是他先把它给收藏起来,欣赏一阵子后,就把它给卖了。或者不卖,而是留下保值。你说这又是什么行为？"

"你别给我来概念的偷换:你并不是在海滩上无意识中拾到一颗珍珠,而是有目的地建立一种关系。我现在是和你讨论它的实质。"

"如果你非得和我讨论,我只有一句话:无可奉告。我再告诉你:一个男人和一个女人即使是夜里在一起,也不一定是在睡觉。"

"如果那个男人是别人,确实不好界定。但如果是你,那即使在白天,也有百分之九十的可能。"许前飞肯定地说。

一辆"奔驰500"型车开进了林中别墅的大门,然后稳健地停了下来。

两个人同时迎向今天宴会的主角。

这顿饭名义上的主人是许前飞。主客是外贸部配额许可证司的王处长。但实际上的主人是吴从芬。

"王处长能够光临,我们感到非常荣幸。"许前飞首先举杯祝酒。

许前飞这说的是实话:如果一个人想作外贸,那么他必须与外贸部配额许可证司打交道。所谓"配额"是指欧洲共同体和美国对中国的一些货物——比方纺织品——限制的数量。这些"数量"就掌握在外贸部配额许可证司的官员手里。他们如果许可你出口或者进口某种物资,还许可以文字的形式表达时,就是"许可证"。

中国的出口产品最主要的就是纺织品。欧洲,更主要的是美国,对中国的限制,最主要的也是纺织品。而这个王处长就是纺织品配额许可证处的副处长。

如果一个产品,被别人加以限制,那么它就一定是一种非常能赚钱的产品。比方北煤南运的指标是受到铁道部限制的,那么铁道部每年召开的铁路运输计划会,就是万人瞩目的会议。许前飞曾经代表西林公司出席过一次全国煤炭订货会。那真是盛况空前的会议:正式代表一千人,会外代表五千人,把偌大的一个上海的高级、中级宾馆住得满满的。仅华亭宾馆的宴会收入一项,就是二百万人民币。换句话说:谁能争取到铁路运输计划,谁就能到手一大笔钱。

纺织品也是如此,不同的是它不像铁路运输一样,有统一的订货会。所以透明度要低碍多,而透明度越低,掌握它们的官员的权力就越大。

王处长是一个四十岁左右的男子。鹰鼻鹞眼,身材笔挺,头发漆黑。"谢谢。"他低头看看名片上的名字,然后说:"非常感谢许经理的热情招待。"

许前飞从他的神情上很容易看出,他并没有非常感谢的意思。可他不该连我的名字也记不住啊！不过也难怪:北京现在的经理多如牛毛。有一个笑话说:王府井倒了一堵墙,一共砸死了十个人,其中有六个经理,三个导演,只有一个是老百姓。更何况一个香港北京的经理,在他这个处长的眼睛里,也不是什么大人物。

"吴伯伯可好?"王处长把酒杯转向吴从芬。"我前一阵在辛亥革命纪念会上见到他,发现他老人家越来越年轻了。"

"一个人是不会越来越年轻的。"吴从芬喝了一大口酒。"一次老头去看一个名医。他对他说:你能不能使我变得年轻一些? 医生告诉他:我不能使你变得年轻一些,我只能使你变得更老一些。"

许前飞认为这是很聪明的故事:即使这个医生是国手,他也不能使一个人的血管变得柔软、心脏变得有力。他能做的只是延长各个脏器的使用时间。

"听说我们处长要调动了?"王处长"吴伯伯"长,"吴伯伯"短地和吴从芬套了一阵近乎之后小心地问。

"好像我也听说了。老马这个人不错,不过不太善于处理人际关系。"

"章司长是不是还常去你们家?"

"我看只要我们老爷子活着,他就会常去。"吴从芬很随便地说。王处长说的这个章司长是外贸部的干部司司长。也是她父亲以前的秘书。"你是不是想谋处长这个位置?""大姐说话总是一针见血。"王处长并没有什么不好意思。

一个商人想赚大钱,一个官员想作高官。如果他们不朝这个方向努力,持"知足常乐"的态度,他们就不是好商人、好官员。许前飞这样想。但有的人在当处长时,是一个好处长,等成了局长时,就不是一个好局长了。但他还是要往部长一级爬。等真的成了部长,他就显得有些力不从心,成了一个蹩脚的部长。不过好在这时,他也已经快退休了。

"当了处长,想当司长。等当上了司长,又朝部长方面争取。等你都当上了,也该死了。"吴从芬把许前飞想的给说了出来。

"等当上了,死了也值得。"因为是自己人,所以王处长直言不讳。

"其实你给老马当副职,和当正的有什么不一样?"

"大姐你不在官场里混,所以您不知道:副职和正职有本质的差别:副职只有建议权,而没有否决权。这两权之间,差别就大了。比方一件事,我说应该办,而老马就可以不办。而同样一件事,老马说能办,我就必须办。"

"那你给他办就是了。"赖明还是第一次正式插话。

"他说办,我当然得给他办。关键是我说能办的事,经常被他给否了。他近来常对我采取一种'凡是敌人反对的,我们就要拥护,凡是敌人拥护,我们就要反对'的态度。"

"在我的记忆中,配额许可证处里的实权是掌握在你的手里的。"赖明在外贸部有许多朋友,所以消息很灵通。

"老马刚刚从监察司调过来时,确实是如此。因为他不熟悉业务,所以有什么事,他都说:你们去找王副处长。所以他们就来找我。这样时间一长,他们就不再去请示他了。他也没有什么表示。但一年之后,他把业务方面的底和人际关系都摸清楚了,就找我谈了一次话。"

"谈了什么?"关莉很感兴趣。

王处长看了关一眼后说:"很简单:以后你负责机关事务方面的工作。我问他:配额许可证的事我是不是不管了?他说:你完全可以管,但你处理之后,拿来给我看看。也就是我签发了之后,他要再签。"

许前飞知道"老马"这一手的厉害:官场的权力看上去很复杂,但实际上很明确。如果一件事经过他,他就有权。如果不经过他,他就没有权。而经过不经过最明显的表现,就是签字。毛泽东在一些人违反党的纪律的报告上批示:今后除去在我向中央请假期间,凡是以中央名义发表的文件,未经过我签署,均属无效。

"'子系中山狼,得志便猖狂'。"王处长一口喝下半杯酒。"真是教会徒弟,饿死师傅。"他把剩下的半杯喝掉。

赖明认识王处长的时间不短了,但从未见他如此豪饮。以前他从不喝烈性酒，只是象征性地喝一点啤酒或饮料。有时干脆封杯。看来今天是触及他的痛处了。

"大姐在这件事情上，怎么也得帮兄弟一把。"王处长说。

"你喝上三杯，我就帮你说。"吴从芬拿起酒瓶。

"武松到了景阳冈，看见酒招上写着：三碗不过冈。他便说：爷儿们三十碗挺身过冈。"王处长叫服务员拿来五个酒杯，然后让吴从芬给倒满。

所有的酒加在一起，足够四两。

"用不用人陪？"许前飞说。

"我不光不用人陪，而且还不用手。"王处长说。

大家都很有兴趣地看他是怎么一个不用手。

王处长低头用嘴叼起杯子，一仰头，一口就喝了下去。然后如法炮制，把其余的都喝完。

几乎所有作出口生意的人都知道王处长在应酬场上，是以一滴烈性酒不沾闻名的。有一次一个著名的香港商人来京时，宴请海关等有关部门司长一级的人物，因为知道王处长的位置重要，也把他给请上了。那天喝的又是人头马·路易十三，这是一种相当名贵的酒，是在鸦片战争时期酿造的。此公以豪饮著称，要和在座的每人喝一杯。他的头衔就是人头马·路易十三，所以人人喝得都很痛快。但到王处长这里却卡住了。"我不能说从来不喝酒，但在中午却从来不喝。"他举起茶水。"例由人开。"此公面子上有些下不来。"我从不破例。"王处长不肯退让。"你不喝我就不走。"此公说。"那我也没有办法。"王处长坚持道。"这可是人头马·路易十三啊！"外贸部一个退居二线的副部长过来劝说。"就是查理九世我也不喝。"这下子那个香港大老板实在是忍耐不住了："你不就是个小小的副处长嘛？有什么了不起！我看你这种做法，这辈子永远也当不了处长。""我是当不了处长，就如同你一辈子不会被封爵，也成不了马会的会员一样。"王处长对这个人也是非常了解的：他在开舞场的同时，也在澳门开赌场。因为出身不正，所以几次申请封爵，都被否了。同理，马会也不接收他。而马会的会员在香港是很显赫的身份。此公被触及痛处,几乎当场心肌梗死。当然后来王处长受到严厉的批评。不过他的名气也从此大震。

"看来'男儿有泪不轻弹,只缘未到伤心处'。"许前飞低声说完这话后,和赖明相对一笑。

"我当然会帮你说。"吴从芬好像也被感动了。

"那谢谢大姐了。"王处长双手一抱拳。

几道正菜上来后,酒已经喝光了。

"还要不要加?"许前飞问。

"加什么酒?"王处长问。

"人头马·路易十三如何?"

大家都笑了。

"我们几个想作一些布的生意,你能不能帮我们搞到许可证?"吴从芬好像很随便地问。

王处长想了一下之后回答:"应该是可以的。但不知道是哪个方面的?纱还是坯?"

他所谓的"纱"指的是:全棉纱和涤棉纱。而坯指的是:全棉坯和涤棉坯。这两纱两坯都是要许可证的。如果出口不含棉的纱和坯,或者色织的布就不要许可证了。

"想要服装方面的。"赖明在吴从芬眼色示意下说。

"什么服装?"

"651号批文。"许前飞说。他所谓的"651号批文"指的是外贸部对美国的内衣专用号。它指的是:妇女睡衣、妇女的三角裤衩和文胸,文胸也就是乳罩。

"你们很懂行。"王处长摆弄着餐具。这些东西听上去不好听,但它们是经过深加工的出品,国家不征税。而且它们非常的好销,所以"一打"的许可证本身就值七八个美元。"给你们一些去欧洲的批文如何?"

"最好还是651。"许前飞说。因为今天上午,他的妻子来了一个电话,说是一个美国的客户要这些货，而她手上正有一个生产厂家产这些东西而没有许可证。

"我虽然没有作过纺织品，但我也知道往欧洲去的批文不是好批文，一打顶多值两个美元。"吴从芬这样说的目的是为了让王处长知道她明白该领多少人情。人情这东西看着没有价格，但在某些特定的时候是有明确的价格的。

"不是我不帮忙，而是651完全掌握在老马的手里。"王处长也看出吴从芬不是泛泛地一说，而是真的想让他给弄。

"'越是困难的地方，越是要去，这才是好同志。'"吴从芬用《毛主席语录》来强调这事情的重要程度。

"你们要花边的还是没有花边的？"王处长下了决心。

"如果可能，当然是要花边的。"许前飞知道越是加工程度高的东西，国家的退税率就越高。

"多少？"王处长问。

"两万打。"

"虽然两万打不是一个小数目，但我想还是能办到的。"

许前飞有些喜出望外：他原来只打算要一万打，之所以开出两万打，是为了让王处长给打折扣。没想到他一口就答应了。

"有公司吗？"

"有。印度支那难民福利公司广州分公司。"许前飞说。

王处长从口袋里拿出一个电子记事本，很熟练地输入。

关莉表示她无法把"难民"和"生意"联系在一起。

"印度支那难民福利公司，是中国救济署前些年为了援助印度支那难民专门成立的，名字虽然不好听，但它有出口权。"许前飞没有说这个公司实际上是他妻子的下属公司。

"你别给记错了。"吴从芬说。

王处长把电子记事本放回西服口袋。"前些时候，我陪同我们的葛副部长请一个内宾。那天人很多,我是敬陪末座。所以肯定没有一个好的地理条件,坐到了'菜口'上。"他所指的"菜口"也就是上菜的口子。"因为人多,服务员每次来上菜时,我都要站起来。几次后,她觉得有些不合适,就轮流开了。等上到葛副部长和那个内宾之间时,他不干了:'我上次在这里宴请外宾时,就和你说过了:上菜要从中国人处上。如果你把菜撒在外国人身上该怎么办?你怎么屡教不改?'他是在机关里说话说惯了的人,很冲。服务员和气地说:'您放心好了:我在服务学校里学的就是这个。然后又在这个饭店里干了两年的这个,从来没有撒到什么人身上过。'把个葛副部长气得够呛,回去之后和部办公厅主任说:以后外贸部请客禁止去那个饭店。"

"您不会把菜撒在我们身上那更好。"吴从芬说。

"这个王处长好像挺够意思的。"在去保龄球场的路上,关莉对许前飞说。

许前飞含糊地点点头。他和她不同,与政府的官员们打交道已经不是一天两天了,知道这些官员们总是把其实很容易办的事,说得相当困难。因为非如此不能增加自身的价码。一个和他很熟悉的处长告诉他:"我是一个领导,你是一个群众,如果你说什么,我就马上给你办,那不成了你领导我了?"今天王处长之所以那么痛快,主要是想求吴从芬给他办事。也就是说,这本身是一种交易。更何况他办配额许可证,就是手上的事,根本没有什么难度。事情无所谓难与不难,关键看你在哪个层次上办了。

林中别墅只有两条保龄球道。一条已经有人,服务员很抱歉地告诉他们:另外一条已经有人预定了。

"我来和他说。"赖明把服务员叫到角落里,然后拿出一张北京人称之为"蓝精灵"的百元大钞。

服务员是一个年轻的小伙子,他笑着把钱推开:"不是我思想进步,也不是我不敢要您的钱。如果您能把我调到您的公司里干活,再多的我也敢要。主要是我们经理打过招呼,您别砸我的饭碗子。"

赖明无可奈何地向大家把双手一摊。

王处长从口袋里拿出折叠式移动电话,背转身说了几句。

大约只有一分钟的样子,别墅的经理就出现了。球道当然也随之出现了。

"您和他很熟?"在换鞋时关莉问王处长。

"熟。北京宾馆的经理我大部分都熟。"王处长从随身的包里取出自备球。

"咱们赌个东道如何?"许前飞问。

"多大?"

"一百。"

"绿的?"

一百美元?许前飞想,这个家伙的胃口可不小。"行。"

比赛正式开始。

王处长首先出场。他打球的姿势很老到:三指握球,右脚开步,走四步后,摆球出球。第一球击中九个球。然后第二击,把剩下的一个球击倒。

许前飞一击和二击,只击倒八个球。

第一局许前飞输了。

"过现的,还是记账?"

"我难道还怕许老板赖账?"王处长很是高兴。

第二局是许前飞以微弱的优势赢了。

许前飞打球的姿势和王处长基本相同,不同的是他好像随便一些。

就在他要开第三局时,李定都出现了。"经理告诉我:来了一个大人物把我预定的球道给占据了。我不相信,就亲自来看。"他和王处长握手:"果然是大人物。"

"来一局?"王处长说。

"我玩这东西不在行,是给一些台湾商人订的。"他推辞。

"按说三代出一个贵族。李公子家不是三代都是高官显宦吗?"赖明用麂皮擦着一个重磅的球。

李定都有些尴尬地笑笑:他非常忌讳人谈起父亲,对赖明更是没有办法。他转过去递给王处长一支烟。

两人聊了一会儿后,王处长又上场了。

"认识了大人物就不理我了?"李定都对许前飞说。

许前飞高傲地保持沉默。

李定都自己讨没趣,就向关莉打了一个招呼:

"小姐,你好。"

关莉当然不会理他。

于是他只好怏怏地走了。

"最后一局。"在许又输了一局后王处长说。

"好的。"

结果是许前飞共输两局。也就是说他要付出二百美元。

"你是不是故意输给我?"王处长问。

"如果故意到你看出来,那也就算不上是故意的了。"许前飞笑着说。

"我看你是故意的。"在回房间洗澡前,关莉说。

"毛主席打仗之所以老能打赢,就是因为他不在乎一城一地的得失。"许前飞没正面回答。

五

"咱们玩一圈麻将如何?"从球场出来后,赖明提议。

"都有谁？"

"从芬、处长，你我。"

许前飞表面痛快地答应，内心很有些勉强。他基本上是一个理智型的人，平常只喜欢下下围棋。

但他也听说过王处长非常喜欢打麻将。喜欢你上级所喜欢的，这是条放之官场和生意场皆准的定律。生意场其实就是简化了的官场。什么是上级？并不是官大就是上级：假设我遇到一个组织部的官员，哪怕他是中共中央组织部的对我也没有什么。因为我不在他们的组织范围内。更何况他们只管副省级以上的干部。可对于那些与你直接相关的官，比方税务所的所长、海关的科长，严格地讲，还算不上是"官"只能称作"吏"，你就必须好好应酬。如果一得罪下，他们立刻就会给你一个好看。他边走边继续往下想：那么什么是上级？凡是对你有影响的人，就是你的上级。什么是权力呢？权力就是影响力。比方这个王处长，你如果让他不高兴，他就能让你这桩生意作不成。也就是说：他相对你是有权的。

麻将摊开在赖明的房间里，因为那有一张特制的麻将桌：你只要把牌放在桌子上的槽中，它就会把牌吞下去，然后由一个电动筛自动筛洗后，再排列整齐上桌。

"这样一张桌子要多少钱？"关莉问。

"一万，两万？"赖明说。"反正贵不到哪里去。"

"可这对于我来说，真是有些奢侈了。"许前飞怕关莉不习惯听这么大的口气。"一句话：罪过可惜了。"

"财富不一定都是罪过。你在积累财富的过程中，也就创造了财富。"赖明说。

"我看不一定。"王处长给吴从芬倒茶。"你们都有不少钱，可你们创造了什么财富，你们不就是流通领域的一个环节吗？"

"使商品流通，就是创造财富。前些天，报纸报道四川的一个人，组织四百车皮的机电产品,和俄罗斯以易货贸易的方式,换了四架雅克飞机,从而结束了四川航空公司没有自己大型飞机的历史。他从中赚了几个亿。你说他应该不应该?"

"几个亿?有些多了。"王处长说。

"依我说:不多。他开始办这事是一九九〇年初。当然工业生产不景气,有一百多个工厂的仓库里积压了大量的机电产品,使他们几乎喘不过气来。同时俄罗斯人既没有小家电,也没有食品。而有一亿人的四川省,却没有一架飞机。而就因为有他,这三方四面都获得了好处。"赖明边出牌边说:"买卖不是麻将:赢的一定等于输的,总财富不变。买卖能使所有的人都赢,也就是说使总财富增加。"

"不管怎么说,现在这种'朱门酒肉臭,路有冻死骨'不是好现象。"王处长仔细地排列整理自己的牌。

许前飞自认为能理解王处长这类人:他们手中有权,因此当然会给他们带来很大的好处,这些好处是宴会、出国旅游、家属的好工作、孩子的好学校等等。可换一个角度说,他们中间的大多数人手里到底没有钱。这当然不是因为他们不喜欢钱,或没有机会弄到钱,而是在大多数情况下,他们不敢要钱。或者说他们即使"黑"下了钱,也不能用。如果你大量地用,又被人察觉的话,不用别的,一个"巨额财产来历不明"罪,就把你给"办"了。所以现在有的人,让和他们作生意的人,把钱存在国外,并曰之为"境外体现利润"也就是"洗钱"。但钱不在手上就不能用。不能用就和没有一样。因此本能地反感那些有钱又能用的人。比方赖明。

"如果说'朱门酒肉臭'还'路有冻死骨'的话,那么你试想一下在'朱门无酒肉'的情况下,路上该是个什么样子。也就是说'朱门'和'路骨'相当于天气预报中气温的最高点和最低点。如果最高点低的话,那么平均气温就一定低。"赖明停止出牌,宣传他的理论。

王处长一时拿不出反对意见来。

"你们就和牛津大学的教授一样,整天讨论玄学,有什么意思?出牌。"吴从芬知道她该出面圆场了。

牌局重新开始流畅起来。

王处长的牌打得仔细,出没出过什么牌,都记得很清楚。吴从芬老练,用她的话讲:经常陪父亲打,而父亲在搞地下工作时,身份是赌场老板。赖明随便且潇洒,原因用"有钱"二字就能说明。所以输家当然是许前飞。

许前飞不喜欢打麻将。在他小的时候,看见邻居打麻将,那么多漂亮的牌。回去之后,就让父亲教他。在大学里当教授的父亲因为职业关系,好为人师,无论是数学、语文还是足球围棋,都以"诲人不倦"的精神贯彻之。但当听到"麻将"两字时,却变了色:"以前只有妓女和姨太太才打麻将。"十一岁的他又问什么是妓女,什么又是姨太太?父亲没有往下说。

后来在插队时,不知谁从什么地方搞来一副麻将。知青点上的人都学,他自然不能免俗。可因为前因,一直没有兴趣。上了生意场后,这种机会多了起来,但他还是以"能推就推"为原则。

麻将是一种很中国的游戏,不需要什么全局观和集体观念,要的只是"吃上家,压下家,眼睛盯住对家"的极端个人主义精神就行。另外要的就是心情:如果你的心情好,记忆力、体力等就会被调动起来。牌也就顺。反之,就全玩完。

许前飞因为没有心情,所以一直呈"负数"。

"我来替你打。"关莉说。她父亲因为退休后,没有事干,经常在家里开局。有时会因为某个老牌友病了,不能开局。这时父亲就会让她来替。同时说:"如果三缺一你还不上的话,那就是伤天害理。"因此她练就一身牌艺。但从来没有机会上像现在这样一"和"五个美元的真"赌场"。

许前飞没有任何表示:他从内心深处就不愿意关莉参加到这种场合里来。他甚至后悔不该听赖明的,把她介绍给所谓的"社交界"。

关莉又提出一次申请。

许前飞照例不予答复。

关莉显然有些不高兴,看了一会儿就走了。

她走了之后,许前飞更是心不在焉,连连出错牌。一个小时下来,整整损失三百美元。"世界上这贵那贵,其实错误最贵。"他在出了这张"八万"后,王处长立刻把牌翻倒,并唱起"遥远的东方有一条龙。"

大家一看,果然是一条龙,而且是一条"清一色"的龙。

"还玩吗?"许前飞付出了最后的八十美元后,征询大家的意见。

"当然。"王处长已经从其余人的眼睛里看出了"散摊"的神情,所以马上说。他在主持工作和部署工作的长期实践中,已经得出了这样的经验:如果你在会前,已经有一个既定方针,那你就先说。因为你是领导,先说了之后,反对意见就出不来。

这一招果然奏效。

"我回去加一件衣服。"许前飞作了一个冷的表示。

大家都知道他是回去拿钱,但谁也不会说破。

"我有一个朋友,老婆特别厉害,所以每次有人请客,他都要说:我还有一个饭局,得打个电话推一推。然后就出去了。如果老婆恩准了,他就回来说:那个饭局推掉了。反之,就说对方坚持他不去就不开饭。"王处长看着许前飞的背影说。

赖明和吴从芬都认为他这个笑话有伤忠厚,所以没有响应。

许前飞回去时,关莉正在看一部歌舞录像片。

"真是'商女不知亡国恨,隔江犹唱后庭花'啊!"他为了弥补刚才的唐突,就想开一个玩笑。

"你说谁是'商女'?"关莉立刻变了脸。

许前飞立刻知道自己错了,就赶快上去用身体语言表示自己歉意。

"我告诉你:如果你以后再对我说这种不三不四的话,我就不再和你来往。"身体语言因为原始,所以力量很大。关莉转怒为喜。"输了多少?"

许前飞把数报了出来。

"我的天啊！这几乎是我一年的工资。"关莉惊叫起来。"我给你换换手如何？"

"那也好。"许前飞再也不能不同意了。"我是真的有些累了。人到中年啊！"他伸伸胳膊。

"你其实年轻得很呢！"关莉披上毛衣。

"玩一会儿就散。我先回我的高间去了。"

"好的。"关莉拉开门。

"'王师北定中原日，家祭无忘告乃翁'。"许前飞说了一句一语双关的话。

"德行！"关莉关上门就走了。

关莉一上场，牌风立刻大转：吴从芬和王处长开始往出吐，她和赖明往里收。

一连三盘都是这个情况。

"你是怎么了？要玩就好好玩。"当王处长又出一张"九条"把关莉给打"和"了之后，吴从芬不高兴了。

"谋事在人，成事在天。"王处长把牌翻倒，表示没有作弊的嫌疑。

吴从芬把他的牌一张张地仔细看过，方才罢休。"最后一圈了。"

牌战继续。

但王处长的心确实不在牌上：他的脚在桌子底下不停地追逐关莉的脚。

这家伙表面上看是一个不苟言笑的人，其实是一肚子花花肠子。关莉一开始还躲闪，但后来就不躲了：一张桌子的面积就那么大，往哪里躲？再说如果躲避的动作大了，让别人看出来，王处长的面子不好看，肯定会迁怒于许前飞，不合算。再说：让他踩踩脚，也不是什么实质性的问题。

王处长接连两次把关莉给打"和"。其中一次不是有意识，但如果让弗洛依德来说：在他潜意识深处，还是愿意让关莉"和"的。第二次就纯粹是故意的了。

"不打了。"吴从芬小姐脾气上来了，把牌一推。

"不打就不打。"吴从芬相对王处长,就和王处长相对许前飞一样:如果你惹她生气,她就不给你办事。

"再聊一会儿?"关莉走后,赖明对王处长说。

"不了。"王处长把钱仔细地叠好,"我该休息去了。"

"这小子今天一定睡不好。"王处长走后,赖明对吴从芬说。

吴从芬问他是什么原因。

"你是一个明眼人,难道还看不出来?"赖明一脸坏笑。

"真是'仁者见仁,智者见智。"吴从芬也明白了。

"不过今天他不一定能得手。"赖明再继续分析。

"他应该知道关莉和前飞的关系。"

"知道又如何?不知道又当如何?关又不是前飞的老婆。不是老婆就没有法律价值。再说像他这样的人,别人送上门来的就不知有多少。一句话:几乎战无不胜,攻无不克。"

王处长回到自己的房间里,匆匆洗了个澡,然后换上干净的衬衫,又撒了些法国高级香水,就拿起电话,要通了关莉的房间。

关莉回去后,第一件事就是把许前飞给招来。

"我已经把靖康二帝给你迎回来了。"她把四百五十美元放在桌子上。

"老总留着花吧。"许前飞不肯往回拿。

"属于你的钱,就还给你。"

"钱这东西还有属于谁这么一说?它本来就是今天在你那,明天在我那。所以人们管它叫通货。"

"那咱们分成吧?"关莉确实自己也需要这笔钱来安装电话。

"你一半,我一半。"许前飞很痛快地说:"然后我把我这一半再送给你。"

关莉开始给许讲牌战经过。也稍微透露了一些有关王处长的信息。比方"可

529

不是一个好人"等,人总用这样的说法来确定自己的位置:一个,或者若干个异性在追求我,然而我没有理他。这样在提高自己的身价同时,又不失道德水准。她很希望许前飞继续往下问。

但许前飞没有追问,只是说:"休息吧。"

"休息。休息。休息个鬼!我又不是你的老婆!"关莉突然就生气了。

许前飞一下子愣住了。他和她在交往中,还没有发生过这样的情况。

"我在外面,今天让这个欺负,明天又让那个欺负。"她哭了起来。

许前飞只好把她拉到自己身边,搂住她的削肩"都谁欺负你了?"他笨拙地问。

"你也不管,也不问。"关莉边哭边说。只有女人才有这个本事,男人要么哭,要么说。不会混为一谈。

"这不是在问吗?"在和关莉之前,许前飞从来没有和妻子以外的女人打交道的经验。当然他听别人说过。但"纸上得来终觉浅"。

"就是你欺负我。"关莉把她和许前飞之间的距离缩短成零,并破涕为笑。

正在这时,电话响了。

"是你太太。"关莉虽然明明知道是谁,但仍然这样说。

"绝对不可能。她不知道我的电话。"许前飞没有说出最根本的理由:他刚才已经和妻子通过电话了,把该说的都说了。再说,他告诉妻子自己是在另外一个饭店里。所以她即使有天大的本事,也不能和自己联系上。

"你去接。"关莉一指电话。

"如果是吴从芬,那该多不好意思。"许前飞不肯。

"我想不会。"

许前飞只好拿起电话。

在他"喂"了一声后,没有人回答。"说话。"

仍然没有回答。

大约三秒钟后,话机里传来忙音。

"可能是妓女。"他做出了分析。

"可能。"关莉同意他的分析。

李定都有这样一个嗜好:喜欢观察别人的隐私。而且是越隐越私越好。为了满足他这个嗜好,他很投了一些资。

首先他购置了一架望远镜。这台价值一千美元的"卡诺"牌望远镜的倍率是三十,角度是一百,分辨率极高。再加上他住的是十五楼,所以在他那个住宅小区里,前后左右所有可见范围内,房间里的事情他也了如指掌。

另外就是一台"西门子"牌助听器。如果观察到某些情况,他就马上到那个房间的外面,把助听器塞到门缝上收听。这台助听器的效率很高,屋里的任何动静,他都听得清清楚楚。

有了这两样东西半年后,他已经全面掌握了几个楼内的情况:谁个夫妻之间的房事的大体规律;谁个又与小保姆有私;谁个又如何。有一次他发现在他楼下十层的一个女子,丈夫是驻外人员,但她有一个相好。但每次相好一来,就把所有的门都关闭。两个工具都失去作用。也就是说,出现了一个死角。为了清理这个死角,他又买了一个歌唱演员用的无线话筒。然后把它用绳拴住,从窗户放到十层。这个无线话筒的效果虽然不太理想,但也聊胜于无了。

他每次出门,这些东西就和内衣一样不会忘记。

按照惯例,今天他从午夜十二点开始行动。但一个小时过去了,没有什么收获。他正准备休息,突然发现在 B 楼有一个人影一闪。他是当兵的出身,知道以暗方能察明,所以就蹲在阴影里。

这个人在一扇门上俯耳听了很久,才慢慢往外走。他一下子就认出是王处长。大约在一秒钟内他就做出了判断,当王处长走过来时,他就迎了上去打招呼:"老王,你好。""你好。"王处长并没有惊慌失措和尴尬的表示,只是淡淡地打了一个招呼。

许前飞静静地躺在关莉的身边,觉得很安静,很轻松。情人不同于妻子,从买卖的角度讲,妻子和你是一个共同体,一荣俱荣,一损俱损,另外还有孩子等,把你们更紧密地绑在一起,使你时时刻刻充满责任感。而情人和你的关系就不同了:维系这种关系的仅仅是契约,更多的时候是口头契约。比方和关的关系就是如此:在开始时就说过,以不妨碍双方的关系为最高准则。如果再用买卖来比喻的话,那就是双边贸易。任何一方觉得不合适,都可以终止这种关系。

如果真的终止这种关系,我还能忍受吗?许前飞想抽烟,但想起关莉最不喜欢卧室里的烟味,就放弃了这个念头。

"想抽就抽。"关莉低声说。"你知道我最不喜欢过哪一天吗?"

许前飞微微一动,表示不知道。

"星期六。"

"为什么?"

"还问呢?上次你太太回北京开会,平常你还好,可到了星期六,你就和她还有孩子回到你的家里团聚去了。剩下我孤零零的一个人。"关莉的声音很低,很柔媚。

许前飞没有就这个题目讨论。这是一个在郊区当县长的朋友告诉他的:每当你遇到不好回答的问题时,你就不回答。或者把问题引向另外一个方向。

这个方法很灵:关莉果然没有再继续往下说。

第二天一早,赖明作为这次活动的组织者,不到八点就起来了。他先把王处长给叫了起来:"不是惊您的金觉,而是一过八点半,就没有饭了。"

王处长表示理解。然后他又敲敲许前飞的门。没有任何反响。这小子是不是去跑步去了?他边想边敲关莉的门。

关莉穿着晨衣出来开门。

"你见着前飞了没有?"他随便地问了一句。

"他就在我这里。"关莉答道。

赖明没有多想,就往里走。

他原来以为许前飞已经起来或者起码已经起了才来这里。否则关莉不会让进去的。可他没有想到:许前飞还在被窝里。

"快起。一会儿没饭了。"他只好这样说。

在把吴从芬送回家后,赖明用车上的电话和许前飞通话:"你把她送了没有?"

"已经送了。"

"我说你要注意了。"

"注意什么?"许前飞明知故问。

"注意关小姐的'移民倾向'。"

"我倒没有发现她的'移民倾向'。"

"如果没有,她今天早晨就不会主动让我进去。她这样做的目的是为让自己的身份得到确认。"

"在我们的关系开始时,我已经明确无误地告诉她:我是不会离婚的。"许前飞大致讲了一下关系史。

"你是不是认为她爱上你了?"

许前飞沉默了一下后说:"有这种可能。"

"谁要到了咱们这个岁数,还认为会有一个妙龄少女会爱上你,他就是一个大傻瓜。她们一般来说,都是因为一些爱情以外的因素。"

"但也会有例外。"

"有例外就是因为有正例在。"赖明很权威地说。"我无意干涉你的私人事务,我是怕你闹起离婚来,影响咱们的生意:你目前的太太是咱们这桩生意中不可缺少的一个环节。"

"谢谢你的提醒。"许前飞知道赖明已经为"651号批文"买卖的前期准备工作,投入了不少资金,找人咨询、请客、安排这次活动……分分都是钱。至于精力,那就更不用说了。"我现在知道有钱人为什么会有钱了:因为他们赚起钱来,总是那么专心。比方你吧:你能把这辆车借给我用,而不收取任何费用。但你做起买卖来却一分是一分的。"他当然知道赖明之所以把车借给他,也不是完全没有经济目的的:如果我没有广泛的社会关系,没有一个有地位的妻子,他就不会把车让我开。

"一个是友谊,一个是工作。两者要分开。"赖明又吩咐了几件有关买卖的小工作后说:"好了,我到了。有事再联系。"

六

关莉星期一上班时,心里直敲鼓。她太了解主任这个人了,知道他一定会给她一些颜色看看。

谁知主任见了她,非但没有声色俱厉,反而很客气地招呼一声:"早晨好。"

这更使她不安。

这种不安持续了两天,第三天吃完中午饭后,主任召开了评定职称预备会议,在会上他宣布了评定职称的草案。

这草案都好像是针对我制定的,关莉边喝水边想:从任何一个角度,这职称也不会轮到我身上。轮不到就轮不到吧。任何一个方面的发展进步都是以另外一个方面的妥协为代价的。自己既然没有妥协,就应该吃点亏。

"你们大家还有意见吗?"主任最后问。

那些已经有了职称的人,即使有意见也不会说。那两个能评上的人则根本不会有意见。关莉自己是不屑说。所以草案通过了。

"另外还有一件事,我顺便借这个机会说一下。市里给咱们一个讲师团的名额。是昌平县的。你们谁报名?"主任问。

没有人答应。

"教委内部有这样的标准:第一,年轻。第二,有学历。第三,没有家庭拖累。你们看谁符合这个标准?"主任问。

仍然没有人答应。讲师团是市教委派到边远山区去培训那里的师资的。昌平就是河北。一去就是一年,生活艰苦当然就不用说了,还会误过许多诸如参加学术会议、搞联合项目的机会。而这些都是将来评定职称的铺垫。

"我看让小关去。"主任最后说。"你个人有没有意见?"

"我不能去。"关莉当下表示。

"为什么?"

"不为什么。就是不想去。"如果主任一开始就提出让她参加讲师团,她也许没有这么大的火。但这不是明摆着欺负人吗!

"没有理由,你就得服从组织的决定。"主任的官腔十足。

"我如果不服从,又当如何?"关莉的火更大了。

"那你就要考虑是不是换一个单位的问题了。"

关莉没有再说什么。等会散了之后,她马上就起草了一份辞职报告。

同事们中没有人劝她。她刚刚分配到这里工作的时间不长是一个原因。更主要的是她和主任间的矛盾所在,大家都清清楚楚,没有必要自己给自己小鞋穿。

她把报告给主任时,主任二话没说,就在上面批了两个力透纸背的大字:同意。"你去人事部门办一下手续。"

"我走都走了,还办的什么手续?"

"那你的关系往哪里放?"

"你们喜欢往哪里放,就往哪里放好了。"如果在一个月前,关莉肯定不会有这么大的胆量。近一个阶段,她跟着许前飞认识了不少人,她认为自己完全有能力处理此事。

许前飞很容易就找到了若干个货源。纺织行业是供大于求,所以是当然的买方市场。问题是在价格上。河北一家大纺织厂的货最好,但开的价也高:真丝的三角裤要二十美元一打;文胸要二十五美元一打。湖南和广西的几个厂,价格低,但质量也差。一时间,他无法取舍。

他盘算了一个下午之后,拿出了一个方案。"你如果把三角裤降低三个美元,文胸降低四个美元。我给你百分之四十的回扣。"他对河北纺织厂的龙厂长说。

"这不是回扣问题。我们是一个国营大厂,不是我一个人能说了算的街道作坊。"龙厂长是纺织学院一九六八年的毕业生,从生产科长、总经济师一步一步做上去的,门槛精得很。"我们每卖一批货,就有成本核算。照你这个价格做,我们非得赔不可。"

"我懂。我懂。"许前飞听妻子介绍过龙这个人,知道他很喜欢钱。"如果我再加上百分之十的扣,你看还能继续往下谈吗?"

龙厂长大约低头一分钟,然后回答:"再加百分之二十。"

谈判立刻进入了实质。

许前飞开始百分之一,百分之一地往上增,而龙厂长则是百分之一、百分之一往下降。因为每百分之一,就是五千美元的样子。

最后回扣停止在百分之五十五上时,双方都认为可以接受。

"利润体现在什么地方?"许前飞问。

"当然是汇到我们厂的账上。"

"那你能拿出来?"许前飞很惊讶。

"我不往出拿。"龙厂长笑了。"我是在代表我们厂和你谈。"

"我从来没有见过你这样的厂长。"许前飞说的是实话:他代表西林公司和许多国营厂的厂长、副厂长谈过买卖,他们几乎无一例外地要求回扣。这种"灰色收入"支持住他们的正常生活。"干什么不留一些钱给自己呢?你放心好了,我们公司是很保险的公司,在香港、美国、瑞士等地都有账户。"

"你太太一定给你介绍说我这个人很喜欢钱?"龙厂长转动着茶杯。

许前飞点头默认。

"我确实跟她的公司要过回扣,有几次让把钱存在香港。但都不是我自己用。"

"那给谁用?"

"有我们厂的自己人去了,为了谈成买卖,给人一些回扣,因为进了账就不好出,就用这种短路方法;也有上级领导去外面访问时,用点合理不合法的钱的,也从这里出。反正我总让它保持一个合理的数。"

许前飞不太相信他的解释。

"钱这个东西有多少才算够?我这个人想得清楚:我当一天厂长,国家就给我一天的工资,另外还有许多工资以外的福利。如果我因为贪污和贿赂之类的问题,不要说进了法院,就是被撤职,也亏得厉害。再说了,人有多大胆,地有多大产。我没有那么大的胆,弄上几个黑钱,整天战战兢兢的,何苦呢?在现今社会,什么都得用成本——收益这个公式算一算。"

许前飞开始有点理解龙厂长了。

他们又就退税和付款方式问题,仔细商定条款。

所谓退税是国家鼓励出口的一种方式。比方龙厂长的厂,生产这批纺织品,在把它卖出去时,必须向国家缴纳产品税。可如果这批产品由许前飞和赖明的公司出口了,那么海关凭借龙厂长向当地税务部门纳税的收据,就会退给他们一笔税金。这笔钱当然是到了出口公司的账上。至于出口公司给厂方多少,那就是他们个人之间的事了。

付款方式的关系也很大:商品出口后,一定会有外汇到账。有的厂要人民币,而有的厂则要外汇。这就出现一个人民币和外汇的比价问题。

"退税问题咱们到时候再说。关键是付款方式。"

许前飞知道他是遇到一个精明的谈判对手了:退税时必须出示纳税的单

据,而这单据是在龙厂长的手里掌握着的。而付款方式的主动权则在他的手里。

"中国马上就要入关了,所以我们最好存一些外汇。"龙厂长所谓的"入关"就是加入关贸总协定。汇率这东西和股票差不多,一个消息就能引起它的变化。

"我看今年不一定能入了关。关贸总协定派出一个小组,认为中国的经济素质还不足以入关。"许前飞也想要外汇。

"也许是入不了,但光凭入关的风声,就足以使人民币大幅度地贬值了。"龙厂长不肯退让。

最后他们就各拿百分之五十的外汇达成协议。

"为了庆祝咱们的买卖成功,我请你一客。"许前飞提议。

"谈了一个下午,你也累,我也累了。咱们自己人,用不着来这些繁文缛节。我回去还要用这个,"龙厂长指指桌子上的电脑,"弄一份合同出来,明天好草签。"

"您自己打合同?"许前飞见过不少企业官僚,他们就负责谈"大盘子",根本不作具体事。

"以前我也不打字,可去年到深圳去,打一份合同,每个字要五分钱。我问那个打字的人:你这不是比稿费还要多吗?"按照国家规定稿费最多的才一个字三分钱。"那个人回答就是比稿费多。我问他:你抄一个字,凭什么比创造一个字的钱多? 他质问我:你打还是不打? 如果不打就少在这里废话。从那以后,我就自己学电脑。"龙厂长把电脑收进提包。"这东西比一个秘书要有用得多。秘书是人,是人就有什么待遇、身体、情绪之类的问题。而它则只要求你遵守程序。除此之外,任劳任怨。"

"看来我也该学学电脑了。"许前飞把移动电话和BP机打开。赖明的倡议,在他已经成了习惯:凡是重要的活动,他都把"移动"和电话都关闭了。

几乎在他打开电话的同时,它就响了。授话人是关莉:"我打了一百个电话,你跑到什么地方去了?"她使用的质问句型。

"我在和一位厂长谈一笔相当重要的买卖。"他把声音放低,希望能制约和影响关莉的声音。

"买卖重要还是我重要？"关莉的声音非但没有低下来，反而高了上去。

许前飞看看龙厂长。

龙厂长正埋头收拾文件，好像什么也没有听见。

"这根本不是一回事，怎么能放在一起比呢？"

"如果是我重要，你就赶快到我们单位外面的电话亭来接我，如果是买卖重要，你就不用来了。"关莉说完就放下电话。

许前飞尴尬地笑笑，然后双手一摊，准备回答龙厂长的问题。

龙厂长什么也没有问就告辞了。他知道这些"有钱人"中间有许多谁也说不清楚的事。

外面正下着秋雨，许前飞的汉字 BP 机报告说，最低气温是五度。难怪她生气，这种天气在外面的电话亭里打电话，不是个滋味。可她找我有什么事呢？她是不是真的有赖明说的"移民倾向"？假设有，就必须把它抑制在萌芽状态中，如果不能把它消灭的话。当然另外有什么问题。

他开始回忆自己和她的关系史。我对她的照顾是不够，这次的买卖如果做成了，我就给她安一部电话。电话能使她方便地和我联系。当然同时也能和她的丈夫联系。她就像电磁场中的一个电荷，哪边的力大，就向哪边移动。必须使它保持平衡。

一个成功的人之所以成功，就是干任何事都有度。为什么在形容一个人豁出去时，用"置之度外"这个词？就是因为他丧失了"度"。度就是标准。我的标准是什么？就是一切都以不危害家庭为基础。

当他驶进关莉单位所在的街道时，他已经把问题全部想通了。

关莉就站在电话亭外面的雨地中，身上的风衣已经全部湿透了。

"咱们去什么地方？"他等关上车之后问。

关莉没有回答。

"去我的办公室吧？"他看看表，已经是六点半。

这个时候公司的人已经下班了。

关莉仍然没有回答，两只眼睛泪汪汪的。

许前飞不再问什么。在遇到棘手的情况时，最好静以观变。如果乱问，就会诱发出许多问题来。

她肯定是在单位里受了什么气？许前飞从几个方面想了想后，认为这就是最后的结论。他正准备发问时，电话响了。

"你在什么地方？"这回是妻子。

"我正在路上。"他简短地回答。

"一个人？"妻子问。

"对。"

"买卖进行得怎么样？"

"还算顺利。"他把大概的经过和妻子讲了讲。

"我在香港的客户已经搞定。你那边要一个环节一个环节的敲定。任何一个环节出问题，都要影响收入。"

"我知道。"他希望妻子的话赶快说完。

"老龙跟没跟你要回扣？"

"没有。"

"他没要，并不等于你不给。"

"我看他这个人还是很规矩的。"

"你们男人总容易被表面现象所欺骗。我告诉你：最少要给他一万美金。"

"知道了。"

"我从天气预报上看，北京降温了。你得多穿一些衣服。"妻子又说。

"我又不是孩子。"他不敢看关莉。

"我正想和你说说孩子呢！我听我爸爸说：他近来的功课好像出了什么问题。你对他的关心太少了。"

"你不能什么都听你爸爸的。"他不耐烦了。

"你身边是不是有什么人？"

"没有。"他惊奇妻子感觉之准确。

"没有咱们就再聊一会儿。我一会儿还有一个应酬，可能回来早不了。"

"我已经到了单位了。"他知道不如此，就不能截断妻子的话流。

"你现在还到单位去干什么？"

"取一份文件。"他后悔自己这么说。一个谎言，往往会诱发出另外一个谎言。而这两个谎言的结合部，很快也会出问题，那你就必须用第三个谎言去掩盖它。一句话：你如果想说谎，就必须一直说下去。

"那等你上去，我再和你通话。"妻子说。

许前飞开始恨起现代通信来。

进了办公室后，他在安排关莉去洗澡的同时，悄悄地把电话的总开关给关闭了。

一个人过双重生活可真是够累的。他走到阳台上，看着雨中的北京城。雨中的北京城显得凄凉而美丽。妻子远在广州，还像时时刻刻在我身旁一样。想象那些朋友日子是怎么过的？他想起一些妻子就在北京，而同时有一个以上的情人的熟人。

"先生，您的电话。"服务员礼貌地敲门后进来。

他知道一定是妻子把电话打到服务台去了。

等他接完电话回来，关莉已经洗完澡，披着块毛毯坐在床上。

"给我讲讲怎么了？"他坐到她的身边。

关莉呆呆地不说话。

他只好再次问。

"你和她说完了？"大约一分钟后，关莉终于说话了。

"老婆总是老婆嘛！"他也不知道自己为什么会说出如此真实而又不理智的话来。

这话立刻得到反应。

他只好用身体语言来填补这道"人沟"。

关莉的身体显得很僵硬,很长时间以后,才柔软起来。

"我是不是你的人?"所有的程序都完毕后,关莉柔声问道。

"那还用说。"

"那我的事是不是你的事?"

"当然。"

"我辞职了。"关莉坐了起来。

许前飞迷迷糊糊地看着黑暗中关莉美丽的裸体,好半天才明白这句话的分量。"辞职? 你为什么要辞职?"

"还不是因为你。"关莉以这句话开头,把事情的经过大致讲了讲。

"那你准备到什么地方去工作?"他已经预感到事情不好办了。

"到你的公司来。"

"西林公司我说了不算。"

"不是到西林公司,我是要到你和赖明、吴从芬的那个买卖纺织品的公司。"

"那是一个临时性的松散组织。"他的大脑已经开动起来:这个公司的原动力是赖明,而依靠的主要是妻子。关莉一旦加入,问题马上就会复杂起来。

"人活在这个世界上,有什么是永远的? 一切都是临时!"关莉偎了过来。

"我和他们商量一下。"他准备把问题放一放。有好多事情,放放就能"阴干"。

当他们准备去吃晚饭时,妻子的电话又打来了。

许前飞真想对妻子和关莉大吼一声:"你们真是每一个都比另外一个更难对付。"

当许前飞把这个问题提交给赖明时,他立刻表示反对。

"那你得给我想一个办法。"许前飞确实有些六神无主了。

"没有金刚钻,就别揽瓷器活。"赖明一点也不同情他。

"你在这方面的经验多,一定有好主意。"

"你这叫什么话?"

"那只好我自己养着她了。"

"那让你老婆察觉到了该怎么办?"赖明最担心的就是这一点:如果许的妻子知道了,这桩买卖立刻就得告吹。女人什么都能容忍,就是不能容忍这些事。而且她们根本不会从大局考虑,或者说她们的大局就是保持"妻子"的神圣地位。

许前飞双手一摊。他也很明白其中的关隘,所以用这种"耍赖"的态度。

"看在多年的哥儿们份上,我给你想办法安排吧。"赖明眨眨眼说。

"小生这厢有礼了。"许前飞双手抱拳。

许前飞根本没有想到,赖明给关莉找的三个公司,她看了之后,都表示不满意。

"他们的收入都是不错的。"许前飞还是想说服她。

"当妓女的收入更不错。"其中两个公司都是让她当"公司小姐"。在那里当"公司小姐"是怎么一回事,她心里是很清楚的。而另外一个公司的总经理,和她谈了整整半天,还要请她吃饭。其目的就更不用说了。

"你怎么能说出这样的话来?"许前飞不高兴了。

"真话总是不好听的。"关莉扭过头去。

许前飞很想发火,但他突然想起赖明给他讲的一个故事:一个英国国王对他的情妇说:我在你身上花的钱,起码够买一艘巡洋舰的了。情妇马上回答:陛下在我身上流的精液也够浮起一艘巡洋舰的了。这是一笔债务。是债务就早晚得偿还。这么一想,火就被压了下去。

"我想的不是几个钱,而是我的后半生如何度过。"关莉的语气也缓和下来。

"那么你到底想到什么公司去?"

"我就想到你们的公司去。在那里,我能有发展的余地。而且每天都能和你在一起。"关莉捋捋乌黑的头发。许前飞曾经不止一次称之为:一个相当性感的动作。

"这好像办不到。"赖明已经警告过他:如果你想拒绝的话,一开始就拒绝。

关莉的脸色立刻就变了:"那我自己想办法好了。"

许前飞不动声色。

两人相持了一会儿后,关莉的泪水大量涌现。

许前飞强忍不动。

"我真的自己想办法了?"

"'天要下雨,娘要嫁人'这是没有办法的事。"他也不知道自己为什么说出如此绝情的话来。

关莉转身走了。

七

买卖表面上看是买与卖,靠的是钱,而实际靠的是关系。因为许前飞妻子的关系,所以国外的客户提供的条件很优厚。因为他和赖明在内地的关系,无论海关还是银行,都一路绿灯。因为吴从芬的关系,王处长的许可证开得也比较顺利。

因为失去了关莉,许前飞的情绪一直不佳。"我是不是病了?"他问赖明。

"按道理说,人到中年,对相思一类的病应该是免疫的。你是例外。"

"我干什么都干不起劲来。你有她的消息吗?"许前飞两个星期来,使用信件、电话、电报等所有办法,都没能和关莉联系上。

"没有。"赖明实际上是在封锁消息:前天王处长告诉他关莉来找过他,而他已经把她给安排到李定都的公司里去了。而李是一个黑白两道的人物,关落到他的手里,肯定好不了。但这说出来只会起副作用。"你去广州跑一趟吧,一来把海关的手续都办了,二来也能会会太太。"他灵机一动想出了主意。

"我不想去。"

"公司是靠等级运行的,我的话就是命令。你去也得去,不去也得去。今天就走。"

"眼下是秋季广交会,机票也买不到。"

"这你不用担心。"赖明拿起电话,"我认识一个'票星',别说开广交会,就是开中央全会,也能给你弄来票。"

"我听说过'歌星''影星''笑星'什么的,从来没有听说过'票星'。"

"你没有听说过,但他确实存在:他认识北京所有售票处的人,车票、机票手到擒来。"赖明正说着,"票星"被呼出来。"陈哥,给弄张去广州的头等舱的票。好,一个小时后,我派人去取。"

尾声

赖明特地亲自送许前飞到机场。

在托运行李处,他看见两个官员模样的人正在教训行李托运员。

"同志,"一个操湖北口音的官员说,"我这里都是重要的仪器,你那么摔,不都摔坏了?"

另外一个副手模样的人赶快补充道:"你应该有一些为人民服务的精神。"

服务员再搬动行李时,果然轻多了。

"重要的是管理。"湖北口音说。

"对。对。"另外一个附和道。

他们两个最后看了一眼行李,就堂而皇之地进了国际航班候机室。

许前飞看了一下他们行李的标签,发现他们是去美国的。

"你的脾气真不错。"赖明对行李员说。

"我不想和他们吵。"行李员低头办票。"我已经把他们的行李发到阿拉斯加一个我也叫不出名字的机场去了。而他们是去纽约的。"

两个人忍耐不住都笑了。

肉眼虽然看不见,但许前飞从理论上知道北京机场的上空非常繁忙,盘旋着飞走的和飞来的各式各样的飞机。他孤零零地坐在将要起飞的飞机上,心里想着妻子,有时也想一下关莉。他明白自己这辈子是不会忘记她的,但想她的频率会随着时间的推移而减少。

《黄河》　一九九三年第三期

《小说月报》　一九九三年第八期

《传奇·传记》　一九九三年第五期

《一九九三年中篇小说选》　人民文学出版社　一九九四年十二月

《欲望的平台》(改书名)　文化艺术出版社　二〇〇〇年一月

《二十世纪文学作品精选·中篇卷》　时代文艺出版社　一九九四年九月

《中国城市小说精选》　甘肃人民出版社　一九九四年九月

《一九九三年中篇小说选》　人民文学出版社　一九九四年十二月

《情殇》　九洲图书出版社　一九九四年十二月

《山西文艺创作五十年精品选》　北岳文艺出版社　一九九九年八月

《〈小说月报〉第六届百花奖入围作品集》　百花文艺出版社　二〇〇一年九月